古代文学言語の研究

糸井通浩　著

和泉書院

目次

中編　散文体と韻文体と

後編　和歌言語の研究

凡例

本書はこれまでに書いてきた論文を集め、編成したものである。前編では、主に「ふみ」（散文）系列の作品を対象にして助動詞の語法・文法などに関するものをまとめた。後編では「うた」作品を対象にした語法・表現に関する研究をまとめている。中編の論考は「ふみ」系列と「うた」作品との関わりに関する論考になる。

本書に納めるに当たって、もとの論文（「初出一覧」参照）に、次のような統一や修正、補注等を施している。

一、引用の人名は、敬称略で統一している。

一、著者（糸井）は、「筆者」と記すことで統一している。

一、記述上の表現や用語を、その後の考えに基づき改めているところがある。また思わしくない記述の部分などはカット、または大幅に書き換えている。

一、記述の不十分だったところやその後考えが深まったところなどについては、加除修正及び補筆をするとともに、論文末に（補注）を加えたものがある。

一、本書利用の便宜を考え、巻末に「キーワード索引」をつけている。

前編　語法・文法研究

〔一〕　不可能の自覚──語りと副詞「え」の用法

序　「語り」の姿勢、そして本稿のねらい

「語り」と「詠み」（うた）は、言説において対照的である。いずれも「何を」「如何に」表現するかに苦心して生み出されたパフォーマンスに変わりないが、「詠み」（うた）では、殊に日本の短詩形の「うた」では、個別的な特定の状況が「うた」の前提（動機・内容）になっているが、その特定性（こと）を描写するのではなく、特定の事態（こと）が意味する「ことわり（もの）」そのものを言説化している傾向がある。それに対して、「語り」では、個別的な特定の状況そのもの（こと）を表現（描写）することで、自ずとそこに「ことわり（もの）」が読み手に感じ取れるように腐心している。言説において対照的と言ったのは、この謂いである。

短歌を中心とする、短詩形の「うた」では、表現される一語一句が歌の命に関わっていることは、表現主体の立場に立たなくても容易に感得できる。そのせいか、「うた」の生命は「何を」より「如何に」に掛かっていることが強調されて、「如何に」詠まれているかに批評が集中してきたし、研究されてきた。しかし、このことは逆に「語り」においては、「何を」（主題性）が重要で「如何に」が軽視されてよいことを意味しはしない。確かに定型のリズムの束縛のもと、限られた字数に表現を整えなければならない、日本の「うた」に比べて、「語り」には表現の自由さがある。テキスト間に異本の生じやすい環境にあると言える。しかし、本稿では、「何を」の追求の前

提として「如何に」を重視する。つまり、一定のテキストにおける「如何に」に注目することで、「読み」を深めることを目標としている。

もっとも、「如何に」の観点から表現を探求すると言っても多岐にわたる。「語り」は、登場人物の行動（こと・できごと）を核にして展開される。本書（注＝『王朝物語のしぐさとことば』清文堂）の言う「しぐさ」とは、この人の行動の一部である。行動の中でも、文化的、風俗的、社会的、儀礼的、宗教的な意味（コノテーション）を豊かに有するものを指していて、格別な命名で自覚された行動である。「語り」において選ばれて、一つの「しぐさ」が提示されたとき、「選ばれたこと」そのことに意味があることもあろうし、また先の内包的意味（コノテーション）は同時代の読者には了解されていることとして、「語り」においていちいち意味づけされることはない。つまり、特にことばで異化するまでもないと、語り手（ここではむしろ作者）が無意識のうちに判断して表現しないでいることも、実は表現されていることになる。これらの意味（コノテーション）をも含んで「如何に」は追求されなければならない。

行動・動作の描写が「語り」を展開させると言っても、映像（映画など）とは異なる。コマ落としになっている。また、一つの動作・行為の実現は、様々な内的・外的状況を伴って実現するものである。その実現が特定の時と所においてであることは言うまでもなく、周りの様々なものとの関係性において実現するのであり、さらに行動・動作そのものを構成する、たとえば「雨が降った（こと）」という事態の場合、その量、その様態、その期間などが必ず同時に伴っているが、これらが常にすべて情報として表現によって明示される（語られる）わけではない。語り手（ここではむしろ、作者）の主体的判断で必要なものだけが選ばれている。選ばれた表現は、表現主体の「如何に」語るかの意図に応じたものであると考えていいだろう。

内包的意味を読みとることが要求されるのは、何も「しぐさ」などの行動・動作（こと）だけではない。物（もの、たとえば四季折々の動植物）などの名詞語彙、さらには様態・心情（さま）にも及ぶであろう。さらに、ここで特に注意しておきたいのは、語法的な問題である。例えば、完了の助動詞「つ」「ぬ」の使い分け、「つ」が基本的に「さっき・さっきまで」という思いを伴い、「ぬ」が「さてそこで・つぎに」の思いを伴うとか、過去の助動詞「き」がおおよそ、すぎた過去の事態と今の事態とを関係づけて語るときに用いられるとか、「いとど」が単なる「いと」の強調ではなく、すでに了解されている事態の上にさらにこの事態もが重なってという思い・状況にあることを意味する（読者は当然、「いとど」とあれば、この二つの事態をすばやく感取し読み取らねばならない）などの問題である。

さて、本稿は、「如何に」に関わる語法の問題をいちいち取り上げていくものではないが、その一つとして、可能表現と捉えられてきている、副詞「え」が誘導する否定表現、言わば不可能表現を取り上げてみたい。具体的には、次のような用例を扱うことになる。

夜ごとに人をすゑてまもらせければ、行けどもえ逢はで帰りけり。（伊勢物語・五段・集成）

（一月）四日。風吹けば、え出で立たず。（土佐日記・集成）

いずれも、副詞「え」が後続の否定表現と呼応して、動作・行為の不可能であることを語っている語法である。ただ注意したいのは、少なくともこれらの例においては、副詞「え」のない「逢はで帰りけり」「出で立たず」とあっても情報内容に変わりはなく、文としても通用することである。とすれば、ではなぜ副詞「え」が用いられたか、である。ここに不可能の自覚と捉えてみたい課題がある。

不可能表現である「え…否定表現」構文がどれだけ用いられているかを「総索引」によって各作品の総数を調べてみると、おおよそ次のようである。（　）の数字は内数で、「え」を含む慣用句（「えも言はず」など）の数。

『竹取物語』　一五（〇）、『枕草子』　八三（七）、『うつほ物語』　四四三（三）、

『源氏物語』七四五（桐壺　二二（一）・夕顔　二七（一）・若紫　一五（〇））、『更級日記』二〇（四）、『堤中納言物語』一二（五）、『栄華物語』二八四（一一三）、『今昔物語集』一七六（四九）、『松浦宮物語』一八（四）、『狭衣物語』一五六（七）、延慶本『平家物語』一二（〇）、『宇治拾遺物語』一〇七（二二）、『とはずがたり』七（〇）

副詞「え」についての先行研究では、文法面からする「不可能表現」という指摘を基に『源氏物語』の実態を報告した本田義彦（一九五七）や「え―否定」構文の形式上の史的変化を追求した村山昌俊（一九八一）の研究があり、近年は国語学の立場から精力的に「自発・可能」構文の通時的・通所的研究を発表している渋谷勝己の一連の論考がある（参考文献参照）。さらに現代語訳と関わって、現在京阪神を中心にみられる、西日本の「よう…否定表現」との関係なども諸氏によって指摘されてきている。これら先行研究を参照しながら、文法論の観点からでなく、語用論ないしは文体論の観点から、物語作品における「え―否定」構文について若干考察してみたい。

一　日本語の「自発」「可能」

(一)　不可能を表現する形式

次のような構文（A～C）が指摘されてきた。

(A)　副詞「え」＋否定辞、補助動詞「う（得）」＋否定辞

本稿で主として扱う構文である。上代では副詞「え」が肯定表現とも呼応した例があるが、平安以降では、もっぱら否定表現と呼応して「不可能」を表すと考えられている。

ただし、語源をともにする補助動詞「う（得）」も可能・不可能の認識を表現する。副詞「え」に比べて用例は少ないが、肯定表現、否定表現の両方に用いられている。

（B）助動詞「る・らる」＋否定辞

「る・らる」は、上代にもっぱら用いられた「ゆ・らゆ」を受け継ぐもので、語法的には変わりないとみてよい。平安時代以降「る・らる」は、自発、受身、可能、尊敬の用法を持つという、従来からの指摘には特に問題はないであろう。ただ中古から中世に掛けての「可能」の用法とされている事例は、例外なく「る・らる」が否定構文で用いられている場合（つまり不可能の用法）のみである。また、上代の「らゆ」は「可能」の用法しかみられないと指摘されているが、すべて「寝らえぬ」という否定表現の例であり、つまりこれらはすべて「不可能」表現とみるべきものばかりであり、これらの事実をどう考えるかが、検討すべき課題である

そして、現段階での文法研究では、「る・らる」が肯定の可能で用いられた初出例は、『徒然草』の数例を以てするのが一般である。[1] もっとも次のような例も指摘されている。

＊ あさりする漁夫の子どもと人は言へど見るに知らえぬうまひとの子と　（万葉集・八五三）

＊ 御座所もあらはに見入れらる。　（源氏物語・須磨・二巻・213頁）

前者の「え（ゆ）」については、自発、可能の両説があるが、ここは「見ると自ずと分かった」の思いが強く、自発と見て良い。後者の例は、「らる」が可能ともとれる例。しかし、ここは頭の中将が須磨の光源氏の住まいを尋ねてきた場面で、中将の視点で住まいの様子を描いているところ。「あらはに」を受けているし、これを含む描写の結びが「と見えたり」とあることから、「中までよくみえる」の意なので、自発と解して良いだろう。

『源氏物語』で肯定表現に用いられた「る・らる」は、ほとんどが自発か受身の用法である。それぞれの否定表現は、自発の否定であり、受身の否定であることになる。

(C) その他の不可能表現（認識）

吉井健（一九九三）を参考に概観すると、「カツ＋否定辞」はほとんど平安時代以降は継承されず、「アフ」は上代では肯定・否定両構文に用いられたが、平安時代以降は「アヘズ」と不可能表現に固定する。この点副詞「え」構文の展開に似ている。「カヌ」は上代から現代まで盛んに用いられているが、「カヌの不可能においては、その不可能の条件が内面にあるという場合が多い」と言い、「内面的な葛藤として結果する不可能表現」とする指摘は注目すべきで、副詞「え」が誘導する不可能の理解に大いに示唆される。

さらに、「―はてず」「―わぶ」「―にくし」「―がたし」や助動詞「べし、まじ」の用法、またその疑似的なものや可能のニュアンスを含んだ表現についても指摘すべきであろうが、ここでは割愛し、上記のAを中心にBとの関わりを考えながら不可能の自覚について考えることにする。

(二) 日本語の「可能」認識

日本語にみる可能の認識とは、どういうものなのか、について確認しておきたい。まず、日本語では、自発の認識との関係なくしては、可能の認識については考えられないことをまず指摘しておこう。そこで、可能の用法より先に確立した受身の用法について、自発との関係から考えてみたい。

(1) 日本語の受身態の本質

可能の用法を持つとされる助動詞「る・らる」自体の原義を何とみるべきか。従来の研究では、受身説と自発説が対立していたが、現在ほぼ自発説が定説化している。それは、以下のように観察されるからであろう。

まず「る・らる」は「ゆ・らゆ」を受け継いだ語であることを述べたが、当然「ゆ・らゆ」の原義をも受け継いでいると考えられる。助動詞「ゆ・らゆ」は、感覚・思考動詞の「見ゆ」「聞こゆ」「思はゆ―おぼゆ」や自動詞

「煮ゆ」「燃ゆ」「殖ゆ」などを構成している接尾辞「ゆ」と共通の語素であったと思われる。また「る・らる」にしても、自動詞を造る接辞「る」（例：他動詞「刺す」に「る」を付加して自動詞「刺さる」が生成された）と共通することは、使役の助動詞「す・さす」が他動詞を造る接辞「す」（例：自動詞「浮く」に「す」を付加して他動詞「浮かす」が生成された）こととの対応関係から納得できることである。他動詞とペアをなさない自動詞には、非意志動詞（「咲く」「あふれる」など）だけでなく、意志動詞（「走る」など）もあるが、他動詞とペアになる自動詞は、非意志動詞（例：他動詞「割る」「受ける」に対する自動詞「割れる」「受かる」）である。非意志性の動作の実現は「自発」性に通うものである。

「る・らる」は「受身」の用法を持っていて、受身文を構成する。文法論では、受身構文を考えるとき、三種に分類される（古代語・現代語に関わりはない）。

a　まともな受身文
　　次郎が太郎に蹴飛ばされた。
　（太郎が次郎を蹴飛ばしたコト）の受身文

b　持ち主の受身文
　　次郎が太郎に頭を殴られた。
　（太郎が次郎の頭を殴ったコト）の受身文

c　第三者の受身文
　　次郎が雨に降られた。
　（雨が降ったコト）の、次郎の立場からの受身文
　　次郎は太郎に（先に）博士号を取られた。

（太郎が〔先に〕博士号を取ったコト）の、次郎の立場からの受身文

これらの例を通して観察される日本語の受身文の特徴は、能動文の目的語（ヲ格成分）が受身文の主語にならないことがあること。能動文が他動詞文ばかりか自動詞文である場合も受身文になること。また、受身文の主語には有情物（多くの場合「人」）が置かれやすいこと。もちろん人が関わらない事態（こと）では非情物も受身文の主語になったり（例：庭木が台風になぎ倒された。）、事態のみに注目すると動作主の「人」が背景化して、非情物が受身文の主語になる（例：店頭にリンゴがたくさん売られている。）こともあるが、先の［a、b、c］各構文を通して、共通していることは、受身文の元になるいわゆる能動文の示す事態（先では「コト」でまとめた事態）が、受身文の主語（先ではすべて「次郎」）にふりかかってきた事態である。特に［b］［c］構文の受身文について、迷惑の受身（時には迷惑とは反対に恩恵をうける場合もあるが、多くは迷惑）と言われるように、動作の受け手にとっては、我が意志とは関わりなく、多くの場合我が意にそわない事態が振りかかってきたコト（我が意志に関わりなく関わりを持たされてしまったコト）と意識されていることが分かる。これこそ事態を認識する主体から見れば、「自発」の事態である。日本語の受身文の本質はこの「自発」に根ざしているのであり、［a］構文のみを「まともな」受身文と捉えるのは言わば英文法を基準にしたとらえ方で、日本語の受身文としては、［a、b、c］のいずれもが「まともな」受身文であり、その受身文の本質は、「自発」に根ざしたものと捉えるべきものである。

(2) 日本語の「自発」認識

日本語の文法で言う「自発」とは、「動作主自身の意志や能力に基づく結果ではなく、自然に成立する事態であることをあらわす」（『日本語文法大辞典』「自発」の項）と定義される。主語に立つ人物（主体）が、自分の意志や能力にかかわらず（そのため受け身文の場合、はた迷惑と感じられることが多いのは人情）、自分或いは他者の動作・事態に巻き込まれたこと（ふりかかられたこと）を、自発の「る・らる」構文で表す、それが自発文あるいは受け身文

と認識されるのである。つまり、主体自身の動作の時は自発、他者の動作の時は受身と認識されるのである。しかし、どちらにも共通して、主語に立つ人物の意志と関わりなく、あるいは意志に関わらず動作・事態が実現することを意味している。なお、この「動作・事態」は、能動文における自動詞文、他動詞文の区別には関わらない。これが日本語では自動詞文も、「る・らる」構文の受け身文になる理由（根拠）である。

（3）日本語の「可能」認識

後世、可能動詞という、「可能」をもっぱら受け持つ動詞が発生した。四段（後の五段）動詞に限ってみられるが、可能動詞は下一段に活用して、「ヲ」格を取らず「ヲ」格が「ガ」格に変わる点で（例：「本を読む」「本を売る」↓「本が読める」「本が売れる」）、自動詞的であり、一部は自発動詞とも言われる。また可能表現を造る「なる」も、事態が人間の意志や能力と関わりなく成立することを意味して、自発性に通う用法である。そして近世になると、現代語で盛んに用いられる「できる」という可能の認識を示す語が成立する。サ変動詞の可能形（可能動詞）であり、「…スルコトガできる」とも使い、「ガ」格を取る。これもまた、もとは「出で来る」という、自動詞の複合動詞である。非意志動詞である点、自発性を有する。

こうしてみてくると、「る・らる」の原義は「自発」にあり、そこから「受身」の認識も発生し、「可能」の認識も「自発」の認識と近い関係にあると認められる。つまり文法機能の拡大として「自発」の認識から「可能」の認識が自立してきたと考えられるのである。

従来、上代の「らゆ」は「寝らえぬ」の例が四例（万葉集）のみで、いずれも「不可能」の用法と考えられることから、「らゆ」は「可能」の用法しかなかったと説明され、また、「る・らる」にしても、その肯定可能の用法が『徒然草』あたり（「住まる」などがその例であるが、これについても「自発」の意味がぬぐい去れないという解釈もある〔渋谷一九九三〕）からしか見られず、それまでの用例は、言わばすべて「不可能」と見る例しか認められないとい

う実態にもかかわらず、「ゆ・らゆ」「る・らる」に「可能」の用法を認めてきたのである。しかし、例えば、

① 恋しからむことの耐へがたく、湯水飲まれず、同じ心になげかしがりけり。

② かの国の人を、え戦はぬ也。弓矢して射られじ。

（①、②とも竹取物語・大系）

①の「湯水飲まれず」も「不可能」表現と見てきたわけであるが、「湯水を飲む」行為の「可能」の否定というよりは、「自発」の否定（あるいは否定事態の自発）と意識されていたのではないか。②の例では、「え戦はぬ（也）」の不可能（主体の力不足・能力に欠ける）の認識に続いて、「弓矢して射られじ」とあるのだが、不可能の「え弓矢して射じ」とは異なり、自ずと弓矢を射る状態ではなくなっていることを意味している。

このように「自発」と「可能」とは意味的にも統語論的にも隣り合わせの関係にあり、「昔のことがおもいだされる（自発）。―昔のことが思い出されない。」という例を示して、「自発を否定すると、『自然に動きが出来する』というような自発の意味が後退し、ニュアンス的には、かなり可能に近くなる」（森山・渋谷一九八八）と言う通りで「自発の否定」という認識と「不可能」という認識とはほとんど区別がなかったと言えるだろう。が、自発用法の「る・らる」とは論理的に区別される「る・らる」による「可能・不可能」の認識は、『徒然草』の頃までは未発達だったと考えるべきであろう。

『源氏物語』でも、「受身」用法の「る・らる」がかなり見られはするが、「る・らる」の多くは「自発」用法である。肯定の自発構文と否定の自発構文とが張り合っていたと見るべきであろう。ところが、従来はこの否定の自発構文をなす「る・らる」を、可能（実は不可能）の用法と見てきたわけである。

二　「語り」にみる副詞「え」の生態

㈠　上代の副詞「え」・補助動詞「得（う）」

副詞「え」は、語源的には動詞「得（う）」の連用形の転成したものと見る考えが定説化している。また動詞「得（う）」は、他の動詞の連用形に後接して「かぞへえず」（万葉集・四〇九四）、「ありうる」（同・三六〇一）のように動詞に可能の意を加える補助動詞としても用いられた。上代では、副詞「え」も補助動詞「得（う）」も肯定文・否定文の両方に用例が確認できる。後者の例は一四例が確認されるが、そのうち四例が存在詞「あり」を補助して用いられた例である。現代語でも「ありうる・ありえる」「ありえない」と用いられるものに相当する。現代語では、物（もの）の存在の可能性を示すというよりは、事態（こと）の存在（つまり、実現）が可能であることを示すときに用いられるが、古代語でも基本的には同じであったと思われる。

日本語の「可能」という認識は、どういう認識であるかを、ここで定義的に述べてみるなら、「事態（動作・作用・状態）がそうなること・そうあることを望むとき、その事態が実現化・現実化する見通しが立つ能力を動作主体が持つ、または状態主体がそういう状態にあることが予想可能であることを意味する」となろうか。いわば、「期待・願望する事態が実現すること」が「可能」と認識されたのだと言えよう。

ところが、中古以降になると、副詞「え」は否定構文でしか用いられておらず、「不可能」の用法でのみ用いられたと指摘されている。なお、上代の肯定構文で用いられた副詞「え」についてさえ、「打消の文脈でない例では、可能の意味が現れていない」という指摘もある（『日本語文法大辞典』「可能表現」の項）。

㈡　『竹取物語[2]』の副詞「え」構文

副詞「え」が誘導する構文は、一五例認められるが、すべて否定と呼応していて、「不可能」の認識を表しているとみてよい。

日本語の「可能」は、能力可能と状況可能とに、二大別されるのが一般的であるが、これは、望まれる事態が実現するための条件による区分である。前者は、動作ないし状態の主体が潜在的に備えている、事態を実現させる力を言い、後者は、動作ないし状態の実現に影響を与える、動作ないし状態の主体が置かれている外的な状況の力を指している。この可能の条件の分類について、注目すべきは、最近の渋谷勝己（一九九三）の分類である。特に、「条件」の一つとして、「動作主体の心情・性格条件」を取り立てて、「心情可能」と命名しているが、「語り」における副詞「え」による否定構文が示す「不可能」認識の条件を説明するとき、有効である。渋谷はまた、「可能」認識と連続する「自発」認識について、「可能」の「外的条件可能」（いわゆる状況可能）に対して、「自発」を「動作主体の意志の介入を全く辞さない」「外的強制条件可能」と規定していることが注目される。しかし、この点についてここでは詳しくは触れない。

さて、本稿では、「心情可能」「能力可能」「（外的）状況可能」の区分を基盤にして、『竹取物語』の全用例を詳しく見てみることにする。

(1) 心情可能

③　切にいなといふ事なれば、え強ひねば、理也。（かぐや姫に対する翁）

④　殿へもえまゐらざりし。（大伴家の使わした男たち）

⑤　心のままにもえ責めず。（かぐや姫に対する翁）

③の「理也」は草子地で、翁の「強ひず」という行為に対する、語り手の評価。事柄としては「え強ひず。」とここで文が切れていてもいい。とすれば、三例とも文末表現で、現実化した事態を描いている文である。その点で、いずれの例も副詞「え」がなくても事実の情報に差異が生じるわけではない。にもかかわらず、なくても良い文脈にあえて副詞「え」をつけることで「不可能」表現にしたところに意味があった。それは、（　）に示した動作主

の心情ないし性格が事態の実現を阻んだことを語りたかったからである。④の場合は、直前の「龍の首の玉をえ取らざりしかば」という事情が「男たち」の心情を抑圧した。それが「不可能」の条件になった。

(2) 状況可能

⑥（車持皇子）御死にもやしたまひけん、え見つけたてまつらずなりぬ。（人々）

⑦「をぢなき事する舟人にもあるかな。え知らでかくいふ」（舟人）

⑧え起きあがり給はで、舟底に伏し給へり。（大伴大納言）

⑨「をかしき事にもあるかな。もつともえ知らざりつる。…」（石上中納言）

⑩「…。さてはえ取らせ給はじ。…」（石上中納言）

これらの例についても、⑩を除いて、いずれも副詞「え」がなくてもそのまま文表現が成り立つと言える。「え」がなくても、現実の事態は伝えられている。しかし、「え」によって「不可能」表現にすることで、単なる客観的な事実の提示に止まらないで、動作主または話主の「願わくば事態の実現をねがっていたのに、それが叶わず（補注）」という思いを伝えることができているのである。

⑩の例で、子安貝を「取ること」を不可能にしている外的条件は、「さ（ては）」が受けている内容である。ただしこの場合は、実現化した事実ではなく、打ち消し推量「じ」が文を統括しているように、未来の可能性を語っている。「え」がないと「お取らせにならないだろう」という表現になり、「取らせる」意志のないことを予測する文となるが、「え」を付加することで「取らせる」意志があってもそれが実現しないことを予測することになる。文意が少しずれる。この「え」は欠かせないと言えよう。「え」によって、取らせたいのはやまやまだが、そうはできないだろうという思いが付加される。

⑧の例は、他の③から⑩の例がすべて主文述語であるのと異なり、副詞「え」の構文が条件句の場合で、主文述

語の「舟底に伏し給へり」の理由根拠となっている。こういう例は『竹取物語』では少ないが、『源氏物語』など

では、副詞「え」構文が誘導する「不可能」な事態が原因・理由となって生ずる事態が描き出されるという展開が多く見られる。

さて、⑦⑨の例については、注釈が必要であろう。⑦例は、会話主は大伴大納言で「知る」の動作主は舟人である。⑨例は、会話主も「知る」の動作主も石上中納言である。共通しているのは「え知らず」、直訳すると「知ることができない」であるが、ここの表現は、そういう単なる動作・行為の「不可能」とは異なる。確かに「知る」機会に恵まれなかったこと自体がここでの、「不可能」の外的条件ではあるが、「知る」ことの実現はある意味で宿命的なところがある。では「え」を伴って「不可能」表現にすることで何を語ることになっているのだろうか。⑦は「（私のことを）よくは知らないくせに」の思い、⑨では文末に完了「つる」があるように「今までよくも知らないでいた、自分ながらあきれた」という思いが言外に感じられるのである。

渋谷勝己（一九九三）は、可能表現を、動作主の意志動作実現の可能・不可能を判断する表現だとすると、副詞「え」による不可能表現は、そういう可能表現の範囲を超えて用いられているとして、特に「あり」や形容詞などの状態述語、さらに「知る」という動詞にも、「え」構文が用いられていることに注目している。そして「上代・中古の副詞エは、可能の意を含みつつ、それよりも広い意味を表す形式であった」としているのである。

表現主体の、不可能な事態に対する主観的な心情を伴って表現されるのが、副詞「え」構文の表現価値なのである。「（1）心情可能」は、動作主の心情・性格が事態の実現を阻む条件になる場合であって、この副詞「え」の否定構文が、表現主体の主観的心情を伴うということとは別のことである。「（2）状況可能」の場合特に、心（本根）ではそうしたい、そうありたいと思っていても外的状況（条件）がそうさせてくれないという思いを込めている場合が多い。それが、単に結果としての否定の事実を客観的に述べる、副詞「え」を伴わない表現との違いである。

いわば、副詞「え」の否定構文は、主観的な心理描写ないしは心情表現といってよい、文体的性質を持っていたと言えよう。

(3) 能力可能

⑪「…ただし、この玉たはやすくえ取らじを、いはむや、龍の頸の玉はいかが取らむ」（人一般）
⑫「龍の頸の玉をえ取らざりしかばなん殿へもえまゐらざりし。…」（男たち）
⑬貝をばえ取らずなりにけるよりも、（石上中納言）
⑭「…あの国の人を、え戦はぬ也。弓矢して射られじ。…」（皇居の武士ども）
⑮「…重き病をし給へば、え出でおはしますまじ」（かぐや姫）
⑯え止むまじければ、たださし仰ぎて泣きをり。（嫗）
⑰かぐや姫を、え戦ひ止めずなりぬること、こまごま奏す。（中将たち皇居の武士）

このうち、⑫⑬⑰は確定の事実である。客観的描写としてなら、副詞「え」がなくても文は成り立つ。先に見てきたものと同類である。しかし、⑪では打消推量「じ」、⑭では説明文をつくる断定「なり」、⑮では打消推量「まじ」、⑯も同じく「まじ」が用いられていて、これらは確定した事態を語るものではなく、一般的な判断や未来における可能性（ここでは不可能の判断）を述べていて、これらの構文では、副詞「え」が取り外しにくいと言えよう。もっとも、打消推量「まじ」は「べし」の否定形であり、その「べし」が可能性や高い蓋然性の推量判断を示す文法的意味を持っているように、否定形の「まじ」も可能性や高い蓋然性を示しているのである。副詞「え」が誘導する「不可能」表現は、打消推量の「まじ」の意味機能に連続している。その意味で、助動詞「べし」構文は肯定の可能に近いものを受け持っていたことには注意しておくべきである。

なお、⑮の例は、渋谷の言う「可能の条件」の分類のうち、「動作主体の内的条件」とされているものに当たる例で、動作主体自身に属する、身体などの一時的状況が可能・不可能の条件になっている場合に当たる。

三 『源氏物語』にみる副詞「え」構文の諸問題

ここまでにすでにかなり紙数を尽くしたので、大量の副詞「え」の事例を持つ『源氏物語』について全体を述べ尽くすことはできない。トピック的に問題を指摘するに止めたい。

(1) 次の例は、『源氏物語』初発の、副詞「え」による「不可能」表現である。

⑱ いよいよあかずあはれなるものに思ほして、人の譏りをもえ憚らせたまはず、世の例にもなりぬべき御もてなしなり。（桐壺・一巻・17頁）

先にも述べたが、この例の場合も、副詞「え」がなくても、語りの客観的情報内容に変化が生じるものでない。淡々と客観的事態だけを語ることも可能であった。しかし、語り手（ここでは、作者としてもよい）は、「え」を添えて可能表現にすることで、動作主桐壺帝の内面を聞き手に彷彿とさせているのである。桐壺の更衣への愛情の深さという私的感情と世間の評価（当代王朝の秩序）を受け容れねばならないという社会的意識との葛藤にあって、前者の思いに抗しきれなかった桐壺の内面を想像させるのである。この例は「心情可能」の例でもある。ところで、本田義彦（一九五七）は興味深い例を示している。桐壺（四・更衣病む、帝に別れて退出、命果てる）の例である。

⑲ aその年の夏、御息所、はかなき心地にわづらひて、まかでなんとしたまふを、暇さらにゆるさせたまはず。（一巻・21頁）

bまた入らせたまひてさらにえゆるさせたまはず。（同・22頁）

同じ「ゆるさせたまはず」という帝の行為に対して前者では「え」をつけず、後者では「え」をつけるという、表現の違いを指摘している。bでは、帝の内面に葛藤が生じているわけで、前者の段階では「ゆるさねば」という思いはなかったが、後者では元からの「ゆるしたくない」の思いに「ゆるさねば」の思いが加わって、二つの思いに葛藤していることが「え」の不可能構文で語られている。これも「ゆるしたくない」思いが「ゆるす」行為を不可能にしているのであり、「心情可能」の例である。

注目すべきは、本田の指摘によると、⑲bの「え」について、諸本の間に「あり・なし」の異同があることである。「え」ありが、青表紙本系と別本系一本で、「え」なしが、河内本系と別本三本だという。勿論、「え」なしでも本文として通用することは、先にも述べてきた通りである。

副詞「え」の使用には、このように「え」を取り外しても本文に問題が生じない場合と「え」が取り外しにくい場合とがあったと言えるが、概していうなら、副詞「え」を多用する表現（文体）は、人物の内面（心理）描写に心を砕いていると言えよう。ちなみに、先行研究の調査の結果を参考にさせてもらって比較するなら、『竹取物語』一五例、『土佐日記』一二例、『伊勢物語』二二例、『更級日記』一六例、これらはほぼ分量からすると頻度は似通っている。『枕草子』七六例（主として日記章段であろう）、そして『源氏物語』は約七五〇例（内、桐壺一二例、夕顔二七例、若紫一五例）、『松浦宮物語』一八例（事例は前半に偏っている・後述）、『宇治拾遺物語』一〇七例、『平家物語』（延慶本）二一例などからみて、『源氏物語』が人物の内面に関心が高かったことを物語っていよう。ただし、副詞「え」構文自体、時代とともに用い方を異にしているところがあるので、通時的に同列において、「え」使用の文体的特徴の解釈をするわけに行かないところがある。

本田の先の論考の主旨は、二つの「索引」――『源氏物語大成』のものと『対校源氏物語新釈』のもの――をもとに、「え」が『大成』にあって『新釈』にないもの一八例、その逆二六例、さらに両書にあって岩波文庫本にないもの五例、計五九例について、写本間の異同も加味しながら、本文を詳細に検討されたものになっている。それによると、本田の判断によるが、五九例中四七例が「え」ありがよしとされるもので、残り一二例（第一部五例・第二部一例・第三部七例）が「え」なしがよいとされるものである。また、五九例中、『大成』本文をよしとされるもの二五例、『新釈』がよしとされるもの三七例、両書とも本文をよしとされなかったのは、一例のみで、どちらかが「よし」とされる本文を持っていることになる。この五九例のうち、いくつかの例について確かめてみたい。

⑳　いづくにてもまつはれきこえたまふほどに、おのづからかしこまりもえおかず、心の中に思ふことをも隠しあへずなむ、睦れきこえたまひける。（帚木・一巻・54頁）

「え」が『大成』にあり、『新釈』になしで、本田は「なし」を可とする。「大成の写本を見るに、青表紙本系の池田本のみ『え』がない」としながら、「え」がない方が「よさそうに考えられるが、如何であろうか」という。「え」があれば、頭中将には光源氏に対して「（本来）遠慮しなければ」という思いがなお残っていることになるが、ここでは、「隠しあへず」ともあるように、すっかり親しくなっていることを述べているところだから、「え」がないのが良いというのである。確かに「おのづから」との共起は「なし」が自然なようにも思う。

㉑　さる心して、人とく静めて御消息あれど、小君は＊尋ねあはず、よろづの所求め歩きて、（帚木・一巻・110頁）

本田の調査では、「＊」[3]の位置に、青表紙本三本以外はすべて「え」がついていて、「え」がある本文を良と判断している。「え」がなくても表現は成り立つ。しかし、それはただ、小君の行動の結果が客観的に語られるにすぎないことになるが、「え」があることで、小君の視点から、小君の内面〈何とかして姉に尋ね合いたいという想いであったのに、その想いもむなしく〉という、願う事態の実現化がのぞめなかったという想いを語っていることになる。「心情可能」ではなく、自らの行為・行動に対する、主体の想いが描かれているのである。登場人物の不可能の自覚である。不可能にした条件は、小君個人の能力も関わっていたであろうが、なんとしても「姉」の隠れようとする振る舞いという外的状況によっているところである。

㉒（惟光）例のうるさき御心とは思へども、さは＊申さで、

（夕顔・一巻・140頁）

この例では、「え」ありが河内本系、「え」なしが青表紙本系と、まっぷたつに対立している場合である。本田は、「え」ある本文を良としているが、その根拠を次のように言う。

（「え」が）なければ申し上げたいと思う気持も起こらないほど主従の関係は心が通っていなかったことになるが、惟光は家来ではあるが源氏には特に親しかったのだし、（略）ここは「え」ある本文に従いたい…

惟光の箴言したい思いを止まらせた、不可能の条件（障り）は、「身分のへだたり」と説明している。この、「え」がない本文の解釈について否定はできないが、事実のみの描写にどういうコノテーションを読み取るかは難しい（例えばこの例の場合、はたして「主従の関係に心が通っていなかった」となるのか）。しかし、副詞「え」が、動作主体の行動に伴った、動作主体の心理が読み取れという「マーク」であることは間違いないであろう。

㉓（惟光）「その人とはさらにえ思ひえはべらず。」

（夕顔・一巻・149頁）

この例の場合、本文にかなりの異同が見られるようだ。後の「え」は、補助動詞「―う（得）」であるが、この補助動詞も「可能（事態の実現）」表現を受け持つが、『源氏物語』では、「―え（侍ら）ず」のように不可能の構文で用いられた例はないという指摘に従うなら、ここは例外ということになる。

青表紙本系は多く、「えおもひえ侍らず」
河内本系は、「おもひえ侍らず」

おおよそ二系統が副詞「え」の有無で対立しているのであるが、どちらも例外となる本文であることには変わりがない。青表紙本系では、不可能表現が二重になっている。つまり副詞「え」に依るのと、補助動詞「え（得）」に依るのとであるが、こうした例は後世になると見られる。しかし、『源氏物語』では、この点でも例外となる。青表紙本の一本に「え思ひ侍らず」とあるが、これだと問題がない。ところが、諸注釈書ではここを「思ひ寄り侍ら

ず」と現存の写本にはない本文を取っているという。本田も、この注釈書類の校訂に賛同し、さらに「え思ひより侍らず」（大系の本文）とありたいところと言う。「より（寄り）」とするのは、「え」と「より」が変体仮名において似通っているからだとする。

（2）次に、その他の可能表現に関して述べる。

先にも触れたが、補助動詞「―う」は、『源氏物語』では二〇数例みられ、すべて肯定可能表現になっていると本田は言う。不可能表現において、副詞「え」は否定構文、補助動詞「う」は肯定構文と役割分担していたようだ。ちなみに『竹取物語』などでは、肯定・否定の両構文に用いられている。

補助動詞「―あふ」も可能表現をなす。動詞が示す動作・作用を完璧になしきる、実現を全うする、押し切ってことをなすのニュアンスを付加する意味を持ち、それが「実現の達成」という可能を意味することになるのである。しかし、平安時代では「あへず」という不可能表現で固定すると言われる（吉井一九九三）。それが、『源氏物語』では次のように、副詞「え」の不可能構文と合体して用いられた例が出てくる。

㉔　えそねみあへたまはず。（桐壺・一巻・21頁）

㉕　さらにえ忍びあへさせたまはず。（同・同・34頁）

など含め、桐壺巻には、四例見られる。言わば、該当の動作・作用を「終局まで維持し成就させる」（吉井一九九三）ことが叶わないという心理を付加しているのである。

また、「え―否定辞」という呼応関係が表現形式として固定してくると、「えこそ」「えなむ」などと「―否定辞」の部分を省略する、言いさし表現も現れてくる。一方副詞「え」を含む慣用句も確立してくる。「えさらず」「えならず」などや『枕草子』あたりから「え（も）言はず」などが連体句・連用句として用いられて、事態・事物の評価の面で、その程度の甚だしさを示す用法で用いられた。

また、次のような例についても注意しておきたい。

㉖　若き御心に恥づかしくて、えよくも聞こえたまはず。（若紫・一巻・214頁）

㉗　「まだようは書かず」とて、（同・同・259頁）

㉘　いまめかしき手本習はば、いとよう書いたまひてむと見たまふ。（同・同・同）

これらに見る「よく（よう）」に注目したい。副詞「え」と異なり、実質的な意味（上手にの意）を持っているし、肯定・否定両構文に用いられている。例㉖のように副詞「え」とも共起しうるのである。上代の副詞「え」が、むしろこの「よく（よう）」の働きに相当していたと考えられ、それが平安時代になって副詞「え」がもっぱら不可能表現にシフトしたために、副詞的に用いる「よく（よう）」が新たに必要になったのではないだろうか。

不可能表現を導く副詞「え」を、現代も見られる関西方言の「よう…せん」「よう＋動詞未然形＋ん」の「よう」に結びつける解釈があるが、むしろ例㉖―㉘にみる「よく（よう）」の残存と見るべきかもしれない。現在、京・大阪を中心とする関西中央部では、「ヨーイカン」が能力可能に用いられ、「イケヘン（京）イカレヘン（大阪）」が状況可能に用いられるという使い分けがあると言われている（真田二〇〇一）。古代語との対応で言えば、前者が副詞「え」構文に相当し、後者が、「る・らる、（れる・られる）」および可能動詞に依る可能表現に相当する。

おわりに　後世の物語に見る副詞「え」構文

㈠『松浦宮物語』(4)の「え」構文

一八例の副詞「え」が見られるが、うち「えならぬ」「えも言はず（ぬ）」が計四例。残り一四例のうち九例が巻一（しかもそのほとんどが冒頭近く）にみられ、全体的に文体的偏りがある。

㉙　御子たちにても、え心つよかるまじうぞあるや。（略）。えかばかりならずやとぞ、見ゆる。（巻二・宴のあと）

語り手が登場人物の内面を思んぱかったり、状態を傍観的な目で推し量ったりしている表現で、「とても…でありえない」という判断を示している。いわゆる動作・行為の不可能とは異なっている。

㈡『宇治拾遺物語』[5]の「え」構文

副詞「え」は一〇七例、見いだせる。このうち慣用句「えも言はず（ぬ）」が二二例。顕著なこととして、会話（心内語含む）三九例中二四例が否定辞として助動詞「じ」「まじ」と呼応していることで、それが地の文四六例中では、三例に過ぎない。このことは「会話」「地の文」の機能から必然のことと考えられる。つまり地の文は、「語り」における筋（出来事の展開）を描くものであるから確定の事実としての不可能表現に傾向するが、会話ではこれからのことを予測したり判断したりして話題にすることは大いにありうるわけである。

㉚「…殿は今夜えすぐさせ給はじとみたてまつるぞ」（巻二・八）

㉛　こと人の目に大かたえみず、ただ聖ひとりとのみ見けるに、（同・一）

例㉚は、話主が第三者（殿）の様子をはたから観察して、「今夜すぐす」ことの可能性がとても薄いことを推定している例で、動作の当事者（殿）の心理描写ではない。例㉛も同じく、語り手の視点から「こと人」の様子を傍観的に捉えた表現で、「とても可能性が薄い」という判断を示している。副詞「え」による不可能表現が、本来動作主の「そうありたい、そうしたい」という思いを前提にして、しかしその実現が望めないときにその思いを込めて用いられたことからすると、これらは傍観的に事態の実現の可能性のないことを客観的に判断した表現になっている。

以上「語り」における、「え」構文による不可能の自覚を探ってきたが、精査の点で、徹底できておらず、素描したにすぎない。しかし、読みを深める上で、軽視できない文型であることは確認できたかと思う。

〔底本〕　原則として小学館新編日本古典文学全集収載の校訂本文に拠り、該当箇所の頁数（万葉集は歌番号）を、引用の末尾に（　）で示した。小学館新編日本古典文学全集以外に拠った場合は、次のような略記号を用いて示した。（大系）…岩波日本古典文学大系、（集成）…新潮日本古典集成。また『源氏物語』の本文の引用は（　）で、巻名と頁数を示した。

注

（1）「かくてもあられけるよと」（一一段）「冬はいかなる所にも住まる」（五五段）などがその例であるが、渋谷（一九九三）は『例解古語辞典』の指摘に賛同して、「多分に自発的な意味を含んだもの」と言う。
（2）底本は阪倉篤義校注、岩波日本古典文学大系。
（3）「＊」の箇所が「え」の有無が問題になる箇所。
（4）関根賢司外編『松浦宮』（おうふう）による。
（5）中島悦次校注角川文庫本による。
（補注）中古における「え…（ず）」の構文は多くの場合、「本当は…したかったのに」「できることならそうしたいが」「そうしたくてもできない」などの訳を添えると表現意図がよく理解できる。そういう主体の心理を「え」が伝えているのである。

参考文献

本田義彦（一九五七）「源氏物語副詞『え』考」（『熊本女子大学学術紀要』九―一）
金子尚一（一九八〇）「可能表現の形式と意味――〝ちからの可能〟と〝認識の可能〟について（Ⅰ）」（『共立女子大学紀要』二三）
村山昌俊（一九八一）「副詞『え』考―語法史における呼応弛緩の観点から―」（『国語研究』四四）

後藤和彦（一九八二）「動詞性述語の史的展開（1）相」（『講座日本語学2文法史』明治書院）
吉井　健（一九九九）「上代における不可能を表す接尾動詞—アヘズ・カヌ・カツ＋否定辞—」（『井手至先生古希記念論文集国語国文学藻』和泉書院）
森山卓郎・渋谷勝己（一九八八）「いわゆる自発について—山形市方言を中心に—」（『國語學』一五二）
渋谷勝己（一九九三）「日本語可能表現の諸相と発展」（『大阪大学文学部紀要』三三—一）
渋谷勝己（二〇〇〇）「副詞エの意味」（『国語語彙史の研究十九』和泉書院）
真田信治（二〇〇一）『大阪大学新世紀セミナー　関西・ことばの動態』大阪大学出版会
渋谷勝己（二〇〇六）「（第2章）自発・可能」（『シリーズ方言学2方言の文法』岩波書店）
山口明穂他編（二〇〇一）『日本語文法大辞典』明治書院

〔二〕「き・けり」論

1　古代和歌における助動詞「き」の表現性

序

古代和歌とは、『新古今集』頃までの和歌を指していうことにするが、実際にとりあげる例歌は、主として『万葉集』『古今集』等からとっている。助動詞「き」とは、言うまでもなく過去の助動詞に分類されるそれであるが、本稿では、「き」の起源・語源の問題にはふれず、未然形と認められる「け」「せ」も除外して考え、また、「て（に）しか（な）」という願望の助詞を構成する「し」についても対象外とする。つまり、終止形「き」、連体形「し」、已然形「しか」のみを考察の対象とする。本稿は、古代和歌という文学表現と、文法的機能語「き」との交流の実態、つまり標題にいう「表現性」を、助動詞「き」の使用の生態的な観察によって考察してみようとするものである。しかし、逆に個々の表現（和歌）を観察した、その結果から、助動詞「き」の性格ないし本義を考え、さらに古代和歌の実態の一端を把握する緒口をも見い出したいと考えている。

和歌（ないし一般に「ウタ」）が、その表現機構的には、一人称視点を表現の原理としていることはすでに説かれている。殊に最近の物語学における語りの表現構造を相対的に明確化する上で、「ウタ」と「カタリ」とを対比的に捉えて「ウタ」が一人称視点であることを、高橋亨、三谷邦明等が重視している。[1] さらに、和歌の表現機構的に重要な原理は、詠者（つまり一人称者）の「今・ここ」における心（これを以下において「現在の心」と称することにする）、この現在の心を詠ずるものであるということである。

ただし、このことについては、二点、注意しておかねばならないことがある。一つは、「現在」という場合、二つの「現在」があること、つまり、詠歌の現在（＝創作の現在）と視点の現在（＝表現の現在）とである。詠歌の現在は、和歌が実際に創作された時点のことであり、視点の現在は、創作された和歌の表現が叙述の視点として有している現在で、表現の現在ともいうことにする。両者は一致することもあり、一致しないこともある。なお、神尾暢子には、創作主体と表現主体とを区別する概念規定があるが、[2] この区別も両「現在」が必ずしも一致しないものでもあることから生じてくるものと考えられる。本稿にとって重要なことは、視点の現在（＝表現の現在）である。これをもって、和歌は、一人称視点による（詠者の）現在の心の表現を、その表現原理としている、と規定しているのである。もう一点は、「一人称＝詠者」についてである。つまり、創作主体（作者）が必ずしも「一人称＝詠者」とは限らないこと、例えば、紀貫之等の屏風歌にみられるように、創作主体紀貫之が、屏風絵の中の人物を詠者と仮構して詠作した歌がある。一人称視点によるといっても、詠歌方法としては、体験の一人称視点と仮構（又は虚構と言ってもよい）の一人称視点とがあるのである。後者は詠者が絵画中の人物に同化していると言ってもよいが、方法論的には、一人称小説のそれと類同で、一人称の視点人物が設定されているのである。先の神尾の、創作主体と表現主体の区別が、ここにも重なる面を有しているが、ここでは詳述を割愛する。本稿にとって重要なことは、いずれにしろ、和歌表現が一人称視点の表現であることにおいて統一的に捉えうることである。

さて、和歌の表現機構を、以上のように確認する時、現在の心を詠ずるものである和歌において、ある事柄が過去のことであることを表示する助動詞「き」が、一体どういう表現性を荷っていたものか、が問題となる。例えば、

大伯皇女の次のような歌、

① 我が背子を大和へ遣るとさ夜ふけて暁露に我が立ち濡れし（吾立所霑之）[3]（万葉集・一〇五）

のように、一首全体が過去の助動詞「き」で統括されている歌において、現在の心はどうなっているのか、どんな現在の心が詠じられていると解せるのか、と問う時、その答えが必ずしも容易でないところに問題の一端がある。こうした問題にも答えることを目標にして、助動詞「き」の表現性を生態論的に追究していくことにする。[4]

一

助動詞「き」は、「話し手の過去にあった直接的体験を回想して述べる意を表わす[5]」とか、「過去の事柄を振り返って述べるときに用いられる[6]」とか、「確実だと信じられる過去の事柄に用いられる[7]」とかと代表的に規定されるように、表現素材となった事柄が「過去の事柄」であることを意味する助動詞と認められていることには疑義はない。しかし、「き」で過去の事柄と認識されているということはどういうことなのか、どういう事柄が「き」で過去と認識されるのか、そこにどんな基準・原理が作用しているのか、等については必ずしも的確に指摘されているとは言えないように思われる。そこで先ず、過去の事柄と認定される事柄が、過去を意味する時間語彙「いにしへ・昔・去年」等で具体的に規定される場合から見ていくことにする。

② 古に妹と我が見しぬばたまの黒牛潟を見ればさぶしも（妹等吾見）（万葉集・一七九八）

③ 昔見し家の小川を今見ればいよよさやけくなりにけるかも（昔見之）（同・三一六）

④ 去年見てし秋の月夜は照らせども相見し妹はいや年離る（去年見而之）（同・二一一）

これらの例については特に多言を要すまい。例歌③にみるように、「昔」「いにしへ」「去年」が、「今」「今年」と

いう現在と対立関係にあることは言うまでもない。また、

⑤　吉野川よしや人こそつらからめはやくいひてしことは忘れじ　（古今集・七九四）

と、漠然とながら「はやく」と過去が、今（現在）と対比的に捉えられもする。さらに「昨日」のことも過去と認識されることがある。

⑥　昨日こそ年は果てしか春霞春日の山にはや立ちにけり　（年者極之賀）（万葉集・一八四三）

⑦　昨日こそ早苗とりしかいつの間に稲葉そよぎて秋風ぞ吹く　（古今集・一七二）

例歌⑦の「昨日」が比喩的に把握された時であったとしても、ことに「こそ」によって言外の現在の「今日」と対比的に認識されている過去であることは言うまでもない。

さて問題は、「過去の事柄」と文法研究で定義されている、その「過去」の認識にあるのだが、一般に「過去」という語に抱く語感、また、その裏返し的な意味としての現在性という意味の理解に注意しなければならない。というのは、「今朝」「今日」といった現在（今）という時の観念のうちに認識されるはずの時間（時刻）規定の語によって規定される事柄も、助動詞「き」によって叙述されている、次のような和歌の存在も見落としてはならないからである。

⑧　言繁き里に住まずは今朝鳴きし雁にたぐひて行かましものを　（今朝鳴之）（万葉集・一五一五）

⑨　今日降りし雪に競ひて我が宿の冬木の梅は花咲きにけり　（今日零之）（同・一六四九）

例歌⑧では、雁の鳴いたのが「今朝」であったとする。また「今朝鳴きて行きし雁が音（行之）」（万葉集・一五七八）、「今朝の朝明雁が音寒く聞しなへ（聞之奈倍）」（同・一五四〇）なども、「今朝」の事柄を助動詞「き」で認識している。しかし、一方、

⑩　今朝の朝明雁が音聞きつ春日山もみちにけらし我が心痛し　（雁之鳴聞都）（万葉集・一五一三）

この歌では、「今朝」の事柄が完了の助動詞「つ」で認識されているのである。このことは先ず、過去と非過去の識別が、必ずしも「今朝」などの客観的な時間（時刻）規定を基準にしてなされているものではないことを意味し、「今朝」の事柄を、過去「き」で認識するか、完了「つ（ぬ）」で認識するかは、表現主体の認識によって左右されるものであったと考えられるのである。つまり、そういう両義的な境界性の故に、客観的にその境域を区別しうるものではなかったと考えられる。（補注1）

では、例歌⑧で、「今朝」の事柄「雁が鳴く」が、助動詞「き」で認識されたことは、表現主体のどういう認識を意味しているのであろうか。言繁き里に住んでいることをつらいと思っている表現主体は、現在、雁とともに飛んでいきたいという思いを抱いているのであるが、しかし、今現在、もうその願いが実現不可能な状態にある。つまり、雁はすでに飛んでいってしまっているからである。表現主体にとっては、雁が鳴いた時点（過去時）ともう雁が鳴いていない時点（現在時）とでは異質な時点、異質な状況なのだ。現在時の状況に連続的につながらない、異質な時点（時間）が、過去時として切り離されて認識されている。助動詞「き」によって叙述された事柄は、現在性との相対的な関係において過去性の事柄と認識されていると言えよう。つまり、過去性とは現在性と対立的に認識されるものではあるが、その現在性という認識そのものも結局は主体の主観によるものであり、どういう状況を前提とするかによって客観的には同一の「時」が、時には過去時と認定されることもあれば、時には現在時と認定されることもあると考えてよいだろう。

過去の「き」と完了の「つ・ぬ」とは、前者が事柄の過去性を、後者が現在性を示すという点では、時の認識として対立的関係にあるのであるが、どちらで認識するかはかなり主体の主観性によるものであるという点で、両者の境界は両義的、あいまいだと言ってよい。

⑪　君が名も我が名もたてじ難波なるみつともいふなあひきともいはじ　（古今集・六四九）

という例があり、『万葉集』にも、

⑫　大伴の見つとは言はじあかねさし照れる月夜に直に逢へりとも　（見津）（万葉集・五六五）

とあるが、また一方、

⑬　それをだに思ふ事とて我が宿を見きとないひそ人のきかくに　（古今集・八一一）

ともある。

さて例歌⑨についても、右にみたような「き」の表現性によって解釈できるものか、確かめてみよう。今朝の事柄が今日のうちのことではあっても、「今朝」と歌の「現在」とが矛盾なく別の時間として認識されているとみることができたが、例歌⑨の「今日」と歌の「現在」との関係はどうなるのか。例歌⑨は、雪中梅花を詠じているようにみえるがそう理解してはいけないのだろう。雪は朝のうちにでも降ったもので、しかし、今はもう消えているのだ。が、その雪が消え残っているのかと錯覚したのは、実は本物の白梅花であった。そのことを梅が雪に「競ひて」と言っているのであり、後を追うようにして梅花が咲いたとみていると解したい。今日のうちに起こったことの、過去時（雪）と現在時（梅花）との対比の面白さを、雪の白さを眼にしたかと思うと引きつづいて、その白さを咲き競うかのように咲いた梅の花の白さを発見した嬉しさを詠じているのではないか。そこにまた、冬に競う春の姿をみた喜びを詠じているとみると、助動詞「き」の用いられた意図が読みとれるような気がする。

さらに、事柄を過去時のこととして叙述する「き」の用法の、現在時との関係を明確に理解するために、次の例歌に注意してみたい。

⑭　咲きそめし時より後はうちはへて世は春なれや色の常なる　（古今集・九三一）

⑮　秋風の吹きにし日より久方の天の河原にたたぬ日はなし　（同・一七三）

⑯　今来んといひて別れし朝より思ひくらしの音をのみぞなく　（同・七七一）

これらの歌が、「うちはへて世は春なれや色の常なる」「久方の天の河原にたたぬ日はなし」「思ひくらしの音をのみぞなく」という、それぞれの現在の状態（心）を詠むことを主眼とした歌であり、そうした現在の状態（心）の発生時が「…時（より）」「…日（より）」「…朝（より）」と示されている。これらの「時」「日」「朝」を境界として、それ以前の（過去の）状態とは異質な（現在の）状態が発生したことが認識されているのである。つまり、「咲かないである」「秋風のまだ吹かない」「別れるにいたらない」、そういう状態の時とは異質な状態が発生した、そういう現在の状態とは異質な状態であった時を、現在時から切り離して過去時として認識しようとしているのである。つまり、現在の状態を発生させた行為を、過去時の事柄として叙述するのが、助動詞「き」の機能でもあった。

右の⑭〜⑯の例歌では、その起点の時が、時間（時刻）語彙「時・日・朝」によって明示されているが、必ずしも、これらの時間（時刻）語彙を必要としなかったことは、古語表現においては言うまでもない。

⑰　梅の花たちよるばかりありしより人のとがむる香にぞしみける　（古今集・三五）

⑱　初雁のはつかに声を聞きしよりなかぞらにのみ物を思ふかな　（同・四八一）

⑲　うたたねに恋しき人を見てしより夢てふものは頼みそめてき　（同・五五三）

これらにおいても、ある行為（事柄）の実現が、それ以前（過去時）とは異質な現在時の状態の発生の起点となったことを明示するために、格助詞「より」を用いていることには変わりがないのであるが、実は過去の助動詞「き」の用法―表現性そのものが、格助詞「より」の意味機能を含有しているとみてよいと思われる。それは例えば、

⑳　我妹子が植ゑし梅の木見るごとに心むせつつ涙し流る　（殖之梅樹）（万葉集・四五三）

この歌で「植う」という行為が過去時のこととして認識されている。しかし、梅の木は今はもう植えられていないのではない。植えてあるのである。つまり、現在の状態「植えてある（梅の木）」ことの発生の時が「植ゑし」と示してあるのである。[補注2] つまり、「植う」は、瞬間動詞として用いられている。

㉑　明日よりは春菜摘まむと標めし野に昨日も今日も雪は降りつつ　(標之野尓)(万葉集・一四二七)

「標む」行為を過去時と認識しているが、これも、今は「標む」行為—状態が存在しないというのではなく、「標む」は瞬間動詞として用いられており、ある時点での「標めた」行為によって、その結果現在は「標めてある状態」であることを意味している。

㉒　淡路の野島の崎の浜風に妹が結びし紐吹き返す　(妹之結)(万葉集・二五一)

ある時点で「結ぶ」行為が瞬間的に行われた結果、現在は「結んである状態」にあるのであり、「結ぶ」行為が過去時のことになったから現在は結んでない、解けた状態にあるというのではないのである。以上三例は、現在の状態「植えてある」「標めてある」「結んである」が発生した時点を示しながら、その契機となった行為を過去時の事柄として叙述するために、助動詞「き」を用いていると考えられる。これらが、現在の状態のみを表現するものであったのならば、それぞれ、「植ゑたる」「標めたる」「結びたる・結べる」と表現したところである。

㉓　君が家に植ゑたる萩の初花を折りてかざさな旅別るどち　(殖有芽子之)(万葉集・四二五二)

㉔　海原を遠く渡りて年経とも児らが結べる紐解くなゆめ　(児良我牟須敝流)(同・四三三四)

など、『万葉集』にも例をみる。先の⑳〜㉒の例は、「植ゑし」故に、その結果現在「植ゑたる」状態にあることを前提にして詠まれていることに注意したい。ある人物(「吾妹子が」「我が」「妹が」)の瞬間的な行為が契機となって、それ以前の状態とは異質な(または新しい)状態が発生したことを詠んでいるところに、これらの例の助動詞「き」による認識が表出されているとみることができる。ある行為の実現が現在時の状態の発生の起点となって、状況が過去時から現在時へと変化したのだという認識が、表現主体によってなされているとみてよいが、回想の表現のこの種の型と同価に解せるものに「—にし(体言)」(「に」は完了「ぬ」の連用形)、「—てし(体言)」(「て」は完了「つ」の連用形)がある。

㉕　ねになきてひちにしかども春雨に濡れにし袖ととはば答へん　（古今集・五七七）
㉖　秋風の吹きにし日より久方の天の河原にたたぬ日はなし　（同・一七三）
㉗　いろなしと人や見るらむ昔より深き心はそめてしものを　（同・八六九）
㉘　もえ出づる木のめを見てもねをぞなく枯れにし枝の春を知らねば　（後撰集・一四）

これらの例歌の傍線の部分は、それぞれ「濡れたる」「吹きたる」「そめたる」「枯れたる」としても文意が通じるか、または歌の現在の状態としてそうであると言えるものである。ちなみに、例歌㉘の詞書には、「…庭の木の枯れたりける枝を…」とある。しかし、「…たる」では、現在の状態が記述されるだけで、そういう現在の状態の発生の起点を特に問題にした表現ではないということになる。逆に「―にし」「―てし」によって過去時から現在時の状態への変化を自覚的に表現しようとしているとみることができる。「八重葎生ひにし宿」（貫之集・八四）、「霜枯れになりにし野辺」（同・二四一）、「白波の立ちにし名」（同・二六五、五六二）、「思ひ染めてしぬさ」（同・七二九）等々、「―にし」「―てし」を「―たる」に置換しうる例が比較的多いとは言えるかと思うが、すべての例において「―たる」相当とは言えないようである。

㉙　よしの川よしや人こそつらからめはやく言ひてしことは忘れじ　（古今集・七九四）
㉚　山桜霞の間よりほのかにも見てし人こそ恋しかりけれ　（同・四七九）

これらの傍線部を「言ひたる」「見たる」と置換することはできない。結局、「―たる」と置換しうるか否かは、上接の動詞によって異なるように思われるが、ここでは詳述を保留する。

次の例にみる、「思ひし（体言）」は、以上にみた用法に連続するところがある。

㉛　我が背子に見せむと思ひし梅の花それとも見えず雪の降れれば　（念之）（万葉集・一四二六）
㉜　ひともとと思ひし花を大沢の池の底にもたれかうゑけん　（古今集・二七五）

㉝　忘草何をかたねと思ひしはつれなき人の心なりけり　（同・八〇二）

例歌㉜の場合、「ひともとと思ふ」状態とは異質な状態、つまり「池の底にも」もう一本あることを知った現在の状態が、それ以前の「ひともとと思」っていた状態とは区別されて認識されているのである。つまり今現在は「ひともととは思」っていないのである。しかし、先にみてきた例とは異なっている点がある。それは、「思ふ」行為が、これらの例では、過去時と現在時という対立的認識を生む契機とはなっていないことである。「思ふ」は瞬間動詞としてではなく、継続動詞として用いられており、「思ひし」とは、「思ふ」行為（状態）が継続していた過去時の状態そのものであり、現代語で言えば「思っていた」と対応する表現である。

例歌㉛の場合は、それまで抱いてきた、梅の花を「我が背子に見せむと思ふ」詠者の意欲が「それとも見えず雪の降れれば」という現在の状態の発生によって、意欲（「…と思ふ」）の実現の不可能な状態、意欲を喪失させた状態になったことで、それまでの「思ふ」（意欲）が、過去のこととして現在と相入れない異質な状態とみなされ切り離されたことを意味する。このことは、文の文脈からも判断できることだと言えようが、助動詞「き」の表現性こそが、そうした過去時と現在時の異質性を積極的に表出する、助動詞「き」はそうした機能を持っていると考えるべきかと思う。

例歌㉝にみるように、「つれなき人の心なりけり」といった「なりけり」構文にみる「発見」（往々にして理法の発見）が、それまでの認識や物の見方を転換させることは言うまでもなく、「なりけり」構文歌が基本的に（表現面に過去の助動詞「き」によって、それ以前（過去）の認識を表現していなくても）それまでのより古き認識を前提にして、それに対する新しい認識の発見を詠出している歌だとみていいことは確認しておいてよい。

この「思ひし（体言）」に類同のものに「恋ひし（体言）」「待ちし（体言）」がある。

㉞　月立ちてただ三日月の眉根掻き日長く恋ひし君に逢へるかも　（恋之）（万葉集・九九三）

㉟　天の川門に立ちて我が恋ひし君来ますなり紐解き待たむ　（吾恋之）（同・二〇四八）

これら「思ひし」「恋ひし」「待ちし」は、ある事態の発生によって、「思ふ」「恋ふ」「待つ」という継続していた状態が過去時のこととなり、「思ふ」「恋ふ」「待つ」ことのない状態の現在時になっていることを意味した。やはり、これらの例も、それまでとは異質な状態に「現在」があることを表現しているのである。その点では、次の例にみる「（一目）見し（体言）」の表現性も連続的に捉えることができるように思う。

㊱　振り放けて三日月見れば一目見し人の眉引き思ほゆるかも　（見之）（万葉集・九九四）

㊲　花細し葦垣越しにただ一目相見し児故千度嘆きつ　（相視之児故）（同・二五六五）

㊳　かくしてぞ人の死ぬといふ藤波のただ一目のみ見し人故に　（見之）（同・三〇七五）

これらは「一目見し」の例ばかりであるが、単に「見し」とあるものも含めて「…見し（体言）」一般について、以下のことが考えられる。ただ、例歌㊱～㊳の場合、「一目」という限定がこの場合の「見る」行為を瞬間的動詞として用いていることを意味しているが（「見る」が単なる視覚的行為でない場合もあることは言うまでもない）、「植ゑし」の例でみたようなそれ以来ずっと見ているという現在を意味してはいなくて、逆に、それ以来ずっと見ていない状態が現在の状態であることを表現していると判断する。つまり、「一目見る」ことが、実現した過去時の状態に対して、それ以後は「見る」ことがない（逢っていない）状態の現在なのである。「見る」ことが助動詞「き」で認識されることによって、積極的に、それ以後は「見る」ことがない状態であることを表現しているとみる。そういう「それ以後は逢っていない」という意味を前提にしてこそ、「人の眉引き思ほゆる」行為にこめられている意欲性が理解できるのであり、例歌㊲の場合も、それ以後逢いたいと思いつづけているにもかかわらずずっと逢えないでいる「故」に、「千度」も嘆かれるのであり、「死ぬ」ほどの思いや「死ぬ」こともあると言っているのである。

例歌㊱について論述した、小野寛の論稿[8]がある。例歌㊱が、家持の若い時の歌としてどんな独創性をもった歌であるかを余すところなく論じたものであるが、小野が例歌㊱の「一目見し」も、例歌㊳の「ただ一目のみ見し」の意を背負っていると解し、「たった一目見ただけの人なのに」と解していることには疑問がある。小野はさらに、岡崎義恵の「一目見ただけで逢い難い人」とのみ解することを疑問視し批判している。しかし、助動詞「き」の表現性を以上みてきたように理解するならば、ここはむしろ岡崎のように解する方がよく、小野の訳語に沿って説明するならば「たった一目見ただけの人なのに」という逆接的に下部にかかると解するのではなく、「たった一目見ただけの人だから」（あの美しい人にもう一度逢いたいと思いつづけているのにその後はずっと逢えなくて）と順接的にかかっていくと解すべきかと考える。

㊴　夢路には足も休めず通へどもうつつに一目見しことはあらず　（古今集・六五八）

この歌の末句は、秋山虔によると、[9] 前田善子が説く[10]のによれば、「見し如はあらず」か「見し事はあらず」か、両様の解釈が成立しうるとのことであるが、契沖、真淵、宣長もそうとっていたと言われ、秋山もそう解するように「一目見し如はあらず」と解するのがよいと判断する。「一目見し事はあらず」だと恋三にふさわしくないことになる。「一目見し如はあらず」ととっても、前田のように「百度の夢の逢瀬も一度の現実に如かない」と解することは、秋山も説くように「なにほどか格言的な解釈を下すには問題がのこる」のであり、夢の逢瀬と現実の逢瀬とを並列的に詠んでいるとみるのは誤りである。「一目見る如はあらず」ではないのである。この歌は、万葉集の、

㊵　み空ゆく月の光にただ一目相見し人の夢にし見ゆる　（相三師人之）（万葉集・七一〇）

の状態のさらに継続した結果の心境を歌っているとみればよいので、「一目見し」過去時の状態とは異質な、逢えなくて「夢にのみ通う」現在の状態を詠み、そういう夢での逢瀬が、かつての体験「一目見し」ことの喜びに代わりうるものではないと嘆いている歌とみるべきである。

二

和歌の表現原理として、一人称の現在の心が詠じられるものであることを述べたが、その現在の心を詠ずることにおいて、助動詞「き」で叙述される「過去の事柄」がどのように関わっているものかを、構文論的に整理しつつ、以下に検討してみたい。表現原理からすれば、過去時の事柄は常に現在時の状態（心）を表現するためにこそ存在しているはずだからである。つまり、和歌における過去は現在を表現するための素材的手段にすぎないということが、和歌すべてにわたって言い切れるものかどうかを、構文の型を追って確かめてみたい。

二文から構成された和歌からみてみる。一文が過去のことを記述した文で、もう一文が現在のことを記述した文の場合である。

㊶　みどりなるひとつ草とぞ春は見し秋は色々の花にぞありける　（古今集・二四五）

㊷　もろこしも夢に見しかばちかかりき思はぬ中ぞはるけかりける　（同・七六八）

例歌㊶は、観念的で一般理法的な認識を詠んでいるが、それを過ぎ去った春の時点（ひとつ草）と、今の秋の時点（色々の花）とでの状況の違いとして時間的イメージで捉えているところが眼目で、単なる春と秋の対比ではなく、一回的な時の推移のうちに体験的に発見した事柄として詠んでいる。

例歌㊷は、空間的な「ちかし―はるけし」の対比を基底に、過去と現在という時間的対比をも重ねている。主意は、空間的に、「もろこし」に対する「都」のうちにあってさえも「思はぬ中」のはるけさに気づいた、というものであろう。この空間的対比は、現在時において共時的にも成立しうる認識であるが、それを時間的な認識の変化として詠んだところに面白さがある。

㊸　昔こそ外にも見しか我妹子が奥つきと思へば愛しき佐保山　（見之加）（万葉集・四七四）
㊹　昨日こそ年は果てしか春霞春日の山にはや立ちにけり　（極之賀）（同・一八四三）

これらは二文構成ではあるが、「…こそ…已然形。」の係り結び文が実質的には逆接的に後文に従属しているともみることができる。これらが、「昔―（今）」「昨日―（今日）」という時間的対比をなしていることは言うまでもない。過去時のことが、現在時の状態の持つ特別な意味をきわ立たせている。これらにみる二文間の逆接性を論理的な言語形式によって顕わにすれば、次のような複文構造をとることにもなる。ただ、二文構成になっているものの方が、時間的（空間的にもしろ）な対立的関係を鮮明にうち出す表現方法でありうることには注意しておいてよい。

㊺　人ふるす里をいとひて来しかどもならの都もうき名なりけり　（古今集・九八六）
㊻　秋の田のいねてふことをかけしかば思ひいづるがうれしげもなし　（後撰集・五一四）
㊼　ふたつなき物と思ひしを水底に山の端ならでいづる月影　（古今集・八八一）

それぞれに、下句に現在の心が詠まれていて、従属句の過去時の状態が、その現在の心をきわだたせて効果的である。が、そのきわだたせの質は、各歌において相違する。つまり、過去時の状態と現在時の状態との関係の質の差があるはずだからである。ただ一般的傾向としては、過去時の状態は、どちらかというと、普通の常識的な世間一般的な認識、判断を提示したものであり、そうした「ありふれた」認識を打ち破る新たな認識を、下句においてそれが現在の（心の）状態であるとして打ち出すといった方法になっている。これらも主体の認識の変化を、時間的な変化によって表現していると言える。以上の例においては、いずれも、現在時と対立的に認識された過去時が、具体的に叙述された現在時の状態をきわだたせる歌となっているもので、少なくとも「現在の心」そのものが具体的に記述されているのである。しかし、現在時の状態がそれと具体的にいつも記述されるとは限らないのである。つまり、当の現在時の状態は表現の背後に退けられ、表現面には過去時の状態のみが記述されているという歌がある。

㊽　古にありけむ人も我がごとか三輪の檜原にかざし折りけむ　（万葉集・一一一八）

助動詞「き」で統括された文からなる歌ではないが、助動詞「けむ」によってもっぱら回想的に過去のことのみが叙述されている歌である。しかし、わずかに「我がごとか」という表現が挿入されていることで、「三輪の檜原にかざし折る」ことが現在時のことでもあるのであり、このように過去時が現在時に重なる表現に、すでに説かれているように、人麻呂の神話的な時間意識の典型をみることができる。[11]現在時の状態の祖形を過去時にもみることによって現在時の状態への喜びを感ずるというものである。

㊾　今のみのわざにはあらず古の人ぞまさりて音にさへ泣きし　（鳴四）（万葉集・四九八）

これも回想で、この歌は助動詞「き」で統括された文からなっている歌であるが、上二句「今のみのわざにはあらず」とあることで、「音にさへ泣く」ことが現在の状態でもあることを自ずと意味している。

㊿　かくばかり恋ひむものぞと思はねば妹が手本をまかぬ夜もありき　（有寸）（万葉集・二五四七）

51　いとかくや袖はしをれし野辺に出て昔も秋の花は見しかど　（新古今集・三四一）

これらも一文構成の一首が、助動詞「き」で統括されて、過去時のことを詠じている表現になっているが、しかし「かく」という指示の副詞によって、表現の背後に退けられた現在時の状態が、文の文脈に持ち込まれていて、ふりかえられた過去時の状態に比しての現在時の状態の異質性が、かえって浮かびあがるといった歌になっている。しかし、言語場外面の現在時のことが、「かく」と指示されているだけであるから、その具体相はやはり表現からは読みとれないが、もっぱら、時の流れの中でそれ以前の過去時とは、いかに現在時が異質であるか、という発想で「現在の心」を詠出しようとしているものと考えられる。

52　心ゆも我は思はずき山川も隔たらなくにかく恋ひむとは　（不念寸）（万葉集・六〇一）

53　かく恋ひんものとは我も思ひにき心のうちぞまさしかりける　（古今集・七〇〇）

例歌㊿は「かく恋ふ」ることを以前には思いも寄らなかったと詠んで、今は「かく恋ふ」るものだと思い知っていることを意味している。やはり、現在時を過去時から切り離して、現在時（現在の心）を詠んでいる。例歌53では、「かく恋ひん」の思いの通りになったことを言い、そう「かく恋ふ」る現在だと言っている。それまでの心の予想が現実化したことのおどろきであり、助動詞「き」は、その思いの変化を表出している。思いの変化とは、先に「思ひし（体言）」の例で触れたと同様で、それ以前（過去時）の「思ひ」の状態からそれとは異質な状態の現在時への変化のことである。それは論理的に次の三つに大別できるものである。

(1)　それ以前の思いの喪失（消失）
(2)　それ以前とは思いの内容の変化
(3)　それ以前になかった思いの発生

さらに、以上の「思ひし（体言）」「思はずき」「思ひにき」のさらなる展開形として「思ひきや…とは」がある。

54　わすれては夢かとぞ思ふ思ひきや雪ふみわけて君を見んとは（古今集・九七〇）
55　思ひきやひなのわかれにおとろへてあまのなはたきいさりせんとは（同・九六一）

例歌54では「わすれては夢かとぞ思ふ」と現在の心が具体的に表現されており、それが過去時の状態を前提にして表現されることによって、一層現在時のかなしい状態が宿命的なものとして認識されていることを思わせる。例歌55となると、さらにそうした認識の態度が全面に押し出された歌となっており、例歌54にみられる「わすれては夢かとぞ思ふ」といった現在時の心そのものは、表現面には現れておらず、しかしなお、その種の現在の心は余意余情として感得しうるものとして存在していると言うべきものである。例歌55は、「思ひきや…とは」という構文歌の始発となったものであろう。この反語表現に激しいものを感じる。勅撰集においても、左頁の表のように歌い継がれた一つの歌型と言えるもので、さらに「にほひきや」（後拾遺・一一三四）、「ちぎりきや…」（新古今集・一三〇一)、「しらざりき…とは」(千載一四・八七三)などの展相をも生じた。これ等はいずれも助動詞「き」で統括される文となっているが、その「思ひ」の具体化した内容である、例歌㊺で言えば「ひなのわかれにおとろへてあまのなはたきいさり」することが、主体の現在の状態であることによって、主体の現在の心は具体的に表現されていることになっている。しかし例歌㊹にみた「わすれては夢かとぞ思ふ」といった現在時の状態そのものを直接的に表現した歌は、勅撰集においては、

㊻　うき人をしのぶべしとは思ひきや我が心さへなどかはるらん　(千載集・九一六)

㊼　としたけて又こゆべしと思ひきや命なりけりさよの中山　(新古今集・九八七)

などの歌において復活してくる(表参照)。

以上、助動詞「き」の終止法、接続法の場合において、歌の現在の心を表現するために、過去時の叙述がどのように取り込まれ、どのように現在時の心(状態)と関わっていた(る)か、をみてきたが、先を進める前に再度、連体法の場合に戻って考察しておきたい。

㊽　さねさし相模の小野に燃ゆる火の火中に立ちて問ひし君はも　(古事記・二四)

㊾　春日野の雪間を分けておひ出でくる草のはつかに見えし君かも　(古今集・四七八)

「君はも」「君かも」と「君」を素材として、それに対する詠者の思いが述べられているが、その「君」についての叙述部分(連体修飾部)は、過去の「き」に統括されている。いわば、過去時の「君」が詠じられている。正確には、過去時のことがらで限定された(現在の)「君」を詠嘆的に提示している。これらの歌の「現在の心」は何か。主述の関係において構造的には、これらの歌は、「君は…し(か)も」と終止法の助動詞「き」で統括された構文と変わりがないが、「君

「思ひきや」を持つ歌

0	万葉集
2	古今集
5	後撰集
3	拾遺集
6	後拾遺
2	金葉集
0	詞花集
7	千載集
3	新古今

（は）…し（か）も」が山田文法の述体句に相当するのに対して、例歌⑱⑲の歌が「…し君はも（かも）」とあって喚体句であるという、構文上の構成的相違が、喚体句型である後者の歌を、次のように理解させるのである。素材の「君」は、もっぱらその過去時の「君」の姿において対象となってはいるが、その「君」は詠者（表現主体）の現在の心においてもなお存在しつづけている対象であることが注意される。つまり、過去時の君の行動（姿）を前提にするが故に、一層、現在の「君」のことが、表現主体の現在の心に対象化されている。過去時の君故に現在時の君への思いがなおあると詠じているのである。さらに、例歌⑲の場合、先にも述べたように、「見えし君かも」とあって、それ以来「見る」ことなしにすぎている現在であることを意味し、それ故に一層「君」を（に）恋いこがれる現在の心が強く表出されているのである。例歌⑱の場合も、「君」と今隔たっている事情が背景にあると解すべきか。

⑩　かくのみにありけるものを萩の花咲きてありやと問ひし君はも　（問之）（万葉集・四五五）

この歌は「挽歌で、生前の夫に対する回想的慕情を表現したもの(12)」とされ、「はも」の用法を「過去のものや遠くにあるものへの思慕の情を表わす」とされていることは参考になる。その点、倭建命を眼前に見ての、弟橘比売の歌とする『古事記』の文脈においては、少ししっくりいかないものが残るように思われる。土橋は、「個人的創作歌」とみ「物語歌」と結論しているが(13)、「個人的創作歌」はいいとしても、物語からは独立した歌だったとみるべきではないか。なお、「問ひし君（はも）」を末句に持つ歌が『万葉集』に九首あるという。

⑪　泊瀬川早み早瀬をむすび上げて飽かずや妹と問ひし君はも　（問師）（万葉集・二七〇六）

さて、次は『紫式部集』冒頭歌である。

⑫　めぐりあひて見しやそれともわかぬ間に雲隠れにし夜半の月影　（新古今集・一四九七）

「夜半の月影」を詠じているが、視点の現在において「雲隠れている」とみるべきであろう。それまでの空に見えていた月影に対して、雲隠ることが契機となって、それ以前の状態とは異質な現在となっていることを詠じている。今は見えぬ「夜半の月影」への憧憬である。この「夜半の月影」は「（昔なじみの）めぐりあひて見し（人）」その人を比喩的に捉えているのであるから、「雲隠れにし君はも」と詠まれているのと同じで、先の『万葉集』等の歌と表現構造を同じくすると言ってよかろう。（補注3）

右にみた、助動詞「き」で統括される連体修飾句で限定された喚体句という構文型であることにおいて、次の歌群も類同である。

(63)　天雲の外に見しより我妹子に心も身さへ寄りにしものを　（縁西鬼尾）（万葉集・五四七）

(64)　古のしづのをだまきいやしきもよきもさかりはありしものなり　（古今集・八八八）

(65)　つひにゆく道とはかねて聞きしかど昨日今日とは思はざりしを　（同・八六一）

ただ、これらの体言部が、「君」や「夜半の月影」などとは異なり、「もの」という抽象的な形式名詞であることに注意しなければならない。「もの」認識という理法を志向する発想を内蔵させながら結局はその志向が徹底せず詠嘆性を強めてしまった「…ものを」が、新たに理法を志向する形式として「…ものなり（にあり）」を獲得してもいったが、また一方詠嘆性を強めながら、その感情の屈折を論理化して逆態接続的に表現しようとする意識が「…を（接続助詞）」の形式を獲得したと言えようか。助動詞「き」で統括された連体修飾部の過去時の状態に対する、現在の心を表現するために理法―詠嘆の表現形式をとっているのである。この喚体句の持っている詠嘆的余意余情は、これらの構文にも残存しており、それが過去時の状態とは対立的に捉えられている現在時の状態を想起させて、その現在の心を余意余情として感じさせるものであり、むしろ、その余意余情的に表現されている現在時の心こそが、これらの歌の、表現主体の心であった。例歌(63)においても、過去時を詠嘆的に表現することで、そういう過去時の状態からは異質な現在の状態―「逢えたよろこび」が余意余情として表出されているのである。

この「…しものを」「…しを」が、歌の現在の心を余意余情として表出するのと似たところに、先にも見た「思ひきや」の「や」などの疑問―反語表現があると言ってよい。ともに、現在の心は、読み手によって自然と感得される表現形式を備えていると言える。「思ひきや…とは」という形式は「…と思はざりしを」と同価とみることもできるのである。

⑯　植ゑし時花まちどほにありし菊うつろふ秋にあはんとや見し　（古今集・二七一）

これも「植ゑし時…とや見し」と過去時の状態が直接の表現対象となってはいるが、「や」による反語表現が、過去時の状態からは予想外の現在時の状態に対する感動を表出する。ただ、この「…とや見し」は、直接的には「植ゑし菊」を視覚的に捉えたことによっているのではあるが、しかし、「…とや思ひし」「…と思ひきや」等とほとんど同価とみてよい意味用法であると考えられる。

なお、次の歌のように、

⑰　心ゆも我は思はずきまた更に我が故郷に帰り来むとは　（不念寸）（万葉集・六〇九）

同じ助動詞「き」で統括される文であっても、「き」の上接語に否定の助動詞を伴っている構文では、その否定の状態を過去のこととすることで、自ずと現在が、その逆の肯定の状態にあることを表現していると言えるのである。これも、そういう表現形式そのものが自ずと現在時の状態（心）を表現しうるものであると認められる。

以上、一首一文の和歌全体が助動詞「き」によって統括されている文であるにもかかわらず、やはり、一人称視点の主体の現在の心が明らかに詠出されているものであったことを確認してきたが、さらに、助動詞「き」による過去時の記述の徹底した表現をとった和歌の場合について考察を進めたい。例えば、

⑱　帰り来る人来れりと言ひしかばほとほと死にき君かと思ひて　（之尓吉）（万葉集・三七七二）

この歌の「現在の心」はどのように詠出されていると考えたらよいのか。この種の和歌は、一層過去時の叙述に徹

しており、現在時のことを想起させる表現を明示していないのである。はたして、和歌においても、純粋に過去時を詠むという表現があり得たのか。それともこれらにおいてもなお、現在時の主体の心が詠出されているものとみて、例外と処理すべきではないと考える余地があるのか。先に「序」で指摘した①の例がここに位置する。しかし、過去時のことを過去時を示す表現形式で示しているのは、やはり現在時を視点にしてのことであることは動かない。現在の立場（視点）から過去のことを過去時として表現しているのである。問題は、結局、現在の視点においてなぜ過去時のことのみが回想的に叙述されなければならなかったのか、を問うことであり、そして、過去時と、詠歌の視点としての現在時との関係を明らかにしなければならないことになる。例歌(68)などの助動詞「き」の表現性の理解を困難にしているのは、この歌における過去時と現在時の関係、ないしは、表現されていない現在時の状態そのものが捉えにくい、または不明であるという点にあると言えよう。それは、現代の我々が読者として、これらの和歌表現を成立させた言語場を共有していないために、そういう言語場に依存した表現が我々現代の読者の理解を拒否しているからであろうか。とは言え、この歌の場合も、今も生きて夫の帰りを祈るような思いで首を長くして待っているのだという今の思いを詠んでいると読みとるべき歌なのだろう。

　さて、この種の表現に属するもので、一つの類型をなしているものに、次の歌群がある。

(69)　ま草刈る荒野にはあれど黄葉の過ぎにし君が形見とそ来し　（来師）（万葉集・四七）

(70)　塩気立つ荒磯にはあれど行く水の過ぎにし妹が形見とそ来し　（来）（同・一七九七）

この「…そ来し」で統括された文構成の歌は、「思ひつつぞ来しその山道を（叙来）」（万葉集・二二五、二二六）、「たぐひてそ来し志賀の浜辺を（曽来四）」（同・五六六）、「なづさひそ来し（曽来之）」（同・一〇一六）、「なづみてぞ来し（叙来）」（同・二〇〇二）、「濡れつつそ来し（曽来）」（同・三一二三、三一二六）などとみられる。一方、「言だにも告げにぞ来つる見れば苦しみ（告尓叙来鶴）」（同・二〇〇六）、「送りそ来ぬる飽き足らねこそ（送来）」（同・三二一六）、

「見つつそ来ぬるこの道の間（曽伎奴流）」（同・三五七一）などでは、完了の「つ」「ぬ」で詠まれている。また、

⑺ 王桙の道は遠けどはしきやし妹を相見に出でてそ我が来し（吾来之）（万葉集・一六一九）

など「…そ我が来し」で終止する歌も「見にそ我が来し（吾来之）」（万葉集・一四八三）、「手折りそ我が来し雨の降らくに（我来師）」（同・一五八二）、「今日そ我が来し見ぬ人のため（吾来）」（同・二二一六）、「なづみぞ我が来し恋ひてすべなみ（序吾来）」（同・三二五七）、「求めそ我が来し恋ひてすべなみ（曽吾来）」（同・三三二〇）などとみられ、一方「なづみぞ我が来る（叙我来煎）」（同・三八二）、「今そ我が来る領布振りし野に（衣吾来）」（同・一二四三）、「ひとりそ我が来る妹が目を欲り（曽我来）」（同・三二三七）、「越えてそ我が来る（曽安我久流）」（同・三五九〇）など、いわゆる現在形でも詠まれている。類想同種の表現素材に対して、一方で過去の助動詞「き」による認識が示され、一方で完了の助動詞「つ」「ぬ」、または現在形による認識が示されているが、これは、（万葉集・二二一六）歌に「今日そ我が来し」とあり、（同・一二四三）歌に「今そ我が来る」とある、また「春の野に心延べむと思ふどち来し今日の日は暮れずもあらぬか（来之今日）」（万葉集・一八八二）、「明日香川なづさひ渡り来しものをまこと今夜は明けずも行かぬか」（同・二八五九）とあるように、「来」の実現の時が今日（今・今夜）のことである場合にも、過去の助動詞「き」で認識されていることを意味するが、先にもみたように、この今日（今・今夜）に実現した「来」を過去時とみるか現在時とみるかは、主体の認識いかんによって分かれるところであった。いずれにしても、主体の行動を「来」と捉えているのは、当時の「来」の一般的な用法からすると、あるA地点から別のB地点へ移動して、そのB地点を視点としての詠であること（または、贈答歌の場合であると、再びA地点に帰っての歌であっても、B地点にいる相手に贈られた歌であると、その相手のいるB地点を視点にして詠まれた歌であること）になる。つまり、詠歌の視点からすると、B地点にやって来た、そのB地点にいる現在を視点にして詠まれた歌になっている。このことは、右に示した「…そ来し」「…そ我が来し」も含めて「…来し」一般に言えることである。

⑫ 朝なぎにま梶漕ぎ出て見つつ来し三津の松原波越しに見ゆ　（来之）（万葉集・一一八五）

⑬ 山科の木幡の山を馬はあれど徒歩より我が来し汝を思ひかねて　（吾来）（同・二四二五）

このA地点からB地点への空間の移動によって、それ以前（過去時）におけるA地点存在の自己とそれ以後（現在時）におけるB地点存在の自己との状態の変化（異質性）を、時の流れの認識において捉えようとしたのが、この「来し」という助動詞「き」による認識であったと言えよう。一般に『万葉集』では、「我が来し」のように行為主体の「我」をあえて表示することが多いのであるが、これらの「来」の行為についても、そのことは顕著な傾向を示し、さらには「荒磯を見に来し我を（見来吾）」（万葉集・一一八七）、「すみれ摘みにと来し我そ（来師吾曽）」（同・一四二四）、「……と恋ひ来し我を（恋来吾乎）」（同・二八〇八）、「来し我や（許之和礼夜）」（同・四四三五）また、「我は来にしを（伎尓之乎）」（同・四三七〇）などともみられる。表現主体である我が、「来」の行為主体である「我（吾）」をあえて表現し対象化するのは、それ以前とは異質な状態にある自己存在のあえての自覚であった。それは、個別的に新たに異質な状況に立ち臨んでいることに対する意識の確立であった。

先の例歌⑪は贈答歌の贈歌にあたり、その答歌（和ふる歌）は、

⑭ あらたまの月立つまでに来まさねば夢にし見つつ思ひそ我がせし　（吾勢思）（万葉集・一六二〇）

この歌でも「思ひそ我がせし」とあることが注目される。助動詞「き」で統括される構文、その中で最後に残してきた肯定文になっている場合の歌を今考察しているのであるが、この類の和歌に分類されるものには、右にみたような贈答歌（和ふる歌など個人的にやりとりされた和歌一般をいう）であったものが目立つ。勿論、すべての贈答歌が助動詞「き」で統括された構文の歌であるわけはなく、また助動詞「き」で統括された構文の歌であってもすべてが肯定文になっているわけでもなく、

⑮ 我妹子に恋ひてすべなみ白たへの袖返ししは夢に見えきや　（所見也）（万葉集・二八一二）

⑯　夜昼といふわき知らず我が恋ふる心はけだし夢に見えきや　（所見寸八）（同・七一六）

にみるような疑問「や」を伴って相手の行動を確認するような歌もある。ちなみに、例歌⑮の答歌を、底本は、

⑰　我が背子が袖返す夜の夢ならしまことも君に逢ひたるごとし　（如相有）（同・二八一三）

と「逢ひたるごとし」とするが、例えば「逢へりし如し」（新校万葉集〔創元社版〕・旺文社文庫桜井満注）、「逢へりしが如」（角川文庫武田校注）という別訓があり、この場合、助動詞「き」を含む訓読の方が『万葉集』の贈答歌においては適切であると私見では判断される。しかし、「有」の字の用字法からすると、底本の訓みが妥当だとも考えられる。ここでも、結局は、過去「き」か完了「たり」かは、主体の認識の主観性によっていると考えざるを得ない。

『古今集』以降においては、特に、

⑱　見ぬ人の形見がてらは折らざりき身に准へる花にしあらねば　（後撰集・五二）

が、「面白き桜を折りて友だちのつかはしたりければ」という詞書を持つ贈歌に対する「かへし」歌であるといった、贈答歌の場合に、助動詞「き」で統括された構文の歌は多いのである。思うに、恋歌の贈答を典型とする贈答歌は、送り手と受け手の二者間のコミュニケートによって成立する和歌で、その二者の関係という狭い限定された言語場において成立する表現であったわけであるから、その表現は、言語「場」に依存した表現（つまり、自立性の弱い表現とも言い換えうる）となりがちであった。こうした言語場に成立する和歌（表現）においては、助動詞「き」で統括された構文の歌が比較的多く成立していることは何を意味するか。助動詞「き」は、現在時の状態が、主体によってそれ以前（過去時）とは確かに異質であると認識されたこと、そういうそれ以前のことを過去時のこととして現在時のことと断絶的関係で把握しようとしていることを示す助動詞であった。そう解するならば、送り手受け手の二者間の共通した現在時の状態はごく個人的な狭い範囲のものであり、その範囲において助動詞「き」による認識の有無が判断されていたのだと考えられる。特に、恋における二者間の行為を素材にしての歌のやりとり

は、常々、新たな事態への展開を願っている思いが根底にあって、それ故にいちいちの事柄の展開を助動詞「き」で確認する傾向が強かったものと判断される。常に新たな現在への期待があって、そういう新たな現在の実現の願いが刻々に進行する二人の間の関係（状況）や行動を、常に過去時のこととして認識しようとしたものと考えられる。つまり過去時として捉えることで、それ（以前）とは異質な状態の実現化を願い、そういう願いが助動詞「き」の使用に現れているとみてよかろうか。ここに、会話性をもった贈答歌という言語行動（表現）の特異性をみてとることができる。二者間にのみ成立する状況の変化という狭い個人的事情における、時の認識であった。その新たな状況として期待されている現在は、表現的には余意余情として表出されているのであり、しかしそれは二者間に成立している言語場をふまえてこそ感得されたはずの余意余情であったために、言語場（コンテキスト）を共有していない現代の読者の我々にとっては、はなはだ把握しにくい余意余情であったと言わねばならない。次の例歌は、そうした成立の背景をもっていたために、助動詞「き」の表現性がはなはだ納得のいきかねるものになっていると考えてよかろうか。

⑲　うたたねに恋しき人を見てしより夢てふものはたのみそめてき　（古今集・五五三）

⑳　我をきみなにはのうらに有りしかばうきめをみつのあまとなりにき　（同・九七三）

㉑　よるべなみ身をこそ遠くへだてつれ心は君が影となりにき　（同・六一九）

これらの歌が贈答歌として成立したものであれば、納得できるが、それを指示する詞書はない。ただし、例歌⑲は、『小町家集』で、『古今集』五五二の歌と贈答の関係にあったとするが、勿論、『古今集』においてはそうした指示の詞はみえない。その『古今集』五五二とは贈答歌の関係になかったとしても、他の歌ともともと発生的には贈答歌として成立していたものであったことを否定する資料はこれまたない。ただ、ここの例歌⑲～㉑の場合、先に連体法の「…てし（体言）」「…にし（体言）」で述べたように、完了「つ」「ぬ」を伴っていることから、それぞれ、今は「たのみそめ」ている、今は「あまとな」っている、今は「影とな」っているという、我の現在の状態を詠んでいるとみることが出来るなら、そこに「現在の心」を捉えることはできると言えるのである。

同じように例歌①大伯皇女の歌などでも、発生的には贈答歌として生まれたものだったと解することも考えられる。（補注4）他の歌の「我が背子」の語が、多くの注釈で「あなた」と二人称で訳されているように、例歌①の「我が背子」も贈答歌的表現であって、大津皇子との別離の後で贈られた歌ででもあったろうか。大伯皇女の歌については、その類歌に次の大津皇子の歌がある。

(82)　あしひきの山のしづくに妹待つと我立ち濡れぬ山のしづくに　（所沾）（万葉集・一〇七）

これは、次の石川郎女の歌「我を待つと君が濡れけむあしひきの山のしづくにならましものを」（万葉集・一〇八）と贈答歌になっている。この「我立ち濡れぬ」は「吾立所沾」を訓んだものであるが、大伯皇女の歌と同様「我が立ち濡れし」と訓む方がよいかとも考えられる。

贈答歌として発生した歌が伝承歌となって、成立の言語場から自立したかたちで伝えられていった歌もあったかと考えられるが、成立の事情、発生の場が不明なままに、恣意的に贈答歌であったと決めつけることは慎むべきであろう。しかし少なくとも、これらの歌の助動詞「き」の表現性についても、これまで述べてきた歌の表現原理「一人称視点の現在の心」を踏まえながら、解釈は試みていくべきである。つまり、これらの助動詞「き」で統括され、過去時のことのみが表現されている歌についても、そういう過去時のことを肯定文で叙述して、どういう現在の心を余意余情としてでも詠じようとしたものか、とあくまで追求していくべきかと考える。実はそのようにこれらの助動詞「き」の表現性を追求していくことが、結局は、たとえその歌が元来贈答歌として成立したものであっても、その歌の受け手の理解の方法は、右に述べたような和歌表現の原理にのっとって理解されるものであったと考えてよいのである。ことは、贈答歌であったことがわかったからといって、これらの助動詞「き」の表現性が理解できたとはならないからである。

ただ、こうした会話的表現である和歌においてみられる助動詞「き」が、現代語における助動詞「た」について指摘されているムードの「た」の用法と類似の用法、いわば修辞的な用法といったものであった可能性については考えてみるべきかと思われる。

三

文芸における時間（意識）の研究は興味ある課題であり、すでにまとまった著書も出ているが、時間意識の考察の目安となっている言語的事実が主として時間範疇語彙、その中でも名詞語彙である。この名詞語彙の時間範疇語彙にも二種があり、これは峻別されねばならない。一つは、現在（今）との関係で規定される時の観念を示す語彙——昨日、今日、明日、昨年、今年、来年、過去、現在、未来など——である。いわゆる直線的個別的時間語彙である。それに対して、もう一つは現在（今）との関係で規定されない、いわば現在（今）を超越した絶対的な時の観念を示す語彙——春夏秋冬、月日、朝昼夜等——である。いわゆる円環的時間語彙である。根源的に異なる、この二つの系列の時間意識が現実において重なってくるところに複雑な時間意識が展開しているのであるが、二つの系列の時間は注意深く見きわめていかねばならない。

また文芸における時間意識の考察を言うとき、二つの視座のあることにも注意したい。文芸＝言語表現において、表現素材となった時（間）を捉える視座と、表現の時間性（表現が時間的であること）を捉える視座とである。従来は主として前者の視座に立った「文芸における時間意識」の考察が進められてきたと言えようか。この点につき、野村精一の鋭い指摘がある。[14] 野村は、時を主題としている（例えば、「きのふといひけふと暮して飛鳥河ながれてはやき月日なりけり」〔古今集・三四一〕といった歌）ことと、表現が時間的であることとは別個のことであると指摘し、表現の時間性（それは、物語に典型的にみられる）を追求することの文芸的意味を示唆している。殊に和歌が、その表現原理を「一人称視点の現在（今・ここ）の心の詠出」とする限りにおいて、和歌表現（主として短歌）の時間性は稀薄であると言わざるを得ない。和歌表現は例え時間を素材としていても、時間的ではありえず、それら表現素材はすべて、現在の心の空間化、いわばそこには表現の空間性のみが存在するだけである。ただし、言語表現が時間的線条的であることを本質とすることから言えば、和歌において基本的に認められる上句と下句との表現的対立性が、言語表現のその線条的時間的である宿命をうまく生かしたものであるとするならば、和歌（短歌）においても表現の時間性を追究していくべきところが存在すると言えよう（否むしろ和歌表現論にとって、重要な研究視座の一つだと言えようか）。

ところで野村は、先の「きのふといひ」（古今集・三四一）歌とともに、「袖ひちてむすびし水の氷れるを春たつけふの風やとくらん」（同・二）をも、決して表現が時間的である歌とは言えないとし、時間を主題としている歌か、または時間に対する意識（観念）が表現の前提となって生まれた歌かの違いにすぎない点で同列とみている。しかし、表現論的にみるとき、この両歌に代表される表現性の相違は無視すべきではなく、重視すべきである。確かに共に、そこに表現されているものが、詠者主体の「現在の心」の空間化（表現の空間化、あるいは構造化）されたもののレベルにおいて同列であるが、そういう言語空間を形象する、その表現の質は異質なのである。前者（「きのふといひ」の歌）が、現在における主体の時間観念―思想を提示する、まさに「時間」を主題にした歌で、抽象的観念的であり、その点第一系列的時間意識に立つものであるのに対して、後者（「袖ひちて」の歌）は、現在の心が現在時において形成される上で過去時とどのような関係があって形成されたものであるかという認識の視座を有している、つまり過去―現在という時間距離そのものが形象化されていると言える。その点で、第二系列的な時間意識の側にある。前者が、現在において、時の流れとは何かを問うて、時を「もの」として認識しているのに対して、後者は、現在において、現在時の状態（心）がいかに過去時の状態（心）とかかわっているものであるかを反省して、あくまで時を「こと」として認識している。ただ、後者の認識の方法をとりながら、前者の認識を目的としている、そういう発想の歌もあることには注意したい。

後者は言語空間に形象化される時間イメージであり、現在時とそれに対立的に認識される過去時とが構造的に時間イメージを形成する。そのことは、時の推移のイメージ化と言ってもよく、対立的に区分された時間が重層的に層をなすというイメージで捉えられる。この言語空間に形象化される時間イメージは、時間（時刻）名詞語彙以上に、助動詞「き」の表現性が生み出すところ大であり、そういう点で、和歌における時間論を考える上で助動詞「き」の表現性は無視することはできないし、和歌の文体を考察する上でも、重要な文体素であることを認識しておかねばならない。

表現主体の現在の心を詠ずる和歌において、過去時の状態（行為）を提示する過去の助動詞「き」は、「現在の心」との関係——つまり、その現在時との対立的関係において過去時を表現する意味機能を有していた。現在時の状態が反省的に、ある以前の状態とは断絶的であって連続していないと認識されるもので、そういう現在時と異質な過去時が表現されることで、それと異質な現在時の状態の意味が型どられることになったのである。この過去の助動詞「き」の用法は、現在の心を詠ずることを表現原理とする和歌においてのみ通用するものであったのかというと、このことは別稿で詳述してみたいと思っているが、散文においても、その助動詞「き」の用法、表現性は基本的には変わらないと考える。ただし、散文—物語などにおいては、現在時の視点が叙述の視点とともに動くことに注意しなければならない。例えば、いわゆる歴史的現在といわれる表現の場合、その現在を視点の現在として、やはりその現在に対立する過去時を示すために助動詞「き」は用いられるのであり、物語の語り手の語っている現在だけが、視点の現在ではないのである。統一的に捉えた言い方をするならば、叙述の視点こそが現在で、その視点を現在としてそれと異質な状態の部分を時の流れの中から切り離して過去時と認定し、それを助動詞「き」で表現すると考えてよい。田中喜美春らが説く[15]ように、助動詞「き」の本義は、話者の体験の過去を示すことにはなく、それかといって田中の言う「過去における確かな事柄」と言ってすませられない表現価値があることを考えておきたい。それは、以上の考察から考えるならば、現在時との、相対的な関係において常に認識される時間意識から生まれてきたものであった。そして常に現在時を認識し表現するためにのみ存在する、過去時を叙述するための助動詞であったと、少なくとも古代和歌文学においては言えるものと考える。

〔底本〕『古事記』は古代歌謡全注釈（古事記編）、『万葉集』は小学館日本古典文学全集、『古今集』は『校訂古今和歌集』（本位田重美校訂）、その他八代集は『八代集抄』上・下（八代集全注）、『貫之集』は日本古典全書『土佐日記』（萩谷朴校注）。『紫式部集』は岩波文庫（南波浩校注）によった。なお、適宜漢字に改めたところがある。

注

（1）和歌が、概ね一人称視点の表現であることは認められているが、例えば、三谷邦明「古代叙事文芸の時間と表現―源氏物語に於ける時間意識の構造―」上・下（『文学』一九七四・一、二）、同「同化の文学」（『國文學』一九七九・一一）などがある。

（2）神尾暢子「小野小町論考序説―表現主体と創作主体―」（『王朝――遠藤嘉基博士古稀記念論叢』中央図書出版・一九七四）。

（3）該当箇所の本文（漢字表記）を参考に記した。助動詞「き」にあたる漢字のない場合もあるが、私に判断した。また、その下に歌集名を示し、数字は国歌大観番号を記している。

（4）王朝物語の語りの性格を究明するために助動詞「き」「けり」の用法を考察した、吉岡曠の「源氏物語における『き』の用法」（『源氏物語を中心とした論攷』笠間書院・一九七七）をはじめとする一連の論考がある。本稿は、そうした方向へも、「き」の表現性について考察することを目指した、その一歩である。

(5)『日本文法大辞典』(明治書院・一九七一、吉田金彦執筆)。
(6)『國文學―文法早わかり辞典』(森野宗明執筆・一九七九・九臨時増刊)。
(7)田中喜美春「和歌における「き」「けり」」(『文法』一九七〇・五)。
(8)小野寛「家持の初月歌」(『論集上代文学第七冊』笠間書院・一九七七)。
(9)秋山虔「小野小町的なるもの」(『王朝女流文学の形成』塙書房・一九六七)。
(10)前田善子『小野小町』(三省堂・一九四三)。
(11)森朝男「時間への恐怖」(『国文学研究』三九)、同「柿本人麿とその時間幻想」(『日本文学』一九七七・十一)。
(12)土橋寛『古代歌謡全注釈(古事記編)』(角川書店・一九七二)。
(13)注(12)に同じ。
(14)野村精一「古今集の時間表現―源氏物語の表現空間㈣―」(『日本文学』一九七七・十一)。
(15)注(7)に同じ。

(補注1)　注(5)において吉田は「また、…「き」は記述的で自己中心の主観化があるとも見られる」とする。

(補注2)　例えば、「ほとりに松もありき」(土佐日記二月十六日条)の場合、帰京の今、松は「ない」と語っていることになる。

(補注3)　この歌は贈答歌とみられ、ふたたび逢える願意を余意にもち、又「秋の夜の月かも君は雲隠れしばしも見ねばここら恋しき」(拾遺集・七八五・人麻呂)の気持ちをもこめていると考えられる。

(補注4)　詞書は「大津皇子竊下於伊勢神宮上来時、大伯皇女御作歌」とある。

2　『源氏物語』と助動詞「き」——事態の時間的順序との関係

はじめに——古代和歌と助動詞「き」

近年吉岡曠が「源氏物語における『き』の用法[1]」をはじめとする諸論稿において、『源氏物語』を中心とする古代物語における助動詞「き」「けり」を徹底的に調査分析し、その結果をふまえて、『源氏物語』の語り手・草子地・語りの方法等について新しい見方を提示し、玉上琢弥の「三人の作者」説批判にも及んでいる。その精力的な研究には敬意を表したい。しかし、筆者なりに疑問がなきにしもあらずで、要は、助動詞「き」「けり」をいかに把握するかによるわけであるが、本稿では先に論じた古代和歌に次いで（本書〔二〕—1を参照）、『源氏物語』を対象にして、助動詞「き」を中心に、その語りの方法の一端を明らかにすることを目標にして論述してみたい。

さて別稿「古代和歌における助動詞『き』の表現性[2]」において、一人称（者）視点による現在（今・ここ）の心の表出を表現原理とする古代和歌が、過去の助動詞「き」を取り込むことによって、いかなる表現性を獲得しているかを追求した。合わせて、助動詞「き」の本義をも考えてみたのであるが、およそ次のようなことについて触れた。

（1）現在（今）と対立関係で認識された、いにしへ・昔・去年・昨日のことが「き」で認識される。

（2）「き」は「つ・ぬ」と対立的な認識を示すが、あるできごとを、「き」で認識するか「つ・ぬ」で認識するかが主観的に選択される境域がある。

（3）現在の状態（心）とは異質であった以前の状態（心）を時間的に過去として切り離して認識していることを助動詞「き」の叙述は示している。両者の状態（心）の関係には、次の三種がある。

(1)　それ以前の状態（心）の消滅

(2)　それ以前とは状態（心）の内容の変質

(3)　それ以前にはなかった状態（心）の発生

（4）「植ゑし（体言）」「結びし（体言）」は「植ゑたる」「結びたる」と同価な面を持ち、また「…にし（体言）」「…てし（体言）」が「…たる（体言）」と同価な面を持つ場合がある。

（5）「思ひし」「恋ひし」「待ちし」などは、継続していた動作「思ふ」「恋ふ」「待つ」の消滅を意味する。また「見し」など瞬間動作の場合も、それ以後の、その動作の不発を意味することがある。

（6）和歌における「過去時の事柄」は、常に「現在の心」を詠出するためにあり、それによって時間的イメージが空間化（表現）されることになる。

（7）一首全体が助動詞「き」で統括される和歌も右の（6）に言うことの例外ではないが、ただこの種の和歌は私的な贈答歌などに比較的多く現れる傾向がある。

（8）助動詞「き」で示される過去時は、常に現在時との関係において素材化されている。逆に助動詞「き」で過去時がとりあげられる場合も、単に過去時の指摘にとどまらず、それによって、積極的に過去時と異なる現在時を語ろうとしていると言える。

一　助動詞「き」の意味

助動詞「き」の通説的な認識――「体験の回想を表す」を本義とみる立場では、次の万葉歌における助動詞「き」の使用は疑問とせざるをえなかった。

例(1)　香具山は畝傍をしと耳梨と相争ひき（相諍競伎）神代よりかくにあるらし古《いにしへ》も然にあれこそうつせみも
　　妻を争ふらしき
　　　反歌
　香具山と耳梨山とあひし時（相之時）立ちて見に来し（来之）印南国原　（万葉集・一三、一四）

例(1)の助動詞「き」については、目睹回想の例としては不審な例とされるが、小学館日本古典文学全集本の頭注に「キは話し手の体験した過去のことについていう助動詞。作者が三山の争いを直接に見聞したこととして述べている」とある。しかし、作者の直接に見聞したことと理解したのでは、この歌の発想及び構造の的確な理解にならないのではないか。少なくとも現在、助動詞「き」については、目睹回想または体験の過去と理解するよりは、「過去における確かな事柄を示す」[3]ことを第一義にみ、それ故に自己の体験した過去を述べることに用いることが多くなると理解されていることからしても、この例(1)の場合を「作者の直接見聞したこと」と解するのは疑問である。しかし、単に「過去における確かな事柄」であることを示すために、助動詞「き」が用いられているとみるにとどまっても、この『万葉集』一三、一四の歌の解釈は徹底しないと考える。この歌は「神代・いにしへも―うつせみも―」とあるように、過去時と現在時が対比―対立的に捉えられていて、むしろ、過去時を現在時から切り離して認識することによって、その過去時が現在時と共通していることに大きな意義を感じとっている歌とみるべきであろう。しかも、「いにしへ」と「むかし」の相違が、いずれも非現在性において共通はしても、前者が連続的な時間関係の意識のうちでの、過去（古層）と今（新層）との対比的認識であるのに対して、後者が、現在との連続的な関係で捉えられない過去認識（対現在・反現在など）を示すところにあることもふまえて、ここが「むかし」ならぬ「いにしへ」と捉えられていることからもわかるように、「いにしへ（神代）」と「うつせみ」とは連続する時間と捉えながら、その「いにしへ（神代）」を過去時として自覚的に切り離しているのが助動詞「き」の働きであった。この助動詞「き」を「作者の直接見聞したこと」を示すと捉えると、その過去の事実性の確かさを強調することにはなっても、人麻呂を代表とする古代にみられる時間意識、例えば、

例(2)　古にありけむ人も我がごとか三輪の檜原にかざし折りけむ　（万葉集・一一一八）

にみるような、現在時の状態の祖形（あるいは起源）を過去時にもみることによって現在時の状態に喜び（感動一般）を感ずるといった、神話的時間意識が見失われることになるのである。

例(1)の反歌にしても、現在時の印南国原に過去時を重ねることに、この歌の発想はあったと考えるべきである。印南国原がそういう過去時を背負って現在あるという、この発想は、地名起源伝説の発想と構造を全く同じくするものと考えてよい。

右にみた助動詞「き」の用法の典型は、次の長歌にみることができる。

例(3)　…古《いにしへ》のことそ思ほゆる」水江の浦島子が…相とぶらひ言成りしかば①」かき結び常世に至り…永き世にありけるものを世の中の愚か人の我妹子に告りて語らく…と言ひければ妹が言へらく…とそこらくに堅めしこと②を」墨吉に帰り来りて…たちまちに心消失せぬ若かりし③肌も皺みぬ黒かりし③髪も白けぬ」ゆなゆなは息さへ
絶えて後遂に命死にける水江の浦島子が家所見ゆ　（万葉集・一七四〇）

この歌の「き」「けり」については、すでに原田芳起の分析[4]がある。原田は、「古のことそ思ほゆる」までは作者の

現在の場であり、「…命死にける」までが伝承的物語的世界であるとして、①「しか」で包まれた時間が、言語主体（詠者）の体験世界でないことは勿論で、次にみえる「永き世にありけるものを」の「ける」に統括された時の現在（歴史的現在）からは隔絶した過去であることを示していると説いている。さらに「物語の時の展開を『けり』で表現し、その『けり』の現在と対立的に断絶する過去の時点を包み込むときに、『し』や『しか』を用いている」と言う。私の過去の助動詞「き」の理解は、この原田の考えに近く、それに賛同するもので、この歌についても、原田の説く通りであると考える。ただ、もう少し、この歌の構造を「き」「けり」に注意して分析しておくならば、物語の世界の部分において、①「しか（ば）」までが此の世でのことに対して、②「し（ことを）」までがあの世（常世）でのことで、その後が再び此の世でのことになっている。その終末部が「…ぬ。…ぬ。…ぬ」と完了「ぬ」で叙述されていることも注目しておいてよい。つまり、此の世・あの世・此の世という空間の異質性が、時の変化に応ずる時々の状況をきわだたせ、時の断絶性を自覚させ、その意識が助動詞「き」の使用となって現れていると考えられる。[5] そして原田も指摘するように、「若かりし肌もしわみぬ」の「し」に、私の言う、現在の状態（心）とは異質な状態であった部分をあえて過去のこととして切り離し、現在と対立的に捉えるという助動詞「き」の本義が最も典型的にみえていると言える。

ただ、ここで注意しておきたいことは、この長歌における「き」は、和歌一般の、一人称視点（詠者）の現在の心の表出という原理からする、この「現在の心」を基点にしての過去時を示したものではないことである。つまり、伝承という「語り」内容の「できごと」における時間関係を示している。

過去時と現在時の識別は、現在時を起点にして行われるが、その現在時とは、言語主体（語り手など）の現場とは限らないのである。竹岡正夫は、これを言語主体の現場と物語中の現場とに大別している。[6] 和歌においては、表現主体の現場を現在とすることが一般であるが、高橋虫麻呂などの伝説—伝承歌などは特殊な場合であって、その表現構造は物語一般と共通するものであり、物語中の現場が現在ともなっているのである。先の長歌の助動詞「き」もすべて物語中の現場を現在としたものであった。

「き」は通常「けり」と対立的に捉えられる。しかし、「き」が現在時（歴史的現在も含む）は対象とせず、現在時と対比的に把握された過去時を表出するのに対して、「けり」が現在時をも過去時をも対象とするという点においてすでに「き」と「けり」とが完全な対立的（あるいは選択的）関係にはないと考えられるのであり、従来の通説の弱点がここにある。「けり」が、例えば、

例(4)　式部卿の宮、明けむ年ぞ五十になり給ひける。（源氏物語・乙女）

のように、未来時をもその対象とするとまで説かれることは、「けり」は時間的規定には関わらない助動詞と考えるべきなのであろう。それに対して、別稿でも明らかにしたように、「き」は現在時と対比的に認識される過去時を表出するという点で、むしろ完了「つ・ぬ」と対立的に捉えられるべきものであった。さらに、「き―つ・ぬ（たり・り）―む」群に対して助動詞「けり」は対立的であったとみるべきであろう。こうみてくると、「き」と「けり」とが対立的、あるいは選択的関係をなすとみられるのは、その部分的な面においてにすぎないのであり、「き」全体が「けり」全体と対立的関係にあると認識するのは不徹底であり、むしろ誤りとみるべきかと考える。ただし、相互承接の点において、「き」と「けり」とが重ねて用いられることがなく、完了「つ・ぬ（たり・り）」がこれら「き」にも「けり」にも重ねて用いられるという事実があり、この点から、群「き・けり」と群「つ・ぬ（たり・り）」とが対立関係にあるようにみられもする。しかし「つ・ぬ」で認識された事柄がさらに「き」でも「けり」でも認識されるのであるが、これは、「つ・ぬ（たり・り）」が有している二重性格――状態の発生や存続の事実を指示する機能と時間的に状態の現在性を指示する機能と――によるものと考えられる。つまり、これらの完了の助動詞は、「き」や「む」と対立する現在時制を表現し、また、時制に関わりなく、事柄の実現の状態性を

も意味することができるのである。

二　平安前期散文と助動詞「き」

『源氏物語』の考察の前に、平安前期の散文作品のいくつかにおける助動詞「き」の用法について考察しておきたい。『古今集』の詞書については、かつて論じたことがある(7)が、詞書中の助動詞「き」は、次の六例ですべてである。

(A)　貫之の歌の詞書にみる例

(a)　歌奉れとおほせられし時よみて奉れる　(二二、二五、五九、三四二)

(b)　ふる歌奉りし時もくろくのそのながうた　(一〇〇二)

(B)　その他

藤原のとしもとの朝臣の、…みまかりて後、人もすまず成りにけるに、…もとありしせんざいいとしげくあれたりけるをみて、…　(八五三)

(B)例は一例のみで、基本的に「けり」で叙述されている文であるが、その中で「もとありし」と前栽が「き」で認識されなければならなかった必然性は何か。それは、「けり」で叙述されている事柄の時からみて、明らかにより過去時の事柄であることを示すためである。当該の時と以前の時とが状態において異質であるという認識を、異質な時点上のことという認識で示そうとしているのである。この場合、現前の前栽は、もとの前栽のおもかげを残していない、むしろもとの前栽はなくなっている、といったほどの状態の変質を表出しようとしている。次の『土佐日記』の例でははっきり、もとの存在の消滅を意味している。

例(5)　ほとりに松もありき　(二月十六日条)

これは、二月十六日の現在、もう松はないことを意味している。このように、助動詞「き」で統括される事柄は、常に現在時の状態・状況との関係において認識されているのである。

さて、貫之の歌の詞書(A)五例のうち、(a)四例は、春三首と冬一首からなる。これらは冬から春にかけての特定の期間に、特定の同一の目的によって詠まれ、醍醐帝に奉献された歌群と考えられ、それは同時に、(b)一例をも含んだものであったと考える。この助動詞「き」の使用の基因は、詠者貫之にあるというより、醍醐帝（厳密には醍醐帝と貫之との関係）にあると考えるべきであろう。勅撰集（古今集）編纂の奉勅から奏覧までの同質の歴史時間のうちに、勅撰集の完成奏覧の時を現在としての、それとは異質な状態にあった時を過去時として自覚していることを示しているとみる。それは、いかなる姿になるかも不明の、勅撰集編纂の夜明け時、いわば栄誉の勅下に酔喜し意欲をもって勅撰事業に臨まんとしていた頃を過去と認識していたと考える。つまり、勅撰集完成奏覧という時を現在として、その現在時との関係で理解しなければならない助動詞「き」の使用であったと考える。

次に、『大和物語』の例を考えてみたい。『大和物語』の地の文の「き」の全用例を便宜的に二種に分けて整理してみた。心内語は原則として除いた。（　）は章段番号。

甲種

(1)　飽くとしもなくて止みにしかばにやありけむ、　(七段)

(2)　この心がけしむすめ、異男して、　(五八段)

(3)　「…」となむ語りしとか。　(六五段)

(4)　おなじ女に、陸奥の国の守にて死にし藤原のさねきがよみておこさせたりける。　(一一九段)

(5)　生きたりし折の女になりて、　(一四七段)

(6) このつきて来し人のもとに居て、（一四八段）
(7) さて、かいまめば、我にはよくてみえしかど、（一四九段）
(8) みかどは召ししかど、（一五〇段）
(9) 物かきふるひいにし男なむ、（一五七段）
(10) 「…」ときこえたりしを、ともかくものたまはせねば、（一五九段）
(11) 「…」といひて、持てこし人をせかいにもとむれどなし。（一六八段）
(12) ただにも語らひし中なれば、（一六八段）
(13) よろづの物食へども、なほ五条にてありし物はめづらしうめでたかりき、と思ひいでける。（一七三段・心内語）
(14) 年月を経て、つかうまつりし君に、少将おくれ奉りて、（一七三段）

乙種

(1) それが家のありしわたりを、（一二六段）
(2) ありしごともあらねば、（一四一段）
(3) 家のありしわたりをみるに、（一四八段）
(4) ありし女のがり行きたりけり。（一四九段）
(5) 影をみれば、わがありしかたちもあらず。（一五五段）
(6) 少将にてありし時のさまの、いと清げなりしを思ひ出でて、（一六八段）
(7) ありし所にも又なくなりにけり。（一六八段）

これらの例の助動詞「き」はすべて、語られている事柄の現在時からみて、それ以前の、すでに異質な時間と意識された過去を示すために用いられていると言えよう（ただし、甲種(3)(4)を除く。後述）。一文を統括する述語成分（文末）を構成する助動詞「き」は一例もみられない（ただし、挿入表現は除く）。

ところで吉岡は、『源氏物語』地の文中の助動詞「き」を次のように四種七類に分類している。(8)

（1）体験話法的文脈中の「き」（作中人物の目睹回想）

(A)　体験話法中の用例

(B)　感覚動詞や心情形容詞の内容ないし対象としての用例

（2）先行記事を受ける特殊用法の「き」

（3）語り手の立場からその直接体験ないしはそれに準ずる事柄を回想する「き」

(A)　語り手を単に光源氏の側近に奉仕した女房と漠然と想定して、そういう語り手の直接体験を示す「き」

(B)　伝聞した事柄ではあっても、語り手が確かだと確信しうる事柄について用いられた「き」

(C)　語り手の経験・地位等がもう少し具体的につきとめられると、(A)に属する「き」

（4）その他（例外。不審例とみられるもの）

さて、『大和物語』の諸例では、吉岡分類中の（1）に該当すると思われるものが乙種(5)(6)である。（2）に属するものが圧倒的に多く、甲種(2)(5)(6)(7)(8)(9)(11)、乙種(1)(2)(3)(4)(7)となり、（3）に該当する例はなく、残りの甲種(1)(3)(4)(10)(12)(14)は、吉岡分類（4）その他になるかと判断する。

乙種(5)(6)は吉岡分類でいう体験話法文中の助動詞「き」と言えるが、これらは叙述として体験話法をとらなかった場合においても、『古今集』詞書においてみたように、「ありし」という表現をとったと思われるものであり、体験話法である故に、助動詞「き」の使用を必然にしたということが第一義的に言えるかどうか疑問である。

問題は、（4）その他（例外）における助動詞「き」の使用である。吉岡のように「き」と「けり」の関係を体験の回想と非体験の回想という対立で捉えるならば、（4）に属する例文においては、なぜ「けり」が用いられず「き」が用いられたかの理由が不明となってしまうのである。しかし、これらの例も、今語られている事柄の現在（物語中の現場）からは明らかに異質な状態にあった時を過去時として切り離し、その過去時と現在時の異質性こそが語られる必要のあったこと、その異質性を文脈に持ち込むことを語りのねらいとしていたと理解する時、助動詞「き」の使用は必然であったと考えうるのである。そして、そういう助動詞「き」の意味（機能）こそ本義と理解すべきものであったと考えてよい。

助動詞「き」の本義をこのように認定するならば、吉岡分類（2）の「先行記事を受ける特殊用法の『き』」とされるものも、先行記事にあるが故に、助動詞「き」の使用が選択されたとみてよいものかどうかが疑問になってくる。つまり、旧情報は体験的過去とみとめることになるが、そんな認識がありうるだろうか。（4）その他（例外）の存在がそういう疑問を抱かせる。

『大和物語』は歌物語である。口頭言語の歌語りの記録化（書記化）されたものと言ってよいほどの文章であるが、そうすると、口頭言語特有の言語場（語られた場面）に依存した表現が残存、つまり書記言語化されても、言語場から充分に自立しえていない表現のままとどまっていることは考えられる。例えば、

甲種⑿「ただにも語らひし—中なれば」

これは、法師となった良少将と小野小町がある寺で出会った場面で、二人が「ただにも語らひし—中」であると述べているところである。吉岡分類の（2）に該当させる根拠となる叙述（先行記事）がみあたらない。しかし、この歌語りの語り手、聞き手にとっては、二人の仲についての、ここでは書かれていない予備知識（既知の情報）があって、それを踏まえた表現であったとすると、吉岡分類（2）に近い用法と言えることにもなろうか。しかし、ここは、たとえそういう言語場の事情があったとしても、だから助動詞「き」が使用されたとみるところではなく、

助動詞「き」でなければならないのは、ここでの語りが、出家以前の少将と出家後の少将との異質性を前提にして、その、以前の少将との仲を条件に、小町が今の少将に迫ろうとしている、という、二つの時間の異質性をくっきりと意識し語ろうとしている故に、助動詞「き」で認識されねばならなかったのだと捉えたい。

さて、先に例外とした『大和物語』甲種(3)(4)について考えておこう。まず(4)の例は、語り手（言語主体）の現場の現在から語りの素材人物についての時間規定をしているもので、その人物が今はなき人であることを示すが、これは語り手と素材人物との間の連続性が前提となる。そこでこの種の「き」は体験の回想の用法と言ってよいところがある。また、その人物は今はなき人であること自体を話題にする必然は、語り手（聞き手も含めて）と素材人物との直接的関係が存在したからであることを物語っていよう。

では、(3)の例の表現構造はどう説明すべきか。「『…』となむ語りし」までは、先の例(4)と同じ構造と考えられる。それをさらに、第二の語り手が伝聞した（「とか」）と表現する。その点、第二の語り手（この章段の聞き手と直接対峙している）は、第一の語り手よりは一歩物語世界から遠退いていると言える。例(3)の第一の語り手、例(4)の語り手はともに、物語中の世界と同時代人の存在であった、という点で、この「き」の用法は、体験的回想性をおびている。

例(6)　今は昔。〈中納言なる人の御女あまたもち給へる〉おはしき。　（落窪物語・冒頭）

この『落窪物語』の例については、塚原鉄雄の考察がある。(9)この例文を除いて、『落窪物語』の地の文では、述語成分を統括する助動詞「き」はすべて挿入表現を構成している。又、物語作品の冒頭表現「今は昔」などに対応する文末表現が助動詞「き」であることも、この『落窪物語』のみの異例である。そこで塚原は、この「御女あまたもち給へるおはしき」を挿入表現とみて処理しうる、四案の冒頭部分の承接関係を提示された。ただし、塚原が指摘する、『落窪物語』における地の表現における挿入表現が「作中素材の行動を表現素材とする部分に従属し、作中素材の行動を対象とする作品作者の行動を表現素材とする」と認定しうるものであるとすると、この例の「中納言…おはしき」を挿入表現とみることは、これが作中素材の行動を表現素材とする表現であることにおいて、他の挿入表現とは異質であることになり、その点疑問である。又、仮りに挿入表現と認めたとしても、助動詞「き」の用法の点で、他の地の表現の助動詞「き」の用法とは、この冒頭の例の場合のみ異質であることも問題であろう。つまり、他の例はすべて、語られている事柄の現在（物語中の現場）からは明確に以前の時のことと認識していることを示す助動詞「き」であるのに対して、この冒頭の例の場合「御女あまたもち給へるおはしき」が、その前後に語られている事柄と同じ時点であり、異質な時の状態として対立的関係にあるわけではない。つまりは、この助動詞「き」で統括される事柄の時点が過去と認識され、それ故にそれと対立する現在時となるのは、言語主体（語り手）の現在であると考えざるをえないのである。とすると、これは一般の物語の冒頭表現としては異例とみなければならず、むしろ『落窪物語』作者の独創的な表現方法であったと考えるべきではなかろうか。語っている言語主体（語り手）の現在からみて、明らかに異質な過去時のこと、いわば「今は昔。中納言…おはしき」——換言すれば、その人も今はなくなっている現在であるという設定をなしていることになる。こうした方法を採用したこと、主人公道頼が実在の道頼の名を想起させることとに関係があったかどうかは断定しかねるが、『落窪物語』の末尾が「典侍は二百まで生けるとや」とあることは、これまた不審なことながら、巻四そのものに問題があるようであるが、冒頭で「き」によって示した同時代性を、末尾においてはことさら否定し、物語世界を現在からはるかなところに切り離そうとしているかのように感じられるのである。(10)

三　『源氏物語』と助動詞「き」

『源氏物語』の桐壺の巻の冒頭が「いづれのおほん時にか、女御更衣あまた侍ひ給ひけるなかに、いとやむごとなききはにはあらぬが、すぐれて時めき給ふ、ありけり」ではじまり、末尾が「光る君といふ名は、こまうどのめで聞えて、つけ奉りける、とぞ言ひ伝へたる、となむ」で終わっていることは、『竹取物語』をはじめとする物語の語りの方法の伝統のうちにあるものである。ただ、『竹取物語』が「今は昔、竹取の翁といふものありけり」にはじまり、「その山をふじの山とは名づけける。その煙、いまだ雲のなかへたち上るとぞ言ひ伝へたる」に終わる表現構造[11]と比すれば、『源氏物語』は、『竹取物語』の表現構造に「となむ」が付加されただけ、物語世界からもう一歩、語り手（ないしは作者）は遠退いた表現構造をとっていることになる。図式すれば左の通りである[12]。

いづれのおほん時にか…ありけり （物語世界） つけ奉りける
とぞ言ひ伝へたる
となむ

さらに、「いづれのおほん時にか」という冒頭表現の独創性についてもすでに指摘のある通りであるが、このように伝統的様式に対して独自性を『源氏物語』が獲得してはいても、基本的には、語り手が「けり」によって認識している世界であることには変わりがないのである。

さて、作中世界が「けり」で認識される事柄を語るものとする時、問題は、次の帚木の巻冒頭と夕顔の巻末尾とにみられる助動詞「き」である。長いが引用しておく。

例(7)　光る源氏、名のみことごとしう、言ひ消たれ給ふとが多かなるに、かかるすきごとどもを末の世にも聞き伝へて、かろびたる名をや流さむと、しのび給ひける隠ろへ事をさへ、語り伝へけむ人のものいひさがなさよ。さるは、いといたく世をはばかり、まめだち給ひけるほど、なよびかにをかしき事はなくて、交野の少将には笑はれけむかし。　（帚木・冒頭A）

例(8)　まだ中将などにものし給ひし時は、うちにのみさぶらひようし給ひて、おほいとのにはたえだえまかで給ふ。しのぶの乱れや、と疑ひ聞ゆる事もありしかど、さしもあだめき目なれたるうちつけのすきずきしさなどは、好ましからぬ御本性にて、まれには、あながちにひきたがへ、心づくしなる事を、御心におぼしとどむる癖なむあやにくにて、さるまじき御ふるまひもうちまじりける。（帚木・冒頭B）

例(9)　かやうのくだくだしき事は、あながちに隠ろへ忍び給ひしも、いとほしくて皆もらしとどめたるを、「など御門の御子ならむからに見む人さへかたほならず、ものほめがちになる」と、作り事めきてとりなす人、ものし給ひければなむ。あまり物言ひさがなき罪、さりどころなく。（夕顔・末尾）

例(10)　さるべき所々に御文ばかりうち忍び給ひしにも、あはれと忍ばるばかり尽くい給へるは、見所ありぬべかりしかど、その折のここちのまぎれに、はかばかしうも聞き置かずなりにけり。（須磨）

帚木冒頭と夕顔末尾とが呼応することや、そこにみられる語りの表現構造については、例えば最近の高橋亨の論稿[20]にゆずることとして、ここにみられる助動詞「き」に注目してみたい。夕顔末尾、須磨の例は、吉岡が「物語の語り手が作中人物の近侍者であることを明示する草子地」と認定する例である。

これらにみる「き」が意味するところが、語り手が自分の語る「語りの世界」を「き」で認識しているということである。物語が、語り手によって「けり」で認識される世界であることを基本とするのであるなら、これは異例な「き」の使用と言わねばならない。先に見た『落窪物語』の冒頭や『大和物語』の例(3)(4)などは、この用法に相当するものと考えられる。しかし、帚木冒頭Aの「しのび給ひける隠ろへ事を」を「隠ろへしのび給ひける事を」と同価とするならば、夕顔末尾の「隠ろへ忍び給ひしも」と呼応し対立するわけであるが、一方が「けり」で認識され、一方が「き」で認識されているという、相違が問題となる。このことをふまえて、帚木冒頭と夕顔末尾とを枠とする、この語りの表現構造は、次のように捉えることができようか。

内側の語り手は、帚木冒頭Aで「語り伝へけむ人」と言われている、その人であり、夕顔末尾はその人の述懐と

帚木冒頭A
　帚木冒頭B
　　語り手が「き」で認識している語りの世界
　夕顔末尾
語り手が「けり」で認識している語りの世界

よむべきことになり、外側の語り手は、「語り伝へけむ人」とこの人のことを「けむ」で推量している言語主体（語り手）であることになる。『落窪物語』の場合は、この表現構造のうちの内側の表現構造が外枠をとりはずして自立した形をなしたものとみることができる。

さて、問題は、この内側において「語りの世界」を「き」で認識している、その「き」の意味用法である。これらの「き」が語り手の立場からのものであることは言うまでもない。つまり、語る現在（言語主体の現場）からみて、現在とは異質な状態であった時間領域を過去のこととして認識していることを意味する。言語主体の現在との連続的関係において捉えられる過去であるということにおいて、これらの「き」が、語り手の体験的回想の働きを示していると捉えたくなるのだが、やはり「き」の基本的認識としては、語る現在と連結する過去のことであり、そういう意味で、確かな過去のことを語っていると考えるべきであろう。これは、あくまでも現実にあったこととして語る物語が、そういう現実性を読者に印象づけようとする機能として働いたものであった。現に、歴史上の事実が素材化されていることが準拠論において具体的に指摘されているのであり、それらの歴史上の事実が、語り手が語りを行っている現在からみて確かな過去の事実であって、いわば助動詞「き」で認識されるものであったのである。そしてそれが物語の世界を確かな過去の事実だと感じさせる語りの方法でもあった。こうみてくれば、これらの「き」の用法も、語り手の体験的回想の用法だと考えねばならない必然性は特にないと言ってよい。しかし、これだけの論理では、体験的回想の用法とみる説を積極的に否定する根拠にはならないであろう。

先にみたように、地の文中のすべての助動詞「き」が吉岡によって整理されたが、そのうちでも、右にみたような助動詞「き」の例は数少ないのであるが、その他の多くの助動詞「き」とは異質な面をもっているにもかかわらず、そのことが吉岡の整理では考慮されていない。

吉岡は、先の夕顔末尾の「き」を語り手の直接体験の回想の確かな例と捉え、この例文が「従来はっきりと草子地と認められていたもの」と指摘し、それを根拠にさらに、

例⑾　七月にぞ后居給ふめりし。　（紅葉賀）

例⑿　斎宮は、こぞうちに入り給ふべかりしを、さまざまさけることありて、この秋入り給ふ。　（葵）

など、「従来草子地とは認められていなかったはずのもの」についても、これらの「き」と夕顔末尾の「き」とには「本質的なちがいが認められ」ないと考え、「光源氏らに親近した語り手の女房の直接体験をあらわすと見られる『き』が使用された九七文はすべて『作者と思われるものが物語の表面に出て直接発言している部分』すなわち草子地と認めてしかるべき」だと説いている。

筆者は、夕顔末尾の「き」と、例⑾⑿の「き」とには「本質的なちがい」があると考える。すでに竹岡が指摘しているように、助動詞「き」で過去時のことが認識される基準の「現在」には二つあるのである。竹岡のことばを借りれば、それが「物語中の現場」の現在と「言語主体の現場」の現在とである。夕顔末尾の「き」は後者の現在を基準にして過去時が認識されているものであり、例⑾⑿等、地の文中のほとんどの「き」は「物語中の現場」の現在を基準にして過去時と認識されているものである。草子地を仮りに〝語りについて語る語り手の詞だ〟とすれば、夕顔末尾は草子地と認められても、例⑾⑿等の多くの、「き」を含む文については、少なくとも助動詞「き」のみを根拠にして草子地とは認められない。少なくとも、この両者のちがいは「本質的なちがい」であり、草子地の認定においても、そのレベルの相違を無視することはできないと考える。

例⑾⑿等の助動詞「き」がたとえ語り手の直接体験の回想を示す語であったとしても、その「き」によって示さ

れる過去時の認識が、語り手の語る現在（言語主体の現場）からみてのものであるということにはならない。その点で、同じ地の文中の助動詞「き」であるとは言え、連体成分中の「き」や連用展叙成分中の「き」などは、その文を統括する述語成分の示す「時」との関係において用いられているのであるから問題はないとしても、文を統括する述語成分などに用いられた終止法に立つ「き」については、語り手の語る現在との関係において使用されている可能性がある。しかし、実際にはその例は数少なく、多くは物語中の現場を現在としての過去を示したものである。例えば、次の例文中の最初の一文の文末の「き」などがそうである。

例⒀　はじめよりおしなべてのうへ宮づかへし給ふべききはにはあらざりき。おぼえいとやむごとなく、じやうずめかしけれど、わりなくまつはさせ給ふあまりに、さるべき御あそびのをりをり、なにごとにも、ゆゑあることのふしぶしには、先づまうのぼらせ給ひ、ある時にはおほとのごもり過ぐしてやがて侍はせ給ひなど、あながちにおまへ去らずもてなさせ給ひしほどに、おのづからかろきかたにも見えしを、このみこ生まれ給ひてのちは、いと心ことに思ほしおきてたれば、坊にもようせずは、この御子のゐ給ふべきなめりと…　（桐壺）

例⒁　斎院は、御ぶくにており居給ひにしかば、朝顔の姫君は、かはりに居給ひにき。（賢木）

これらの文末の「き」は、物語中の現場の現在を前提にしてそれとは異質な状態であった時を過去として切り離して認識していることを意味する。例⑾もその例である。この種の文末の「き」は『大和物語』などにはみられなかった例で、『源氏物語』が獲得した表現であったと言ってよいか。例⒀の物語中の現場が「このみこ生まれ給ひてのち」の現在であることは文脈から明らかなことである。例⒁の場合も基本的には同じであり、物語中の現場の現在からすればすでに過去のことであり、それらの過去のことが、現在とはすでに異質な状態として認識されねばならなくなったことがらであることを意味している。先の例⑽の須磨の場合も、物語中の現場を現在とする過去時の認識とみるべきものと考えられる[13]。

別稿でもふれたが、例⒁の「居給ひにき」のような場合は、往々にしてその結果としての現在の状態「居給ひたり」をも含んで表現していることになるのであり、単に「居給ひたり」と表現してよいところを、「居給ひにき」とすることによって、現在時が、過去時とは異質な状態にあること、又、そういう過去時から現在時へと変化したそのこと自体を意識し、それを表出したかった言語主体の認識をここには読みとるべきものと思われる。

例⒀中の「けれ」について、竹岡は「全体の物語中の現場が時点上過去の事象として叙述されている中においても、平行的叙述の部分にはやはり『けり』が用いられて、複雑な文脈のようではあっても、『き』と『けり』との使い分けで精確に立体的に述べられている[14]」と説く。この例⒀からも、「き」と「けり」の使い分けを単純に、体験非体験の区別に求めることはできない。ただし、私見では、この例⒀の「おぼえいとやむごとなく上衆めかしけれど」については、この「おぼえ…上衆めかす」ことが物語中の現場においてもなお継続している事柄であったと認識しており、だから過去のこととして切り離して認識すべきことではなかったと語り手は判断しているのではないかと考える。「き」と「けり」との使い分けの実態は、同文または同文脈中に同時に出てくる場合などに端的に観察することができる。例えば、

例⒂　めのとにて侍る者の、この五月のころほひより重くわづらひ侍りしが、かしらそり忌む事うけなどして、そのしるしにや、よみがへりたりしを、このごろまたおこりて弱くなむなりにたる。今ひとたびとぶらひ見よと申したりしかば、いときなきよりなづさひし者の、いまはのきざみに、つらしとや思はむ、と思ひ給へてまかれりしに、その家なりける下人の病しけるが、俄に出であへでなくなりにけるをおぢ憚りて、日を暮らしてなむ取り出で侍りけるを、聞きつけ侍りしかば、　（夕顔）

吉岡は、「（この）文例に見られる『けり』との使い分けは、『き』という助動詞の目睹回想という用法を鮮明に示すもの[15]」と言う。又、根来司も、この例文をとりあげ、「き」と「けり」とが直接体験の回想と間接経験の回想と

が明確に使い分けられている典型的な例だと説明する。(16) そして「けり」の使用されている部分について、「源氏の直接知らない下人のことは…と『き』『けり』が使い分けられている」と述べている。竹岡の考えによるなら、「き」の使用されている叙述の中にあって、平行的叙述の部分であるので「けり」が使用されているのだと解されるところであろうが、ここは「その家…侍りけるを」の「けり」使用の部分が「聞きつけ」たという聴覚行為の内容になっており、語り手（光源氏）の立場からする「聞く」ことではじめて知った事柄であることを示している「けり」と考えられる。ここは、聴覚行為が「聞きつけ侍りしかば」と「き」で認識されることが、後の現在の叙述と直接に関係をもっているのであり、その聴覚行為の内容自体は、直接的な関係を持っていないので、「き」を使用する必要性が認められなかったものと考えられる。

例(16)　（朱雀院の）御子達は、東宮をおき奉りて、女宮たちなむ四所おはしましける。その中に藤壺と聞えしは、先帝の源氏にぞおはしける。まだ坊と聞えさせし時参り給ひて、高き位にも定まり給ふべかりし人の、とりたてたる御後見もおはせず、母方もその筋となく物はかなき更衣腹にて物し給ひければ、…　（若菜上）

吉岡は、この例文の朱雀院の皇女に「けり」が使用されていることから、「源氏物語では、身分ある登場人物の出自、年齢、子女つまり広い意味での経歴を回想話法で述べる場合、『けり』を用いるのが原則だったらしい」とし、「き」と「けり」の使い分けに「一種の敬語法」の可能性を考えているが、(17) はたして、語り手にそういう識別の意識があったとみてよいかどうか。この例文の場合少々複雑であるが、進行中の物語現場については、語り手の現在からみて「けり」で認識されるが、その物語中の現場からみてその時点から隔絶した時のこととして認識しなければならないときに、そういう隔絶した、かつての時のことを「き」で認識している。そういう「き」「けり」の使い分けであることにはやはり変わりないのである。「き」で捉えられた事態は、「物語中の現場」という現在にとっては、「かつて」「以前には」「あのときは」などを補って解釈すると理解しやすい事態だと言えるのである。

例(17)　たしかならねど、けはひを、さばかりにや、と、ささめきしかば、惟光をかこちけれど、いとかけ離れ、気色なく言ひなして、なほ同じごと、好き歩きければ、とぞ思ひよりける。（夕顔）

吉岡の考えによると、右の例の「き」は語り手の生活圏外のことであるから語り手の目睹回想の例とは考えられず、そこで吉岡は、先行記事をうける特殊用法の「き」と処理する。確かに、先行記事中の右近の会話に「御名がくしも、さばかりにこそは、と（夕顔が）聞え給ふばかり」とあり、夕顔の推測することは、夕顔の宿りの家あるじをはじめとする人々の推測するところでもあったであろうから、この「き」の用法を先行記事を受けたものと処理してもよいであろうが、これも、先行記事にあることだから助動詞「き」で認識されたとみるより、物語中の現場の現在からみて、その現在とは異質な時間における事実であることを指摘し、はっきりと別の時点のことであることを示して現在時と対立的に認識したい気持ちを示そうとしているとみるべきであろう。そういう過去時のことが、物語の進行においてすでに語られたことでもあることは自然なことである。特殊な用法の「き」と捉える必要もない。そして、この例文の「き」が、同文中の三つの「けり」と、体験非体験の識別において使い分けられているのではなく、「けり」の使われている部分は、この場合、物語中の現場のことであり、そういう語る事柄を、語り手の現在において認識していることを示すために「けり」が用いられている。

例(18)　かのとまりにし人々、宮わたり給ひて尋ね聞え給ひけるに、聞えやる方なくてぞ、侘びあへりける。（若紫）

これも、吉岡が先行記事をふまえた特殊用法とするもので、「かの」の語の使用に、語り手が先行記事を意識していることは表出されてもいる。しかし、先行記事にあることだから、特別に擬似体験的回想の「き」が用いられたのであり、そうでない「けり」の用いられた部分は、語り手の生活圏外のことであるから「非体験ないしは不確実な事柄を回想する」「けり」が用いられている、とみるのは疑問である。

先行記事をふまえた「き」による認識云々に関しては、むしろ問題は、完了「つ・ぬ」との関係にある。例えば、

「ありし」と認識するか「ありつる」で認識するか、いずれも先行記事（正しくは先行した事態・事柄）をふまえた認識ではあるが、それを「ありし」「ありつる」のいずれで認識するかという点に、助動詞「き」の意味用法も明確に現れると考える。

例⒆　南殿にてありし儀式　（桐壺）

例⒇　ありしながらうち臥したりつるさま、うちかはし給へりしが…　（夕顔）

例㉑　かのありし院ながら添ひたりし　（同）

これらの「き」は、いずれも先行する事実であったことを示し、その事柄を、物語中の現場の現在と異質な時間（過去）におけることとして認識していることを示している。ところが吉岡は、右の三例について、例⒆を第三グループ（語り手の目睹回想）のC型（語り手の身分地位によっては語り手の目睹回想A型となるもの）とし、例⒇は第二グループ（先行記事をふまえた回想）とし、例㉑は第一グループ（体験話法文中の回想）のB型の例と判定し、それぞれ「ありし」と「き」で認識されたとみる根拠が異なるのである。しかも、例⒇中においては、「ありし」は、「先行記事をふまえた」認識を示した「き」であるとし、その後の「うちかはし給へりし」の「き」は第四グループ（その他・例外）に入れ、この「き」による認識が理由不審な例だとしている。

「ありし」「見し」などは、「いにしへ」「来し方」などに次いでかなり慣用化された用法で、「以前（の）」「かつて（の）」など客観的な観念を示す句であったとも考えられるものである。

例㉒　すぐれたる事はなけれど、め安くもてつけてもありつる中の品かな　（帚木・心内語）

例㉓　かのありし中納言の子は、えさせてむや。らうたげに見えしを、…　（同・会話）

例㉔　ありつる小袿をさすがに御その下に…　（空蟬）

例㉒㉓は時間的には同時の現場とみてよいが、例㉒では「つ」で認識し、例㉓では「き」で認識している。例㉓

は場面が空間的に変化したことが必然的に先の場面の時を過去のこととして現在から切り離して認識することになったものと考えられるが、例(22)では、同じく場面（空間）の変化にもかかわらず、光源氏の内面においては、空蟬との逢瀬を時間的になお現在時のこととする意識が持続していることを物語っている。このことは地の文にもみられることで、例(24)は、その例である。やはり場面は変化（空間的移動）したが、光源氏の心理的意識が継続しているものとして、「つ」で認識されているのである。このように「き」による時間認識は、何よりも「つ・ぬ」との対立関係においてまずあるものであり、体験非体験といった識別が第一義にあったものではないと考える。

さて、吉岡は、既述したように、地の文中の助動詞「き」を分類した第二として「物語上ですでに語られた事柄の回想」（つまり、先行記事をふまえた用法で、文章語である故の特殊用法という）を特定しているのであるが、しかし「（この用法は）『き』の用法としては明らかに本来的なものではない」[18]という。さらに、日常語である会話文中の助動詞「き」にこそ「き」の本来の用法がみられるとし、その会話文中の助動詞「き」の九九％弱が体験の回想であることから、最近の文法学者の一般的な理解〝確実に存在したと思われる過去の事実の回想が原義で、目睹回想は、確かな過去の事実ということの故に、いきおい自己の体験、直接の見聞であることが多いという意味で第二義的要素である〟という理解に対して、目睹回想の用法が単に多いというのではなく、圧倒的に多いと判断すべきだと指摘し、この目睹回想の用法であるかどうかで、「き」の各用法が「本来的」であるかないかを判断しているようである。しかし、吉岡は「き」「けり」の全用例を整理するにあたっての基本方針の第一項に「用法の分類を目的とし『本義』その他にわたらない」としているが、「本義」が吉岡のいう「本来（的用法）」とどう概念が異なるのか明確ではないが、目睹回想を本来的用法とみ、それを分類の基準にしている態度は「本義」にわたらないという方針と矛盾するのではないだろうか。又、「私に必要なのは…『本義』ではなく、源氏物語における用法であり…」とも言う。しかし、目睹（体験）回想を「き」の「本義」としているといってもよいのであり、ここにみられる矛盾ないしはあいまいさが、筆者の吉岡分析に対する疑問の根本であったと言ってよい。

吉岡は、第三グループB型を「語り手の直接見聞した事柄ではないが、伝聞した事柄ではあっても語り手が確かだと確信しうる事柄」を示す「き」とするのは、『時代別国語大辞典上代篇』の「き」の用法の分類項目「①、過去にあった事実を、自らの体験として直接に回想するかたちでのべるのに用いる。②、過去の事実についての相手の体験を問う場合に用いる。③、過去にあった事実を、確かなものとして表現するのに用いる」の③項を援用したのであるが、①項②項と③項との関係は矛盾概念の関係にあるのではなく、③項は本来的には①項②項をも含みこむものであり、用例中の用法で①項②項に属さないものを③項に該当させていると考えられる。その点この③項に該当する、吉岡の第三グループB型の用法の用例の認定は恣意的であるという批判をまぬがれまい。①項②項に該当しないその他がすべて、第三グループB型に属するものと認定しているのではないからである。その矛盾は端的には、吉岡分類第四グループ（その他・例外）の存在にみられる。このグループの用例にふれる前に、第三グループB型の用例として認定した、その論理を確認しておきたい。

吉岡にはまず前提として、語り手は作中世界に生きた実体的な人物であるという認識がある。つまり、語り手は作中世界側にあり、物語中の人々の側、いわば当事者側にあるわけで、それ故に生活者人間としての限界から自ずと物語る事柄の中には「伝聞で知ったとしか考えられないもの」があるのは当然であるが、そういう事柄さえも、「そのことを知っていた以上は作中世界の空気を呼吸していた語り手（ないし書き手）が作中世界とはまったく無縁な聞き手（ないしは読み手）を相手に語る（ないしは書く）場合、『確かなものとして表現』しようとしても別段不自然でも不思議でもない事柄ばかりである」と言うのである。吉岡は、『源氏物語』は、玉上説でいう第一の作者が書いたものと設定していると考えている。作中世界側に位置した第一の作者が源氏物語の作者紫式部によって虚構化された人物であったとしても、第一の作者は一体どういう読者を想定して書いたというのであろうか。物語の通念から言えば、物語の書き手の相手とする読者は同時代人であったはずである。吉岡の読み手の想定には、いきなり『源氏物語』作者紫式部に対峙した読み手達をもってきているのではないか。換言すれば、第一の作者と作者紫式部の位置との融合が安易になされているのではないかと思われるのだが、いかがであろう。さらに次のような疑問もある。

右にみた用例の用法認定の論理からすれば、語り手が当事者側の人物として語るできごと（物語中の世界）は、原則としてすべて「き」で認識されるものであったはずだ。しかし、吉岡によると、語り手の体験回想を除いてこの第三グループB型に属する例は二九項三七例しか存在しないのであり、それらは、主な四つの人間関係（左大臣家関係、六条御息所家関係、藤壺関係、玉鬘関係）の情報によるものと整理できるというのであるが、こうした認定の結果に至るには、単に、先にみた認定の論理だけでは絞りきれないのであり、そこにはもっと限定的な論理がなければならなかったと思われる。そうでなければ、第四グループとの識別もはっきりしないのである。もっと限定的な論理があったとすれば、それは桐壺帝そして光源氏さらには紫の上に側近の女房というように語り手を実体的な人物（作中世界の登場人物の一人とも位置づける）と捉えていることから、そうした人間関係を核として、その周縁へと語り手の直接体験の濃淡を想定し、その濃淡に応じて「き」の用法のレベルをあてはめたものであったと考えられる。つまり、演繹的な方法によりながら、帰納的な方法によって得られた結論のように論述されているようにみえるのである。

第四グループ（その他・例外）として四九項六二例の「き」を摘出している。地の文の「き」全体からみれば六%余りにすぎないもので、又、吉岡自身その例外性を解釈する方向を部分的に示してもいるのであるが、むしろこれらの例にこそ助動詞「き」の基本的な用法（本来の用法）を考察するヒントはあると考えられる。すでに吉岡自身が指摘していることであるが、その注目すべきことが二点ある。一つは、「き」と死者に関する事柄との関係、一つは「き」のテンス的用法のことである。もっとも吉岡は前者は後者に含まれるものと考えているらしく「死者に関するテンス的用法」とも記しているのである。これはそれでよいと思う。現在時と異質な過去時が意識される典型は死者に関する事柄などである。

筆者は、吉岡がテンス的用法と呼んでいる用法こそ「き」を統一的に捉える基本的用法と考えるのである。ただし、言うまでもないことだが、いわゆる英文法などでのタームとしての「テンス」が意味する文法的機能が、日本語の助動詞「き」にあてはまると考えているのではない。従来、助動詞「き」について、過去とか回想とか言われ、目睹回想とか体験回想の助動詞と言われ、また過去にあった確かな事実を示すとか言われてきているのであるが、「き」による認識のもっとも基本的なことは、「過去時の事柄」が常に現在時との関係において認識されているということであり、考えてみればあたり前のことであるが、それが忘れられているところに従来の助動詞「き」の理解に問題があったと考える。現在時との関係と言っても、言語主体の現在からする客観的な過去時という認識ではなく、現在時の「ものごと」の状態性との同質性異質性を根拠にしての過去時の状態との相対的関係である。「過去」と言わず「回想」とされるのも、言語主体の内面における現在性から意識化され自覚された過去時の事柄であるという性格を、その過去時の事柄がもっているからであったと考える。そこに「き」認識が主観的であるとみられる理由も存している。原理的に述べるならば、ある「ものごと」のA時からB時への時の流れにおいてA時のA状態とB時のB状態とが異質なものと認識されるとき、B時を基点にしてA時をB時から切り離して（つまり、「過去時」として）認識していることを示す助動詞が「き」であった。A時とB時との関係を相対的に判断してB時に対するA時であることを示すのである。ただし、なお、助動詞「き」の意味用法は、原田芳起も指摘する[19]ように、通時的に考察する必要性をもっているので、とりあえず、奈良平安王朝の言語体系を対象としては、右のように言えると言っておく。

おわりに　助動詞「き」と語り

最後に、地の文中の助動詞「き」と語りについて考えておきたい。言語主体（語り手）の現場を現在とする「き」の例がわずかながら存在するが、それについてはすでに述べた。次に物語中の現場を現在とする「き」についてであるが、「ありし」「ありつる」の使い分けについてふれたところにその一端は典型的にみられたように、「き」でもって過去時として認識されていることは物語中の現場の現在との関係で捉えなければならないものである。一《ひと》つらなりの時の連続性のうちに認識される「ものごと」について、その現在時の状態（心）とは異質だった状態と認識される、かつての時を過去時として切り離しているのである。こうした「き」の本質からして、必然的に、言語主体の体験やすでに語られた先行記事中の事柄、又、吉岡の言う体験話法中にみられる登場人物の体験などが、「き」で認識されやすいことにもなるのである。逆に言えば、そうした用法上の識別は、「き」そのものからは不可能なものである。例えば、体験的過去の回想を示す「き」であるかどうかは、「き」以外の表現事実によって判断しなければならない。会話中の「き」がほとんど体験的回想の「き」であることも、その会話主体が、自分のことを素材（話題）としていることが「き」以外の表現事実から判断されるからである。日常の会話においては、いきおい身辺の日常茶飯事がとりあげられることが多いので、会話中の「き」が必然的に体験的回想の「き」であることになる。このことは会話において対象化される表現素材の性質から必然するのである。

こう考える時、吉岡の用法分類のうち特に語り手の直接体験の回想と判断している方法にはかなり予断と偏見の入り込む余地があると考えざるをえない。つまり、直接的体験の回想であったから「き」が用いられたと判断する根拠は非常に薄いのである。語り手の直接体験を示す「き」であったとすると、それは語り手の現在（言語主体の現場からする）からみて、その現在と切り離された時の事柄であることを意味する「き」であるはずであるが、多くの「き」はそういう語り手の現在との関係においてでなく物語中の現場の現在との関係で用いられたものである。となれば、吉岡も述べるように、語り手をその物語中の現場に位置させなければならなくなってくる。そしてそうなると、すべての「き」を統一的に把握することができなくなり、無理と矛盾が生じてくることになるのではなかろうか。

いずれにしても、体験非体験とか確実不確実とかいう識別（認識の原理）にのみこだわっていると（つまり、素材そのものの性格づけにのみ注意を向けていると）、「き」で認識されたことの本質が見失われてしまうことになるのではないかと考える。なぜ「き」で認識される必要性があったのか、それは（物語中の）現在の状態を叙述する（認識する）上で、それをそれと関連する過去時の状態との相対的関係で捉えようとする言語主体（語り手）の態度が語りにとっては重要事であったということが見失われてしまう。ここにこそ助動詞「き」が『源氏物語』の語りの方法を探求する上で注目すべき語である意味が存在しているのである。

吉岡は、第四グループ（その他・例外）に、桐壺の巻の数例を列挙しているが、冒頭の巻故に先行記事の存在もなく、不審例として処理せざるをえないことになるのであろうが、冒頭においてさえ、現在語っている事柄の存在の意味を問い詰める時、先行する事実との関係を想像しなければならなかった『源氏物語』作者紫式部の語りの方法をこそそこで考えてみるべきかと思う。いわば、因果律的な発想や宿世論にも発展する、過去時との関係において現在時の意味を問おうとする発想が、『源氏物語』という物語世界の現実を立体的に捉えることに成功していると言えるのである。こうみてくると、助動詞「き」の問題は、語りの表現機構の問題にとどまるものではないように思われてくる。

それにしても、吉岡の言う語り手の体験的回想の「き」の問題、つまり、語り手の現場目撃者的存在の印象はどう考えるべきか。歴史的現在法や臨場的描写法などによって、語り手自身が物語中の現場に居合わせて、事の目撃者的位置にあることは確かで、それ故に聞き手（読み手）も、その現場に立ち合わされているような映像を感取しうるのである。しかし、このことは、助動詞「き」が体験的回想の用法か否かには関わらないのであり、そういう叙述の方法を『源氏物語』は獲得しているのである。語り手と作中世界との関係は、こう考えてくると、体験の回想という「き」の用法がメルクマールとなる問題というよりも、語りの視点の問題として捉え直すべきものと考える。視点には、限定的視点（視点人物の設定による）と全知的視点とがある。しかし、『源氏物語』の全知的視点と思われるものについては、もう少し分析的に捉える必要があるようだ。[20]筆者は当時の絵巻物の絵の構図との関係から、この視点の問題を考えてみたいと思っている。つまり、絵を観る鑑賞者の視線こそ語り手の原視点であり、叙述に応じては、登場人物に視点を配賦して限定的視点を用いたりする。だから全知的視点と言っても近代小説におけるような視点とも又異なるものであったように思われるが、この問題については、草子地論と関わって、吉岡が整理している、『源氏物語』地の文における表現の四つの様態の問題とともに、後稿において考えてみることとしたい。

吉岡の迫力ある仕事に触発されて拙稿をなすことになったのだが、氏の論旨を典解・誤解していないかとおそれる。非礼の段はお許し願いたい。

〔底本〕『源氏物語』は角川文庫、『万葉集』は小学館日本古典文学全集、『古今集』は本位田重美校訂本（武蔵野書院）、『大和物語』は阿部俊子校注本（明治書院）によった。

注

（1）『源氏物語を中心とした論攷』（笠間書院・一九七七）、特にことわらない限り、吉岡の考えは、この論考によっている。

（2）『愛媛大学法文学部論集』一三（本書前編〔二〕1）。以下これを「別稿」と言う。

（3）　例えば、田中喜美春「和歌における『き』『けり』」（『文法』二―七）。
（4）　「『けり』の変遷―活用を中心として―」（『文法』二―七）。
（5）　絵合の巻で『宇津保物語』について、「俊蔭は、激しき波風におぼほれ知らぬ国に放たれしかど……」と「き」で語っていることが考え合わされる。
（6）　「助動詞『けり』の本義と機能」（『言語と文芸』三一）「『けり』と『き』との意味・用法」（『文法』二―七）主として後者による。
（7）　糸井通浩「『けり』の文体論的試論―古今集詞書と伊勢物語の文章―」（『王朝』四、本書前編〔2〕4）。この稿において、竹岡の「〝あなたなる〟世界における」ということばを正確に理解していなかった失考をここにわびておきたい。
（8）　注（1）に同じ。ただし、（4）グループについては、（3）グループD型としているが、後に他の論稿で（4）グループとしたものによっている。
（9）　「挿入表現の修辞構文―落窪物語と助動詞『き』―」（『解釈』二五―七）。
（10）　塚原鉄雄「落窪物語の人物とその成立」（『國語國文』一九―九）。
（11）　塚原鉄雄「竹取物語の文章構成」（『中古文学』一七）がある。
（12）　桐壺冒頭・末尾にみる語りの表現構造については、藤井貞和「『草子地』論の諸問題」（『國文學』二二―一）、高橋亨「〈語り〉の表現構造―いわゆる草子地について―」（『講座日本文学源氏物語下』至文堂・一九七八）、同「物語の〈語り〉と〈書く〉こととは何か」（『國文學』二二―一）及び注（20）の論稿などが参考になる。
なお、高橋亨「物語の〈語り〉と〈書く〉こととは何か」（前掲書）で、吉岡曠の、草子地と助動詞「き」をめぐる論考に対する批判がみられる。本稿では助動詞「き」そのものの理解の面から検討してみたのである。
（13）　須磨22頁末行から23頁4行目まで（角川文庫）を須磨下向に関する序文的な部分とすると、この部分にみえる助動詞「き」は序文における物語中の現場からみた過去を示しているとみることができる。私はこう解するのがよいと考える。23頁5行目から別れの諸相が描かれている。
（14）　注（6）に同じ。

(15) 注(1)に同じ。
(16) 「源氏物語の表現と語る文」(『國文學』二三―一、後に同著『源氏物語枕草子の国語学的研究』有精堂・一九七七に収録)。
(17) 「源氏物語における『けり』の用法　二」(『学習院大学文学部研究年報』二三)。
(18) 注(1)に同じ。
(19) 注(4)に同じ。
(20) 高橋亨「物語の語り手(1)―帚木三帖の序跋」(『講座源氏物語の世界』有斐閣・一九八〇)に「『源氏物語』の「主体」としての作者は、「もののけ」のように作品世界の内と外をかけめぐり、〝限定視点〟でありながらなおかつ〝全知の視点〟にさえ到達することを可能にして、物語の表現をつむぎ出していくのである」と述べている。

3　中古の助動詞「き」「けり」と視点

序　拙稿の動機

いわゆる過去ないし回想の助動詞とされる「き」「けり」については、語学・文学の両面から、多くの論考がものされてきており、近年は、現代語におけるテンス・アスペクトの研究が、これらの助動詞の研究にも及ぼされてきている。(1) ここに更に、この拙稿を重ねることにどれほどの価値があるか、つまり、新たな知見を加えることができるかとなると、いささか心もとないことである。ただ、かつて吉岡曠の精緻な一連の論考を批判的に論じて発表した拙稿(2)に対して、吉岡から、三点に絞って反論・批判をもらったことがある(3)が、しかしなお、筆者なりに、吉岡の考えに納得しかねるところがあり、又、筆者の考えをさらに再提出してみたいと思うところもあって、ここに改めて論じてみる次第である。しかし、吉岡の批判にいちいち答えるかたちはとらず、基本的な私の考えを披瀝することによって、吉岡の、筆者への批判のうちの一部に応えるということにしたい。とは言え、吉岡の、筆者への反論・批判の三点については、ここに紹介しておきたい。

一、筆者が、吉岡の論考について、「用法の分類を目的とし「本義」その他にわたらない」という方針を立てながら、事実上は、「体験の回想」を「き」の本義とみなしているではないか、と指摘したことには、吉岡論文に対する筆者の理解に読み誤りがある、という反論。

二、「草子地の認定に関わる問題」で、筆者が、竹岡正夫の理論を発展させて、視点論の立場から、語りの叙述に、二つの「現在」があるとしたのに対して、吉岡が「「物語中の現場の現在」という視点は存在しない。従って、草子地であることが明らかな文中に使用された「き」と地の文のその他の「き」とを区別するいわれはない、両者の間に本質的なちがいはないと考える」と批判された点。

三、筆者が考える「き」の本義について、はたして本義として認めうるものかどうかという疑義と批判である。筆者は「き」の本義を「現在時が、過去時とは異質な状態にあること、又、そういう過去時から現在時へと変化した、そのこと自体を意識し、それを表出したかった言語主体の認識」と述べたり、「その現在とは異質な時間における事実であることを指摘し、はっきり別の時点のことであることを示して、現在時と対立的に認識したい気持ちを示そうとしている」と定義した。このうち特に、傍線部のように捉えていることが問題であること、にもかかわらず、筆者にその根拠を示す説明がみられないという批判。

一の点については、吉岡の「本来的用法」という用語が「本義」とどう異なるのか、という点で、筆者が、理解をあやまっていたところがあることを認めざるを得ない。この一の点はさておき、以下では主として、二の点、三の点にかかわるところで、私見を展開することで、直接・間接に吉岡の考えに対する筆者の見解を示すことにする。

一　物語の文体

本稿では、いわゆる物語文学としてくくられるジャンル作品を対象として、その「語り」の中での助動詞「き」及び「けり」の用法を考察してみたい[4]。

物語が、語りの助動詞とも「物語口調を表面に出して[5]」叙述していることを示すとも言われる「けり」文体を基調とする文体をなす、ということが指摘されている。そこで、物語文学と「けり」とのかかわりについて、まず生態的に確認してみることから始めたい。『伊勢物語』『源氏物語』『浜松中納言物語』をとりあげる。

(一)『伊勢物語』

(a)　むかし、男、武蔵の国までまどひありきけり。さてその国にある（φ）女をよばひけり。父はこと人にあはせむといひけるを、母なむあてなる（φ）人に心つけたりける。父はなほびとにて、母なむ藤原なりける。さてなむあてなる（φ）人にと思ひける。このむこがねによみておこせたりける。住む（φ）ところなむ入間の郡みよしのの里なりける。（略）人の国にても、なほかかる（φ）ことなむやまざりける。（一〇段）

(b)　むかし。若き（φ）男、けしうはあらぬ（φ）女を思ひけり。さかしらする（φ）親ありて、思ひもぞつくとて、この女をほかへ逐ひやらむとす（φ）。さこそいへ、まだ逐ひやらず（φ）。人の子なれ（φ）ば、まだ心勢なかりければ、とどむる（φ）勢なし（φ）。女もいやしけれ（φ）ば、すまふ力なし（φ）。さる（φ）間に思ひはいやまさりにまさる（φ）。にはかに親、この女を逐ひうつ（φ）。男、血の涙をながせ（φ）ども、とどむる（φ）よしなし（φ）。率て出でて去ぬ（φ）。男、泣く泣くよめる（φ）（歌・略）とよみて絶え入りにけり。親、あわてにけり。（なほ思ひてこそいひしか、いとかくしもあらじ）と思ふ（φ）に、真実に絶え入りにければ、まどひて願たてけり。今日の入相ばかりに絶え入りて、又の日の戌の時ばかりになむ、からうじていきいでたりける。

むかしの若人は、さる（φ）すけるもの思ひをなむしける。今の翁まさにしなむや。（四〇段）

(c)　①むかし、恋しさに、来つつかへれ（φ）ど、女に消息をだにえせでよめる（φ）（歌）（九二段）

②むかし、男、契れる（φ）ことあやまれる（φ）人に、（歌）といひやれ（φ）ど、いらへもせず（φ）、

（一二二段）

例文(a)にみるように、『伊勢物語』の章段の典型的な文体は、いちいちの叙述——述語成分を、「けり」が統括する構文をなすことである。もっとも、その述語成分が、連体修飾句であるとき、（φ）のマークを示したように、予想しうる「けり」を伴わないことがある。この点については、別途に考察しなければならない問題を含んでいる。おおよその傾向を捉えておくなら、連体修飾句が、被修飾語（＝主名詞）を含んでコトガラとして一般的・普遍的なコトガラであるか、特定の具体的一回的コトガラであるかによって、「けり」を付加するかしないかの違いがあるとみられる。(6) つまり、連体修飾句が、主名詞の属性などを示す前者の場合だと、「けり」はつかないことが多い。それに対して、主名詞をコトガラのうちに含んで、連体修飾句が示す、そのコトガラが一回的事実であるような場合は、「けり」が付加しやすい、ということがあると見通せるのである。(a)の場合、「その国にある女」「あてなる人」「住むところ」「かかること」などが、「けり」の付加が可能であるのに付加されていない。これらの例の場合は、「けり」が付かない方が一般的かと思われるが、しかし、「けり」が付くことによって、その述語の示す事態に対する語り手の意識化（主体的態度）が付加されるということも可能なのである。ともかく、連体修飾句には、語的レベルのものから文的レベルのものまでがあって、一括して捉えることはできないが、ここでは、特定の具体的一回的コトガラの叙述において、「けり」が付加されるかどうかを問題としたい。なお、歌物語の文体論的考察として、山口仲美に、文末表現の「けり」の有無を調査した論稿があり、参考になる。(7)

一方、例文(c)①②のように、短い章段で、全く「けり」が見られないものが幾章段か存在する。しかし、これらは、むしろ、物語（ないしは「語り」）として熟成する以前の、いわば、歌語りの素材だけが投げ出されたものとみられる。歌物語の文体を云々する以前のものと考える。

さて、例文(b)は、また一つの典型をなす。一つの語りの冒頭と末尾（の部分）に「けり」文末をみるが、その間の、語りの展開部では、「けり」のつかない文末の文を連ねているのである。本来、例(a)のような文体であったはずのものが、例(b)のようなスタイルをとるようになったものとみたい。つまり、歌物語は、物語口調の「けり」文末によって語られることを基調とするが、(b)のように、語りの展開部では、往々にして、「けり」を文末に伴わない文体が生まれてきたのである。その具体例は、『伊勢物語』の章段からいくらも拾い出すことができる。例文(b)は、その最も徹底した典型的な例である。「けり」を付加しないことによって露出する文末形式の多くは、裸形の用言、又は、用言に「つ・ぬ」「たり・り」などの付加した形、ということになる。

「けり」の付加しない文末文は、語りの展開部に現れやすい。その多くは、ここでいちいち指摘しないが、詠歌、ないし和歌の贈答前後の叙述においてである。そして、「語り」が熟成する、つまり、それは「語り」の長編化することとも深くかかわっているが、それに従って、「けり」のつかない文末が多く現れるようになった、と考えられる。ところで、助動詞「き」については、次の例(d)④など会話文、心内語の例を除いて、地の文では、その文末に用いられた例はない。

(d)① やうやう夜も明けゆく(φ)に、見れ(φ)ば、率て来し女もなし(φ)。足ずりして泣け(φ)どもかひなし(φ)。　（五段）

② 貧しく経ても、なほ昔よかりし時の心ながら、世の常のこともしらず(φ)。　（一六段）

③ むかし、水無瀬にかよひ給ひし惟喬の親王、例の狩しにおはします(φ)ともに、馬頭なる(φ)翁つかうまつれり(φ)。　（八三段）

④ 「…三条の大行幸せし時、紀の国の千里の浜にありける、いとおもしろき(φ)石奉れりき。…」　（七八段）

右の例文(d)①②については後述するが、(d)③において、助動詞「き」を用いた語り手の心理を説明するのはむずかしい。これは、八三段全体の構成（前半と後半の二つのエピソードの並列とみる見方が一般的か）、及び、前段の八二段との関係とから解釈しなければならないものと思われる。私見では、八三段は、単なる前半と後半の二つのエピソードという並列の構成とみるのでなく、この段の中心はやはり後半にあって、前半は後半のために存在しているものとみる。つまり、前半を後半へとつないでいるのが、後半の冒頭の「かくしつつまうで仕うまつりけるを、思ひのほかに、御髪おろし給うてけり」の一文である。この段の冒頭の「水無瀬にかよひ給ひし惟喬の親王」は、この後半冒頭の一文に直接つながっていると解すべきではないかと判断する。すると晩春（三月のつごもり）を最後に、すでに水無瀬には通われることのなくなってしまった、つまり、そのことがすでに過去のこととなってしまっていて今は出家の状態にある「惟喬親王」を視点にした時の認識であったことを、助動詞「き」は示しているということになる。

(二)『源氏物語』

(a) いづれの御時にか、女御、更衣あまたさぶらひ給ひけるなかに、いとやむごとなき（φ）きはにはあらぬ（φ）がときめき給ふ（φ）、ありけり。（桐壺・冒頭）

(b) そのころ、世にかずまへられ給はぬ（φ）ふる宮おはしけり。（略）年ごろふる（φ）に、御子ものし給はで、心もとなかりければ、（略）宮ぞ時々思し宣ひけるに、珍しく、女君のいとうつくしげなる（φ）、生まれ給へり（φ）。これを限りなくあはれと思ひかしづき聞こえ給ふ（φ）に、さし続きけしきばみ給ひて、このたびは男にてもがなと思したる（φ）に、同じさまにて、たひらかにはし給ひながら、いたくわづらひてうせ給ひぬ（φ）。宮、あさましう思しまどふ（φ）。（橋姫・冒頭）

(c) 春うららかなる（φ）月かげに、池の水鳥どものはねうちかはしつつ、おのがじしさへづる（φ）声などを、常ははかなき（φ）ことに見給ひしかども、つがひ離れぬ（φ）をうらやましくながめ給ひて、君だちに御琴ども教へきこえ給ふ（φ）。いとをかしげに、ちひさき（φ）御ほどに、とりどりかき鳴らし給ふ（φ）物の音ども、あはれにをかしく聞ゆれ（φ）ば、涙をうけて、（歌）、心づくしなりや、と目をおしのごひ給ふ（φ）。かたち清げにおはします（φ）宮なり（φ）。年ごろの御行ひにやせ細り給ひにたれ（φ）ど、さてもあてになまめきて、君だちをかしづき給ふ（φ）御心ばへに、なほしのなえばめる（φ）を着給ひて、しどけなき御さま、いとはづかしげなり（φ）。（橋姫）

(a)は、巻の冒頭であり、『源氏物語』の冒頭でもある。(b)は、巻の冒頭である。語りが、物語の世界を聞き手に向かって提示する部分が、「けり」文体を基調としていることがわかる。しかし、その後の展開部分では、各文の文末が、『伊勢物語』にみられるほど、「けり」文末になっていないことが注目される。長編の作り物語の祖とみられている『竹取物語』の冒頭に、その典型的な姿をみることができる。

(d)　いまは昔、竹取の翁といふものありけり。野山にまじりて竹を取りつつ、よろづの事に使ひけり。名をば、さかきの造となむいひける。その竹の中に、もと光る竹なむ一筋ありける。あやしがりて寄りて見るに、筒の中光りたり。それを見れば、三寸ばかりなる人いとうつくしうてゐたり。（竹取物語・冒頭）

物語は、語り手の存在をぬきにしては考えられない。語り手は、物語の創作主体である作者（オーサー）ではない。表現主体としての語り手（スピーカー）である。このことは近代小説においても基本的に変わるところがない。作者漱石は、語り手として、「猫」を設定し、「我が輩」と語らせている。一人称を語り手とする小説においても、作者と語り手とは別人格であることに変わりがない。しかし、このことは、物語の「語り手」が実体的であるかどうか、という点とはかかわりがない。「語り手」の設定には、様々なレベルの違いがあって、それは視点設定の違いとして分類もされていることに注意しなければならない。語り手の存在と言っても、特定の具体的な人格が具わったものとして設定されているとは限らないのである。『大鏡』のように、具体的で特定的な実体的人物が設定されることがある一方で、語るという機能だけの存在とでも言うべき語り手がある。『竹取物語』の語り手も後者に近く、『竹取物語』の語りの視点を、時には全知視点とみるむきもあるくらいである。が、『竹取物語』の場合も、その視線のあり方は、人間的眼線であるとみられる。いずれにしろ、語り手は存在しているのである。表現主体なくして表現（語り）は存在しえないのである。『伊勢物語』の例でみたような、語りの素材だけが投げ出されたような――みがかれぬ原石のような章段では、語り手の存在というものが、まだ未発達と言わざるをえないが、基本的には、語りの表現がなされた限りにおいて、そこに表現する主体は存在するのであり、その表現主体こそが、語り手と呼ばれるものである。

例文(c)では、「けり」文末は全くみられない。橋姫の巻などはこれが普通の「語り」表現である。時折、「けり」文末や、従属句に「けり」が出現する。そして、『伊勢物語』に比べて、助動詞「き」の使用が目立っている（後述）。地の文の文末に用いられた「き」もいくつか存在している。

㈢『**浜松中納言物語**』

(a)　孝養の心ざし深く思ひ立ちにし道なれ（φ）ばにや、おそろしうはるかに思ひやりし波の上なれ（φ）ど、あらき波風にもあはず思ふ（φ）かたの風なんことに吹きをくる（φ）心地して、もろこしのうむれいといふ（φ）所に、七月上の十日におはしましつきぬ（φ）。そこを立ちて、かうしうといふ（φ）所に泊り給ふ（φ）。その泊、入江の水うみにて、いと面白き（φ）にも、石山のおりの近江の海思ひ出られて、あはれに恋しき（φ）こと限りなし（φ）。（巻一・冒頭）

(b)　この后の御本体は、唐の太宗と申しけるが御子孫の末にて、秦の親王といへる（φ）人ありけるが、かほかたち、身のざへすぐれたりければ、この国と日本に言ひ通はさるる（φ）事ありけり、えらびの使にて、日本

へ渡りたるなりけり。筑紫に流され給へりける御子の、やがてそこにて亡せ給ひたりける御むすめの…（略）
（巻一）

(c)　渡り来しほどは、世に知らずあはれにかなしく、行衛知らぬなみの上に漕ぎ出でしさまざまの思ひ限りなしといひながら、「命だにあらば、三年がうちにかならず行き帰りなんかし」と思ふ（φ）心に、いささかなぐさみにけり。知らぬ（φ）世のいくほどの年経ざりしかども、「またかへりみるべきやうもなしかし」と思ふ（φ）に、…（略）
（巻一・冒頭）

(d)　たけの中に通ひ路ありければ、聖この文箱を取りてもてまうでぬ（φ）。君はひとへにうちをこなひ給ひて、こよひ夢に、もろこしの后の見え給へりければ、片つ方の心には、おぼしやりつつをこなひ暮し給ひけるに、かかる事などうちききつけ給へる（φ）心ち、夢か何ぞと胸つぶれて、この御消息をあけて見給ふ（φ）に、あはれにかなしともよのつねなり（φ）。
（巻三・地の文）

この作品には、作品冒頭の巻の散佚が言われていて、冒頭の文体は確認できないが、『源氏物語』に比べて、一層、地の文の文末において、「けり」文末の少ないことが注目される。しかし、例文(c)(d)にみられるように、文末や従属句中に「けり」が、時折みられるのである。もっとも時には、会話文中において、又例文(b)のように地の文においても、誰かのエピソードなどを語るときには、「けり」をいちいち付けた文体が出現することには注意したい。

物語口調の「けり」文体を物語文体の基調としながらも、物語の現場に視点を移して語る文体である「けり」ぬき文末が、『源氏物語』より一層進んでいる様子が、『浜松中納言物語』には見られるのである（例文としてあげた事例だけではわかりにくいが）。そして、作品内容（素材）の性格上から、『源氏物語』に比して、地の文に助動詞「き」がより多く出現することは注目されるが、後述するように、それはほとんど従属句中にみられるのであり、文末に用いられた「き」はほとんどみられない（ただし、会話中にはかなりみられる）。

以上、紙面の都合で多くは引用しかねるが、時の助動詞と言われる「き」「けり」と物語の文体とのかかわりを、生態的に確認してみた。これらの実態を手がかりに、これらの助動詞をめぐる諸論点について考察してみることにする。

二　諸論点の考察

改めて、『竹取物語』の冒頭部分の表現について考えてみたい。「今は昔」と語りはじめた語り手が、これから語る物語の世界を、「昔」にあったことと認識していることは言うまでもない。「昔、男ありけり。」の『伊勢物語』の各章段の冒頭においても同じである。語り手の「今・ここ」（これを語り手＝表現主体の現在と呼ぶことにする）(8)から、すでに起こった、あったことを「今・ここ」において語るという設定である。『大和物語』（又、例えば日本霊異記のいくつかの説話なども）のように、必ずしも、「昔」の語を必要としたわけではない。すでにあったこととして語られるハナシであることが明確であれば、「昔」を意味する類の語は必要でなかった。文末に用いられる「けり」が、語り手と語られる世界との距離をきざんでもいたのである。「けり」は、時間的にも空間的にも、表現主体から距離のおかれていたコトガラを、「今・ここ」において認識していることを示す助動詞であったから、それが空間的な距離――例えば、和歌などでの「けり」の多くがそれ――でないことが明確であれば、つまり、時間的な距離をおいたコトガラであることが明確であれば、「けり」のみでも充分機能したのである。

さて、『竹取物語』冒頭では、最初の四つの文が、「けり」文末表現になっている。『伊勢物語』の例(a)にみたように、ここまでは、一つ一つのコトガラを、語り手の「今・ここ」から語っている。丁寧に物語世界を設定しているのである。しかし五つ目の文、あやしがりて寄りて見るに、筒の中光りたり。

これ以後の文末は、「…たり。…ぬ。…（動詞裸形）。…（形容詞裸形）。」と、「けり」を欠いた文末になっている。最初の四文が、翁の状況を設定すべく、翁の日頃の様子（習慣的な状況）を語っているのに対して、五つ目の文からは、具体的な一回的行為であること、つまり、ドラマが動きはじめたことによるとも考えられるが、ここで注目すべきは、「…見るに」という条件句を伴っていることである。「見る」行為の主体は翁である。ここで、語り手の視点が、翁の視点と重なったことによって、事態を認識する基点が、語り手の「今・ここ」から、物語の現場に転移しているのである。これを、視点の移動と呼ぶ。現代の小説においてもしばしばみられることである。物語の現場を認識の基点とする叙述が、この後しばらく展開する。この物語の現場の認識の基点を、物語の現場の現在と呼ぶことにする。[9] このように物語のコトガラを時の流れの中で規定する基点に、二つの基点が存在するのである。一つは、語り手＝表現主体の現在を基点とする。一つは、物語中の現場の現在を基点とする。二つというよりは、二重構造と考えるべきか。比喩的に述べるならば、一つは舞台の上で演じられる劇を、客席からみる視点であり、もう一つは、客が、つまりは語り手が舞台上にあがりこんで、俳優に寄り添うように舞台上に存在する視点である。後者の場合にあたる物語（小説）の叙述が、ヨーロッパ言語では、「歴史的現在」と言われたりするが、日本語の物語、小説では、その「歴史的現在」という用語がニュアンスとして持っているほど、特殊な特別な用法——表現技法と意識されるようなものではなく、むしろ、『竹取物語』冒頭にもみられるように、極く自然な語りの方法——表現法であったことが、近年盛んに指摘されているところである。

「見るに」という登場人物の行為の叙述が契機となり、語り手の視点が、物語の現場へ転移するのである。「けり」文末の多い『伊勢物語』において調べてみると、「見れば」「見るに」のようにこの視覚行為自体が「けり」を伴わない場合が多く、次の例は例外的であることがわかる。

① むかし、みちの国にて、なでふことなき人の妻に通ひけるに、あやしう、さやうにてあるべき女ともあらず見えければ、（一五段）

② …門に出でて、とみかうみ見けれど、いづこをはかりとも覚えざりければ、（二七段）

③ …女の、手洗ふ所に貫簀をうちやりて、たらひのかげに見えけるを、（二七段）

『竹取物語』でも、「見るに」「見れば」「見給ふに」「見でをるに」など多いが、「けり」は伴わない。唯一の例外が次の例である。

④ …作り花の枝につけて、かぐや姫の家にもて来て見せければ、かぐや姫、あやしがりて見るに、（竹の御石の鉢）

ここに、「見ゆ」「見す」と「見る」とに違いがあることがわかる。つまり、「見る」が最も人物（三人称）に同化しやすい視覚認識の語であったと考えられる。

源氏物語（橋姫・椎本）

<table>
<tr><th rowspan="2"></th><th colspan="4">き</th><th colspan="4">けり</th></tr>
<tr><th>連体句</th><th>準体句</th><th>条件句</th><th>文末終止</th><th>連体句</th><th>準体句</th><th>条件句</th><th>文末終止</th></tr>
<tr><td rowspan="2">会話文（心内語）</td><td>23</td><td>11</td><td rowspan="2">8</td><td rowspan="2">11</td><td>11</td><td>5</td><td rowspan="2">3</td><td rowspan="2">29</td></tr>
<tr><td colspan="2">34</td><td colspan="2">16</td></tr>
<tr><td rowspan="2">地の文</td><td>33</td><td>21</td><td rowspan="2">7</td><td rowspan="2">0</td><td>14</td><td>9</td><td rowspan="2">24</td><td rowspan="2">46</td></tr>
<tr><td colspan="2">54</td><td colspan="2">23</td></tr>
</table>

浜松中納言物語（巻一）

<table>
<tr><th rowspan="2"></th><th colspan="4">き</th><th colspan="4">けり</th></tr>
<tr><th>連体句</th><th>準体句</th><th>条件句</th><th>文末終止</th><th>連体句</th><th>準体句</th><th>条件句</th><th>文末終止</th></tr>
<tr><td rowspan="2">会話文（心内語）</td><td>15</td><td>17</td><td rowspan="2">5</td><td rowspan="2">10</td><td>10</td><td>2</td><td rowspan="2">6</td><td rowspan="2">18</td></tr>
<tr><td colspan="2">32</td><td colspan="2">12</td></tr>
<tr><td rowspan="2">地の文</td><td>48</td><td>17</td><td rowspan="2">3</td><td rowspan="2">1</td><td>5</td><td>3</td><td rowspan="2">11</td><td rowspan="2">12</td></tr>
<tr><td colspan="2">65</td><td colspan="2">8</td></tr>
</table>

さて、『源氏物語』や『浜松中納言物語』になると、物語の現場に視点を移して叙述するのが、むしろ普通になってくる。こうした違いが、挿入句——語り手の、物語の事態や物語中の人物の心理などについての推量表現が普通——を統括する推量の助動詞が、『伊勢物語』では、もっぱら「けむ」を用いているのに対して、『源氏物語』では、「けむ」に加えて、物語の現場の視座からの推量であることを意味する「む」（時には「らむ」）が多く認められる。ここ

にも、視点の転移が深くかかわっている。『浜松中納言物語』では一層、視点を物語の現場に移した叙述に徹しているにもかかわらず、『源氏物語』よりも「けむ」の使用が目立つが、物語である限り、語り手が存在し、語り手はあくまでも、語り手の現在（「今・ここ」）から語っているのだという基本的語りの構造は保持していることが、この実態からも窺える。つまり、こうした挿入句のあり方にも露呈しているのである。そして、語り手の現在から語っていることを示すもう一つの「けり」が、時折登場することにも注意したい。地の文、会話文（心内語を含む）に関して、助動詞「けり」「き」がどの程度みられるものか、『源氏物語』（橋姫、椎本の二巻）、『浜松中納言物語』（現存の巻一）について調べてみると、表のような結果をみることができた。

　従属句中（連体句、準体句、条件句）に「けり」が現れる場合、その文末にも「けり」が登場するとは限らない、むしろ両者がずれていることが多い。文末が非「けり」文であっても、従属句——特に、条件句——に「けり」が現れることが多い。このことはもっと注目してみるべきことかと思うが、「けり」が基本的に、物語口調——語り手の現在からの叙述対象に対するある意識化を示す文体——の用法を持つとするなら、従属句（就中、条件句）には、そうした語り手の主体的姿勢が表出されやすかったことを意味していると考える。従属句には、説明的姿勢や理由づけといった表現性が託されやすいからである。

　ここで、助動詞「き」に注目してみたい。会話文と地の文とで、はっきりした違いがみられる。一つは、文末終止法が会話文ではかなりみられるが、地の文では、次に示す例のみで、例外的であること、その裏がえしであるが、地の文では、大半が従属句中にのみみられると言って良いことがわかる。このことは何を意味しているのだろうか。

①　…后もこれにはじめぬ大方の世を、やがていとひはてんとだにもあらざりき。ただ「わびしかりしほどの事を、御門に御覧じつけられじ」とことつけて、思ひ入り給ひにし事なれば、何かは。（浜松中納言物語・巻一）

この部分も、「后も」が直接には「思ひ入り給ひにし事なれば」を述語とするとみられ、その間は挿入的な説明の部分ということになる。

これまでみてきた三作品の例文中の「き」について確認してみよう。『伊勢物語』(d)①の例文では、視点が、物語中の現場にある。この現在からみて、すでに起こったこととして、「(女を) 率て来」という事実が認識されている。これは、決して、語り手の現在からみて過ぎ去ったことと認識しているというものではない。そして、この場合のように、現在が「女のいない状態」であるのに対して、「女のそばにいた状態」との対立的違いと言ったものが、時の流れの違いの認識に伴っていることが多い。例えば、『土佐日記』末尾（二月十六日の記事）にある、

②　ほとりに松もありき。

「松があったこと」が単に昔のことと認識されているにとどまらず、「あった昔」に対して、「今はもうない」ことが語られているのである。

『伊勢物語』(d)②の例も同じように、「よき昔」に対して、「今はよからざる状態」にあることを述べている。『源氏物語』(c)の例では、「かつては日頃はかなきことに見ておられた」が、「今はもうそうでなくてそんな風にごらんになることはなくなっていて」といった、八宮における「池の水鳥」に対する気持ちのある状態からある状態へと変化したこと、この両者の状態の違いを自覚していることを、助動詞「き」が示している、それを読みとらなければならないのである。

例文にはとりあげていないが、『源氏物語』の次の例について検討してみたい。

③　御子たちは、東宮をおき奉りて、女宮たちなむ四所おはしましける。その中に、藤壺と聞こえしは、先帝の源氏にぞおはしましける。まだ坊と聞こえさせし時参り給ひて、高き位にも定まり給ふべかりし人の、とり立てたる御後見もおはせず、母方もその筋となく物はかなき更衣腹にて物し給ひければ…　（若菜上・冒頭部分）

若菜上の冒頭は、作者によって物語の現場として「ある時」（ドラマのどの段階か、「年立」とも言われる、設定時）が設定されている。その時を、語り手の「今・ここ」から語っていることを「けり」が物語っている。そして「物語中の現場」からみて、それ以前の出来ごと、今ではそうでなくなった、それ以前の状態が、「物語中の現場」とは切れた過去のこととして認識されていることを、助動詞「き」が物語っている。かつて前稿[10]で、この事例について、「この例文の場合少々複雑であるが、進行中の物語現場については、語り手の現在からみて「けり」で認識されるが、その物語中の現場からみて、その時点から隔絶した時のこととして認識しなければならないときに、そういう隔絶した時のことを「き」で認識している。そういう「き」「けり」の使い分けであることにはやはり変わりないのである」と説明したが、この拙論に対して吉岡は、「叙述のよって立つ基盤である視点が、猫の目のようにくるくる変わるということが実際にありうるのだろうか」と批判した。確かに、拙稿の傍線「物語中の現場からみて」が不親切な表現で、誤解をまねくことになったと反省せざるを得ないが、右の部分では、最初の一文だけでなく語り手の「今・ここ」からする視点であることは一貫していて、視点の移動はない。しかし、助動詞「き」で認識された基点は、語り手の「今・ここ」からではなく、むしろ、次のように説明すべきであったところである。時の流れの中で生起した二つの事態の関係において、後の時にあたる一つの事態からは、今はそうでなくなった、それ以前の時にあたるもう一つの事態を、時間的に切れたものとして認識していることを示す助動詞が「き」であった、と。つまり、右の例文が、二文目から語り手の「今・ここ」の視点を、物語中の現場に移して、「けり」を伴わない文末表現で叙述されていたとしても、この助動詞「き」は、とりはずせなかったのである。時を異にする二つの事態の、その時間的関係には変わりないからである。『源氏物語』の例文(c)にみる「き」もこうして「けり」を伴わない文末表現の文中に出現することになるのである。そして、『浜松中納言物語』に多い「き」も（例文(a)(c)にみられる「き」も）、特に従属句中のそれは、右のように理解できる点で同一である、図式化して示すと左の表のようになる。

助動詞「き」は、状況を異にする二つの事態を、時間的に異なることによって生じたものとして認識していることを示す助動詞とみたが、問題は、例は少ないが、地の文にも文末終止に用いられた「き」の例があり、それをどう解するか、ということになる。

④　はじめよりおしなべてのうへ宮づかへし給ふべききはにはあらざりき。（桐壺）

⑤　斎院は、御ふくにており居給ひにしかば、朝顔の姫君は、かはりに居給ひにき。（賢木）

「き」で統括された事態が、どの別の時の事態と対比的に捉えられているのだろうか。地の文であることから理論的には二つの解釈が可能である。一つは、語り手の「今・ここ」に対する「き」とみる。一つは、それぞれの「年立」に従った、それぞれの叙述の物語の現場の時に対する「き」とみる。吉岡は、前者とみる立場にあるらしいが、筆者は、後者とみて、前稿でも論じた。しかし、その理由を説明していないという批判を吉岡から受けたのである。

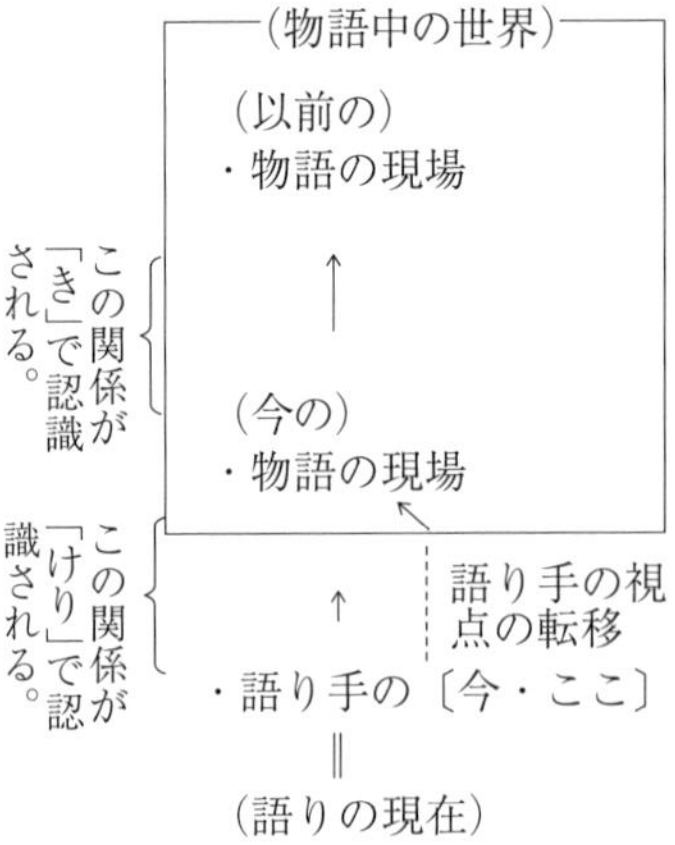

事例④については、桐壺の更衣が、「もともと…ような身分でなかった」のに、その後、むしろ今では「…ような身分といってよい状態にある」ことを表出しようとした「き」である。

事例⑤については、今、この巻の物語の現場の時点では、すでに、事態は変わっていたことを、助動詞「き」が物語っている。仮りに事例⑤が、

⑤'　斎院は、御ふくにており居給ひぬれ（φ）ば、朝顔の姫君は、かはりに居給ひぬ（φ）。

とあるならば（又、これに「けり」を伴った「斎院は、御ふくにており居給ひにければ、朝顔の姫君は、かはりに居給ひにけり。」とあっても同じことである

――単に視点が、語り手の「今・ここ」にあるか、物語の現場にあるかの違い――）、展開する物語の現場を現在とする叙述であり、後述のコトガラもそれにひきつづく事態であることになる。しかし、ここでは「き」で叙述が統括されたことで、事例⑤で示された事態がすでにあったこととして前提となっている（既定の事実である）ことを意味する。[11] つまり、事例⑤では、すでに定まっていた状況と物語の現場（今）とが重層的に認識されているのである。光源氏二十三歳の冬十一月に桐壺院が崩御され、すぐさま、斎宮・斎院の交替があったであろう。しかし崩御の記事の後、翌年春二月に、朧月夜が「尚侍になり給ひぬ」と語られた後、右に示した事例⑤の「斎院」の交替したことにふれているのであり、それ故年時からいって、このことは、すでにもうそうなっていたこととして語られているのである。それが助動詞「き」の意味するところであった、と言える。ただ、事例⑤につづいて、「賀茂のいつきには、孫王の居給ふ例、多くもあらざりけれど、さるべき女みこやおはせざりけむ」とあるが、この「けむ」は、語り手の「今・ここ」からする過去の回想であるとみるのが良いかと判断する。もっとも、この物語の現場を基点とした過去回想とみられないことはないが、内容的には無理である。

地の文に用いられた助動詞「き」には、それによって統括された事態に対する、もう一つの時の事態が、物語中の現場の事態である場合と、語り手の「今・ここ」である場合とがあった。そして、後者の場合を、狭義「草子地」とみることができる。しかし、広義に「草子地」と捉えるなら、地の文はすべて草子地、語り手のことばということになる。この違いを捉える原理は、物語の世界を語っていることばか、物語の世界について語っていることばか、ということになる。ただ、明確に、どちらと判定しかねる場合があることには注意して、さらに助動詞の用法に注目し、両者の違いについては検討しなければならないだろう。

〔底本〕『竹取物語』は岩波文庫、『土佐日記』『伊勢物語』『浜松中納言物語』は岩波日本古典文学大系、『源氏物語』は角川文庫によった。

注

（1）鈴木泰『古代日本語動詞のテンス・アスペクト—源氏物語の分析—』（ひつじ書房・一九九二）が、助動詞「き」「けり」の学説史をまとめている。なお、私見については、糸井通浩編著『物語の方法——語りの意味論』（世界思想社・一九九二）を参照のこと。

（2）吉岡曠「源氏物語における『き』の用法」（同著『源氏物語を中心とした論攷』笠間書院・一九七七）、糸井通浩「源氏物語と助動詞『き』」（『源氏物語の探究第六輯』風間書房・一九八一、本書前編〔二〕2）。

（3）吉岡曠「『源氏物語における『き』の用法』再論」（学習院女子短大国語国文学会『国語国文論集』二〇）。

（4）古代和歌については、糸井通浩「古代和歌における助動詞『き』の表現性」（『愛媛大学法文学部論集』一三、本書前編〔二〕1）。

（5）竹岡正夫「『けり』と『き』との意味・用法」（『文法』一九七〇・五）。

（6）後者の場合（特定の、具体的一回的コトガラである場合）についても、さらに「けり」が付く付かない、という文法的文体的問題が存在するが、今はふれない。

（7）山口仲美「歌物語における歴史的現在法」（同著『平安文学の文体の研究』明治書院・一九八四）。

（8）創作主体（＝作者）ではない。

（9）「現場」という用語には、時の今（現在）が含まれている。「物語の現場という現在」と言うべきか。

（10）後者の代表的な例が、夕顔巻末尾の、「かやうのくだくだしきことは、あながちに隠ろへ思ひ給ひしも、いとほしくて、皆もらしとどめたるを…（略）」にみる「し」である。

（11）朝顔巻冒頭に「斎院は、御服にており居給ひにきかし。」とある。ここも、春の桃園式部卿宮の死去による斎院交替のことであり、朝顔巻は、すでに、秋頃を物語の現場として語られているから、斎院交替はすでにそうなっていたことであることを意味するために、助動詞「き」が用いられたと考えられる。

4『古今集』詞書の「けり」——文体論的研究

序　問題の設定

平安朝初期は、「かな」による散文の創造期であった。口頭語表現の、文章語表現化の定着の時期であった。そうした文章の一つ『伊勢物語』は、その統一体としての文学的価値はともかくとして、百二十数段の短い章段の集合体であった。その一つ一つの章段は、後の散文に比すれば、絶対的に短い。しかし、短いながらにも、その文章に、言語主体のいかなる表現意識・発想が、いかなる表現の工夫・創造となって現出しているか、それを明らかにしていきたいと思い立ったのであるが、この問題の基底に「けり」叙述の表現性の問題の横たわることを考えて、まず、この小論では、『古今集』の詞書を整理しながら、詞書の「けり」叙述の表現性の射程内において、『伊勢物語』の文章を考えるヒントをひき出してみたいと思う。

『古今集』詞書と『伊勢物語』の文章との関係については、しばしば述べられてきたが、ここでは両文章の系譜論としての問題を扱うというよりは、特に助動詞「けり」の機能、表現性の問題を中心として、少なくとも散文的自覚のもとにあった両文章の関係において、『古今集』詞書の表現性に『伊勢物語』の文章の表現性を究明する手がかりを得ようというのが、小論の目的である。

一　『古今集』詞書にみる助動詞「けり」の生態

『古今集』撰者達が、はじめての勅撰集を編むにあたって、特には詞書の表現において示した規範意識は、かなりきびしいものであったと言われる。[2]「けり」叙述に関しても、大体においては、その規範意識の姿勢に反するものではなくおおよそ順応していると言えよう。

例(1)　やまひにわづらひ侍りける秋ここちのたのもしげなくおぼえければよみて人のもとにつかはしける　（八五九・千里）

平安期に入って、未然形を失った「けり」は、活用形として、終止形、連体形、已然形を持っているにすぎない。『古今集』の詞書においては、例(1)のように、三つの活用形が使用されうると思われる箇所にはことごとく「けり」を使用していると言ってよいほどである。

しかし、叙述の場面性・論理性・慣用性を超越して考えるとき、「けり」の使用しうる所にすべて「けり」が使用されているとは言えない。そのうちのいくつかは、場面性、慣用性に照らしてみるとき、必ずしも「けり」叙述の規範性を無視して現れたものとは言えない場合もあり、さらに論理性――言語主体の素材に対する表現意識――においても、必ずしも言語主体の叙述の規範性をはずれるものではないと判断しうる場合があるようだ。「けり」が使用されても表現のなりたちうる箇所で、「けり」の使用されていない表現を、その表現のパターンによって以下いくつかに分類しながら、古今集詞書の「けり」の生態を明らかにしてみたい。

（A類）概念的表現

例(2)　初瀬にまうづるごとに…梅の花ををりてよめる　（四二・貫之）

例(3)　初瀬にまうづる道に、ならの京…　（九八六・二条）

例(4)　寛平御時…うへにさぶらふをのこども…よめる　（一七七・友則）

例(5)　…有る所は聞きけれど…（清輔本他諸本「あり所」）　（七四七・業平）

例(6)　桜の花のもとにて年の老いぬる事をなげきてよめる　（五七・友則）

これらの例（その他十数例）は、傍線の動詞が、下接の語（名詞）の概念を規定している場合で、動作の、一回性の表出ではなく、「こと」「もの」としての把握による表現である。例えば、「さぶらふをのこ」は「さぶらふ」が、「をのこ」の性格・概念を限定していて、「さぶらひ」と名詞化して叙述しても、その表現意識にさほどの差異の認められない場合と思う。[3] これらの動詞は連体詞的な用法とみることができようか。別の類で述べる詞書にみえる、「ある女の、」（七〇六・よみ人しらず）、「…夜ふくるまで…」（九六九・業平）などもここに属するもの。後者は「夜ふくる（とき）まで」と考えられ、「夜ふくる」は、客観的な、ある「時」の概念を示しているにすぎなく「夜更け」と名詞化しうるのである。

（B類）客観的・解説的表現

例(7)　をのといふ所に…よめる　（二九九・貫之）

（「といふ」の例、他に数例）

例(8)　おきの国にながされけるときに…京なる人のもとに…　（四〇七・篁）

例(9)　ひえの山なるおとはの滝をみて…　（九二八・忠岑）

固有物を説明している。限定されるものと限定するものとの関係が、客観的、恒常的である場合と言える。例(8)の「京なる人」は、A類に近い用法で、「京の人」といっても表現意図に変わりがないと考えられようが、しかし、「人」そのものの性格、概念を限定するものでない点でA類と異なる。このB類に属する例は客観的・恒常的な関係事態を解説する場合であり、さらに、言語の送り手受け手の世界を規準にみたとき、その言語場においてはめずらしい事態と意識されていない場合だと言えるのであり、だから逆に、

例⑽　ときなりける人の、俄かに時なくなりて…　（九六七・深養父）

例⑾　藤原敏行朝臣の、なりひらの朝臣の家なりける女を…　（七〇五・業平）

例⑿　こしなりける人につかはしける　（九八〇・貫之）

など（その他数例）については、右に述べた認識からはずれるものとして、いくらか、その事態に特殊な意識を言語主体が持っていたと考えるべきであろう。が、「徹底的に[4]」と言われるほどに「けり」叙述で統一されている中においては、どれほどの意識で区別されていたのか明確な答えは出しかねるが、少なくとも『伊勢物語』にみられる、ある種の「〇〇なりける（人）」といった表現にみられるような特別な意識はなかったと考えてよかろう。

『伊勢物語』は、言われるほど「けり」叙述の徹底的遂行はない。「けり」を承接しない動詞が、「けり」の終止形、連体形、已然形にわたって、それらが現出するはずの箇所にかなりみられる。なかんずく、終止形「けり」を承接しない動詞終止形（又は、打消、完了等の助動詞）が現れてくるのが、むしろ『伊勢物語』の文章の発展の方向であったとみられるのであり、ここでは詳述しないが、九段とか六五段などは、「けり」を承接することが極端に少なくなった章段であり、わずかに冒頭と章段末に「けり」は現出するにすぎなくなっているといった例がかなりみられる。『伊勢物語』のこの動詞終止形頻出の方法こそ物語文学の発展をうながすものであったと考えられるし、『土佐日記』においてはすでにある程度の域に達している事実であった。『伊勢物語』の文章の中に、『大和物語』へと変貌していった要素と、『源氏物語』へと発展していった要素と両方が見いだせると判断しているのであるが、『源氏物語』へと発展していった要素こそ、「けり」叙述からの脱皮の方向、つまりは動詞終止形の現出する方向にあった。それが物語の文体の創造につながり、「けり」叙述の伝統は、『大和物語』から説話文学へと展開していっ

たと考える。後述するが、「けり」叙述は、言語主体の、語りの意識を表出するものであった――このことは和歌の「けり」についても同じことが言える――。

先に指摘した九段、六五段などのように、「けり」叙述が不徹底――このことが即文章力の不徹底とはならない――になってきている章段の中にあっては、「〇〇なる（人）」ならぬ「〇〇なりける（人）」はかなり特別な言語主体の意識を表出している表現とうけとれるわけで、「在原なりける男」（六五段）、「右の馬頭なりける翁」（七〇段）、「右の馬頭なりける人」（七八段）、「御祖父なりける翁」（七九段）、「右の馬頭なりける人」（八二段）、「中将なりける翁」（九七段）、「中将なりけるをとこ」（九九段）、「親族なりければ」（一〇二段）などという「業平」であることを暗示する表現は、それが業平であったという事実を、特別な意識をもって明示している表現とうけとらねばならないものであった。このことは同じ『伊勢物語』の中にあっても、「けり」叙述のかなり徹底している章段中の「〇〇なりける（人）」とは、もはや表現価値に変化がみられると思うのである。『土佐日記』にもみられる事実であるが、文末にくる「なりけり」構文が、これこそ和歌の発想、表現から産み出されてきたものだと思うが、物語の文章の発展の方向にあって、『伊勢物語』にも見られるのであり、これまた、九段、六五段などの、むしろ「けり」叙述の徹底がうすれていく中にあって発達していったと判断しうるのである。

しかし、『古今集』詞書においても、B類の「京なる人」「ひえの山なるおとはの滝」と、「こしなりける人」とには、やはり、表現意識にずれがあったことは認めねばならないと思う。

（C類）会話、心内語表現

例⒀　やよひばかりに…又人まかりてせうそこすときき（五八五・貫之）

例⒁　ある女の、なりひら朝臣をところさだめずありきすと思ひてよみて…（七〇六・よみ人しらず）

例⒂　田村のみかどの御時…はははあやまちありといひて…（八八五・あまの敬信）

例⒃　貞観の御時、万葉はいつばかりつくれるぞととはせ給ひければ…（九九七・文屋のありすゑ）

その他、（七四五・興風）（九七八・みつね）などの詞書もここに属する。会話や心内語にあたる部分に、「けり」を承接しない動詞の現れる場合である。このC類に次のような例も入れて考えてよい。

例⒄　大納言藤原のくにつねの朝臣宰相より中納言になりける時に、そめぬうへのきぬのあやをおくるとてよめる（八六九・近院右大臣）

会話、心内語に「けり」が使われないわけではないが、(5) 例⒄のような「とて」がうける内容の部分にはほとんど「けり」が用いられることはない。この事実を手がかりに「…とて」という表現の価値をきわめることによって、「…とて」という表現が『古今集』詞書や『伊勢物語』にかなりみられることが、言語主体のどんな表現意識にもとづくものなのか確かめてみたいが、これは別稿にゆずることにする。

このC類の現象をどう解釈するか。例⒃のように疑問表現を直接話法的に引用する場合や、例⒄の、「とて」がうける場合のように、現実化していない動作、状態を示す場合——事実、例⒄のような場合「おくらむとて」となっている場合がかなりあるわけであり、勿論これも、「おくるとて」がその動作がもうすでに実現性を確実にしていることを示す表現であることにおいて、「おくらむとて」とは相違するものではあるが——を除いた例⒀～⒂などの場合は、言語主体が言語主体以外のものの会話、心内語を間接話法的に引用している場合と考えることができ、これが、直接話法的に引用された時などには、その会話の主が会話の主自身の表現対象に対する主観的意識を表出している「けり」を、そのまま引用することになるのであるなら（例⒀～⒂は、直接話法であっても「けり」叙述にならないことはあるが）、少なくとも、間接話法的に引用した場合には、会話の主は、直接その会話自体の表現に責任を持たないことになり、勿論、その会話を包みこんだ表現をする言語主体も、引用する会話の表現自体には責任を持たないわけであるから、「けり」を承接しない客観的な表現をとることになる。竹岡のことばを借りるなら、「あなたなる場の叙述」(6)のみがおこなわれるに終わっているのである。

（D類）自然詠の事象表現

例⒅　雪の木にふりかかれるをよめる　（六・素性）

例⒆　さくらの花のちるをよめる　（八二・友則）

例⒇　鶯の花の木になくをよめる　（一一〇・みつね）

例㉑　秋立つ日よめる　（一六九・敏行）

さて、問題はこれらの例である。ここにあげられる例はすべて、自然物の動作を詠じた歌の詞書ばかりである。D類は、事実四季部に属する歌の詞書のみで、右の例文を含めて十数例ある。このD類が問題になるのは、勿論、右の例のような表現とともに、一方に、

例⒅′　雪の木にふりかかれりけるをよめる　（三三一・貫之）

例⒆′　桜の花のちり侍りけるを見てよみける　（七六・素性）

例⒇′　ほととぎすの鳴きけるを聞きてよめる　（一六四・みつね）

例㉑′　春たちける日よめる　（二・貫之）

と、「けり」を承接する動詞の場合が、充分多く存在しているからであり、「徹底的」とまで思われる詞書表現の規範意識を思う時、これらD類に関する表現が存在することには、不統一のはなはだしさを感ずるが、このD類だけが、規範からもれた、これのみについては杜撰であったとは考えられない。むしろ、ある規範意識に基づいて書きわけられたと考える方が自然である（ただし例㉑一六九・敏行の「秋立つ日」はA類とも考えられる）。

では一体、例⒅―㉑群と、例⒅′―㉑′群とでは、どれだけの表現価値の差異があったのだろうか。森重は、この問題にふれて「『けり』の承接している動詞などの動作、作用、状態は、実は言語場外面の現実に直接、その指示を

求めうるものごとであったのであり、『けり』の承接していない原形的な動詞などのそれは、むしろ最初から言語場内面的なものごとであったのであると見てよい、という通則も立つのである」(7)と仮説をたてている。

動詞に「けり」が承接することによって、言語主体の、その事態に対する積極的な意識が示されることになる。「けり」の承接している場合については、森重の論に従いたいが、動詞に「けり」の承接していない「原形的な動詞」の表現の場合――D類――については森重の考えに従いかねる面を感ずる。つまり後者の場合を即「最初から言語場内面的なものごと」を表現している場合とみる必要はないと考えるからである。

このD類の表現性を解釈する前に、ここで次のもう一つの類を先にふれておきたい。

（E類）屛風絵の「場面」表現

例(22)　仙宮に菊をわけて人のいたれるかたをよめる　（二七三・素性）

例(23)　亭子の院の御屛風のゑに川わたらんとする人の紅葉のちる木のもとに馬をひかへてたてるをよませ給ひければ、つかうまつる　（三〇五・みつね）

例(24)　貞やすの親王《みこ》のきさいの宮の五十賀奉りける御屛風に、桜の花のちるしたに人の花見たるかたかけるをよめる　（三五〇・興風）

例(25)　二条の后……紅葉流れたるかた…題にてよめる　（二九三・素性）

例(26)　屛風の絵なる花をよめる　（九三一・貫之）

例(27)　秋のはつる心を竜田川におもひやりてよめる　（三一一・貫之）

例(22)は、寛平菊合の時、洲浜の中の人物になって詠まれたもので、（二七四・素性）（二七五・素性・おほさはの池のかたに菊うゑたるをよめる）も同じ時の同じ例になる。例(23)(24)はいわゆる屛風歌の詞書である。例(25)(26)は屛風絵歌と(8)言われる例であり、例(27)は題詠であり、他に（九一九・貫之）（一〇七七・みつね）なども題詠であることを示す詞書で「けり」を承接しない動詞が現出している例。これらの例はすべて、歌に詠みこまれた素材を表現するのに、その動作、状態を「けり」を承接しない表現で描いている。つまり、E類は、題詠歌、屏風歌などの、歌のよまれた事情を示すことばがはっきり示されているもので、「けり」叙述になっていない表現を含んでいる詞書の例になる。そして、その屏風絵も、ほとんどが四季絵、月次絵など自然を描いたものであったようであり、洲浜は、勿論、箱庭的に自然風景をかたどったものである。これらの歌は、すべて、その絵、ないし洲浜に小さく点在されている人物の立場になって、その人物がまわりの自然を眺めて詠じた歌という設定で詠まれていることを踏まえると、先のD類とこのE類とがともに自然詠であるという点で共通していることに気づく。

D類の例は、これまで述べてきた、A、B、C類の、「けり」を承接しない動詞（正確には用言ないしは広く活用語というべきであるが）を持つ場合とは明らかに異質なものであるが――D類の場合は、「けり」を伴わないことで、古今集詞書の表現にみられる厳格な規範意識からはずれた例とみえる――、このE類との共通性を考えると、当時の歌人の世界での一つの詞書表現の共通観念として、こうした屏風歌、題詠歌などの詞書の表現が「けり」を伴わぬこと――その表現が作者の眼前の絵を想像させた――により、D類の例がそうした背景を持った詞書であることを示しえたのだとは充分考えられることかと思う。すでに、『古今集』には屏風歌と断っていないものにもそれが含まれているようだと指摘されている(9)。

しかし、同じ発想のもとに生まれた歌としてD類E類をくくるとなると、その詞書における歌の成立の背景についての説明のあり方における、大きな差異が無視できなくなる。つまり、屏風歌ないしは屏風絵歌などを、それと指摘している詞書と全くそのことにふれていない詞書とがあることになるが、それこそ、逆に『古今集』撰者の厳格な規範意識に反することになってしまうのである。

歌合の流盛とともに、九世紀半ばごろから発達しはじめた屏風歌も本格的に盛んになるのは延喜の御代に入ってからだと言われ(10)、『古今集』成立期には、まだ充分に吸収されるだけの発達をとげていなかったと想像される。この屏風歌の発達が、題詠的な歌を発達させることにもなるのであるが、そのことは、撰者時代の歌人たちの、「歌」を「ことのは」の文学として詠作する発想と深く結びついていたことであった。『古今集』が編まれたのは、そうした、ことばの芸術としての和歌の展開がはじまった途上においてである。

　この晴の歌の誕生まもなくの頃、いろいろな詠作の試みがなされ、習作が生みつづけられていったであろうが、宮廷などの晴の舞台に登場せずに終わった屏風歌――題詠的な歌などが存在していたことは充分想像できるし、それらのうちいくつかは、「もとやすのみこの七十賀のうしろの屏風によみて書きける」（三五二・貫之）というような歌の成立の歴史性を捨象してしまって、『古今集』の中に撰入されていると考えることも可能だと思う。

　ちなみにD類に属する詞書の数とその歌の作者を示すと、表Ⅰのようになり、又E類に属する歌人と詞書数については表Ⅱとなる。

表Ⅰ　D類

・みつね	6
・貫之	3
・素性	2
友則 としさだ 篁 敏行	各1

表Ⅱ　E類

・素性	5（3）
・貫之	3（1）
・みつね	2（2）
友則	0（1）
興風	1（1）
忠岑	0（1）
是則	0（1）

（表注）表Ⅱの（　）は、E類に属するものではないが、詞書からあきらかに屏風（絵）歌とわかる歌の詞書の数である。

　篁をのぞいて、ほぼ撰者時代の人々が中心となるのは当然であるが、屏風絵・歌合歌など晴の歌の作者として早くから活躍していたとみられる、みつね・素性・貫之などの多いこと、その点で、事実表Ⅰと表Ⅱにおいて、上位三人が重なりあうことも一つの根拠に、D類の詞書などが眼前の絵を前にして詠まれた屏風歌か、題詠的な歌であることを示している詞書であるとみることができないか。

　こうした歌は、作者が生活の中で一回的に特定のときに経験したことを歌にするというより、自己を絵とか洲浜の中にいる人物に投影して、擬似体験を歌にするという方法であるが、こうした作歌のあり方というものは、単に、屏風歌などに限られるものではなく、片桐洋一の説く[11]ごとく、すでに、『万葉集』の時代から、伝説、説話などに登場する人物に自己を投影することによって詠むということもあり、時には男性が女性の立場に立って歌を詠むこともあったのである。

今来むといひしばかりに長月のありあけの月を待ち出でつるかな　（六九一・素性）

がそのよい例であり、「題しらず」の歌ながら、これも又、屏風歌として屏風絵にみえる女性をみて、その女性の気持ちになって詠作した屏風歌であったかと思われる。この頃の屏風歌の多くが自然詠であり四季歌であることからして、この歌が恋の歌であることを考えて、「題しらず」で入集させたのかもしれない。

こうした詠歌のあり方に対する興味が、屏風歌などの隆盛によって一層高められていき、『伊勢物語』には右のような詠歌の発想を背景にして生まれてきたのではないかと思わざるをえない章段も指摘しうるのである[12]。

ところで、次にあげる例は、このD類に属するかとみえるが、D類とは異なる。

例(28)　おとは山をこえける時にほととぎすのなくをききてよめる　（一四二・友則）

例(29)　ならのいそのかみのてらにてほととぎすのなくをよめる　（一四四・素性）

例(30)　ここちそこなひてわづらひける時に…をれる桜の…みてよめる　（八〇・よるかの朝臣）

例(31)　うづきにさける桜を見てよめる　（一三六・としさだ）

例(32)　そめどののきさきのおまへに花がめに桜の花をささせたまへるを見てよめる　（五二・良房）

森重はD類の例を、「題詠的」に自然の様態の「一般」を詠んだものとみることができると考えているが、その森重も、例(28)(29)については「なきける」とありたいところと注している。傍点をつけた部分の叙述からすると、作者の実生活の中での一回的体験に基づいて詠作された歌としかうけとりようはなく、時を固定して半永遠的に、「たり・り」（存続・継続態）の世界でありつづける絵をみて、「けり」の承接しない表現にしたと思われるD類とは異質な表現である。ここでは詞書の規範意識からはずれる例外的なものとして扱わざるをえないものである。[13]「ならのいそのかみのてら」は素性が住持した寺だと言われている。これらの例の問題の箇所について、写本間の異同はみとめられないようだ。

（F類）歌物語的表現

業平等の歌、特には、『伊勢物語』に類似の詞書を持つ歌の詞書に関するものである。

例(33)　むさしの国としもつふさの国との中にあるすみだ川のほとりにいたりて、都のいと恋しうおぼえければ、しばし川のほとりにおりゐておもひやれば、かぎりなくとほくもきにけるかなと思ひわびて詠めをるに、わたしもり、はやふねにのれ、くれぬといひければ舟にのりて渡らんとするに、みな人物のわびしくて、京に思ふ人なきにしもあらず。さるをりに、しろき鳥のはしとあしと赤き、川のほとりにあそびけり。京にはみえぬ鳥なりければ、皆人見しらず。わたしもりに、是は何とりぞととひければ、これなんみやこ鳥といひけるをききてよめる　（四一一・業平）

（四一〇・業平）（四一八・業平）（六三二・業平）（七四七・業平）（九〇〇・業平母）などもこれと同じ例。

例(34)　なりひらの朝臣きのありつねがむすめにすみけるを、うらむ事ありてしばしのあひだひるはきてゆふさりは帰りのみしければ、よみてつかはしける　（七八四・無記名・ありつねがむすめ）

例(35)　式部卿のみこ、閑院の五のみこに住みわたりけるを、いくばくもあらで女のみこのみまかりにける時に、かのみこのすみける帳のかたびらのひもに、ふみをゆひつけたりけるを、とりてみれば、むかしのてにてこの歌をなん書き付けたりける　（八五七・無記名・閑院の五のみこ）

例(33)群は『伊勢物語』本文と類似するものであり、「けり」の承接しない動詞の存在が、ほぼその本文の同一箇所に現れている。又、例㉞は奥村恒哉が「どう見ても三人称で書かれてゐるとしか思へない」詞書としている。[14] 例㉟は例㉞と同じく、歌の作者と思われる「閑院の五のみこ」が詞書の中に現れてくる例で、作者の記載がない。「なりひらの朝臣」「有常が娘」は『伊勢物語』にも、そして「式部卿のみこ（宇多帝皇子敦慶親王）」は『大和物語』においておなじみの人物であることからみても、この詞書（群）は、当時の「歌語り」をもとに整理された詞書ではなかったかと考えられる。このF類は、口承の世界にあった歌語りのもの言いに基づいて書かれた詞書であり、「けり」の承接のない表現の頻出するのも、そのなごりとみることができるし、当時の人々は、これらの歌と詞書が歌語りの世界のものであることを充分承知していたであろうから、そうした歌語り出自であるゆえに、詞書における「けり」叙述規範からのずれも許されたのであろう。

思うに、『古今集』詞書は、その歌の出自を、かなり尊重する態度で——規範意識の根底にあるものとして——記録整理されたようだ。例の三五七の詞書の問題[15]や注(13)に指摘した、(a)→(b)→(c)の変化も歌の出自を尊重することから起こっている現象とみることができるように思う。

勅撰という制約のもとに、新しい歌集を創造するにおいて、その形態の統一性が、その新しい形態の独自性を保障する何よりのよりどころであったであろうけれども、歌のさまざまなあり方を考慮するとき、詠作の条件となった場の制約を完全に無視するわけにはいかなかったであろう。歌合の歌であったことや、屏風歌など題詠的な発想による歌であったとか、歌語りの素材となった歌であるとかいうことを、統一性——なかんずく「けり」叙述の一貫性——を大前提としながらも、それとわかるような区別を残そうとしたのではなかったか。

歌語りの世界に口承されて伝わる歌についても『古今集』撰者は撰入歌の対象とした。そして、詞書には詞書の叙述の大前提—基準があった。多くは、歌物語などの詞章との比較によって指摘されていることであるが、文が長文化の傾向にあること、つまり要約的表現。「時」の叙述の秩序による、歌のよまれた「時」を明確にするという叙述の視点[16]。作者の立場にたっての第一人称表現。少なくとも『古今集』にはみられる「けり」叙述の徹底的な表現、等々。その一方に、歌の出自を尊重する態度——「時」の尊重の拡大、「時」の観念の拡大によるとも考えられるが——をもってのぞんだ時、その大前提を徹底して遂行するということをむしろ遠慮する、ひかえるという姿勢をもっていたと想像できる。この仮定からも、歌の詞書が下地になって、それが粉飾されて『伊勢物語』などの歌物語になったという書承関係は考えられない。業平の歌とされている歌の語りに関するF類(33)群については、原形伊勢物語↓詞書の関係か、歌語り↓詞書という関係にあったものと考えられる。但し、『古今集』の成立後、『古今集』に入集した歌そのもの、又は歌の歌集中での配置をヒントにして、新しく「歌語り」又は歌物語が創作されたと思われるものはある。原形伊勢物語の次に来る第二次伊勢物語の一つの姿である。しかし、これも書承関係とは無縁なものであった。

　ところで、歌物語の側に次のような事実のあることを忘れてはならない。

説話ないし歌語りなどの口承文芸や、それを話《ストーリー》の基盤としているといわれる文学作品——説話文学・歌物語など——も、「けり」叙述の世界であり、「けり」表現によって統一されていると言われる。就中、『伊勢物語』などの歌物語などについては、「けり」叙述が、その本質につながるものと指摘され、それ故に時には、歌物語の単一性[17]を印象づける要素の一つとしても受けとられているのであるが、『伊勢物語』百二十数段の文章を一括して性格づけることが困難なほどに、おのおのの章段の間には、「けり」叙述の程度にもかなりの差のあることには注意しなければならない。

例(36)　猶行き行きて、武蔵の国と下総の国との中に、いと大きなる河あり。それをすみだ河といふ。その河のほとりにむれゐて思ひやれば、「限りなくとほくも来にけるかな」とわびあへるに、渡守、「はや舟に乗れ。日も暮れぬ」といふに、乗りて渡らんとするに、皆人物わびしくて、京に思ふ人なきにしもあらず。さるをりしも、白き鳥のはしとあしと赤き、鴫の大きさなる、水のうへに遊びつつ魚を食ふ。京には見えぬ鳥なれば、皆人見知らず。渡守に問ひければ、「これなむ都鳥」といふを聞きて、
名にし負はばいざこと問はむ都鳥わが思ふ人はありやなしやと
とよめりければ、舟こぞりて泣きにけり。（伊勢物語・九段）

例(37)　むかし、おとこ片田舎にすみけり。おとこ宮づかへにとて別れおしみてゆきけるままに三年こざりければ、待ちわびたりけるに、いとねむごろにいひける人に、今宵あはむとちぎりたりけるに、このおとこきたりけり。「この戸あけたまへ」とたたきけれど、あけで歌をなむよみて出したりける
あらたまの年の三年を待ちわびてただ今宵こそにひまくらすれ
といひだしたりければ（後略）（同・二四段）

この例(36)と例(37)の「けり」叙述の程度の違いは、『古今集』詞書の例(33)群についても言えるのであり、それは詞書の表現が、原典となった歌語り又は歌物語の文章に即応していることによると考えられる。このことからも、『古今集』詞書が、歌語り又は歌物語出自の歌の詞書については、その出自をかなり尊重したとり入れ方をしていると理解されるのである。

（G類）助動詞「き」表現

例(38)　歌奉れとおほせられし時よみて奉れる（二二・貫之）

同一の詞書が（二五・貫之）（五九・貫之）（三四二・貫之）にもみえる。これらを例(38)群と称す。

例(39)　ふる歌奉りし時もくろくのそのながうた（一〇〇二・貫之）

例(40)　…秋の夜ふけて物よりきけるついでに見いれければ、もとありし前栽いとしげくあれたりけるをみて…（八五三・みはるのありすけ）

この類は、助動詞「き」を用いている場合である。このG類については、二節で考察したい。

（H類）その他

以上のA～G類に属さないものが一一例残る。そのうち（一四二・友則）（一四四・素性）（一三六・としさだ）（八〇・よるかの朝臣）（五二・良房）については、117頁にふれた（注(13)参照）。

さらに「二条の后の…おほせごとあるあひだに…よませ給ひける」（八・文屋康秀）は、「仰せ言の最中」と置き換えても、表現価値にたいした差を認めえないので、A類に入れてもよいか。又「紀のとしさだが…夜ふくるまで見えざりければ、つかはしける」（九六九・業平）も、「夜半（まで）」「深更（まで）」と置換しうる表現とみられるのでA類に入れるべき例かもしれない。

（五七・友則）については、すでに109頁にもふれたが、詞書において「…なげきてよめる」と表現することで、D類の例として、一層絵の人物の立場になりきったポーズを示している歌とみることはできないだろうか。が、決定的根拠はない。

「人をしのびにあひしりて、あひがたく有りければ、…かりのなくをききてよみてつかはしける」（七三五・黒主）は、「本阿弥切」では「かりのなきけるをききて」とあり、又、同じく、「ならへまかりけるときに、あれたる家に……」（九八五・岑貞）は、「元永本」では「あれたりける」とあるという(18)。

「あひしれりける人の…やけたるちの葉に…」（七九〇・小町が姉）は、なぜ「やけたりける」とないのか、その理由が見い出しえないが、歌語りの世界からもちこまれた歌と詞書であって、F類に属させるべき例なのかもしれない。歌語りにおいて「やけたるちの葉」とあったものが詞書にそのまま残存したとも考えられる。「ときなりける人の、俄かに時なくなりてなげくを見て、みづからのなげきもなくよろこびもなきことを思ひてよめる」（九六七・深養父）は後の「なき」はA類、前の「なげく」は不明。この詞書はF類か。

以上、特には（五二、八〇、一四二、一四四、九六七）の五首の詞書において、「けり」を承接しない動詞の使われている理由は、見い出しかねる、例外中の例外である。これらの例を除いたものについては、「けり」叙述の統一規準に合わせながら、それぞれ理由があって、「けり」叙述になっていないと説明のつくものである。

二　助動詞「けり」の表現価値（助動詞「き」にもふれて）

前節において、『古今集』詞書の「けり」叙述の統一性の規範にもれる表現について、「もれる」理由を考えてきたのであるが、それも「けり」の表現価値を究めるためであった。この問題にさらに積極的にヒントを与えてくれる事実が、実は、『古今集』詞書にもう一つあったのである。それは、わざと前節の分類からはずして考えていたもので、厳密には、前節の分類の一項目とすべきであった。つまり歌の詠まれた背景・事情を説明し終わったところで、その説明を目的の歌に結びつけるときに、どんな表現がとられているかという問題である。

「よめる（歌）」という表現で歌がひき出されている形式は、『古今集』詞書の特色とされている事実である。しかし、一方に「よみける（歌）」という表現も相当数存在している。

表Ⅲに示した通り、前節で述べてきたことと、逆の現象を呈していることが知られる。つまり、「けり」叙述が徹底されている『古今集』詞書にあって、この表現の場合は、「けり」叙述をとらない「よめる」の方が、むしろ一般的（標準的）であるとみることができるからである。これは一体何を物語っているのか。

いずれにしても、動詞等の「連体形」で歌につながっている（歌を引導している）ことは、その「連体形」の後に「歌」という語が省略されていると判断してよいであろうから、詞書の使命である、どんな時、どんな事情のもとに詠まれた「歌」かという表現目標にそっていることはすべて共通している（但し、表Ⅲ中の⑭⑮については、事

表Ⅲ

群	種	表現＼巻数	全巻	巻一～巻十	巻十一～巻二十	群総計
A群	①	……（御）うた ※1	63	37	26	279
	②	よめる	212	159	53	
	③	奉れる ※2	4			
B群	④	奉りける	8			95
	⑤	つかはしける	41	11	30	
	⑥	よみける	18			
	⑦	おくりける	8			
	⑧	よませ（み）給ひける	5			
	⑨	（屏風に）かきける	3			
	⑩	やりける	3			
	⑪	いれ（たり）ける	2			
	⑫	おこせ（たり）ける	2			
	⑬	……ける歌 ※1	5			
C群	⑭	助詞止め ※3	3			8
	⑮	その他 ※4	5			

（表注）※1　①と⑬のちがいは、「うた」という語の上に、連体形「ける」を承接するかしないかのちがいによる。
※2　四首とも、貫之の歌で「歌奉れとおほせられし時、よみて奉れる」という同一の詞書をもつ。
※3　三首のうち二首が貫之の歌。
※4　用例が一例しかないものを「その他」とした。そのうち、A群のもの一例、B群のもの四例、となる。

情を異にするところがある）。

では、表Ⅲにみられる「…る」表現のA群と「…ける」表現のB群とには、いったいどれだけの表現価値の差があったのか。

「ける」を承接するB群の動詞をみると、「つかはす」「おくる」「やる」「おこす」などの、詠んだ歌をどうこうしたという行為を示す動詞であることから、歌を手段にしての「人の行動」を明示している場合が主であることがわかる。これらの多くの場合が、「…よみて（…）つかはしける」といった表現をとっているのである。

又、「つかはしける」の例が〈巻一～巻十〉より〈巻十一～巻二十〉において三倍ほどの数を示していること――それが丁度「よめる」の場合と逆の現象を呈しているのは注目すべきである――、しかも〈巻一～巻十〉の一一例にしても、そのうち六例が「賀・離別・羈旅」の部の詞書であることがはっきりもの語っているように、人の行動――つまりは他者との関係における行動と結びついた歌――贈答歌など、その行動こそ場をなりたたせる重要な行為であったのであり、詠まれた歌をどうしたかという、その行動――人と人との関係に生ずる行動こそ、表現主体にとって、記録しなければならないことであったのである。いずれにしろ歌をひきだすための叙述にすぎないにしても、

(A)「つかはしけるによめる（歌）」
(B)「よみてつかはしける（歌）」

右の両者には、叙述の意図にちがいを認めざるを得ない。

(A)の場合、例えば、

例(41)　さぶらひにてをのこどの酒たうべけるに、めして、郭公まつうたよめとありければ、よめる
（一六一・みつね）

「ありければ」までが、「けり」叙述の規範意識の及ぶ領域に属し、表現主体が一回的経験、つまりその時あった行動を確認的に叙述している表現であり、「よめる」は、「けり」叙述の領域から抜け出して、現に存在する「歌」に視点を移して叙述している表現とみる。岡村は、この「よめる」の「る」も含めて、完了「り」の働きを「事がらの一つ一つを現におこっている事態として把握するためのものであろう[19]」と述べているが、「よめる」とは、現に今眼前におかれている「歌」が、かつてのこれこれの事情のもとに「よまれてある」という、現に「歌」がこうしてあることを意味する表現であった（後述）と考えられる。(A)型つまりはA群（表Ⅲ）の歌がそれである。

この(A)型に対して、(B)型は、「歌」（省略されるのが常であるが）という語の直前の叙述までが、「けり」叙述が統括する領域にあり、現にある歌をかつての詠作の場面にもどして、そのかつての場面の中で、歌が存在することになった事情を叙述しているのである。

表Ⅲの②「よめる」と⑥「よみける」の表現意識の違いは、以上のような観点に即して理解されるべきと言える。

例(42)　もろこしにて月をみてよみける　　　　（四〇六・仲麻呂）

例(43)　方違へに人の家にまかれりける時に、あるじのきぬをきせたりけるを、あしたにかへすとてよみける　　　　（八七六・友則）

表Ⅲの⑧「よませ（み）給ひける」も合わせて、その場でその時に「歌」の詠まれたこと自体感動的である場合や、人間関係における個人的で特殊な事態と認識されるような場合に⑥「よみける」と表出されている傾向がある。

以上の考察に基づけば、表Ⅲの③と④については、④が規範的表現で一般的であるが、③は以上の考察からはずれた表現と考えられる。その例外的な③「よみて奉れる」の四例は、すべて貫之の歌の詞書で、すでにその特異性については指摘されている[20]。「歌奉れとおほせられし時よみて奉れる」と書かれた詞書である。そして、ここにまさに、この「よみて奉れる」が例外的な表現であることと、これまた『古今集』詞書における例外的表現と言われる過去の助動詞「き」を用いた詞書であること（一節・G類）とが重なっていることが注目される。

「よめる」の一群を、前章の分類の一項目に入れなかったのも以上のような理由によるのであり、A〜G類の「けり」を承接しない表現とは次元を異にするもので、現に「歌」が存在していること自体を明示する表現であって、「歌」が存在することになった事情を語る叙述ではなかったのである。

一体「けり」は、いかなる表現価値を荷った助動詞であったのか。

「けり」は連用形を持たない助動詞の一つである。そのことは、端的には、接続助詞「て」には承接しないことを意味する。助動詞の相互承接に関して大きな切れ目は、この接続助詞「て」でまとめられる叙述の中に含まれうるかえないかにある。そのことは言語表現の対象―素材の世界の側に立つ助動詞と素材の世界を認識する言語主体の立場にある助動詞との相違を意味する。竹岡が、「対象」の表現に属する叙述と、言語主体の「認識のしかた」の表現に属するとを区別していることに対応する[21]（補注1）。

素材の世界を認識する表現主体の立場ということは、表現主体が、まさに現にしつつある言語表現において、表現主体の素材に対する「認識のしかた」を示すことを意味している。助動詞「けり」は、その表現の一つである。すでに指摘されているように、『土佐日記』には、原田の調査(22)によると「き」が二八例、「けり」が七九例――岡村の地の文のみの調査では「き」が一六例、「けり」が五九例という(23)――あって、「けり」が表現主体の体験・非体験の識別にかかわりを持たないことを示しているし、「昔」「今は昔」を冒頭に持つ説話・物語に「けり」が用いられる一方、もっとも表現主体の体験の、現在の事実を叙述する和歌においても「けり」が用いられるという事実などを考えると、助動詞「けり」は、素材が表現主体の体験の事実か非体験の事実かということにはかかわりを持たないし、又その素材が過去のことか現在のことかという時制にもかかわっていないと言える。「昔」「今は昔」などの冒頭語をもつ説話・物語などの「けり」が従来伝聞回想と判断されてきたが、むしろ「昔」「今は昔」ということば自体が、以下の話が過去のこと――ひいては「伝聞」の世界のことであることを示しているのであって、「けり」が荷っている表現価値ではなかったことを意味する。

少なくとも、「けり」には時の認識を示す機能はなかったのであり、『大和物語』では、「亭子の帝…」「故源大納言…」と歴史的実在の人物が冒頭に指摘されることによって「時」が限定されたから、『伊勢物語』と同じ歌物語と考えられながら――登場人物が、近き過去の人物であることが多かったことによるかもしれないが――「昔」ということばを必要としなかった。それだけ、『伊勢物語』に反映した「歌語り」よりも、『大和物語』に反映した「歌語り」の方が、歴史的実在の人物をめぐるゴシップ的な性格を強くしていたことを意味する。そして、それは、「むかし、をとこ…」で統一されているかにみえる『伊勢物語』の中にもすでに見い出しうる事実であった(24)。

実在した過去に対する時の認識は、素材そのものにゆだねられていたのであり、その人物が「壮士」「娘子」（万葉集）や「男」「女」である時、又は、「竹取翁」という架空の人物であるときには、あえて時を限定することば

――「昔」を必要としたし、歴史的実在でない人物の話を、実在の歴史的過去の時の中に仮設するほどに、平安初期においては、リアリズムを考慮する知恵はなかった。その知恵のめばえは『源氏物語』まで待たねばならなかったのである。[25]『土佐日記』においては、女が「ある人」のことを語るゆえに「ある年」でなければならなかった。

歌語りが、歴史的実在の人物のゴシップ的説話へと移行し、その人物の時からへだたっていった時、再び「昔」「今は昔」ということばで「時」が素材に対する認識の一つの限定として表出される和歌説話へと変貌していった。

歌集の詞書においては、作者名を記すること自体が「時」を語っているとも言えるが、さらに「寛平御時」「仁和のみかどみこにおはしましける時」などといった叙述が、素材の「時」を語っている。こうした時の認識の表現は、表現主体が中心であり、言語主体の現在的座標を基準にした、表現主体と表現対象との関係から認定される表現であった。

詞書には、「時」を認定する語を持たない表現もある。しかし、それも、例えば、

例(44)　雪のふりけるをよみける　　清原深養父

冬ながら空より花の散りくるは雲のあなたは春にやあるらん　（三三〇）

における「ける」は、「雪のふる」という深養父の体験を伝聞回想していることを示す機能は持たない。「けり」はことがらが、実現した「ことがら」であることを副次的に示しはしても、その「ことがら」の実現の時のいかんについては語らない。「雪のふる」ことが、いつのことであってもかまわないのである。いずれにしても「雪のふる」ことがあったという事実であることが大事なのであり、その事実を「読み手」に自覚的に確認させようとしている、逆に言えば、表現主体が、受け手に意識化することを押しつけていることを示している。

例(44)においては、「よめる」でなく「よみける」となっていること――「よみける」の表現については、なお検討すべきところがあるが――は、この歌の場合、「詠む」行為自体に注目すべき点があったのだと、読み手（受け

手）に意識することを促しているのだとすれば、この歌の発想とのつながりからうなずけるものがある。つまりこの歌が雪を詠みながら、「雪」の文字を歌に詠み込んでいない、「見立て」の歌として意欲的な表現の歌であったことが注目されるのである。

「けり」の本義については、ほぼ竹岡説、原田説に同調したいが、なお竹岡による「言語主体が〝あなたなる〟世界における事象として認識していることを表わす語」という定義のうちの「〝あなたなる〟世界における」という限定をわざわざする必要を認めない。言語主体が「表現」する時、その表現の素材がすでに眼前の事実でないことがむしろ多くの場合であって、言語表現の現在――竹岡の「言語主体の現場」――と素材の現在とのずれ――つまりは「あなたなる」ことであることは、「昔」などの語の存在を最たるものとして、なんらかの「時」の表現又は、素材そのものの含みもつ時間的座標から認識できることではないか。だから、和歌に用いる「けり」の場合を詠嘆の用法として特別視する必要もなく、いわば、すべての「けり」が、事態の存在を今において、実はと確認している意識を示しているとみることができる。つまり「けり」が語源的に存在詞「あり」を含んだ語であることは充分肯定しうるからである。このことは、叙述の対象の動作・状態の実在を表現主体自身の自覚のもとに、表現主体の表現の現在において確認していることを表出する助動詞であったことを意味する。

叙述の対象（素材）の動作、状態の時と、表現主体の表現の時とが一致した場合、正しくは一致したと錯覚するほどに近接している場合[26]が、和歌などの「詠嘆」と呼ばれる場合であったのだ。このような素材の事実に対する確認を表出するのはなぜかと言えば、その素材の事実について聞き手（受け手）の自覚をうながすためであり、表現主体がある特別な気持ち・意図をこめていることを理解させようとする手段であった。

塚原鉄雄が「間叙的・心理的・叙情的な主観表現[27]」とする見解に近いとは言え、「間叙的」という規定は、なお、通時的にみての、徒然草などにおける「き」「けり」の使い分けをふまえた見解と想像される。

「けり」は話し手―書き手の、聞き手―読み手へのおせっかいであった。それはまさに口頭語的発想であり、口承説話の世界で発達して、文章語の中では、口頭語的おせっかい性を脱し、文章語として、効果的な語となっていった助動詞だと思う。又、指摘されているように、係助詞「なむ」と「ける」との相関性(28)あるいは共起性は、この点からも首肯できる事実であった。勿論、「なむ」と「ける」とでは、構文上における、聞き手への確認の機能には違いがあるのは当然であり、前者が連用成分（「主語」をも含む）について、それを強調する（とりたてる）ことによって、聞き手にその語句を特別に意識させる――つまり、格関係における、ある要素（格）の強調、英語における強調構文にあたる――のに対して、後者は述語成分について、ある事態の存在を特別に意識させようとする――つまり、格関係自体を強調する――語なのである。

「けり」が文章語として効果的な語となっていったことは、和歌においてその叙情性を支える主要な語であったのみでなく、たとえば、

夜うちふけて、外のかたを見出だしたれば、堂は高くて、下は谷と見えたり。片崖に木ども生ひこりて、いと木暗がりたる。二十日月、夜ふけていと明かりけれど、木蔭にもりて、ところどころに、来しかたぞ見えわたりたる。見おろしたれば、ふもとにあるいづみは、鏡のごと見えたり。（蜻蛉日記・天禄元年）

の「けれ」は、いわゆる詠嘆の用法と言われてきたものであろうが、「月のいと明き」ことに詠嘆していることだけ読みとるのでは充分でなく、この「月のいと明き」という事実の存在が、右の文章の叙述において実は特別な意味をもっていることを示そうとしているのであり、「けれど」と逆接になっていることに端的に現れているように、「木暗がりたる」――「たる」が連体止めの余情表現であることに注意したい――状況自体が、この時の女主人公の感動の中心であって、かえって、その不気味な「木暗き」印象を強める役を負った事実――月のいと明きことであったことを意味しようとしている。月の明るさがもたらす、いつもの地上の明るさが得られない、という異常を

主人公は体験したのである。口語訳をすれば、〝月の光はいつもの光で（いつものように）明るく照らしているのだけれど〟となる。

「けり」の解釈において「伝聞回想」とか「非体験の過去」とか理解されることによって、言語主体の表現対象に対する、主観性の強い特別な意図を見失ってきたきらいがある。

さて、考察を残してきた「例外的」な詞書の例（一節・G類）にもどろう。

例(38)　歌奉れとおほせられし時よみて奉れる　（二二一・貫之）

この例(38)群（G類）と対照的な詞書が次の例などである。

例(45)　仁和寺に菊の花めしける時に、歌そえて奉れと仰せられければ、よみて奉りける　（二七九・貞文）

例(46)　貞観御時、万葉集はいつばかりつくれるぞととはせ給ひければ、よみて奉りける　（九九七・文屋ありすゑ）

例(47)　寛平御時、歌奉りけるついでに奉りける　（九九八・千里）

G類とこれら例(45)―(47)との違いは、後者では「貞観御時」「寛平御時」の指摘が自ずと奉った相手を明示しており、又、「仁和寺に」も、「仁和寺」が宇多帝の出家後の住居であったことから、奉った相手が宇多法皇であることを語っているところにある。G類には、そうした言葉がない。しかし、それ故にそれは当然「集」自体の奏上の相手である今上天皇つまり醍醐帝が、奉った相手であることを意味していると考えてよい。『古今集』の直接の読み手は醍醐帝であり、「醍醐帝が読む」という設定は、詞書等の表現において厳格な規範となっていたと考えられるのであり、醍醐帝を「今上」「帝」と表現することは、醍醐帝の立場からすれば、自己を第三人称者として読むという一般読者を相手にした表現になるゆえにさけられねばならなかったのであろう。(29)

となれば、醍醐帝に奉った歌の詞書に限って共通する特異現象が、助動詞「き」の使用であったことにもなるのであるが、それでは、次の詞書はどう考えるか。

例(48)　歌めしける時に、奉るとてよみておくに書きつけて奉りける
山川の音にのみ聞くももしきをみをはやながらみるよしもがな　（一〇〇〇・伊勢）

以上の考察からすれば、「奉りける」相手は醍醐帝であったと考えざるをえない。とすればG類と同じとみて、「歌めしし時に」とあるべきところである。通説では、古今集勅撰に当たって歌を召されて、伊勢が自歌を奉ったのだと考えられている。

ところで、『伊勢集』[30]では、「歌めすおくに書きてまゐらす」とあり、「歌め」したのが誰なのか明らかにしていない。しかし、『後撰集』には「昔あひ知りて侍りける人の、うちにさぶらひけるもとにつかはしける」（雑四・一二九二）とあって、歌の相手がどういう人であったかを明確にしている。「うちにさぶらひける」人は、伊勢同様に宇多帝に仕えた人か、又宇多帝の中宮温子のサロンの女房の一人か、を意味している。この歌は『伊勢集』では、例の伊勢歌物語といわれる部分の終わりに近いところに属している。伊勢歌物語は、伊勢の半生を綴った形をとっており、この歌「山川の」は、「里にある伊勢と中宮との間に交わされた何回かの応答」の歌と「中宮が御病気で崩御された[31]」後のなげき歌との間に入っている。この詞書の表現が、前後の歌物語的表現に対して、歌集詞書的表現であることから「物語性を破る箇所」として問題にされている。この問題について、ここではふれないが、この『伊勢集』冒頭の歌物語がはたして、この家集の編者の創作なのか、すでに行われていた歌語りを編集したものなのかによって――私自身は後者と考え、初期の家集編集者には、創作意識・文字文芸としての創作意識はなかったのではないかと考えている――考える視点も変わってくるが、いずれにしても、歌自体の内容からみれば、伊勢歌物語の流れを語るものではなく、「歌めす…」も、この伊勢歌物語の文脈の中で理解するなら、女房としてお仕えした中宮（温子）に奉った歌と考えることができるのである。「めす」は今上天皇の行為にのみ使われたことばではなかった。

この『伊勢集』を規準にして考えるならば、例(48)の詞書の「奉りける」相手を、伊勢の主人中宮温子であったと考えることもできる。伊勢の活躍した歌合、屏風歌などのほとんどが、宇多―温子サロンに関係する場においてであったことを思うとき、温子―伊勢の主従の関係は緊密であり、伊勢の歌人としての名声も、そうしたサロンとのつながりにおいての評判であったことは、当代の人々にとってはあまりにも常識的な事実であったと考えられるからである。

例(48)の詞書の「奉りける」相手を中宮温子とみることによって、例(48)の歌は、自己の嘆きを詠むことによって、同じ境遇にある温子に同情し、なぐさめ合ってお互いにかつての華やかな宮廷生活を回顧するという意味を持った歌だと理解される。しかし、『後撰集』では、うらやましき境遇にある人に自己の嘆きをぶちまける、ぐちをこぼしている歌となってしまう。そのことは、新帝醍醐帝に「奉りける」歌とみた場合も同じことが言えるのであり、新帝にこびをうって、宮廷への口を求めているような歌と解釈されることになるのである。『伊勢集』にみるかぎり、温子との交情関係は、温子の延喜七年の死去まで続いたのであり、少なくとも精神生活をともにしていたとみられ、宇多帝側の縁濃い人物として活躍した伊勢は、新帝のサロンの中に加入していく余地はなかったようである。

それにしても、醍醐帝を「読み手」の直接の人物とする『古今集』においては、例(48)の「奉りける」相手は醍醐帝とみることが、この詞書の表現の発想の基本条件であったと考えざるをえない。結論をいそぐと、例(48)の詞書はこう理解すべきかと思う。つまり、G類(38)群と例(48)とには、表現の相違があった。端的には助動詞「き」と助動詞「けり」という使い分けにある。「歌めしける」とは、古今撰集に際して、当代の名声ある歌人に自撰の歌を撰集資料として提出させたことであって、「奉りける」とは例(48)の歌自体を新帝に献上したこと――新帝を贈歌の相手として奉った歌であることを意味してはいない――と考える。（補注2）それに対して、(38)群は、勅撰の企画に際して、歌自体、新帝に奉るために詠んで奉った歌であったのだと考える。

例(48)を除けば、醍醐帝に奉ったと考えられる詞書を持つのはG類の五首[32]と、次の例のみ。

例(49)　ふるうたにくはへて、たてまつれるながうた　（一〇〇三・忠岑）

この例(49)は、助動詞「き」を使用しない点で、G類と区別されるが、「たてまつれる」と「けり」を使用していない点及び、「ふるうたにくはへて」が、G類の例(39)（一〇〇二・貫之）を受けた詞書である点からみて、G類の変形と考え、G類と同類とみる（124頁表Ⅲ※1参照）。

以上から、醍醐帝の勅撰の詔勅に応えて、醍醐帝にたてまつった歌にのみ、助動詞「き」の使用がみられ、「たてまつれる」という例外的表現をもっていることになる。この現象から助動詞「き」の本義を探ることはできないか。例(49)を除いて、G類がすべて貫之の歌であることから森重は、「き」使用を、撰者貫之の歌の醍醐帝への奉献歌という条件に基づくものと考えて、「撰者貫之」であることを主因としているように思われる[33]が、例にならぬ例とはいえ、例(49)の存在をも考えるとき、むしろ、奉った相手が今上天皇醍醐帝であったことが主因であると考えたい。

貫之のG類の四首（表Ⅲの③にあたる）はすべて四季の歌で、それは、春上二二番、同二五番、同五九番、冬三四二番に位置する。ところで、冬三四二番は冬部の末尾にある歌であるが、これを、春上二二番の前に並べれば、四首は季節的にほぼ近き期間の歌であることに気づく。

『貫之集』（続国歌大観）に『古今集』の成立にかかわるといわれる例の詞書と歌がある。

延喜の御時、やまと歌しれる人々、いまむかしの歌奉らしめ給ひて、承香殿の東なるところにてえらばしめ給ふはじめの日より暮るるまで、とかくいふあひだに、後前の桜の木に郭公の鳴くを、四月の六日の夜なれば、めづらしがらせ給ひて、召し出だし給ひて、詠ませ給ふに奉る。

こと夏はいかが鳴きけむ郭公こよひばかりはあらじとぞ聞く

勅命によって集められた和歌の「実際の編集作業に着手した第一日目」の様子を伝えるものとみられている[34]。四月は初夏である。これ以前に、勅命は下っていた。貫之は、最近作「年の暮れ」から「春中旬」にかけての歌を奉献し、それをも四月に撰集の対象として編集にあたったものとみられる。勅命は春にあったか。そして例㊴の「長歌」の奉献は、かなり編集がすすんでからのものと思われる。おそらく、奏覧までには、かなりの期間を要したものと想像される。

「たてまつれる」という表現は、「よめる」という表現のところで考察した見解をあてはめて考えるなら、「たてまつれる」という行為が、歌の内容と密着した、歌の成立に関する行為自体であることを指摘しようとする表現ではなくて、当の歌が、ここに——『古今集』という勅撰集に——こうして存在していることを示す表現——たてまつられてあるという奏覧の現在に立っての表現であることを意味した。

「歌奉れとおほせられし時」は奉勅の時を示し、「奉れる」は、奏覧の現在に立っての表現ということになる。同じ延喜（醍醐帝）の御代において、奉勅の下った後、一大変革—和歌勅撰集の完成、奏覧というエポックをなしたのである。筆者は、ここに助動詞「き」の機能をみる。

話題の中心的素材に関する時の流れの中で、その素材自体—又はこの素材を中心とする環境はさまざまに変化している。叙述されている場面の現在における素材—素材の環境と思い比べてみた時、あきらかに、場面の現在における素材—素材の環境とはちがっていたと認識される過去の素材—素材の環境を叙述しようとする時、それを場面の現在の素材—素材の環境と区別するために、かつての素材—素材の環境を助動詞「き」でもって叙述するのである。ひとつづきの時の流れの中で、ある事態からある事態への変化に、時の変化が強く認識される時、その認識の表出のために助動詞「き」は用いられた。この認識は相対的な判断であり、又表現主体の体験非体験という基準とはかかわらない認識である。

母君（桐壺更衣）、初めよりおしなべての上宮仕へし給ふべき際にはあらざりき。おぼえいとやむごとなく、上衆めかしけれど、わりなくまつはさせ給ふあまりに、さるべき御遊びの折々、何事にも、故ある事のふしぶしには、まづ参上らせ給ひ、ある時には、大殿籠り過ぐしてやがて侍はせ給ひなど、あながちに御前さらずもてなさせ給ひし程に、おのづから軽き方にも見えしを、この御子生まれ給ひて後は、いと心ことに思ほしおきてたれば…　（源氏物語・桐壺）

「あらざりき」から「見えし」までは、今はすっかり事態が変化してしまっている現在の「更衣」について、かつての「更衣」をふりかえって述べている所である。それは、場面の現在が、「この御子生まれ給ふ」という事態の発生によって、かつてとは環境が大きく変化してしまっていることを意味している。

この助動詞「き」による、事態の変化――自ずと時の流れにそっているが――の認識を、相対的なものと言ったように、ここに、言語主体の主観的な認識の入る余地は大きい。言語主体の表現活動を究めようとする文体論的考察における文体素としての有効性は大きいと言える。

G類の五首の詞書にみえる助動詞「き」が語るものは、同じ延喜の御代という歴史的時間の流れの中で現在――『古今和歌集』の完成時である現在――は、かつてまだ『古今集』のかげも形もない頃奉勅が下ったばかりの時とは、事態がはっきりと変化したものと感じられていること、つまりは、『古今集』の完成が一大エポックであることを自覚した表現であったと解釈できるのではないかと思う。

おわりに　文体論的課題

本稿を、『伊勢物語』に舞台を転ずることなく終わらざるをえないが、『伊勢物語』における「けり」の生態を概観するとき、「けり」表現からの脱出の方向に、物語文章の確立へのめばえがみられること、「けり」そのものの表現価値の程度にも、通時的な差異を考えざるをえないと思うことが問題の中心と言えよう。そして、それに伴う「歌物語」自体の通時的変貌を明らかにしていかねばならないが、別稿にゆずらざるをえない。

助動詞「き」はすでに『万葉集』からみられる語であるが、その助動詞「き」の相対性が、単に個人差を超えて、時代の認識とのつながりにおいて、時の観念、時間の流れの意識、歴史的時間の発見といった、時代人の認識の問題と把握して、かな文章作品は文体論的に見直されていかねばならないと思っている。『後拾遺集』を境とする和歌史的変貌と『源氏物語』以後の文章史的変貌との相関関係も、そうした角度から考えてみなければならないであろう。

『徒然草』における「き」「けり」の使い分けはかなり正確だと評される。(35) 勿論、それは、体験的回想の「き」と伝聞的回想の「けり」との使い分けという観点においてであるが、私はそれ故にその事実がこれまでの文法学において、「き」「けり」の本義の帰納にひずみを生じさせていたのだと判断している。しかし、事実、桑原の指摘するように『徒然草』『とはずがたり』における「き」「けり」の使い分けが右のような基準においてなされるものなら、そうした現象自体が、いかなる通時的変貌のもとに生じてきたものかを明らかにしていかねばならないであろう。

私《わたくし》の世界に生きつづけていた和歌が、平安初期、宮廷という公《おおやけ》の世界で話題となるようになって、和歌に対する意識も文芸化していったと言われる。それは、単なる感情、意志の伝達の具――私的生活の中での個人的な心のやりとりの具としての機能から、ことばによって、ことばの美の世界――「ことのは」の世界が自立していったことを意味した。それは端的には、もはや現実の実生活そのものの模写にはとどまらず、実生活での経験が生かされていることは当然ではあっても、歌のことばとなったことばが形成する世界は、実生活の、解釈された世界であり、影の世界であり、想像の世界の創造であったということである。技巧としては、比喩や見立てという方法によって生み出されていった世界であった。

こうしたことばの芸術としての地歩をかためつつ、その評価が高まりつつあった中で、又それ故に、勅撰『古今和歌集』の撰進がなった。書記されることによって、『古今集』は「表現」を固定させ、文章史の画期的な記念碑となり、その勅撰という公認の価値は、その後の和歌のあり方の規範ともなっていったのである。

十世紀初頭に『古今集』は生まれた。この韻文学の文字文芸としての定着化とあい前後して、散文学も次々と誕生している。初期の散文学作品は勿論、それ以後のあらゆるジャンル、あらゆる作品が、少なくとも、主なる平安朝に生まれた作品においては、散文中に、いろいろな形で和歌がとりこまれていることを知る。韻文学と散文学と割りきってみても、言い換えれば、和歌そのもののことばの世界と、和歌を重要な表現の一つとする、和歌を包みこんだ文章の世界という対立において、平安朝の仮名文学は存在していたと考えることができるのである。

従来両者の世界は、個々別々に、その文学史は考察されてきたきらいをなしとしない。両者を結びつける考察も、主として、和歌を包みこんだ散文学における、和歌（形式）の包みこみ方——いかに散文の中に和歌の形態、又はその叙情性が、巧みに散文化されていたかという考察をのみしてきたと思える。和歌そのものは、あくまで散文の表現の素材としてのみ考察されてきたのである。

確かに、個々の和歌（作品《ポエム》）をとりあげてみた時、その一つの和歌が、ある文章の中で生かされている姿については、そうした考察しかありえなかったと想像できるが、八代集に関する文学史的考察が深められてきた現在、個々の和歌（作品《ポエム》）の散文とのかかわり方を考察する必要性とともに、そうした個々の和歌を生みだした和歌精神（ポエジー）が、散文学といかにかかわってきたかということも、考えられねばならない問題であろう。

和歌史においても探究されてきた和歌精神（ポエジー）は、和歌詠作の発想と深く結びついたものである。そして、その発想自体は、抒情の質（内容）と表現のパターン（形式）とがからみあって実現されるものであった。

和歌は、最も身近に、日常生活の感覚感情と結びついている。日本での歌人という用語のあいまいさをみてもわかるように、時に専門歌人、職業歌人と称された人々があったとしても、多くの歌人と呼ばれた人々は、歌人であるという一面以外に生活人であり、職業人であった。短詩型文学であったことが、特殊な文学の世界を築いている。だから私的な日常の感情、感覚の直接的な表現の世界でありえたことが、公的な日常の論理、倫理の世界——換言すれば政治の世界と対立するものとして存在しえたと言える。その一方——そして正にそれは、精神においては対立するものとして、むしろ政治に対して、はっきりアンチ政治という意識の場として文学がなかったとは言えないのであるが——、和歌を創作する行為自体が、政治の世界ともより密着していたという事実において、一層和歌が日常生活の感情と直接結びついた中で生みだされていたと言えるのである。

〔底本〕『古今集』は『校訂古今和歌集』（本位田重美校訂、武蔵野書院。『八代集抄』を底本にする貞応本系）、『後撰集』は『八代集抄』上・下（八代集全注）、『伊勢物語』は岩波日本古典文学大系によった。

注

（1）塚原鉄雄「章段構成と形象技法―伊勢物語の直情章段」（『王朝』二）など。
（2）岡村和江「古今集の詞書および左注の文章について」（『國語と國文学』四一―一〇）。
（3）『古今集』詞書には、場所の「さぶらひ」はあるが、人の「さびらひ」はない。なお、連体形「ける」に下接する語には、時に関する語——特に「時」——が圧倒的に多く、ついで、助詞「を」「に」、「人」とつづく。「こと」「もの」「すべ」には「ける」を上接する例がない。
（4）森重敏「古今和歌集における『古』と『今』」（『文体の論理』風間書房・一九六七）。
（5）「…『滝おちたりける所おもしろし、これを題にて歌よめ』…」（九三〇・三条の町）とあるのは、その一例。
（6）竹岡正夫「『けり』と『き』との意味・用法」（『文法』二―七）。
（7）注（4）に同じ。

（8）玉上琢弥「屏風絵と歌と物語と」（『國語國文』一九五三・一）。
（9）『和歌文学大辞典』（明治書院・一九六二）。
（10）小沢正夫『古今集の世界』（塙書房・一九六一）。
（11）片桐洋一『伊勢物語の研究（研究篇）』（明治書院・一九六八）。
（12）『万葉集』第一期などの歌の中には、もともと「歌謡」であったと思われるものが、歴史上のドラマの主人公――例えば有間皇子――の立場に結びつけられて、その人の歌として伝承された歌と思われるものがあると言われるが、『伊勢物語』においても、例えば、六五段、そこに「在原なりけるをとこ」とあって、その男の歌としてあげる「思ふには」の歌は、『古今集』では「詠み人しらず」の歌であるが、それを二条后高子との禁断の恋に身をやつす在原業平の「歌語り」の脈らくの中で捉える時、「思ふには」の歌を「歌語り」の主人公業平の立場で理解しようとする。そして、業平の歌にしてしまうところから生まれた章段と考えられる。

「よみ人しらず」などの歌を、その歌のもとの背景・環境を転位させて再生するのは、まさに屏風歌などのあり方によって一層進められたことであろう。近いところでは「君が代は」の歌の転位がある。
（13）例(28)(30)(31)(32)の詞書にみるような「をききて」「をみて」という表現主体の行為の表出が、対象の行為に対する表現主体の意識を示す「けり」叙述を必要としなかったものとみることもできる。また、

(a)　かりのなきけるを聞きてよめる　（二一三・みつね）
(b)　音羽山をこえける時に郭公の鳴くをききてよめる　（一四二・友則）
(c)　鶯のなくをよめる　（一〇九・素性）

のように、(a)→(b)→(c)へと表現様式が時とともに変化してきたものであったとも考えられる。
（14）奥村恒哉「詞書の構造――書式及び「はべり」の使用に関する諸問題」（『國語國文』一九五七・四）。
（15）奥村恒哉「巻七右大将藤原朝臣の四十賀の屏風歌の作者について」（『國語國文』一九五二・十二）。
（16）(A)むかし、をとこありけり。…それをかのまめ男、うち物語らひて帰り来て、いかが思ひけむ、時はやよひのついたち、雨そぼふるにやりける（歌）　（伊勢物語・二段）

(A)′やよひのついたちより、しのびに人に物をいひてのちに、雨のそぼふりけるに、よみてつかはしける（古今集・業平）

(A)と(A)′で、時の語の指摘の位置の違いが、文章中での、時の叙述の機能の違いにつながっていることが充分予想できる。もう一例示すと、

(B)年ごろおとづれざりける人の、桜のさかりに見に来たりければ、あるじ、（歌）（以下略）（伊勢物語・一七段）

(B)′さくらの花のさかりに、久しくとはざりける人の来たりける時によみける（古今集・よみ人しらず）

『古今集』詞書に、相対的にみて、時の語の多いことについてはすでに考察されている（西尾光雄『日本文章史の研究中古篇』塙書房・一九六九）が、ここで叙述の秩序について仮説をたてるとすれば、四季の変化の大きな枠づけにはじまり、さらに細叙されるとき、歌のよまれた、より個別的、独自的「時」の限定化がなされ、歌をめぐる人の行動や人間関係も、「人の来たりける時に」と時の叙述の秩序の中に整理されるという「要約」の方向を持っていた。勿論、詞書においても、説話、物語における「昔」「今は昔」にあたる「寛平御時」「二条后、春宮のみやすん所と申しける時に」などの歴史的時間を示す語は冒頭に置かれるのであるが、これは当時の散文一般に言えることであったから、別の次元で考えたい。

歌物語の叙述の秩序については、『大和物語』の最短章段を例に片桐が指摘した通り（『伊勢物語の研究（研究篇）』明治書院・一九六八）、歌は誰が詠んだのかという「人物」が叙述の秩序の基準であったことは誤りないであろう。それは先の(A)(B)例についても、(A)′(B)′との比較において言えることである。ただし、『大和物語』の最短章段、例えば「閑院のおほい君、（歌）」（一一八段）といった人物の指摘だけで章段たりえたことの背景には、「閑院のおほい君」が源宗于の女として、他の章段にも登場しているように、当代の人びとの知識に「閑院のおほい君」をめぐる一連の「歌語り」（エピソード群）があって、その一連の「歌語り」の脈らくの中で「一一八段」なども読まれた事情があったことを見おとしてはならない。そして、それは正に『伊勢物語』以後『大和物語』に到って明確になってきた傾向であったのである。

(B)例において、歌の主が散文部分の末尾に「あるじ」とはじめて指摘される場合もあることからみて、「人物」が

叙述の秩序の基準といっても、それが歌の「主」に限るものではなく、当の歌をめぐる人間、又は人間関係が――それによって展開された人間の行動が、叙述の秩序の基準であったと考えればよいのであって、(B)例と(B')例の系譜関係を超越して考えてみても、歌物語において「年ごろおとづれざりける人の」という、「人物」のまずもっての叙述は、歌物語というものの本質につながるものであったと考える。だから、歌物語における、四季以下の時の叙述には、(A)例で「時はやよひのついたち（なりけり）」とあるのを典型として、詞書におけるものとは、自ずと異なる叙述の意識に基づいたものであったと考えてみる必要があるようだ。

(17) 岸田武夫「伊勢物語の文体と語法」（『國文學』四―一三）。
(18) 本位田重美編『校訂古今和歌集』（武蔵野書院・一九六〇）諸本の異同については、すべてこの著書による。
(19) 注(2)に同じ。
(20) 注(2)注(4)、田中喜美春「和歌における『き』『けり』」（『文法』二―七）。
(21) 注(6)に同じ。
(22) 原田芳起「『けり』の変遷」（『文法』二―七）。
(23) 注(2)に同じ。
(24) その一端については、一節のB類において、「なりけり」表現にふれて指摘しておいたが、詳述は別稿にゆずりたい。
(25) 清水好子『源氏物語論』（塙書房・一九六六）。
(26) 小松光三「王朝語にみる時間意識」（『王朝』二）。
(27) 塚原鉄雄「通説の誤りを突く」（『文法』一―七）。
(28) 阪倉篤義「歌物語の文章――『なむ』の係り結びをめぐって」（『國語國文』一九五三・六）。
(29) 『枕草子』において、例えば、主語としての「中宮」を指す語が表出されていない段――第九八段・第二八二段など（日本古典全書『枕冊子』による）があるが、敬語の待遇表現の問題としてのみでは理解しえない事実と通ずるものである。「中宮」に奉った文章――「中宮定子が読む」という言語場の共通認識に基づく表現であったと考えられる。なお、『古今集』詞書にみえる「はべり」については、直接の読み手「醍醐帝」への敬意の現れとはみない。むしろ、「よみける（歌）」となっているうちのいくつかが贈答された歌であったことを示している――つまり歌の出自を尊重していると同次元の問題として、「はべり」も撰入の歌の出自――つまり贈答歌であったことを示すと考える。

(30)『続国歌大観　歌集』によった。

(31) 関根慶子『中古私家集の研究』（風間書房・一九六七）。

(32) G類に属するのは、六首の詞書であるが、そのうちの例(40)の「もとありし前栽」の「し」（助動詞「き」）は、「もとありし」自体が、すでに慣用化した表現の中の助動詞「き」であると考えられ、それは『伊勢物語』にも、「ありしよりも」（三二段）、「もと見し人」（六二段）などとかなりみられる。

(33) 注(4)に同じ。

(34) 藤岡忠美「古今集前後」（『講座日本文学3』三省堂・一九六八）。

(35) 桑原博史「徒然草における二つの場」（『國語と國文學』四六―五）。

(補注1) 拙論「『なりけり』構文――平安朝和歌文体序説」（『京教大附高研究紀要』六、本書後編〔五〕2）において「『AはB』なりけり」とくくって考えていたが、阪倉篤義の「『AはBなり』けり」とすべきではないかとの指摘も、このことに基づいたことと考えられる。

(補注2) なお問題は残る。「奉りける」とあるから、「奉る」という行為が注目されていることになり、以上のように考えるなら、むしろ「奉れる」とある方が自然であろうか。

〔三〕　王朝女流日記の表現機構——その視点と過去・完了の助動詞

序

本稿では、王朝女流日記を、『蜻蛉日記』『和泉式部日記』『紫式部日記』の三作品に限定して、これら王朝女流日記文学を対象に、二つの課題について探究しようと思う。ただし、『和泉式部日記』については、和泉式部自作説による。課題の一つは、各日記作品の視点に注目しながら、それぞれの叙述態度を明らかにしたいということであり、もう一つは、この叙述態度を観察することによって、完了の助動詞の用法ないしその表現価値について考えてみたいということである。

いずれの課題についても、既に先学にいくつかの論稿がある。完了の助動詞については、近年現代語のテンス・アスペクトの研究に刺戟されながら、やっとその研究が盛んになりつつあると言ってよい。しかし、過去の助動詞「き」「けり」の研究に比すると、まだしの感があり、またそれだけ解明の困難なところもある課題なのである。本稿では、文中の用法についてはひとまずおき、文末用法に限定して考察することにする。

一

「できごと」を時空間に生起したこととして語る（叙述する）ことにおいて、物語も日記も違いはない。ただ、物語においては、作者と語り手とが異なるのに対して、日記においては、作者がそのまま語り手の位置にも着くという違いがある。更に、物語においては、語り手が作中場面ないしはその登場人物たちと一緒に「できごと」を構成するということがないのに対して、日記においては、「できごと」を構成する一人物となる、またはならぬまでも、その「できごと」の直接の目撃者として「できごと」を体験する、あるいは我身とその「できごと」との関係を語る人物となる、のが一般である。物語は、伝承された「できごと」を語るものであるのに対して、日記は体験された「できごと」を語る文学である、という相違が存在する。しかし、いずれにしても、「できごと」を時空間に生起したこと（一回的事実――その累積としての習慣的事実を含めて）として述べたてることにおいて両者に違いはない。とは言え、先に見たように、語り手と「できごと」との関係を異にする物語と日記とでは、語り手の、「できごと」の「述べたてかた」に違いがあるのではないかと予想されもすることになる。必ずしも、その「できごと」の「述べたてかた」において物語と日記とにおいての表現論的違いは明確化されていないし、むしろ問題にするほどの違いはないと観察されていると言ってよいかも知れない。本稿では、この問題について直接考察するものではないが、そうした課題をも念頭におきながら考察してみたいと思う。

さて、「できごと」の「述べたてかた」を分析的に捉えていく上で、「視点」の問題が重要である。そして「視点」を認知するためには、その視座を確定することが前提となる。視座は「時」に規定されるが、その「時」をここで視点時と言うなら、視点時は、次の二つの「時」の区別に支配されていることをふまえておかなければならない。視点は、発話時と素材時と、いずれかの「時」に寄り添う。発話時とは、「述べたて」の行為が行われている時を現在とする「時」である。その発話時からすれば、「述べたてられるできごと（＝素材）」は、全的に過去のことがらである。作者と語り手とが異なる人物である物語では、作者の発話時と語り手の発話時とを区別すべきであるが、ここでは作者の発話時は不問とし、物語については、語り手の発話時をもって、ここで言う叙述の発話時とひとまず捉えておく。日記では作者＝語り手であることから問題はない。素材時とは「（述べたてられる）できごと」が生起した「時」のことを言う。この素材時をもって、視点時を規定する一つの「時」と認めるのは、日本語では、古代語、近代語を一貫して、過去の「できごと」を、常に発話時を基点にして述べたてるのではなく、「できごと＝素材」の生起する時に立ちあった視点から、その「できごと」（素材）を叙述すること――所謂、歴史的現在（法）――が珍しいことではないからである。今まさにその「できごと」が眼前に展開するように述べたてるのである。

そこで例えば、過去の助動詞「き」についても、視点時との関係で二種の用い方を区別する必要が出てくる。発話時を現在として、現在の事態、状態とは切れている「できごと」を、過去の事態・状態として「き」で捉える場合と、素材が生起する時を現在として、その現在以前の事態・状態を、「き」で捉える場合とがあることになる。しかし、この二種の用い方において、「き」による時の認識で一貫していることは、二つの「できごと」が関係づけられるとき、一方の時（できごと）が一方の時（できごと）とは切れたあるいは異なる事態・状態になった時であると認識していることを明示化することにある。それが過去「き」の文法的機能であった、ということになる。

(1)　申の時ばかりにものせしを、火ともすほどになりにけり。[1]　（蜻蛉日記・中・天禄二年六月）

(2)　からうして乗りて来しほどに、みな果てにけり。　（同・下・天禄三年三月）

『蜻蛉日記』には、素材時を基点とする過去認識の「き」がいくつかみられるが、右の事例(1)(2)もそれである。(1)では、兼家の「申の時」頃の来訪（ものす）の時と、今（素材の現在）の「火ともす」頃になっている時との、時の経過を「き」で認識しているのであり、決して、発話時（作者の現在）から、過去の体験であることを表示するものでないことは言うまでもない。(2)も同様である。

発話時を基点とするか、素材時を基点とするかで異なるが、それは「できごと」を認識する視点時の違いによるのである。発話時を視座とするのと、素材時を視座とするのとの違いに対応しているわけだが、「できごと」の「述べたてかた」において、発話時を視点とする叙述から素材時を視点とする叙述へと（また、その逆の流れの場合もある）は、かなり自由にその移行は実施されたのである。

ここで、本稿でとりあげる三作品における、発話時と素材時との関係構造を確認しておきたい。それを確認する手がかりは、発話時を基点とする認識によって用いられた過去「き」及び「けり」の使用の有無にある。そこでそれらの語を中心に整理してみる。

『蜻蛉日記』に「けり」文末の多いことはつとに指摘があり、塚原鉄雄は、冒頭部（冒頭三文から構成）とそれに続く本文部とを区別し、本文部における文を、「けり」で統括されない主軸の文と、「けり」で統括される副軸の文とからなるという表現方法の原理の存在を指摘する[2]。今、この議論をいかにとり込むか、ということは保留して、筆者なりに捉えておくならば、まず「けり」が、発話時の現在から表現主体（語り手）が「できごと」を主観的に認識している、というムード性をもった助動詞であることは基本的に認めてよいであろう。「できごと」に対して感情的なまなざしを発話時から投げかけているのである。『蜻蛉日記』では、「けり」文末の多いことが冒頭部のそれをも含めて、描かれる場面の素材（できごと）に対して、発話の場から感情的に関わろうとする語り手の姿勢を常時感じさせる表現性をもっていることを意味する。

(3)　いまは三月《やよい》つごもりになりにけり。（蜻蛉日記・中・天禄二年三月）

文末が「…なりぬ。」とあっても違和感は生じないところであるが、ここに「けり」と語り手が顔を出しているのである。このことは過去推量「けむ」の使用にも見られ、挿入句的に用いられた文中の「けむ」のみでなく、殊に中巻後半から多くみられる文末用法の「けむ」についても言えることである。もっとも、この「けむ」という推量認識の基点（視点時）が素材時であるものについては別途に考えるべきである。

発話の場の語り手（作者）が、描かれる場面の素材に関わっていく姿勢は、単に「けり」「けむ」にだけでなく、助動詞「き」にもみられることは言うまでもないが、『蜻蛉日記』にも数少ないながら、発話時を基点にして用いられた「き」が存在している。

(4)　かかる旅だちたるわざどもしたりしこそあやしう忘れがたうをかしかりしか。（蜻蛉日記・上・安和元年九月）

しかし、この種の「き」は三箇所に見られるにとどまり、当日記中の「き」の多くは、素材時を基点とするものであり、発話時の語り手と素材（できごと）との関わりを示す表現は「けり―けむ」[3]を中心とするものである。

次に『和泉式部日記』では、発話時を基点とする過去「き」が認められないばかりか、文末「けり」も数少ないのである。「なりけり」とあるものが四例、その他の文末「けり」が三例（文中の「けり」はひとまずおく）にすぎない。ということは、発話時から素材（できごと）に対して送られるまなざし、コメントといったものはほとんどみられず、叙述全体が、素材時に立つ視点からなされているとみてよい。この叙述態度は、『蜻蛉日記』とも、また次の『紫式部日記』とも異質なものであることは明らかで、素材を語る語り手（作者）の姿はほとんど陰に潜んでしまっていると言えよう。同じ「けり」文末でも「なりけり」については、「けり」という主観的認識が、発話時の語り手によるものか、素材時の語り手ないしは登場（視点）人物によるものか、判然としないものがある。

『和泉式部日記』冒頭の、

(5)　…たれならんと思ふほどに、故宮にさぶらひし小舎人童なりけり。（11頁）

などは、「嘆きわびつつ明かしくらす」女（視点人物）の視点に立って、その場での事実の発見を示す表現とみるべきで、つまり素材時における「発見」とみてよい。「なりけり」以外の三例の文末「けり」は、

(6)　このほどに、おぼつかなくなりにけり。（38頁）

(7)　かかるほどに、〔女は〕出でにけり。（41頁）

(8)　…女、目をさまして、よろづ思ひつづけふしたるほどなりけり。〔女は〕すべてのこころは、をりからにやもの心細く、つねよりもあはれにおぼえて、ながめてぞありける。（43頁）

であり、これら「なりけり」の例も含めて、「けり」文末の現れる箇所に一定の傾向のあることが窺えるが、このことは後にふれる。事例(6)~(8)いずれも、「女」の行動や状況に「けり」が付いており、単に「―ぬ」「―たり」文末という叙述であってもよいところに「けり」を付けて、語り手の主観的認識の態度を示している。しかし、こうした「けり」文末は少なく、『和泉式部』自作説に立つならば、語り手である和泉式部が自らを「女」と第三人称化して描き、宮側の視点に立った叙述をも実施するという方法をとったことによって、語り手としての自らの姿を徹底的に背後にしりぞかせて、語りの視点は、女、宮などに配賦して描くことに徹した、と説明できようか。

次に『紫式部日記』（所謂「日記の部分」のみを対象）をみる。「けり」文末、「き」文末ともにみられる。「けり」文末の現れ方は、『蜻蛉日記』ほどではないが、「（…ひる寝し給へる）ほどなりけり」（11頁）、「……しばしと思ひしかど寝にけり」（12頁）など、名詞文、動詞文だけでなく「…所につけてはをかしかりけり」（10頁）といった形容詞文もみられる。しかしなんと言っても、当日記を特色づけているのは、過去「き」であり、明らかに発話時の語り手の現在を基点として、素材（できごと）が過去のこととして認識されていることを示しているのである。典型的には、ある話題（部分的なまとまりとしてある）について、その素材時に立って眼前に展開している「ことがら」として描いているが、その末尾になると、そうした事態、登場人物として観察していたことを、発話時の現在において反省し回想しているという、語り手（作者）の姿勢が露わに表出される過去「き」が現れるのである。素材（できごと）が常に発話時の語り手との関わりにおいて意識されている、という方法を採っているのである。「後にかぞふれば」（13頁）、「後にぞ」（16頁）など、いくつか見られる「後（に）」という認識はそういう叙述態度を端的に物語る表現であったと言えよう。

ところで、発話時の語り手が、その現在と過去の素材（できごと）との関係をつける助動詞に「けり」と「き」とがあったわけであるが、これら日記文学において、「けり」と「き」の間にどういう時の認識の違いがあったとみることができるだろうか。『紫式部日記』において「けり」は「侍り」と承接しないが、「き」の多くは「侍り」と承接している。(4)「けり」が発話時と素材時という時の関係は示しても両「時」のずれ自体を対象化することばではないのに対して、「き」は、両「時」のずれ自体が対象化される助動詞であるという違いがあり、「き」によって発話時の語り手の現在から、事態（できごと）を回想的に認識しているという、語り手の主体的立場が強く表出されるのであり、「けり」はその点、単にその事態（できごと）が過去時のことであろうと現在時のことであろうと、語り手（ないし視点人物）が、その事態（できごと）の存在に「驚き」を抱いたことを示す主観的表現であるにすぎない。この差が「侍り」との承接の有無となって現れていると考えられる。つまり、『紫式部日記』は、基本的に、過去の助動詞「き」によって統括されている世界であると考えてよかろう。

以上まとめると、「けり」文末を特色とする『蜻蛉日記』、「き」文末の『紫式部日記』、いずれの文末をも基調としない『和泉式部日記』、というように発話時と素材時の関係構造の差異を規定することができるようである。

二

以上は、「述べたて」かたの方法原理についての考察であったが、更に、「述べたて」の展開に即して、「述べたて」かたに注意してみよう。『紫式部日記』と『和泉式部日記』とを読んで気づく叙述方法の違いの一つは、例えば、

(9)　これも、心づかひせられて、ものなどきこゆるほどに、月さし出でぬ。　（和泉式部日記・15頁）

⑽　…と嘆くほどに、御文あり。　（同・35頁）

にみるような、「ほどに」の多寡の問題である。これは言うまでもなく、『和泉式部日記』ではその冒頭から盛んに用いられている語法であり、これが『蜻蛉日記』にもみられることについては既に指摘されていることである。(5) では、この言語事象が「述べたて」かたとして、どういう語り手の態度・方法を具現した表現であったのか、また他の言語事象とどのように呼応し関係しているのか、という観点から考察を加えてみたい。

「ほどに」の語法が『紫式部日記』にも全くないわけではなく、

⑾　…などいひしろふ程に、後夜の鐘…時《じ》はじめつ。　（紫式部日記・7―8頁）

など、数例みられる。が、むしろ『紫式部日記』では、「…ほど、…」という構造の文が特色をなすと言ってよい。

それはさておき、「ほどに」の事例をいくつか列挙すると、

⑿　…あながちにおまへ去らずもてなさせ給ひしほどに、おのづからかろきかたにも見えしを…　（源氏物語・桐壺）

⒀　母后、「…」と、おぼしつつみて、すがすがしうもおぼしたたざりけるほどに、后もうせ給ひぬ。　（同・同）

⒁　…などいふほどに、九月になりぬ。　（蜻蛉日記・上・天暦八年）

⒂　これかれそそのかせば、返りごと書くほどに、日暮れぬ。まだ行きつかじかしと思ふほどに、見えたる、人々…　（同・中・天禄元年六月）

「ほどに」には、「ちょうどその時に」の意で「ほど」に近い用法や、状態などの程度を示す用法、「ほど」が空間を意味する用法などがあるが、ここで問題にしている「ほどに」は、先の⑼〜⑾及び右の⑿〜⒂の事例がそうであるように、「こうこうしている、こうこうであるうちに（または、その間に）」「次のようなことになった、次のようなことが起こった」という事態の展開を表す用法のものである。この用法の「ほどに」が『蜻蛉日記』『和泉式部日記』には多く見られるのである。先に見た『和泉式部日記』の数少ない「けり」文末のほとんどが、この「ほど

に」の構文など、推移する「時」を認識している箇所に現れている。その点で『紫式部日記』とは対照的であると言ってよい。ということは、叙述の方法・態度という点で、どういう違いがあることを意味しているのだろうか。

この「ほどに」は、ある事態・状態であるところへ、別の事態・状態が生じたというように、事態・状態が展開していくことを述べるところで用いられているのである。すべてではないにしても、事例(7)(9)(13)(14)(15)などの例に見えるように、後続する述部が、完了の助動詞「ぬ」で統括される文になっている場合を典型としていることが、そのことをよく物語っている。「ぬ」以外に、まれに「つ」「たり」で統括される文もあり、事例(10)の「御文あり」なども、単に存在を示すのではなく、存在の発生、つまり「御文来たり」とあってもよいところである。

つまり、この「ほどに」を多用する叙述の態度は、「それからどうなったか、それから…」と事態の変化とその結果に関心をもった文体であるということになる。それは素材自体が抱えている話題性が自ずともたらす表現方法であったと言ってよいかもしれない。言うまでもなく、両日記とも、男と女が逢う逢わないという事態（恋）のなりゆき（話題）を描いた作品であったからである。

こういう「述べたて」かたを視点の移動と捉えておこう。事態の変化に添いながら、視点も移動するからである。この「ほどに」に象徴される叙述の態度は、自ずと接続語「かくて」「さて」の多用をもたらしているのだが、更に、「その後」（和泉式部日記二例・蜻蛉日記下二例）、「それより」「これより」（以上蜻蛉日記）、「それより後」（和泉式部日記一例・蜻蛉日記中四例、同下四例）など、これらの句の指示語が先行するある事態のその後のなりゆきに関心を示していて、これら指示語を含んだ句の使用にも反映していると考えられる。これらの接続語や指示語を含んだ句が、『紫式部日記』にはみられないのである。[6]

『紫式部日記』では、「それより後」といった表現でなく、先にも指摘したように、「後に」という表現がいくつかみられるが、これだと、先行する事態のその後のなりゆきを追うという関心の持ち方とは全く別で、発話時からかつての事態の意味が後に明らかになったことを付加する態度であり、過去「き」で統括するという発想につながるものであることは言うまでもない。

さて、『蜻蛉日記』『和泉式部日記』に多出する「…ほどに」に対して、『紫式部日記』では「…ほど」を特色とすると先に述べた。これはどういう認識の態度を示すものであろうか。

⒃　われもわれもとうちあげたる伴僧の声々、遠く近く聞きわたされたる程、おどろおどろしく、たふとし。（8頁）

⒄　…木の間をわけてかへり入るほども、はるかに見やらるる心地してあはれなり。（8頁）

などがその典型例と判断されるが、これらでは、「ほど」に上接する連体修飾部に客観的な事態・状況が叙述されているのに対して、「ほど」に後続する述部には、そうした事態・状況に対して、その場に居合わせた語り手（紫式部）の抱いた心情（主観）が描かれている。

⒅　うへいだきうつし奉らせ給ふほど、いささか泣かせ給ふ。（35頁）

右の例のように「ほど」の後続部に、常に心情語―表現がくるとは限らないが、いずれにしても、この「ほど」構文は、先の「ほどに」構文にみたような事態の変化・展開といった叙述とは異なるもので、二つの事態（「ほど」に上接する内容と下接する内容）の間には、同時的関係がある。これを視点の静止と捉えておこう。事態に立ちどまって、その事態がひきおこしている周縁の事態やその背後をみつめたり、その事態とかかわる主体の心情に思い入ったりする認識構造であるからである。『紫式部日記』における、この同時的関係において事態を捉える叙述の態度は、当日記に目立つ「…ままに」「…つつ」といった接続関係の表現法の多用ということとも一貫するものである。それは、事態に立ちどまりつつ、「それがどうであったか、どうであるか」と問う姿勢が生み出す認識である。そして、更には、先の「…ほど、心情的表現の述部」という構文をも含めて、『紫式部日記』では、感情感覚的形容詞、形容動詞を述語とする形容（動）詞文が多く見られるということ自体、静止の視点がもたらすものであると考えてよかろう。感情感覚的形容詞文は、眼前の客観的事象に対する、主体の主観的心情を表現する。眼前に展開する事態の意味、それを常に主体（視点人物＝紫式部）との関わりにおいて捉えようとする態度を物語っている。『紫式部日記』には「見る」「見ゆ」「めり」による文末表現が多く見られ、眼前の対象をみつめる視点人物（＝紫式部）の行為自体が対象化して描かれてもいるのである。

ところで、『和泉式部日記』には、次のような「うちに」という表現がいくつかみられる。

⒆　女、さしもやは、と思ふうちに、日ごろの行ひに困じて、うちまどろみたるほどに、門をたたくに…（21頁）

先の「ほどに」を現代語訳で「ウチニ（そのアイダニ）」と捉えたが、ここの「うちに」は、むしろ現代語の「ウチニ」とは異なる用法とみられる。野村精一は、新潮日本古典集成本頭注⒆で、「その上に、の意」つまり、事態の累加、添加を表現すると解しているが、この「うちに」で結ばれる二つの事態は同時的関係にあると考えられ、「ほどに」に見た事態の変化・展開という継時的関係とは異なっていて、むしろ「…ほど」に近い静止の視点からする認識であるとみるべきかと思われる。とすると、冒頭の「そのこととさぶらはでは、なれなれしきさまにや、とつつましうさぶらふうちに、…」（11頁）についても、野村（前掲書）は「…ウチニ」と現代語訳をつけているが、小舎人童の、和泉式部訪問への遠慮と、帥宮への出仕とは、小舎人童にとって、同時的関係のことで、ことの裏表であったと解すべきかと愚考する。

三

さて、次に完了の助動詞に焦点をしぼって、叙述の態度・方法について考察をすすめることにしよう。これまで同様、地の文に限り、会話・心内語・韻文の部分は考察から除外する。もっとも会話表現には比較的完了の助動詞が現出しやすかったようで、例えば、

⒇「殿なむ『…』などのたまひつるを、また、かの頭も『殿は仰せられつることやありつる』となむのたまひつれば『さりつ』となむ申しつれば、『…』となむのたまひつる」と語る。（蜻蛉日記・下・天延二年二月）

ここでは、完了「つ」が連発しているが、こうしたことは、地の文ではほとんどみられない。会話表現が、直接聞き手を眼前にして、聞き手と共有しうる現在的話題を語り報告するものである故に、その話題がもつ現在性（現場性）という、生々しい現実感が、この「つ」による表現によって表出されうるからであろう。それに対して、日記や物語の地の文において、完了「つ」が直接文を統括する機能を持って用いられるのは、発話時の視座からの叙述においてではなく、視点を素材時に移して、素材（できごと）の現出する時にそって、「できごと」を現在的に描出するという叙述においてであった。しかし、そこでは、会話表現に伴うような話題の現在性（現場性）を、聞き手（語りの享受者）との間に共有することは困難なのである。それだけに、逆に日記や物語の地の文に現れる完了「つ」の表現性―価値には注意を払う必要が出てくるとみるべきかと思う。

地の文に限り、しかも、文末に現れる完了の助動詞に限定して考察する。文中に現れるそれを考察外とするわけであるが、今、文中、文末を一括して論ずることは保留しておきたい。殊に、体言を修飾する連体修飾句には「たり・り」が現れやすかったと思われるが、それらの「たり・り」を文末の「たり・り」と一括することはできないからである。

さて、以上の方針によって、文末表現、さらにその動詞文に限定して、完了の助動詞の現れ方を考察し、それによって、どんな叙述の態度・方法がそこに見られるかを各作品ごとに考えてみることにする。

『紫式部日記』（「日記の部分」のみ）では、先にもふれたが、形容（動）詞文が多いが、

(21)　上よりおるる道に、弁の宰相の君の戸ぐちをさしのぞきたれば、ひる寝し給へるほどなりけり。（11頁）

といった、「なり（けり）」による名詞文（判断文）も他の二作品に比べて多い。これも、静止する視点と考えてよかろう。さて、これら、形容（動）詞文、名詞文を除いた残りの動詞文の文末に注意してみたい。そのうち、過去「き」や推量系助動詞（「む」「べし」「まし」「めり」など）の統括する文を除いて、文末の形式を数値的に示すとそれぞれ表Iのようになる（（　）の数値は、対象文全体に対する％を示す）。

ここで「裸形」（単独形とも）とは、助動詞「る・らる」「す・さす」または「給ふ」などの付いたものも含むが、動詞がその他の助動詞を承接させず、動詞だけで述語を構成している文末形であることを示す。[7]

地の文における裸形には、どんな表現性が託されているのか。言うまでもなく、その裸形の動詞の意味する動作は、素材時の視座からながめられているのだが、その動作を全的に捉えていることを意味する。例えば、裸形の動詞による文末が連続しているような場合（これを「裸形の連鎖」と言おう）には、継時的に実現していく動作が次々と展開していく流れを作り出すが、視点は、それにつれて、動作の継時的連続を追って移動するのである。

それに対して、動詞「たり・り」が付いた形は、現代語の「テイル・テアル」に相当するが、動詞の意味する動作を部分的に捉えている——つまり、動作の継続、または、動作作用の結果の持続を示す——ことを意味するが、ここには、素材時の視座か

表I　紫式部日記

型	文末数（%）	
裸形	177（56.4）	
—つ	5（1.6）	16（5.1）
—ぬ	11（3.5）	
—たり	50（16.0）	72（22.9）
—り	22（6.9）	
—けり	19（6.0）	
打消	30（9.6）	
計	314（100）	

（表注）完了「—り」型22例のうち、「—給へり」が15例である。過去「—けり」型19例のうち、「—にけり」が6例、「—ざりけり」2例、「—たりけり」1例、「—てけり」1例で、その他9例が動詞に直接「けり」のついた例である。

ら、その素材の状態をみつめる静止する視点があるとみてよかろう。このような見方に立つならば、『紫式部日記』では、後掲の他の二作品の示す数値と比較して、「つ」「ぬ」による文末が極端に少なく、それに比して、逆に「たり・り」文末が多いということが、この日記の、これまでにも見てきた静止する視点による叙述の態度が、ここにもみてとれることになるのである。

もっとも、「たり・り」のすべてが、現代語の「テイル・テアル」に相当するとは言えない。すでに、「完了」や「変化」を意味する「つ」や「ぬ」にも通う用法とみるべき事例もあるのであり、(8)ここで詳述することはできないが、その点考慮してかからねばならない。とは言え、他の作品に比して、『紫式部日記』の「たり・り」には、「状態（テイル・テアル）」を意味するものが多いと言えるようだ。

次に、『和泉式部日記』、『蜻蛉日記』（上巻のみ）の数値を示しておこう（表Ⅱ・Ⅲ）。

表Ⅱ　和泉式部日記

型	文末数（%）	
裸形	106（55.2）	
―つ	7（3.6）	38（19.7）
―ぬ	31（16.1）	
―たり	23（12.0）	28（14.6）
―り	5（2.6）	
―けり	3（1.6）	
打消	17（8.9）	
計	192（100）	

（表注）「―けり」型3例のうち、「―にけり」が2例、「―てぞありける」が1例。完了「―り」型5例のうち「―給へり」が4例、「のたまへり」が1例。

表Ⅲ　蜻蛉日記（上巻）

型	文末数（%）	
裸形	146（47.0）	
―つ	19（6.1）	65（20.9）
―ぬ	46（14.8）	
―たり	54（17.3）	64（20.6）
―り	10（3.3）	
―けり	28（9.0）	
打消	8（2.6）	
計	311（100）	

（表注）完了「―り」型10例のうち、「―給へり」4例、「のたまへり」4例。過去「―けり」型28例のうち、「―にけり」が10例、「―たりけり」が3例である。

さて、裸形による動作の叙述を、動作を全的に捉えたものとみたが、動詞「つ」「ぬ」を下接した形についても、動詞の意味する動作・状態を全的に捉えているとみてよい。では、裸形の場合と、「つ」「ぬ」を下接した場合とでは、認識にどんな差異があったのだろうか。

例えば、『和泉式部日記』では、「きこゆ・きこえさす」という動詞が、裸形で一一例、「―つ」型で四例、「―たり」型で七例の文末表現がある。

(22) かくて、しばしばのたまはする、御返りも時々きこえさす。（14頁）

(23) （歌）」ときこえさせつ。（36頁）

(24) （歌）」ときこえさせたり。（12頁）

これらの間にどんな表現的価値の差があったのだろうか。いずれも、素材時の視座からの叙述であり、いずれも、「きこえさす」という動作が実現したことを意味しており、現代語では、いずれも「申し上げタ」または「申し上げル」であっても通るところである。ただ、(22)の形では、実現した動作の存在を投げ出しているにとどまるが、(23)では、主体の動作「きこえさす」の、非実現の状態から実現した状態へという事態の変化をみつめている視線が感じられる。動作実現の現場に寄り添っているという視点があると思われるのである。そこに動作主体の動作実現に対する意志性が表出されているとも感じられ、一種のムード的用法だとも言えるだろう。『和泉式部日記』では、多くはないが、「つ」文末の文はすべてが「女」の動作についたもので、会話・心内語・韻文を除いた地の文における、文末以外の完了「つ」についてもそのことが言えることは注目しておいてよい。ちなみに、『蜻蛉日記』上巻一九例の「つ」文末のうち、男（兼家）の動作についたと思われるものは二例にすぎず、他は女（道綱の母）の動作、または女の側から認識された事象に現れているのである。

(24)は、動作の継続（申し上げテイル）でもなく、動作の結果の存続（申し上げテアル）でもない。この「たり」は、

「つ」に通う用法とみられ、『和泉式部日記』には、この種の「たり」が多いが、裸形と「—つ」型の中間的な用法で、やがて、この「たり」が現代語の「た」へとつながっていくのであろうか。従来語法研究において、「つ」と「ぬ」の使い分けと、「たり・り」の問題（使い分けなど）とが別途に論じられてきたが、裸形の場合も含めて全体的にその使われ方が検討されねばならないと考えている。

同じく『和泉式部日記』では、「おはす・おはします」が、裸形で五例、「—ぬ」型で三例、「—たり」型で六例の文末表現がある。

(25)　人まかでなどして、…「例の車に装束せさせよ」とて、おはします。（32頁）

(26)　明けぬれば、…やをらたてまつりておはしぬ。（28頁）

(27)　宮、例のしのびておはしまいたり。（21頁）

(25)の裸形と(26)の「—ぬ」型との違いは、先の裸形と「—つ」型との違いに相似的である。ただ、先に見たように、「ほどに」や「かくて」に呼応して「—ぬ」型文末が現出しやすかったことからも納得できることであるが、話の進行にともなって、新たな状況や場面が出現するに至ったことが、この「ぬ」によって表現されているのである。やはり、素材時に視座をおいて、「できごと」の変化をそれに添いつつ認識しているという視点が存在している。殊に「ぬ」は、主体の変化、状況の変化を表出しうるところから、語りにおける場面展開を描く機能をもっていた。

(26)の「—ぬ」型と(27)の「—たり」型との違いはどうであったか。「ぬ」は、主体の変化の完了を意味するが、それは必然的に、完了につづく変化の結果の存続をもたらす。その変化の結果の存続を「たり・り」が表現する、という区別が本来あったと見てよい。しかし、「ぬ」自体が、「たり・り」の領分をも表出しえたり、逆に「たり・り」が、その状態の発生（変化の完了）を意味する「ぬ」の領分をも表出しうるようになって、両者の区別が判然としなくなっていったものと考えられる。

以上のように考えると、同じく移動の視点と捉えたが、「裸形の連鎖」の場合のそれと、「つ」「ぬ」による場合のそれとでは質的に異なることに注意しなければならないことがわかる。「それからどうなったか」という事態の推移をみつめる態度は、「つ」「ぬ」によってこそ描き込めるのであり、裸形の連鎖では、単に、時を追って生起した事態が記録的に認められるにすぎないということになる。また、「たり・り」には、状態を描写する静止の視点による場合と、動作の完了や変化自体を描写する移動の視点による場合とがあったことに注意しておこう。

こう考えてくると、表Ⅰ～Ⅲの「つ・ぬ」と「たり・り」との数量的差異からみて明らかなように、『蜻蛉日記』『和泉式部日記』が移動の視点の文体を持った作品であり、『紫式部日記』が静止の視点を持った作品であったことがわかる。もっとも前二者、殊に『蜻蛉日記』が「たり・り」による静止の視点を持たなかったわけではない。この両視点の織りなす表現のダイナミズム（構成）にこそ注意してみなければならないところがあるのかも知れない。

注

（1）以下本稿における引用本文は次のものによる。『完訳日本の古典11蜻蛉日記』（小学館）、『紫式部日記』（池田・秋山校注、岩波文庫）、『和泉式部日記　和泉式部集』（新潮日本古典集成）、『源氏物語第一巻』（角川文庫）。引用本文の後の（　）中の数字はそれぞれのテクストの頁数を示す。文末の認定等についても、これらのテクストの句読点に従うことにする。

（2）塚原鉄雄「蜻蛉日記の方法」（『一冊の講座　蜻蛉日記』有精堂出版・一九八一）。

（3）根来司「蜻蛉日記の文章——婉曲的用法」（同著『平安女流文学の文章の研究続編』笠間書院・一九七三）。

（4）ただし、所謂「消息の部分」には、「侍りけり」が三例みられる。

（5）近藤一一「和泉式部日記の時間の構造」（『国語国文学報』一九）、村井順「蜻蛉日記の注釈史と問題点」（『一冊の講座　蜻蛉日記』有精堂出版・一九八一）。

（6）『紫式部日記総索引』によると、「さて」が五例あるが、いずれも「さては」「さても」の形で副詞的用法の例である。「かくて」「さて」と日記文学の文体との関係については、糸井通浩「中古文学と接続語――「かくて」「さて」を中心に」（『日本語学』一九八七・九、本書前編〔五〕1）に論じている。

（7）山口明穂は、「源氏物語の語法」（『武蔵野文学』三〇）、「源氏物語の文法」（『国文法講座4』明治書院・一九八七）などで、古典語の「終止形・連体形」（ここでいう裸形にあたる、また動詞単独の用法とも）は、現在の事態として表現する機能を持っていたとし、現代語で「テイル」のついた形に相当するものと相当しないものとがあることなどを説き、示唆されるところが多い。

（8）鈴木泰に「古文における六つの時の助動詞」（『国文法講座2』明治書院・一九八七）など、一連の論稿がある。

〔四〕『枕草子』の語法

1　類聚章段と「時」の助動詞

序　本稿の課題

『源氏物語』が「もののあはれ」の文学と言われるのに対して、『枕草子』は「をかし」の文学と評されている。「春は曙」という文を、「(いと)をかし」の省略と見るのが通説であるように、特にいわゆる「類聚章段」において作者(清少納言)が取り上げる項目は、作者の「をかし」という評価に叶ったものが取り上げられていると見ているからである。列挙される項目は、「をかし」という眼鏡に叶ったものという暗黙の了解が、「をかし」の省略を復元可能にしている。つまり、「をかし」という評価で物ごとを見ることが、この作品の基本的な物の見方になっている。それゆえに、「をかし」の文学とされてきたわけである。もっとも評価語は「をかし」のみでなく、様々な語が設定されていることは言うまでもない。

ところで、この「をかし」という評価語を中心に様々な評価語で取り出される事項が、どのように取り上げられているのか(表現されているのか)に注目してみると、その多くの項目が助動詞「たり(及び、り)」で括られていることが目立つのである。このことは何を意味するのか、このことを考えてみたいというのが、本稿の基本的な課題であるが、そのことを、「たり」も含む「時の助動詞」（つ・ぬ、たり・り、き・けり）及びテンスに関わるムードの助動詞「（む）・らむ・けむ」の用い方との関係において考えてみようと思う。

『枕草子』は、従来から指摘されているように、様々な文章様式で書かれている。いわゆる「類聚章段・随想章段・日記章段」という三分類が代表的な分類である。本稿では私に、この三分類を整理し直して、文章様式（タイプ）別に「時の助動詞」の用いられ方（生態）を考察する。つまり本稿では、古典文法の語法研究と、その語法を手がかりにしての『枕草子』の文章研究とを課題としたい。

『枕草子』という作品は、伝本系統によってかなりな本文異同を相互に持っている。また、現存のテクストに至る過程で、修訂や後人補充と言われることが施されていると指摘されている部分もあるが、本稿ではこうした問題には特には触れず、岩波文庫本（池田亀鑑校訂・三巻本系本文）を底本として用いて、考察した。なお、本文引用の後の（数字）は、底本の章段番号である。

一　文章様式の分類

従来から『枕草子』の各章段は、三種類の文章様式に分類できると説明されてきた。それぞれ典型的な「類聚章段」「随想章段」「日記章段」を念頭においてみると、プロトタイプ的には、充分納得できるが、個々の章段を見るとき、境界的な章段もあって、厳密に区分することが必ずしもできているとは言えない。そこで、本稿で、時の助動詞を手がかりにして文章様式と叙述の方法との関係性を考察するにおいて、各段冒頭の文構造を目安に、従来の三分類をベースにして、次のように分類する。以下の記述では、下に示したタイプ記号（A—G）によって、それぞれを区別することとする。

	タイプ
(1) 類聚章段	
①「物（名）は」型	A
②「（評価語）もの」型	B
(2) 随想章段	
①「＊＊は」型	C
a「春は、夏は」型	C—a
b「もの（人・所）は」型	C—b
cその他の「＊＊は」型	C—c
d主題「は」省略型	C—d
②非「＊＊は」型	D
(3) 日記章段（体験記録風）	
①「うへにさぶらふ御猫は」型	E
②「き」を用いた体験記録	F
a「き」による額縁構造の段	F—a
b「き」構文挿入の段	F—b
③その他	G

タイプAは、「山は」（一三段）「市は」（一四段）など、「物」を主題化して、その「物」に属する具体物（下位類）のうち、「をかし」と評価する物を列挙する章段である。「物」は知覚で認知できる、つまり該当の物が存在すること自体が評価「をかし」の対象である。

タイプBは、「すさまじきもの」（二五段）「胸つぶるるもの」（一五〇段）などの章段で、「もの」の内容は、感情や感覚、または評価などの、内面における思考作用にあたるものである。列挙される項目は、主題化された感情や感覚を引き起こしたり、それぞれの評価に該当したりする「ものごと」である。主題設定の「もの」を修飾するのは、形容詞であれば、ほぼ情意形容詞である。つまり「もの」とは、知覚で認知する「物」というより、内面作用でとらえられる「もの」である。タイプAとタイプBは、はっきりと対象が異なる。しかも、両者にははっきりとした構文的違いがある。タイプAは、主題を係助詞「は」で明示しているが、タイプBは、主題を投げ出しているだけである。係助詞「は」は用いず、主題語「…もの」と列挙項目との間につなぐ語がない。これは何を意味するのだろうか。

この違いは、伝本系統や各テクストを越えた、『枕草子』特有の文構造上の違いと言っていいようだ。ここで注目されることは、かつても述べたが[3]、このタイプBの例として、「をかし」の文学であるにも関わらず、「をかしきもの」の段が存在しないことである。先に述べたように、通説では、「春は曙」（一段）という文は、「（いと）をかし」という述語成分の省略と見ているが、注(1)に指摘したように、指定の助動詞「なり」の省略と見る説があり、この説に立てば、「春は曙」という文は、「（をかしきもの）春は曙（なり）」ということになる。このことは、タイプAの全ての章段に当てはまることであり、つまり各項に述語の「をかし」が省略されている文とは見ない説であることを意味する。話題として「をかしきもの」を取り上げることは、読者に了解されていると見るのである。了解されている故に、いちいち話題が「をかしきもの」をとりあげることであることを明示する必要はなかったのである。作品『枕草子』の成立当初から当時の読者（中宮定子をはじめとする宮廷人たち）においては了解されていたとみる。述語として「をかし」が明示されていなくても、各項は「をかし」と評価されたがゆえに取り上げられているのである。しかし、にもかかわらず実際には「をかし」が述語として明示されている項目もあるが、ではそれは何を意味するのか、ということになるが、このことは、省略をしなかったのではなく、逆に必要がないのに敢えて「をかし」と明示した理由があったと見るべきなのである。

タイプAは、すべての章段が「をかしきもの」の章段であった。これにレベル的に対応するのがタイプBである。係助詞「は」で、主題を明示するレベルを包括する大主題（上位概念）という意識が、「…もの」の後に切れ目を置くことになったのではないか。タイプAとBの関係を図示すると、図Iのようになる。

〔図I〕

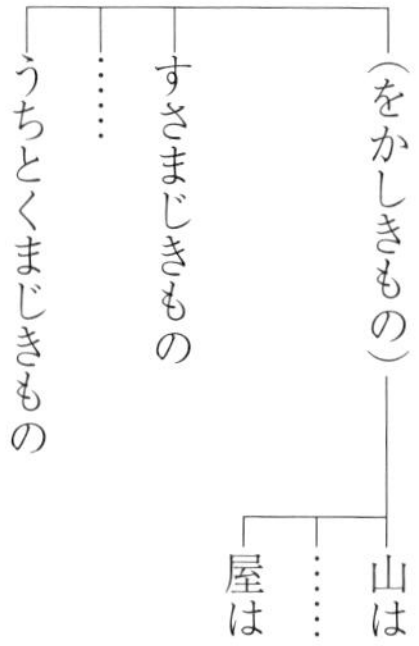

タイプCは、様々な型に分けざるをえない。しかし、自由な叙述を試みながらも、自ずといくつかのタイプに整理できるようである。タイプC—aは、「春は（曙）」（一段）や「内裏は」（九二段）などの段で、文構造はタイプA

に属し、大主題「（をかしきもの）」の章段と見て良いであろうが、評価「をかし」の対象は、存在する物（「もの」）そのものではなく、その時期や場所における「こと」や「さま」、つまり主題の事項の内容、またはそれに伴う側面を取り出して、評価「をかし」の根拠にしている点で、タイプを別にみて、随想章段とした。(4)

タイプC—bは、タイプBに似てはいるが、「…ものは」と、係助詞「は」によって主題を明示している点が異なる。例として、「ふと心おとりとかするものは」（一九五段）など作品後半に集中しており、冒頭の文にとりたての「こそ」が含まれているものがほとんどである。「ものは」が「ひとは」「ところは」となっている章段もこのタイプに属させる。

タイプC—cは、以上のタイプC—a、b以外の「＊＊は」型章段で、例として「をのこは、また、随身こそあめれ」（四八段）など、不特定のある種の「人」を具体的に、「説経の講師」（三三段）「ちご」（五九段）などを主題化している章段である。

タイプC—dは、逆に係助詞「は」の省略ではないかと思われる章段で、その点タイプBと似ている。例に「小舎人童」の段（五四段）、「祭りのかへさ（いとをかし）」の段（二二二段）、「この草子、目に見え心に思ふこと…」（三一九段）などを当てる。タイプBの主題が抽象的なものであるのに対して、このタイプは、具体的な「ものごと」である。

タイプDは、典型的な随想章段で、タイプCが冒頭文に主題のとりたてをする「は」を用いているのに対して、冒頭において、係助詞「は」による主題化が見られない章段である。例に「思はん子を法師になしたらんこそ心ぐるしけれ」（七段）、「野分のまたの日こそいみじうあはれにをかしけれ」（二〇〇段）などがある。「こそ」によって、とりたて意識を示すのが特徴である。

タイプE、F、Gは、いわゆる日記章段に属する章段である。先の分類表で「体験記録風」とも規定した。ところで、具体的事項を叙述する場合に、その事項を例示的に取り上げて、一般論を展開する場合と、特定の時、特定の場所で実際あったことを叙述する、いわゆるその事項を「一回的事実」として叙述する場合とに区分できる。当のタイプE、F、Gは、後者に属し、タイプA—Dは、前者に属するという区別が可能だとみている。通常言う「随想」というジャンルの文章様式とは必ずしも一致していない。

タイプEは、特定の個物を「は」で主題化して、それについて述べた章段で、「うへにさぶらふ御猫は」（九段）や「成信の中将は」（二九二段）など、後者などは、その人物のエピソード集になっている。このタイプは、すべて助動詞「き」が用いられている章段である。タイプFも、助動詞「き」を用いている段であるが、用い方で二種、a、bに分けられる。

タイプF、Gは、タイプEと異なり、冒頭文に主題を提示する「は」を持たない段で、冒頭文がほとんどの場合、人物の行動描写または、たまに自然描写となっている章段である。タイプGは、主題を提示する「は」も用いず、助動詞「き」も現れない章段である。(5)

以上、私的な、章段の分類を示したが、便宜この様式（タイプ）を単位に、各章段における、時の助動詞などの用い方（生態）について分析を試みたいと思う。

二　時の助動詞類の用法概観

(一)　相互承接と叙述の層

ここでは、動詞文を中心に考える。動詞を核とする「述語成分」は、必要に応じていろいろな文法機能を備えた助動詞及び終助詞が複数結合することがある。それらの助動詞の結合には一定の順序のあることが指摘されていて、その事実を相互承接と言う。本稿で扱う時の助動詞群（「む」「らむ」「けむ」も含む）の間にはどういう事実が認められるかを、松村博司監修『枕草子総索引』（右文書院・一九六七）を参考にしながら、先ず確認してみることにする。(6)

その前に、もう一つ確認しておきたいこととして、ここで扱う助動詞群は、それぞれペアで存在していることである。「つ」と「ぬ」、「たり」と「り」、「き」と「けり」、「(む)」と「らむ」と「けむ」である。ペアであるとは、両者は用法上対立的関係にあることを意味し、それ故同時に両方が重ねて用いられることはない。相互承接という点から言えば、同じ層に属していることを意味する。それぞれのペアの意味用法の違いについては、後に確認することにする。

さて、大きくは、A群「ぬ・つ、たり・り」がB群「き・けり、む・らむ・けむ」に先行することは言うまでもない。ただし、本稿では「む」については、特にとりたてて、触れることはない。

先ずA群内同士では、どういう順序性にあるかを確認する。「にたり」は存在するが「たりぬ」は用例がない。「てたり」は認められないが「たりつ」は多くの事例がある。まとめると「ぬ―たり―つ」の順序が確認できる。しかし、「ぬ」と「つ」が同時に用いられることはない。「たり」との関係における、「ぬ」「つ」の間に見られる相互承接上の違いは、それぞれの助動詞の意味用法の違いに基づいたものである。この事については後述する。

A群の「ぬ・つ」はB群の「き・けり」「らむ・けむ」のいずれにも上接する。つまり「ぬ・つ―らむ・けむ」または「ぬ・つ―き・けり」の順序で用いられることがあった。しかし、「たり・り」は「たり・り―き・けり」の承接は存在するが、「らむ・けむ」には上接することはなかった。つまり「らむ・けむ」は過去、ないし現在の事態について推測するが、同時に「たり・り」による事態の認識をも含んでいたということであろう。

〔図Ⅱ〕

A群
ぬ・つ
たり・り

B群
き・けり
む・らむ・けむ

B群内同士の相互承接はどうだったであろうか。「き・けり」と「け

む」は相互承接することはなく、前者が「確定の過去」の認識を示すのに対して、後者は「不確定の過去」の認識を示すという対立関係にあったからである。同じく、「たり・り」が「確定した現在」を示すのに対して、「らむ」は「不確定の現在」を対象とするという対立関係にあったと認められる。なお、「き・けり」と「らむ」とは、前者が確定している事態を対象とし、後者は現在の事態の不確定なことを対象とするという対立的関係にあった。

こうした相互承接の事実は、叙述の層の違いと深く関わっているのであり、そのことは、つまり表現主体の叙述の視点の問題と関わっていることを意味する。後の各文章様式毎に考察するときに問題にすることになる。

(二)　各助動詞の意味用法

叙述の層は、やはり大きくは、先のA群の助動詞および「(む)らむ」による叙述と、「(む)らむ」を除くB群の助動詞による叙述とに分けられる。A群による場合にも、さらに二つの叙述の姿勢がある。しかし、それを説明するには、視点に関わる、二つの視点時を区別しておかねばならない。事態時と発話時である。

事態時は、その事態が実現している「とき」のことであり、発話時は、主体が表現を紡ぎ出している「とき」、つまり発話者の「今(・ここ)」を意味する。ただし、発話時と事態時が分離している場合と、両者が一致している場合とがあることに注意したい。

さて、A群による叙述は、事態時に視点(認知の今・ここ)をおいての叙述である。この場合に二種の叙述がある。一つは、その「事態」が現に既にあったものとする場合(歴史的事態)、つまり発話者が、その「事態」を過去に経験したり、あったこととして聞き知っていたりする場合である。この場合、発話時の「今(・ここ)」から事態時の「今(・ここ)」に視点を移して叙述していることになる。もう一つの場合は、描かれる「事態」が、仮想的にありうる、典型的な事態、あるいは例として示す事態として描かれている場合(仮想的事態)である。発話者は、発話時の「今（・ここ）」にありながら、今その「事態」が存在するかのように叙述する。視点はその事態時に設定されていることになる。前者は、過去にあった特定のことを眼前に生起する事態のように描く。これを「歴史的現在」と言うこともある。しかし、日本語の「語り」の場合は、英語などにおけるように、特別な手法、特別なレトリックと見るまでもなく、日本語の「語り」の言語では普段に見られる語り方である[7]。後者は、個別的に事態は捉えられていても、生起した特定の「事態」ではない[8]。例示的で「など」を伴って描かれることもあり、また習慣的事態であったりする。つまり、語り手（表現主体）の発話時（今・ここ）において、ありうる事態と認識（仮想）して描く。

次に、B群による叙述の場合は、語り手（表現主体）の発話時（今・ここ）において、描く「事態」を既にあったこととして描く。ただし、「けり」構文の場合は、描かれた「事態」がいずれも既に実現している事態であることには変わりはないが、それが「過去のこと」でも「現在のこと」（いわゆる詠嘆とされる場合、現在の事実に今気づいたことを示す「けり」による）でもありうることに注意しなければならない。

時の助動詞群は、それぞれペアで存在している。次にそれぞれの用法上の違いについて、従来の研究[9]も踏まえて概観しておきたい（図Ⅲ。図の説明をすると、縦の関係（統語的関係）と横の関係（範列的関係）において、点線は相互に結合することがあることを意味する）。

〔図Ⅲ〕

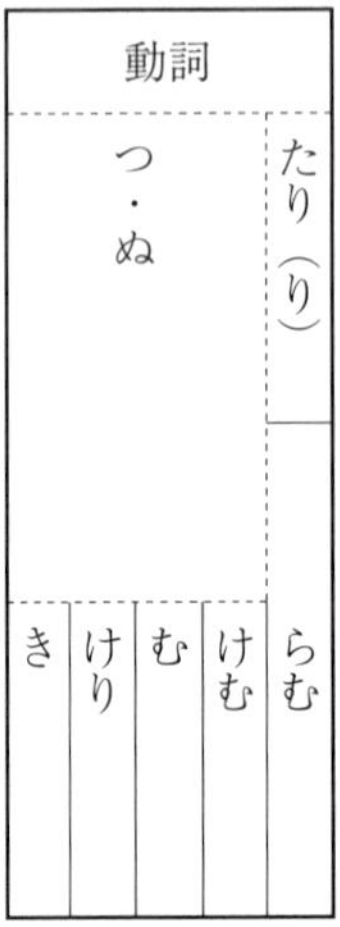

（1）つ・ぬ

「つ」は、それまで継続していた動作・状態の、眼前における完了・終結を示す。動作は意志的な場合が多い。「ありつる文」など状態「あり」にも下接する。これは「さっきの手紙」を意味する。つまり、今の瞬間においては眼前（あるいは、意識）から消えている（完了）が、なおその存在が現在のことと意識されていることを意味する。「ぬ」は、事態の変化を示し、それによって新たな状態（新たな場面）の発生を示す。自然現象など、人間主体にとっては無意志的な動作・事態の場合が多い。

『土佐日記』二月十六日の、桂川を渡ったときの歌、

あまぐもの遥かなりつる桂川　袖をひてても渡りぬるかな

土佐にいるときから、故郷の「桂川」は「はるかに（遠いもの）」であったが、その思いは今現に桂川を渡る直前まで意識されていた思いであったことを「つる」は物語り、渡った今「遥かなる」ものという思いが完全に消滅したというわけである。帰京の実感が今初めて湧いたのだ。それ故無我夢中で気づいたら桂川を渡っていた、袖が濡れるなど気にする余裕もなかったという思いが「ぬる」に込められている。そして今はもう京の生活空間にいる。「渡る」という行為は意識的に為されることが普通かも知れないが、ここはそうではなかったのである。

「つ」と「ぬ」の違いは、「たり」との承接の違いにも現れている。「てたり」はなくて「たりつ」（継続していたものが完了する）があり、「にたり」（事態の変化が新しい状態を発生させている）があり、「たりぬ」はないのである。

(2)　たり・り

ともに存在詞「あり」を根にして発生した助動詞で、両者の用法に基本的には違いがない。しかし、動詞の動作を「あり」によって状態化する用法であることに変わりはないが、動詞に「て」を介して接合するかしないかの違いがあり、また発生的に「り」が、四段動詞とサ変動詞にしか付かないのに対して、「たり」はすべての動詞に付きうるという違いから、やがて勢力的に「たり」が「り」を駆逐していくことになる。そこで、ここでは「たり」によって、この助動詞の用法を確認しておきたい。

動詞に「てあり」が付いて、動作を状態化する、ここに助動詞「たり」が成立した。存在詞「あり」の文法化で

ある。[10] 基本的に、継続動詞についた場合は動作の継続という状態を示し、瞬間動詞に付いた場合は、変化の結果の持続という状態を示す。この用法を基本としながら、現代語の場合を先取りして言えば、過去・完了の「タ」はこの「たり」の残存形と言われるように、「たり」は他の時の助動詞の用法をつぎつぎに吸収していくことになる。逆に、「たり」本来の用法であった、現代語の「─テイル」に相当する用法が弱体化して、今や「─テイル」「─テアル」の形式が、テンス・アスペクトにおいて、「─タ」と対立的関係にあるに至っている。

ところで、動詞（一般動詞）の裸形（動詞に何も助動詞の付かない形、基本形・ル形とも）が終止法で用いられると、現代語ではテンスは未来になるが、古代語ではテンスは現在になる。例えば、「─とて笑ふ」は、現代語では「─と言って笑った」「─と言って笑っている」とするところであり、古代語ではテンスは現在（今・ここ）と見るべきである。[11] 共に表現主体の視点が、事態や状態を眼前に生起しているものとして捉えている表現である。具体的に見てみよう。

『枕草子』に用いられた「降る」という動詞に注目してみる。降るものは、ほとんどの場合「雪」か「雨」である。「降る」と「降りたり」とが、どう使い分けられているかを確かめてみる。雪の場合、両者の違いははっきりしている。「降りたり」は、「下衆の家に雪の降りたる」（四五段）、「雪のいと高うはあらで、うすらかに降りたるなどは」（一八一段）、「雪のいと高う降りたるを」（二九九段）などから分かるように、例外なく降った結果を示している。つまり雪はやんで、積もった状態をさす。それに対して「降る」は「雪高う降りて、今もなお降るに」（二四七段）、「雪のかきくらし降るに」（二九三段）、「白き雪のまじりて降る、をかし」（二五〇段）など、雪が降り続いている、つまり動作の継続を示している。なお、「（雪）降りにけり（る）」が二例見られるが、これは、降雪の動作の終了を示しているが、背後に積雪といった、降った結果の存続（状態）が意識されていると見て良い。

「雨」の場合、少し複雑になる。「降る」は、雪の場合同様、降り続いていることを意味するが、「降りたり」には、「雨うち降りたるつとめて」（三七段）のように、降った結果が意識されている（雨水に濡れている、埃が洗われてあざやかなど）場合と、「―に雪降らで、雨のかきくらし降りたる」（九八段）などでは、裸形「降る」と同じで降雨の継続を意味している場合とがある。「降る」で充分なところを、敢えて「降りたる」としているところに文体的意図があると思われる。現代語でも「今日は良く降りますね」「外では雨がひどく降っていますね」と、「降る」「降っている」両方とも、現在の状況を言うのに使われる。しかし、前者は動作の実現そのものに関心があり、後者は現在の状態、その継続中に関心がある、と言う違いが認められようか。

　古代語では、「降る」の裸形だけで、現在の状態、その継続中であることを意味し得たのである。敢えて「たり」を添えて「状態化」をはからなくても、動詞自体がそういう性質を持っている場合は「たり」を添えなくても良かったと思われる。しかし、『枕草子』では、評価語「をかし」などで評価される根拠が、ものごとの状態におかれているとみられる。そのことは、「―たる、をかし」と言う構文の文が目立つことによって分かる。例えば、「ありく」は「舟のありくこそ、いみじうをかしかりしか」（一一四段）、「人のしりさきに立ちてありくもをかし」（一五一段）と「たり」を添えていない。ところが、ただ三例「ほとめきありきたるこそをかしけれ」（四三段）、「ゆるぎありきたるも」（二五段）、そして「ただ板敷などのやうにありきたるもをかし」（二二〇段）と「たり」を付加した例がある。最後の例については異文があり、[12]この直前には「誦しつつありくこそ…をかしけれ」ともある。「ありく」自体に動作の継続、状態性を含んでいるので、「たり」を敢えて付けるまでもなかったと思われるが、先の二例が「たり」を付けているのには、なんらかの文体的な意図があってのことであろう。

　同じことは、「行く」および、「走らせ行く」など「行く」の複合化形などにも言える。「たり」が多用されている段にあっても、「ゆるゆると久しく行く（いとわろし）」（三二一段）とある。もっとも、「行く」については、現代語でも動作の継続の意味で「行っている」とは言わない。「行っている」と言える場合は、「行く」の結果を示して、

「(だから)今ここにいなくて、よそにいる」ことを意味する。

本稿では、時の助動詞の中でも、特にこの「たり・り」に注目して、『枕草子』の文章(発想)の特質について考えたいと思っている。

(3) き・けり

「き」と「けり」が重ねて用いられることはなく、両者は、従来選択関係にあると見られている。ここでは、それをペアとしてあると先に述べた。しかし、果たして両者はきれいな相補分布を為しているかというと、必ずしもそうは言えない。確かに、有力な解釈とみられている、「き」が「目睹回想」(表現主体が体験した過去)で、「けり」が「伝聞回想」(聞き伝えで知った過去)という区分は、まさに「わがこと」、「ひとごと」(13)の違いを意味し、明確な相補分布を為すと捉えていることになる(はずである)。しかも『枕草子』の章段の中には、いくつか前の世代(時代)のエピソードを書き留めたものがあり、必ずと言っていいほど「けり」で語られている。しかし、「けり」が「わがこと」について用いられた場合もあるわけで、また逆に「き」がすべて「わがこと」だとは言えない事例は、少なくはないのである。

いずれにしろ、「けり」による認識が、存在詞「あり」を基底に持っていることは無視できない。「けり」によって統括される事態には、表現主体の発話時(今・ここ)から見るとき、明らかに「今・ここ」に属さない、過去の事態である場合と、「今・ここ」に属する事態である場合とがある(従来前者を「過去」ないし「詠嘆的過去」と言い、後者を「詠嘆」と言っている)。しかし、いずれの場合も表現主体の発話時を基点とする認識であることに変わりはない。ただし、視点が事態時に移されている場合は、この事態時が基点(今・ここ)となる。

整理すると、「き」と「裸形・基本形」が対立的選択関係にあり(例:「かたる」と「かたりき」)、さらに「き」と「けり」が対立的選択関係にあり(例:「かたりき」と「かたりけり」)、また「裸形・基本形」と「けり」が対立的選択関係にある（例：「桐壺なり」と「桐壺なりけり」、「かたる」と「かたりけり」）ということになる、とひとまずみておく。

改めて、『枕草子』においての用いられ方を確かめて、両者の本質については後に考えてみたい。

(4) らむ・けむ

「らむ」は、表現主体の「今・ここ」では確認できない「現在」のことについて推測する場合に用いられ、「けむ」が既にあったことと認識している事態に関して推測するときに用いる助動詞であることは、まず了解できる。テンス的に「現在」と「過去」という対立にある。なお本稿では「む」については触れないが、「む」はテンス的には「未来」のこととして想定するときに用いる。ただし、加えて、時制を越えた判断、例えば、一般的な事実やその原理や真理についての推測にも「む」は用いられる。

先に、「叙述の層」の区分において、「相互承接」における区分のB群から「らむ」だけをはずして、「つ・ぬ、たり・り」のグループに入れた（170頁図Ⅲ）が、「らむ」は事態時（発話時と重なる場合もある）を「今・ここ」とする視点から、その「今」に属する事態の不確かなことがらを推測する助動詞だからであった。「らむ」の「ら」は存在詞「あり」に由来すると解されている。つまり、既に先にも触れたが、「たり・り」と「らむ」は対立的関係にあった。確立した現在の状態と認識している場合とまだ不確かと認識している場合とである。「つ・ぬ」と「らむ」とは対立的関係になく、相互承接の関係にあった。「つ・ぬ―らむ」という層をなす関係である。

「けむ」の「け」は、おそらく「けり」の「け」と通う語素であろう。(14) つまり、「けり」と「けむ」は既にあったことに関する認識において、前者は確定的なことと認識していることを示し、後者は不確定なことという認識にあることを示しているのである。

三　類聚章段タイプAの表現

タイプA（「物は」の章段）は、本来タイプB（「…もの」の章段）にあたる「をかしきもの」の段のもとに、タイプAのすべての段が属するという関係にあると先に見た。つまり「をかしきもの」の段の下位類が、タイプAの各段と言うことになる（ただし、先述の通り「をかしきもの」という段が『枕草子』の一つの章段として存在するわけではない・165頁図I参照）。従って、それぞれの限定された、各段のテーマのもとに列挙された項目（フィラー）は、すべて「をかしきもの」の評価に該当する項目である。それ故いちいち「をかし」を付ける必要はないはずであるが、にもかかわらず「をかし」と評価語を伴っている場合があるのは、それぞれに理由があってのことであろう。(15)

タイプAは、「物」（中には行動・時期も）の存在そのものに対して、「をかし」の評価をクリアする物だけが列挙される。言うまでもないが、「弾くものは」（二一七段）、「見ものは」（二一九段）、「降るものは」（二五〇段）の段もここに属する。タイプB（「…もの」型）ではない。

さて、段によって随分記述に差がある。単に項目だけの列挙に終わっている段から、その項目をとりあげた、「をかし」の根拠を縷々述べ立てて随想章段とまごう段まである。「をかし」と評価した根拠は様々で、多岐にわたる。それらの記述に現れる「時の助動詞」に注目して、タイプAの記述上の特徴を考えてみたい。

タイプAの記述で目立つのは、「けむ」の使用である。『枕草子』全体で八〇例弱の内一六例を占める。この数値は、文章量から見て、かなりの頻度になる。存在そのものを「をかし」と評価しているのだが、特にそのものの「名」に関心があったことは、従来指摘されているところである。そういう名が付けられたことへの関心であり、そういう関心を持ちたくなるものであることが「をかし」に叶う根拠になる。「（何の心ありて…と）つけけむ」（四〇段）と言うわけである。これは「つけけるならむ」（三八段・二例）にも相当する文末形式である。

　項目の名の由来や、それにまつわって伝えられている故事を「奥ゆかし」とする評価が「けむ」によって根拠づけられている。しかし、「奥ゆかし」は過去にのみ求められるのではなく、「らむ」「ならむ」「にやあらむ」「なるべし」などによって、その項目の現在におけるあり方にも関心を向けている。「鳥は」（四一段）では「鸚鵡」などについて「らむ」が多用されており、この「らむ」を伝聞の「らむ」と解したりするが、「らむ」の本来の用法からはずれた用法というわけではない。存在や生態についての知識は持っていて、その項目の存在は確かであるが、しかし自らは実際に確かめてはいなくて、「不確かな現在」であることを承知の上で、それ故「奥ゆかし」と評価しているのである。つまり「と聞いている」（伝聞）と訳すことがいいかどうか、疑問になる。

　以上推量形の助動詞は、作者の発話時（今・ここ）を基点にしている。同様に、作者の発話時を基点にして、「き」によって過去における個別的体験を「をかし」の根拠にしている場合もある。しかし、「き」で統括された事態がすべて、作者の発話時から見て過ぎ去ったこととして捉えられているわけではない。例えば、次のような用い方もある。

①　色々にみだれ咲きたりし花の、形もなく散りたるに、冬の末まで、…立てる、人にこそいみじう似たれ。（六七段）

②　なにがしにてその人のせし八講、経供養せしこと、とありしことかかりしこと、いひくらべゐたるほどに、この説経のことはききも入れず。（三三段）

①は、個別的な事態を想定して描いているが、特定の事態ではない。「き」の働きは、「かつて花がカラフルに咲いていた頃」と「花がすっかり散ってしまった今」との時間差を示している。後者の事態時に視点をおいて、前者がそれ以前のことであることを示す。これが「き」の用法の典型例である。つまり、①では事態時に視点の置かれた

時点（今・ここ）をおいて、それとは切れた過去の事態であることを示している。②では、説経を聞きに来ている人たちの「今」を基点にして、語られる事態が、その人たちが過去に経験したことであることを「き」が語っている。

③　こま野の物語は、古蝙蝠さがし出でて持ていきしがをかしきなり。（二一二段）

③は、作者の発話時（今・ここ）を基点とするものと考えると、「き」で統括されている事態が、過去の事態であることを、この「き」が示している。ただ、その事態が「物語」の作中世界のことであって、作者の現実世界とは異なった、時間を共有できない世界のことである。ここに作者の物語観が露出している、注目すべき例である。もっとも、「成信の中将は」（二九二段）の段では、同じ物語の作中世界を「むしばみたる蝙蝠とり出でて、『もとみしこまに』といひてたづねたるが、あはれなるなり」と「たり」で捉えていることに注意しておきたい。

④　あはれなりしことを聞きおきたりしに、またもあはれなることのありしかば、なほとりあつめてあはれなり。（二四二段）

この例では、作者の発話時を基点に、「今・ここ」の時間と三つの過去の事態の時間が重層（入れ子）的に述べられていて、珍しい例である。

「ぬ」「つ」は、表現主体の「今・ここ」（発話時）を視点として詠まれる和歌の場合は別として、基本的には事態時を基点に用いられると見て良い。

⑤　近かりつるがはるかになりて、いとほのかに聞ゆるもいとをかし。（二一九段）

「遥かになってしまっている」今を基点に、「近かったとき」が「ついさっき（まで）」のことという時間関係の認識を表すのが、「つ」の基本である。

⑥　六月になりぬれば、音もせずなりぬる、すべていふもおろかなり。（四一段）

「ぬ」によって、「今・ここ」において、時は「六月」であり、（ほととぎすの）音がもう聞かれない今であることを示している。基本は変化の実現を示すことにあるが、今がその結果の状態にあることをも自ずと意味することになる。この後者の意味を、基本的用法として持っているのが「たり」である。「ぬ」という変化によって、「たり」という状態になるのである。なお、「にたり」もある。

「をかし」の根拠を述べるのに、随想章段のように詳しい説明が為されているところでは、「たり」の使用が目立つ。特にここで注目したいのは、例えば、32段[16]（なお、この段は、「車は」ないし「牛車は」というタイトルが欠落しているものと見ておく）では、

⑦　びらう毛は、のどかにやりたる。いそぎたるはわろく見ゆ。網代は、はしらせたる。人の門のまへなどよりわたりぬるを、ふと見やるほどもなく過ぎて、供の人ばかりはしるを、誰ならむと思ふこそをかしけれ。ゆるゆると久しくゆくはいとわろし。　（三二段）

「のどやかにやりたる（をかし）」のように、「たり」が「びらう毛」を「をかし」と見る根拠がどこにあるかを示しているが、このように直接根拠となる事態を提示している「たり」である。この段では、他に「いそぎたる」（ただし、これはマイナス評価の対象）、「はしらせたる」である。「はしる」「ゆるゆると久しくゆく」は先に取り上げたように、「ゆく」事態が「たり」を含んでいると捉えているものと判断する。「はしる」も同じである。おのおのの「車」のどういう点を「をかし」と見ているかというと、「やる」「いそぐ」「走らす」「走る」「ゆるゆると久しくゆく」という行為ないし動作ではなく、「たり」を付けて、それぞれの状態・様態（ありさま）に注目しているのである。このように、「をかし」評価の根拠が「こと」（行動）でなく、「たり」が統括する「さま」（様態）であるところに、『枕草子』の基底にある、ものを見る目をうかがうことができる。

⑧　藤の花は、しなひながく、色こく咲きたる、いとめでたし。　（三七段）

これも、「色こく咲く」コトでなく、「色こく咲きたる」サマに注目しているのである。しかし、花は「咲きたる」

サマに注目が行きやすいのであるが、中には、「春秋と咲くがをかしきなり」（六七段）とあり、これは明らかに「咲く」動作（のあり方）に注目している場合である。

ところで、「見ゆ」「聞こゆ」は、今の「見える」「聞こえる」にあたり、この形で発話者の現在の状態を指す。古典でも「遠うより聞ゆるが…をかし」（二一八段）、「鳴く声雲井まで聞ゆる、いとめでたし」（四一段）と「たり」で状態化しなくてすむが、「いつしかしたり顔にも聞えたるに」（四一段）と「たり」を伴っていることもある。同じく「茎はいとあかくきらきらしく見えたるこそ、あやしけれどをかし」（四〇段）と、「見ゆ（る）」でなく「見えたり（る）」とすることが多い。現代語でも、「見える―見えている」、「聞こえる―聞こえている」と両方の形が使われる。ただ、「咲く―咲いている」などとは異なる使い分けであり、「〜ている」形の用法として、主体の認知（見える・聞こえる）を確信して述べる働きがあるが、古典語の場合もそれから類推して解釈して良いであろう。

また、「言ひたる」「言はれたる」（二例）（以上、四〇段）、「申したる」（一本に、二五段）、「（業平が）詠みたる」（六二段）、「書きたる」（六七段）などは、いずれも「いふ」「詠む」「書く」という動作の進行中を意味しているのでなく、動作の存在ないし結果が「今」も確認できることを意味している。

以上、タイプAの表現の範囲で確認できることを、記述してきた。

注

（1）渡辺実「『枕草子』の文体」（『國文學』一九八八・四）は、「春は曙（なり）」とみている。筆者もこの説に賛同する。「春って、曙よ」という現代語訳は、この解釈と同じ考えに立っている。また、小松英雄『仮名文の構文原理』（増補版・笠間書院・二〇〇三）では、「春は曙」を一文とみないで、以下の叙述のための場面設定、状況提示の機能を果たしている表現と捉えているが、ここでは、その考えはとらない。

（2）例：「…いとはなやかなる色あひにてさし出でたる、いとをかし」（六七段）。
（3）糸井通浩「枕草子の語法一つ――連体接「なり」の場合」（『國語と國文學』一九九二・一一、本書前編㈣4）。
（4）「春は曙」（一）の一段は、「びらう毛は」（三二）の段と類似した様式を有する。下記で、後者を「車は」ないし「牛車は」の冒頭を欠いた段と見ているが、それだと、「春は曙」の段については、「季節は」という冒頭を欠いたものと見ることになる。
（5）例：「殿上の名対面こそなほをかしけれ。御前に人侍ふをりはやがて問ふもをかし」（五六段）。
（6）「総索引」の底本と本稿の底本は、共に三巻本系であるが、本文の間に異同がある。この点は十分配慮している。
（7）糸井通浩「『歴史的現在（法）』と視点」（『京都教育大学国文学会誌』一七、後に同著『「語り」言説の研究』和泉書院・二〇一七・後編㈠に収録）及び視点については、同「視点」（多門靖容・半沢幹一編『ケーススタディ　日本語の表現』おうふう・二〇〇五）など。
（8）本稿では、「個別（的）」を、「彼女はアメリカ人と結婚したがっている」という場合、「アメリカ人」とは一人の男性であるのが普通で、これを個別的指示物ととらえ、さらに、その「アメリカ人」が、誰々と決まっているとき、「特定」化された指示物とみる。つまり、個別的認識をしていてもその指示物が特定化しているとは限らない。
（9）時の助動詞による、平安時代のテンス・アスペクトについては、『源氏物語』を対象とした、鈴木泰の詳細な研究『古代日本語動詞のテンス・アスペクト――源氏物語の分析』（ひつじ書房・一九九九）、「時間表現の変遷」（『言語』一九九三・二）などがあり、『枕草子』の助動詞「き」をめぐる、松本邦夫の一連の論考、「枕草子の『回想』―〈はなし〉と〈かたり〉の位相―」（『古代文学研究　第二次』二）、「枕草子・一条帝関係小段の位相―一条帝の叙述における「仰せらる」と「き」―」（『同』五）など。
（10）「てあり」は動詞連用形に接続するが、融合して助動詞「たり」になるものと、未融合の「てあり」のまま用いられている場合とがある。
（11）現代語の「た」について、「もう食べた？今食べたよ」「打ちました。大きい。入った。ホームラン！」などの「た」は、今眼前において出来事が実現していることを示している。テンスは現在とみる。

（12）同じ三巻本でも、本文によっては、「おもひたる」となっている（新潮日本古典集成本〔萩谷朴校注・一九七七〕、増田繁夫校注『枕草子』〔和泉書院・一九八七〕など）。この方が本文の理解はしやすい。

（13）この用語は、渡辺実「「わがこと・ひとごと」の観点と文法論」（『國語學』一六五）のものによる。

（14）「けり」の「け」について従来、過去の助動詞「き」とする説と動詞「来」の連用形「き」とする説とがある。

（15）注（3）の拙稿参照。

（16）この事については、注（4）参照。

2　日記章段と「時」の助動詞

序　前提となる本稿の立場

動詞の時の識別を示す、いわゆる「テンス・アスペクト」に関わる筆者の研究は、これまでもっぱら「語り（物語・小説類）」言語における視点論という立場においてであった。本稿もその延長上にあるものであるが、主として、『枕草子』の日記章段を対象とする報告になる。『枕草子』日記章段は歴史的記録という性質を持っているが、虚構の「語り」言語と同様に具体的な一回的事態を記述するものであるという共通性を持っている。

本稿で『枕草子』の日記章段を対象としたのは、この作品の文体的特徴を象徴するものとして助動詞「たり」の多用があるという直観から、先に「『枕草子』の語法―時の助動詞を中心に（一）―」（拙編『日本古典随筆の研究と資料』思文閣出版・龍谷大学研究叢書・二〇〇七。以下「前稿」とする。本書前編〔四〕1「類聚章段と「時」の助動詞」）で類聚章段を対象に述べたものを受け継ぐためである。

本稿では、助動詞「つ・ぬ、たり・り、き・けり、む・らむ・けむ」を「時」の助動詞とし、それらを付加した動詞述語文だけを対象とする。

一　相互承接――範列と統語

「時」の助動詞に限らず、いわゆる助動詞が述語（動詞など用言）に下接して用いられるとき、助動詞相互の間に、出現する一定の順序があることが指摘されている。何に下接し何に上接するか、という助動詞の文法機能（統語性）に関わる事実である。それは、相互承接と言われ、橋本進吉による古典語の整理や、現代語についての渡辺実の試みなど、幾人かの先学の研究がある。(1) また、個別の古典作品についてなされた整理もある。ただし、必ずしも確定した整理があるとは言えない。しかし、おおむね文法範疇で言えば、次のような順序であると言えようか。古典語においても現代語においても基本は変わらないと考えられる。

動詞＋ボイス＋アスペクト＋肯否判定（認め方）＋テンス＋ムード（＋終助詞）

こういう順序になることについて、「ボイス」は動詞のうち（一部）であるとか、「詞的」なものから「辞的」なものへの連続的順序になるとか、「テンス」までは「コト叙述（言表事態）」になるが「ムード」は「コト」そのものを対象とする主体の判断（「コト」の外・言表態度）であるとか、解釈がなされていて、それぞれに首肯できる。

重要なことは、「ボイス」以下、各文法範疇には、それぞれを受け持つ助動詞ないし文法形式があるわけであるが、例えば、「肯否判定」で言うと、「ず・ない」が否定を示す助動詞（これを「有形」という）であり、肯定はこれらの助動詞をつけない場合（これを「無形」という、ゼロ記号とも）である。つまり、「肯否判定」は、否定の助動詞を「つけるか・つけないか」の選択で示され、両者は範列的関係にある。つまり「無形」も無形であることによって、それぞれの範列の一項を受け持っているのである。「有形」と「無形」とは範列的関係にある。

例えば、現代語の例で言うと、

①　昨日、カレーライスを食べた。

この場合、有形「た」がアスペクト（動作を全的に把握）・テンス（過去）を示しているが、ボイスは無形で、受動でも使役でもない能動態であり、肯否判定は無形で肯定を、ムードも無形で確定ないし断定の態度を示している。このように動詞述語成分は常に、有形、無形にかかわらず、文法範疇のすべてを保有し表示していることになる。

二　時の助動詞の相互承接

本稿で扱う時の助動詞間の相互承接、つまり相互の範列的関係と統語的関係を加味して、図式的にモデル化して示すと次の図のようになる（図の説明をすると、縦の関係（統語的関係）と横の関係（範列的関係）において、点線は相互に結合することがあることを意味する）。

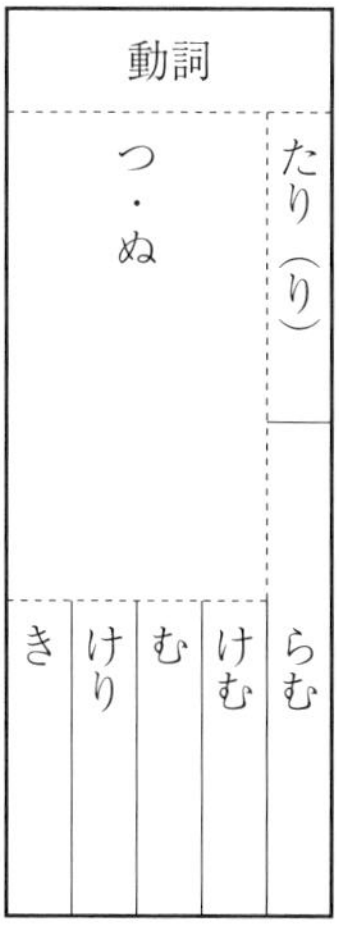

「たり（り）」と「つ・ぬ」とは結合することがある。ただし、実際には「―たりつ」「―にたり」という結合はあっても、「―てたり」「―たりぬ」という結合はないのであるが、そこまでは図式化できていない（三節で詳述）。

「つ・ぬ」と「む」とは、「―てむ」「―なむ」と結合し、その逆の順序の結合はない。「らむ」も、「―つらむ」「―ぬらむ」という順序でのみ結合する（後述）。また、「らむ」は動詞裸形[2]とも直接結合することがある。その点、「む」及び「けむ」「き」「けり」も動詞裸形と直接結合することがある。

実線は相互に共起することがないことを意味する。「らむ」は、「つ・ぬ」とは結合しても、「たり（り）」とは結合することがない。逆に「たり（り）」からみると、「たり（り）」は「らむ」とは共起しないが、「けむ」「む」

「き」「けり」とは共起することがあることを意味する（後に詳述）。

「らむ」「む」「けむ」「き」「けり」は、いずれも相互に結合することがないことを図は意味している。

現在推量の機能を持つ「らむ」を例にして、範列的関係を整理すると、

a　動詞＋無形（つまり、動詞の裸形・ル形）
b　動詞＋らむ
c　動詞＋つらむ
d　動詞＋ぬらむ

aとb・c・dとは、「らむ」で統括するかしないか、つまり現在時の事態を「確定」とみているか「不確定」とみているかが選択関係にあり、さらに「不確定」な場合でも、事態のどのときに焦点を合わせているか、「つ・ぬ」で認識されているかいないかが、選択関係にあることになる。また、「つ」か「ぬ」かも選択関係にあることは言うまでもない（いずれも後述）。

従来、助動詞の複合した形態を、「連語」あるいは「複合形」と捉え、例えば連語「つらむ」「ぬらむ」の語法が記述されることが多いが、動詞（事態）のテンス・アスペクトを記述するとき、上記のような相互承接の事実を整理し、文法形式がどういう範列的、つまり選択的関係にあるかを明らかにしておくことが必要であるように思われる。

三　各助動詞間の選択関係と文法機能

古典語の文法について記述するとき、困難を感ずるのは、現代語の場合と違って、古典語の用法を内省して確信

を持って記述することができないことにある。言うまでもなく日常的に主体的に関わっている言語でないためである。例えば、

②（歌）とよみ給ひけむこそをかしけれ。（二八七段・329頁）[3]

③（歌）とよみ給ひたりけむこそ、いとめでたけれ。（二八八段・329頁）

同じような事態を同じような構文で叙述しているのに、③では「たり」を用いているが、②では用いていない。この違いが「たり」という助動詞の文法機能とどう関わっているのか。「たり」自体がどういう働きをする助動詞であったかが完全には捉えきれていないのである。つまり、③では、②と同様の叙述では満足できなくて、「たり」を付加したくなる主体的事情が働いたとしか考えようがないが、その根拠を文脈だけでは捉えきれないのである。しかし、例文②③の違いは、端的には「よむ」と「よみたり」の違いである。それが、かりに「をかし」と「めでたし」という評価の違いと関わるとすれば、「よむ」という動作の結果が意識されている、例えば鈴木泰[4]の言う「たり」のパーフェクト性、つまり歌の技巧的なすばらしさが後世に効力を発揮している故だとでも説明できるだろうか。

さて、こうしたもどかしさを常に抱きながら、以下の記述をすることになる。

(一)「む」と裸形など――実現と未実現

発話時との関係において動詞の裸形が示す「時」が、古典語と現代語では異なる。現代語では動作動詞（「食べる」など）の裸形はテンス未来を表し、状態動詞（「ある」など）の裸形は、テンス現在または未来を表す。それと対立して「食べた」「あった」などの「た」形がテンス過去を示す。しかし、古典語では、未来の事態は助動詞「む」を付加して示され、「む」を伴わない裸形は、現在を表している。

④　…啓すれば、「…」とて（中宮）わらはせ給ふ。（五段・12頁）
⑤　なぞの犬の、かく久しうなくにかあらむ、ときくに、よろづの犬とぶらひ見にいく。（六段・14頁）
⑥　なにしにかは「なし」ともかかやきかへさむ。（八〇段・98頁）
⑦　此山のはてをしらでやみなむ事、とまめやかに思ふ。（八三段・108頁）

④⑤が裸形、⑥⑦が「む」形で、確かにテンス的な時の識別を異にしていることは分かるが、両者の違いを、テンスという概念で規定できるのだろうか。

④⑤は、すでに実現した事態を叙述したもので、現代語であれば、いずれも「た」形で叙述するのが基本である。ではこれらをテンス過去と規定できるであろうか。日本語の古典語では、④―⑦の例にみる、裸形などと「む」形の対立は、事態の実現と未実現という「時」の対立を示すものと見るべきでないか。事態の実現の表示がテンス過去に相当することもあるわけである。

事態を時（の流れ）に位置づけるとき、その事態を認知する時点において、その事態がすでにそのとき以前にあったことか、今（認知している時）においてあることか、またはこれからあることか、という三つの時の区別を表示する、つまりテンス的識別は、古典語においても備わっている。注意したいのは、事態を「認知する時（点）」（以下、認知時という）は、いつなのかということである。認知時が表現主体の「今・ここ」、つまり発話時とは限らないことが、日本語においては、現代語の「語り」（小説）も含めて、考慮しなければならないことである。表現主体が、記述する（語る）事態の時（「事態時」という）に「認知時」を移して叙述することがあるからである。つまり、認知時を発話時とするときと事態時とするときとがあることになる。端的にこのことが問題化するのは、助動詞「き」が関わるときであるので、その項で再度触れることにする。二つの認知時を合わせて時の助動詞の用法を捉えるとすると、(5)テンスという概念より、実現したことか未実現のことかという概念で、時の助動詞の用法は捉えた方がいいと言うことになろう。

ところで、この「三つの時」の識別にほぼ対応すると思われるのが、「む」「らむ」「けむ」、「む」系の助動詞群である。

「む」には、次の例に見るような、

⑧　いかなる文ならむ、とおもへど、（七八段・89頁）

⑨　冬の直衣の着にくきにやあらむ、（四六段・67頁）

一般的な事態や個別的事態について、その不確定さに関して、「判断」を仮想する用法があるが、これは、時の限定を超えたものである。非「む」形と「む」形との区別には、実現と未実現というテンス的対立と、確定と不確定という判断上の対立とがある。

「らむ」は、現在推量の助動詞と言われる。認知時において、今実現した、またはしている事態であるはずであるが、事態の存在自体、あるいはその事態の有り様が不確定である事を示す主体的立場を表出する。

「けむ」は、過去推量の助動詞と言われる。認知時からみて、回想的な時（かつての時）における事態で、実現、ないし実現の有り様が不確定な事態であることを示す、主体的判断である。

発話時からみて過去にすでにあった事柄を、回想的ないし記録的に記述する日記章段では、地の文に「む」は現れにくく、現れても心内語などや判断文であることが多い。むしろ、引用の会話文に例は多い。しかし「らむ」「けむ」は地の文にも多く用いられている。

(二)「つ」と「ぬ」——完了と発生

古典語の、あったことを語る、あるいは記録するテクストにおいて、動詞裸形は、例④⑤のように実現した、あるいは、している事態を示すのが基本であった。さらに実現した事態の、いずれかの局面に焦点を当てて記述したいとき、裸形に「つ」「ぬ」「たり（り）」を付加することになる。すでに実現していることに関して、その事態に備わっている局面をあえて抽出して、事態（動作）の時を限定的に描く、これらの助動詞を完了の助動詞と言ってきた。「つ」「ぬ」と「たり（り）」は相互承接するが、前者同士は、選択関係にあって共起しない。そこでまず、この「つ」と「ぬ」の対立性を確認してみたい。

　従来、「つ」が他動詞中心に意志動詞につき、行為が意識的意図的に行われたときに用いられるのに対して、「ぬ」は自動詞中心に無意志動詞につき、主体の意志に関わらず生じた自然的事態であることを示すときに用いる、という違いが指摘されているが、これらは結果論的な把握であり、私見を先に述べると、これまでに指摘されている説では、「つ」を「事態・状態の完了」、「ぬ」を「事態・状態の発生」と捉える考え[6]が最も納得しやすい。「―つ」のあとは、叙述において「それから」と他の事態が期待され、次の事態を誘導する。対して「―ぬ」のあとは、「それで」「そうして」という叙述が期待され、発生した、新しいシーンの事態が展開する。つまり本質的にアスペクト的な機能を持っていると考えられるのである。

　「つ」の本質が捉えやすい例は、次のような例であろう。

⑩「などかはさしもうちとけつる[7]。」　（五段・9頁）

⑪ありつる事どもきこえさすれば、　（七九段・97頁）

いずれも「さっき（まで）」を補って訳すと、「つ」のニュアンスが伝わる。「うちとく」という動作や「ある」という状態は、今叙述の場面（認知時）にはもう継続していないからである。

⑫「さる事も聞えざりつるものを。」　（五段・12頁）

「さる事」をさっきまでは聞き知ることがなかったが、今は聞き知っていることを意味している。つまり「さる事聞かず」という事態はさっき終了しているのである。

⑬　日ごろふりつる雪の、今日はやみて、風などいたう吹きつれば、垂氷いみじうしたり。（二八三段・323頁）

「雪の日ごろふる」は「今日はやみて」であるから、「つる」と捉えられている。同様に、さっきまで吹いていた風、今は止んでいるが、風で長い氷柱ができているのである。

⑭　ご覧ぜさせばやと思ひつるに、かひなければ、（八三段・109頁）

「思ひ」はあったが、「かひなければ」今は「思ふ」ことも止めてしまったのである。このように、さっきまでの事態が新たな次の事態に影響してくるといった叙述で使われやすい。

⑮　天雲の遥かなりつる桂川袖をひてでもわたりぬるかな（土佐日記・二月十六日）

⑯　藤侍従の、一条の大路はしりつる語るにぞ皆笑ひぬる。（九五段・131頁）

⑰　ただ人のねぶたかりつる目もいとおほきになりぬ。（二九三段・332頁）

これらの例では、「つ」「ぬ」が同文のうちに共存しているが、両助動詞の用法の違いが端的に理解できる、典型的な事例であろう。「桂川」は、我が身を故郷（京）から隔てる境界をなしていた川で、この川を早く渡って故郷に帰ってきたという実感に浸りたいという気持ちが土佐滞在時から実は「さっき」まで続いていたことを「つる」が物語り、無我夢中で桂川をいつのまにか渡っていた状況を「ぬる」が語っている。それで桂川に対する「遥かなる」という思いもやっと消えたのである。結果、故郷の地に今はいる、という思いを示している。

⑱　くれぬればまゐりぬ。御前に人々いと多く、（七九段・96頁）

「ぬ」は基本的には、新たな事態の始まりを示す。日が暮れた状態に変化して、今は日が暮れている、そこで宮中に参上して、今は御前にいる。事態の発生を示すことは、その結果に注目が行くことに繋がりやすい。だから、中には、

⑲「かかる所に来ぬる人は、……」、（九五段・129頁）

⑳近く来ぬれど、（同・同）

㉑三四日になりぬるひるつかた、（六段・14頁）

⑲⑳の「ぬ」は「たり」に置き換えられても大きな違いはない。「来る」という動作が実現して、今来ている、からである。㉑は、三四日が立った後に続く「ひるつかた」。

㉒……などいふ程に、雨まことふりぬ。（略）。……などいふに、まめやかにふれば、（九五段・130―131頁）

この例の「ふりぬ」は降り始めたことを意味していて、その後の「ふれば」がそれを受けている。今降っているのである。

また、動詞裸形が動作の実現という事態だけを伝えるのに対して、裸形に「ぬ」をつけた表現が、「笑ふ―笑ひぬ」「渡らせ給ふ―渡らせ給ひぬ」「まかるもよし―まかりぬるもよし」「桜などちるも―桜などちりぬるも」など、「ぬ」によって「―してしまう」のニュアンスをともなうことがあるが、事は新たな局面を迎えたのであり、もう元に戻れないというニュアンスであろうか。「ぬ」が事態の実現を示すと言っても、本質は事態の発生の局面を示すことにあり、その拡大用法と見ればよいか。この用法は「つ」にはない。「ぬ」で捉えられた事態は、実現した事態を示すのが基本であるが、時には本来未来の事態（未実現の事態）を「ぬ」で示すこともある（例：「「雨ふりぬ」といへば」（九五段・129頁）、「はや船に乗れ、日も暮れぬ」（伊勢物語・九段））。

「つ」「ぬ」は、事態の実現の有り様を「今」（認知時）との関係で捉えているのである。

㈢「たり（り）」と「つ」「ぬ」――進行と結果

「つ」「ぬ」は活用の型からして動詞性を帯びているが、「り」「たり」は、詳述するまでもなく、同じ動詞性といっても存在詞「あり」を核に生成された助動詞で、その文法機能も「あり」の存在認識をベースにしていることから、「たり（り）」は、動作・作用を状態化して捉える機能を有している。

「たり（り）」は、「つ」「ぬ」と共起することができる。ただし、先にも触れたが、「―たりつ」はあるが「―てたり」は見られない。逆に「―たりぬ」は見られないが、「―にたり」はみられる。「つ」は事態の完了を示すから、それが更に状態化して捉えられることは理論的にあり得ない。ただ、現代語で言えば、「うどんを二杯も食べた」という事態の完了について、それを状態化して示すとすれば、「さっきうどんを二杯も食べている」「しっかり食べてあるから、しばらくは腹も持つだろう」といった、経験・経歴あるいは今の為の備えの状態として言うことはありうる。「食べている（喰ひたり）―食べた（喰ひつ）―食べてある」という時間的展開になり、「―たりつ」はありうる。「ぬ」は、事態の発生であるから、事態が実現すると、その動作・作用の結果が状態として認識される。「咲いた（咲きぬ）―咲いている（咲きたり）」という展開であるから、「―にたり」がありうるわけである。

㉓「我よりさきにとこそ思ひて侍りつれ」（二五九段・295頁）

㉔「伏籠の中に籠めたりつるものを」（源氏物語・若紫）

これらは、「思う」や「こめる」という動作が進行（状態化）していたのが、ついさっき消滅したことを意味している。また、「ぬ」の場合は、例えば「咲きぬ」だと、必然的に「咲きたり」が予想され、またそれ故「咲きぬ」が同時に「咲きたり」という状態を含み持っているとも言えるし、「咲きにたり」とも言える。逆に「咲きたり」といえば、「咲きぬ」という、発生の実現を含んでいるとも言えるのである。

「たり（り）」自体は、動作・作用を状態化して捉えて、現代語の「―テイル」の持つ文法的機能「進行」（動作の継続）または「結果」を示すが、或いは「―テアル」に相当すると思われる場合も多い。動詞によっては、「ゐる」のように、「ゐたり」「ゐ給へり」と常に「たり（り）」を伴うものもあり、また同じ「降る」でも、

㉕　雪のいとたかう降りたるを　（二八〇段・321頁）

㉖　雨いみじう降りたるに　（二二三段・263頁）

㉕の雪の場合は、降雪は積雪につながるために、「たり」は降った結果、積雪していることを表し、降る進行は、単に「雪降る」というが、㉖の雨の場合、「たり」を付加して「降雨中」をいうことが多い。もっともその場合「雨降る」ともいう。なお、この例も含め、「裸形」と「裸形＋たり（り）」の選択関係（例：「給ふ」と「給へり」、「詠む」と「詠める」など）や、融合形「たり」に対する、未融合形「―て侍り」「―てあり」の用法等については、本稿では触れる余裕がなく割愛する。

(四)「つ」「ぬ」「たり（り）」と「む」系

「つ」「ぬ」「たり（り）」は、「たり（り）」と「らむ」が承接しない場合を除いて、不確定の事態について推量をする「む」系の助動詞に上接する。「む」系の三つの助動詞は、認知時を基準点として、推量する対象の事態がテンス的な違いを持っている。

「む」は、認知時において未実現の事態を想定したり仮定したり、実現自体の可能性を推量したりする（事態の動作につく「む」が、動作主の人称によって意味用法が異なることは今は問わない）。上接して推量の対象になる事態は、裸形、裸形＋「つ」の未然形、裸形＋「ぬ」の未然形、裸形＋「たり（り）」の未然形で、これらの選択関係は、事態のアスペクト的な違いによる。以上のことは、過去推量といわれる「けむ」についても同様に言えるが、現在推量といわれる「らむ」に関しては、一つの例外がある。

「裸形＋らむ」「―つらむ」「―ぬらむ」の複合形は見られるが、「たり（り）」には下接することがない（185頁の図参照[10]）。「らむ」は、「現在起こっていると思われる、まだ確認していない事柄の存在・状態について、推量したり想像したりする意味を表す」助動詞である。(11)「現在起こっていると思われる」事態とは、典型的には現在時において、事態の動作・作用が状態化していることになる。語源的に「らむ」の「ら」が存在詞「あり」に由来するものと見られもするように、「らむ」自体が「たり（り）」を含んでいるからであろうか。現代語においても、「―テイル、―テアル」形がテンス現在を示す機能を持っている。

㈤「き」「けり」と「む」系――確定と不確定

「動詞裸形」「つ」「ぬ」「たり（り）」のいずれもが、「き」「けり」のいずれにも上接することができる。その点、先に見た「む」系の場合とほぼ同じである。しかし、「む」系と「き」「けり」とには大きな違いがある。

「む」系は、事態の存在について、認知主体がまだ不確かにしか認知できていないことを示しているが、「き」「けり」は、認知主体にとって事態が確定したものと認知できることを意味する。この「確定」「不確定」という対立的関係が、両群が共起することを許さないのである。むしろ選択関係にある。

ところで、「き」「けり」は、確定した事態しか対象としないので、未実現の事態（不確定の一種）を対象とする「む」形との選択関係はない。しかし、その点では、「き」と「けり」にも違いが見えてくる。「けり」は、現在推量「らむ」および過去推量「けむ」の両者と選択関係にある。つまり、認知時において、今のこと、過ぎたことの両方について不確定である場合に対して、それが確定の事態と判断できるとき、「けり」でそう認知したことを表示するのである。しかし、「き」は、さらに過去推量「けむ」との選択関係にしか立たないのである。テンス的認知において、「けむ」は「き」と同列に扱うことができると考える。もっとも、「き」と「けり」の関係は単純なものではないようである。

㈥「き」と「けり」――事態への意識化（ムード性）

「む」系との対立関係は共通するが、「き」と「けり」とが共起することはない。しかし、その選択関係（使い分け）に関わる確定した原理は、未だ定説を得ているとは言えないように思う。

㉗ うへにさぶらふ御ねこは…。（略）さてかしこまりゆるされて、もとのやうになりにき。猶あはれがられてふるひなき出でたりしこそ、よにしらずをかしく、あはれなりしか。（六段・13―16頁）

㉘ 頭弁の、職にまゐり給ひて、物語などしたまひしに、（一二九段・174頁）

㉗では、段末の文が「き」で統括されているが、それ以前の叙述「うへにさぶらふ御猫」に纏わるエピソードは、そのエピソードの時に視点を移して描かれている。裸形が実現の事態であることを意味している。それが段末において、事態が「き」で叙述されることで、エピソード全体が発話時（作者の今・ここ）から見て、「かつてあった」ことと捉えられていることになる。つまり回想的な視点で文章を結んでいることになる。文末に用いられた「き」には、基本的に以上のような機能が認められる。ただし、㉘のように、段冒頭に「き」があらわれ、回想的な段であることを先に示すこともある。

㉙ ありしやうなど、小兵衛といふ人にまねばせて、聞かせさせ給へば、「…」など笑ふ。（八三段・103―104頁）

㉚ さいつころ賀茂へまうづとてみしが、あはれにもなりにけるかな。（二一〇段・256頁）

この二例は、文中に用いられた「き」の例で、認知時の今の事態（「まねばせて聞かす」「あはれにもなる」）に対して、あきらかに「かつての時間」に属する事態（かつての「あるやう」・「（賀茂へ）まうづとてみる」）を取り出していることを意味している。「今」の事態にとって関係の深い「昔」の事態を、「今」との関わりで呼び出して述べているのである。

さて、「けり」についても触れておきたいが、紙数の関係で結論だけになる。

「けり」が存在詞「あり」を含んでいることはおおかたの認めるところである。では、それは何を意味しているのか。すでにあった事態を叙述するとき、その事態の時を認知時（視点時）として叙述すると、「喰ひにけり」を「喰ひぬ」と、「—なりけり」を「—なり」と、「よよと泣きければ」を「よよと泣けば」と、「稚児ありけり」を「稚児あり」としても、いずれも時の限定において、文として支障をきたすことはない。しかし、こうした例において「けり」が付加されたのは、事柄の論理から必要だったからではなく、表現主体の主体的姿勢によるのである。そういう事態の存在に、ある思い入れがあるからで、それは、重要な事実の発見であったり、情報上重要な事柄であったり、詠嘆したくなることであったり、因果を強調したくなったりなど、格別な思いを抱く事態であることを示している。「実は」「実に」「なんと」などを補って訳したい表現となる。いずれにしても、描く、或いは語る事態を、表現主体の認知時（「今・ここ」）からある格別な意識をもって捉えていることになる。

「けり」が、説話・物語では、語り（あるいは、ひとかたまりのエピソード）の冒頭と末尾の文に必ずと言っていいほど用いられるのが常で、「語り」の額縁構造をなすと言われるのも、語りの骨格をなす部分が語りにとって重要な要素を述べるところであるからで、それが「語り」の文法（パターン化）になっていることを意味する。それに対して語りの途中で、しかも文中に「けり」が用いられるところでは、表現主体の主体的態度が反映して、必ずしも文法となっているものではない。「けり」は、「き」とは共起しなくて一見対立的であるが、両者の選択的な関係は薄いとみられる。この点、鈴木の意見[12]に賛同できるところがある。

〔底本〕『土佐日記』『源氏物語』は角川文庫によった。なお『枕草子』については注（3）を参照されたい。

注

(1) 阪倉篤義『語構成の研究』(角川書店・一九六六)や竹内美智子「完了と存続」(『解釋と鑑賞』一九六八・十)を参照。
(2) 終止形、ル形などとも言うが、ここでは動詞そのものの意で用いる。
(3) 『枕草子』のテキストには、渡辺実校注『枕草子』(岩波新日本古典文学大系)を用いた。用例の後の( )に段数と頁数を示した。仮名遣い等、用例の表記を筆者が適宜改めたところがある。また、用例の問題の箇所に傍線等を付した。
(4) 鈴木泰『古代日本語時間表現の形態論的研究』(ひつじ書房・二〇〇九)。
(5) 渡辺実は、注(3)の校注本の「解説」で、「書かれた出来事の時間帯と、書く清少納言の現在との、二つの時間の関係」というが、この二つの時間による文章法は、『枕草子』に限るものではない。
(6) 小林好日「上代における『つ』『ぬ』の本質」(『国語学の諸問題』岩波書店・一九四一)は、「つ」を動作の完了、「ぬ」を完了とともに結果の存続、と規定する。中西宇一「発生と完了――「ぬ」と「つ」」(『國語國文』二六―八)。
(7) 『枕草子』からの引用で会話中のものには「　」をつけた。
(8) 注(4)に同じ。第四章(タリ・リ形の個別的意味)の「パーフェクト」参照。
(9) 現代語では「している」形が、広く経験・経歴の用法に働くことがある。古典語の「たり(てあり)」と現代語の「てあり」との史的関係については割愛する。
(10) 竹内美智子「たるらむ」(『國文學』一九八四・六臨時)によると、「たるらむ」の例が『万葉集』に三例みられるが、後は中世になってからみられるという。確かに『宇治拾遺物語』では一〇例が見い出せる。又、平安和文では「たらむ」が「たるらむ」に相当する働きをしていたと考えられる。
(11) 山口明穂・秋本守英編『日本語文法大辞典』(明治書院・二〇〇一)「らむ」の項。
(12) 注(4)に同じ。第八章(ケリ形の個別的意味)。

3　随想章段にみる「時」の認識と叙述法

はじめに　本稿の目標――これまでの論考との関係

〔四〕の1では、『枕草子』の類聚章段を対象に論じ、同2では日記章段を、そして本稿では、随想章段を対象にして、その叙述方法の特徴とそれに関わって、「時」の表現がどのように持ち込まれているかを論じたい。1、2、そして本稿を以て、『枕草子』の叙述法と時の助動詞の関わりについて全体にわたって考察したことになる。

日本語では実質概念語を、体のことば（事物―名詞）・用のことば（事態―動詞）・相のことば（様態―形容詞、形容動詞、副詞）に分類することができる。この三種は、日本語の認識上の基本語彙である「もの・こと・さま」にそれぞれ対応していると見ることができる。

ところで、「をかし」の文学と評されるように『枕草子』は、基本的なベースに「をかし」という評価に代表されるような、心に印象づけられる事象を記述した文学であるが、その叙述のスタイル（文体）は多様である。しかし、大きくは類聚的方法、日記的方法、随想的方法に分類できると言うことになろう。つまり、「をかし」と認定される事項が、それぞれ「もの（事物）」であり、「こと（事態）」であり、「さま（様態）」であると言う区別を有していると考えられる。

しかし、実態はそのように単純に図式化できるものではなさそうである。

まず類聚章段は、冒頭に「すさまじきもの」「めでたきもの」などと評価語を示して、その評価に叶うものを列挙する章段型と、「をかしきもの」と評価できる事物を、「山は」「市は」などとその評価の対象の範囲を限定して、その範囲内で該当するものを列挙する章段型とを合わせて言うのが一般的であろう。「事物」というように、「もの」として存在するものを対象にするのが中心であるが、「もの（物）」として存在するものだけでなく、「こと」として存在する事態も対象としている（例：「（をかしきもの）見物は　臨時の祭。行幸。祭のかへさ。御賀茂詣」）。しかも「をかし」に叶うものとして、該当の事項がなぜ取り上げられたか、その理由が読者にすぐさま納得されないと思われたとき、その根拠を示す文章が付加される。それには、体験を根拠とする日記的なものと、一般論的に根拠を語る随想的なものとがある。

日記章段は、宮廷生活を中心に実際にあったこと、作者の経験、体験したことを臨場的あるいは回想的に記述した章段である。特定の一回的な出来事の記述、つまり「こと」（事態）を対象にした章段である。類聚章段の「こと」（事態）とは異なる。例えば、「卒業式」という事態でも、あのときあそこでの、個別的な特定の卒業式の場合もあれば、個別の集合体としての、卒業式とは何かに答える卒業式とがあるが、この違いに相当する。日記章段の「こと」は前者の卒業式に相当し、類聚章段では、後者の卒業式を対象とする。

一　随想章段の「さま」志向

さて、随想章段は、類聚章段や日記章段ほど、文章スタイルに独自性があるとは言えない。あるいは、叙述に多様なバリエーションがあると言うべきかもしれない。日記章段的なものから類聚章段的なものまで存在すると言える（二で触れる）。しかし、概して「をかし」という評価は、存在する事物に対するもの（類聚におけるような）でもなく、現実にあった出来事自体に対するもの（日記におけるような）でもなく、ある事態の「様態（さま）」に向けられたものだと言えるだろう。事物や行為に対してでなく、事態の状態（有様）を焦点化してそれを評価の対象としている。

『枕草子』には、助動詞「たり」の使用が圧倒的に多いという指摘がある。(1)「たり」の使用は、大きく連体修飾用法と述語的用法（文末とは限らない）とに分けられる。体言を修飾する「…たる」は、体言（事物）が今おかれている状態、あるいはそれが持っている性質を示す。

ア　所につけてわれはと思ひ**たる**女房の…　（二段）(2)

イ　たき物の香、いみじうかかへ**たる**こそ、いとをかしけれ　（五六段）

アが連体修飾用法の「たり」の例で、イが述語的用法の「たり」の例である。後者は、厳密には連体形で体言相当の句を成していると考えられるが、敢えて言えば「さま」（「こと」とも見られるが）の認識を示していて、その「…たる（さま・状態）」を「いとをかし」と評価していると見る。

ウ　むらさきだち**たる**雲のほそくたなびき**たる**　（一段）

右の例は、アの用法もイの用法も併せ持つ例と言うことになる。「…たなびきたる（さま）」が「をかし」に叶う事象であることを示している。ついでながら、類聚章段で「をかし」の対象として取り上げた事物（もの）に修飾語がつくとき、「…たる」という連体形を伴うことが多いが、「もの」を「をかし」の対象とするときも、そのものの ある有様に評価の焦点（根拠）があったことを思わせる。例えば、「瓜にかき**たる**ちごの顔」（一四四段）、また「蓮の浮葉の、いとちいさきを池より取り上げ**たる**」（一四四段）も、「（蓮の浮葉）の」の「の」は同格の「の」で、その後の叙述は「蓮の浮葉」のある状態である。

①　雨など降るも（をかし）　（一段）

② 雪の降りたるは（いふべきにあらず）（一段）

「降る」は、継続性の動作で、①の例は、裸形「降る」で「降りたる」に相当する。状態の持続を含んでいる「行く」「見ゆ」など、動詞によっては、「たり」形を取らずに、状態（さま）を示す場合がある。では、②はどうか。雪の場合、「降りたる」は、降った結果としての積雪の状態を意味していることが原則であったようだ。そして、例えば、

③ 雪のかきくらし降るに…白うつもりて、なほいみじう降るに…（二七五段）

この③に見る「降る」は、降り続けているの意で用いられている。

裸形と「たり」形の使い分けがいつも「降る」に見られるようなものになるかというと、そうも言えない。ただ、一般的には、裸形は動作・行為に注目し、「たり」形は現代語の「…ている」「…てある」に相当して、その動作の持続、あるいは動作の結果の存続を状態（さま）として認識していることを示す。「…給ふ」と「…給へる（給ひたり）」の違いもそのように解すべきものと思う。

④ びらうげはのどかにやりたる。いそぎたるはわろく見ゆ。網代ははしらせ**たる**。人の門の前などよりわたりたるを、ふと見やる程もなく過て、とものひとばかりはしるを、誰ならんと思ふこそをかしけれ。ゆるゆると久しくゆくは、いとわろし。（二九段）

④は、二九段の全文である。一見、「車は」という冒頭が落ちた類聚章段の一つではないかと思えるが、随想章段と見るべきものと思われる。「をかし」評価の対象は、「もの」としての車（牛車―「びらうげ車」と「網代車」）にあるのでなく、それぞれの牛車の走る様子（さま）が「をかし」評価の焦点になっているからで、随想章段の類と判断される。ここでは、二つの牛車の「やる」「走らす」様の魅力が対照的に捉えられていることが注目される。

ところで、類聚でもなく日記でもない、随想という叙述法の特徴はどこにあるだろうか。渡辺実[3]は、次のような

指摘をしている。「ならずは」（さもなくばの意・三三段）について「服装を確定せず、選択の幅を設けているところに、やはり随想としての書き出しが尾を引いている」と指摘し、「もしは」（三三段）も「随想の言い方」という。三三段の書き出し「七月ばかり、いみじうあつければ、…」を随想の筆致と捉えた上での注である。「しろき衣どものうへに、山吹、紅などぞきたる」（一八二段）の「山吹、紅」についても渡辺は「選択的に並列されている」のであり、「南ならずは東の廂の板の」（一八四段）も選択的表現で「随筆であることを示す言葉遣い」と指摘している。

こうした選択的叙述、あるいは幅を持たせた叙述は、接続詞「また」や副助詞「など」「ほど」「も」などの使用が目立つところにも現れていて、描かれる事態が個別的でかつ特定的な事態ではないこと（つまり日記的な実際あったことの記録ではないことを意味する）が背景にあり、いわば、係り助詞「こそ」構文の多用（これについても後述）が語るように、事態の、「をかし」と評価できる典型を模索してゆれる姿勢がそこには見られる。随想章段は、テーマ（話題）に即して「をかし」の典型的な事態を仮想的に描くことが特徴と言えるだろう（後述）。

二　随想章段と助動詞「き」の生態（付・「けり」）

私見では随想章段は約九〇段を数えるが、うち一二段に過去の助動詞「き」（「けむ」を含む）が用いられている。類聚章段や日記章段に見られるものには、作者（表現主体）の発話時〈今・ここ〉を基準時にして過去の事態を示す（この場合は、体験の過去と言ってもいい）というケースが多いが、例えば、次の例は少し異なるところがある。

⑤　よべ枕がみにおき**しか**ど、をのづからひかれ散りにけるをもとむるに、くらければ、いかでか見えん、…とばかりこそいふらめ。（六〇段末）

「よべ」のことゆえ「しか」が用いられている。「今日」に対する「よべ」である。「今日」は作者の発話時の今日ではない。仮想された、朝帰りする男の今日（今・ここ）である。「らめ」という推量が、その男の（今・ここ）に視点をおいて時が認識されていることを示す。作者の執筆時（これを発話時と言う）を基準時とせず、描かれる人物・事態の時（今・ここ）を基準時とする場合を事態時と言う。（今・ここ）でのこととして描かれる事態を（今・ここ）として描き、その「今」からは明らかに過去のこと（すでにあったこと）と認識される事態を助動詞「き」で捉えているのである。

⑥　祭の帰さいとをかし、昨日はよろづのことうるはしくて、…汗などもあえしを、今日はいととくいそぎいでて、葵かづらどももうちなびきてみゆる。（二〇五段）

⑥は、祭見物にでかけた人物を仮想的に描いているが、視点は「今日」にあり、「見ゆる」と（今・ここ）のこととして描かれていて、過去「し」は、「今日」を基準時として、「昨日」のことを、過ぎ去ったときのことと認識していることを示している。作者の執筆時（発話時）から見た過去ではない。⑤の例に同じである。ただし、⑥（二〇五段）は、類聚章段に属するが、「をかし」の対象として取り上げた、各項目についてその理由を詳しく記述する部分は、随想章段のスタイルと見て、ここに取り上げた。

随想章段の「き」の用い方は、大きく二種に分けられる。一つは、今述べてきた、描かれる事態時を基準時にして過ぎ去ったことと認識する場合で、今一つは、作者が執筆時（発話時）を基準時にして、（今・ここ）からすれば、過ぎ去ったことと認識できる時を示す場合である。

後者の、作者の発話時を基準にして、過ぎ去ったことと認識される事態は、必ずしも作者の個人的体験ばかりではない。

⑦　いつかはことをりに、さはしたりし。（二二六段）

「いつかは（かつて）」「はやくは」と過ぎ去ったときのことを「し」でとらえ、言外に「今」は違うということを匂わせている。世間のありようが、今に対してかつてはこうだったと言う場合にも、時間の違いを意識して「き」が用いられる。「いつかはそれを恥ぢかくれたりし」（二一段）、「日ごろこもりたるに、昼は少しのどかにぞ、はやくはありし」（一一五段）などの「し」も同じである。

助動詞「き」の用法として二種あると述べたが、「時」の認識における両者に共通している機能は、描く視点時を（今・ここ）として、描かれる事態が視点時（今・ここ）とは異なる事態と認識されるとき、その事態を「き」で捉える、ということになる。言い換えれば、視点時が、作者の（今・ここ）つまり発話時か、描かれる事態の（今・ここ）つまり事態時か、の違いがあるということになる。(4)

なお、助動詞「けり」についても、随想章段に見られるものを観察しておきたい。「き」と「けり」は共起することがなく、その点で異なる文法的範疇とは見られなくて、同一範疇にあって選択的な関係にあると見られてきた。つまり同一範疇とは、「過去」あるいは「回想」という範疇である。

しかし、「けり」が語源的に存在詞「あり」を含んでいることは誤りない理解であろう。事態の存在を今において認識していることを敢えて明示するところに、「けり」の主体的立場の表示、つまりムード性の働きが読み取れる。このムード性を従来、詠嘆、気づき（一種の異化作用）などと言ってきた。単に描く事態を客観的に表現するだけなら、「けり」をつけなければいい。(5)逆に「けり」をつけて事態を認識するのは、その事態に対してある種の主体的思い入れを持つことを示したいからである。「けり」が対象としてとる事態には、視点時との関係で言うと、現在のこと、過去のこと、過去から現在に続いていること、あるいは一般的理法に関することまで、時間的制約がないことに注意したい。その点「き」は、視点時からみて、明らかに過ぎ去った事態についてのみ用いるという時間的制約がある。ここに「き」と「けり」の本質的な違いがある。

「けり」にムード性があることは、「けり」表現に表現主体の存在を彷彿とさせるものがあることを意味する（物語地の文の「けり」は原則として、語り手の存在を感じさせる）。「けり」の理解で大切なことは、「けり」によって、誰の主体的な意識が表現されているか、である。

⑧「いで給ひに**ける**をえ知らで」（一七一段）

⑨「さてもきはきはしかり**ける**心かな」（二七四段）

⑩（ことなりに**けり**とおどろかれて）（二二〇段）

⑧⑨は「会話文」の例、⑩は「心内語」の例で、「けり」は、会話の主、心内語の主の主体的認識であることを意味する。これらを「けり」を用いない表現に変えても、描かれる事態の客観的情報が異なるわけではない。地の文の「けり」は、原則として地の文の表現主体である作者（物語では語り手）の主体的表現ということになるはずであるが、随想章段には、そのように単純には捉えきれない例がある。

⑪（扇・畳紙などが）をのづからひかれ散りに**ける**をもとむるに（六〇段）

⑫ここへとしも思はざり**ける**人もたちどまりぬ。（七三段）

これらにおいて、事態が「けり」で認識されているが、その認識をしているのは誰なのか。作者だとは言い切れないものがあり、叙述の視点を、この場に登場している人物において、その人物の、事態に対する「思い」が表現されているように思われる。しかし、作者の主体的認識を示していると解することも否定しきれない。こうした「けり」は物語によく見られるものである。つまり随想章段ながら、これらは物語的叙述になっているのだと解される。

随想章段のいくつかでは、仮想された場面を具体的に人物を配して、一つの典型的な状況として描いている。一種の物語の手法である。作者は語り手となり、その場に居合わせているかのような描写もある。例えば「五月ばかりなどに山里にありく」の段（二〇六）などは、随想章段の代表的な章段の一つであるが、作者の実体験を語った

日記章段かとも思わせるほど、一人称小説のような叙述になっている。その段に、

⑬　下はえならざり**ける**水の　（二〇六段）

⑭　蓬の、車にをしひしがれたり**ける**が、　（同）

と「けり」の使用がみられることは注目してよい。随想章段での「けり」は、設定された人物に関わっていることがらを叙述するところに多く用いられている。

三　随想章段とその下位類

「をかし」を追求する『枕草子』は、その評価に値する事象を取り上げているのであるが、「をかし」きものかどうかの判断をする上で、その典型を求める、あるいは最もそれらしいものを選び出そうとする姿勢が見られる。次の段は、それを語る象徴的な段である。

⑮　冬は、いみじう寒き。夏は、世に知らずあつき。　（一一三段）

⑯　又、装束し壺胡籙負ひたる随身の出入したる、いとつきづきし。　（五七段）

評価語「つきづきし」自体は多く用いられているわけではないが、作者の美意識の根底には、この「つきづきし」という評価が存在していると見られる。それ故随想章段では、事象のつきづきしき「さま」が追求されていると括れようか。つまり⑮⑯の、文末の連体形止めは、いわゆる余剰表現（「ことよ」の略と見る）による詠嘆ではなく、連体形のあとには「さま」（認識）が隠れているとみたい。

先にも述べたが、類聚章段、日記章段が比較的はっきりした文章スタイルを持っているのに対して、随想章段はその他の文章スタイルと言っていいほど、文体に幅がある。ここでは、試みに、随想章段と判断した章段を大きく

三種（以下のA、B、C類）に分類してみる。まずは、それぞれの代表的な段を事例として取り出しておく。

（A類）

a　春は曙。やうやう白くなりゆく、やまぎはすこしあかりて、紫だちたる雲のほそくたなびきたる。（以下略）（一段）

b　びらうげは、のどかにやりたる。（二九段）④に同じ

「春は曙」の段は『枕草子』を代表する段であるが、A類に属する段は少ない。「さま」に「をかし」を見ている点で、随想章段の一類である。ある範疇（「春は曙」の場合は「四季」という範疇）に属する箇々（春、夏、秋、冬）について、それぞれの「をかし」に値する「さま」を捉えている。bの章段（二九段）がここに属するのは、「車（牛車）」という範疇が意識された段と考えられるからである。前提となる範疇（四季・車）は表示されていない。⑮（二一三段）もこのAに属する。一見、「池は」「虫は」などの類聚章段に属するかと見えるが、文章の発想は全く異なる。

（B類）

a　思はむ子を法師になしたらむ**こそ**心ぐるしけれ。ただ木のはしなどのやうに思ひたるこそいといとほしけれ。（以下略）（四段）

b　陰陽師のもとなる小童**こそ**、いみじう物は知りたれ。（以下略）（二八一段）

c　かしこき物は、乳母のをとこ**こそ**あれ。（以下略）（一八〇段）

d　正月に寺にこもりたるはいみじう寒く、雪がちにこほりたる**こそ**をかしけれ。（以下略）（一一五段）

随想章段では、このB類に属する章段が最も多い。テーマ（または話題）に関して、その典型的な「さま」（状況）を捉えようとしている。そこには批評的、評論的な姿勢が見られる。文章のスタイルを形成する特徴ある語法につ

いては、次の節で改めて考える。

（C類）

a　きよげなるをのこの、双六を日ひと日うちて、なほあかぬにや、みじかき灯台に火をともして、いとあかうかかげて、敵の、賽をせめこひて、とみにも入れねば、筒を盤のうへにたてて待つに、（略）心もとなげにうちまもりたるこそ、ほこりかにみゆれ。（一三八段）

b　五月ばかりなどに山里にありく、いとをかし、（以下略）（二〇六段）

作者の実体験を描いた日記章段かもしれないと思えるほど、想定された人物（たち）の行動がリアルに描かれていて、物語的な記述になっている。作者自身もその場面・状況に居合わせていて、右記のb（二〇六段）など、言わば一人称の語り（私小説）ではと思わせる段もある。実のところ実体験の記録か、仮想された事態か、判明しがたいが、事態のある様子（さま）に「をかし」を追求する姿勢は、随想章段の特徴である。

（C類）には、二種類の描き方がある。一つは、a（一三八段）のように、冒頭からいきなり設定された人物の行動を描くもので、物語のある場面・状況を切り取って語っているというスタイルである。もう一つは、b（二〇六段）のように、時季・時候を冒頭において、ある事態・行動を描くというものである。ただし、「八月つごもり太秦にまうづとて見れば」（二一〇段）の段は、後者（b）に属する随想章段かと思わせるが、人の行動に関心を示した、作者の経験を語った日記的な段と見るべきであろう。いずれにしろ、ほぼ事態の現場に視点を置いた描写になっていて、回想的な記述にはなっていない。

四　（B類）のスタイルと語法

(一)　冒頭「〜物は」の章段

先に例示した（B類）c（一八〇段）の「かしこき物は」がその一つ。類聚章段の「うつくしき物」「ちかくてとをき物」などと紛らわしい。「〜物」の後に主題提示の「は」をつけるかつけないかの違いであるが、叙述の発想は全く異なる。類聚章段には、「池は」「見物は」など「をかし」の対象の範囲を限定して、その下位類に属する事物から、「をかし」の評価に叶う物を求心的に列挙するタイプと、「うつくしき物」「ちかくてとをき物」などという観念をテーマに、そういう観念に該当する事象を拡散的に列挙するタイプとがある。随想章段の「〜物は」の段は、類聚章段の後者と似ているが、テーマの観念に該当する事象（事項）を拡散的に探し出すのではなく、テーマの観念に最もふさわしいもの、いわば典型を求める、求心的な発想にある。次の例もその一つ。

⑰　ふと心おとりとかする物は、男も女もことばの文字いやしう遣ひたる**こそ**よろづのことよりまさりてわろけれ。（一八六段）

⑱　位**こそ**猶めでたき物はあれ。（一七九段）

この⑱の冒頭文も、「猶めでたき物は、位こそあれ。」と言い換えられるとすれば、この類に属するのである。⑱のタイプも含め、「〜物は」の章段は六章段になる。

なお、「〜物は」ならぬ「（〜人）は」の段もある。

⑲　説経の講師は、顔よき。講師の顔をつとまもらへたる**こそ**、その説くことのたうとさもおぼゆれ。（以下略）（三〇段）

や「をのこは」（四五段）、「ちごは」（五六段）などがこの類であり、類聚章段の「（物）は」の段とは叙述が異なる。

(二)　章段冒頭と「こそ」構文

先に例示した（B類）a―dはそれぞれ冒頭の一文で、すべてが「こそ」構文になっている。随想章段と認める、すべての章段の冒頭が「こそ」構文になっているわけではないが、特にこの（B類）と認める章段は、多くが「こそ」構文になっている。先に見た「～物は」型の冒頭文六章段のうち、次の例を除いてすべて「こそ」構文ではじまる章段である。

⑳　身をかへて、天人などはかやうやあらんとみゆる物は、ただの女房にてさぶらふ人の、御乳母になりたる。（以下略）（二一八段）

右の例⑳は、「こそ」構文になってはいないが、「～たる」の後に「こそあれ」が省略されている勢いの文である。渡辺[6]は脚注の現代語訳で「（といったのがそれだ）」とことばを補っている。ちなみに先に示した（B類）c「かしこき物は、乳母のをとこそあれ。」（一八〇段）とあるのが参考になる。

また、冒頭の「こそ」構文は、例えば、

㉑　殿上の名対面**こそ**、猶をかしけれ。（五三段）

「こそ」を受ける述語部に「をかし」などの評価語がおかれることが類型をなしていて、注目される。もっとも、多くはプラスの評価語であるが、「にくし」（54）などマイナスの評価語であることもある。

冒頭文が評価語や思考動詞を述語とする「こそ」構文であることは、類聚章段、日記章段に比べて、随想章段において圧倒的な頻度を示している。このことが意味するものは、取り立て助詞「こそ」の機能からみて、随想章段が基本的に、テーマ（話題）に関して「をかし」（あるいはある評価）の典型を追求する発想の文章であることを意味している。「こそ」構文の冒頭文に続いて、その理由や根拠になる事情を、以下に記述しているのである。

(三) 仮定・婉曲の「む」

(B類) a (四段) の「思は**む**子を法師になしたら**む**こそ」の二つの「む」は、学校文法などで言えば、「仮定」あるいは「婉曲」とされる用法である。随想章段に見られる、この仮定の「む」はすべて (B類) に存在する。

助動詞「む」には、(ア)「けむ」「らむ」とテンス的に選択関係にある、いわば未来の事実であることを示す用法と、(イ) 現在のことや理法に関して、今の表現主体には確定できない、不確かなことであることを示す用法 (「かへる人々やあらむ」(一一五段)、「いかなる物ならむ」(一八五段) などの「む」) と、(ウ) 主体 (今・ここ) とはアクチュアルな関係にはない、仮想された事実であることを示す用法とがある。最後の用法 (ウ) が、学校文法で言う「仮定・婉曲」の用法である。三つの用法に共通していることは、表現主体 (今・ここ) にとって「未確認」な事態であることを示す機能である。これが助動詞「む」の本義である。

(ウ) の用法が、(B類) に用いられているということは、ある状況を仮想して叙述しているのが (B類) であるからであろう。その点、(C類) も物語的に仮想された事態が語られているが、それは虚構ながらも現実的に存在する事態であるかのようにリアルに描くものであるから、(ウ) の用法の「む」は用いられないということであろう。

(四)「らむ」構文——現場性・眼前性

随想章段では、(A類) (B類) (C類) を問わず、現在時の事態について推量をめぐらす助動詞「らむ」が比較的よく用いられている。類聚章段でも、「をかし」の根拠を示す事態を随想的に描くところでは、「らむ」の使用が見られる。

この語の用法は、描く事態の時に視点（今・ここ）をおいて、（今・ここ）においては確定的に認知できない、同時の事態の存在やその状況を推測することにある。ほとんどが「思ふらむ」「いふらむ」など、人の行動や様子についての推量である。この視点は、作者の発話時（今・ここ）と重なることもあるが、ほとんどが重ならず、描く事態の時に視点（今・ここ）がおかれている。言い換えれば、事態を臨場感をもって描いていると言うことである。随想章段の叙述に現場性、眼前性があるのである。こうした叙述の姿勢は、「見ゆ」「聞こゆ」「おぼゆ」や終止接の「めり」「なり」の使用にも連動している。また、「たり」によって「めのまえ性」[7]が発揮されていることになる。「たり」は、「今そういう状態にある、そういう状態のもとにある」という事態認識を示す。さらに「つ・ぬ」や先に分類した（イ）の用法の「む」なども、描く事態時における視点（今ここ）との関係で事態の時が認識されていることを示す助動詞群である。

仮想された事態を叙述する上で、その事態を眼前のことのように描くことで、描かれる事態に現実味が帯びて、作者の経験・体験を語っているのではないかと思わせる日記的な叙述になっている。あるいは物語的な叙述になっているとも言えよう。

おわりに

『枕草子』全体に「たり」の多用が目立つと言える。が、特に随想章段では、「をかし」の追求において、事態（こと）を「たり」で捉えて、事態の有り様・状態（さま）に「をかし」の美を見いだしているのである。『枕草子』は、言わば「見え」の好ましさを追求することが中心的課題であった文学なのである。

注

（1）内尾久美「枕草子の言語――文法」（『枕草子講座』有精堂出版・一九七五）。

（2）（　）の数字は章段番号。底本は渡辺実校注『枕草子』（岩波新日本古典文学大系）によった。

（3）注（2）の底本に同じ。脚注による。

（4）現代語の例であれば、とき節であると、

例：韓国に行く（＊行った）とき、関西空港で友人に会う（会った）。

従属節における「行く」「行った」の選択は、「関西空港で友人に会う」という事態との時間的関係で判断される、つまり事態時が基準、しかし文末の「会う」「会った」の選択は、主体の発話時の（今・ここ）を基準にして選択される。

（5）藤井貞和『日本語と時間――〈時の文法〉をたどる』（岩波新書・二〇一〇）において、時に関わる助動詞群を「kmsm 四面体」という体系をなすと説き、「けり」については「時間の経過（過去から現在へ、過去からつづいていまにある時間）」を示すと定義している。これは、「けり」が語源的に「き＋あり」の融合形と捉え（「き」については、過去の「き」、「来」の連用形の「き」両方に渡るとする）、事態の時の認識として、その「き」を重視している。私見は、どちらかというと「あり」を重視している。すでに事態として現在において存在していた、あるいは存在していることに、今気がついたという認識を示すのが「けり」の根本的な機能と見ている。

（6）注（2）の底本に同じ。

（7）鈴木泰『古代日本語時間表現の形態論的研究』（ひつじ書房・二〇〇九）参照。

4　『枕草子』の語法一つ——連体接「なり」の場合

一　指定「なり」による述語成分

指定表現は、「—名詞（ぞ）」に、「—名詞にあり／なり」が加わり、更に平安時代に入ると、「—連体形なり／ぞ」が成立した。しかし、構文的には「—名詞ぞ／にあり（なり）」が名詞文（判断文）であるのに対して、「—連体形なり／ぞ」については、連体形の下に明らかに名詞の省略されたと判断できる場合（これを(a)とする）については、「—名詞ぞ／なり」構文と同じように、名詞文と言えるが、その場合を除いた「—連体形なり／ぞ」構文の場合(b)とする）は、現代語の文法で言われる「ノダ」文であって、それを単純にいわゆる名詞文と認めることはできない。

この「—連体形なり／ぞ」にみられる、二つの構文の違いは、ちょうど次の二種の構文の違いに対応していると考えられる。

(a)′　鶯の鳴く声を聞きけり。

(b)′　鶯の鳴くを聞きてよめる　（古今集詞書）

現代語でも、次のような二通りの言い方が存在する。

(a)″　川でおぼれている子供を助けあげた。

(b)″　川で子供がおぼれているのを助けあげた。

この(b)″の「の」を、他の普通名詞や、「ところ」を除く「こと」「もの」などの形式名詞に置き換えることはできない。(b)′を現代語に直すと、「鶯が鳴いているのを聞いて詠んだ（歌）」となって、やはり連体形の下に補う、適当な形式名詞を思い浮かべることができない。つまり、準体助詞「の」による以外訳しようがないのである。この(b)′の現代語訳が示す「の」は、(b)″の「の」と同じものである。

この準体助詞の「の」を形式名詞の一種とみるならともかく、「—連体形なり／ぞ」の連体形を、すべて連体形の下に名詞を補うことができるとみる考えには疑問がある。[1] 以上見てきた、(a)(a)′(a)″と(b)(b)′(b)″とは、構文的に異なるのである。

この(a)系列と(b)系列の違いはどこにあるのか。(a)系列の「なり」の指定対象は、上接の体言であり、語対象、またはモノ対象であると言えるのに対して、(b)系列の「なり」の指定対象は、上接の連体形を述語とするまとまり、つまり、句対象、またはコト対象なのである。この対象が、現代語では、「の」によって体言化されていると見られるのだが、「の」によってまとめられたものは、「モノ」ではなく「コト（＝句）」であった。これを便宜的に体言（句）または体言相当とみることが誤解を生む。ともかく、近代語化するにあたって、古典語の準体法の連体形の後には、体言やこの準体助詞「の」が必要となった。

さて、本稿では、この構文的違いを前提にして、(b)系列の「—連体形なり」構文を対象——特に、その中の一つの構文型を対象にして、それが『枕草子』という作品において、どういう文体、つまりは表現価値を持ったものであるかを考察することにしたい。その前に、後に必要になってくることなので、助詞「の」「が」の構文論的な機能についても触れておきたい。

(b)　…音のするなり。

(c) …音すなり。

(b)(c)の「なり」は異なる。上接動詞「す（為）」の活用形が異なるのは言うまでもないが、(c)の構文では、「音の（が）すなり」と「の（が）」が用いられることは古典語ではなかった。日本語が近代語化する主要な第一歩として、この構文にも「の（が）」が登場してきたのである。(b)は、平安になって見られるようになった構文であるが、このような場合、「音」と「す」とが主述関係にあることを明示化する「の（が）」を用いるのが一般的であった。

助詞「の（が）」は連体助詞を源とする。二つの語や成分を連体関係で結合するときに働いた。つまり、連用関係で結合するときには、本来用いることがなかった（主—述の関係も今広義に連用関係に含めて考えておく）。ところが、「の（が）」は、連体助詞としての用法から発展して、従属句中の述語に対する主格（主語）に立つ語にも下接するようになったのである。いわゆる主格助詞としての用法と言われるものである。ここまで「の（が）」の用法は拡大したのだが[2]、中古期においても、「の（が）」の表示有無の違いは、本来の連体—連用関係の違いに対応するという本質をなおとどめていた。

つまり、次のように、その違いを説明することができる。「の（が）」が無表示であることは、主格（主語）と述語とが成分として対立的関係であることを示す。換言すれば、それらこそが、一文を構造的に成立させる主語と述語とであることを意味したのである。それに対して、「の（が）」の表示化は、その本来の連体関係形成機能からして、対立的でなく融合的にこそ、つまり語と語を、または成分と成分とを結合することを意味したと言えよう。融合的に結合するとは、一つの成分と他の成分とを結合し、ひとまとまりにすることであり[3]、つまりそれは一文中の一つの部分をなすということを意味したのである。一全体の中の一つの部分にすぎないから、他の部分に対して、「の（が）」によって融合的にまとまりを形成する必要があった。「の（が）」が一文中の従属句（文の一つの部分）にしか顕れなかった事実がそのことをよく物語っている。先に「連体なり」について、この指定「なり」が、句（または「コト」を対象とする場合があることを指摘したが、まさに、こうした文法上の成分（ないしは、一文中において、他の成分（部分）と対立的関係に立つまとまり）を形成するのに、「の（が）」は働いたのである。[4]

古代和歌において典型的に見られる「らむ」文末歌の、一つの構文的特色は、例えば、次の歌、

○志深く染めてしをりければきえあへぬ雪の花と見ゆらむ　（古今集・七）

で、現在の事態を推量する「らむ」の推量対象という点から見ると、主格表示の「の」を含んだ句の部分（「きえあへぬ雪の花と見ゆ」、「の」によって句としてまとまっている）が、既知の事態であることを意味し、その既知の事態に関してなお不明確な未知の情報を推量するという情報構造の歌になっている。右の歌で言えば、「きえあへぬ雪の花と見ゆ」（ること）が眼前に確認されている事態で、「志深く染めてしをりければ」の部分（条件句）が、推量の対象部分ということになる。仮に、「きえあへぬ雪」が「の（が）」で表示されなかったり、または「の」にかわって係助詞「は」「や」でとりたてられると、情報構造は変わってしまう。こうした情報構造の部分を形成するに当たって、「の（が）」は、全情報構造のうちの一つの部分（旧情報）をまとめるために働いている。つまり、〈—（の・が）—〉部分が情報の質の上でひとまとまりであることを示している。そして、その部分が「らむ」に直接上接して、旧情報（つまり、既知の眼前にする事態）を示すのである。[5]

二　問題の例文

すでに、とりあげたことがあるが、[6] 本稿で焦点となるのは、次のA型ⓐ種（ⓑ種）のような「連体なり」の構文である。そして、この種の文の構文論的考察と、その『枕草子』における文体的表現価値とを明らかにすることが本稿の目的である。

(1)　沢瀉は、名のをかしきなり（六三段「草は」。以下本文は三巻本系新潮日本古典集成を底本とする。）　A型ⓐ種

右の(1)の文の独自性を明らかにするために、この型と異なる、周辺の構文例を次に列挙しておこう。

(2)　雁緋《かにひ》の花。色は…春秋と咲くが、をかしきなり。（六四段「草の花は」）　A型ⓑ種

(3)　…冬の夜など、ひき探しひき探しのぼりぬるが、いとわびしきなり。（一七九段「かしこきもの」）　A型ⓒ種

(4)　狭山の池は、…をかしきが、おぼゆるならむ。（三五段「池は」）　A型ⓓ種

(5)　布留の滝は、法皇の御覧じにおはしましけむこそ、めでたけれ。（八五段「滝は」）　B型ⓐ種

(6)　鴨頭草。うつろひやすなるこそうたてあれ。（六三段「草は」）　B型ⓑ種

(7)　方去り山こそ、いかならむとをかしけれ。（一〇段「山は」）　B型ⓒ種

(8)　野の笛は、月の明きに、車などにてきき得たる、いとをかし。（二〇四段「笛は」）　B型ⓓ種

A型はすべて、述語連体形が形容詞のそれであるものが多い「連体なり」構文であり、B型は、いわゆる形容（動）詞文である。B型の中で、ⓐ種～ⓒ種は係助詞を含む文であり、ⓓ種はそれを含まない文である。

A型では、ⓓ種は、指定「なり」が、他の概言の助動詞を伴って、「ならむ」「なるべし」「な（ン）なり（めり）」などとなっている場合である。B型ⓒ種は、テーマ（題目）に該当する事項事物自体が、「は」以外の係助詞で取り立てられている場合である。

さてA型のⓐ種とⓑ種の違いは、「をかし」の評価対象が、ともに類聚章段にあって、列挙される事項であることには変わりないが、「沢瀉」と「雁緋の花」とが、係助詞「は」を下接するか、しないかの違いを示しており、この違いが後述のように、この「連体なり」構文をとったことに見られる心理の延長上に考えられることであり、その点で、A型ⓐ種の方が、この構文を採用した作者の心理（表現価値）をより強調した表現になっているのである（後述）。

三　類聚章段とA型構文

A型ⓐ種の構文は、係助詞「は」で総主語ともいうべき「沢瀉」を提示し、従属句中の主語を示す「の／が」を含む句（連体句）が指定「なり」で結ばれるというものであるが、この種の構文が現れる章段に、ある片寄りが見られるのである。

『枕草子』の章段は、その文章型態の相違から、一般に三つの種類に分類される。呼称は人により多少異なるが、ここでは、それらを、類聚章段、随想章段、日記章段と呼び分けることにする。もっとも、いずれの章段なのかややまぎらわしい個別の章段も存在する、そして、類聚章段と随想章段の違いについても同じことが言えるのである。ここでは通説、一般的に説かれているところに従うことにするが、類聚章段は、「鳥は」など、「―は」型のもと、いわゆる題目のもとに、それに該当する事項、事物を列挙していくという章段群と、「みにくきもの」など、「―もの」型の題目のもとに、それに該当するものを列挙していく章段群とからなっているのである。

さて、A型ⓐ種ⓑ種ⓒ種と認定しうる事例が、底本においては、一九例を数える。そのうち、A型ⓐ種ⓑ種は一一例で、このうち一〇例が類聚章段と認められる。（7） つまり、A型ⓐ種ⓑ種は類聚章段という文章形態に生まれやすい類型であったことを意味する。こういう片寄りは何を意味するのだろうか。しかも、同じ類聚章段でも「―は」型と「―もの」型との区別で見てみると、一〇例のうち九例が「―は」型であり、「―もの」型は、わずか一例にすぎないのである。ただし、「―は」型章段と「―もの」型章段とは、ほぼ同数あると認められている。

A型ⓐ種は、一体どういう表現価値を持っていたのか、それを明らかにすることで、この片寄りは解釈できるだろう。次の二つの例文の違いを考えることから始める。

(甲)　笙の笛は、…得たる、いとをかし。（二〇四段「笛は」）

(乙)　那智の滝は、…が、あはれなるなり。（五八段「滝は」）

(甲)を、(乙)と同じ構文の表現に変換させれば、次のようになる。

(甲)′　笙の笛は、…得たるが、いとをかしきなり。

(甲)が、二重主格構文の形容詞文（「象は鼻が長い」型の文）であるのに対して、(乙)(甲)′は、ここでいう「ノダ」文にあたる。

(甲)の場合、話者主体は、「笙の笛」について、「をかし」と評価しうる点を「笙の笛」に属することがらのうちからとり出し、それを主語として、提示している。つまり、「笙の笛の、…トイウ点がイトヲカシキ」ことという「コトガラ」を「笙の笛」を主題に立て、形容詞文（一種の属性判断文）として叙述したものである。それに対して、(甲)′になると、同じ「コトガラ」を表現素材にはしていても、「コトガラ」自体を判断的に叙述する[8]ものではなく、そういう「笙の笛」をとりあげたこと、又、そういう「笙の笛」をそういうものと判断したこと自体を対象にして、その理由・根拠を説明しているという文（「ノダ」文）になっている。そして、その理由・根拠が説明されることを要求している問（陰題）が存在していることを前提としているのである。その問（陰題）とは何か。(甲)(甲)′の違いからみた、(甲)′における問（陰題）の存在が、(乙)においては、どういうことになるのか。

「那智の滝」は、「滝は」という題目に該当する項目の一つとしてとりあげられたのであるが、「滝は」という項目にとりあげられるものが、「滝」に属するものでさえあれば、何でもよいわけではなかった。言うまでもなく、『枕草子』では、「をかし」という清少納言の評価の網にかかるものでなければならなかった。しかし、その点では、(甲)も(乙)も同じで、「笙の笛」も「那智の滝」もそれぞれの題目で、「をかし」の評価に叶うものでなければならなかった。しかし、(甲)と(乙)とでは、それぞれを一つの項目としてとりあげた、清少納言のとりあげの態度に違いがあったのである。(甲)は、「笙の笛」のもつ「をかし」き点を示して、とりあげた理由を説明するが、(乙)ではそれだけですまず、「をかし」の対象として、「那智の滝」をとりあげたこと自体を説明している、換言すれば、言い訳しているのである。つまり、「滝は」の題目で、「をかし」の対象の一つとして「那智の滝」をとりあげたのは（その理由は）なぜか、という「問」（ここで言えば、読者—受け手の疑問・陰題）を先取りして、それに答えている、説明しているという表現であった。次のA型ⓑ種の場合も同じことである。

○六位の蔵人。いみじき君達なれど…青色姿などの、いとめでたきなり。（八三段「めでたきもの」）

では、ⓐ種とⓑ種の表現心理上の差異はどこにあったか。「—は」型は、その表現の原理を項目の列挙とするもので、その点で、ⓑ種の方が原理に近い。つまり、右の例で言えば、項目の一つとして、「六位の蔵人」をとりあげておき、その後で、改めて、その項目をとりあげた言い訳的説明をしているのがⓑ種であるのに対して、ⓐ種の場合は、項目としてとりあげた時から、「沢瀉は」と「沢瀉」を主題化して言い訳的説明をする必要を感じていた表現なのであり、それだけ、ⓑ種よりⓐ種の方が言い訳の気持ちを強く持っていた表現であると言えよう。先の(甲)についても、「笙の笛は」と説明の態度を先だたせているのに対して、それを「笙の笛。…得たる、いとをかし」と表現する、つまり、「笙の笛」を主題化せずに表現することも可能であった。例えば、次の例のように。

○耳敏《みみと》川。「またも、なに言をさくじりきけむ」と、をかし。（五九段「川は」）

以上見てきたように、「—は」型における項目のとりあげ方に、四種の類型が認められるのだが、これらの表現類型の違いは、清少納言の「項目」に対する意識・価値判断の違いを微妙ながら反映しているものであった。つまり、題目に適《かな》う（「をかし」の評価に見合う）項目をとりあげることでは一貫していても、受け手（ここでは、中宮定子を中心とする女房サロンの人々）が、それぞれを受け入れ納得するには差があったのだ。誰もが直ぐさま、なるほどと受け入れるものから、「どうして？」と疑問が先立つものまであったはずで、その反応に応じているのが、これらの表現類型であったと判断される。とりあげた項目についての付加的説明があるものほど、「をかし」評価の点で、同時代における一般性の薄いものであったということを意味し、またそうしたものをとりあげたところに清少納言の独自性が発揮されてもいたはずである。その点で、こういう事情をよくもの語る典型的な章段が、「木の花は」の章段であった。その内容については、ここで詳しく触れる必要もあるまい。

では、A型ⓐ種ⓑ種が、どうして類聚章段の中でも、「―は」型の章段に集中するのだろうか。上野理が、「―は」型と「―もの」型との違いについて、次のようなことを述べている。(9)

「―は」型は、「種概念（注・項目）に対する類概念（注・題目）として続いて列挙するものを限定し規定する」ものと言い、「―もの」型では、「「―もの」と後続するもの（注・項目）とは、類概念と種概念（注・項目）という関係を構成することなく」、「読者は」、主語（注・題目）に対して述語（注・項目）が何になるか、予測することが困難だ、と述べ、「「―は」型が、読者に対して自己の好尚を強く主張し、説得を迫る文体であるのに対して、「―もの」型は、読者の意表に出て驚嘆させ、ついで哄笑とともに読者の共感を獲得しようとする文体」であると、両者に見られる文体差――清少納言の叙述の姿勢の違いを指摘する。この違いが、先に見た、A型ⓐ種ⓑ種の出現数の違いに反映しているのは明らかである。「―は」型において、これらの構文が出現しやすいのは、一般性を持たないものをとりあげると、それをとりあげた理由・根拠を示したり、言い訳的に、とりあげるだけの理由、根拠があるのだ、ということを主張する必要があったのである。こうした「―は」型に見られる執筆の姿勢は、三田村雅子が、特に、「木、草、鳥、虫章段」に集中して「逆接文」が見られることについて、「常識の枠内におさまらないものを志向しつつ、同時に常識にはばかっているからに違いない」と解釈した(10)ことに共通する態度だと言ってよい。それに対して、「―もの」型は、これらの理由・根拠を示す「ノダ」構文を必要としない章段であったのである。

以上の通りだとすると、「―は」型に見られる、次のA型ⓓ種で扱った構文も、ⓐ種ⓑ種に準ずるもので、それらと同じ執筆態度から生まれた文と考えてよかろう。

○（山は）大比礼山も、をかし。…思ひ出でらるるなるべし。（一〇段）
○（池は）狭山の池は、…おぼゆるならむ。（三五段）
○（川は）沢田川などは、…思はするなるべし。（五九段）
○（舞は）落蹲は、…たる。（二〇二段）

（二〇二段）の例は、「をかし」の省略とも考えられるが、「（…たる）がをかしきなり」の省略表現であったと見るべきかもしれない。(11) 但し、能因本は、「落蹲の」とある。また、A型に含めなかった次の例、
○（橋は）一筋わたしたる棚橋。心せばけれど、名を聞くに、をかしきなり。（六一段）

この例も「─は」型章段の「連体なり」構文であることから、A型ⓐ種ⓑ種に準じて考えるべきで、「一筋わたしたる棚橋」を立項した言い訳をしている文と考えられる。(12)

これまで三巻本系の本文で考察してきたが、ここで能因本（小学館日本古典文学全集による。数字もこの本の段番号を示す）との差異を確認しておきたい。結論として両者に大きな差異は認められないが、以上において、対象としてきた事例に関しては、次のような差（異本本文）があることには注目しておこう。(13)

○三五段「池は」の「狭山の池」についての「…をかしきがおぼゆるならむ」が、能因本では、「みくりといふ題のをかしくおぼゆるにやあらむ」とある。
○一六一段「井は」の「走り井は、逢坂なるがをかしきなり」の「なり」が、能因本にはない。
○二三一段「岡は」の「…たるがをかしきなり」が、能因本では、「…たるが、をかしきことなり」と「こと」が挿入された形。
○六三段「草は」の「沢瀉は、名のをかしきなり」が「沢瀉も」とある。「─は」型で「をかし」の対象として立項される理由が、「名」の「をかしき」によるものが多いことが意識されている。

次に、三巻本では、A型ⓐ種ⓑ種にあがってこなかったもので、能因本本文だと、対象となる例を示しておこう。
○一九一段「寺は」に、「高野は、弘法大師の御すみかなるがあはれなるなり」とあり、A型ⓐ種にあたる。
○一一段「山は」に、「あさくら山、よそに見るがをかしき」とあるが、「なり」の省略とみれば、A型ⓑ種になる。
○二二二段「河は」に、「音無川、思はずなるなど、をかしきなめり」とあり、これは、A型ⓓ種の「連体なり」の例が一つふえる。

A型ⓐ種ⓑ種のような構文が類聚章段に出現するということは、類聚章段が「をかし」（または「あはれなり」）の評価に適うものは何かを問うという陰題（前提課題）のもとに書かれた文章であることを意味していた。言わばすべての「―は」型の文章には「をかしきもの」という「―もの」型の題目に匹敵するものが省略されていると見ることができる。そして「―は」型という題目自体は、「をかしきもの」をとりたてるにあたって、「山は」「寺は」「滝は」と、その範囲を限定しているのだ、ということになる。このように考えることは、従来からあった、「春は曙」は指定「なり（けり）」の省略であって、「（いと）をかし」の省略ではない、という考えを肯定することになる。[14]そして、最近、渡辺実が、この説に立ち、論理的に説明を尽くしたが、[15]その説は、「春は曙」文を、「象は鼻が長い」構文（「春は曙、（いと）をかし」）ではなく、「僕はうなぎだ」構文（「春は曙なり（けり）」）であると指摘し、中宮定子、清少納言を中心とする女房サロンの人々において、日常の話題として、「をかし」き「もの・こと」をとりたてるという共通了解の存在が前提になった構文であった、と説明するもので、筆者もこれに賛同する。渡辺は、「（をかしきものは）春は曙（なり）」とみる。「（をかしきものは）」は、「共通諒解課題」であり、「春は」というのは、条件（句）（範囲を限定する）であると説明し、「僕はうなぎだ」文と同様、これは「解答文」と解している。橋本治『枕草子（上）』が示した訳「春って曙よ！」とは、その文体をよく写している。いわば、「春なら曙よ」「春といえば曙よ」の調子であり、特定的な（日常の共同幻想を共有する）読者を対象とするという口頭語的性格（場面依存型の表現をとりやすい）を物語る文体だ、と言えよう。

原理的に考えてみると、王朝文学の表現が、近現代の文学表現に比べれば、はるかに場面依存的な表現をなしていたことが考えられるのであり、言うまでもなく、特定の、限定された読者（身近な、生活共同体を構成する人々、仲間）を対象として、生み出された作品が多かったはずである。そういう言語場の質をふまえて、読みこんでみなければならない部分は予想以上に多いのではないだろうか。そういう面からの表現解釈の一端を、ここでは語法を手がかりに述べたにすぎない。

注

（1）最近の注目すべき論文では、重見一行「『連体なり』構文の構造」（『国文学攷』一〇三）に、「『こと』を補って名詞句にできるのが普通である（他の名詞を補うべき場合もあるが）」とする。同「主述句を承接する『連体なり』構文の構造」（『比治山女子短大紀要』一九）では、「叙述句」と名付け、「一種の名詞述語文」を形成する、としている。

（2）大野晋「主格助詞がの成立」（上・下）（『文学』一九七七・六、七）

（3）北原保雄「〈終止なり〉と〈連体なり〉」（『國語と國文學』四六―五）、同「『なり』の構造的意味」（『國語學』六八）、重見一行「『連体なり』構文の構造」（『国文学攷』一〇三）、ただし、従属句中の主格（主語）を示す「の（が）」は、顕出されないこともあった。

（4）主文主格表示の「の（が）」が成立してくると、この一文中のまとまり部分を形成するという機能が消滅してくることになる。その機能を新たに回復するには、準体助詞「の」によって、句のまとまりを形成する必要が出てきて、「の」を補充した「ノダ」文などが成立してくることになった。この問題は、主文主格「の（が）」の成立の問題で、改めて論述する予定である。

（5）「志深く染めてしをりければ」「きえあへぬ雪の花と見ゆらむ」という構文構造とみるべきで、「雪の」の「の」は、述語成分（見ゆらむ）を抱きこんで、まとまり（句）をなしているとみる。例の、「久方の光のどけき春の日に静心なく花の散るらむ」の場合、歌全体（厳密には「らむ」の上接部全体）が、「の」によって「まとまり」をなし、「既知の眼前事態」を示している。先の条件句のような「未知の事態」にあたる表現が欠如している。歌全体が、「らむ」によって疑問視されているのである。そこで、「ドウシテ」などを補って訳すと、落ち着くことになる。「うち捨てつがひ去りにし水鳥のかりのこの世にたちおくれけむ」（源氏物語・橋姫）の歌も同じ構文である。

（6）糸井通浩「文章論的文体論」（『日本語学』一九八五・二、後に同著『「語り」言説の研究』和泉書院・二〇一七・後編四に収録）。

（7）一一例中、残る一例は、「狛野物語は、…訪ねたるがあはれなるなり」（日記章段）。又、一九例中のⓒ種は八例であるが、ほとんどが日記章段にみられる。

（8）なお、ⓓ種は一〇例を数えるが、うち六例が日記章段、随想章段には三例である。描写的に叙述する（一回的事実の叙述）、と対立する概念として示している。

（9）上野理「「――もの」型章段」（『國文學』一九八八・四、枕草子特集）。

（10）三田村雅子「枕草子類聚章段の性格―「名」と「名」に背くもの―」（『平安朝文学』一―二）。

（11）類聚章段「――もの」型などにみる「～の～たる（コト・モノ・サマ）」で切れる文は、「――もの」に該当する列挙項目の一つとして、コトかモノ（またはサマ）で名詞（体言）句化していると見るべきである。しかし、例えば次の例は、「やうやう白くなりゆく、山ぎはすこしあかりて、紫だちたる雲の細くたなびきたる（がをかしきなり）」とみられないか。通説は「をかし」の略とする。

（12）能因本では、「山菅の橋」のあとに、「名を聞きたる、をかし」とある。本文に乱れがあるか。

（13）五九段「河は」の「沢田川などは…」は「泉河」とのみあって、「催馬楽などの思はするなるべし」は本文にない。催馬楽では、「沢田川」とある。しかし、「泉河」の名の方が日常的一般的であったことによるのだろう。

（14）例えば、野村精一「春は曙！攷―枕草子の文体―」（『源氏物語文体論序説』有精堂・一九七〇）。

（15）渡辺実「『枕草子』の文体」（『國文學』一九八八・四）。

〔五〕　文脈を形成する語法

1　中古文学と接続語——「かくて」「さて」を中心に

序

中古期に接続詞が成立していたかどうかについて、否定的な見解が出されて[1]、通説化している。[2] 漢文訓読文出自で、指示語を構成要素としない複合語や転成語と認められる一部の接続詞（「ある（い）は」「ならびに」「および」など）を除いて、殊に和文脈において接続詞的な働きをしていると思われる語句＝連語のほとんどが、指示語を含んだものであるところに問題の理由が存在していることは言うまでもない。そこで今、これらを、通説に従って接続詞的であっても接続詞とは認めにくいところから、接続語と呼んでおく。この指示語を含んだ、接続詞的な接続語には、大きく二つの系統が中古期には存在した。一つは、漢文訓読文脈で主として用いられるものであり、一つは和文脈で主として用いられるものであった。前者では、「こ」系（「ここをもちて」「これによりて」など）「しか」系（「しかるに」「しかれども」など）を特色とし、これらの系に属するものが『万葉集』や「宣命」などに数少ないながら認められることから、前代から引き継ぎ用いられた古形だと考えられる。それに対して、後者では、「か」系（「かくて」「かかれば」など）「さ」系（「さて」「されば」など）を特色としている。これらのものには、中古散文中の会話文などにも見られるものがあることからすると、所謂平仮名の成立とともに創出され熟成していった中古和文においてはじめて生まれた文章語といったものではなく、既に口頭語において用いられていたもの、または、それを基にしたものであったと考えられる。なお、漢文訓読文脈の「そも（そも）」、また和文脈には「それに」「それを」など、「そ」系の接続詞的な接続語も、事例は少ないがすでに見られる。

これらの接続語を構成する指示語自体が、広義の接続語の一種として認めることができるもので、前文（またはそれ以前の表現内容）の情報の一部または全体を指示する指示機能とともに、その指示された前文の情報を後文に持ち込み、前文の情報と後文の情報とを関係づける、つまり接続する接続機能とを持っているのである。そこで、指示語を含む接続詞的な接続語が接続詞化したかどうかは、その指示する機能が、文脈指示として働き、具体的な内容を指示して機能しているか、それとも、その機能が形式化して、接続する機能をもっぱらとするようになっているか、によって判断されることになるはずであるが、中古期においては、指示する機能が本来の機能を失っていないとみられることが、先に見た中古期の接続詞成立否定説の根拠になっていると考えられる。しかし、指示機能が形式化しているかどうかの判断は微妙な問題に属し、逆に、現代語で接続詞と認められているものでも、その接続の機能の前提が一定の前文の表現内容を後文の表現内容と結びつける、つまり意味的関係をつけるもので、接続詞はそういう結びつけられる前文の表現内容を誘導対象として存在するわけであるから、接続詞にも一種の指示的な機能があるとも考えられるのであり、こうしたことが、指示語を含む接続詞的な接続語が接続詞であるかないかの判断を困難なものにしていると考えられる。

いずれにしても、指示語が有している接続する機能を活用して、接続詞的に用いられるようになった接続語が、後世の一部の接続詞の源流となったことは言うまでもない。ここで、粗々、その史的展開を見ておくと、上代においては、「こ」系「しか」系が認められ、中古になると「こ」系から生まれたと思われる「か—かく」系と、「しか」系から生まれたと思われる「さ」系とがついで生まれ発達し、やがてそのうち「こ」系「か―かく」系が衰退していき、[3]「しか」系「さ」系が、その中心となっていった。そして、現代語では、中古期からぼつぼつ見られた「そ」系が、指示語を含んだ接続詞の中心を占めるようになってきている（「そ（う）して」「それから」「そこで」「それに」など）。

さて、本稿では、こうした流れの中で、中古期に現れて現代語に至るまで使われつづけている「かくて」（この例はすでに宣命〔金沢本〕にみられる[4]）と「さて」の二語を中心に、これらの中古散文での使われ方について少し考えてみることにしたい。

一

「かくて」と「さて」のそれぞれの使われ方とその違いについて、まず歌物語の『伊勢物語』と『大和物語』とをみてみると、事例数において、『伊勢物語』では「かくて」が二例、「さて」が一一例に対して、『大和物語』では「かくて」が三五例、「さて」が四七例と、作品全体の語彙量の違いは今おくとしても、『大和物語』での「かくて」の多さが注目される。それは何を意味するのだろうか。

『伊勢物語』における「さて」の五例は、次の例にみるようなものである。

(1)　さて、かの女（歌）　（伊勢物語・一四段[5]）

(2)　さて、をとこのよめる（歌）　（同・一〇七段）

これは、歌の直前にある一文の冒頭に位置して、この一文を誘導する接続語として用いられているのであるが、このような用い方のものが、『大和物語』の「さて」においても圧倒的に多い。

(3)　さておもひける友達のもとへよみておこせたりける（歌）　（大和物語・五四段）

(4)　さて朝によみてやりける（歌）　（同・六三段）

そして、「かくて」には、こうした用い方はみられないのである。

歌物語は、歌の成立をめぐって、どんな人物がどんな状況でどんな気持ちのうちに歌を詠むに至ったのか、また は、どんな歌が、どんな状況のうちにどのように詠まれたかを語るものである。その語りの核心に歌があったこと は言うまでもない。とすれば、「さて」がその歌の登場の直前に用いられているということは、それまでの語りの 展開を承け、そこにポーズをおきつつ、その語りのもっとも核心の部分に至ったことを示していると解釈される。 こうした「さて」の用い方は、現代語で言えば、「こうして」「そこで」とか「そんなわけで」といった、これから の叙述に期待を持たせる姿勢の見られる語に該当するものであった。(6)

「さて」は原義的には「さアリて」の意と思われ、指示語「さ」が前文の内容をひきとり、それを後文の内容と 結びつけるのであるが、接続助詞「て」の用法からみて、継起的な関係で両者を結びつけるにすぎないものであっ たと思われる。が、それ故にこそ、そこでポーズを置き「それからどうなった」という話題への期待感をもった叙 述上の表現価値を持つようになったものと思われる。

(5)　むかし、をとこ、武蔵の国までまどひありきけり。さて、その国に在る女をよばひけり。（略）父はなほび とにて、母なん藤原なりける。さてなんあてなる人にと思ひける。　（伊勢物語・一〇段）

この例では「さて」が、歌語りの中心である歌の直前で用いられてはいないが、やはり話題の関心に焦点をあてた 語りかたを意図したものと考えられるのである。

(6)　さてのち、をとこ見えざりければ…　（伊勢物語・六三段）

(7)　…などいひいひて、つひに本意のごとくあひにけり。さて、年ごろ経るほどに、女、親なくたよりなくなる

ままに…　　（同・一二三段）

(6)の「さてのち」は「さアリてのち」で、「そののち」に置換しうる。(7)の「さて」は、所謂段落の冒頭に位置していて、後述の「かくて」に近く、話題転換を意味する「さて」のように見えるが、この「さて」は、下接の「年ごろ経る」のあり方を具体的に限定していると見られ、所謂副詞的用法の「さて」と見られる。二〇段の「さてほど経て」も同じであろう。事例(6)(7)ではいずれも「さて」が前文の内容を具体的に指示しており、そういうあり方で時が経過することを意味している。「そのようにして」「そうして」の意で用いられたものである。「さて」が「さても」「さては」と係助詞を下接して用いられるとそのほとんどは副詞的用法になっている。

(8)　…。さても侍ひてしがなと思へど…　　（伊勢物語・八三段）

この「さても」を「そのまま」と訳したりするが、「さても」は「侍ひてしがな」の具体的な内容であり、「さて」が、「侍ふ」行為のあり方を限定する副詞的用法の語であることは明らかである。中古期に「さ」が指示語として機能していたことは言うまでもない。

「かくて」の用い方は、これらの「さて」とは様相を異にしている。『大和物語』の「かくて」をみると、おおよそ次のような用い方になっていることに気づく。長いが本文例をまずかかげる。

(9)　兵衛の尉はなれてのち、臨時の祭の舞人にさされていきけり。この女ども物見にいでたりけり。さてかへりてよみてやりける、

むかしきて（の歌）

かくて兵衛の尉山吹につけておこせたりける、

もろともに（の歌）

となむ、かへしは知らず。

かくてこれは女、かよひける時に、
　おほぞらも（の歌）
これもおなじ人、
　あることの（の歌）
（大和物語・一一三段）

これは、一一三段の全文である。歌の直前に用いられもする「さて」とは対照的に、「かくて」が歌の後に用いられていることが注目される。歌物語は、一首ないしは一対の贈答歌の成立をめぐって語る「歌語り」を書記化したものであったが、そういう一首ないし一対の歌の成立をもって一つの「歌語り」はまとまる、成立するのであり、そういうまとまりを歌物語の語りの単位とするなら、この一一三段は三つの語りの単位から構成されていることになり、「かくて」は、その二つ目三つ目の語り（単位）の冒頭に位置しているのである。こういう事実を先には、「さて」とは対照的に歌の後に用いられている、と述べたわけである。一つの部分的な語り（単位）から、次の部分的な語り（単位）を導く、つまり二つの語り（単位）を結びつけるところに用いられているのが、ここにみる接続語「かくて」であるということになる。この段では、歌を交わし合う男女が、その三つの語り（単位）に一貫して同一人物であるところに、その全体が一つの章段としてまとまりうる契機があったのである。もっとも、三つ目の語りは、最初の二つの語りよりも時間的には遡るできごとであり、「かくて」とあるにもかかわらず、三つ目の語りがここに無理に結合されたという未完成さは否めない。もともとは、別々に伝えられていた、これら三つの「歌語り」を、同一の登場人物たちの歌物語としてまとめあげようとした意欲ばかりが先走っていてうまく成功していない例と思われる。しかし、ここに語りの長編化という方法を見てとることができるように思う。(7)

同種の典型的な章段が五八段である。この章段は四つの語り部分（単位）から構成されているが、その二つ目三つ目の冒頭に「かくて」を置く。いわば、「かくて」は段落（語り）と段落（語り）とを接続する接続語として働いているのである。ところが、この五八段の四つ目、最後の語りの冒頭はそういう「かくて」でなく、「さて」ではじまっているのである。これは、先に見た「さて」の用い方からすると、どんな用法と解釈すべきであろうか。この四つ目の語りは、この章段全体をまとめる部分に位置して、主人公兼盛と相手の女とのやりとりが、「それで結局どうなったか」という語りの結末を示す部分であることから、そういう語りの展開・構成であることを、おそらくこの「さて」に託したものと考えられ、基本的には、一つの語りにおいて、核心の歌の直前に位置して用いられた「さて」の表現性―価値と本質的には変わらないものとみることができる。もっとも、「かくて」がすべて歌の後に現れるわけでなく、やや詳しい語りとなっている『伊勢物語』六九段や『大和物語』後半（一四七段以降）などでは、そうでない事例がしばしばみられ、また、一方、

⑽　この世にはかくてもやみぬ別れ路の淵瀬に誰をとひてわたらむ　（大和物語・一一一段）

など、殊に係助詞「も」の付いた、右の「かくても」のような、「やむ」行為のあり方を具体的に限定する語句として働く副詞的用法に用いられた「かくて」もあることは注意しておきたい。

以上、『伊勢物語』『大和物語』における「かくて」「さて」の典型的な用い方を見てきた。「かくて」が、同一人物のエピソードを重ねて長編化して語るときに用いられた様子が窺えたのだが、その典型が『宇津保物語』に見られ、この物語の「かくて」については、既に考察されたものがある。[8] ところが最も長編化した物語である『源氏物語』では、「かくて」「さて」がその事例数において、『大和物語』にも及ばないのである。中古の物語文学に関する、高橋尚子の調査による、「かくて」「さて」の数を次頁の表に掲げておこう。

「か―かく」系の接続詞的接続語が衰退していく流れの中で、「かくて」も後期物語ではほとんど使われなくなっていることがわかる。もっとも『栄華物語』では正編三〇巻中に一六〇例の「かくて」を数え、「さて」は三三例[9]（同じ歴史物語でも大鏡では、「かくて」は四例で「さて」が七〇例と、その数的関係は逆になっている）という事実から

表　接続語事例数（高橋尚子作製の表から抜粋[3]）

接続語＼作品名	竹取物語	伊勢物語	大和物語	宇津保（俊蔭）	落窪物語	源氏物語	提中納言	浜松中納言	夜の寝覚	狭衣物語	計
かくて	2	2	35	21	14	15	・	1	1	1	92
さて	3	11	47	5	15	36	5	6	6	22	156

みて、単に時代的に減少したというよりは、作品の叙述（ないし語り）の方法上の違いがもたらした文体的な問題であるという側面もあったことを考えておく必要がある。次節二で述べる『蜻蛉日記』などにも「かくて」が多いが、文章展開の方法上、『栄華物語』と同種の傾向があったかとも思われる。

ところで、『源氏物語』において、意外に「かくて」「さて」が少ないことは何を意味するのだろうか。このことは「かくて」「さて」にとどまらず、指示語を含む接続詞的接続語使用自体が全体的に少ないと言われている[10]（しかし、中で「さらば」「さりとて」「さりとも」「さるは」「されど」など、順接・逆接の論理的関係で接続する機能をもった接続語は比較的多くなっていることが注目もされる）。

おそらく、語られる事柄と事柄の関係を、その表現素材の「ことがら」自体に語らせるという方法によったからであろうが、それだけ散文（物語）初期作品と比ぶべくもないほどそうした方法が可能な語りの叙述（文脈形成）が獲得されていたからだと言えよう。状況や場面のうちに、次への展開の自ずからの方向づけを可能にしていたとも考えられる。一方で、人物たちの会話によって語りを展開していくといった方法が、「できごと」の状況を充分に詳しく描き得たからでもあったと思われるのである。

二

「かくて」「さて」の使用は、語りの方法・態度や文体と深くかかわっていた。例えば、同じ中古の同時代の女流日記文学とは言っても、『和泉式部日記』（和泉式部の自作とみておく）と、『紫式部日記』とでは、かなり対照的な方法・態度や文体をとっているのである。[11]一方が、語り手（作者）が、語り手自身を三人称化（「女」）して語るという物語的な方法をとっているのに対して、一方は、発話時から過去の素材時の「できごと」を常に意識し反省し回想するという体験談的語りの方法をとっている、ということを基本的な態度の違いとしているが、ここでは、その語りの方法において、次のような視点・観点の違いがあることに注意を向けてみたい。「（A）ほどに、（B）」という構文をかなり多く使用している『和泉式部日記』に対して、その構文があっても数は少なく、むしろ「（A）ほど、（B）」という構文を特徴的な表現としている『紫式部日記』という違いである。前者では、（A）と（B）との関係は継起的関係であり、後者では、（A）と（B）の関係が同時的関係であると、抽象化してみることができる。つまり、『和泉式部日記』では、「それからどうなったか」という関心に答えていくような叙述の方法をとり、『紫式部日記』では、「それがどうだったのか」という関心の持ち方で叙述しているのである。前者は、時の過ぎてゆくに従って、男と女の状況の変化していく有様に関心が向いていたことを意味する。こういう叙述の態度・方法が自ずともたらしたと思われるのが、「かくて」「さて」の使用の仕方である。『和泉式部日記』では「かくて」がかなり見られるが、『紫式部日記』には用いられていない。「さて」についてはどちらの日記においても、地の文においてはほとんど用いられておらず、用いられていても、接続詞的用法ではなく、副詞的用法の例と判断されるものである。

⑾　かくて、しばしばのたまはする、御返りも時々きこえさす。（和泉式部日記・14頁）

⑿　かくてあるほどに、…（同・60頁）

⒀　かかるほどに、出でにけり。（同・41頁）

⒁　かく言うふほどに、七月になりぬ。（同・36頁）

⑿～⒁と、このように並べてみると、これら傍線部分はほとんど表現的に同価とみられる。すると、単に「かくて」のみにあらず、これら副詞「かく」を含んだ「…ほどに」という表現形式によって、前文までの「できごと」の展開を承けて、さらに事態がどのようになっていったかという、事態の「なりゆき」を追っていく叙述の方法を、当日記が特色としていたことがわかる。「なりゆき」に関心をもって語っていくという態度をあえて明示化して示したのが、この「かくて」という接続語であったのである。

さて、同じ日記文学でも『蜻蛉日記』では、この「かくて」は勿論、「さて」をも多用していることが注目される。いわば、『蜻蛉日記』は「かくて・さて」型、『和泉式部日記』は「かくて」型、『紫式部日記』はどちらの型でもないということになる。『蜻蛉日記』は、「それからどうなったか」という関心に答えていく叙述の方法をとっている点で『和泉式部日記』と同種であり、先に、『和泉式部日記』についてみた「…ほどに…」といった構文をとる文がやはり多く見られる点でも同じであることは言うまでもない。しかし、『蜻蛉日記』は「さて」型でもあるのである。このことが両者の叙述の方法上の、どういう違いに基づいているものなのか、考えてみたい。「かくて」「さて」に誘導された一文の述語形式に注目してみると、両者に微妙な違いのあることがわかる。

⒂　かくて、十月になりぬ。（蜻蛉日記・上・14頁）

⒃　さて、ここちもことなることなくて、忌みも過ぎぬれば京に出でぬ。（同・同・37頁）

⒄　さて、かれよりぞかくぞある、（歌）（同・同・30頁）

(18)　さて、九月ばかりになりて、出でにたるほどに、…人のもとに遣らむとしける文あり。（同・同・16頁）

(19)　さてまた、野分のやうなることとして、二日ばかりありて来たり。（同・同・26頁）

「かくて」は、事例(15)にみるように、完了「ぬ」で統括された文を導くことが最も多く、この日記での典型をなし、「かくて」によって、時の流れとともに事態が変化してゆく様子が叙述される。それに対して、「さて」にも、事例(16)のように、完了「ぬ」で統括された文もかなりあり、更にまた、歌物語で見たように、事例(17)など、兼家との贈答などにおける歌の存在の直前の文を誘導するものもみられる。が、なんと言っても、事例(18)(19)などに見るものが、当日記の「さて」の典型例と認められる。「（兼家の）文あり」の文末の例が四例、「（兼家が）来たり・ものしたり・あと絶えたり」などと呼応するものが計四例、そして、「（兼家が）見えたり」という文末になっている例が六例もあることが注目される。そして、右に見たような文末を持つ文を誘導する例が、「かくて」の場合には、次の一例を除いて、全く見られないのである。微妙ながら、当日記における「かくて」と「さて」の違いをこういう言語事象に窺うことができると考えてよかろう。

(20)　かくてまた二十余日のほどに見えたり。さて、三四日のほどに、近う火の騒ぎす。驚き騒ぎするほどに、いととく見えたり。風吹きて、久しううつりゆくほどに、鶏《とり》鳴きぬ。「さらなれば」とて帰る。（蜻蛉日記・下・184頁）

しかも、この事例は、「かくて」で書きはじめたが、さらに「さて云々」と書き改めたものではないかと判断される。当初「かくてまた、二十余日にもなりぬ」とでもするつもりであったのかも知れない。

以上から、おおよそ、ひとくくりのいきさつ（できごと）をまとめつつ、時の過ぎゆくを追って、語り手（作者）の、兼家との人生がどうなっていったかという節目節目を示していく接続語「かくて」に対して、そうしたなりゆきの中で、兼家が、道綱の母（語り手＝作者）に対して、具体的にどんな反応や行動をとったかという関心事を叙述していくところで「さて」とあらたまって見せるポーズ、そんな叙述の方法を読みとることができるのではないだろうか。

『蜻蛉日記』における「かくて」「さて」の典型例に注意してみると、以上のように捉えられるが、「かくて」にしても「さて」にしても、その用法は多様であると言わざるを得ない。ともに接続詞的用法は勿論、副詞的用法も見られる。しかし、会話文中に用いられている「かくて(は・も)」がすべて副詞的用法であるのに対して、「さて(も)」の方は、むしろ、会話文中でも接続詞的用法の方が多い。こうしたところにも同じ接続詞的用法であっても、「かくて」の方が語りの展開を大きく承けて後へと語りの内容を展開させていく、いわば、段落と段落レベルの接続に適していたのに対して、「さて」の方は、会話文中にもその用法がみられるように、「それで」「そこで」の意で、次に述べられる興味・関心のあることに心を向けていくことの方に焦点を置く接続語であったという違いが見られるのである。

ところで、後世(現代語)では、「さて」は、もっぱら「話題転換」という接続機能をもった接続詞である。これは「かくて」にはない接続機能であるが、(12)「さて」には、すでに『大和物語』にもそれらしき事例があり、『蜻蛉日記』にも見られるのである。例えば、

(21) さて、二十五日の夜、宵うち過ぎてののしる。火のことなりけり。(蜻蛉日記・下・163頁)

ここが、「かくて」ではじまるということは考えられない。これは下巻(七)章の冒頭で、「火のことなりけり」が示すように、それまでの話題とは全く切れた、新しい話題を語りはじめていることが分かる。「さて」は、そういう新しい話題への期待感を持たせる表現性を有しているのである。これが話題転換の接続機能というものであった。これはまた、「さて」が持っている、段落と段落レベルでの接続機能をも意味している。こうした発語的な、新しく話題を始めるときに用いる転換用法の「さて」が、『大鏡』などになると多く見られるようになる。このように、

中古期の「さて」は、はば広い接続機能を持った接続語であった。

ところで、現行の活字本『蜻蛉日記』には、校注者による章段区分が施されている。その区分に基づき、それぞれの章段の冒頭がどんな語（「かくて」「さて」など）ではじまるかを調べてみると、興味ある事実が見えてくる。章段数は上巻二八箇、中巻二六箇、下巻二九箇である。今、「かくて」「さて」のみに限定してその数を数えてみると、上巻には「かくて」が六箇、「さて」が一箇、中巻には、「かくて」が四箇、「さて」が四箇、下巻には、「かくて」が三箇、「さて」が五箇となる。後になるほど「かくて」の数が少なくなり、「さて」が多くなっていることがわかる。特に「さて」が目立って多くなるのは、天禄二年正月（中・106頁）の「さて」からで、それ以前だと、「かくて」が九箇に対して、「さて」は一箇である。それに対して、それ以後になると、「かくて」が四箇で、「さて」が九箇である。天禄二年正月を境に「かくて」ではじまる章段と「さて」ではじまる章段との数が全く逆になっているのである。「か」系の副詞ではじまる章段（例えば、「かくはかなながら、年たちかへる朝にはなりにけり」（中巻冒頭・六九段））を加えると、天禄二年正月以前では、「かく―かくて」ではじまる傾向はさらに強くなる。「かくて」と「さて」の、接続語として話題を展開させていく語り手の態度の違いということに注意してみると、この事実は興味ある事実である。ちなみに、冒頭の一文において、「かく…」「かくて」「さて」などをも含めて、「時」に関する記述（例えば、「このごろは、四月、祭見に出でたれば…」（蜻蛉日記・上・五二段））ではじまるかどうかをみてみると、ほとんどの章段が「時」に関する記述になっているのであるが、そうでない章段の数を調べてみると、上巻では一箇、中巻では四箇、下巻では七箇と、後になるほど、章段のはじまりが「時」に関する記述を特に持たないではじまっていることがわかる。

さて、上巻では「さて」が一箇（それは天禄二年正月以前で唯一の「さて」でもあるのだが）、それが、上巻序文につづく本文部分冒頭の「さて」なのである。「かくて」で話題を展開させていく方法に徹した文章であるにもかかわらず、その冒頭自体は「さて」ではじまっていることにもっと注目してよいであろう。しかも、下巻の最後の天延二年の暮の様子を描いた短い章段を除くと、下巻最後の章段がこれまた「さて」ではじまっていることにも注目したい。この章段は、息子の道綱と八橋の女との長々とした和歌の贈答を語っている章段であった。

このように見てくると、接続語は、談話《ディスコース》を分析したり、語り手や作者の叙述の方法・態度を捉えたりする上で、重要な手がかりを提供してくれる語句であることがわかる。

注

（1）池上禎造「中古文と接続詞」（『國語國文』一九四七・二）、塚原鉄雄「接続詞」（『続日本文法講座1文法各論編』明治書院・一九八五）など。

（2）もっとも最近では、ある種の語についてはは接続詞化しているとみてよいのではないかという見解や考察もみられる。京極興一「接続詞の変遷」（『品詞別日本文法講座　接続詞・感動詞』明治書院・一九七三）、神谷かをる「中古語の文と句の連接―源氏物語の頃まで―」（『日本語学』一九八六・十）など。

（3）高橋尚子「中古語接続詞の機能と変遷――物語文学作品を資料にして」（『愛文』二一）。

（4）『品詞別日本文法講座　接続詞・感動詞』中の［資料1］（青木伶子作製）による。「宣命」には、他に「かくして」「かくはあれども」もみられる。

（5）本稿での底本は、『伊勢物語』『大和物語』は岩波日本古典文学大系、『和泉式部日記』は新潮日本古典集成、『蜻蛉日記』は小学館完訳日本の古典によった。引用文末尾の数字は、歌物語は章段数、日記文学はそれぞれの底本の頁数を示している。

（6）聞き手の側から、相手に話の後を聞き出そうとする「さて」が会話にみられる。

○「この昼、殿おはしましたりつ」と言ふを聞く。（略）「さて」など、これかれ問ふなり。（蜻蛉日記・中・91頁）

（7）糸井通浩「『大和物語』の文章―その「なりけり」表現と歌語り―」（『愛媛国文研究』二九、後に同著『「語り」言説の研究』和泉書院・二〇一七・前編㈡2に収録）。
（8）中野幸一「『うつほ物語』の叙述の方法―長編物語への試み―」（『早稲田大学大学院文学研究科紀要』一九）。
（9）渡瀬茂「『栄華物語』正編における歴史叙述の時間―「かくて」の機能をめぐって―」（『國語と國文學』一九八一・九）。
（10）注（1）の池上論文。『源氏物語』と現代語訳谷崎源氏との比較を通して論じられている。
（11）糸井通浩「王朝女流日記の表現機構―その視点と過去・完了の助動詞―」（『國語と國文學』一九八七・十一、本書前編㈢）。
（12）注（8）の論文では、「かくて」について、『源氏物語』の用法を分析しつつ、「相互に関係を持たず、或いは質の異った記事を対照しながら、その隔たりを越えようとするときに『かくて』が用いられる」と述べている。また、「かくて」の役割を、「違った話題の記事への転換と、質の異る叙述への変換との二つの面」に見ている。転換の概念は多義的で注意する必要がある。「かくて」は現代語では、もっぱら「順接の確定条件」を示す接続詞と捉えられている。

2　文と文の連接——文章論的考察

はじめに　文という単位とその連接

言語による表現活動は、文を単位とする。では、文とは何か、ということになるが、この定義がなかなかむずかしい。しかし、次のように確認することはできよう。

(a)　庭に梅の花が咲いた。
(b)　庭に梅の花が咲いた頃、娘が嫁いでいった。

右の傍線部は言語形式（今、音調のことは考えない）は全く同じである。しかし、(a)の傍線部は、文であるが、(b)のそれは、文の一部にすぎない。

さて、この言語形式で文でもありうるということは、そこに意味上のまとまりがある（アの条件）からで、これは両者に共通する。異なるのは、そこで切れているか、切れずに続いているか、の違いである。文であるためには切れていること（イの条件）が必要条件だとわかる。では、切れるとはどういうことか。表現主体がいて、切っているのである。そういう表現者の主体的立場が、切るという行為に託されている。こうも言えよう。アの条件は、意味的まとまりをなす叙述内容、つまり言表事態を形成することであり、イの条件は、表現者の主体的態度、つまり言表態度が付加されていることである。(b)の傍線部は、言表事態は存在するが、言表態度はなお保留されたままである。そのため文とは認定できないのである。文とは言表事態と言表態度とを共に備えたものと言うことができる。文が文末で切れるとはそういうことだとわかる。

文の実現には、表現主体が存在している、このことが重要だ。表現主体は、表現したいこと、すべきことがあって表現する。その表現したい全体を、この「文」を単位にして言語化していくわけである。表現したいことの全体が一文ですむこともある。しかし、一文ではすませられず、またはすまさない方が良いと考えたりして、二文以上にわたって沢山の文を連ねることで表現を実現する、この方が一般的である。こうして実現した、表現したいことの全体を言語化したもの、これを言語の学では「文章」という単位で捉える（もっとも、その全体でなく、二文以上連なった部分を指して日常語では「文章」と呼ぶこともある）。

一つの文章は、一つの、表現したいことの全体である。それを二つ以上の文を連ねることで表現するとなると、全体として一つというまとまりをなすような連続性がその間になければまとまりはできない。文という単位の存在は、そういう表現したい全体から一部分を切り出すことを意味する。こうして切り出された文が、バラバラに並ぶだけでは、文章という意味的まとまりは形成することができない。少なくとも、切り出された文が、次の文と連ねられていく、その両者の間に意味上の連続性――これを一貫性と言ってもよい――がないとバラバラになってしまうのである。

こうして、連続する文と文の間には、意味上（情報上）のつながりが配慮されるが、これを、「文と文の連接」と呼ぶ。文を超える文法領域（文章論）として、現代語を対象に研究がかなり進められてきたが、古典語を対象とする研究はまだ数少ない。(1)ましてや、学校文法である古典文法では、扱われることがほとんどないに等しい。しかし、古典を読むこと、それは古典の文脈をたどり読みすることであるが、この読みを深める上で、文と文の連接の正確な理解は欠かせない学習事項である。

連接の諸相

(一) 単純文と複合文――または、句と句の連接

文とは、表現主体の、切るという言表態度が記されたものとみた。例えば、先の例(b)は、表現主体によっては、

(c) 庭に梅の花が咲いた。その頃、娘が嫁いでいった。

と切ることもあろう。同じ情報（量）が(b)では一つの文で示され、(c)では二つの文で示されている。(c)の二つの文は、それぞれ述語成分を一つずつ持っている。これらを単純文と言う。こうした単純文が結びつけられて複雑化した文を複合文と言う。単純文で切るか、切らないかは、表現主体の選択にまかされる。しかし、例えば、

(d) 昔、京の五条に、大后の宮おはしましける、西の対に住む人ありけり。それを本意にはあらで志深かりける人、ゆきとぶらひけるを、む月の十日ばかりのほどに外に隠れにけり。有所は聞けど、人の行き通ふべき所にもあらざりければ、なほ愛しと思ひつつなむありける。またの年のむ月に、梅の花盛りに、去年を恋ひて、行きて、立ちて見、居て見、見れど、去年に似るべうもあらず。うちなきて、あばらなる板敷に、月の傾くまで伏りて去年を恋ひてよめる（歌）　（伊勢物語・四段）

(e) 五条の后の宮の西の対に住みける人に、本意にはあらでもの言ひわたりけるを、む月の十日余りになむ、外へ隠れにける。有所は聞きけれど、え物も言はで、その年の春、梅の花盛りに、月のおもしろかりける夜、去年を恋ひて、かの西の対に行きて、月の傾くまで、あばらなる板敷に伏りてよめる（歌）　（古今集歌詞書）

右の(d)(e)は同じ出来ごとを叙述したものだが、(d)では文を切ることに積極的で、(e)ではつなぐことに積極的という態度の違いがある。これは、単に表現主体の選択という、個人的な主体的態度によるとみるよりも、歌物語と和歌

集の詞書という文章体《ジャンル》の目的に応じて、自ずと文脈の形成の仕方が異なった結果とみるべきであろう(2)。

さて、文を単純文で切らずに複合文にしていく文法的方法には、単純文の述語を連用形にして、ことがらを並列していく中止法、単純文を接続助詞によって条件句にして他の句とつなぐ方法、単純文の述語を連体形にして、体言にかかっていき、文の成分の一部となる連体句を形成する方法、などがあり、特に古典の仮名文学では、こうした方法を多用して連綿とつづく長大な文を形成することが比較的多い(3)。

ところで、古典にはもう一つ注目しておくべき句がある。挿入句——はさみこみと呼ばれるものである。

(f)　その音を聞きて、童も嫗も、いつしかと思へばにやあらむ、いたく喜ぶ。（土佐日記）

(f)′　かく上る人々の中に、京より下りし時にみな子どもなかりき、到りし国にてぞ子生める者どもありあへる。（同）

(g)　いづれの御時にか、女御、更衣あまたさぶらひたまひける中に、いとやむごとなき際にはあらぬが、すぐれて時めき給ふ、ありけり。（源氏物語・桐壺）

(g)の傍線部には、「ありけむ」が省略されている。とすると、(f)は「〜や〜む」(g)は「〜か〜けむ」と、疑問推量の係り結び文になっていることがわかる。文として独立した形式や機能を備えているところが、以上見てきた従属句とは異なる。にもかかわらず文の一部にすぎなくて、(f)では「いたく喜ぶ」の理由を、(g)では、以下の物語の場の「時」について推量している。主文に対して従属句のように用いられているのである。これをはさみこみ（の句）と言う。(f)′のような例もあるが、多くはこのように、叙述の対象の物事や事態についての、語り手（または書き手）の主体的立場からの叙述《コメント》である。もっとも、(g)の傍線部は、物語や説話の冒頭にみる時の規定「昔」「今は昔」などに相当する要素であるから、「語り」にとって欠かせない時の状況成分である。これに対して、(f)の場合、必ずしも必要な成分だと言うわけではない。はさみこみ（の句）についてはなお、構文論的な観点から整理し分類する必要があろう。[4] いずれにしろ、叙述の層（構造）を正確に捉えることが肝要であり、また、古典の文章では、比較的自由に表現主体が表現に顔を出しやすかったことをふまえておく必要がある。

㈡　連接の形式――情報の連続性

二つ以上の単純文が、様々な結合形式によって一つの複合文となる場合には、その結合形式によって二つ以上の文と文との間の意味上の関係は明示化されていることになる。では切れた文と文とが連続する場合、その間には、どんな意味上のつながりがみられるのか、次にこの点についてみてみよう。

この文と文とのつながり方には、次の二面が存在する。一つは、どうつながっているか、そこに一貫性をもたらすための、どんな言語的手段（形式）がみられるか、という側面であり、一つは、どんなつながりであるか、二つの文に、どんな意味上の関係がみられるか、という側面（「文の連接関係」と呼ばれる）である。後者について現代語に関しては、接続詞や副詞類の用法上の分類を手がかりにして研究が進んでいる。ただし、現実の表現では必ずしも接続詞が明示されるとは限らないし、文と文の意味的関係を示すに適当な接続詞がない場合もあることには注意しておきたい。

さて、本稿では、前者の側面について、具体的に見ておきたい。どんな言語的手段によって、二つの文の間の意味上のつながりはもたらされるのか、その手段は、大きく語彙的手段と文法的手段とに分けられる。

(h)　①今は昔、竹取の翁といふ者ありけり。②野山にまじりて、竹を取りつつ、よろづの事につかひけり。③名をば、讃岐の造となむいひける。④その竹の中に、もと光る竹なむ一筋ありける。⑤あやしがりて、寄りて見るに、筒の中光りたり。⑥それを見れば、三寸ばかりなる人、いとうつくしうて居たり。（竹取物語）

右は、六つの文の連続からなる。文から文へどんな意味的つながりがみられるか確かめてみよう。①から②へは、

「同一語（「竹」「取る」）の繰り返し」、「竹」に対する「野山」という「関連の語の存在」、そして②の文での主語の「省略」が、かえって①の文の主語（人物）が、②の述語の動作主でもあることを保証する、という方法がみられる。③は、②とは直接の意味上のつながりはないが、①②によって形成された文脈によって、「名」を有するに価する存在（人物、翁）が受け手に了解されている。「名」は「翁」の関連語と言える。④には前文の内容を指示する「その」がある。しかし、これは直前の③ではなく、一つ前の②の「竹」を限定的に指示している（文脈指示）。こうみると、③の文は、むしろ①と②の間にある方が意味上の連関という点からは流れはスムースだと言える。ではなぜ③はこの位置に存在するのか、それなりに表現的意図があったのかも知れない（例えば、地名「讃岐」[5]は「竹」の産地として当時（上古）よく知られた所であったこと）。しかし、文脈が乱れているととがめるほどでもない。④から⑤へは、「竹」の関連の語「筒」があり、又、「あやしがる」や「寄りて見る」の対象が示されていないこと（省略）によって、前文④に、その対象は存在していると理解させる、そんな方法で意味上のつながりが保証されているのである。⑤から⑥へは、指示代名詞「それ」が前文の「筒の中」を指示し、⑤にも⑥にも「見る」の主体（主語）が「省略」されているが、これも又、①で紹介された人物（翁）が動作主であることで一貫しているからである。

以上見たうちで、同一語の繰り返しや関連の語の存在は語彙的手段であり、「こそあど」の指示語や省略などによるのは文法的手段と言えよう。「その竹」のように、手段が複合することもあり、又以上の例にもみるように、手段が複数にわたることもある。

さて、指示語については、次のような用法がある。

(i)　年ごろ、「昔の人にたいめして、いかで世の中の見聞く事どもをきこえ合はせむ。この、ただ今の入道殿の御有様をも申し合はせばや」と思ふに…　（大鏡・序）

これは、『大鏡』中の世継の語り。「ただ今」とは万寿二年（一〇二五）現在を指す。「この、ただ今の入道殿」とは道長のこと。ところがそれ以前の文脈に一度も道長は登場していない。「この」は狭義の文脈指示ではない。書かれた作品の地の文では、指示語は文脈指示が普通である。また、語りの場の眼前に道長がいるわけでもない――その意味で現場指示でもない。ここは、道長が会話の当事者たちにとって、現世（同時代）に実在する「時の人」であることから、そういう道長を「この」と指している。現代語の「あの」「例の」に通じる観念指示なのである。指示対象が言語内文脈にはなく、言語外文脈（場面）にあるのである。とすると、次の例はどう解するか。

(j)　四条大納言のかく何事もすぐれ、めでたくおはしますを、大入道殿…　（大鏡・道長伝）

この例、語り手世継が、直前の文脈とは関係なく突然「四条大納言（公任）」を持ち出した部分で、それ故指示語「かく」の存在が不審な例とされ、「多分、編輯に際して、差し替え等が行なわれたのであろう(6)」などと解されている。しかし、万寿二年の現在健在で四大納言の一人として活躍している公任を、丁度同時代に実在する話題の人物道長を単に「この殿」と指すように、公任のことを「かく」と指した観念指示とみることができるのである。(補注)

さて、文法的手段の例として「連体形＋なり」語法（現代語の「ノダ」文と称されるものに当たる場合）をあげておきたい。

(k)　…燕の巣に手をさし入れさせて探るに
(ア)「物もなし」と申すに、中納言、
(イ)「悪しく探ればなきなり」と腹立ちて　（竹取物語）

(イ)の会話は、直接は(ア)の会話を受けて、(ア)に述べられたことがらについて、その理由を説明しているという関係において、前文と意味上のつながりを持っている。このように「連体形＋なり」は、前文などに示されている「前提」になることがらについて説明する構文であることで、後文に用いられて前文との意味上のつながりをもたらすのである。しかし、次の例のように、前提のことがらが表現に明示されているとは限らない。

(l)　男もすなる日記といふものを女もしてみむとて、するなり。（土佐日記・冒頭）

この例、冒頭からいきなり「ノダ」文になっている。つまり「ノダ」文で説明する前提が存在していないのである。どう解するか。これは「こうして日記を書きはじめている行為」そのものが説明されるべき前提となっており、その理由が「女もしてみむとて（ナノダ）」と説明されているのである。これは言語場そのものが、叙述の前提となっていることを意味する。これも、言語外文脈（場面）と連接関係にある文の例とみることができる。

(三)　文脈をたどる——叙述の視点

さて、文と文の意味的連接をもたらす言語的手段として忘れてならない文法的手段にもう一つ、接続詞ないしは接続詞的語句を用いる場合がある。

(m)　腰なむ動かれぬ。されど、子安貝をふと握り持たれば嬉しくおぼゆるなり。（竹取物語）

(n)　七度めぐりてなむ産み落とすめる。さて、七度めぐらむ折引きあげて…（同）

これらの接続詞が、前文の内容を受けて、それを後文の内容と関係づけていることは明らかで、しかも、前文と後文とをどんな意味的関係で結びつけているかという、表現者の主体的立場も示されている。その意味で表現主体の意図を理解すべく文脈をたどる上で無視できない語句である。

接続詞と認められるもののほとんどが他の品詞から転成したもの、又は、特定の語句（連語）が慣用化して成ったものである。なかでも指示語を含むものが多いことに注目しておきたい。指示語の指示機能と接続語の接続機能には類似したところがあるからで、後には接続詞と認められる同一言語形式のものであっても、平安時代にはまだ接続詞化しきっていないという判断もなされている。(m)(n)の「されど」「さて」も指示語「さ」を含んでおり、なお直前の前文の内容を具体的に受けて、後文につないでいる、つまり指示機能が生きているとみることもできる。そこで接続詞とせず接続語とすべきことにもなる。

ところで、「さりければ」「さりけれど」と、表現主体の主体的態度を顕わに示す「けり」を含んだ接続語句が、「伊勢・大和・平中」といった歌物語に限ってみられるという報告(7)がある。文脈上の特定の事態を指示するという指示機能が「さり」に生きている故に、「けり」が共起し得たものとみることができよう。

指示語（照応詞）の指示対象を先行詞とも言うが、先行詞が前文の部分（「ヒト」や「モノ」など）である場合と、前文の全体（特定の事態「コト」）である場合とがある。(m)(n)の「さ」に指示機能をみるとすれば後者の場合にあたる。この場合、さらに前文の全体を超えて指示対象（先行詞）が前文までに形成された文脈上の、ある「状況」を指すようになったとき、指示語（接続語）が接続詞化するのだと考えられる。同様のことは、連体形に下接する格助詞「が、を、に」の接続助詞化の過程にも観察される。つまり、助詞「が、を、に」が結びつける、上接句と下接句の関係が、格関係という論理的関係からゆるやかな関係になったとき、「が、を、に」が接続助詞化するのである。こうした品詞の転成については、まだまだ個々の語ごとに史的考察がなされねばならないように思われる。

文が連ねられて文脈が形成されるためには、文から文へと連続する情報の流れに、叙述上の一貫性が存在していなければならないが、この叙述の一貫性は、表現主体（物語などでは語り手）のゆるがぬ視点がもたらすものである。叙述の視点と言ってもよい。

先に、例(h)で、竹取物語の冒頭部分をとりあげた。最初の四つの文（①〜④）はすべて「けり」文末になっているが、「けり」は表現主体（語り手）が表現素材（ここでは「昔のこと」）を発話時において、確認していることを伝える主体的表現である。しかし、次（⑤の文）の文末からは「けり」が消える。物語には必ず作者とは人格を異にする語り手が存在するが、語り手は実態的な人物として設定されるとは限らない。語り手は、語りの「今・ここ

（発話時）」から語り始めるのが普通で、右の冒頭の四つの文は、語り手の、語りの現在（発話時）の視点から語られている。そのことが「けり」で表出されているのである。ところが五つ目の文から「けり」文末でなくなる。これは何を意味するか。語り手が語りの視点を、発話の時空から、語られる世界の時空（事態時）に移したからである。ここでは「見るに」という登場人物（翁）の動作が契機となって、翁の立場に寄り添う視点になっていると言えよう。これを視点の転移というが、単に視点を事態時に移すにとどまらず、その事態時に存在する登場人物の眼に移すこともあるのである。(8)

(o)　日も、いと長きにつれづれなれば…立ち出で給ふ。人人帰し給ひて、惟光朝臣とのぞき給へば、ただこの西面にしも持仏据ゑ奉りて行ふ、尼なりけり。簾垂すこし上げて、花奉るめり。（源氏物語・若紫）

語り手は「のぞき給ふ」と、事態時に視座をおいて光源氏を外からながめる視点に立っているが、光源氏の視覚行為を契機にして、語り手の視点は光源氏の眼に移動している。「（花奉る）めり」は、その事態時の今において、光源氏の眼に映っている事態であることを意味する助動詞である。このように叙述の視点を確かめることが重要で、古典語のテンス・アスペクトなどについても、こうした叙述法を前提にして分析されねばならない。完了の助動詞「つ／ぬ」は常に視点の眼前における事態の実現であることを意味する。

文脈をたどり読みする上で、敬語表現も重要な言語事象である。敬語も又、文と文の連接の一貫性を支える機能を有している。一定の視点からは一定の敬語表現によって人物は語られるからである。ところが、語り手の視点が登場人物の視点と重なる――同化すると、当然敬語表現も異なってくる。

(p)　（薫は）氷召して、人々に割らせ給ふ。取りて一つたてまつりなどし給ふ。心のうちも（薫は）をかし。「…」と（薫は）思へど、「…」と（薫は）思ゆるに、心にもあらず（薫は）うち嘆かれぬ。（源氏物語・蜻蛉）

これらの文の連接において、主語が薫であることで一貫している。それ故いちいち主語が明示化されることもない。

そして、「心のうちもをかし」から視点は薫に重なって、その後の思考動詞が敬語表現にはなっていないのである。

おわりに　知識と推論

前文と後文との意味的つながりをもたらす言語的手段の諸相をみてきた。さらに、前提となる前文が言語内文脈としては存在せず、言語場という、いわゆる場面＝言語外文脈を前提とする場合のあることもみてきた。このことは古典語に限らず、現代語でも、日常の会話にはみられることである。要は、話し手と聞き手との人間関係のあり方＝状況の共有の度合にかかわることであった。

さて、言語という記号は次のような存在の仕方をする。私たちは、一つの単語を、他の単語との関係の中で把握している。例えば、「リンゴ」という単語なら、「みかん」や「バナナ」、さらにはいろんな食べ物との関係性の中で認知し、さらに、「食べる」とか「買う」とかといった語との結合性を有していることを知っている。同じことが一つの事態や判断を示す「文」という言語形式についても言える。つまり、他の事態や判断を示す「文」との関係性や結合性において認識しているのである。これが言わば、私たちの内面に存在する認識ないしは知識の構造だと言ってもよい。私たちは、一つの文が示されると、その文を構成する部分（単語）や全体（コトガラ）から、私たちの内面に蓄積している知識を動員して、その文との関係性や結合性によって連なっていく物事や事態を想起しうるのである。推論すると言ってもよい。こうして、文と文をつなぐ言語的手段や特定の前提となる言語外文脈が聞き手に向けて明示化されていなくても、文と文の意味上の連接を理解できる場合がある。

(q)　(ア)御つぼねは桐壺なり。(イ)あまたの御方々を過ぎさせ給ひつつ、ひまなき御前わたりに、人の御心を尽くし給ふも、げにことわりと見えたり。
（源氏物語・桐壺）

従属句を連ねて長文になりがちな平安時代の和文の中で、珍らしいが、時折見られる短文の例の一つが(ア)の傍線の判断文である。この文と後文との間に直接意味的つながりを示すような語句はないが、強いて言えば、傍線部(イ)との間につながりがあるはずとは言える。(ア)から(イ)へは、「だから」と言った順接の接続語が挿入できないことはない。しかし、それでも、この二文の意味的つながりについては、当時は常識だった、ある知識をここで注釈してもらわないことには現代の私たちには理解できかねるのである。「つぼね」は部屋であるが、「桐壺」というと後宮にあって、后妃がお住みになった壺名で呼ばれたものの一つで、それが、日常の帝の住まう清涼殿からは最も遠い所、対角線上に位置していた、という知識があってこそ、桐壺帝が更衣の部屋（桐壺）へ行くのに、その途中「あまたの御方々を過ぎさせ給（ふ）」ことになることが直ちに了解されることになるのであり、(ア)から(イ)へと文は切れていても、情報の流れに切れ目はなかったことも了解されるのである。

表現主体には聞き手や読み手の知識や置かれている状況に配慮した表現をなすことが要求されるのである。殊に、文と文の連接においては、表現する場合にも理解する場合にもこの点に心をくだくことが要求されるのである。このことは古典語から現代語に至るまで変わることはないと言える。

〔底本〕『大鏡』は新潮日本古典集成に、その外は岩波日本古典文学大系によった。

注

（1）渡辺実「仮名文の初期―きり方・つなぎ方の文章法を中心に―」（『國語國文』一九五六・十一）、川端春枝「文と文の関係・史的考察」（『講座日本語学2文法史』明治書院・一九八二）、『日本語学』（五―一〇・特集文と句の連接）所収の各論文、など。

（2）注(1)中の渡辺論文参照。

（3）文を切るにしてもつなぐにしても、古典語では、現代語に比べて比較的ゆるやかであったとみられる。「異質文体の融合」と呼ばれる表現事実も存在する。文を切ることに対する意識は弱く句読点も発達していなかったが、係り結びの法則や、終助詞の存在、現代語に比して終止形と連体形とが異形態であったことで自ずと文の切れ目は示されていたとも言える。

（4）佐伯梅友『古文読解のための文法』上・下（三省堂・一九八八）。

（5）現存の伝本にみられる本文上の問題（「さるき」「さかき」など）があるが、多くの校注者は「讃岐」と校訂している。

（6）新潮日本古典集成『大鏡』（石川徹校注）頭注。

（7）神谷かをる「中古語の文と句の連接」（注（1）中の『日本語学』所収論文）。

（8）糸井通浩「源氏物語と視点――話者中心性言語と語り」（『新講源氏物語を学ぶ人のために』世界思想社・一九九五）。

（補注）ここにみる「この」や「かく」の指示機能を観念指示のうち「話題指示」とすることについては、糸井通浩「公任「三船の才」譚（大鏡）再考―指示語の機能と語り」（『説話論集第三集』〔清文堂・一九九三、後に同著『「語り」言説の研究』和泉書院・二〇一七・前編〔六2〕で詳しく論じている、参照されたい。

〔六〕人物提示の存在文と同格準体句――『宇治拾遺物語』を中心に

序　物語・小説の冒頭と人物提示

広義には、同じ「語り」の系譜にあると認められるとしても、いわゆる冒頭（書き出し）[1]における、初出の人物の提示の仕方において、古来の物語・説話類のそれと、明治以降の近代・現代の小説におけるそれとでは、語りの方法を異にしている。そこで、殊に近代・現代の小説においては、冒頭の一文が、「は」構文をとるか、「が」構文をとるか、という文体選択の自由が、いかに作者の「語りの方法」によって行使されるか、という文体論的課題が存在することになる。筆者は、この課題について、語用論的観点から、特に語り手の視点との関係に重点をおいていくつか考察を試みてきた。[2]

そうした考察の過程で逢着した疑問に、

(1)　昔々、ある村に、ヘンゼルとグレーテルという兄妹が住んでいました。

(2)　昔々、山の里に、おじいさんとおばあさんが住んでいました。

(3)　昔、…新米の家来で、赤西蠣太という侍がいた。（志賀直哉「赤西蠣太」）

(4)　一人の下人が羅生門の下で雨やみを待つてゐた。（芥川龍之介「羅生門」）

これらは、近代以前にすでに存在した、いわゆる物語・説話の冒頭の文型を現代においても継承するものである。

(1)(3)のように、いわゆる固有名詞による人物提示では、「という」が欠かせない。一方、(4)のように、普通名詞による場合には、「一人の」などの連体修飾語が欠かせない。それは、

(5)　ある人、驢馬と馬とに荷を　（キリシタン版エソポ物語・88頁）

の例にみるような、連体詞「ある」によることもある。が、また(2)の例（「おじいさんとおばあさん（が）」）や、「昔、男ありけり」（伊勢物語など）の「男」のように、普通名詞の場合に、「一人の」「ある」といった限定を伴わずに用いられることもある。こうした人物提示における、連体修飾語の有無の問題や、「ある」と「一人の」の用法上の違いの問題、さらに、聞き手に未知の人物を紹介するにはどんな文型が用いられるものか、などについて、本稿では、『宇治拾遺物語』（以下『宇治拾遺』と略す）を対象に、各説話の冒頭文の文型を分類し、それを語りの史的展開の中で捉えてみようと思う。ただ、「史的展開」に関しては、充分明らかにはしえなかった。しかし、この考察の中で、中古期を中心に、盛んに用いられた同格用法の助詞「の」による準体句——以下、同格準体句と称する(3)——が、人・物の存在提示、ないしは、初出紹介と深くかかわっているらしいことなどが見えてきた。こうした問題も含めて、以下に粗描を試みてみたい。

一　『宇治拾遺』の人物紹介文

説話の冒頭にみられる、人物紹介（人物初登場）の文を、その述語の品詞性によって、次の三種に大別し、各種をさらに細分化しながら、それぞれの項に該当する例文をかかげ、若干の考察を加えていく。

A種は、名詞述語文（判断文）

B種は、「あり（おはすなど）」による、いわゆる存在文

C種は、行為・作用動詞などによる動作述語文（動詞文）である。説話などの語りはじめにおける人物提示には、この三種の型が存在し、それは『宇治拾遺』の場合のみにとどまらず、「語り」の文章一般に広げて適用しうる分類である。

㈠　A種——名詞述語文

(a)　伴大納言善男は、佐渡国郡司が従者也。（巻一・四）[4]

特定の神の行動を語る神話に発したと思われる説話は、特定の人物の行動（エピソード）を語るという説話（物語）内容を、典型としている。ほとんどの説話・物語が、その行動の主となる、特定の人物の存在提示からはじまる。さて、(a)の例では、「伴大納言善男」と固有名詞が示されて、聞き手にはすでに、そういう名の人物の存在は知られているものとして語られている（旧情報を受ける「は」に上接している）。

もっとも次の例のように、人物が聞き手にとって既知の人物として扱われるときは、必ずA種の文型をとるとは限らず、

(1)　高陽院造らるる間、宇治殿（注・頼通）、御騎馬にてわたらせ給ふ間、…心ちたがはせ給ふ。（巻一・九）

といきなり、行為の叙述（C種に属する）の主語となることもある。

(b)　二条の大宮と申しけるは、…御母代におはしましける。（巻五・六）

一条摂政とは、東三条殿の兄におはします。（巻三・一九）

これらでは、「二条の大宮」「一条摂政」と呼称される人物の存在までの情報はあっても、固有名詞的レベルまでの特定化——個別体の認識——が聞き手に不確かであるために、「といふ」認識（後の、B種でふれる）が付加されることになったものと思われる。「二条の大宮」も「一条摂政」も、この語によってその指示対象（外延）は、かな

り限定されるにしても、本来、本質的には、普通名詞に属する呼称であるからである。

㈡　B種――存在文

(a)―1　中納言師時といふ人おはしけり。（巻一・六）
(a)―1　駿河前司橘季通といふ者ありき。（巻二・九）

B種は、「あり（おはすなど）」（ここでは、この世に存在するの意）など、存在動詞を述語とする文型の類である。右の(a)―1が、「XトイウY・アリ」の典型例であるが、さらに次のような異型がみられる。

(a)―2　もろこしに、宝志和尚といふ聖あり。（巻九・二）
(a)―3　絵仏師良秀といふ、ありけり。（巻三・六）
(a)―4　池の尾に、禅池内供といふ僧すみけり。（巻二・七）
(a)―5　道命阿闍梨とて、…色にふけりたる僧ありけり。（巻一・一）
(a)―6　藤大納言といひける人、いまだ殿上人におはしける時は、…いとたかくならしてけり。（巻三・二）

(a)―2のように、都を離れた所などに住む人の場合、所の限定がつく。(5)(a)―3は、「といふ」の後に、「人」を意味する名詞が省略された準体法、(a)―4にみる「すみけり」なども、この世に存在の意の「あり」に近いと考えて、準存在文とみる。(a)―5は、むしろ、次の(b)型に属するもので、後述。また、(a)―6も、この一文は、「(…といふ)人―ならしてけり」というC種の動作叙述文の類に属するのであるが、構文のうちに「といふ」を含むことから、ここの(a)型にも列挙しておく。

「XトイウY」において、「X」に本名の姓名がくるとは限らない。例えば、

(2)　竹取の翁といふ者ありけり。名をばさぬきの造となむいひける。（竹取物語）

(3)　堀河の太政大臣と申す人おはしけり。御名をば基経とぞ申しける。　（今昔物語集・巻二二・六）

などでは、字、または通称俗称によって、人物の存在が示され、改めて、その名（本名）を紹介するということもある。しかし、いずれの場合も、個別化された特定の人物を指示する名詞として働く点で、固有名詞的な語とみてよいであろう。特定の人物を、他の人物と区別するための呼称は、その呼称とそれが指し示す人物との間に、一対一の対応をなす関係が認められる。同姓同名の場合も、偶然に何人かについて、その人物を指す呼称の形態が類同であることが起こったにすぎなくて、それぞれの呼称と人物との関係についての認識においては、先に述べた命名の精神に依っていることに変わりはない。

語りにおいて人物の存在を、もっとも特定的に具体的に印象づけるものは、固有の名で示すことであったらしい。上代から、その語りにおいて、固有の名へのこだわりを示す、いくつかの例をみることができる。

(4)　昔者有二娘子一。字曰二桜児一也。　（万葉集・三七八六題詞）

(5)　昔者有三壮士与二美女一也。姓名未詳　（同・三八〇三題詞）

(6)　以南童子女松原。古有二年少僮子一。俗曰加味乃乎止古加味乃乎止売　（常陸風土記・香島郡）

などをはじめ、今昔物語集において、例の欠字の多くが、

(7)　□天皇の御代に、□の□と云ふ者ありけり。　（今昔物語集・巻二八・四）

などといった、冒頭の人物提示のところの固有の名（地名・人名）にあたるものであったことが注目される。むしろ、語りの人物は、個別化された特定の人物として語られることが本来であったと考えるべきであろうか。

(b)―1　右の顔に大きなるこぶある翁ありけり。　（巻一・三）

(b)―2　土佐国はたの郡にすむ下種ありけり。　（巻四・四）

(b)―3　多田満仲のもとに、たけくあしき郎等ありけり。　（巻三・一一）

先の(a)型が、「Xトイウ」という連体修飾句によって、人物を指す名詞が限定されていたのに対して、この(b)型は、その他の連体修飾語句によって限定されている場合である。

(b)―4　もろこしの辺州に、一人の男あり。　（巻一二・一八）

この(b)―4型は、先の芥川「羅生門」の例のように、人物の存在を提示する時の代表的な型の一つ「一人の」による限定の場合であるが、『宇治拾遺』では、右の一例のみである。ただし、

(8)　…。かかる程に、一人の僧出できたりて、…　（巻三・一二）

のように、語りの展開部にみられる「一人の（人名詞）」という例なら、他にも存在する。「一人」と「一人の人」との違いなど、人物存在提示の「一人の」型等については、後述する。さらに他に、

(b)―5　天竺に、身の色は五色にて、角の色は白き鹿一つありけり。　（巻七・一）

(b)―6　天竺に、一寺あり。　（巻一二・一）

これらは、例の少ない型ではあるが、この(b)型に含めておく。(b)―6の「一寺」は、漢文体の影響による漢語と考えられる。

(c)―1　大和国に、竜門といふ所に、聖ありけり。　（巻一・七）

(c)―2　此ちかくの事なるべし。女ありけり。　（巻四・五）

この(c)型は、存在が提示される人物を指す普通名詞に、連体修飾語がついていないものである。しかし、(c)―1では、特定の場所という状況の提示をすることによって、人名詞が指示する人物を個別化特定化して認識するように働いているとみられる。この「聖」と同様の扱いをしているものに「児」「老尼」「箔打ち」「山伏」「別当」「僧」「法師」「郡司」「后」などの例がみられる。(c)―2は、『万葉集』巻一六の題詞や左注（先の(4)(5)もその例）の漢文体の例や『伊勢物語』の「昔、男ありけり」などにみられるが、『宇治拾遺』では、右の例のみである。

(d)―1　ばくちの子の年わかきが、目鼻一所にとりよせたるやうにて、世の人にも似ぬ、ありけり。（巻九・八）

(d)―2　延喜の御門の御時、五条の天神のあたりに、大きなる柿の木の実ならぬ、あり。（巻二・一四）

(d)型は、述語「あり」の主語が、同格の「が」「の」によって構成された準体句（名詞句）であるもので、後述するように、この同格準体句と存在文との関係には注目すべきものがある。(d)―1は、「人」の存在を、(d)―2は、「物」の存在を提示している。

(三)　C種――動作述語文

(a)―1　治部卿通俊卿、後拾遺をえらばれける時、…（巻一・一〇）

(a)―2　東北院の菩薩講はじめける聖は、…人屋に七度ぞ入りたりける。（巻四・六）

この(a)―1は、A種のところで示した事例(1)と同じ類である。この例のように、「既知の人物（主語）、…時に」という構文をとることが多い。(a)―1・2とも、人物の存在は、聞き手に知られているものと扱われている。

C種は初出人物の行為を述べる動作述語文の類である。(a)―1型で扱われた人物に、他に「晴明」「御堂関白殿」「小式部内侍」「もののけ」「進命婦」「業遠朝臣」「智海法師」など多数ある。

(b)―1　山の横川に賀能知院といふ僧、きはめて…をのみしけり。（巻五・一三）

(b)―2　ある僧、人のもとへ行きけり。（巻五・一〇）

(b)―3　一条桟敷屋に、ある男とまりて、傾城とふしたりけるに、…（巻一二・二四）

(b)型は、「といふ」型の連体修飾語や、連体詞「ある」を伴う例であるが、後者は、『宇治拾遺』では比較的例が少ない。この連体詞「ある」についても後述。

(c)―1　人のもとに、〔ゆゆしく…錫杖つきなどしたる山臥のことごとしげなる〕、入り来て、…（巻一・五）

(c)―2　…。それに粟田口の鍛冶が居たるほどに、〔いただきはげたる大童子の…うららかにもみえぬ〕が、此鮭の馬の中に走り入りにけり。（同・一五）

(c)―3　〔せいとくひじりといふ聖のありける〕が、母の死にたりければ、ひつぎにうち入れて、…（巻二・一）

これらの(c)型は、先のB種(d)型でも触れた、同格「の」による準体句（人物）が、動作述語の主語にあたる名詞句である。〔　〕の部分が同格構文をなしている部分である。

C種には、以上の(a)(b)(c)型以外にも、様々な異なる構文が存在する。例えば、

(9)　もろこしの秦始皇の代に、天竺より、僧、渡れり。（巻一五・一〇）

(10)　壱岐守宗行が郎等を、はかなき事によりて、主の殺さんとしければ、…さわぐ。（巻一一・一九）

など。ただし(10)は、「壱岐守宗行（が郎等）」とあるので、(a)型とみることも可能である。

さて、以上A種、B種、C種（さらに、その他（D種）については後述）とみてきたが、これらには、相互にどういう関係があるのか、について考えておきたい。

一般に、語りは、特定の人物が主人公になって語られる。その人物を語りの場に登場させる最初の一文に、B種にみた、その人物の存在提示の文と、C種にみた、その人物の行動叙述の文とがあった。この二つの文種を対立的にみてきたのだが、実際の「語り」の展開をみると、人物の存在が提示されてから、その後で、その人物の特定の行動が叙述されることになるのであり、その逆に文章が展開されることは通常はない。その人物が、固有名詞で、ないしは聞き手に既知の人物として扱われた場合には、A種の名詞述語文になるか、C種の動作述語文になるか、であった理由もここにある。固有名詞によって人物が指示可能であることは、その人物の存在はもうすでに知られていることを意味する。その人物の存在を知らずして、その人物の固有の名が知れるわけはない。人物の存在は

知っていても、その人物の名を知らないことはあるが、ある人物の名前を知っていて、その人物の存在を知らないということはありえないからである。時に、「吾輩は猫である。名前はまだない。」ということはある。

A種の名詞述語文において、固有名詞が主語となるのは、その人物についての聞き手の情報をより詳しいものにすることに意図があったと認められよう。つまり、人物の認知過程からみると、まず人物の存在（B種）を確認し、それから、その人物についての情報付加（A種）ないしは、人物の行為（C種）へと進む。とすると、語りの冒頭で、いきなりC種からはじまるのは、すでにB種の認識を含みこんでいるものでなければならない。言わば、B種とC種とは、入れ子型関係にあると言えるだろう。C種の中には、B種でみた、特有の構文的要素を含んで、B種的に表現しはじめながら、文としてはC種となっていると判断される、次のような文が存在することの理由もわかってくるのである。

⑾　藤原広貴といふ者ありけるに、死にて閻魔の庁にめされて、…　（巻六・一）

⑿　山の横川に賀能知院といふ僧、きはめて破戒無慙之者にて、…事をのみしけり。　（巻五・一三）

この例も、仮りに「山の横川に賀能知院といふ僧ありけり。」と文が切れていてもよいところである。つまり、そういう存在提示文を含んで、人物の行動叙述へと展開していると言える。ただ、この場合、その行動叙述が、一回的行為でなく、習慣的行為であることによって、その人物がどんな人物であるか、という人物紹介の域（人物像の情報）にあることが多いことは注目される。

⒀　利仁の将軍のわかかりける時、…　（巻一・一八）

これは『宇治拾遺』ではC種になるが、『今昔物語集』では、「利仁の将軍といふ人ありけり。」とあってB種であることがわかる。『宇治拾遺』では、利仁将軍を、既知の人物として扱っているのである。

⒁　敏行といふうたよみは、手をよく書ければ、…書きたてまつりたりけり。　（巻八・四）

⒂　山の西塔千手院に住み給ひける静観僧正と申しける座主、夜深けて、…年比になり給ひぬ。（同・七）

⒂の例は、「静観僧正と申しける座主、山の西塔千手院に住み給ひける」とあってもよいところを、「静観僧正と申しける座主」を主名詞とする連体関係（逆述語構文）となって、主文の動作述語の主語に位置づけられている。このように人物存在の認知が存在文として独立しないで、人物存在の認知を従属句として含みこんだ構文をなすことがあることが分かる。このことは、連体修飾句の表現機能を考える上で重要な事実であろう。

最後に、『宇治拾遺』の冒頭の一文の文種が、以上の三種のいずれかにすべて所属せしめられるものではないことについて触れておきたい。それをD種とすると、その主なものは、

(a)―1　河原の院は、融の左大臣の家也。（巻一二・一五）

(a)―2　信濃国つくまの湯といふ所に、よろづの人のあみける薬湯あり。（巻六・七）

(b)―1　東大寺に恒例の大法会あり。（巻八・五）

(b)―2　後鳥羽院の御時、…光りて御堂へ飛び入る事侍りけり。（巻一二・二三）

(a)型は、場所の設定の文であり、(b)型は、出来事を提示した文である。さらにその他の例外的な冒頭文もあるが、今は省略する。

以上、『宇治拾遺』の各説話の冒頭における、人物提示の主たる文を中心に、文種を整理してみた。以下においては、初出人物の提示にみられる、連体修飾語として働く三種「といふ」、「一人の」、連体詞「ある」に焦点を絞って考察してみる。

二　人物提示と連体修飾語

(一)「といふ」型の場合

語りに登場する人物は、特定の一人の人物であることが一般である。その人物を指示する名詞は、そういう個別化特定化された人物を指示する機能を備えていなければならないことになる。

ところで、その人物には、聞き手（享受者）にとって、既知の人物である場合と未知の人物である場合とがある。既知の人物とは、歴史上の人物であったり、語りの当時の世間に周知の人物であったりする。(6) これらの人物の場合は、既にその人物の存在は知られている、つまり、言語表現において、個別化特定化の操作の必要はない。問題は、未知の人物の場合である。この場合、(a)「ある人物の存在」の認知を行い、その後で(b)「名は（をば）…といふ」などと固有の名を示す、という順序をふむのが、標準的である。「ある人物の存在の認知」は、個別体としてのその人物の属する集合概念を意味する普通名詞によって提示される。そして、人物の個別化特定化のきわめつけの情報が、「名は（をば）…」で示される固有の名である。この認識過程の二段階を、一文にまとめた表現が、

〈甲といふ乙（あり）〉

という文型をなす。甲の名詞が指示する対象の外延は、常に、乙の名詞のそれに包まれるという関係にある。つまり、甲は乙の部分集合である。甲の外延と乙の外延とが一致するとき、「といふ」の用法は、同格に働くことになる。その人物を指す「甲」が個別化特定化された個別体を指示する、最も理想的な「甲」は、固有の名であることになる。「甲」には、個別体と一対一の対応をなす記号であることが要請されるのである。

「といふ」型が、存在自体の情報をも含有するものであることは、現代語における、次の二文の用いられる場の

違いからも知られよう。

(a)　私は、△△△といいます。

(b)　私は、△△△です。

初対面のとき、(b)は使いにくい、(a)を用いるのが一般であろう。また、(a)の「私は」は省略しにくいが、(b)の「私は」は、むしろ省略されることが多い、と言えよう。(a)は、「私」という人物の存在情報を含んでいる、と考えられる。相手（聞き手）に、自分が認知されていないという心配があるときには、(a)を採るのが無難である。しかし、石垣謙二は、(a)と(b)とは同じであるから、「という」という述語は「形状性を帯びている」と説明する。[7] 確かに、「という」は、「△△△」という名を所有するという属性によって限定された存在であることを意味することから、それは納得できるが、ここでは、(a)と(b)の違いを重視しておきたい。

〈甲という乙〉という連体関係の構成には、その連体関係に「あり」の存在認識が含まれることによって、〈甲という乙〉という成分は、一文の「あり（けり）」述語の主語成分となることも勿論であるが、動作述語に対立する成分（この場合、動作述語文の主格・目的格などになる）ともなりうるのである。

固有名詞は、個別化特定化された人物を指す語であるが、しかし、その機能は、いわゆる固有名詞だけにとどまらない。普通名詞（句）が、固有名詞的に働くこともある。「竹取の翁」などはその例になろう。固有名詞と固有（の）名とを区別すべきだという指摘もあるように、[8] 個別化特定化された人物を指す名詞（または、名詞複合語を含めて）を、すでにそう呼んでもきたが、「固有（の）名」と呼ぶべきであろう。しかし、

(1)　…。あざなさたとなんいひけるを例の名をよばずして、主も傍輩もただ「さた」とのみよびける。（巻七・二）

「竹取の翁」は「あざな（字・通称、俗称）」であり、「さぬきの造」が「名」であるという区別が、右の有名な説話にもみられる。この説話は、当時の助詞「の」「が」の使い分けに尊卑の待遇の区別があったことを証する例とし

て有名である。が、そのことに、その対象となる人物指示の語が、「あざな」か「名」かによって異なったらしいことには、もっと注意を向けてみるべきことと思われる。

さて、単一化特定化された人物を提示するにあたって、その固有名詞ないし固有（の）名が不明な場合には、どういう方法をとったのか、その代表的な場合が、普通名詞を用いての、次の㈡や㈢の方法によるものであった。

㈡「一人の」型

語りの「人物」が個別化特定化された人物であることが一般であることは先に述べた。もっとも、寓話的な、例えば、次の例、

⑵　鳥と、獣の中が不和になって、ある井の中へ…　（キリシタン版エソポ物語・67頁）

「鳥」と「獣」とは、個別体の一羽・一匹の「鳥」と「獣」の対決であったというより、「鳥類」と「獣類」の対決のお話しと言えよう。こういうとき、普通名詞が「一羽の」「一匹の」や「ある（連体詞）」などで限定されることはない。あえて表現するなら、「鳥たち」と「獣たち」とするところであろう（勿論、この話を一羽・一匹の対決としてよむことも可能ではあるが）。

普通名詞の指示機能には、次のものが認められる。

⑶　昨日、犬にかみつかれた。
⑷　いつか、犬が飼いたい。
⑸　黒い毛の犬は好きでない。
⑹　犬は、人間のペットとなった。

「たち」などの接尾辞をつけないかたちであると、単複の区別を持たない日本語では、⑶のような場合、一匹の特

定の「犬」を意図することが多い。しかし、それが複数の特定の犬である場合もある。いずれにしろ、どの犬、または、どれどれの犬と特定化されていることには変わりはない。(4)の場合も、一般に一匹と受けとるであろうが、複数であってもかまわない。ただどちらにしても、どの犬と特定化されてはいない、不定である。(5)は、「犬」の全体集合の一部分に該当する犬たちと受けとられる。もっとも、この場合、すでに文脈的に、認知の対象が限定された数の犬であるとき「黒い毛の犬」が特定の一匹（あるいは複数匹）を意味することもある。これを(3)に挿入して、「昨日、黒い毛の犬にかみつかれた。」と用いられたときには、先の(3)にみた理解が導かれる。いずれにしても、「黒い毛の犬」と「黒い毛でない犬」とが全体をなす。つまり、(5)は「黒い毛でない犬」の存在が前提となっている。(6)の「犬」が総称と言われる用法であるが、そう理解できるのは、「人間のペットとなった。」との関係において、である。(5)も、「犬は好きでない。」となると、この「犬」は、(6)の「犬」と同じ用法とも理解される。

　個別特定の人物を普通名詞で提示することが、右に見たように、文脈（場面）の支えによって可能になる場合がある。「昔、男ありけり」（伊勢物語）が、普通名詞の「男」だけで、普通個別特定の「男」と理解されているとすれば、それは、「語り」という言語場に対する共同的認識によると考えられようか。その「男」が一人でないときには、言うまでもなく、例えば「昔、女はらから二人ありけり」（伊勢物語・四一段）といった「しるしつき」の叙述が必要であった。

　さらにまた、連体修飾による方法で、個別特定化することもある。連体修飾によって個別化が認識しやすくなるだけ、その人物が語りに登場する個別特定の人物であるという理解が容易になると考えられる。また、

(7)　隣の家に、可愛い女の子がいる。

「隣の家に」といった場所を特定する状況が設定されると、個別化特定化の認識がしやすい。(7)の「女の子」が複数であっても特定化されていることには変わりはない。それが一人かどうかは、この文脈では確定しないが、それ

は自ずと後述の文脈で決定されるとも考えられる。語りの言語場という状況にあっても、なお、この「あいまいさ」が普通名詞にはつきまとうのだとすれば、「一人の」とか「ある」とか、いわば「特定化」専用とも言うべき連体修飾語を用いるということになると考えられる。ここでは、「一人の」についてさらに考えてみたい。

『宇治拾遺』では、説話冒頭の人物提示の文において、「一人の」を付す事例は一例しかない（264頁の(b)—4)。しかし、

(8) 敏達天皇御世、尾張国阿育知郡片蕝里有㆓一農夫㆒。（日本霊異記・上・三）
(9) 山城国に、一人の沙弥あり。（三宝絵・中・九）
(10) 加賀国有㆓一婦女㆒。（日本往生極楽記・四二）
(11) 大日寺側。有㆓一老女㆒。（拾遺往生伝・中・二八）
(12) 美濃国河辺有㆓一人㆒。（本朝神仙伝・一八）
(13) 天竺に、一人の貧女有り。（今昔物語集・巻一・三三）

など、漢文体ないし漢文訓読体系では、各説話の主たる人物に「一人の」にあたる数詞を付すのが一般であったようだ。もっとも、そうした中で、

(14) 奈良京薬師寺東辺里、有㆓盲人㆒。（日本霊異記・下・一二）
(15) 肥後国有㆑僧。失其名。（拾遺往生伝・下・二〇）

という例もないではない。一方、先にもみたが、

(16) 右伝云。時有㆓女子㆒。（万葉集・三八〇六左注）／昔有㆓老翁㆒。号曰㆓竹取翁㆒也。（同・三七九一題詞）
(17) 古老曰、伊久米天皇之世、有㆓白鳥㆒。（常陸風土記・香島郡）／古有㆓国栖㆒、名曰土雲。（同・久慈郡）
(18) 文徳天皇の御代に、…と云ふ所に、聖人ありけり。（今昔物語集・巻二八・二四）

(19) しなのの国に、法師ありけり。（古本説話集・六五）

(20) 奈良に、松室といふ所に、僧ありけり。（発心集・巻三・三七）

特に和文脈系では、「一人の」による個別特定化は比較的少ない。(補注1)

ところで、先の(12)の「有一人」は、「一《ひと》の人あり」と訓まれている。(9) つまり、「一人《ひとり》」とは訓まない。「一人」と「一人の人」とは異なる。

(21) 天竺に、一人の人有り。名をば和羅多と云ふ。（今昔物語集・巻一・二五）

「一人」は「一匹・一頭・一羽・一本」などと同じで、数詞の対象となる事物の存在が前提となっている。「一人」は、その事物が、「人間」の場合であるにすぎない。「人間」であれば、「一人の男」「一人の僧」などと数を限定するのに用いることができる。「人間」以外のものでも、擬人化された場合には用いることができるのは言うまでもない。もっとも、「一人の」という連体修飾語には、二種の意味用法があるのである。

以上にみてきたように、人物提示における「一人の男（あり）」は、人物の存在を個別化特定化して示すために用いられるもので、連体詞「ある」に近い用法である。人物を指す普通名詞を個別化特定化するために、適当な連体修飾語（例えば「久しくおこなふ」「兵衛佐なる」「右の顔に大きなるこぶある」など）がない時、この「一人の」ないしは「ある」が用いられるか、または、全く何も連体修飾語を用いないか、の選択があった、と認められる。さて、もう一つの用法は、「一人」という数字に特別の意味がこめられている場合で、二人以上と区別したり、ある限られた範囲の人物たち（その存在が前提となるが）のうちの一人であることを意味したり、「たった一人」「たった一人」「ただ一人」のニュアンスを持っていたりする場合である。また、連体詞「ある」と置換しうるような場合のものも含めて、この後者の用法は、冒頭における人物存在の提示以外の、語りの展開部において現れやすかったのであり、この意味用法であれば、『宇治拾遺』にも、一〇例を数える。

㈢「ある（連体詞）」型

「一人の男」を「ある男」に置換しうる場合があることを先に述べたが、しかし、「一人の男」と「ある男」との違いについては、もう一つ明確にしえない。『宇治拾遺』の人物提示の冒頭文で、人物を「ある」で限定しているのは、次の二例のみである。

(22)　ある僧、人のもとへ行きけり。（巻五・一〇）

(23)　一条桟敷屋に、ある男とまりて、傾城とふしたりけるに、…（巻一二・二四）

二例とも、先にみたC種（動作述語文）に属する。これは、以下にみるように、『宇治拾遺』における偶然ではなく、「ある（人物）」を含む文がC種の文となる傾向は、一般的に認められるのであり、その点、「一人の（人・男）」が、B種（存在文）にも用いられることと大きな違いを示しているのである。

連体詞「ある」によって、人物の個別化特定化を表示することを、語りの冒頭の標準型としている典型の一つに、『キリシタン版エソポ物語』がある。

(24)　ある鷲、蝸牛を見付けて、…（56頁）

(25)　ある川端に、狼も羊も水を飲むに…（50頁）

(26)　ある時、狼喉に大きな骨を立てて…（53頁）

(27)　狐と野牛大きに渇して、ある井の中へ…（99頁）

(24)は、登場人物（動物）に、(25)は、場所の語に、(26)は、時の語に、そして(27)は、それらに「ある」が用いられていない例である。これらをみると、物語の場を特定化するのに、主要な「人」「場所」「時」のいずれかに、「ある」がついて限定されると、他の要素は、それとの関係で（個別化）特定化されることになることが分かる。[10] 注目すべきは、(27)の場合で、「人物（動物）」が並列されるとき、相互に、個別特定化の認識を可能にするのか、人物（動物）

に「ある」が要請されていないのである。「昔々、ある所におじいさんとおばあさんが住んでいました。」なども、この認識から理解すればよいかと考えられる。『エソポ物語』ではほとんどの話が、いきなり行動の叙述（C種）で語りはじめられていると言ってよい。(補注2)

連体詞「ある」による人物存在の提示を含む文が、C種になる例を、次に列挙しておく。

(28) ある人のいはく、…歌なり。（古今集・七左注）

(29) ある人、…参りたりけるに…（発心集・巻一・八）

(30) ある聖、都ほとり…歩きける程に…（同・巻六・七五）

(31) ある人、…いひけり。（古今著聞集・巻五・二六）

(32) ある人銭をうつむ時、「かまへて…」といふを、内の者聞き居て、（醒酔笑・16頁）

『宇治拾遺』の連体詞「ある」の用例は、三二例ある。そのうち冒頭にあって人物存在の提示に用いられたのは、先の二例のみであるが、残りは、語りの展開部で用いられている。そのほとんどが動作述語文中である。「ある」の被修飾語を整理すると、「（ある）人物」「（ある）時」「（ある）場所」の三種の概念にすべてを分類することができる。(11) この点も、先の『エソポ物語』の場合と同じである。

連体詞「ある」の用法について、金水敏は、次のようにまとめている。(12)

(a)それがついた名詞句は唯一特定指示を果たし、(b)その唯一特定性は天下り的に承認されるべきものであり、(c)指示対象は眼前にはなく、それ以前の文脈にも示されておらず、即ち話線上の初出人物であることを受け手に了解させる。

連体詞「ある」が、普通名詞を個別特定化することに働いていることを指摘している。このことはすでに推定されていることであるが、連体詞「ある」が動詞「あり」を語源とするものであり、「人―あり（存在文）」の逆述語

〔「ある―人」〕として成立したことに関わっていると思われる。[13]

さて、ここで注目すべき表現が、『宇治拾遺』にもみられる、次のような構文である。

(33)〔せいとくひじりといふ聖のありける〕が、母の死にたりければ、…　（巻二・一）

(34)〔修行者のありける〕が、津の国までいきたりけるに、…　（巻一・一七）

(35)春つかた日うららかなりけるに、〔六十計の女のありける〕が、虫うちとりてゐたりけるに、…　（巻三・一六）

(36)〔…所あり。〕〔そのへんに下すのありける〕、地蔵菩薩を一躰つくりたてまつりたりけるに、…　（巻五・一）

これらには、いずれにも、「の」助詞による準体句（〔 〕の部分）が含まれている。(33)の場合について、先にC種でとりあげて、〔 〕の部分の存在文（B種）が独立せず、従属節となったものとみたが、それと、(34)(35)(36)の〔 〕の部分は類似的である。そしていずれも人物の存在提示の機能をも果たしているのである。しかし、構文的には異なるとみるべきであろう。準体句に下接する「が」が、(33)では接続助詞化しているが、(34)(35)では、後述の述語の主格を示していることは明らかである。ただし(36)では、主格「が」が明示されていない。つまり、助詞「の」に焦点をしぼれば、(33)の「の」は主格機能にあるが、(34)(35)(36)の「の」は、同格の「の」と考えられる。そして、こういう連体句を、先に同格準体句と称しておいたのである。例えば、(34)の「修行者のありける（が）」については、「ある（一人の）修行者（の）」と置換しうるのである。そして、いずれも、人物の存在提示の機能を果たしながら、動作述語文（C種）に組みこまれていることに注意したい。その点で、連体句「ある」による存在提示の名詞句が、動作述語文と共起する傾向にあったことと一致する。そこで、この構文は、冒頭における人物の存在提示の場合に限らず、連体詞「ある」と同様、次のように展開部にも現れることになる。

(37)枇杷殿より、としこが家に〔柏木のありける〕を、折りに…　（大和物語・六八段）

(38)…。秋比、坊の法師、…〔平茸のありける〕を取りて持ち来たりけり。　（今昔物語集・巻二八・一九）

(39) …。〔木のうつぼの|ありける〕にはひ入りて、…　（巻一・三）

(40) 旅人のやどもとめけるに、〔〔大きやかな家のあばれたる〕が|ありける〕によりて、…　（巻一・八）

(41) …。この少将のあひ聟にて、〔蔵人の五位の|ありける〕も、おなじ家にあなたこなたにすゑたりけるに、…。（巻二・八）

これらも、例えば(39)であれば、「ある（一つの）木のうつぼ」とあってもよいところである。これらの同格準体句が存在表示ないしは、初出の「人・物」であることを示す機能をもっていたのである。（補注3）

なお、例は少ないが、次のような人物存在提示文、これまでみた存在文とどう関わるかは検討しなければならないところであるが、ここでは事例の呈示にとどめておく。

(42) …。人ありて、水を汲みて…植木にそそぐ。（三宝絵・下・29頁）

(43) …。一人の聖人ありて、…を歎きて、…（今昔物語集・巻三一・二）

(44) 学生ありて、法施しけるに、…（雑談集・307頁）

(45) …。人ありてよみを問はば、…（醒酔笑・12頁）

三　同格準体句と存在文

先には、準体句の用言が「あり」である、つまり、存在文自体が、同格準体句を構成する場合をみてきた。そして、それらの同格準体句が、人物の存在表示—個別特定化に働いていることをみた。次に、同格準体句が存在文の一部を構成する、つまり、存在「あり」述語の主語となり、その全体が存在文となる例が、やはり、冒頭における人物提示の文（B種）としてみられることを指摘したい。

(1)〔〔ばくちの子の年わかき〕が、目鼻一所に…似ぬ〕、ありけり。（巻九・八）
(2)〔たよりなかりける女の、清水にあながちにまゐる〕、ありけり。（巻一一・七）
(3)延喜の御門の御時、五条の天神のあたりに、〔大きなる柿の木の実ならぬ〕、あり。（巻二・一四）

(3)は、物の存在を述べた文であるが、冒頭の一文である。他の作品にみられる事例をも、いくつか示しておこう。

(4)〔おほやけ思してつかへ給ふ女の、色ゆるされたる〕、ありけり。（伊勢物語・六五段）
(5)誰とは知らず、〔家高き君達の、年若くして…なる〕、ありけり。（今昔物語集・巻二九・二八）
(6)〔〔若き僧のありける〕が…宮仕へしける〕、ありけり。（同・同・四〇）
(7)〔こともなき法師の、世に…参る〕、ありけり。（発心集・巻四・四七）
(8)〔山僧の学生、説経師なる〕、ありけり。（雑談集・巻三・一二）

人物存在の提示文（存在文）において、同格準体句で人物を示すことが、一つの類型として存在していたことが分かる。右のうちでも、(6)の場合は、先にみた存在の同格準体句を含んでいて、「存在」提示がかなり丁寧に表現された例とみられる。

こうした構文が一般に一つの型として存在したとすると、例の『源氏物語』の冒頭文も、この伝統的な構文によるものとわかる。

(9)いづれの御時にか、〔女御、更衣あまたさぶらひける中に、いとやむごとなき際にはあらぬがすぐれて時めき給ふ〕、ありけり。（桐壺・冒頭）

助詞「が」を接続助詞とみる考えもある（その主たる根拠は、「ありけり」の部分に敬語を用いていないことに対する疑問に発している）が、佐伯梅友の説く(14)ところに従いたい。

さて、人物（時には物）存在の、この同格準体句が、存在文と関わることについて思い起こされるのは、石垣謙二の指摘である。[15]

(a) 友の遠方より訪れたるを喜ぶ。

(b) 友の遠方より訪れたるをもてなす。

石垣は、助詞「の」が体言と用言とを結合して構成する名詞句について、意味の上から明らかに、(a)と(b)の二文が異なることを述べ、後者(b)の名詞句が関係代名詞的な「の」によって構成せられるもの、「所謂、同格に類する形式を構成してゐる」と解している。本稿では、この構文を同格準体句と呼んできた。そして、文法的形態上の違いとして、後者の場合、名詞句の用言が所謂形状性用言（準形状性用言を含む）になることを石垣は指摘したのである。しかし、ここで注目したいのは、その石垣の後者の名詞句（同格準体句）にあたるものの中に、この原則に違反する、つまり、名詞句の用言が「純粋の作用性用言のもの」である場合が、次のように存在していることである。

(10) 物怪の、現れ出て来るもなきに （源氏物語・柏木）

(11) 山人の行き通ずる、五人有りけり。（今昔物語集・巻五・二九）

(12) 妻のいと物ねたみする、有りけり。（古今著聞集・巻二五・四一）

(13) この保輔が物もて入りたるもののかへりゆく、なし。（巻一一・二）

石垣は、先の(2)の例をも含めて、これらの例を示し、違反する大半の例が、先の例と共通して、名詞句を主部とする複文であり、その複文の述語の用言が「有り」「無し」という存在認識の述語であるという共通点を持つことを指摘しているのである。そして「「の」の方から云へば、「の」の直接連続していく用言は作用性用言であるが、更に、「の」が間接的に連続して行く用言が必ず形状性用言、特に「有り」又は「無し」である。」と述べて、「関係代名詞的「の」助詞によつて構成される名詞句を形状性名詞句と命名する事が出来ると思ふ」と結論している。[16]

ただ、本稿の関心は、人物の存在提示文において、同格準体句（石垣の形状性名詞句）を構成することが、一つの典型的な構文型としてあったという事実にある。

　ここまでにみてきたように、「一人の」「ある」といった連体修飾語が、人物の存在提示の文で働いていたが、今みた同格準体句も、やはり、人物の存在を提示する構文の機能を有していたのである。そして、「一人の」「ある」などが、単に、冒頭にのみ現れたのではなく、語りの展開部においても、初出（初登場）の人物（時に物についても）であるときには、その人物を提示する語に「一人の」「ある」を付して表現することがあったと同じように、この同格準体句もまた、初出の人物などを文脈に持ち込むときに用いられることが多かったことに注目したい。『宇治拾遺』からいくつか例をとり出しておく。

(14) …。此女の女房に、なまりやうけしのかよひける、ありけり。　（巻一・一四）

(15) …。さて、小侍の十二三ばかりなるがあるを、めしいでて…　（同・六）

(16) …。「なま六位の家人にてあらぬが、よひ暁に…」といふを…　（巻二・九）

　＊この例、『今昔物語集』（巻二三・一六）では、「〔生六位などのありける〕が…」とある。

(17) …と思ふ程に、十ばかりなる童のきたるを「くは、地蔵」といへば、尼みるままに、…　（巻一・一六）

(18) …。わかきをのこどもの袂より手出だしたる、うすらかなる刀のながやかなる、もたるが、十余人ばかりいできて、…　（同・一八）

しかし、次の例になると、同格準体句とみるか、接続助詞に導かれた条件句（または挿入句）とみるか、決定しがたいものである。

(19) …。隣にある翁、右のかほに大きなるこぶありけるが、（この翁こぶのうせたるをみて…）　（巻一・三）

(20) …。それが中に僧のあるが、「往生には…」といふ。　（巻一一・九）

(19)の例のように、「翁」の後の助詞「の」の有無が構文的な微妙な違いを生んでいるのだろうか。例えば「男子二人、有りけるが、その父失せにければ…」（今昔物語集・巻一一・二七）など。もっとも、(17)の例も、後続の動詞との関係が微妙で、助詞「を」を格助詞とも接続助詞とも解せる例だと言えよう。

四　準体助詞「の」の確立

古代語から近代語へという日本語の変遷の一つに、連体形のままで名詞と同じ構文的機能を果たすという準体法が近代化のうちに消滅したということがある。消滅とは、連体形が持っていた名詞機能の消滅ということであり、そこで、必要な名詞としての文法的機能を回復すべき新たな方法が成立してきたのである。その一つに、準体助詞「の」の確立がある。先に、助詞「の」によって、体言と用言が結合せられ、名詞句が構成せられる二種の準体句をみた。

(a)　友の遠方より訪れたるを喜ぶ。
(b)　友の遠方より訪れたるをもてなす。

これらは、現代語では次のようになろう。

(a)′　友人の／が遠方から訪ねてきたのを喜ぶ。
(a)″　友人の／が遠方から訪ねてきたことを喜ぶ。
(a)‴　?遠方から訪ねてきた友人を喜ぶ。

(a)′が準体助詞によって機能回復している例で、(a)″(a)‴から、(a)が、コト（ガラ）的認識をなしていることがわかる。

(b)′　友人の／が遠方から訪ねてきたのをもてなす。
(b)″　＊友人の／が遠方から訪ねてきたことをもてなす。

(b)‴　遠方から訪ねてきた友人をもてなす。

(b)″(b)‴から、(b)が、モノ的認識に基づいていることがわかる。

古代語では、(a)(b)が形態上全く同一であるが、現代語では、文法的形態を異にするようにもなった。(b)の同格準体句については、また別に、「友人で遠方から訪ねてきたのをもてなす」と表現する（または、現代語訳される）ことがある。しかし、同格「の」を「で」に置き換えてすべて理解することはできても、実際の表現としてはやや不自然さを伴う場合がある。もっとも、

(21)　僕の友人でまだ結婚していないのがいる。

のような場合は、「まだ結婚していない僕の友人がいる」「僕の、まだ結婚していない友人がいる」とするとやや不自然で、(21)の方がむしろ自然である。「友人」に関して、二つの情報「（友人が）僕のであること」「まだ結婚していないこと」を同時に（同一文に）示そうとするときなどには、同格「で」による表現が自然になるのだと考えられようか。その点、古代語の同格準体句（名詞句）においても、次の例(22)のように、核となる「名詞」が連体修飾語を伴うことが比較的多くみられるのである。

(22)　白き鳥の、はしとあしと赤き　（伊勢物語・九段）

助詞「で」によるのではなく、古代語のまま助詞「の」によって同格構文をなす言い方が現代語にもなお、多くみられもする。

(23)　ビールの冷えたのが飲みたい。

(24)　?ビールで冷えたのが飲みたい。

(25)　*ビールが冷えたのが飲みたい。

(26)　ビールの一番うまいのは××だ。

(27)　ビールで一番うまいのは××だ。

(28)　?ビールが一番うまいのは××だ。

(26)(27)では、いずれも不自然さはない。ただ、(26)よりも(27)の方が口頭語的であろう。(27)の「ビール（の中）で（は）」と、判断価値（一番うまい）の範囲を限定した用法とみると、同格の「の」とやや用法を異にするともみられるのである。

一部には古代語のまま、助詞「の」によって同格構文をなす場合があるが、現代語では、より多くは、連体修飾関係（「冷えたビールが飲みたい」「一番うまいビールは××だ」など）で表現すると判断される。その点で、古代語から近代語への変遷において、「モノ」的認識を、より「モノ」的認識としてふさわしい名詞句を構成する、つまり対象の名詞を、構文中の述語に直接関係させるようになってきた、と解釈できようか。

一方、(a)のコト的認識に基づく準体句の場合は、形式名詞「コト」や準体助詞「の」を付加しなければならなくなってきてはいても、コト的認識を今も残していると考えられるのである。

本来、(a)(b)の二種が、形態上では区別がないにもかかわらず、意味上及び、石垣の指摘するような文法上に区別がみられるのは、名詞句を統括する述語用言の性格によるところが大きい[17]。つまり、(a)(b)で言えば、「喜ぶ」「もてなす」という動詞が要求する連用成分が異なることによるのである。それにしても、(a)(b)の名詞句が、構文的に同じ構造であったことは、(b)の同格準体句の場合についても、(a)に関してみたと同様、もとは「コト」的認識であったことによるのではないかと考えられる。つまり、

(b)　友の遠方より訪れたる（をもてなす）

(b)′　遠方より訪れたる友（をもてなす）

では、(b)が「コト」的認識に基づいており、(b)′は「モノ」的認識に基づく表現という違いをなしているのである。

そして中古時代を中心に、古代語で、この(b)構文が多くみられた、好んで用いられたということは、「モノ」的認識より、「コト」的認識を好んでいたことを意味する。勿論、現代語においても、(a)の類には次の二種があり、

(27)　池で子供がおぼれているの／ところ／＊ことを助けた。

(28)　池でおぼれている子供を助けた。

(27)のように、コト的認識による表現と、(28)のようにモノ的認識による表現とがあるのである。もっとも、(28)のようにモノ的認識に置換しうる場合には、(27)では、形式名詞「コト」が補入しにくくて、「の」「ところ」などを補入することになる。こうした準体助詞「の」を形式名詞の一種とみる考えもあるが、先に(a)′(b)′の二種に対する、(a)(b)でみたように、準体助詞「の」の機能は、一般の形式名詞よりもより広い用法をもっているようである。

古代語における準体句の機能の全体について、及び古代語から近代語への変遷における移相のことなど、今は別稿に譲らざるをえない。序で「粗描」とした由縁である。

〔底本〕『日本霊異記』『万葉集』『風土記』・その他（物語・和歌類）は岩波日本古典文学大系、『宇治拾遺物語』『今昔物語集』『キリシタン版エソポ物語』『発心集』『古今著聞集』は角川文庫、『古本説話集』『撰集抄』は岩波文庫、『雑談集』は中世の文学（三弥井書店）、『醒酔笑』は桜楓社（岡山和夫編）、『日本往生極楽記』『本朝神仙伝』『拾遺往生伝』は岩波日本思想大系、『三宝絵詞』は古典文庫（現代思潮社）によった。

注

（1）　ここでは、時枝誠記（『文章研究序説』山田書院・一九六〇）が言う、「冒頭」「書き出し」の区別をせず、以下「冒頭」と言う。

（2）　糸井通浩「小説冒頭の「は」と「が」（覚書）」（『京都教育大学国文学会誌』一二、後に同著『『語り』言説の研究』

和泉書院・二〇一七、後編〔二〕1に収録）、同「物語・小説の表現と視点」（『今井文男教授古稀記念論集　表現学論考第二』表現学会・一九八六、後に『「語り」言説の研究』後編〔三〕1に収録）及び同「小説冒頭表現と視点」（『文化言語学――その提言と建設』三省堂、後に『「語り」言説の研究』後編〔二〕2に収録）など。

（3）本稿の「同格準体句」は、近藤泰宏「中古語の準体構造について」（『國語と國文學』一九八一・五）の「同格準体」（無主名詞同格連体）とは別種で、むしろ近藤分類の「（同一名詞準体のうちの）同一名詞追加型」にほぼ該当する。

（4）以下、『宇治拾遺物語』の引用には、出典名を示さず、巻と説話番号のみを示す。
なお、以下の説話からの引用にあたっては、冒頭にみる「昔」「（これも）今は昔」などの類は省略して引用し、またそれに続く冒頭文でないときには、「…。」と記し、冒頭の一文でないことを示した。その場合、省略が複数の文であることもある。いずれにしても「…」は省略箇所を示している。また引用にあたっては現代の一般的な表記に変えた。

また、引用箇所の提示に、一部の作品については、底本の頁数を示したものもある。

（5）古代の語りでは、時や場（所）の規定には、語り手（作者）とそれに向き合う聞き手（読み手）の存在の場を規準とする。多くは、「都」を、その場とする。
　その山は、ここにたとへば、比叡の山を二十ばかり…（伊勢物語・九段）
「宇治拾遺」では、「あり（けり）」による人物存在の冒頭文で、場所が規定される場合と規定されない場合とがある。後者の場合は、ほぼ「（都に）あり」である故と考えてよい。前者の場合、「都」近郊では、「比叡の山」（及びその関係地）「池の尾」「山科」「あたごの山」である。また、逆に都のうちの特定の地（例「七条」）が明示されることもある。

（6）人物が既知か未知かの判断は、語り手（むしろ編者や作者）による、聞き手（当時の読者）の情報（知識）がどんなものかの認識に支配されている。

（7）石垣謙二「あるといふことはどういふことであるか」（同著『助詞の歴史的研究』岩波書店・一九五五）。

（8）土屋俊「指示詞としての固有名詞」（『解釋と鑑賞』一九八七・二）。なお、金水敏「名詞の指示について」（『築島裕博士還暦記念国語学論集』明治書院・一九八六）は、「XトイウY」形式で、「Y」が「人」の場合、Xは個別レベルを表す名詞が位置する場合だけである、と指摘する。「男」「女」の場合も同じ。「者（もの）」も同じであろう。

(9) 日本思想大系『往生伝・法華験記』（岩波書店・一九七四）の訓みによる。

(10) 冒頭で連体詞「ある」を用いない章段には、「鳩ども」（62頁）など複数の場合、「獅子（王）」（58頁）などの場合、「狼一匹」（109頁）の表現をとるもの、「京の鼠」（54頁）など連体修飾語がつくものなど十数例がある。しかし、『古活字本伊曽保物語』では「昔、正直なる人と虚言のみいふ人ありけり」（200頁）の一例を除いて、「人」「所」「時（「去る程に」を含む）」の概念語のいずれかに、「ある」をつけた冒頭文である。

(11) 大坪併治『平安時代における訓点語の文法』（風間書房・一九八一）によると、「或」の訓みについて、「（原文「或・有・或有」などが）下に名詞を表はす文字のない時は、形式名詞のヒト・トキ・トコロなどを補つて」読むことがある、と言う。

(12) 「連体詞」（金水敏担当）（『研究資料日本古典文学12文法付辞書』明治書院・一九八三）。

(13) 「ある（名詞）」という同一形態において、「ある」が、動詞（連体形）である場合と、連体詞である場合とがある。

　少し形見にとて、脱ぎおく衣につつまんとすれば、ある天人つつませず…　（竹取物語）

また、「ありつる（文）」「ありし（文）」なども慣用化しているとは言え、なお動詞性を残している例とみられる。なお、金水敏「人を主語とする存在表現」（『國語と國文學』一九八二・十二）で、未知の人物を話し手が物語世界に初めて持ち出す表現である語りの冒頭の人物存在を示す「あり（けり）」が、おそらく、連体詞「或る」の起源ではないか、と述べている。

(14) 佐伯梅友『古文読解のための文法上』（三省堂・一九八八）。なお、藤井貞和「源氏物語の言葉」（同著『物語の方法』桜楓社・一九九二）を参照。

(15) 石垣謙二「作用性用言反発の法則」（同著『助詞の歴史的研究』岩波書店・一九五五）。

(16) (a)類の構文を、注(15)の論文で「作用性名詞句」と称している。

(17) 竹内美智子「古文における連体格」（『国文法講座3』明治書院・一九八七）で、「名詞句の構成そのもの」と「文中における扱い方」とを別次元のことと考えるべきか、としている。

（補注1）　日本語は、文法的に「ものごと」の単複の区別を義務づけられていない言語である。それ故、「古池や蛙飛び込む水の音」など英訳するとき「蛙（かはづ）」は一匹か複数匹かが問題になる。しかし、日本語では古来「ものごと」を指す名詞はまずは「一つ」としての存在を前提にしていたと考えられる。「鉛筆、貸して」と要求されたとき、まずは「一本」を意味した。それをアンマークの認識としていた。「昔、男ありけり」とはまずは「一人の男」と受け取るのである。そうでないのなら、「鉛筆二三本」「何本か鉛筆」とか「男たち」「男が四五人」などとマークされた表現をしなければならないのである。

（補注2）　日本語では事物を認知する手順として、事物の「存在」の認知、それから事物の「実態」（内質など）の認知をすることになる。「ある・いる」（「ない・いない」）の存在詞は他のすべての用言と対等な位置にあると言えよう。「知る」と「分かる」がそれぞれの認知に対応する。それ故、「知っ」ていても「分かっ」ていないことはあるし、「知ら」ないことについては「分かる」わけがない。まずは「存在」を認知する、それからその「ものごと」について「分かる」ことにつとめることになる。

（補注3）　同格の「の」と言えば、『伊勢物語』九段の「白き鳥**の**、嘴と足と赤き、鴫の大きさなる」の同格準体句がよく知られているが、この例も初出の「鳥」の存在情報を提示している例である。

参考文献（注でとりあげたものは除く）

近藤泰宏「文法研究における現代語と古典語」（『解釈と鑑賞』一九九〇・七）
田上稔「「の」について―「童のをかしき」を中心に―」（『國語國文』一九九一・一）
金水敏「連体修飾成分の機能」（『松村明教授古稀記念国語研究論集』明治書院・一九八七）

中編　散文体と韻文体と

〔一〕勅撰和歌集の詞書――「よめる」「よみ侍りける」の表現価値

序　問題の所在

和歌集を基本的資料とする和歌文学の研究が、なかんずく勅撰和歌集の研究において、その和歌そのものの研究を中心にして進められてきたのは当然であったとも言えようが、それにしても、勅撰集の韻文部分（和歌）の研究に比べて散文部分（詞書）の研究はあまりにも等閑視されすぎてきたようにも思う。和歌が主であり、詞書は従であるという一般的認識からしても、それはやむを得ないところであった。が、詞書は、「和歌についての（撰者の）解釈と鑑賞を享受者に対して指示するもの(1)」であることを考えると、詞書の研究は、単に詞書の問題にとどまるものではなく、和歌そのもの又歌集にとっても重要な意味を持ったものであったはずである。近年ようやく詞書の研究が盛んになってきたように思う。他の文学――説話文学・歌物語文学など――との影響関係・書承関係の研究はおくとしても、いちいちの指摘は省略するが、詞書そのものの研究として、敬語使用の実態と勅撰集の言語場などの問題が掘りおこされ、また詞書の文章の表現主体をめぐる論争(2)、更には詞書の「侍り」「つかはす」など待遇表現とその語法の研究、過去（特に「き」）・完了の助動詞に注目した研究、書記言語の創出か口頭言語の記録化か、といった問題、そして詞書の文章様式が有する表現意図――価値の研究などがみられる。

これらの問題は相互に関連し合うところがあって、筆者自身もこれらの問題を念頭におきながらいくつかの分析を試みてきた。そこで逢着した問題の一つが、本稿で課題とする、和歌誘導の末尾形式である「よめる」と「よみ侍りける」とが一体どういう表現価値を持ったものであったのか、という課題であった(3)。

発生論的にみると、和歌誘導の末尾形式として、「よめる」型は、『古今集』においてすでに確立していたとみられるのに対して、「よみける—よみ侍りける」型は、後発の副次的な表現形式であったと観察されるが、『拾遺集』『後拾遺集』と、使用の率が増大し、『後拾遺集』において両者は和歌誘導上の対立的な表現形式となっていたとみられる。そこで、一体、両型の間にどういう和歌鑑賞のための情報的質の差異があったのかを明らかにしなければならないことになる。が、このことが一筋縄では捉えきれない問題であることをその実態は物語っているのである。そして、この課題を解決するためには、その前提となるいくつかの問題を明らかにしておかねばならない。一つは、両型の使用の実態をまずは把握することであり、一つは、両型の、詞書の文構造の中での位置関係の問題で、一つは、「侍り」をめぐる問題であり、一つは「り（完了）」と「けり（過去）」の文法的用法上の問題である。これらの問題を考えていく中で、課題に対する解答を引き出していきたいと考える。

一　詞書の表現構造の実態とモデル化

まず、詞書の構造モデルを仮設しておきたい。勅撰和歌集の詞書の典型を、その四季（自然詠）部を中心にみることによって、「一文構成の詞書」と規定することができる。しかし、非自然詠などにおいては、二文以上からなる詞書も珍しくはないが、それらについては、直接和歌を誘導する最後の一文を対象にして詞書構造モデルを仮設することにする。和歌を誘導する一文の表現型態は、大別して次の三類に整理することができる。

甲類　言いさし型（格助詞、接続助詞で終止した形で和歌を誘導する型）

乙類　連体形型（活用語の連体形で終止した形で和歌を誘導する型）

丙類　「歌」型（名詞「歌」で終止した形で和歌を誘導する型）

ただし、「題知らず」や、物名歌などにみられる歌題―歌材を名詞語で示した詞書などは対象外とし、また、たまにみられる終止形終止の詞書は特殊な事例で、別途に考えねばならない問題を孕んでいるので、ここでは除外して考えることにする。

ところで、これら甲・乙・丙の各類は、詞書の文構造において、次のような関係にあると考えられる。

〈《（言いさし型）連体形型》「歌」型〉

非完結型　完結型	過剰型

そこで、ここでは仮に、言いさし型を非完結型と称し、連体形型を完結型と称し、「歌」型を過剰型と称することにする。

言うまでもなく、このように認定し命名する前提には、『古今集』で最も多くみられる連体形型（「よめる」を代表とする）をもって勅撰和歌集の標準型の詞書とみていることを意味するが、これは仮の立場であって、「歌」型をもって完結型とみる考え方も成り立つであろう。(4) その場合、言いさし型、連体形型をともに非完結型とみることになるのであり、終止形終止文末の詞書を除外して考える限り、三つの類型の関係は一文構造の層的関係にあることは認められよう。もっとも、連体形型の連体形に下接すべく予定された名詞が何であったかについては、二つの考え方が存在しうる。一つは「歌」という語の省略、一つは後続の「うた」そのものに係る、とみることである。ただし形式名詞「ことヨ」などの省略、つまり詠嘆的余情表現とみる考えはとらない。ここではひとまず後者の考えに立ち、それ故に「歌」型を過剰型と称することにもなる。

ところで、本稿の直接対象とする和歌誘導の表現形式「よめる」「よみ侍りける」は、ともに右の完結型に属するのであるが、同じ動作動詞「よむ」を述語としながらも、それぞれに代表的な類型表現であったと認められるところから、では一体両者にはどのような情報価値の違いがあったのか、を明らかにしていかねばならないことになる。

さて、各勅撰集の詞書のあり様は、種々で、それぞれに独自性を発揮しているとみられている。「よめる」「よみ侍りける」をはじめ主な末尾スタイルに限って統計的に数値で確認してみると、表Ⅰのように、その独自性は明白である。なお、この表Ⅰの数値は『八代集抄』本による。異本間に相違するところは無視できないが、大勢は動くことなく、各勅撰集の独自性の傾向を知る上には影響ないものと判断する。

表Ⅰからうかがえる各勅撰集の独自性を特徴づけておくならば、『古今集』『金葉集』『詞花集』が圧倒的に「よめる」を多く採用し、「よめる」型和歌集と規定しうるのに対して、『後拾遺集』『千載集』では「よめる」も多いが、相対的にみて「よみ侍りける」を多く採用していることから、「よみ侍りける」型（重視）の歌集と規定できる。『後撰集』は、同じ連体形型（完結型）でも、以上の和歌集と異なり、「つかはしける」型の歌集とも規定できるし、また「…ば」（接続助詞）の言いさし型の詞書数が他のそれに比べて、格段に多いことを特徴としている。この言いさし型「…ば」の多用と、連体形型「つかはしける」の多用とには、詞書の発想・機能の面で通底するところがあったとみられる。『拾遺集』は、同じ言いさし型でも「屏風に」など、歌の成立した場の提示を第一としている点で特徴的であり、『新古今集』とともに注目される。『新古今集』は、表Ⅰにとりあげた項目については、いずれをも多用しているということがむしろ特徴と言える歌集で、中でも『拾遺集』にもみた「屏風に」など

表Ⅰ　（八代集抄本による）数は詞書数

型＼集	古今	後撰	拾遺	後拾	金葉	詞花	千載	新古
よめる	222	7	14	295	427	210	411	86
よみ（侍り）ける	19	8	49	203	5	6	216	137
つかはしける	42	298	85	213	63	54	93	126
屏風に（など）	0	18	129	18	0	2	1	139
…ば	1	174	73	50	0	5	1	40

の言いさし型が多いことが、他の歌集と比すると際立った特徴であると言えようか。(5)「よめる」と「よみ侍りける」の対立は、その情報価値上の対立が、それぞれの歌集の編纂態度や姿勢の対立（独自性）にもつながる問題をもたらすことが分かる。

以上、いずれの型を特徴とするか、という観点から各勅撰の詞書のあり様の独自性を確認したが、これらは「型」としての対立をなすことで、各勅撰の個別的側面を顕わにしている現象であった。しかし、これらの異なる型はすべて根本的には、先に仮設した一つの詞書構造モデルを深層とする表層であって、同一の深層構造を前提とするという普遍的側面からはいずれもはずれてはいないのである。

さて、ここで「よめる」型と「よみ侍りける」型との対立に焦点をしぼり、その対立の実態をまず確認することからはじめたい。『古今集』が「よめる」型であることは先にみたが、それに比して数は少ないが「よみ侍りける」型が一九例（八代集抄本）ある。しかし、そのほとんどが「侍り」を欠く「よみける」であり、「よみ侍りける」は三例（異本によって、一例から三例という差《ゆれ》がある）である。逆に『後撰集』以降においては、圧倒的に「よみ侍りける」とあり、例外的に、また異本によっては「よみける」がみられるというにすぎない。つまり、『古今集』ではまだ「よみける」の段階にあったものが、『後撰集』以降においては「よみ侍りける」が標準として固定したのであり、このことは『後撰集』以降における「侍り」の多用と重なる現象である。しかし、「よめる」型と「よみ侍りける」型との対立の本質は「侍り」の有無によりも、「る（完了）」と「ける（過去）」の対立に根ざしているのであり、『古今集』において、すでに両型の対立は成立していたと認めることができる。なお末尾形式において「侍り」が「けり」と共起しやすかったことについては後述する。

「よめる」型と「よみ侍りける」型とが、詞書の記述方法において対立的であることが顕わになるのは、『後拾遺集』においてであったことを先に見た。そこでは、「よめる」型に対する「よみ侍りける」型が充分量的に存在していることが分かる。ところが『後拾遺集』の詞書の異本間における本文異同において、際立って多い異同のパターンが、この「よめる」と「よみ侍りける」の交替現象であることが注目される。それは、「よめる」と「よみ侍りける」との表現価値の違いはほとんど皆無に等しかったのではないかと疑わせるほどの事例数に及ぶ。その全容をここで示す余裕はないが、その実態は拙編著『後拾遺和歌集総索引』（底本は書陵部蔵三九冊本・清文堂・一九七六）の校異篇を参照願うとし、その一部を表Ⅱに示しておく。

ほとんどが「よめる」の形《かたち》と「よみ侍りける」の形の交替例であることは、両者が型として固定しており、二者択一的対立関係にあったことを明白に物語っている。しかし、これだけの異同数を生み出しているということは、少なくとも、後世における転写本の段階において「よめる」であるか「よみ侍りける」であるかの撰択基準があいまいになっていたと想像せざるを得ないのであり、完結型―連体形型として、両型の間にいずれを撰択するかにおいてその必然性が、またはその本質的な違いがもう見失われていたとみるべきであろうか。そうした両型の違いのあいまいさを考慮して、後続の『金葉集』『詞花集』においては、一方的に「よめる」型に統一するといった方法（編集態度）が採用されもしたと考えればよいのであろうか。

表Ⅱ　後拾遺集（書陵部蔵三十九冊本と異本三本との異同）

書陵部蔵本の本文 ＼ 他本（三本）の本文	よめる			よみ侍りける			ナシ		
	一本のみ	二本	三本とも	一本のみ	二本	三本とも	一本のみ	二本	三本とも
よめる				38※	4	12	4	10	・
よみ侍りける	8	9	1				2	・	1
ナシ	2	・	4	・	・	1			

（表注）「よみける」が関わる例は除外した。
※　そのほとんどが太山寺本との対応である。

『後拾遺集』にみた「よめる」と「よみ侍りける」の写本間の交替現象は、他の勅撰集においても、異同のパターンの一つとして認められるのである。例えば、「よめる」型一辺倒の『詞花集』においても、井上宗雄・片野達郎校注『詞花和歌集』（笠間叢書）の巻末校異によると、一五五、一五九、三八〇、三八八、四〇九など五例の詞書において、両型の交替現象がみられるし、(6)久保田淳・松野陽一校注『千載和歌集』（笠間叢書）の巻末校異によると、七二、八二、九一、一〇一、一三六、などをはじめ多数において、その詞書の和歌誘導の表現形式として、両型の交替現象が存在していることが確認できる。

一体、「よめる」型と「よみ侍りける」型とでは、どんな情報価値の違いがあったのであろうか。その使い分けにどのような規範性が存在したと考えればよいのか。このことは従来ほとんど問題にされてこなかったし、むしろ、『後拾遺集』（底本、岩波文庫本）を観察してみるとき、次のように詞書の内容との関係においても、統一的な規準らしきものが見い出しがたく、全く恣意的なものであり、これといった規範性は存在しなかったのではないかとも思わされる。

a　入道前太政大臣大饗し侍りける屛風に、臨時客のかたかきたる所をよめる　（一六）
a′　おなじ屛風に大饗のかたかきたる所をよみ侍りける　（一七）
b　河原院にて遥《はるか》に山桜をみてよめる　（九七）
b′　白河院にて花をみてよみ侍りける　（九三）
c　四月ついたちの日よめる　（一六五）
c′　正月一日よみ侍りける　（一）
d　はなたちばなをよめる　（二一四）
d′　蛍をよみ侍りける　（二一六）
e　土御門右大臣家に歌合し侍りけるに秋月をよめる　（二五二）

e′　永承四年内裏の歌合に擣衣をよみ侍りける　（三三五）

しかし、例えば、「よめる」型一辺倒の『詞花集』（底本、三春秋田家本東北大学蔵）において、「よみ（て）侍りける」は次のようにある。

(1)　新院位におはしましし時牡丹をよませたまひけるによみ侍りける　（四六[7]・関白前太政大臣）

をはじめとして、（八二・橘元任）（一五九・入道前太政大臣）（一八七・関白前太政大臣）（二四七・関白前太政大臣）（二八五・大蔵卿行宗）（三五〇・左近中将教長）（三八〇・関白前太政大臣）（三八八・大江正言）、以上の九例に見える。[8]九例中四例が関白前太政大臣（藤原忠通）歌の詞書であることが注目される。高松宮本（新編国歌大観底本）などによって異本本文を調べてみると、（八二・橘元任）（三八八・大江正言）の二例は「よめる」であった可能性がある。また、（一五九・入道前太政大臣）も高松宮本などが「よめる」とする。集中関白前太政大臣歌の詞書は七例あるがうち四例が右のように「よみ侍りける」とある。残り三例のうち一例は「いひつかはしける」（三七九）である。他の二例は「よめる」とあるが、二例とも高松宮本、『八代集抄』本などでは「よみ侍りける」（一五五・四〇九）とあり、（三七九）は別形式例であるから除くと、関白前太政大臣についてはすべて「よみ侍りける」という表現形式が選ばれていた可能性があるのである。

『詞花集』で「よみ侍りける」とある残りの二例（二八五・新院位におはしましし時…　大蔵卿行宗）（三五〇・新院六条殿におはしましけるころ…　右近中将教長）を存疑としてひとまず除外するならば、徹底して「よみ侍りける」で扱われたのは、関白前太政大臣唯一人ということになる。新院をはじめとして院はすべて「よませ給ひける」とし、中宮・皇后が「よみ給ひける」と待遇されるに次いで、関白前太政大臣のみが特別な扱いを受けていたとみてよいであろう。

なお、「よみける」とあるものが二例（三四三・清原元輔）（三六二・大僧正行尊）あるが、いずれも高松宮本・流布本等では「よめる」とするものである。以上のように異本を参照して整理してみると、「よめる」一辺倒の『詞花集』において関白前太政大臣を特別視するためにのみ「よみ侍りける」が選ばれていたという規範をうかがうことができる。「よめる」型と「よみ侍りける」型の使い分けに関して、ここに、体系的な、身分階級に対する敬語待遇とまでは言えないにしても、特定の身分の高い人物に対する特別な扱い方に荷担している場合の存在をみることができるのだが、次の勅撰集、両型ともを多用する『千載集』になると、両型の使い分けが身分階級の上下による敬語的待遇表現として機能していたのではないかとみられるふしがある。

　表Ⅲは、岩波文庫本を底本にして調査した結果である。そこには、偶然とは思われない、両型の使い分けがあることがわかる。すべての事例を確認する余裕はないが、大臣級以上の「よめる」例二例についてみると、そのうち一例（六四九・大炊御門右大臣）は多くの伝本に「よみ侍りける」とある。もう一例（五八二・久我内大臣）は存疑。源俊頼朝臣の「よみ侍りける」七例では、（六一五）が実隆系統の本に「よめる」とあり、（六五九）が俊成自筆本（日野切）で「よみ侍りけるに」（言いさし型の末尾形式）とある。が、他の五例については、異文を確認していない。同じ中納言でも、匡房や国信はほとんどが「よめる」で扱われているが、他の中納言は、いずれかの型への傾きは認めがたい。

　ともかく、身分の上下と両型の使い分けに対応関係が観察できるのだが、それは絶対的規範であったとは言いがたく、身分の上下は両型の使い分けの基準の一端にすぎなく、身分の上下以外にも両型使い分けに働いていた要因の存在を思わせるのであり、あるいは、原理的な基準は一つであって、その基準に基づきながら身分の上下もが加味されうるような、そういった基準の存在を考えざるを得ないのである。(9)

表Ⅲ　千載和歌集（岩波文庫本）

位＼型	よめる	よみ侍りける
親王以上	0	15
大臣級以上	2	57
大納言級	8	28
中納言級	29	19
源俊頼朝臣	21	7

例えば、「詠み人知らず」歌が詞書を有する場合には、「題知らず」「返し」などの一〇例を除くと、「よめる」が四例、「よみ侍りける」が三例であるが、「よみ侍りける」三例のうち、（八六九）は他本の多くに「よめる」とあり、残りの二例は、（六六）が平忠度、（五一九）が平行盛をそれぞれ「詠み人知らず」と扱ったもので、そこに「よみ侍りける」と扱われる理由があったかと想像される。これらを除くと、身分階級不明の「詠み人知らず」歌は基本的には「よめる」扱いするものであったと推定できる。また、『千載集』は他本に比して、各巻の巻頭歌を「よみ侍りける」扱いした傾向がみえる（「よめる」は一例〔六四一・源俊頼朝臣〕で、「よみ侍りける」が八例）ことも注目される。

二　表現類型と表現意図

(一)　表現類型の整理

先にみた『千載集』（岩波文庫本）（六五九・源俊頼朝臣）の詞書は、次のようにある。

(2)　権中納言俊忠桂の家にて、無き名立つ恋といへる心をよみ侍りける

これだと、「よみ侍りける」で終止する完結型の詞書ということになるが、俊成自筆本（日野切）では、「よみ侍りけるに」とあって、非完結（言いさし）型であったことになる。陽明文庫本も同じ。同種の異本関係にあるものに、例えば、『後拾遺集』（八代集抄本）に、

(3)　祐子内親王家に歌合などはて、後人々同じ題をよみ侍りける　（一九二）

(4)　禅林寺に人々まかりて山家秋晩といふ心をよみ侍りけるに　（二八一）

とあるが、事例(3)についていくつかの伝写本では「よみ侍りけるに」とある。逆に事例(4)では、末尾の「に」を欠く異本がある。これらの例からみると、「よみ侍りける」という完結型をとるもののうちには、末尾が「よみ侍り

けるに―」という非完結型であったものが含まれていることが考えられる。しかし、問題はそれだけにとどまらないようである。「よみ侍りけるに―」という非完結型をとっている事例を『拾遺集』（八代集抄本）から拾ってみると、

(5)　権中納言義懐家の桜の花をしむ歌よみ侍りけるに―（五四）

(6)　八月ばかりに、かりのこゑまつ歌よみ侍りけるに―（一六二）

(7)　河原院にてあれたるやどに秋来といふ心を人々よみ侍りけるに―（一四〇）

といった例が多数見える。これらの「言いさし」の後に省略されている述語は何か。おそらく次の事例からみて、「よめる」が省略されていると考えてよさそうに思われる。

(8)　はぎのねたるに露のおきたる人々よみ侍りけるによめる（後拾遺集・二九七）

(9)　（前略）歌に心えたるもの十六人をえらびて歌よみ侍りけるに水上秋月といふ心をよみ侍りける（同・二五一）

(10)　月のあかく侍りけるよ小一条のおほいまうちぎみむかしを恋ふる心をよみ侍りけるによめる（同・八五三）

これら事例(5)〜(7)と事例(8)〜(10)とに共通することとして「よみ侍りけるに」の主語「人々」や目的語「歌」が明示化してあることである。『古今集』にすでに、

(11)　…歌よみけるついでによめる（一九〇）

(12)　…人々集りて歌よみける時によめる（九二八）

とあり、『後撰集』にも同類型の詞書がみえる。つまり、これらにみる「…よみ（侍り）けるに…よめる」という構文は、歌会・歌合などにおける集団的詠歌活動であったことを示す「よみ侍りける（に）」という条件・状況のもとに、当歌の詠者の個別的詠歌行為を「よめる」と表現している構文であることを意味する。この点からみると、先の『後拾遺集』一九二（事例(3)）も「人々」とあることから「よみ侍りけるに―」という本文が本来の形式であったと考えられる。もっとも、事例(9)では末尾形式が「よみ侍りける」とあったり、事例(10)も異本によっては「よめ

る」が「よみ侍りける」とあったりするが、本来は事例⑻にみるような形式を原型としながらも、本文にゆれが起こってしまったものと推測される。

ところで、右のような構造において、(a)「…よみ侍りけるに…よめる」、(b)「…よみ侍りけるに…よみ侍りける」という形式は現に存在するが、(c)「…よめるに…よみ侍りける」、(d)「…よめるに…よめる」という形式は、管見によると存在しない。このことは、「よめるに」という非完結（言いさし）型の詞書は存在しないことを意味する。現に「り（完了）」を伴った接続助詞「に」による言いさし型の事例は、管見によると、次の一例のみである。

⒀　寛和二年、清涼殿御障子の絵に網代をかけるに　（拾遺抄・一四四）

これは『八代集抄』本によるが、新編国歌大観本では、「…網代をかける」とある。しかし、これは「に」のある方がよく「…網代をかける（トコロ）に」の意とみられる。屛風などの絵の内容を叙述する部分には「けり」は用いられることがなく、もっぱら「り・たり」で記述するのが一般であった。

こうした事実は、「よめる」という形式が、もっぱら直接和歌を誘導する末尾形式としてのみ機能していたことを意味し、それに対して「よみ侍りける」は、そういう末尾形式としても機能したけれども、それ以外の表現形式としても存在し得たことを物語っている。ここに両型の本質的な違いが言語事象として顕れているとみられる。更には、この解釈を支持する事象として、次のような現象がみられるのである。

以上完結型をなす詞書末尾の連体形型において、異本間に「よめる」と「よみ侍りける」との交替現象があることをみたが、この末尾形式にみられる異本間の異同にもう一つ注目すべきパターンとして、(a)型「よみ侍りける—ナシ」(b)型「よめる—ナシ」という、それぞれ他本においては該当の語句が「ナシ」であるという場合がある。この異同パターンに関して、際立った傾向として指摘できる事実がある。

それは、右のうち(a)型の例はあまりみられず、(b)型の場合がほとんどであるということである。例えば、『千載

集』（前掲書）の場合、巻一〇までに、

(a)型——五五、四九八

(b)型——四八、八〇、一三八、一六五、二三三、二八五、二九五、三〇六、三一五、三九九、（四一〇）、四一五、
四三四、四六二、四七八、四八三、四九六、五〇七、五八〇、五九二

(a)型は二例のみであるが、(b)型は二〇例を数える。そしてこの傾向は、単に『千載集』に限るものではなく、一般的な傾向であったと観察される（例えば、294頁表Ⅱ参照）。このことから考えられることは、「よめる」は省略されやすかったが、「よみ侍りける」は省略されにくかった、つまり、完結型の末尾形式「よめる」は省略されてもその省略は復元されやすかったが、「よみ侍りける」は、そうはいかなかったのである。完結型の末尾形式として「よめる」型はしるしなしの形式であったのであり、「よみ侍りける」はしるしつきの形式であったことを意味する。そこで次に、その「しるしつき」の実質が問われねばならないことになる。

「よめる」の省略という現象は、「言いさし（非完結）」型のほとんどない『古今集』においてすでに異本によっては発生している。旺文社文庫本によれば、（一四三・素性）（三九七・貫之）の詞書が「〜て」止め（言いさし）の詞書であるが、いずれも「よめる」の省略とみてよいものであったと考えられる。しかし、それらにおいてなぜ省略がなされたのか、省略が可能であったのか、その理由ははかりかねる。「よめる」型の標準化慣用化がすすんでいたことに起因するとしか考えようがない。

二 「侍り」をめぐる問題

次に「侍り」をめぐる問題を考えておきたい。「よめる」と「よみ侍りける」の対立的関係の本質は、その「る（完了）」と「ける（過去）」との対立に根ざしているものと考えるが、『後撰集』以降において、完結型末尾形式と

して「よみける」が例外的存在となり、「よみ侍りける」という形《かたち》が慣用化固定化したことを考えると、この「侍り」の性格が「よみける」の本質を補充する、またはそれに荷担していたということが考えられるからである。

　勅撰集詞書における「侍り」の問題ははやくから注目され、近年とみに研究が進んでいる。そして、少なくとも八代集を通して使用度の多少の差はあっても、一貫して用いられている。しかし、その語法的性格を一律的に捉えることはできない。その史的研究において、いくつかの用法変化の事実が明らかになってきている(10)。

　『古今集』では、完結型末尾形式「よみ侍りける」は、いまだ極少であり、「よみける」が「よめる」に対立する形式であった、という事実にも反映しているように、詞書における「侍り」の使用は、『後撰集』以降において増加し、その傾向が伝統化（詞書用語化も含めて）したとみてよい。その『古今集』においてもすでに、雑・哀・別・旅などに比較的多く出現するという傾向がみられるが、それ以後においても、自然詠における詠歌の対象の「自然（四季）」の説明や屏風歌における屏風の絵場面の説明などの詞書には比較的現れにくく、人事詠における具体的な人間関係及びその行動の説明や、歌合などにおける詠歌の場面や行為の説明などの詞書において現れやすかったと言えよう。とは言え、「侍り」を多用する勅撰集と多用はしない勅撰集という個別的違いがあり、同じ勅撰集内においても、個々の詞書別に「侍り」を用いたものと用いないものとがある（その場合、注意しておきたいことに、従来一括して捉えられることが多いが、完結型末尾形式としての「よめる」型に対立する「よみ侍りける」型における「侍り」使用と、末尾ならぬ文中における「侍り」(11)使用とは区別して捉えておくべきであるということがある）。

　ところで、「侍り」は、被支配待遇の用法を担っていたとみられ、「かしこまり」の用法とも捉えられているが、やがて、丁重語的性格をおび、更に丁寧語となったとみられている(12)。平安後期になると、新しく聞き手対象の丁寧語として「候ふ」が登場すると、「侍り」は古語化し、勅撰集詞書などでは、伝統化した詞書用語（雅語）として定着するに至ったとみられる。

『千載集』(前掲書による)の校異をみると、

⒁　摂政右大臣に侍りける時、百首歌詠ませ侍りけるに（略）祝の歌五首が内に詠み侍りける　（六二五・俊成）

⒂　橘俊綱朝臣の伏見の家に、桂を掘り植ゑさせ侍りけるに（略）よめる　（六三一・賀茂成助）

右の傍線部が異本に「詠ませ給ひける」「植ゑさせ給ひける」とあるものがあって注目される。これをもって直ちに「侍り」が「給ふ」と同質の尊敬語化していたとみることははばかられるが、先にも指摘した、『詞花集』『千載集』における「よめる」「よみ侍りける」の使い分けにおいて、詠者が身分階級の上位者であるほど「よみ侍りける」を用いる率が高かったことと合わせて考えてみると、これら上位者の詠歌行為を丁重に待遇するという意識が「侍り」に含まれていた、つまり、「侍り」の丁重語的性格を明白に物語っていると考えられる。この「侍り」は聞き手対象の敬語というよりは、選者の、素材（身分階級高位者の詠歌行為・詞書内容）を対象とする敬語（?）、つまり丁重語的性格を持った語であったのではないかと推定されるのである。「侍り」には、詞書の表現主体にとって特殊な意識で認識されている表現素材（詞書内容）に対する気持ちが反映していたものと考えられるわけで、とりもなおさず、完結型末尾形式としての「よみ侍りける」自体がそうした主体的意識を表現価値として持っていたものと考えられることになるのである。

以上、従来指摘された事実の上にいくつかの問題を付加し得たが、また、一部の指摘はともかくとして、詞書の「侍り」の使用には、統一性規範性を求めることはかなり困難であり、文法的なものであったというよりは、むしろ文体的なものであったともみられている。[13] しかし、更に細部の分析をしてみると、「侍り」使用にもある傾向のあったことが知られるのである。『拾遺集』においては、非完結（言いさし）型が比較的多いが、そのうちに(a)「見て・聞きて」(b)「見侍りて・聞き侍りて」という「侍り」の有無による対立がみられる。この違いを構文的観点からみてみると、上接語句との関係で表Ⅳのような結果が得られる。

表Ⅳ　拾遺集（岩波文庫本）

上接語句＼型	(a)見(聞き)て	(b)見(聞き)侍りて
体　言（＋格助）	6	16
用言連体形（＋格助）	20	5

(a)型における「用言連体形（＋格助詞）」を上接する典型例は、「大津の宮の荒れて侍りけるを見て」（四八三）のようなもので、「コト」を「見る」の対象としているのに対して、(b)型では、「散り残りたる紅葉を見侍りて」（一二一〇）の例にみるように、「モノ」を「見る」の対象とするという傾向を窺うことができる。このことは、一つの「コト」が一つの「侍り」によって丁重な表現にしつらえられるという傾向があったことを意味するか。つまり(b)型においては、「月を見る」という「コト」に「侍り」が付加されて「月を見侍りて」となっているものと考えられる。これらの非完結（言いさし）型が、その後に「よめる」を省略しているとみるのが妥当であろうことは先にもふれた。

しかし、右にみるような現象が八代集通しての一般的普遍的な傾向だったとは言えない。『後拾遺集』では、「見て」の言いさしはかなりあるが、「見侍りて」は一例（一〇六一・岩波文庫本）しかみられない。先の『拾遺集』の整理のパターンに完結型末尾形式の両型を加えて『後拾遺集』の場合を整理してみると、表Ⅴのような結果になった。

〔丙〕種の場合、末尾形式の選択に差がないが、注目すべきは、〔乙〕種において末尾形式の省略がないことである。末尾形式が省略される場合は基本的に「よめる」の省略であって「よみ侍りける」の省略ではないとすると、〔乙〕種で省略がないということは、〔乙〕種における末尾形式が基本的には「よみ侍りける」であったことによると考えられ、〔甲〕種の省略八例についてもそのように考えるなら、〔甲〕種は基本的には「よめる」を末尾形式として選んだものと考えられる。〔丙〕種の省略の場合も基本的にはそのように考えてよいのではなかろうか。その下接語句として「よめる」「よみ侍りける」が数量的に均衡していて差がないことは、その選択に影響したことがらとして、更に上接の体言をどんな連体句が修飾していたかを考慮してみなければならないことを意味しているのかも知れない。[14]

完結型の末尾形式として「よめる」と「よみ侍りける」が対立的であったことをみてきたが、「よみ侍りける」は、この形《かたち》で固定化した慣用的表現として定着していた。そこに「侍り」と「けり」とには、共起しやすい性格があったことをうかがわせる。「けり」は、過去に実現した特定のことがらの場合、そのことを表現主体の現在において確認しているというムード性の強い助動詞である。「侍り」は、そういう特定のことがら、就中、個人的人的行動を表現主体側のことがらとして、「かしこまり」の気持ちで待遇したり、「丁重な」気持ちで待遇したりする補助動詞であった。

表Ⅴ　後拾遺集（岩波文庫本）「「視覚行為」＋て」の上・下接語句

上接語句＼下接語句	よめる	よみ侍りける	省略
〔甲〕侍りけるを～けるを～たるを	**13**	6	**8**
〔乙〕〔甲〕以外の連体形を	2	**7**	**0**
〔丙〕体言を	14	14	6

「詠《よ》む」という行為の多くが、過去における特定の（公《おおやけ》に対しては）私的個人的な行為であったこと——私的な場で詠まれた、または私的に贈与されたものであったこと——それが、「よみ侍りける」という表現形式を要求し、それの固定化慣用化が進んだものと考えられる。

㈢　過去「けり」と完了「り」

さて、両型の本質的な違いにかかわる過去「けり」と完了「り」に焦点をしぼって、両型の表現性の違いを探ってみたい。

かつて指摘したことであるが、[15] 完結型末尾形式としての「よめる」「よみ侍りける」には、次のような他の形式との関係において違いがあった。完結型末尾形式において、過去「ける」で結ばれているものには、「よみ侍りける」以外にも、「よませ給ひける」「奏し侍りける」「（いひ）入れ侍りける」「（いひ）おき侍りける」「かき付け

（て）侍りける」「つかはしける」などなど様々な事例がある。その多くが「侍り」を伴っている。つまり、「よみ侍りける」は「―ける」型末尾形式の中の一つの形式にすぎなかったのである。それに対して、「―る」型の末尾形式は、「よめる」を唯一の形式としていると言ってよい。このことは、両型の、詞書における表現性――価値の違いを考える上で重要な事実である。ただし、「よめる」を完結型「―る」型末尾形式の唯一の形式と言ったが、実はここに触れておかねばならない注目すべき例外があった。

それは、『古今集』『金葉集』にみられる「奉れる」「つかうまつれる」であり、『後拾遺集』『金葉集』（三奏本・岩波文庫本）にみられる「よませ給へる」である。[16] 後者は、「…せ給ふ」の尊敬補助語からもわかるように、『後拾遺集』では、「御製（＝白河院）」の二例、『金葉集』では堀河院をはじめ「三宮」も含めてすべての「院」の御製に用いられているものである。[17] その他の勅撰集では、「…ける」文体（『新古今集』では後鳥羽院に関する詞書が「…し（過去）」文体）で扱われているが、ともかく「…る」文体がこれらに限って現れえたことは注目しておいてよい。

さて、前者の場合であるが、『金葉集』六例（二、五七、二三二、二八九、三一一、五〇二）は、すべて当代歌人たちが、堀河院など公《おおやけ》（院・帝・中宮）にさしあげた歌の場合に用いられている。ただ次にみる『古今集』のように、特定の皇族のみを対象としてはいないのである。『古今集』では「奉れる」の表現で、（二二・貫之）（二五・貫之）（五九・貫之）（三四二・貫之）の四例と、参考として、「古歌に加へて奉れる長歌」（一〇〇三・忠岑）を合わせて考えてみたいが、これらはすべて『古今集』の勅命者醍醐帝にさしあげたとする詞書である。実は、先の四例については、「古歌奉りし時の目録の序の長歌」（一〇〇二・貫之）とともに、過去の助動詞「き」が用いられた特例として従来話題にされてきた事例群と全く重なっているのである。（二二、二五、五九、三四二）の詞書は、単に過去「き」の使用だけが特別であっただけでなく、その完結型末尾形式が、「る」型をとることにおいて特例的な事例であったのである（注(15)参照）。この点について、従来等閑視されてきたが、これらが「よめる」と同質な表現性を持ちながらも、特例的、つまり、醍醐帝にさしあげた歌であった、という条件によって、「奉れる」という形式をとっているのである。そして、このことは、完了「り」による「よめる」型の表現価値を考える上で重要な意味を示唆しているのである。

『古今集』にはなお一例「つかうまつれる」（九〇三・敏行）があり、宇多帝に献上したことを語る詞書がある。

また、『後撰集』（東洋文庫本）には、

⒃　延喜御時秋歌めしありければ奉れる　（三三七・貫之）

とあり、『拾遺集』（東洋文庫本）にも、

⒄　延喜の御時宣旨にて奉れる歌の中に　（一一三・同）

がある。ただし、前者については、他の同題詞書（二七一・四三四）では「―たてまつりける」とある。

本位田重美(18)は、詞書における「き」「けり」の使い分けを手がかりに八代集の撰述態度を考察し、『後拾遺集』『金葉集』については、「当帝」や主催者の「院」の立場から撰述されたのではなく、「仮空の一立場を設定し、その立場に立って撰述」が行われたとするが、右の末尾形式にみる表現から判断すると、その「仮空の一立場」とは特定の帝・院ではなく、「公《おおやけ》」（王権）とでも言うべき立場であったことを意味するようである。『金葉集』で、すべての院への献上歌を完了「り」で表現していたことはこのことをよく物語っていると思われる。王権（公）意識には、特定の帝ないしは院が直接意識の対象となる場合と、特定の帝ないし院は個別的な歴史的事実として意識されながらも、特定の帝ないし院の背後に存在する抽象的な王権（公）が意識の対象とされていた場合があったことを思わせるのである。そうだとすれば、『後拾遺集』『金葉集』は、後者の場合であったことになる。

和歌が存在することにとって最も重要なことは、「詠むこと」（詠作行為）である。完結型の代表が「よめる」「よみ侍りける」であることもそのことによる。ところで、両者はこれまでの考察において、和歌誘導の末尾形式として対立《パラディグマティック》的な関係にあるとみてきたのであるが、しかし、ここに詞書の文構造上の位置づけにおいて両者の間に重要な違いのあったことが分かる。先にもふれたが、「―よみ侍りけるに…よめる」「―よみ侍りけるに…よみ侍りける」は存在するが、「―よめるに…よみ侍りける」「―よめるに…よめる」は存在しないという事実である。つまり、「よめる」は常に完結型として末尾形式にしか現れないのである。それに対して、「よみ侍りける」の方は末尾形式のみならず、文途中の従属句中にも現れるのであった。このことは、完了「り」で統括される述語構造の「よめる」と、過去「けり」で統括される述語構造の「よみ侍りける」の違いがもたらす事実であることに注目したい。もっとも、このことは完了「り」及び「たり」が、詞書の文途中に現れないということを意味してはいない。つまり、当歌を「詠む」行為の叙述においては、従属句中に「よめる」という形で現れることはなかったということである。右の事実にみる認識構造をモデル化して捉えるならば、

……「ける」世界…「る」世界

という「ける」に統括される認識世界と「る」に統括される認識世界とは層（レベルという位相差）をなす関係にあったと考えられるのである。現実的表層的には末尾形式として「よめる」型と「よみ侍りける」型とが対立的な関係にあるように見えるのであるが、その深層レベルにおいては、「よみ侍りける」という完結型も、完了「り」による認識「よめる」に支配されている――包摂されているものであったということを意味する。このように理解してこそ、末尾形式にみられる完了「り」と過去「けり」の文法的機能も充分説明できるということになるのである。

「けり」による認識とは、認識主体である表現主体にとって、あなたなる事実であった認識対象（「ことがら」）を、表現主体が発話時においてひきとってその対象たる事象がすでに存在していたことを確認するという主体的態度を表出することを意味する。「あなたなる事象」と本義的には規定できる「けり」が表出する、表現主体と表現対象との距離の「内質」は、用法的には多義的であった。では、勅撰和歌集における「内質」はと言えば、勅撰の下命者「みかど」を認識主体（享受主体）と想定してのもの、つまり、詞書の表現主体（＝撰者）は、被下命者の側に

ありつつ、下命者の視点に立って詞書を叙述していたのであり、この認識の視点の設定がとりもなおさず、完了「り」の用いられ方に反映していたのである。

完了「り」とは、実現した行動の結果の、今における存続（状態）を意味した。「今における」とは、勅撰歌集詞書の末尾表現においては、「発話時における」と言い換えてよい。つまり、(a)今ここに和歌が歌集に入集してあるということ、または、(b)下命者「みかど」の眼前においてあるということを明示化する装置として「よめる」は働いていたのである。ここでは、むしろ、後者(b)の観点をとることによって、いくつかの勅撰歌集において、「よめる」以外に用いられた完了「り」の存在をも合わせて説明するのには適切であると言えるであろう。もっと正確に言うならば、右の(a)と(b)との間にあるゆれは、本位田が過去「き」の現れ方において指摘した各勅撰の態度のゆれにも対応するものとして、各勅撰の態度のゆれの現れとして捉えることができると考える。

このように理解するなら、勅撰の詞書が深層において「よめる」をこそ、根本的な詞書の末尾形式としていたことは、様々な成立の仕方とやりとりにおいて誕生したすべての歌を、今や下命者「みかど」のもとにおいてあることを明示化する、それを根本的な叙述の機能としていたことを意味していると考えられる。それが勅撰の歌集の奏上ということであった。

ま と め

以上のようにみてくると、先に詞書の表現構造モデルを仮設して示し、「よめる」「よみ侍りける」を完結型の代表的なものとして両者を対立的に捉えてきたのであったが（このことは確かに現象的表層的にはそのように理解できるものであったのであるが）、両型の表現性の本質からみると、両者は重層的な関係にあったことが分かる。「よみ侍りける」型末尾形式も、その深層においては、「よめる」という認識を背景としていたものであり、ただ、その「よめる」でもって完結せず、「よみ侍りける」においてとどめたことには、文法論的観点ならぬ、文体論的観点から捉えなければならない問題を孕んでいたということであった。そして、「よみ侍りける」の選択が文体論的観点からなされたものであった故に、そういう撰者の主体的態度が充分つかみきれなくなったとき、その撰択の適否ははげしく揺れ動かざるを得なくなり、転写本間における異同を生み出したものと考えられる。

さて、勅撰歌集詞書が、和歌の存在を完了「り」で認識することを発話時の基本とし、入集以前における各和歌の「存在」（発生・成立）の個別的事情を「けり」によって表出するという構造にあることを指摘したが、これはまさに、同じく韻文表現と散文表現とから構成される作品ではあっても、歌物語などの文章構造とは全く逆の認識構造であったことがわかる。改めて言うまでもないことであるが、歌物語の各章段は、基本的には語り手によって認識される「けり」の世界であって、語られる世界（ことがら）が展開するに従って、時には、また往々にして、叙述の視点が発話時から語られる世界（事象）の時間へと転移すると、完了「り・たり」が現れるというのが、歌物語などの文章展開——構造であり、「けり」認識に包摂されて「り・たり」が存在するという構造をなしていた。

こうした勅撰歌集の詞書の基本構造は、『古今集』において「よめる」という末尾形式が獲得されることによって確立したものであったが、なお、他の末尾形式の成立を詞書文体の史的展開として確認しておくなら、次のようになる。

『古今集』（かな序）が、勅撰集の専蹤と認識していた『万葉集』では、筆者の言う過剰型を基本としている。一部の巻及び一部の例外的な題詞を除くと、すべて「…（作）歌」の形式をとっているのである。この形式の下位分類の問題やこれら『万葉集』の題詞や漢詩集のそれらと『古今集』の詞書との史的関係の問題もある[19]

歌集詞書の文章構造

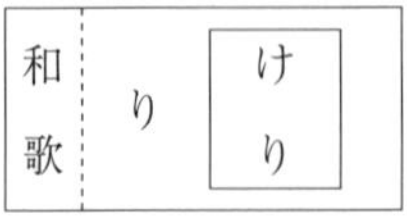

歌物語の文章構造

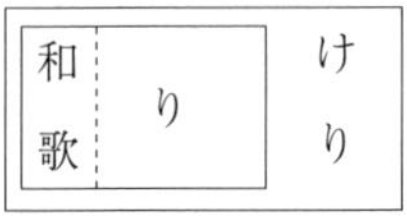

が、ここでは、次のような下位類の存在することにのみ注目しておきたい。

A型　……歌
B型　……作歌
C型　詠……歌
D型　詠…作歌

『万葉集』題詞で「…（作）歌」の形式[20]をとらない典型は、「詠雪」（巻一〇）、「寄露」（巻一〇）などと対をなす形式のものである。「詠」がいかに訓読されたかは決定できない[21]。しかし、右にみるA～D型の形式と『古今集』詞書の表現形式とを対応させてみるならば、『古今集』で確立する「よめ（る）」にあたるものは、「作」であったと考えられる。『古今集』以降の「詠者不知《よみびとしらず》」に当たるものが、『万葉集』では「作者（又は作主）未詳」で、「作」が「よむ」に当たっている。その「作」に対して、「詠」は、詠歌対象となった素材（歌材）を「よみこむ」の意でもっぱら用いられていたと推定される。「よむ」の語が、その意義・用法として、「作―つくる」の意義をも「詠―よみこむ」の意義をも持つに至ったことは言うまでもない。つまり『古今集』以降における「よめる」「よみ侍りける」の「よむ」が、「作―つくる」「詠―よみこむ」の両意義・用法にわたって用いられていることは明白である。

『万葉集』では、言わば「…よめ（る）歌」という過剰型を基本とし、一部に完結型とおぼしきものをすでに生み出していたのに対して、『古今集』では、一部に『万葉集』にみる過剰型の詞書（「帝」のうたなどで「…（御）歌」とあること）をも残しながら、「…よめる」という完結型を基本としつつ、一方でもう一つの完結型「よみ（侍り）ける」をも輩出していたのである。が、すでにみてきたようにこれ自体本質的には完結型ではなく、完結型にみせかけた非完結型であったのであり、『後撰集』に至ると、非完結（言いさし）型がその歌集の基本的な詞書形式であるかのように発達したのであった。そして、『拾遺集』―『後拾遺集』において、「よみ侍りける」が「よめる」と対立的な位置に昇格し、完結型の一つの典型のような形式として捉えられるようになったものと考えられる。このように史的展開をたどると、後の歌集が、それまでの歌集の形式を踏まえつつ、それを慣用化伝統化したものと受けとりつつ、より簡略な形式を模索していった過程をみてとることができる。つまり、便宜、「よめる」型などを完結型とみてきたが、むしろ、「…歌」型の過剰型をこそ完結型とみるべきであったかと思量する。「よめる」型などの連体形（止め）形式も、「…歌」の省略形であり、そして言いさし型も、基本的には「…よめる歌」の省略形として機能していたと解すべきかと考えられるのである。このようにみてくると、「よみ侍りける」型を「よめる」型と同質のレベルで捉えるべきでないことも明白になるであろう。

「よめる」が基本的な末尾形式として、過去において種々な成立の仕方をした、それぞれの歌を、今や公（＝帝）のもとに献上されて現にあるものとして指し示す装置の機能を持っていたとするならば、「よみ侍りける」など「ける」型の完結型は、いわば、しるしつきの末尾形式であった。恋歌などの贈答歌において「つかはしける」文末をとるのも、その典型の一つで、かつての当歌の成立事情（贈歌行為）がことさらにとり立てられるという表現性を担っていた。そして、「よみ侍りける」も、そのよまれた現場を志向して、かつての「よむ」行為（詠歌）が特別な意図でもってとりたてられたものであったはずである。そういう表現性を担っていたのであろう。しかし、その特別な意図は、単一に理解できるものではないらしく、個々の和歌において異なるものであったと思われる。先に『詞花集』『千載集』でみたような、詠者に対する敬意性もその一つであったと思われるが、単にそれだけではなかったようであり、今すべてを明白にすることはできない。

それはちょうど、〈ぞ〉〈なむ〉などの強意の係助詞がどんな場合にしるしつきの表現として選択されたかのすべてを法則的にとり出せないことに似て、これは文法を超えた文体論的な課題であると言わざるを得ない。そのことは、各勅撰集について、「よめる」「よみ侍りける」両型に焦点をしぼって観察してみても、あれほど（298頁表Ⅰ参照）の、その用い方に差異のあったことが如実に物語っていたし、それ故にこそ、各勅撰集の詞書から撰者の基本的な態度・方法を読みとることができるということになると考える。

注

（1）近年井上宗雄に、詞書（の文章）の研究論文の整理（「勅撰和歌集の詞書について—主として後拾遺集～新勅撰集の場合—」早稲田大学『平安朝文学研究』復刊一号）があり、そこに、詞書を「（撰者の）解釈と鑑賞を指示するもの」と述べている。また、井上をうけた後藤重郎「勅撰和歌集詞書研究序説—千載和歌集を中心として—」（『平安文学論究』三）がある。

（2）いろいろ議論があるが、本稿は岡村和江「古今集の詞書及び左注の文章について」（『國語と國文學』一九六四・十）でいう「撰者話者型文」の説を是とする。最近の片桐洋一「古今和歌集の場」（『文学』一九七九・七、八）も同じ立場である。

（3）糸井通浩「「けり」の文体論的試論—古今集詞書と伊勢物語の文章—」（『王朝』四、本書前編㈡4）、同「勅撰名歌評釈㈣—難波江の芦間に宿る月—」（『王朝』七、本書後編㈤3）。
　これらを受けて、一九七六年十月国語学会中国四国支部研究大会（於島根大）で、「勅撰八代集の詞書—「よめる」型と「よみ（侍り）ける」型と—」と題して口頭発表、その要旨は『國語學』一〇七に掲載、本稿はそれを受けて論文化にこぎつけたものである。

（4）終止形終止文末の場合、例えば、「（略）このうたをそへたり」（躬恒集）のように、文中に「歌」を対象語として明示する。注（16）で示す『拾遺集』歌の詞書もこの例。また、『拾遺集』などにみえる屏風歌などの場合は、その屏風の絵の内容が終止形文末で示されているものがある。

（5）辻田昌三「古今集詞書の立場」（『文林』一九）は、『古今集』詞書が、漢詩集、『万葉集』などの題詞を継承し、創建された文章であると指摘している。

（6）これらの事例は、すべて296頁2行以降の記述と関係があることに注意。

（7）数字は、国歌大観番号を示す。

（8）先の表Ⅰと数値が異なるものは、底本を異にするためである。以下同じ。

（9）例えば、「遊女戸々」（恋三・八一九）が「よみ侍りけり」扱いとなっている。

（10）宮地裕「源氏物語・枕草子の敬語」（『敬語講座第二巻』明治書院・一九七四）など参照すべき論文は多い。

ところで、被支配待遇から丁重・丁寧の用法へと変化する「侍り」について、その口頭語的性格が重視されている（例えば片桐前掲論文など）が、文章語に対する口頭語という位相的性格は結果的にそうした事実と対応しやすかったことによるものであり、「侍り」の本質はそこにはなく、私的な特定的な人間関係が形成する言語場において相手に対して我が身（の側）をへりくだりかしこまる思いや態度を示す語であるところにあって、この「侍り」の使用をもって直ちに、『古今集』の詞書を口頭語（的）とみなすことはできないであろう。むしろ、『古今集』の詞書は仮名散文として創出されたもの（例えば辻田前掲論文）とみるべきであると考える。

（11）石坂正蔵「書紀古訓の『ハベリ』『ハムヘリ』の解釈」（『國語と國文學』一九三三・三）など。

（12）完結型のうち「ける」型において、「侍り」を伴わない動詞として、尊敬語「つかはす」の場合があり、「つかはし侍りける」はみられず、「つかはしける」とのみある。これは杉崎一雄「『つかはす』の敬語性とその一用法」（『共立女子短大紀要』二〇）などの論稿で指摘されたように、「つかはす」が「侍り」と同じく、被支配待遇乃至はかしこまりの用法で用いられたものとみてよく、それは、今や、当歌を勅撰に入集させ公《おおやけ》のものとするにあたって、かつて一旦はその当歌が特定のある人物に私的個人的におくられたものであった、という非礼の意識に基づく「かしこまり」の思いが「つかはす」に託されたのだと思量する。

「いひつかはし（て）侍りける」は、『後撰集』『拾遺集』『後拾遺集』にすでに見えるが、「つかはし侍りける」という本文がみられるようになるのは『千載集』からである。それは、「つかはす」の敬語性の稀薄化によるのか、「侍り」の丁重・丁寧語化が原因なのかについては判断しかねる。後者の蓋然性が高いように思うが。

（13）阪倉篤義「『侍り』の性格」（『國語國文』一九五二・十一）、重見一行「後撰和歌集詞書における「侍り」多用に関する試論」（『國語と國文學』一九七九・十）。

(14)『千載集』（岩波文庫本）では、「～見（聞き）て」をうける末尾形式は、「よめる」が一〇例、「よみ侍りけり」が一九例であるが、『新勅撰集』（岩波文庫本）では、「～見（見つけ・ながめ）て」を受ける末尾形式は、「よめる」が零例、「よみ侍りけり」が一五例であり、「～見（聞き）侍りて」を受ける末尾形式では四例とも省略されている（おそらく「よめる」の省略とみてよい）。『新勅撰集』では、末尾形式が「よめる」である場合、上接の条件句（従属句）などにおいて「侍り」が含まれることが多く、上接の条件句（従属句）などに「侍り」がない場合、末尾形式が「よみ侍りけり」となる相関性が高い。

(15) 糸井通浩前掲論文、注(3)。

(16) ○「平のたかとをかいやしきなとりて人のくにへまかりけるにわするなといへりけれはたかとをかつまのいへる」（後撰集・一三三五　東洋文庫本）は存疑。
○「ちかどなりなる（略）萩の葉のもみぢたるにつけて、うたをなむおこせたる」（拾遺集・一一一六・女、岩波文庫本）は、連体形終止文末で、これはいろんな点で異例な詞書である。

(17) 一七例ある。中で、二八・三〇七・三四六は「…給ひける」とあるが存疑。もっとも流布本（二度本）では、一七例すべてが「…給ひける」となっていて、二度本と三奏本とで詞書の方法が異なることが注目される。両系統本で右のような違いがあること自体はすでに、本位田重美『古代和歌論考』（笠間書院・一九七七）に指摘がある。

(18) 前掲書、注(17)。

(19) 辻田昌三前掲論文、注(5)。

(20) 天皇歌の場合の「…御製歌」、后・皇子・皇女らの歌の場合の「…御作歌」の例も含めて考えておく。

(21) 現代の注釈書類では、一般に「よむ」「よめる」と読んでいる。確かに、『拾遺集』では人麿の歌を列挙する詞書が「詠ㇾ天」（四八八）、「藻を詠める」（四八九）、「山を詠める」（四九〇）、「詠ㇾ葉」（四九一）とあることからみると、平安期には「よめる」と訓じていたことがわかる。しかし、『万葉集』の時代において「よむ」の語の存在の確かな例においては、「数を数える」の意で用いられたものばかりで、それに朗詠の方法に基づく名づけかと思われる「よみうた」の語例が存在するのみである（糸井通浩「音数律論のために㈠」『表現研究』二三）。

〔二〕　助動詞の複合「ならむ」「なるらむ」――散文体と韻文体と

はじめに

古典語の助動詞の研究で、二つ以上の助動詞が重なった複合型の研究は、まだそれほど多くはないようだ。本稿では、複合型の研究の一つとして、指定の助動詞「なり」と推量の助動詞「む」「らむ」（付「けむ」）との複合型「ならむ」「なるらむ」をとりあげ、これらの間にどんな用法上・使用上の違いがあったのか、について考えてみたい。

一　和歌のリズムと語法

和歌のリズムが、五、七、五、七、七の定型音数律化して以後、和歌の表現においては、このリズムが優先したことであろう。つまり、語法上、リズムの制約を受けることがあったことが、充分考えられるのである。例えば、

人のみることやくるしきをみなへし秋ぎりにのみたちかくるらむ　（古今集・二三五）

秋の野の草のたもとか花すすきほにいでてまねく袖とみゆらむ　（同・二四三）

などの歌について、山口堯二[1]が、次の歌、

春立てば花とやみらむしらゆきのかかれる枝にうぐひすのなく　（古今集・六）

と同様連体形終止法の歌と判断しているが、「春立てば」の歌がそのように判断できるのが「うぐひすの」の「の」の存在によるのに対して、先の二首にはその主格助詞「の」が見られないのだが、歌全体の連文構成から連体形終止法と判断しているのである。結論的にはそれでよいと思うが、先の二首の歌の場合、リズムの上から「をみなへし」「花すすき」がそのまま五音句を満たしているため、それに続くはずの主格助詞「の」は、その機能をその句の切れに託して省略されたのだと考えればよいことになる。[2] ここにリズムの語法への影響がみられる。

「なりけり」構文の歌において、末句（七音句）が「（木《き》）にこそありけれ」「（夢《ゆめ》）にぞありける」「（涙《なみだ》）なりけり」などとさまざまであるが、これらにみる語法上の違い――係助詞の有無、係助詞「ぞ」「こそ」の使い分けなど――は、いずれもリズム上の制約によるもので、表現価値的には本質的な違いを認めるまでもないと考えられる（ちなみに末句〔七音句〕では、「〔ゆめ〕にありけり」という形はみられなかったことには注目しておきたい）。

ただ、松尾聡[3]が、

志深く染めてしをりければきえあへぬ雪の花と見ゆらむ　（古今集・七）

の歌について、「歌だから字数に制限されて（志深く染めてしをりければや）の（や）が省略されたというような事情もあるかもしれない」と言うが、しかし、「や」の有無は構文的に、推量判断（…ノダロウ）か疑問推量（…ノダロウカ）かの違いをもたらすもので、松尾が類例としてあげている数例はいずれも「や」の省略とみるまでもなく、推量判断の歌とみて充分成り立っている。もっとも、この選択さえ、リズムの制約に左右された結果であった可能性は残る。

ことこのように、リズムの制約の語法上への影響を認めるかどうかは、判断の困難な場合があって、慎重に考えねばならないことではある。

さて、「ならむ」「なるらむ」の使用をめぐってもリズムの影響ではないかと思われる事実がある。このことについてまず考えてみたい。

二　生態的観察

『古今集』には、五首の「なるらむ」構文の歌がみられる（以下「なるらむ」で代表させるが、係助詞が挿入された「…にやあるらむ」「…にぞあるらむ」なども含んだものとする）。ただし、次の歌、

秋の露色々ことにをけばこそ山の木の葉の千種なるらめ　（古今集・二五九）

これなどは、ここでとりあげる「なるらむ」構文の歌とは異なるものとする。「千種なり」は形容動詞とみて、「名詞＋指定なり」とはみない。つまり、「何がどんなだ」という形容（動）詞文とみなしておく。「山の木の葉の」の「の」の存在がそのことを証してもいるのである。「AはBなり」の名詞文が「Aの、Bなるらむ」（連体形終止法）とはなりにくい。

『後撰集』になると、「なるらむ」歌が二二首と急増し、つづく『拾遺集』以下八代集では、それぞれ順に、三二首、二二首、二一首、一三首、二八首、二三首となる（表Ⅰ参照）。では、『万葉集』ではどうであったか。「連体形＋なるらむ」はいうまでもなく、「体言＋なるらむ」も一首もみられないのである。とすれば、勅撰和歌集の時代で言うならば、「なるらむ」は、古今集時代に発生した語法であったと言えよう。

表Ⅰ

「なり」上接語＼勅撰集	古今集	後撰集	拾遺集	後拾遺集	金葉集	詞花集	千載集	新古今集
体言上接	5	17	24	13	15	10	25	21
連体形上接	0	5	8	9	6	3	3	2
計	5	22	32	22	21	13	28	23

『古今集』の五例はすべて「なるらむ」の上接語が体言で

ある。上接語に連体形（準体句）をとる例は、『後撰集』以降に現れて、『後拾遺集』までは、体言上接に対する、連体形（準体句）上接の比率が高まりつづけるが、『金葉集』以降には後退していき、『千載集』『新古今集』になると、

風わたる山田のいほをもる月や穂波にむすぶ氷なるらむ　（新古今集・四二六）

のような〈体言や（は・も）—体言なるらむ〉という名詞構文が主流をなし、20／28・13／23という割り合いで存在する。

八代集の「なるらむ」構文は数箇の例外を除いて、いずれも疑問推量の文を構成して、要判定・要説明にわたってみられる。例外となる数例は、その多くが『後撰集』の歌で、推量判断の「なるらむ」である。

よそながらやまむともせずあふ事はいまこそ雲のたえまなるらめ　（後撰集・五三六）

立ちよらぬ春の霞をたのまれよ花のあたりをみればなるらむ　（同・一一四）

さて、散文作品ではどうであったのか、概観してみると、「なるらむ」という複合型はほとんどみられないのである。たとえ散文作品中にみられても、多くは作品中の和歌に用いられているものである。つまり、散文作品においては、推量判断、疑問推量の形式は、次の例のように「ならむ」であった[4]。

これやわが求むる山ならむ（と思ひて）　（竹取物語・心内語）

うれしければにやあらむ　（土佐日記・挿入句）

何のゆかしうおぼすならむ　（落窪物語・会話）

では、散文においては引用の和歌以外の部分に「なるらむ」は全く現出しなかったかというと、時代が下るにつれて認められるようになる。

『竹取物語』、『土佐日記』『大和物語』『和泉式部日記』『紫式部日記』などには、認められないが、『落窪物語』

に次の一例がある。

男にこそおはすらめ　（会話）

『枕草子』では、次の二例が注目される。

まことにやさぶらふらむ　（「なほめでたきこと」の段・会話）

いかなるらむ　（「関白殿、二月二十一日に」の段・心内語）

この二例はともに形容（動）詞文だが、形容（動）詞文の場合も散文では「らむ」より「む」が用いられた。『枕草子』の前者は「あり」が敬語体であることが「らむ」を引き出している例とみられ、『落窪物語』の例も同様である（後述）。後者は、他の箇所ではすべて「いかならむ」とあるのに対して、この例のみが「らむ」を用いている（後述）。

「体言＋なるらむ」の明確な例は、『源氏物語』の三例にはじまると言えよう。その一例は、

げに、何れか狐なるらむな、ただ謀られ給へかし　（夕顔・会話）

他の二例は心内語の例である。さらに別に、「連体形＋なるらむ」の例が一例ある。

わがゆかりに、いかなることのありけるならむとぞ思ふなるらむかし　（蜻蛉・心内語）

しかし、これは青表紙本・河内本では、「思ふらむかし」とあって疑問例である。(5) この「連体形＋なるらむ」の型の早い例の一つは、『狭衣物語』の、

このことにより、まゐり給ふなるらむ　（会話）

ということになる。

こうして「なるらむ」が、平安後期以降になるとボツボツ認められるようになる。『更級日記』『松浦宮物語』などにはその例がないが、『狭衣物語』の一一例が注目され、その他、『浜松中納言物語』に一例、『堤中納言物語』

に三例、そして、『宇治拾遺物語』では一〇例が認められた。もっとも以上の作品においても、推量判断、疑問推量の形式としては「ならむ」が基本であったことは言うまでもない。

一方、和歌においても、歌末句（七音句）「なるらむ」を基本とはしているが(6)、しかし「ならむ」が用いられなかったわけではない。例は少ないが、散見されるのである。

世の中はいづれか指して我がならむゆきとまるをぞ宿とさだむる（古今集・九八七）

まちくらす日はすがのねにおもほえであるよしもなど玉の緒ならむ（後撰集・八七一）

八代集で、歌末の七音句に「ならむ」が現出したのは、右の『後撰集』の一例と後拾遺・千載各集一例ずつの三例で、これ以外はすべて、右の『古今集』の例のように、第三句（五音句）に限られている。この事実からすると、和歌において「なるらむ」「ならむ」が用いられたのは、「なるらむ」が七音句に、「ならむ」が五音句に用いられたという生態的事実からみて、使い分けは音数律上の制約によったものと考えられる。つまり、和歌に並存する「なるらむ」と「ならむ」との間に、構文上の違いは認めがたいからである。

ところで、ここで確認しておきたいことは、上代の歌においては「ならむ」系の形式しか見られないことである。上代に見られる「ならむ」の上接語は言うまでもなく体言上接の場合に限っていた。

今こそは和抒理迩阿良米《わどりにあらめ》のちは那抒理迩阿良米《などりにあらめ》を…（古事記・三）

みけのくに志麻乃海部有之《しまのあまならし》…（万葉集・一〇三三）

…神代より如此尓有良之《かくにあらし》…（同・一一三）

そして、上代詩歌には「なるらむ」の例はみられなかった。もっとも「―あらむ」の例は数多く見られる。しかし、いずれも「ある」が動詞（存在）ないし、アスペクト、または否定、形容（動）詞等、述語を構成する要素としてのものである。ただ注意しておきたいことは、次の例の存在である。

…大舟の由《ゆ》多《た》尓《に》将《ある》レ有《らむ》人の…　（万葉集・二三六七）

…何如有《いかにかある》良《ら》武《む》　（同・一四四〇）

…何如将有《いかにかあるらむ》　（同・一九八六）

このように形容動詞述語に「らむ」の接続した例がみられるのである。一方で「いかにかあらむ」「いかにあらむ」「いかならむ」と「ならむ」系が圧倒的に多いのである。『古今集』以下では「いかなり」という状態がどう推量表現化されているかというと、八代集でみる限りすべては「いかならむ」と「む」を用いていて、「いかなるらむ」「いかにかあるらむ」などはみられない。この点からも、先の『枕草子』の例は特異な例と言える。

いずれにしても、体言（または連体形）を上接して指定を示す「なるらむ」は、『古今集』以降に現出した語法であった。では、上代では韻文同様「ならむ」によって疑問推量、推量判断を構成するのが伝統的用法であったものが、平安以降、散文では、その伝統を受け継いでいるのに、和歌では『古今集』以降、なぜ「なるらむ」が発生したのか。単にリズムの制約という理由にとどまらないものがあるかと思われ、平安の和歌表現の発想にそれを要求する理由があったのではないか、と推測されるのである。

『古今集』以降の和歌の「ならむ」はむしろ、上代からの本来の用法の継承であったのであり、その点では「ならし」「なるらし」などについても同じことが言えるのである。「なるらむ」のみが特別であったことになる。一方散文では「なるべし」「ななり」「なめり」が頻用されている。

三　語法分析

以上の生態的観察に基づいて、「ならむ」「なるらむ」がいかなる語法をになっていたのか、両者はどう異なるのか、「うた」と「ふみ」という文体的位相差にとどまるものなのかどうか、などについて考察してみたい。

まず、『古今集』の五例の考察からはじめたい。いずれも体言上接で、名詞文（体言―体言なり）の場合であり、いずれも疑問推量の構文である。

〔A〕① 年毎に紅葉葉流す竜田川港や秋のとまりなるらむ　（三一一）
② 思ふてふ言の葉のみや秋を経て色もかはらぬものにはあるらむ　（六八八）
③ 冬ながら空より花の散りくるは雲のあなたは春にやあるらむ　（三三〇）
〔B〕④ 山かくす春の霞ぞうらめしきいづれ都のさかひなるらむ　（四一三）
⑤ わびはつる時さへものの悲しきはいづこを忍ぶ涙なるらむ　（八一三）

A群は要判定の、B群は要説明の疑問表現である。A群を観察すると、すでに『万葉集』にその萠芽がみられ、『古今集』において発達し定着した「なりけり」構文歌[7]と近似的であることがわかる。「なりけり」歌が、理法や見立てを断定的に捉えて、その事実の発見に詠嘆する歌であるのに対して、これらの「なるらむ」歌は、その断定の一歩手前で疑念を残している底の歌であるという違いが認められるにすぎない。つまり、「なりけり」発想歌の一種の変形とみることができる。山口尭二が疑念の解答を、事実に基づくものと、想像に基づくものとに区分したが[8]、この違いが「なりけり」と「なるらむ」の違いに働いているとみればよい。

〔A〕②の歌の場合は、「なりけり」歌のパターンとしての「…ものは…なりけり」の主述部分を逆転させた歌であり、〔A〕③の歌は、雪を花に、花を雪に「見立て」る発想を前提にしたもので、「見立て」の歌を発展させた一つの姿であったとみられる[9]。その点、例えば、

天の河ながれてこふる七夕の涙なるらし秋のしら露　（後撰集・二四二）

この歌は、「秋のしら露（は）」「七夕の涙なるらし」という構文であり、「見立て」の伝統に立って「なりけり」と

あってもよいところであるが、判断対象の内容から――事実に基づくものか、想像に基づくものか――、それが経験の外のことという認識から「なるらし」としたまでである。「秋のしら露や―」であるなら、「―や七夕の涙なるらむ」とも展開し得たものであった。

B群はまた、その歌の疑問（「いづれ」「いづこ」）に答えるとすれば、発見（気づき）の「なりけり」歌で答えることになるという関係が含まれているとみることができる。おそらく、『古今集』で「なるらむ」が登場してきたことには、『古今集』における「なりけり」（発想の）歌の発達ということが引き金になったと考えてよいであろう。

(一)「らむ」と「む」と

「ならむ」「なるらむ」は、「む」による推量か、「らむ」による推量かの違いに対応している。「らむ」は一般に現在の事態に関する推量を受けもち、「む」は未来に関する事態を対象とする、未来推量と言われる。このように対照的な違い、つまり、対象を時制の面で役割分担しているにも関わらず、以上みてきた両者の生態は同質の対象に対して、散文（上代詩歌でも）では「ならむ」を用い、『古今集』以降の韻文（和歌）では「なるらむ」が用いられるという文体的差異しか認められないということは、一体何を物語っているのだろうか。少なくとも「む」と「らむ」には置換可能な共通性がそなわっていたはずである。

「む」系推量の助動詞に「けむ」「らむ」「む」があり、過去・現在・未来という時制の違いに規定された表現素材の違いに対応していることは大旨において認められている。しかし、「む」の対象は未来に属する素材に限られるわけでなく、山口明穂[10]が言うごとく「現在、現実化していない事態」「話の時点までに確かめられていない事態」であることを明示するとみるべきで、「現在のことがらであっても不確かなことについては「む」の使われることがあっ」たのである。このような広がりで捉えておくべきで、私見では次のようになる。

素材が時制に規定されるとは、換言すれば、そういう素材が、実現した、または実現している、または実現が予定されている「一回的事実」としての素材（対象）であることを意味する。「む」は、そういう未来に実現が想定されている「一回的事実」を対象とするのであるが、ただ「む」は、「けむ」「らむ」と異なって、時制の規定を超えた事態、つまり、「一般的事実」についての推量判断をも対象としうるのだと捉えねばならないのである。つまり、〈む〉と〈非む〉との間には、未確認の事態を対象とすると、確認の事態を対象とするとの対立があり、前者〈む〉の対象のうちから、時制に規定される一回的個別体の実現が確定したことがらに対しては、〈む〉から派生した「けむ」「らむ」が、そして未実現の未来に関しては「む」自体が未確認の事態を対象とするようになったものと考える。ただし、「習慣的事実」に対しては、未確認の事態について推量する上で「けむ―らむ」または、「らむ―む」の間を、受けもつ助動詞の選択が揺れ動いたと考えられる。

散文を基準に考えるなら、名詞文（判断文）の成立を推量するのは、いわば一般的事実の推量であるから、「ならむ」であるはずである。ところが『古今集』以降の和歌では「なるらむ」が許容されたという理由を考えるためにも、以上の理解は重要であると考える。単なる、現在と未来という時の規定の対立のみによって、「む」「らむ」の違いを捉えている限りでは、理解はゆきとどかないはずである。このことは、また「らむ」自体が持っている性質にもかかわることでもあった。

「らむ」には、未来を対象とする場合もあったことが、次の例などで指摘される。

世を捨てて山に入る人山にてもなほうき時はいづち行くらむ　（古今集・九五六）

しかし、この例の場合、「未来」という時制的認識によるというより、一般的事実の未確認事態を対象としているとみるべきで、その意味では、「ならむ」に通じる用法と言えよう。いわば「…するというものなのか」といった「もの」的認識をしているのであり、それを、そのことが現在においてはどういう現実としてあるものかという意識で表現しているのである。和歌ではそのように現在性（同時性）が意識（表出）されているとみるべきであろう。

ただし、子産む時なむいかでか出すらむ　（竹取物語・会話）

この例も一般的事実について、そのことが現在にも存在する事態であると認識していることを「らむ」が示しているのである。つまり、「（どのように）出スノダロウカ」というよりは、「出シテイル（モノナ）ノダロウカ」と現在も含めた過去未来にわたる習慣を問うているものと思われる。注目すべきは、松尾に次の指摘がある[11]ことである。

吹くからに秋の草木のしほるればむべ山風を嵐といふらむ　（古今集・二四九）

浮き海藻《め》のみ生ひてながるる浦なればかりにのみこそあまは寄るらめ　（同・七五五）

秋の露色々異に置けばこそ山の木の葉の千種なるらめ　（同・二五九）

竜田姫《イ山》手向くる神のあればこそ秋の木の葉のぬさと散るらめ　（同・二九八）

これら四例の「らむ」について、「『現在』の推量の意味はかなり薄い」と言い、「時を超越した一般的真理に対する推量に近い用い方とみられる」と述べている。これらは先にとりあげた例[12]と重なるが、おそらく、和歌におけるこうした「らむ」の用法の広がりが、「ならむ」ならぬ「なるらむ」の使用の可能性につながったものと考えられる。

右の「らむ」構文の歌「竜田姫」では、「秋の木の葉のぬさと散る」という事実が、「竜田姫（に）手向くる神のあれば」とその理由が取り出され、その因果関係が推量されているのである。そこで、「秋の木の葉ガ散ルノダロウ」と訳すと、その因果を一般的事実として捉えていることになるが、しかし、私見ながら、和歌は「今・ここ」における一人称（詠者）の感情の表出」という基本的原理に立つものという理解からすれば、この歌も、一般的原理（理法）を詠むことが目的であったというよりは、あくまでも「今・ここ」における眼前の事態に属目しての詠、つまり「秋の木の葉ガ散ッテイルノダロウ」と一回的事実を対象としていると理解すべきである。「らむ」でなければならない理由がそこにあった。古典語「らむ」が視点時現在を表出するテンス性を含んでいることは言うまでもなく、右の例で言えば、「散ルノダロウ」でなく「散ッテイルノダロウ」の意になるのが本来であった。(13)

さて、以上「らむ」について見てきたことが、「ならむ」に対する「なるらむ」についても適用しうるものだろうか。

「港や秋のとまりなるらむ」（古今集・三一一）は、肯定の指示表現にすれば、「港は秋のとまりなり（けり）」となるが、先の松尾説にならうなら、「竜田川（は）年毎に紅葉（を）流す」ということを根拠にしての判断文（名詞文）であるから、一般的事実として認定しているというべきことになろう。とすれば、時を超えた一般的事実として認められるかどうかの疑問推量は、散文がそうであるように〈―や―なるらむ〉ならぬ〈―や―ならむ〉であるべきである。しかし、ここでも、先にみた和歌の表現機構からして、そうした一般論的判断自体を、眼前の一回的事態を根拠にして、「今・ここ」において判断（推量）しているという発想が「なるらむ」を要求したのだと考えるべきであろう。

和歌におけるそうした意識が端的に表現に顕在化したのが、次の歌にみられる「今」「この」「けふ」の語であった。

よそながらやまむともせずあふことは今こそ雲のたえまなるらめ　（後撰集・五三六）
別れてはあはむあはじぞ定めなきこの夕ぐれや限りなるらむ　（拾遺集・三二二）
ゆくすゑの命も知らぬわかれぢはけふ相坂やかぎりなるらむ　（同・三一五）

一般に名詞文は、

ライオンは猛獣だ。

と、「は」をとるのをアンマークドな表現形式とする。「が」をとるときはマークされた表現になり、「ライオンが猛獣だ。」では、「ライオン」が特定の限定された範囲からとりたてられていることを意味する。どんな限定がなされているかは、設定される場（状況）によって異なるのであり、その場限りにおいて「が」の名詞文（判断文）は一回的判断という性質を持ち、一回的事実を対象としているかのように思われるが、しかし、ここには「ライオン」の所属（「猛獣」）という一般的事実自体が判断の前提となっているのであって、そのこと自体はその場限りの一回的事実として判断されているというものではない。その意味で、本稿でいう一回的事実にはあたらない。もしこの語を使って説明するとすれば、素材自体のあり方としての一回的事実と、素材に関する特定の場での判断としての一回的事実とは区別しておくべきだということになる。

以上から、原理的には、名詞文の推量判断は、散文においてそうであるように、「ならむ」であるべきなのだが、和歌の表現機構から「なるらむ」が許容された、むしろ積極的に用いられたと言ってよいだろう。『後撰集』以降になると、「連体形＋なるらむ」も登場する。

ところで、現代語の名詞文では、次の両方が正しい日本語として成り立つ。

(a)　昨日（＝平成二年六月四日）は月曜日だった。

(b)　昨日（＝右に同じ）は月曜日である。

この違いはどう説明されるか。ただし、(a)の「た」はムード（発見――忘れていた事実を思い出すなど）の「た」ではない、とみてのことである。つまり、過去の「た」の場合である。特定された日の曜日は一定の制度（暦）のもとでは普遍的一般的事実である。それ故に(b)が成立する。しかし、(a)の表現が成立し、実際にはこの方が多くみられるということは何を意味するか。ある一日を「た」によって「昨日」という時の流れの中に設定して「一回的事実」的に認識している、という話者自体の認識の観点によると考えられる。これは丁度、和歌において「ならむ」であって良いところを「なるらむ」で認識しているのに相当するものと考えられる。

誰が苑《その》の梅《うめ》尓《に》可《か》有《あり》家《け》武《む》ここだくも咲きてあるかも見がほしまでに　（万葉集・二三二七）

とて、もとめけるを、夜ふけぬとにやありけむ、やがて去にけり。　（土佐日記・地の文）

かくばかり寝で明しつる春の夜をいかに見えつる夢にかありけむ《イあるらむ》　（新古今集・一三八四）

など、「指定なり＋けむ」は、韻文散文を問わず、全体的に数は少ないが現出したのである(14)。

㈡「なるらし・なるべし」と「なるらむ」

ところで、『万葉集』には先に見たように（321頁参照）「ならし」「なるらし」「なるべし」の例がみえる。例を補うと、

…安《あ》須《す》尓《に》之《し》安《あ》流《る》良《ら》之《し》　（四四八八）

…今《いま》西《にし》応《ある》ㇾ有《べし》　（一七四九）

上代では、ともに終止（ラ変には連体）接続であり、相互承接でも最下層に位置する「らし」「らむ」の二つが対立的な側面をもっていたが、中古に至ると、「らむ」が一層の発達をとげたのに対して、「らし」の方は、衰退の一途をたどった。ただし、和歌では、わずかながら「らし」は生き続けた。

天の河浮津の波音さわくなり吾が待つ君し舟出すらしも　（万葉集・一五二九）

霧立ちて雁ぞ鳴くなる片岡の朝の原はもみちしぬらむ　（古今集・二五二）

浪の花おきから咲きてちりくめり水の春とは風や成るらむ　（同・四五九）

右のような終止接「なり」「めり」との共起関係からみても、「らむ」が「らし」の領域を一部吸収したとみられる（中古和歌になると、「らし」の用法自体が、「らむ」に接近するところがあり、疑問表現と共起する「らし」も後にはみられる）。

では、『古今集』以降に現れる「なるらむ」は、先の『万葉集』の「ならし」「なるらし」の用法を吸収した結果

現れたものとみるべきであろうか。先の例にみる「らし」は、現代語では「ヨウダ・ラシイ」（推定）に相当するものであり、むしろ「らし」衰退後は「ならし」「なるらし」は「な（ン）めり」「な（ン）なり」あるいは「なるべし」に引き継がれたとみるべきで、「なるらむ」が「ならし」「なるらし」の用法を吸収したものとは考えられない。やはり「ならむ」系の派生的用法として「なるらむ」は和歌において登場したとみるべきものと判断する。(15)

『古今集』以降においても「なるらし」「なるべし」はみられる。

天の河流れてこふる七夕の涙なるらし秋のしら露　（後撰集・二四二）

紅葉葉の散りくるみればなが月の有明の月のかつらなるらし《イなるべし》　（同・四〇一）

春霞立ちて雲井になりゆくはかりのこころのかはるなるべし　（同・七五）

などが、それである。

「ならむ」とともに「な（ン）めり」「な（ン）なり」「なるべし」も散文では盛んに用いられた。これらが和歌における「なるらむ」に相当する用法であったとみることも、右のように考えると否定されるべきと考える。つまり、散文の「ならむ」と和歌の「なるらむ」とは置換可能な関係にあって、その違いは文体的位相の違いに対応するものであったと考えるべきであろう。では、平安中期以降になると、散文においても「なるらむ」が少しずつながら増加していった事実はどう解釈すべきであろうか。

散文に現れる「らむ」構文をみてみると、「なるらむ」系——「指定なり＋らむ」という結合型において、次のような事例がみられることが注目されるのである。

今は何にてかおはすらむ　（落窪物語・会話）

誰ばかりにかおはすらむ　（狭衣物語・同）

御ひがめにさぶらふらむ　（同・同）

御年二十ばかりにやおはすらむ　（浜松中納言物語・心内語）

「あり」部分を敬語体にすることによって、その指定対象の「人」について、その「存在性」が強く意識されたものと考えられるが、このとき「む」でなく「らむ」でもって、その「存在性」が推量されたのである。それにはおそらく、和歌においてみられたと同様、事態についての判断が現在時においてのそれであるという意識が先立ったとき、〈む→らむ〉という選択が働いたものとみられる。それが「らむ」を用いた構文で、「なり―にあり」の「あり」を敬語体にしてそれを「らむ」が受けるといった、先のような例が好まれたことに現れている。そこに現在において、ある状態としてあるという認識が読みとれるのである。また、「…むとすらむ」という構文にみる「らむ」の用法、そこに「らむ」が好まれた事実にも注意しておきたい。いずれにしろ、散文における「なるらむ」の出現（まずは、会話・心内語において）には、和歌での「なるらむ」の発達が影響したものと考えてよかろう。

(三)「らむ」と「なるらむ」

時鳥声まつほどは遠からで忍びになくを聞かぬなるらむ　（後撰集・一五〇）

『後撰集』以降になると、右の例歌のように、連体形（準体句）を上接させる「なるらむ」構文がみられる。八代集でのその数は、古今〇、後撰五、拾遺五、後拾遺八、金葉二、詞花三、千載二、新古今三となる。次に、この構文について考えてみたいが、その前に、次の二種の現代語訳を検討してみよう。

(a)　たがための錦なればか秋霧の佐保の川辺をたちかくすらむ　（古今集・二六五）

(b)　枝ごとの末まで匂ふ花なれば散るもみゆきと見ゆるなるらむ　（新古今集・一四五三）

右の二首については、それぞれ次のように現代語訳がつけられている。(a)いったい誰に見せるための錦といって、秋霧は佐保山の当たりに立ちこめて紅葉を隠しているのだろうか（『古今和歌集』小町谷照彦校注・旺文社文庫）。(b)

どの枝の先々までも美しく咲きにおう花なので、散るのまでも深雪と見えるのでしょう。わが藤原氏一門の末々の者までも栄えているので、この世の春に逢うのでしょう（『新古今和歌集下』久保田淳校注・新潮日本古典集成）。

前者の歌は、「秋霧の…たちかくす」という現在の事実について、その事実の存在する理由を「たがための…ば」なのかと疑問推量している。現代語の「…カラ（ノデ）、…テイルノダロウカ」という構文に相当する。概して、古典の推量の助動詞「む」「らむ」「けむ」には、現代語に訳すと、「ノダロウ」となる場合と「（φ）ダロウ」となる場合とがある。一方後者の歌は、「連体形＋なり」のうち、「…連体形」の部分が体言相当（この場合は名詞文となる）になるものを除くと、この構文は現代語の「ノダ」文に相当すると考えられる。そこで、前者(a)「―らむ」も後者(b)「―なるらむ」も現代語に訳すと、同じく「ノダロウ（カ）」となってしまうのである。では一体前者のような構文と後者のような構文との間には、どんな認識上の違いがあったのだろうか。

前者(a)の場合、文の組み立てを改変すると、(a)′〈秋霧の…たちかくす（のは）〉〈たがために錦なればなるらむ〉となる（「たがための」という疑問詞を含まなければ「なりけり」とあってもよい構文である）。参考に、次の歌を挙げておこう。

立ちよらぬ春の霞をたのまれよ花のあたりとみればなるらむ　（後撰集・一一四）

吹く風の色のちぐさにみえつるは秋の木の葉の散ればなりけり　（古今集・二九〇）

このうち「已然形＋ば＋なるらむ」構文になる歌は、八代集では、右の一例のみである。現在実現の確定している事態と、その存在の理由（根拠）とを結びつけるという推論の構造であることには、(a)(a)′ともに変わりがない。とすると、(a)′の構文において顕現した「なるらむ」が、(a)の背後にも潜んでいると言えるのであり、それが構文形式上に顕現したのが(a)′や(b)の歌末に位置する「なるらむ」であったと考えられる。このように「終止形＋らむ」構文には、「なるらむ」構文に通う推論形式であるものが、その一部に存在すると考えればよいのである。[16]

次の『後撰集』歌で、

春立つときつるからに春日山消えあへぬ雪の花と見ゆらむ　（後撰集・二）

白玉の秋の木の葉にやどれると見ゆるは露のはかるなりけり　（同・三一一）

後者の「なりけり」を「なるらむ」と推量の体にすることも文法的には可能で、ただ認識のことがらから考えて、「なりけり」と発見の事実として捉える方がふさわしいと判断している底のものである。つまり、認識対象のことがらによっては、このように「なりけり」であったり、「なるらむ」であったりしたわけで、「連体形＋なるらむ」は、「なりけり」とも「らむ」とも両方に連続しうる性質のものであった。和歌において、「なるらむ」がみられるのは、和歌に特徴的な語法「なりけり」「らむ」構文から必然的に発展したものであったとみることができよう。そこに散文では「ならむ」であるものが、和歌では「なるらむ」であった理由がある。そしてそれぞれが和歌のリズムに適合もしたのであった。リズム上の制約は、結局、五音句では「ならむ」にならざるを得なかったところに見られたのである。もっとも、七音句でも、

まちくらす日はすがのねにおもほえてあふよしもなど玉の緒ならむ　（後撰集・八七一）

と、まれには「ならむ」であることがあった。

さて、『後撰集』以降にみる「連体形＋なるらむ」の歌であるが、それには次の二種が区別される。

㈸　時島声まつほどは遠からで忍びになくを聞かぬなるらむ　（後撰集・一五〇）

㈹　あはれてふことこそつねのくちのはにかかるや人をおもふなるらむ　（同・一一八六）

㈸の歌は「郭公きぬるかきねは近ながらまち遠にのみ声の聞こえぬ」（一四九）という歌の返歌であり、この贈歌の「まち遠にのみ声の聞こえぬ（のは）」という問（題）を受けて、その理由を説明してみせた歌だと言える。㈸種は、このように「ノダ」文の構造〈（A）ノハ（B）ノダロウ（カ）〉のうち〈（A）ノハ〉が陰題となっているもので

ある。つまり、歌自体は〈(B)ノダロウ（カ)〉の部分だけで成り立っているわけで、これは『後撰集』に多い贈答歌（対詠歌）では現れやすいものであった。もう一例示すと、

思ひ出でてとふにはあらじ秋はつる色のかぎりをみするなるらむ　（後撰集・四三九）

この歌も同様、詞書にある「…おとこのもみちををくりて侍りければ」とあることがらを陰題とする歌である。

これらに対して(乙)種では、「あはれてふ…かかる」が〈(A)ノハ〉にあたり、〈人をおもふ（なるらむ)〉が〈(B)ノダロウ〉にあたるから、一首で「ノダ」文構造が完結している。『後撰集』では、(甲)種が五首のうち四首で、残り一首が(乙)種である。

「なるらむ」構文歌が先に示した一首（「みればなるらむ」の例歌）を除いてすべて以上見てきた〈連体形＋なるらむ〉か〈体言＋なるらむ〉かに整理できるが、両者の比率をもって各勅撰集の展開をながめてみると、『後拾遺集』までは、〈連体形＋なるらむ〉が増加傾向にあったが、『金葉集』以降では減少傾向を示し、後者の〈体言＋なるらむ〉が大半を占めるようになったことは先にもふれた。

余滴

ところで、『古今集』に次のような歌がある。

(a)　冬ながら空より花の散りくるは雲のあなたは春にやあるらむ　（古今集・三三〇）

文末の述語成分を構成する「なるらむ」に係助詞「や」の挿入された例である。この構文は、

(b)　年毎に紅葉葉流す竜田川港や秋のとまりなるらむ　（同・三一一）

と対をなす構文と言える。この(a)(b)の違いは、現代語での、次の(a)′(b)′に対応するものと考えられる。

(a)′　彼は校長なのだろうか。
(b)′　彼が校長なのだろうか。

それぞれ、「彼はどんな人（どんな地位の人）なのだろうか」(a)′、「校長はどの人なのだろうか」(b)′、という問いを前提にしつつ、それぞれの答えを特定的に推測して問うているという形式である。つまり、焦点はそれぞれ、(a)′では「校長デアルコト」、(b)′では「彼デアルコト」になる。現代語では文末形式が、(a)′(b)′ともに「なのだろうか」と同形式となり、情報構造上の違い（何が前提で何が焦点か）は、「は」と「が」が受けもっている。この対立を形成する以前（主文主格「が」の成立以前）においては、係助詞「や」の構文的位置の違いによって、情報構造の違いが明示化されていたのである。焦点の要素（主語または述語）に「や」が付加されて、どの要素を疑問の焦点としてとりたてているのかを示していたのである。(a)の歌は、一体「雲のあなた」はどうなっているのか、と不定的に問わず、「春デアル」という状態として特定化して問うているところに、既存の「見立て」の発想を一歩展開させた、歌人の面目があったのである。

「連体＋なり」の文末形式に係助詞「や」が挿入された形式が中世（院政以降）になると使用が増加して、やがて疑問終助詞「やらん」が成立していくという史的展開を、山口堯二があとづけているが[17]、古代和歌では、逆に、(a)種のような例は、『後拾遺集』前後にもっぱらみられ、『詞花集』以降は、(b)種の方がもっぱらとなる（表Ⅱ参照）。和歌の発想の変遷という観点から読み換えるなら、右の事実は、(a)′型の発想から、だんだんに(b)′型の発想で、「――や――らむ」構文の歌が詠ま

表Ⅱ

勅撰集＼文法形式	なるらむ(めにはもあるらむ)（にはもめ）あるらむ	にや(か)あるらむ
古今集	4	1
後撰集	19	4
拾遺集	25	7
後拾遺集	21	1
金葉集	14	7
詞花集	13	0
千載集	27	1
新古今集	23	3

れるようになったことを物語っている。

なお、『枕草子』で調べてみると、文末形式が「疑問詞―ならむ」か「（疑問詞―）にや（か）あらむ」かの違いが、それを構成する部分が、挿入句か「と」に受けられる引用内容かの違いに相関するところがみられる。つまり、「にや（か）あらむ」はどちらの場合にも用いられているが、「ならむ」は「と」の受ける引用内容とはなるが、挿入句には用いられてはいないのである。挿入句では、「にや（か）あらむ」がもっぱら用いられ、それが「あらむ」が省略されて「にや（か）」と、用いられもしているのである。

〔底本〕八代集については、『新古今集』（岩波文庫）を除き、東洋文庫本八代集によった。なお、『万葉集』の訓は『萬葉集本文篇』（塙書房）によった。散文作品については、『枕草子』は新潮日本古典集成、『土佐日記』『松浦宮物語』は角川文庫、その他はそれぞれの総索引によった。

注

（1）山口堯二「喚体性の文における疑念の含意」（『日本語疑問表現通史』明治書院・一九九〇）。

（2）浅見徹「助動詞の展開―「らむ」の場合」（『岐阜大学研究報告（人文科学）』一四）に、「「―の（が）―らむ」構文の「らむ」上接部は、確認の眼前事態を示している」とする。糸井通浩「新古今集の文法」（『国文法講座第五巻』明治書院・一九八七、本書後編〔二〕）

（3）松尾聡『古文解釈のための国文法入門』（研究社・一九八四）。

（4）広くは、「な（る）らし」「なるべし」「なり」「なめり」なども散文にみられ、前二者は和歌にもみられる。

（5）内尾久美「源氏物語の助動詞」（『源氏物語講座第七巻』有精堂・一九七一）による。

（6）「ならむ」は歌末の七音句に現れるのがほとんどであるが、例外的に、

紅葉葉やたもとなるらむ神奈月しぐるるごとに色のまされば　（拾遺集・一一四〇）

があり、また、「なるらむ」の省略とみてもよいような、
谷風にとくる氷のひまごとにうち出づる波や春の初花　（古今集・一二）
などもある。
（7）糸井通浩「『なりけり』構文――平安朝和歌文体序説」（『京教大附高研究紀要』六、本書後編〔五〕2）。
（8）注（1）参照。
（9）糸井通浩「見立て・比喩」（同外編著『小倉百人一首の言語空間――和歌表現史論の構想』世界思想社・一九八九、本書後編〔四〕1）。
（10）山口明穂『学校文法――古文解釈と文法』（『国文法講座別巻』明治書院・一九八八）。
（11）注（3）に同じ。
（12）ただし、先の例の場合は、「山にてなおうく（なる）時」と「（それから）いづち行く（時）」とが継時的関係にあっていかにも「いづち行く」時がこれからの未来時のことのようにみられた。
（13）内尾久美（注（5））によると、『源氏物語』では、「らむ」に完了の助動詞「たり」「り」の上接した例はなかったことがわかる。
（14）高山善行（一九九〇年春季国語学会大会要旨）によると、「連体形＋なり」は、「き」「つ」などテンスとは共起することがないことがわかる。その点で「終止接なり」と異なる。しかし、「らむ」「けむ」とは共起し得たのである。
（15）推量の助動詞と言われるもののうちでも、いわゆる「む」系の助動詞と「べし・終止めり・終止なり」などとの構文的違いについては、高山善行「《係り結び》と《推量の助動詞》」（『語文』五一）など参照。
（16）高山善行「ラムの特殊性をめぐって」（『日本語学』九―五）は、「らむ」は、「連体形＋なり」の機能を内包していると捉え、「らむ」には、「〈コトをくくる機能〉が潜在している」とみ、「らむ」の上接句に主格助詞「の」の現出する理由を説明している。ただ、「らむ」に上接の用言が、たとえ主格助詞「の」を受けるものであっても終止形であることに変わりないことは、無視できない。
（17）山口堯二「疑問助詞『やらん』の成立」（『語文』五三、五四）。

〔三〕かな散文と和歌表現――発想・表現の位相

序　視点と表現

平安朝になると、文学は、韻文である和歌と物語などの散文とが深く関わって展開した。それ以前からも存在したと説かれている「うた」と「かたり（広くは「ふみ」）」との結びつきが、一層顕著な形態をみせてきたのである。そこで、散文と韻文という、表現上異質性のきわだつ二つが、どのような関係を持っていたか、という課題が様々な観点から追究されてきた。「かたり」の展開の上で「うた」がどのように配置され、会話・心内語や地の文と、どのように機能上の役割分担をになっているか、物語（文学）にとっての和歌とは何か、という議論や、和歌の生み出した歌語や表現的特徴――修辞――が、散文が創造されていく上で、どんな影響を与えたか、又、その逆はどうか、といった表現上の相互の影響を史的に跡づけようとする試みがなされてきている。一方では、時枝誠記や根来司らによる、散文（ふみ）、韻文（うた）それぞれの言語の独自性を明らかにしようとする追求があった。

本稿でも、改めて、それぞれ（「うた」と「ふみ」）のことば・表現の独自性を探究し見い出していくとともに、両者が、どのように影響を受け合っているか、について、いくつかの事象をとりあげて考察してみたい。

(1)　今は昔、竹取の翁といふ者ありけり。（竹取物語）

(2)　年の内に春は来にけり一年をこぞとやいはむ今年とやいはむ（古今集・春・一）

特に「かたり」の文学は、⑴のような「けり」文体を特徴とする。そして、その「けり」の用法（機能でなく）が、⑵の和歌にみられる「けり」の用法と異なることについて、しばしば論じられてきたが、同じ「けり」を用いながら、このように用法が異なるのは、視点の問題であると捉え直すことができることに注目してみたい。

現実に生み出された表現《パロール》があるとすると、そこには必ず、その表現を生み出した言語主体が存在する。それを創作主体とする――作者と言ってもよい。⑴では作者は未詳であり、⑵では在原元方が作者である。

ところで、『源氏物語』などの作り物語や近代の小説には、表現の上で、ことばを選び、ことばを結びつけていくという操作をする主体、操作上の基点となる主体――つまり語り手（話主）が存在する。これは創作主体――作者とは区別されるべき主体であり、表現主体とでも呼ぶべきだろう。実はこのことは、和歌についても例外ではなく、創作主体と表現主体とは区別しておく必要がある。もっとも和歌（の場合）は、創作主体が即表現主体と捉えてよい場合が多いのであるが、屏風歌や屏風絵歌などにみられるように、明らかに創作主体と表現主体とが別人格である場合があるのである。つまり、和歌も物語もともに、作者とは別に語り手ともいうべき表現主体の存在を考えておかねばならない。

さて、その語り手ともいうべき表現主体が、物語では、過ぎ去った時（代）の他者（第三人称者）について語るのに対して、和歌では、表現主体が今の自ら（第一人称者）を語るという違いがある。いずれの場合も、表現は表現主体の視点――認識の基点――によって語られるのであり、そこから、事例⑴⑵にみる「けり」の用法に違いが生じることになる。⑴は伝承回想（物語内容をかつてあったこととして語ることを示す）であり、⑵は詠嘆（事態の存在に気づき、心を新たにする思い）である、と。もっとも、物語では、表現主体が、語られる物語中の現場に視点を移したり、物語に登場する人物（第三人称者）の視点に叙述（語り手）の視点を重ねたりすることがしばしばあることは、近年盛んに指摘されている通りである。殊に、日本語自体が、その表現に、表現主体自らと表現素材との関係をきざみこませやすい性質を持った言語であることが、欧米語の「語り」とは異なる視点のあり方をみせていることを考えると、このことは重要である。

さて、和歌は、例え創作主体と表現主体とが異なる人格だとしても、一人称文学であることに変わりがない。そして、その表現は、表現主体の、〈今・ここ〉における心情の表出であることをその原理としている。〈今〉や〈ここ〉が常に特定的に明示化されるとは限らないが、仮空に設定された場面に立つ場合も含めて、〈今・ここ〉における第一人称者の心情と捉えなければならない。

一　〈ならむ〉と〈なるらむ〉

和歌と散文における、文体ないしは文末表現の違いの顕著な例の一つとして、指定の助動詞「なり」に推量の助動詞（「む」「らむ」）を結合させた、助動詞の複合形式において、和歌（平安以後）では、「なるらむ」の形がほとんどで、『万葉集』を除き、「ならむ」の方は例外的に数例しかみられず、逆に散文（文学）では、基本的には「ならむ」が用いられて、「なるらむ」が例外的にでも見られるようになるのが、平安中期頃からである、という事実について考察したことがある。その論稿を前稿とする。(1)

(3)　これやわが求むる山ならむ。　（竹取物語・心内語）

(4)　山かくす春の霞ぞうらめしきいづれ都の境なるらむ　（古今集・羇旅・四一三）

こうした問題はともかくすると、和歌における文体上の制約——特に音数律《リズム》の制約に帰されることが多いと思われる。確かに、この場合についても、「なるらむ」が現れるのは七音句であり、先に例外的に「ならむ」がみられると言った、それらのほとんどが、五音句の場合であることを考えると、リズム上の制約と受けとりたくなる。そして、例えば七音句だと、音数律の制約によって「〇〇〇なるらむ」か、「〇〇〇〇ならむ」かの文末選択をすることになるが、古代の日本語の単語の多くが、二音節語、三音節語であることを考えると、前者の方が利用範囲が大きいと言える面もあるのである。そして上接語が二音節語、一音節語の場合であれば、「ぞ」「こそ」「や」「か」などの係助詞を「なるらむ」の部分に挿入すれば、音数が整うのである。

しかし、筆者は前稿で、この語法に関して和歌と散文の間にみられる相違について、和歌の発想とその表現の特質がもたらしたものという結論に達した。それは、和歌の原理――一人称者の〈今・ここ〉における心情表出――によるもので、そういう認識における〈現在性〉が要求されていることを意味するものと考えたのである。ここでは、前稿でふれなかったことや言い残した点を中心に少し論じてみたい。

「なるらむ」の複合形が、『源氏物語』などをはじめとして、散文にも数例みられ始めるが、そのほとんどが会話や心内語の例であり、そこにこそ和歌表現において定着した「なるらむ」が散文にも用いられるようになった理由があると思われるが、いずれにしろ、その、判断の対象に対する話者の意識に、その対象事態にまつわる〈現在性〉が強く感じられている場合であったと解釈しうるのである。

平安後期になると、歌合の判詞にも次のような「なるらむ」ないし「らむ」の用法を見い出すことができる。

(5)(a)　「この暮の朝け」は、明日にや侍るらむ。　（久安五年家成家歌合。「　」は歌の本文の引用部分）

(b)　左、山姫は常に侍るものにこそ。いづこか故郷に侍るらむ。　（仁安二年経盛家歌合）

(c)　こは、誰が詠みたるにか侍るらむ。　（同）

岩波日本古典文学大系の歌合集の範囲においてのことであるが、これらの例以前においては、指定の推量表現は、いずれも「にや侍らむ」とあったものである。そして、(5)(a)～(c)についても、「侍るらむ」でなく「侍らむ」とあってもよいのである。では、これらの例で「なるらむ」が用いられた意識は何かと言えば、それぞれの和歌の

〈今〉に視点を合わせて、歌を読みとろうとする意識であることを示しているのである。逆に、ここからも、和歌の表現が、〈今・ここ〉を視点にした表現であることが分かる。和歌の表現を、和歌の発話時〈今・ここ〉の視点によって理解し、鑑賞しようとする姿勢は、単に「らむ」のみを用いた場合に既にみえていたことであった。例えば、

(6)　左歌は、月のさやけきによりて霧晴れにけりと思ふらむこそ、えみぬにやおぼゆれ。（(5)(a)に同じ）

右の「らむ」はなくてもよく、又、「けむ」であっても、「ならむ」であってもよいところであるが、「らむ」が用いられていることによって、和歌表現を和歌の表現主体の〈今・ここ〉の視点に合わせて、理解しようとする姿勢があることが分かり、この種の「らむ」は、

(7)　右の人「左の歌は、…われも入らむと思ふらむも、すずろがましき心地す」といふに…（承暦二年内裏歌合）

などにはやく見えている。

さて、先の「なるらむ」構文にもどると、これは「名詞は名詞なり」という名詞述語文（判断文）であるから、散文であれば基本的には「ならむ」でよいところであるのに、和歌の表現においてや、先の歌合判詞の和歌表現の分析の文章においては「なるらむ」が用いられる理由について、もう少しつっこんで考えてみよう。

このことを考える上で、松尾聡の、次のような歌についての指摘[2]が重要なヒントになる。

(8)(a)　吹くからに秋の草木のしほるればむべ山風を嵐といふらむ（古今集・二四九）

(b)　秋の露色々異に置けばこそ山の木の葉の千種なるらめ（同・二五九）

松尾は、「「現在」の推量の意味はかなり薄い」と言い、「時を超越した一般的真理に対する推量に近い用い方」と指摘している。和歌のすべてとは勿論言えないが、『古今集』の知的思考の歌、なかでも「名詞（句）は名詞（句）なりけり」という構造を持った歌では、一般的理法を求めていて、いわばモノ志向型の表現である。表現の発想において、このような歌が『古今集』になって目立ってくる。「なるらむ」も、そうした「なりけり」の名詞

述語文を継承している、又はバリエーションの一種として発生したと言ってよいものであり（前稿参照）、それ故に一般的な理法の判断文であれば、「ならむ」とあっても本来おかしくはないのである。むしろ、そういう一般的理法を推し量る表現において、「らむ」が用いられることの方が異和感があったはずである。にもかかわらず、和歌で「（なる）らむ」が用いられるのはなぜか。それはやはり、和歌が一人称者の〈今・ここ〉における心情を表出するという原理に立つものであるからであった、と考えるほかあるまい。

一般的理法を判断文の形で捉えつつ、〈今・ここ〉に現存する——眼前に直面している事象自体が、その理法の実現の一つとしてあることが、意識されている。言い換えれば、眼前の特定の個別的事象が、そうした一般的理法に支配されているものと認識するという抒情性が古今集の知的表現であったと考えられる。一つの「コト」の背後にある「モノ」を捉えて、その「モノ」の意識の上に立って、表現主体は〈今・ここ〉の「コト」と関わっているのである。「ならむ」ならぬ「なるらむ」が和歌で用いられる理由がここにあると考える。

「なるらむ」の問題からは離れるが、「モノ」（理法）を志向する典型的な歌と言えば、次のような歌が思い出される。

(9)(a)　世の中のうきもつらきもつげなくにまづ知るものは涙なりけり　（古今集・九四一）
(b)　夢よりもはかなきものは夏の夜のあかつきがたの別れなりけり　（後撰集・一七〇）
(c)　君が来る宿に絶えせぬ滝の糸はへては見まほしきものにぞありける　（拾遺集・四四六）

この種の歌になると、〈今・ここ〉においての心情という原理からはやや遠のいて、理法そのものの発見にねらいがあるようにも見えるが、それでもなお、〈今・ここ〉において表現主体が直面している個別的事態が、そうした理法の発見を導いていると言えるのである。この「…ものは…」という構文の歌は、『古今集』から盛んになる。そしてここで思い合わされるのが、『枕草子』の「もの」型の類聚章段である。

⑽　すさまじきもの。昼ほゆる犬。春の網代。三、四月の紅梅の衣。牛死にたる牛飼い。…
（枕草子）

『枕草子』の類聚章段のうち、「ありがたきもの」「にくきもの」といった「もの」型章段の発想は、『古今集』以後の和歌における「…ものは」構文歌の展開と定着に影響されるところがあったのではないだろうか。和歌の場合も、『枕草子』の場合も、「…もの」の部分が問いをなす。つまりその答えとなる部分「名詞（なり）」が意味する事物が属性として所有すると思われるものを、「…（もの）」と取り出して、それを問に設定する、という発想であることでは両者共通しているのである。

しかし、両者には、対照的とでも言うべき違いが存在している。和歌では、「…もの」の部分が、秋本守英も指摘する通り[3]、「逆態的ないし対立的句関係」をなすものや「対比的句関係を含む型」であり、答えには、その典型的な一つを選び出すということになる。つまり、それだけ答えに意外性が期待されている、と言えよう。そういう発見性が歌のねらいとなっている。とともに、答えの事物からみれば、その事物をそのように認識することが、表現主体の思いの深さや物の見方考え方の深さを表現することになっているのである。

それに対して、『枕草子』の「もの」型章段では、「…（もの）」の部分が、属性説明の形容詞などただ一語によって設定されていることがほとんどである。つまり、それだけ、そういう属性をもつものが、あれこれ当てはまるという余地があり、『枕草子』のねらいは、次々と答えが列挙され、それが意外なところへと拡散していくというところに面白さがあったかのようである。和歌の場合が、求心的で典型を取り出そうとするのに対して、『枕草子』は遠心的で、事物の持つ属性の一つとして、その属性を持つものを、いろんなところに見い出すことをねらっていると言えよう。和歌と散文の表現上の性格の違いから自ずと求められた、それぞれのあり方であることは言うまでもない。殊に類聚章段が、和歌文学の世界を意識したと思われることからすると、この「もの」型章段についても、『古今集』以来の「…もの」型構文歌を意識しつつ、その発想を散文に持ち込んで、和歌の表現・発想とは異なる、散文独自の「モノ」認識の表現類型を創造したものであった、と考えられないだろうか。

以上のように一部の和歌には、名詞述語文という判断文を構成するものがあり、それは言わば、「モノ」を志向しており、そういう「モノ」を捉えたところで、〈今・ここ〉における個別的な一つの「コト」を、それに重ねるという認識のしかたを示していた。言うまでもなく、物語などの散文では、逆に、個別的な「コト」を徹底的に描こうとする。物語では、「コト」を描くことに徹することで、人生を深く見つめ、そこに自ずと「モノ（理法）」が感じとれるという作品を目指しているのである。時に「モノ」が、『狭衣物語』のように「少年の春は惜しめども、留まらぬものなりければ云々」とか、『平家物語』のように「祇園精舎の鐘の声、諸行無常の響きあり云々」と、冒頭に提示されることもあった。「モノ（理法）」は主題と言い換えてもいいのである。『枕草子』の類聚・随想章段は、その中間的な位置にあったと言えるであろう。

和歌の語彙についての研究も様々になされている。阪倉篤義[4]は、同じ文学用語でも、散文などの和文語と違って、和歌の歌語がどんな性格を持っているかを明らかにするために、「対象の把え方が、一番直接に言葉に反映する」とみられる形容詞の使われ方を調査して、「『古今集』以後の歌には、状態性のク活用形容詞が相対的に優位になる、情意性のシク活用形容詞は、だんだんと使われなくなる」という結果を述べている。情意性形容詞を使うと、表現が説明的になり、内容を限定しすぎることになるのが嫌われて、「むしろ、もっと直截的で意味の広い形容詞でもって表現することが選ばれた」と説明する。この阪倉論文を受けて、中川正美[5]は、八代集中の形容詞の頻度数を調査し、使用順位ベスト一〇位のうちに、七語までが感情形容詞であることを確認して、「八代集によく使われる形容詞、使われない形容詞がともに感情形容詞であるならば、使用非使用を分かつのは感情の質であろう」と判断し、「うし」と「こころうし」を例に分析して、「身分や上下関係にかかわる感情」「対人関係にかかわる感情」をあらわす形容詞が八代集では避けられた、とする。ある種の情意性形容詞が使われないことを、阪倉は、それらの形容詞が具体的限定的なことばを尽くすことを要求することに基づくと述べ、中川は、感情の質の違いによるとして、人間関係にかかわることを理由とする。後者もある意味での、ことがらの描写を複雑にすることが要求されると思われる点で、阪倉の結論に通うところがあろうか。確かに和歌には、阪倉[6]が、「作歌者が、そういう限定した個別的な事態や、それに対する感動の表現を、なるべく避けようとしている」「個人的感情の理解を読み手に強制することを避ける」これが「八代集の歌のいき方」であったと解釈しているように、ことがらの枝葉な部分をとりさって、ことがらの構造を的確に捉える抽象性、ないしは、表現の構造化――今、適切な言いまわしを思いつかない、「ことがら」の骨となるものを、対比的対立的に捉えた表現、のことを「構造化」と言っておく――が和歌表現には要求された。殊に理知的歌風の指摘される『古今集』以後では、その傾向が強く、そうした和歌表現の発想の行きついた一つの典型が、先に見た「モノ」志向の和歌（「…は…もの（なり）」「…ものは…（なり）」という構造の歌）であったと言えよう。

　ところで、阪倉、中川の調査結果のデータをよく見ると、次のことがわかる。中川によると、使用頻度順位の高い二〇位までに入っている感情形容詞は、「*うし」「こひし」「かなし」「*つらし」「をし」「*はかなし」「*つれなし」「うれし」「くるし」「わびし」（*はク活用で感情形容詞と認められるもの）などであり、逆に使用の避けられた感情（情意性）形容詞は、「こころもとなし」「こころぐるし」「こころうし」「はしたなし」「△ことごとし」「かたはらいたし」「△なまめかし」「△うつくし」「△いとほし」「△くちをし」（△はシク活用）などである。阪倉、中川両者の指摘にはうなずけるところがあるが、音節数の多少ともかかわりがあったと言えよう。音数律及び短詩型という制約が、ここには反映してはいないだろうか。根来司[7]も、形容詞などをめぐって、「ふみ（散文）系列」と「うた（韻文）系列」とで使用語に違いのあることを指摘している。その一つに、「かなし」に対する「ものがなし」という形容詞、つまり、「もの」形容詞や「もの」形容動詞が和歌には用いられにくい派生語であったことを指摘している。これも又、短詩型であることや音数律の制約から使用しにくいところがあってのことではないだろうか。

一方、やはり、散文においては、「うし」から「ものうし」「こころうし」「ものうげなり」や、「かろし」から「かろがろし」「かろがろしげなり」などが派生して、感情や状態を微妙に言い分ける工夫が試みられていったのに対して、和歌では、その種の工夫を表現に要求することがなかった、と言うべきであろう。そこに「こと」(個別)に徹して描写するというよりは、「ことがら」を構造化して捉えるところに和歌の表現の特色があったとみるべきか、と思量する。

ところで、根来の指摘した、もう一つに「をかし」という形容詞の使用非使用がある。(8)『枕草子』を代表として、平安かな散文で、あれほど使用された「をかし」が、和歌では全く用いられなかった、という指摘である。その理由の解釈については、根来の結論に譲るとして、なお「をかし」をめぐっては別に少し考えてみたいことがある。

根来によると、「をかし」の例が八代集の詞書や序文においては『後拾遺集』序に二例、『千載集』序に一例、詞書では、『拾遺集』に二例、『後拾遺集』に五例、『千載集』に一例、『新古今集』に二例、みられるのである。ところで、『新古今集』の二例は、次のように、どちらも紫式部の歌の詞書である。『拾遺集』『後拾遺集』の歌のころに集中していることになる。

(11)(a)…曙、片岡の梢をかしく見え侍りければ、(夏・一九一)

(b)…池の舟に乗せて中島の松陰さし廻すほど、をかしく見え侍りければ(賀・七二二)

ただし、『千載集』の一例は、「右京大夫顕輔」の歌で、少し時代がくだる。

また、物語・日記中の和歌や私家集中の和歌には、例外的に「をかし」を用いた歌があり、根来はそれらを注に列挙しているが、それをみると『大和物語』の歌一首、『蜻蛉日記』作者の歌二首、曽禰好忠の歌二首、小大君の歌一首であり、俊頼の歌一首は少し時代がくだるが、これらは、ほぼ紫式部と同時代人の歌と言えよう。そして、現存の歌合の判詞において、和歌を評する語として、「をかし」が最初に登場するのは延喜十三年(九一三)亭子院歌合で、以後、天徳四年（九六〇）内裏歌合になると九例もみられ、「をかし」が和歌を評価する語として定着していることが確認できる。そして、『後拾遺集』の序文には、「拾遺集に入らざる中頃のをかしき言の葉、藻塩草かき集むべきよしなむありける」とあって、入集歌の選択にあたって、「をかし」が評価の重要な観点であったことがわかる。(9)

以上のように整理して捉えてみると、『枕草子』が「をかし」の文学として成立した背景には、こうした時代の嗜好性があったのではないか、と考えてみたくなる。

『枕草子』冒頭の「春は曙」の構文について、渡辺実(10)は、「をかしきは」という前提課題が諒解された構文で、「春は曙なり」の「なり」が省略された表現とみている。つまり、類聚章段の「―は」型章段、「―もの」型章段は、中宮定子サロンが、「をかし」と評価しうるものを常に話題にしていた、という共同性に基づく章段であったということである。こうした課題意識の成立が、先にみた一時期和歌文学においても高まった「をかし」への関心に影響されたものではなかったか、と考える。類聚章段における「もの」づくし、「こと」づくし、「名」づくしと和歌文学との関連性が議論されてもきたが、和歌の場での文学的な関心の高揚を発展的に捉えて散文の世界に移し植えたのが、『枕草子』という随筆文学の誕生であったと考えてみたい。

二　複合名詞・連句と和歌

⑿　左歌、旅宿の雪などぞ覚え侍れど、「雪の曙」といへる文字づかひ、をかしく侍るめり。…「雪の曙」は猶をかしくもや見え侍らむとて、以レ左為レ勝。（治承三年兼実家歌合）

これは、「打ちはらふ衣手さえぬ久方のしらつき山の雪の明けぼの」（俊恵）の歌に対する判詞（俊成）で、「雪の曙」という文字づかい（詞づかい）を賞讃している。以下この表現形式である「—の—」をめぐって、和歌と散文の問題を考えてみたい。

日本語では、広義にいわゆる連用関係に立つ「AはB」の題述関係において、「A」と「B」との論理的関係を、「は」という助詞自体は受けもつことがない。ちょうどそれに似て、連体関係においても、「AのB」という結合において「A」と「B」との論理的関係を助詞「の」が受けもつことがない。もっとも、にもかかわらず「AのB」という表現に接して、その「A」と「B」との意味的関係が受け手に理解できるのは、言語主体と受け手とが文脈・場面を共有しているからである。このような、助詞「の」による「A」と「B」との結合の表現形式を超論理的なものとみて、論理的な（コトガラの）関係をこそ表すことを使命とする他の格助詞（連用助詞）とは区別し、この「の」を、「連体助詞」として別に扱うことがある。

さて、右のような連体助詞「の」の機能を積極的に利用して、和歌表現では、先に見た「雪の曙」のように、様々な「—の—」という表現を生み出しているのである。本稿では、韻文特有の表現とみることができる「—の—」（連句）をとりあげてみたい。

もっとも、この「—の—」という連句に関しても、一つは「比喩（陰喩）」としての「露の命」「花の都」などが、和歌的表現として指摘されてきた。これらのうちには、和歌において発生して、後には文学的な散文語としても用いられるようになったものが多い。もう一つは、「見立て」としての「紅葉の錦」「露の玉」「霞の衣」などが、やはり和歌的表現として生み出されている。後者は、元来は漢詩の表現の影響を受けて「月の船」「雲の海」（以上万葉集の歌）などが生まれてきたと思われるが、後には、その表現方法を応用して殊に『古今集』以後、この種のいわゆる「見立て」と呼ばれる「—の—」が盛んに生み出された。

これらはつとに和歌表現の修辞的表現形式として注目されてきたものであるが、これら以外にも、つまり比喩でも見立てでもない、「―の―」という表現が多く現れたのである。「雪の曙」もその一例である。

ちなみに『後拾遺集』で、この連句形式の和歌的表現と思われるものを無作為に拾ってみると、「鶴の林」「露の身」「波のしがらみ」「涙の氷」「花の袂」「山の下水」などがみられる。ところで例えば、『万葉集』では「海人の釣り舟」（四〇四四）などもそうで、「雪の曙」もその例に入るのだが、特に歌末句の七音句において体言句をなす時、「三音―四音」という内在的リズムをなす「―の―」という連句が多く生み出されている。その一つに「秋の夕暮れ」がある。

秋本守英によると、[11]季節語としての「秋」は「秋」で史的展開があり、「暮れ（夕暮れ）」にも、「暮れ」独自に和歌の素材としてのあり方の史的展開があったが、勅撰集中では、『後拾遺集』から、その多くは歌末の七音句（六例中五例がそれ）において、「秋の夕暮れ」という結合をなして初めて登場するという。そこには、「さびし」という心情を核とした、美的類型の一つとしてのまとまり（観念）が、「秋の夕暮れ」に凝縮されているのである。「春の夜の夢」とか「秋の夜の月」とか、ここでいちいち指摘している余裕はない。いずれにしろ、原理的には、こうした連体助詞「の」による連句の成立は、その背後に、和歌のことばの世界で醸成された豊かなイメージの広がりが存在していて、それが「―の―」という表現形式に圧縮されて美的類型とし生まれてくると考えられる。

連体助詞「の」によって結合した「―の―」という表現のすべてが、右のような生成過程をもっているとは言えないし、この表現形式が散文ないしは日常語に存在しないわけでもない。しかし、なお散文に比べれば、和歌において連体助詞「の」による結合の連句が多いことは数値で示すまでもないであろう。では、この、和歌と散文にみられる違いは何を意味するか、それを考えてみたい。日常語にも普通にみられる「―の―」表現と、逆に和歌にしかみられない「―の―」表現と、この両者の境界が何辺にあるかは興味ある課題である。勿論、後者から前者へと一般化していったものもある。

原理的には、次のように考えられる。

論理的関係を背後に退かせて、「A」と「B」の二つの関係を、単に「の」のみによって結合するのは、一種の凝縮（省略）表現である。和歌においては、音数律の制約と短詩型文学であるという形式上の制約がもたらした表現形式である。それは複雑なイメージの単純化、簡潔性をもたらし、美の類型化としても機能する。とともに、論理的関係が背後に退いた分だけ、表現は意味上の曖昧性を特色とする。それ故、感覚的、余情的表現としても機能し得たのだと考えられる。そうした形式上の特色が詩的表現として受け入れられ、「比喩・見立て」といった修辞法としても確立してきたのである。そしてこのことは「―の―」という連体関係にとどまらず、複数の名詞が結合した複合名詞についても、ある種のもの（万葉集の「夕波千鳥」などはその典型）には、詩的表現とみられるものが存在する。例えば、次のような実態が存在するのである。

『古今集』のはじめの方の歌から適宜「谷風」と「風のたより」と「霞の衣」とをとり出して、『源氏物語』にあたってみると、「谷風」の例はみられないし、霞は三四例を数えるが、「霞の衣」は一例もない。「風のたより」は二例存在する。しかし、その一つは歌中の例（紅梅）であり、もう一例の末摘花巻の場合（「荻の葉もよりぬべき風のたよりあるときはおどろかし給ふ折もあるべし」）も、「秋風の吹くにつけてもとはぬかな荻の葉ならば音はしてまし」（後撰集・恋・四）を踏まえて、「荻」の縁語として「風のたより」と歌語的表現を用いたものと考えられるところである。

次に、『源氏物語』において、「春」「秋」の複合名詞、又は「―の―」の連句がどのように用いられているかを調べてみよう。

まず、「春」単独例は七二例を数えるが、(12)「春―」の複合名詞では、「春風」「春霞」は例を見ない。「春雨」は三例あった。一例は歌中の例、後の二例は、

⒀(a)　いとどしう春雨かと見ゆるまで軒の滴に異ならず、(涙で)ぬらし添へ給ふ。（真木柱）
(b)　袖ふれ給ふ梅の香は春雨の滴にも濡れ、身にしむ人多く、秋の野に主なき藤袴も…（匂宮）

いずれも比喩・形容の表現で、季節感で説明している部分である。さらに、「春日」が一例あるが、歌中の例であり、後は、「春秋《はるあき》」が一〇例、「春秋毎に」が一〇例、これですべてである。「春秋」一〇例のうち、三例が、若菜下巻にあることからも知れるように、春秋優劣論や、春や秋という四季そのものが話題の対象になったりするところにみられることがわかる。

次に「春の―」の連句をみると「春の雪」「春の野」などの例はなく「春の淡雪」（一例、歌中例）、「春の曙」（三例、うち歌中例が一例）、「春の錦」（一例）、「春の夕暮れ」（二例）、「春のおぼろ月夜」（一例）、「春の空」（一例）、「春の夕べ」（一例）、「春の暮」（一例）、「春の鳥」（一例）、「春の花」（一例）、「春の野山」（一例）、「春の色」（二例、うち一例歌中例）、「春の夜」（一例）、「春の夜の闇」（一例、歌中例）、「春の日」（二例、うち一例歌中例）、「春の光」（三例、うち二例が巻の冒頭部分）、「春の山」（一例、冒頭部分）、「春の花の林」（一例）、「春の花の錦」（一例）、「春の花の木」（二例）、「春の花ざかり」（一例）、「春の花のさかり」（一例）などである。

各例とも三例以下と頻度はいずれも小さい。そして、これらの連句の現れるのが、次のような特定の叙述部分であることが指摘できるのである。

(1)　和歌中の表現であるもの。
(2)　「薄雲巻」「若菜下巻」にみられるような、春秋優劣論を展開する叙述部分。
(3)　比喩・形容上において、特に春と秋とが対比的対句的に用いられているところ。
(4)　巻の冒頭部分などで、場面の状況設定上の要素となる場合。
(5)　過去を回想するなど、特定の季節を対象化して捉える場合。

(6)「春の鳥」「春の花」など、一般論として、「鳥」や「花」を述べるとき、それを季節で限定する必要がある場合。

このように散文部分においても、(2)〜(6)のような特定の叙述の時には、「春の―」という連句がみられるのである。そうした特定の叙述部分では、また引歌表現もなされやすかった。

「春の曙」の散文部分の二例は、次の通りである。

(14)(a)…さとにほふ心地して、春の曙の霞の間よりおもしろきかば桜の咲きみだれたるとみる心地す。（野分）

(b)女御の秋に心を寄せ給へりしもあはれに、君（紫の上）の、春の曙に心しめ給へるも…（薄雲）

(a)は、夕霧がふと垣間見た紫の上のさまを形容しているところであり、(b)は、薄雲巻の春秋優劣論の流れで、斎宮女御と紫の上の意見を光源氏がまとめているところである。一例のみの「春の錦」も、次のような形容部分にみられるのである。

(15)袖ぐちどもこぼれいでたるこちたさものの色合なども曙の空に春の錦たちいでたる霞のうちかとみわたさる。あやしく心ゆくみものにぞありける。（初音）

以上、「春」についてみられた傾向は、「秋」に関しても基本的にはかわらない。

複合名詞では、「秋雨」はなく、「秋霧」が一例、これは歌中の例である。「秋風」になると五例あるが、うち二例が歌中例で、また一例は、「心づくしの秋風」（須磨）で引き歌のあるところ。残りの二例（松風・御法）は、「秋の頃ほひなれば…」「秋待ちつけて…」など、場面の季節設定の叙述を受けて現れるのである。

連句「秋の―」については、「秋の風」（三例、うち一例が歌中例）など、延べ三九例あり、そのうち一五例が歌中の例である。「秋の夜」や「秋の夜の月」「秋の月」への関心の高さに比べて、「秋の夕」に対してはもう一つの感がある。

「秋の夕風」（一例、歌中例）、「秋の夕べ」（五例、うち二例が歌中例）そして、「秋の夕暮れ」は一例のみで、それは散佚物語「芹河の大将」の物語絵を、「秋の夕暮れに思ひわびていでていきたるかた」と説明するところにみられる例である。ただ、「秋の夕べはまして心のいとまなくおぼしみだるる」（蜻蛉）、「秋の夕べのただならぬに」（真木柱）、「秋の夕べのものあはれなるに」（横笛）などの叙述に、『後拾遺集』の「秋の夕暮れ」の「さびしさ」という観念へとつながっていくイメージの形象化を感じとることができる。

「春」「秋」による複合名詞や「―の―」という連句が、和歌にはよく用いられるが、散文――特に物語文学では少なく、用いられるとしても特定の文脈において現れやすいという傾向があることは、何を意味しているのだろうか。散文部分で、春や秋といった季節語が用いられないわけではない。その典型的な用い方は、作品冒頭や、作品中の巻・章段の初め、さらには時が過ぎ、語りの場面が変わった段落のはじめにおいて、新たに場面設定をしていく、その場の時の規定として用いられる、というものである。つまり、展開するドラマの状況（環境）を限定する働きをもっているわけで、時が変わらない限り、春と規定された場面のうちでは、すべてドラマは、春という季節を前提にして出来《しゅったい》するのである。「春―」「春の―」といちいち限定するまでもなく、文脈上、春であることは、読者との間にも了解ずみのこととなる。それが、散文―物語などで、「春―」「春の―」などの表現が現れにくい（現れる必要のない）根本的な理由であると思われる。

一方、和歌では、なぜ「春―」「春の―」などが用いられやすいのか、これについては一つの原理だけでは説明しきれない。私見として次の三点を指摘してみたい。まずは、対話性を失って、一首が表現として完結性自立性を求められるに従って、表現上状況としての限定を必要としていた、と考えられることである。また、単なる状況語としての機能にとどまらず、四季感そのものが、表現の対象（主題）となってきたことも、「春―」「春の―」といった表現を求めることになったと思われる。そうした四季それぞれの複雑なイメージを、簡潔に表現することが、音数律上、又短詩型であることから要求される表現形式であったことも理由となったと考えられる。『新古今集』において、連体助詞「の」の使用が多いことはつとに指摘されていることである。(13)

⒃(a)　山風に霞吹きとく声はあれど隔てて見ゆるをちの白浪　（椎本）

(b)　をちこちの汀に浪はへだつともなほ吹き通へ宇治の川風　（同）

右の例は、宇治における八宮と匂宮の贈答の歌である。右の複合名詞「山風」や「川風」は、和歌によく用いられるとは言えない。『源氏物語』では、「山風」五例中、歌中に用いられたのは、右の例のみであり、「川風」は七例あるが、歌中例は、やはり右の歌の場合のみである。状況を構成する要素には、時、所などに関して様々存在するが、その「様々」には、レベルの差が認められるのである。時について言えば、大きな時規定の状況語（「昔」とか「いづれの御時にか」とか）から、特定的個別的時間規定の状況語（例えば、「今」とか「午の刻」とか）までがあり、文脈上の了解事項としての、時支配の関係に広狭があり、「広」にあたるものほど、いちいち叙述において、それを確認する必要はなくなるのである。「時」にあてはめて言えば、季節語などは「広」に属する時間語と言えよう。このことは空間語にもあてはまるはずである。

「山―」「川―」などは、状況語としては「狭」の方に位置する語と考えられる。ところで、右の例⒃(b)の「宇治の川風」は、和歌的表現と言えよう。『源氏物語』では、この連句は、この歌にしかみられない。しかも、この歌の詠まれた場面が「宇治」であることは、これ以前の椎本巻冒頭部分に、「宇治のわたり云々」とあって了解されているのである。この歌の後の地の文で、「げに、川風も、心わかぬさまに吹き通ふ物の音」とはあっても「宇治の川風」とはないが、それは当然であった。場面としての状況語「宇治」などは「広」に属する空間語とみられる。

事例⒃の後で、宇治の大君の詠んだ、

⒄　かざし折る花のたよりに山がつの垣根を過ぎぬ春の旅人　（椎本）

という歌があるが、「花のたより」は、『源氏物語』では三例あり、いずれも和歌に用いられている。また、「旅人」は、『源氏物語』では二例のみで、うち「春の旅人」は、右の歌中例のみで、これらも和歌的表現の連句であったと言えるのである。

三　「ながむ」考補遺

先に、和歌では「もの」形容詞、「もの」形容動詞など、形容詞、形容動詞の派生語が用いられることが少ないことをみたが、同じことが動詞の複合語の場合についても言えるように思われる。その一例として、「ながむ」について確かめてみたい。と同時に、先に「「ながむ・ながめ」の変遷――古代和歌における「孤」の意識」と題して小論[14]を公にしたが、「ながむ・ながめ」の語誌としては、和歌だけをみたのでは不充分であった。その点を本稿で補っておきたいと思う。「補遺」とした由縁である。語誌として、「ながむ」が、大筋では、平安朝のうちに物思いの態度・姿勢を意味する感情思考動詞から、「見る」の一種としての視覚行為動詞へと変化したことは、動かないことであろうが、その変化過程を、もう少しきめ細かく確かめてもおきたいのである。が、本稿でも散文作品については、粗々調べてみた段階でのことである。しかし、この語を通しても、「かな散文と和歌表現」との相違点を指摘することができるように思われる。

歌語としての「ながむ」に対する歌人の、伝統を重んずる保守性は、次の俊成の歌合判詞によく示されている。「あまの原春とも見えぬながめかなこぞのなごりの雪の曙」（六百番歌合・有家）の歌に対して、俊成は「この『ながめかな』という詞の近比見え侍る、未甘心覚え侍る」と批判的である。こうした「歌ことば」に対する意識は、例えば、現存作品では、『蜻蛉日記』『和泉式部日記』などから増えはじめ、『源氏物語』で爆発的に増えた「ながむ」の複合動詞などの派生語が、『新古今集』(「ながむ」の語例数が、それまでの勅撰集に比すれば三倍あまりの数に急増)においてさえほとんどみられないという事実に反映していたと言えようか。

『源氏物語』では、「ながめくらす」「ながめあかす」「ながめあかしくらす」「ながめゐる」「ながめいだす」「ながめいづ」「ながめいる」「ながめすごす」「ながめふす」「ながめまさる」「ながめやる」「ながめわぶ」「ながめさす」「ながめみる」「ながめがちなり」「ながめやすらふ」などが存在する――「ながむ」「うちながむ」「ながめす」これらは、和歌・散文に共通して用いられたので、以下でも特にふれない――が、『新古今集』にみられるのは、「ながめやる」一例、「ながめわぶ」三例、そして『源氏物語』にはみられない「ながめ来」一例である。このことは、『源氏物語』中の和歌においても同じで、「ながめやる」二例、「ながめわぶ」一例と、「ながめみる」一例がみられるだけである。このことは八代集全体についてみても、『古今集』で「ながめくらす」が二例、「ながめ経《ふ》」(「古る」と掛詞)が一例、『後撰集』では、「ながめくらす」一例、「ながめやる」一例、『拾遺集』で「ながめくらす」「ながめやる」「ながめ経」「ながめまさる」が各一例、『千載集』では、「ながめやる」二例、「ながめながむ」が一例、以上ですべてであり、用例も少なく、異なりも少ない。

ここで注意しておきたいのは、『古今集』ですでに「ながめくらす」が見えることである。もっとも『伊勢物語』『大和物語』などの例もすべて歌中の例であることからすると、この「ながめくらす」に関しては、和歌が散文に影響を与えたと考えるべきかと思われる。『源氏物語』では一一例を数えるがすべて散文部分の用例である。『後撰集』以降にみられる「ながめやる」とともに和歌で用いられた代表的な複合動詞であった。勅撰集では、『新古今集』で初めて「ながめわぶ」がみられるが、先にもみたように、既に『源氏物語』の和歌に例があることから、『新古今集』での多用との関係が注目される。また、「ながめやる」は、遥かな遠くの「空(や海)」を捉えた眼がだんだんと近くのものをも対象とするようになっていくのだが、その一つに都のまわりの山々への注視があり、そ

の「山」を対象とするとき、もっぱら用いられたようである。例えば勅撰和歌集中では、

⒅　限りなく思ひ入日のともにのみ西の山辺をながめやるかな　（後撰集・恋・八八〇）

と「ながめやる」ことではじめて山を対象化している。『拾遺集』の「ながめやる」をはじめ、それ以降も、

⒆(a)　ながめやる山辺はいとどかすみつつ…　（拾遺集・八一七）

(b)　さて、昨日今日は関山ばかりにぞものすらんと思ひやりて、月のいとあはれなるに、ながめやりてゐたれば…　（蜻蛉日記・上）

(c)　遠山をながめやれば…　（同・同）

(d)　…宇治にすみつきて、ひえの山の方をながめやりてよめる　（金葉集・五七九詞書）

(e)　道すがら心も空にながめやる宮この山の雲隠れぬる　（千載集・五七二）

しかし、一方『源氏物語』では、「ながめやる」は五例あり、うち歌中例が二例である。

⒇(a)　ゆく方をながめもやらむこの秋は逢坂山を霧なへだてそ　（賢木）

(b)　ながめやるそなたの雲も見えぬまで空さへくるる頃のわびしさ　（浮舟）

と新しい展開をみせている。散文部分でも、「四方のかすみもながめやるほどの見所あるに」（椎本）、「こやみなき頃のけしきにいとど空さへとづる心地してながめやる方なくなむ」（明石）、「花の木にめをつけてながめやる」（若菜上）と、遠望するものから、近くのものにまで「ながめやる」の対象が広がっていることがわかる。ただ、これらには、単に「ながむ」というのとは異なり、こちらから積極的に「ながむ」の対象を求めている態度が窺えるのである。もともと「ながむ」の対象は、「ながむ」という態度・心的状態の結果として自ずと視線が捉えたものであった。そこが「見る」とは異なり、むしろ「見ゆ」に近いところがあったのであるが、「ながめやる」になると、「見る」に近くなり、「ながむ」ための対象を求めているのである。

さて、右のように散文では、次々と派生した「ながむ」の複合動詞等の派生語が用いられたが、和歌ではある限られた語以外に用いられることが少なかったことは否めない。散文では、それらによって、より細かく事態を言い分け書き分け、微妙な描写を可能にしたのであろうが、和歌では、そういう描写を必要としなかったと思われる。又、形容詞、形容動詞の場合も同様であるが、平安時代になって生み出される複合語など派生語は、いわば当時の新語であり、その多くは口頭語的表現であったと思われるのであり、そうした語を、和歌の表現世界が忌み嫌う意識を持っていたことは、歌合の判詞などによってよく知られていることである。

しかし、例えば、『玉葉集』になると、八代集に例のある「ながめ来《く》」「ながめくらす」「ながめやる」「ながめわぶ」は勿論、「ながめおく」「ながめしほる」「ながめすぐす」「ながめすつ」「ながめなる」なども登場し、字余りなどと合わせて、『玉葉集』の口頭語的傾向を証する現象がみられるのである。(15)

「ながむ」の語をめぐっては、その用法上に二つの拡大があった。一つは、「ながむ」行為において眼が自ずと捉える対象の広がりである。遠望のものにはじまって近望のもの（庭や前栽など）へと、広がってきた。

(21)(a)　朝《あした》の雪の庭をながめ、高き山の頂を思ひやり…　（宇津保物語・楼の上・上）

(b)　起きあかしみつつながむる萩の上の露…　（後拾遺集・二九五）

しかし、視覚行為としては、単なる「見る」行為に、しばらくの（ある程度の）時間の持続性と、対象に対してある心の状態をもって対する、という心情とが伴うことは後世まで受けつがれている。「ながむ」の対象としてはやがて「人」もが加わってくるのである。

(22)　ならはぬひとり住みにて、君達うちながめ、あそばして…　（落窪物語）

もう一つの拡大は、「ながむ」という行為——姿勢・態度——自体の広がりである。人物の「ながむ」ポーズに対する描写が多様な広がりもみせたのである。その一種として、物思いにうち沈み、静かにすわっている人物のポーズ自体が、その人がらを表すポーズとして自覚されることになったことに注意しておきたい。

(23)(a)　のどやかにながめ給ふらむ御ありさま…　（朝顔）

(b)　世の中をいたうおぼしなやめるけしきにて、のどかにながめいり給へる、いみじうらうたげなり。（賢木）[16]

(c)　白き絹どものなよよかなる数多着てながめゐたるやうだいかしらつきうしろでなどかぎりなき人ときこゆるともかうこそはおはすらめと人々…　（薄雲）

(d)　いとど濡らし添へつつながめ給ふさまいとなまめかしくきよげなり。（総角）

これらは、単に「ながむ」行為の存在を示すのみではなく、「ながむ」姿自体が対象化されている。和歌では、多くは、自らの「ながむ」行為を詠むのであり、他者（相手）の行為を描写することは少なく（「らむ」などで想像することはあっても）、(23)のような「ながむ」の用い方は、物語特有のものと言えよう。さらに、「ながむ」折の、そのポーズのあり方が、『源氏物語』では、「つれづれと（に）」「つくづくと」「いたうくんじいり」「のど（や）かに」「おほどかに」「ものさびしげに」「かなしげに」「静心なく」「ほれほれしう」「心ぼそく」「さうさうしと」「うらめしげに」「苦しきまでも」「ものなげかしう」などなどで形容され、描写を尽くそうとする。これらは和歌にはほとんどみられない表現である。和歌ではこれらのうち、「つれづれと（に）」「つくづくと」などがせいぜい用いられる程度であって、こうした副詞句は用いられない方が多いと言える。

次に、「ながむ」ポーズで、典型的な場合として、次の三つを指摘しておきたい。一つは、

(24)　朝戸あけてながめやすらむ棚機はあかぬ別れの空をこひつつ　（後撰集・秋・二四九）

右は貫之の歌である。人を送り出した後、その「なごり」にしばらく「ながむ」ポーズをとることである。

(25)　日頃物しつる人、今日ぞ帰りぬる。車のいづるを見やりて、つくづくとたてれば…　（蜻蛉日記・天禄二年六月）

この例では「ながむ」の語はないが、同じ状況の次の部分では、

㉖　れいの見送りて、ながめいだしたるほどに…　（同・同）

と「ながむ」を用いている。

㉗(a)　ありあけの月みずひさに起きてゆく人のなごりをながめしものを　（金葉集・二〇九・和泉式部[17]）

(b)　夕月夜のおかしきほどに、（命婦ヲ）いだしたてさせ給ひて、（桐壺帝ハ）やがてながめおはします。　（桐壺）

(c)　ののしりて帰らせ給ふひびき大井にはものへだててききて、なごりさびしうながめ給ふ。　（松風）

これらはいずれも別離の後の「ながめ」であるが、必ずしも、戸を明けて見送ったままの姿でとは限らなかった。しかし、この「なごり」をおしむ思いや姿は、例の、『徒然草』「妻戸を今少しおしあけて、月見るけしきなり」（三二段・九月二十日の頃）の女性のたしなみに連なるものと思われる。

㉘　朝戸あけて伏見の里にながむれば霞にむせぶ宇治の川波　（長秋詠藻・中）

この俊成の歌は、人を見送る場面ではないが、見るために、戸や格子を開ける、また格子を降ろさずにおいてとる「ながむ」といったポーズも、典型的なポーズの一つで、その例と言える。

㉙(a)　端のす巻き上げて、見いだして、…ながむる。　（蜻蛉日記・天禄二年七月）

(b)　すだれ巻き上げて、ながむれば…　（同・天禄二年二月）

(c)　蔀などもいまだおろさで、端にながめふしたり。　（狭衣物語）

(d)　月のあかき夜は下格子もせで、ながめさせ給ひけるに…　（大鏡・兼家伝）

こうした「ながむ」には、外の風景・様子をみるべくしてみるという姿勢がみられ、当初の、内面にひかれてその結果視覚がある対象を捉えるという「ながむ」からは大きく展開してきていることがここでもわかる。「ながむ」行為が視覚対象を捉えたことが契機となって、外の風景・風物を鑑賞しようとする、新たな自覚が芽ばえたものと思われる。

三つ目は、右の㉙の例にもみられることであるが、廂の間の端やすのこなどに出てそこにすわって外をながめるというポーズである。それが物語などでの登場人物たちの、日常における姿勢の一つとしてしばしば描かれることがあった。

㉚(a) さて、又の夜の月よにしらずおもしろきによろづのこと覚えて、すのこに出でゐて、空をながめけるほどに…　（平中物語・巻一）

(b) 上は、端に出でさせ給ひて、ながめさせ給ふ。　（宇津保物語・楼の上・下）

(c) 端の方にいでゐて、ながむるを…　（蜻蛉日記・天禄二年六月）

これらの例で、視覚の対象となるものが明記されていない場合は、視覚行為の伴わない、物思いだけのポーズであったかも知れないが、例えば、

㉛ いとつれづれなる夕暮れに、端に臥して、前なる前栽どもを、ただに見るよりはとて…　（和泉式部日記）

の「ただに見る」が「ながむる」とあってもよいところで、当時のこうした姿勢が、外の景色（前栽から山や空（の月）など）を鑑賞するポーズとして定着しつつあったのではないだろうか。こうした日常での一時《ひととき》のすごし方が、空や空の月、雲にとどまらず、近景の庭や前栽などをも見るべくして見ることが自覚されていったのではないかと思われるのである。

㉜ とく御格子まゐらせ給ひて、朝霧をながめ給ふ。　（朝顔）

ここに、景に対する新しい発見や自覚が認められるとするならば、それが和歌の世界においては、『後拾遺集』を境に新しい叙景歌の誕生をもたらす文学的環境となったのかも知れない。『後拾遺集』頃から、「ながむれば」や「見渡せば」の語ないし句の使用が盛んにみられ、更には、「けしき」の語の歌語化などが目立ってくることが、新しい歌の世界の誕生を象徴的に物語っているのである。(18)

おわりに

散文（物語）の中に埋めこまれた和歌（のことば）が、どんな局面を切り開いているものか、その一例を『源氏物語』の一コマをとりあげてみておくことにする。

(33) 川のこなたなれば、舟などもわづらはで、御馬にてなりけり。入りもてゆくままに、霧ふたがりて、道も見えぬ、しげきの中をわけ給ふに、いと荒ましき風のきほひに、ほろほろと、落ちみだるる木の葉の露の、散りかかるも、いと冷やかに、人やりならず、いたく濡れ給ひぬ。かかる歩きなども、をさをさならひ給はぬ心地に、心細く、をかしくおぼされけり。

山おろしに堪へぬ木の葉の露よりもあやなくもろき我が涙かな　（橋姫）

宇治の八の宮邸をたずねる途中での薫君の独詠歌である。「かかる歩き」に馴れていない薫は、この折の体験を「心細く」とも思い、「をかしく」とも思った、それが和歌を詠む契機となっている。語りの地の文と和歌表現との関係に注目してみると、和歌の発想がよく見えてくる。「しげきの中」を吹きくる「いと荒ましき風」を「山おろし」の一語に託し、その風に「ほろほろと落ちみだるる木の葉の露」を「(風に)堪へぬ木の葉の露」と擬人的に捉えることで、同じく和歌世界での認識、堪へられずにこぼるる「涙」[19]との対比を可能にする。こうして、語りの地の文には全く描かれてもいない、「(我が)涙」をもち出し、「心細く」とも思い、「をかしく」とも思った、我が内面を自省して、この折の思いを、ことばにつむぎ出している。ここにこの歌の眼目がある。属目の風景への感動の内実を和歌ことばを組みたてることによって切り開かれた「我」の発見がある。この歌によって、ここに展開する風景が、単なる風景に終わらず、薫の心象風景となってくるのである。「入りもてゆくままに、霧ふたがりて道も見えぬ、しげきの中」は、悩める若き薫の心況そのものと読みとれることに気づかされるのである。「いたく濡れ給ひぬ」も、単に霧に身体が濡れるにとどまらず、「涙の露」に、心の濡れている薫であることを意味している。このようなことばの意味の広がりを生み出す力を和歌はもっている。「露に濡れる」ことが「涙に濡れる」ことに通うことは、和歌（表現）をろか器として可能になる。散文の描写ではたどりつけない、心象の風景が、和歌のことばによって切り開かれるのである。もっとも、この歌を当時の歌たらしめている技法には、古くから和歌の発想ないしは和歌の表現としてあった、露と涙との見立ての関係という伝統が前提となっていることは言うまでもない。和歌表現の伝統をしっかりと継承しているのである。しかも、その露と涙とを別々のものとして、二つを比較したところに、この歌の新しさがあったとみてよかろうか。そこに和歌表現の構造化の典型をみることができるのである。

〔底本〕八代集については、『新古今集』（岩波文庫）を除き、『八代集抄』上・下（八代集全注）による。『長秋詠藻』は国歌大観、歌合類は平安朝歌合大成による。『竹取物語』は岩波文庫、『源氏物語』は角川文庫、『枕草子』『和泉式部日記』は新潮日本古典集成、その他の散文作品についてはすべて岩波日本古典文学大系によった。

注

（1）糸井通浩「助動詞の複合「ならむ」「なるらむ」—散文体と韻文体と—」（『国語語彙史の研究十一』和泉書院・一九九〇、本書中編㈡）。
（2）松尾聡『古文解釈のための国文法入門』（研究社・一九八四）。
（3）秋本守英「『なりけり』構文続貂—「ものは」の提示を中心にして—」（『王朝』三）。
（4）阪倉篤義「歌ことばの一面」（『文学・語学』一〇五）。
（5）中川正美「八代集の形容詞—文体史との関わり—」（『国語年誌』〔神戸大〕九）。

(6) 注(4)に同じ。

(7) 根来司「中古和歌の語彙」(『講座日本語の語彙3古代の語彙』明治書院・一九八二)。

(8) 根来司「『をかし』と歌系列、文系列」(『国語語彙史の研究一』和泉書院・一九八〇)。

(9) 「おもしろし」について、根来司(注(7))によると、『後拾遺集』までの四代集の和歌には、数例ずつみられるが、その後激減し、無しに近い。同じことは詞書においても言えることがわかる。これは何を意味するか、注目しておきたい。

(10) 渡辺実「『枕草子』の文体」(『國文學』三三―五)。

(11) 秋本守英「秋の夕暮」(糸井通浩外編著『小倉百人一首の言語空間――和歌表現史論の構想』世界思想社・一九八九)。

(12) 『源氏物語大成』(中央公論社)索引篇によるが、例えば、「春の桜」が「春の桜」では立項されていないなど、連句のとり方には注意すべき点がある。

(13) 伊藤博「万葉集と歌語」(同著『萬葉集の表現と方法下』塙書房・一九七六)がすでに、季節語に関する複合名詞や「―の―」という連句などに注目しており、これらの存在から、和歌の表現が、第三者を意識したものになっていると説いている。

(14) 拙稿は『世界思想』(一九九二年春号、世界思想社)に所収。本書後編〔五〕5。

(15) 『風雅集総索引』(滝沢貞夫編・明治書院・一九九一)によると、「ながむ」の複合動詞や派生語について、『玉葉集』の場合と類似した傾向にあることがわかる。

(16) 「のどかにながむ」の例は、『蜻蛉日記』にすでに一例みられる。

(17) 同歌は『千載集』にも入集(九〇五)。

(18) 糸井通浩「和歌表現の史的展開」(同外編著『小倉百人一首の言語空間――和歌表現史論の構想』世界思想社・一九八九、本書後編〔四〕3)。

(19) 『源氏物語』中にも「行く先をはるかに祈る別れ路に堪へぬは老いの涙なりけり」(松風)という歌がある。

後編　和歌言語の研究

〔一〕『古今集』の文法——和歌の表現機構と構文論的考察

序　和歌の表現機構

原理的には、あらゆる言語表現には、表現主体が存在している。古代における韻文（例えば、和歌）と散文（例えば、物語）、いずれも主体の表現行為が生み出したものであるが、両者の間には様々な違いが存在する。その一つに、表現主体としての作者が、後者では作品に明記されることがなく、本来作者は問われるものではなかったらしいが、前者和歌では、作品に常に付記されて伝えられてきたということがある。この和歌のありようを最もよく語ってくれるのが、「詠み人知らず」という慣用句の存在である。「詠み人」が誰であるかが、本来和歌の享受において欠かせない情報であったことを意味している。それ故表現主体の詠者が不明なときには、あえて「詠み人知らず」と明示する。和歌にとって、歌の表現が誰の思いであるかが重要な情報であったからであろう。

しかし、いわゆる歌謡の類では、詠者（作者）は伝えられないのが一般である。どのような過程を経て、和歌においては詠者が誰であるかという情報が欠かせないものになったのかという歴史について今詳しくたどっている余裕はない。すでに『万葉集』以来、和歌は特定の個人の詠じたものであることが重要であった。『古今和歌集』（以下、古今集とする）でも、作者について異伝があるときには、わざわざ左注でそのことに触れている。ただし、巻二〇の大歌所御歌などには「詠み人知らず」の表示さえもないことが注目される（ただし、藤原敏行の歌を除く）。

和歌の享受に詠者の情報が欠かせないということは、誰がいつどこでどんな状況で詠んだ歌かが、和歌の表現理解に深く関わっているからである。詞書はまた、そういう情報を補うものであった。補えない時は「題知らず」とあえて表示した。

もっともここで注意しておかねばならないのは、和歌の表現主体が、必ずしも創作主体とは限らないことである。多くは創作主体と表現主体は一致するが、創作主体が、誰かの代作をしたり、絵画に描かれた人物の立場で詠んだりする場合、両主体は異なることになる。作り物語などの作中歌などもその例である。例えば、

①　秋風の吹きにし日より久方のあまのかはらに立たぬ日はなし　（一七三）[1]

①の歌、創作主体は「詠み人知らず」であるが、表現主体は「たなばたつめ」である。

和歌は基本的に、表現主体の「今・ここ」における思いが表現されたものである。①の歌では七月七日の直前のある日を「今・ここ」（発話時）として詠じられていると見るべきである。和歌の表現はすべて、表現主体の「今・ここ」を発話時とする視点でなされたのである。詠者は、厳密には創作主体と言うべきであった（「物語」の場合は、作者は創作主体で、語り手が表現主体ということになる）。

和歌は、このように特定の時と場における特定の個人の思いを詠じたものであるが、特に古代和歌は、いわゆる短詩型文学であることから、特定の一回的な「こと」を描出するというより「もの」を詠じた表現になりやすかったことは注目してよい。「もの」語り文学が「こと」を描いたものであるのに対して、古代和歌は「こと」を契機としながらも、表現において「もの」を志向した文学であった、と図式的には言えるようだ。

一　和歌のリズム

和歌は定型詩である。日本語の音韻の体系的性質と音節の拍（モーラ）的性質（すべての音節が同じ時間的長さを有しているという性質）から、自ずと詩歌を形成するリズムは音数律と呼ばれる形式（定型化）をとることになった。つまり、「五音のかたまり」と「七音のかたまり」をリズムの単位としている。しかし、原初においては、「短句―長句」の二句一対が歌の表現上の「まとまり」として成立したらしく、それが定型化すると、「五七」を基本単位とするリズムとなった。万葉時代にはいろいろな歌体が見られたが、いずれも「五七」をベースに構成されているのである。いわば、自ずと五七調と呼ばれるリズムであった。そしていずれの歌体も歌の末尾に「七音句」を持つ形式で定型化している。「五七」の「七音句」と異なって、結句「七音句」は、歌を終結する機能を持たされていたと言えよう。

長形式の歌は、「五七」のまとまり、ないしはリズムを単位として、それを幾ら繰り返すかは自由であった。しかし、短形式、いわゆる短歌は、「五七五七七」を定型として、内部の句切れが自由となっていったが、当初は短歌においても二句切れ、四句切れが本来基本であった。やがて初句切れ、三句切れの歌も詠まれるようになって、いわゆる五七調から、古今時代には七五調になったと言われている。構文的には、『古今集』の歌について、第三句のあり方が注目されているし、第四句で切れず、第四句・結句が構成上まとまりをなしている歌が圧倒的に多くなる。その点第四句で切れて、結句が意味的に倒置法になっている歌は、詠者が判明している歌と比べて、「詠み人知らず」の歌であることが遥かに多い。

『古今集』の表現には、なお万葉時代の特質を残しているところがある。いわゆる字余りに関して、基本的には『万葉集』の歌に見られる特質を継承している。

②　としのうちに春は来にけり　一年をこぞとやいはむ　ことしとやいはむ　（一）

この歌では、初句と結句が字余りである。しかし、いずれも母音音節を含んでいて、「字余り」ではあるが「音余り」ではなく、破調ではなかったと解されているもので、『古今集』においても、基本的にこの原則に反するものはない。②の歌では、「こそ」「ことし」のどちらが先であっても意味的にはよさそうであるが、リズム上では「ことし」は結句でなければならなかった。『万葉集』歌について、既に先人が指摘している、次のような実態があったからである。

	初句	二句	三句	四句	結句
字余り	二九〇	二三三	二六二	一八七	七四五
非字余り	三一	六二〇	二四	五六一	三八

これは、『万葉集』の短歌を対象に、母音音節を含んだ句が字余りになっている場合となっていない場合（「非字余り」）とを区別して統計を取ったものである。(2)

	第一句	第二句	第三句	第四句	第五句
準不足音句	四三	六二〇	二五	五六〇	八一

これも、やはり『万葉集』の短歌を対象に、母音音節を含んでも字余りにならない句を「準不足音句」（先の「非字余り」に相当）と規定して、各句にどれだけそれが存在するかを統計処理したものである。(3)

右の表から、母音を含んで「字余り」であっても「音余り」にならないのは、初句、第三句の「五音句」と結句の「七音句」とであることが分かる（このことから、結句の七音句は他の七音句とは歌の構成上の機能を異にしていたことが分かる）。このことは、五音句と結句（七音句）は、詠唱上一息に朗詠されたことを意味する。一息とは、発声における緊張から弛緩までの一回的発声行為を言う。例えば、「さざれいしの」（三四三の第三句）は、六文字ながら一息に詠ずることで、「れい（―e・i）」の二重母音が融合し、結果的に五拍に感得されたものと解釈されている。(4)

日本語の日常言語では、いわゆる「文節」（橋本進吉博士による）が一息にいう最短のまとまりであるが、非日常語の詩歌では「句」がそれに当たる。「五音」「七音」というリズム上の「かたまり」とは、このことを意味する。その意味では第二句、第四句の方にはイレギュラーなところが見られ、一息で必ずしも詠じられなかったことが先の表から読み取れるのであり、七音句は「三音・四音」とか「四音・三音」とかの内在律を形成していたと解釈できるのである。そして、七音句を形成する、後の「三音」または「四音」の最初の音が母音音節であっても字余り句または字足らず句（不足音句）にはならなかった（例：「あやなく・あだの」（二二九・第四句））。そして、例えば「道も・さりあへず」（一一五・第四句）、「いきうしと・いひて」（三八八・第二句）のように、内在律内では母音音節を含むとやはり「字余り」にはなるが「音余り」にはならないという原則が生きていた。

　このように字余りではあっても、母音音節を含むことで音余りではない、つまり定型リズムと認められるものが、『万葉集』ではほとんどであるが、この法則が『古今集』にも引き継がれていたと見てよいのである。しかし先には『古今集』にこの原則に反するものはないと述べたが、実は初句・第三句の五音句で母音を含みながら字余りになっていないものが七例（墨滅歌一首を含む）あるのである。それらが一例を除き、六例は「浪のうつ」（四二四）などすべて「物名」の歌であることは注目してよい。おそらく「物名」歌では、文字の上でも定数であることが必要であったからであろう（もっとも一方で「物名」歌でも、母音を含んで字余りになっている句もある）。また「（秋）近う」（四四〇・友則）のように形容詞の「ウ」音便が見られることも注目される。

　また結句で母音音節を含みながら、字余りになっていない例が「おいかくるやと」（三六）、「はてのうければ」（七一）など一三例ある。このことは五音句同様に一息に詠じられていた結句（七音句）においても、内在律化が進んでいたことを意味するのではないだろうか。ところが、逆の現象もある。『万葉集』ですでに内在律化が進んでいたと思われる第二句において一〇例、第四句でも三例（うち一例は存疑）、母音を含んで一息に詠じられたと思われる句が存在する。ちなみに第二句の一〇例中五例が、貫之の歌なのである。

しかし、以上のすべての場合を含んで、字余り句も母音音節を含んでいることで音余りと意識されず定数句であったという原則は崩れていないのであり、このことは以降『千載集』あたりまで保持されていたが、『新古今集』、または西行の歌あたりから現在言われるような字余り句（即、音余り）が本格化したと見られる。(5)こうした現象については、母音音節がリズムの上でどう処理されたかがポイントになるが、国語音韻史上で「イ」音便「ウ」音便などの定着によって、一息にいう「文節」中に母音を含むこと、つまり二重母音になることを許すようになったことの影響を受けて、和歌においても一息に詠ずる「句」（内在律としての句も含み）に母音音節を含むとき、その母音をも一拍とカウントするようになったことを意味する。

なお、句切れが自由になった結果、構成上第三句は微妙な位置に立つことになり、「桜花」「ほととぎす」「をみなへし」などが第三句に詠まれたとき、上の句へも下の句へもかかりうることになって、橋渡し的な存在となっている場合があることは表現を理解する上で注意すべき点である。(6)

二　和歌の文構造

(一)　係り結びの構文

歌一首を構成する、文法上の文が、多いと三文からなるものもある。歌数は多くはない。

③　あきはきぬ　紅葉はやどにふりしきぬ　道ふみわけてとふ人はなし　（二八七）
④　年の内に春はきにけり　一年をこぞとやいはむ　ことしとやいはむ　（一）

『古今集』歌は、典型的には、

⑤　久方の雲のうへにてみる菊はあまつほしとぞあやまたれける　（二六九）

この歌のように一首が主題と叙述部からなる、いわゆる題述関係の一文で構成されている歌が圧倒的に多い。また二文構成の歌も少なくはないが、次のように、条件句を伴う一文構成になっている歌が比較的多い。

⑥　さほ山のははその色はうすけれど秋はふかくもなりにける哉　（二六七）

さて、③―⑥の歌はいずれも係助詞「は」による題述構文を含む歌であるが、④の歌について、小松英雄が注目すべき指摘をしている。[7]「春はきにけり」を本居宣長が『古今集遠鏡』において当時の俗言で「ハルガキタワイ」という訳を示して以来、現代のほとんどの注釈書類が「は」を「が」と現代語訳しているのは誤っているという指摘である。現代語の文法論議では、今なお「は」と「が」の区別が中心的な課題の一つとなっているが、両者の違いは昔も今も変わらないと判断される。とすれば、「は」を「が」と訳すのは歌の表現意図を正確に捉えていないことになる。もっとも古代語では、「秋　来ぬと」（一六九）、「花　咲きにけり」（二一八）、「男　ありけり」（伊勢物語）のように、主文の主格を示す「が」はまだ存在していなかったから、正確には「は」と「格表示ナシ」との区別（使い分け）ということになる。

小松は、④の歌が年内立春をもって春の到来と捉えた歌であることを前提に、「春は」によって、暦ではまだ春ではないことを暗に意味していると解している。つまりこの「は」を、題目化する絶対的取立ての「は」でなく、具体的な他の物事と対比して相対的取立てをする「は」、対比の「は」だと解している。例えば、先の③の歌の「は」はいずれも対比の「は」である。ところで「ハルガキタワイ」と「が」で捉えることは、唱歌「春が来た」のように、春の到来という事態を新しい情報として表現していることになる。つまり眼前の新しい事態に気づき感動して報告する表現である（これを現象描写文という）。例えば、「秋来ぬと」（一六九・秋の冒頭歌）などがそれである。しかし、ここで「春は」と「春」を題目化しているのは、春の到来という事態は了解ずみのことで、それを前提とした歌だということになるのである。ただそれを、対比の「は」とみるか、題目化の「は」とみるかは、なお考えてみる必要があろう。私見では、題目化の「は」とみたい。つまり歌の眼目は、春は来たことは来たのだが、「どのように」来たか・来るかを詠むことにあった。歌の世界での四季感は、「人（王）の紀」でなく「天の紀」が中心であったのであるから、春の到来とは立春のことであったと考えられる。いずれにしても「は」は「は」で解さなければならないのである。(8)

最近の代表的な注釈書を見てみると、言うまでもないが、ほぼ「は」は「は」で現代語訳されている。対比が明確な③の歌なども、「は」は「は」のまま訳されているが、④の歌などいくつかは「が」になっている。特に「を」格に置き換わるものでは、「は」が「を」に訳されている傾向がある（現代語訳において格関係をはっきりさせる意図があるのか）が、それによってやはり微妙な表現性が見失われているように思われる。

係助詞「ぞ」「なむ」「こそ」などは、一般に「強調」の用法と解されているのだが、取り立て性を持っていることが重要なことで、取り立てられなかったものが具体的に踏まえられている場合とそれが漠然としている場合とがあろう。いずれにしろこれらの係助詞を使用することで、「じつは」「ほかでもなく」「なんとまあ」などのニュアンスを伴っている。ただし、「なむ」は一般に和歌に用いられることはなく『古今集』では、次の一例のみ。

⑦　たもとより離れて珠をつつまめやこれなむそれと移せ見むかし　（四二五）

しかし、これは「これなむそれ」が日常の会話を引用した言葉だからである。

残る「ぞ」「こそ」の違いは、微妙なところがあるが、「ぞ」は疑問語を受けるが「こそ」は受けることがない。疑問の焦点の語を取り立てる「や」「か」についても、同じく「か」は疑問語をうけるが、「や」は受けることがない。また「こそ」には次のように、

⑧　昨日こそ早苗とりしかいつのまに稲葉そよぎて秋風のふく　（一七二）

「―（とり）しか」の已然形で文は切れず、「こそ」を含む節が逆接的な関係で主節の条件句になる、という構文を

作る働きがある。

(二) 助動詞「らむ」の統括する構文

『古今集』における助動詞「らむ」の使用は、大きな特徴の一つである。(9)『万葉集』に比べて急増していて、『古今集』の抒情の表現方法、いわゆる発想の独自性を物語っている。継続して平安朝の歌には多く用いられた。

助動詞「らむ」は、(今・ここ)における一人称主体の視点から、現在の事態に関して推量する、いわゆる「現在推量」の助動詞と言われている。「む」「けむ」とともに「む」系の助動詞と呼ばれ、推量対象の過去・現在・未来(及び時間と直接かかわらない事態)というテンスの区分を分け持っている。「む」系の助動詞はいずれも、文・句の構成にあたって、さらに下接する助動詞は持たない。それだけ主体的立場を直接表現する、最もムード性の強い助動詞である。

「らむ」が構成する、典型的な構文を、まず列挙してみよう。

⑨　萩が花ちるらむをののつゆじもにぬれてをゆかむ　さよはふくとも　(二二四)
⑩　色もかもおなじむかしにさくらめど年ふる人ぞあらたまりける　(五七)
⑪　袖ひちてむすびし水のこほれるを春たつけふの風やとくらむ　(二)
⑫　あさぢふのをののしのはらしのぶとも人しるらめや　いふ人なしに　(五〇五)
⑬　こまなめていざみにゆかむ　ふるさとは雪とのみこそ花はちるらめ　(一一一)
⑭　秋のつゆいろいろことにおけばこそ山のこのはのちぐさなるらめ　(二五九)
⑮　年をへて花のかがみとなる水はちりかかるをやくもるといふらむ　(四四)
⑯　心ざしふかくそめてしをりければきえあへぬ雪の花とみゆらむ　(七)

⑰　やどりせし花橘もかれなくになどほととぎす声たえぬらむ　（一五五）

⑱　あまのすむさとのしるべにあらなくにうらみむとのみ人のいふらむ　（七二七）

⑲　久方のひかりのどけき春の日にしづ心なく花のちるらむ　（八四）

⑨⑩は、「らむ」が文中に用いられた場合で、連体句や条件句を構成している。この用法の歌は多くない。多くは⑪から⑲のように、歌末に用いられた場合である。⑪⑫は「や」、⑬⑭は「こそ」による係り結びの構文。⑮は中でも典型的な「らむ」構文で、「―は―や―らむ」の構造になっている。⑯―⑲は、⑰を除き主格が「の」で示されている文である。この構文も『古今集』歌の代表的な構文で、特にこれを「―の―らむ」構文と呼ぶ向きもある。[10]のちに取りあげるが、古来話題の⑲も、この構文の歌になっている。

「らむ」を現代語訳すると、（A）「―（テイル）ダロウ」（B）「―（テイル）ノダロウ」の二種類になる。つまり現代語訳するとき準体助詞「の」（形式名詞と見るべきか）が必要かどうかの二種類である。⑨から⑬までは、（A）で訳し、⑭から⑲までは（B）で訳す。同じ「こそ」による「係り結び」の構文でも、⑬は（A）で、⑭は（B）で訳すという違いが見られる。

この二種類の訳の違いは、情報構造の違いに対応している。（A）の訳は、「らむ」が受ける動詞の示す動作が未確認の事態の場合で、現在そういう事態が存在していること自体を推量する文ということになる。（B）の訳は、「らむ」に上接する動詞の示す動作・状態がすでに確認されている事態（「眼前の事実」と言う）である場合で、推量の対象は、その事態が存在している条件や理由、原因などである。

「らむ」は、概言（ムード）の助動詞の中でも特異な振る舞いをすることが指摘されている。主文の主格名詞が主格助詞「の・が」で示され、文末の述語（「―らむ」）が連体形になるという構文が存在する（例：⑯⑱⑲の歌）。

しかし、例えば、

⑳　春たてば花とやみらむ　白雪のかかれる枝にうぐひすのなく　（六）

この歌で主文の主格にも関わらず、「の」が用いられうるのは、文末の「なく」が連体形で体言相当であるからで、いわば「うぐひすのなく（コトヨ）」という表現に相当する。この構文（「X」とする）と先の⑯⑱⑲の歌の構文（「Y」とする）とがどういう関係にあると理解すればよいのか、が問題である。

「X」の構文において、述語にいわゆるムードの助動詞が極めて共起しにくい中で、「らむ」だけは盛んに用いられたという特殊性があることを、高山善行は指摘し、原因理由推量の「らむ」構文（現代語訳すると「―（テイル）ノダロウ」と「ノ」がはいる）は、「（―の―）連体「なり」＋ムードの助動詞」に相当する構文であり、「らむ」は連体「なり」の機能を内包すると解釈し、「らむ」の特殊性は「コトをくくる機能」を有していたところにあるとする[11]。おそらく「らむ」が語源的に、存在詞「あり」と推量「む」と、二つの文法機能を融合したものであることに起因していると考えられる。連体「なり」も「あり」系の助動詞である。「らむ」は終止形に接続する。つまり「文」というまとまり（一つの「コト」）を推量対象としているのである。

さて、古来⑲の「久方の」の歌をめぐって様々な議論がなされてきた。疑問詞を表示していない歌であるが、「どうして」「なぜ」などの語を補って解すべきだという説と、疑問詞などという表現上欠かせない語の省略は考えられない、現に⑰の歌のように「など」の語が明示されている歌もあるではないか、と主張する説に分かれる（⑰では、「声たえぬらむ」と主格助詞「の」を欠くが「の」があるものと同じと見てよい）。では、後者の場合、どう解するかと言うことになるが、それをめぐっては幾つかの説が提出されてきた（ここでは諸説の紹介を割愛するが、本稿は、前者の考えに立つ）。

⑰の歌と⑱の歌の違いは、共通して条件句に「―なくに」という逆接の句を有しながら、主節に⑰は疑問詞「など」を持ち、⑱は持たないところにある。しかし、両者は回想の歌と見てよい。それが⑲ではさらに明確な逆接的

な条件句ももたず、主節の文だけで歌一首を構成したものになっている。いわば、眼前に確認している事態は「(久方の) 光がのどかな春の日に花が静心なく散っている」コト全体であって、そのコト全体の存在自体を文末の「らむ」で疑問視している歌だと解される。しかしこの「コト」の中に「のどかさ」と「静心なさ」という矛盾する状態が含まれていて、それが疑問の焦点になっているのである。

いずれにせよ、「らむ」に上接する動詞の主格成分が主格助詞「の」で示されている時は、その動詞の示す動作・状態は表現主体に「確認されている事態」(眼前の事実) であることに注目したい。そして「らむ」による推量の対象は、「確認されている事態」が存在する条件や原因・理由であった。自ずと疑問 (なぜ、どうして) の思いが表示されているものと解されたのであろう。逆に、⑰のように「の」を欠いている場合はその部分が「眼前の事実」であることを示すために、疑問詞「など」を明示することが必要とされたとも考えられる。

(今・ここ) の時点からみてかつてあったこと、過去の事態に対する推量は、「けむ」でなされた。言うまでもないが、和歌においては、単に過去の事態を回想することが狙いではない。例えば、

㉑　ひともとと思ひし花をおほさはの池のそこにもたれかうゑけむ　(二七五)

過去を回想的に推量した歌ではあるが、(今・ここ) における思いが、既にあった過去と今とのかかわりによって表現されているのである。すでに存在していた事実に、今気づき感動している歌になっている。

「けむ」の使用は、㉑のような自然詠よりも、恋などの人事詠 (例：あづまぢのさやの中山なかなかになにしか人を思ひそめけむ (五九四)) に多いのは当然であろう。過ぎた昔を、今との関係で振り返り、これまでの恋のいきさつに思い浸るという発想が成り立ちやすいからである。

(三)　助動詞「なり」の統括する構文

ここで扱う助動詞「なり」は、体言ないし体言相当句（連体形及びその他）に下接して指定の働きをするものである。以下、終止形に接続する「なり」を終止「なり」と言い、ここで取りあげる「なり」を連体「なり」と呼んで区別する。この節では、特に連体「なり」が文末で一文を統括する場合に限って論ずる。そこで「緑なる一つ草」（二四五）などの連体句や「春の日の光にあたる我なれど」（八）などの条件句に用いられた場合については、割愛する。

（1）連体「なり」が終止法で文末（歌末）に用いられた場合

㉒　あさなけにみべききみとしたのまねば思ひ立ちぬる草枕なり　（三七六）

㉓　さきだたぬくいのやちたびかなしきはながるる水のかへりこぬなり　（八三七）

㉔　あひにあひて物思ふころの我袖にやどる月さへぬるるかほなる　（七五六）

㉕　みよしのの山の白雪つもるらし　ふるさとさむくなりまさるなり　（三二五）

全体的に数は少ないが、幾つか注目したい構文がある。それらの代表例が㉒から㉕である。まず㉒は、初句から第四句までが連体用法で「草枕」にかかるという名詞文。いわゆる主語のない文である。しいて言えば、「今度の草枕（旅）は…草枕（旅）だ」とも言えるが、渡辺実が『源氏物語』の文体に関して指摘した、いわゆる「主語なし文」[12]と見るのがよい。述定文を装定文に変換した、思い入れの文で、ある種の体言止め歌に通う構文である。（1）の範囲で四例みとめられるが、次項（2）の「なりけり」構文の歌にも幾首か（例：㉖の歌）見られる。

㉓は、主題と叙述部分からなる構文で、「コト」は「コト」だ、という判断を示す名詞文と見られる。こうした判断ができること自体に、思い入れ（主体的感情）が加わる時には、次の（2）でみる「なりけり」構文になるのだと考えられる。㉔は、「…月（まで）が…顔だ」という、やはり名詞文である。文末「なる」は連体終止法で「コトヨ」を含んだ思い入れの表現である。㉕は、二文からなる。先の文の「らし」による推定の根拠にあたるの

が、後の文の「なり」構文で、「ふるさとさむくなりまさる」コトは、表現主体が現に確認（実感）している事態である。現代語の「のだ」文に当たると見ることできよう。

(2)「なりけり」（「―にぞありける」「―にこそありけれ」も）構文で用いられた場合

典型的には、「…Xは…Yなりけり」の題述関係の構文となる。すでに『万葉集』にも見られるが、まだ充分発達してはいなかった。『万葉集』の「なりけり」の文法形式は「なり」が形容動詞の活用部分であるものも含めてわずか二例で、他は「―にしありけり」という形式で十数例見られるだけである。それに比べて、『古今集』では多くの例を見ることができ、「詠み人知らず」の頃から盛んに用いられるようになったと言える。まず代表的なパターンのそれぞれの例を示してみる。

㉖　白雲のたえずたなびく峰にだにすめばすみぬる世にこそありけれ　（九四五）
㉗　春ごとに花のさかりはありなめどあひみむ事は命なりけり　（九七）
㉘　ひぐらしのなきつるなべに日はくれぬと思ふは山のかげにぞありける　（二〇四）
㉙　たよりにもあらぬおもひのあやしきは心を人につくるなりけり　（四八〇）
㉚　吹く風の色のちぐさにみえつるは秋のこのはのちればなりけり　（二九〇）

㉖を除き、これらは「―Xは（も）―Yなりけり」となっている。㉗のように「X」には名詞が来るものが多いが、㉘㉙㉚のように用言の連体形であることもある。また「X」が歌には明示されない事もある（先にみた主語なし文とは異なるもの）。「Y」には㉗㉘では名詞、㉙では用言の連体形、㉚では、条件句が位置しているが、多くは名詞である。これらが五〇首近い数になる。『万葉集』に比べて飛躍的に多くなっているのである。さらに、

㉛　みわたせば柳桜をこきまぜてみやこぞ春の錦なりける　（五六）
㉜　人知れぬ思ひを常にするがなるふじの山こそわが身なりけれ　（五三四）

㉝　おなじえをわきてこのはのうつろふは西こそ秋のはじめなりけれ　（二五五）

㉛では「は」の位置に係助詞「ぞ」が、㉜では係助詞「こそ」が用いられている。また㉝では、「―は―こそ（または、「ぞ」も）―なりけれ（る）」の構文になっている。これらの構文の歌は多くはない。「主語なし文」が「なりけり」構文になっていると判断されるものも含めて、二〇首足らずである。

これらの「ぞ」「こそ」は、いずれも現代語では総記の「が」に相当する（とりたての「が」とも。ただし、「ぞ」「こそ」の受ける語が用言に対して主格になるものに限るが）。つまり、「ほかでもなく」「実は」「（外の何を差し置いても）＊＊が」などの思いで「みやこ」「ふじの山」「西」が取り立てられているのである。

㉛を例に言えば、「秋の錦」というと紅葉だが、では「春の錦」に当たるものは何か、と思っていたが、そうか、「みやこ」がそうだったのだという発見が詠まれている。新しい見立ての発見で、この見方が定着（慣用化）すると、「春の錦は都（なり）」という表現になる。㉜㉝についても「わが身はふじの山（のようなもの）」「秋のはじめは西（の方から）」という「―は―」の構文で認識することになったはずである。[13]

では、以上見た「―は―」という判断を示す名詞文は、どんな発想の歌であったことを意味しているのだろうか。それを考える手がかりになるのが、次に見る、一群の歌である。

㉞　限りなき君がためにとをる花は時しもわかぬものにぞありける　（八六六）

㉟　世の中のうきもつらきもつげなくにまづしるものは涙なりけり　（九四一）

これらは、題目（X）または叙述部（Y）が「もの」である歌である。[14] 恋の巻五の歌、哀傷歌や特に雑歌上・下に多く入集している。「もの」は、単に物質を意味する「物」の意を越えた語と解すべきであろう。いわば「ことわり（理）」を示している。「こと」を通して一般的・普遍的な理法（もの）を求めている歌だと言えようか。この構文によらない歌にも、「―ものならば」「―ものならなくに」「―ものゆゑ」などの慣用句を用いて「もの」を志向した歌も多い。『古今集』は、そういう「理法」を追求するという発想に支えられた歌の世界であったと見てよいであろう。このことは、直接「もの」表現によらない、他の「―は―（なりけり）」構文の歌も、この構文自体が判断を示す名詞文であることで、「ことわり」を見つけ出すことに眼目があった歌であると考えられる。この種の歌は、総体的に、自然詠（四季歌）よりも、恋・雑歌など人事詠に多く見られる傾向がある。

和歌の表現は、（今・ここ）における一人称主体の思いを表現したものである。とすれば、その特定の場と時における、特定の個人の心情の表現であると考えられる。しかし短歌という表現形式では、短詩型であるがゆえか、その一回的体験（事態）そのものをリアルに描出する余裕を持っていなかったと言えよう。それ故、短歌そのものが、特定の「こと」を通して、「もの」を志向する表現にならざるをえなかったと言えるかもしれない。殊に『古今集』の表現世界は、「もの」を志向し、「ことわり」を探求した表現世界であった。

㊱　としのうちに春はきにけり　一年をこぞとやいはむ　ことしとやいはむ　（一）

詞書に「ふるとしに春たちける日よめる」とある。ある年の立春の日の在原元方の心情が詠まれているはずであるが、歌の表現は、いつの年の年内立春にも通用するもので、元方でなければならない個別的事情はまったく歌に表現されていない。『古今集』の編纂方針として、「いつの年の歌か」という情報は詞書において問題にされていない。いわば、一回的体験の事態に触発されながら、その「こと」が抱え込んでいる「ことわり」（もの）を詠んでいるからである。例えば、最も特定的で個別的な事態を詠んだ歌、

㊲　思ひいでてこひしき時ははつかりのなきてわたると人しるらめや　（七三五）

詞書に「（省略）かりのなくをききてよみてつかはしける」とあって、特に「ききて」とあるようにその場その時の心情を詠んでいて、この歌の場合まだしも表現に個別性が見られはするが、それでも個別的事態が一般化された表現になっているのである。しかし逆に、それゆえに和歌（短歌）は、他者に同化されやすかった。類同の事情に

あるとき、またそれを想像するときに享受者が我がことに準らえて受け入れやすい表現であったと言えよう。それこそが和歌文学の表現の本質であったと言えるだろう。『古今集』はその方向を推し進めた表現方法ないしは発想を実現しているのである。

(3)「ならむ」「なるらむ」が統括する構文の場合

『古今集』にみられる、「けり」以外で連体「なり」に下接する助動詞は、否定の「ず」、仮想の「まし」と、ここに取りあげる推量の「む」「らむ」である。「む」は未来の事態かまたは一般的な事態に関して推量する場合に用いられ、「らむ」は現在の事態に関して推量する場合である。ところで「なり」の指定の機能は、時を超えた判断であることを示すところにある。そこで散文では、「ならむ」(「にやあらむ」なども含む)が一般的で、「なるらむ」が用いられるのは例外的である。『万葉集』の歌でも「ならむ」が用いられていて、和歌に「なるらむ」が現れるのは、勅撰集では、『古今集』以降である。ではなぜ和歌では「なるらむ」が用いられたのか、このことについて考えて見なければならない。

『古今集』では、「ならむ」は二例、ともに五音句で用いられ、「なるらむ」は五例、いずれも文末となる七音句で用いられている。上接語は七例とも名詞で、連体形を上接語にとる例は『後撰集』以降に見られる。この傾向は、例外はあるが概ね他の歌集においても変わらない。とすれば「ならむ」も「なるらむ」も意味・用法の点では変わりないのであって、両者の使い分けは、リズム上の問題であったかのように思われる。特に文末(歌末)の七音句に用いられる場合が、『後撰集』以降で急増することは注目してよい。

㊳　こひしとはたがなづけけむことならむ　しぬとぞただにいふべかりける　(六九八)

㊴　年ごとにもみぢばながす龍田がはみなとや秋のとまりなるらむ　(三一一)

㊳は、「ならむ」の例で、㊴は「なるらむ」の例である。『古今集』には見られないが、他の勅撰集には、「なる

らし」「なるべし」の例も散見される。

㊴は、先の「なりけり」構文と類似する。㊴の「みなとや秋のとまりなるらむ」（Aとする）が、B「みなとぞ秋のとまりなりける」とあっても違和感がない。またC「秋のとまりはみなとなりけり」とあってもよい。AからCへと、見立ての発想による事態の認識において、疑念を残す表現から見立ての発見、そして見立てを確かなものとして認定しているものへと表現形式が変わっている。しかし、この順序は、必ずしも歌の表現の史的展開とは関わりがない。対象となる事態に応じて、どの段階の認識で歌にするかは変わってくるのである。表現史から見ると、むしろCのような「なりけり」構文の歌の発達を受けて、新しい表現形式としてAのような「なるらむ」構文の歌が誕生したと見るべきであるようだ(15)。

散文においてそうであるように、「―は―なり」という判断自体が不確定であることを表現するときには、「む」を付加し「ならむ」とすることで事足りるはずである。それなのに『古今集』以降において「なるらむ」としたのはなぜか。和歌の表現は、（今・ここ）における一人称の思いの表出である。それ故、常に現在時における事態の存在を前提にして発想される表現であることが、「（なら）む」でなく「（なる）らむ」を選んだ理由だと考えられる。例えば、「みなとが秋のとまり」だとするなら、それは、今にはじまったことでもなく今後も変わらない一般的・普遍的判断であるはずで、何も現在時に限る事態ではない。にもかかわらずそれをあくまでも現在時のこととして詠ずるというのが和歌の発想だったとみるべきなのだろう。散文では「ならむ」が通常の語法なのに、和歌においてあえて「なるらむ」が用いられたのは、単なるリズム上の問題ではなかったのである。

（4）見立ての構文

見立てと言われる修辞技法は、すでに『万葉集』にみられるが、『古今集』では、一層盛んにもてはやされ、また表現法も複雑化した。先に見た「なりけり」構文の㉛の歌や「なるらむ」構文の㊴の歌も代表的な、見立ての構

文であったが、典型的な例として、

㊵　秋風に声をほにあげてくる舟は天のとわたる雁にぞありける　（二一二）

㊶　見る人もなくてちりぬる奥山のもみぢは夜の錦なりけり　（二九七）

同じ「―は―なりけり」構文でも、㊵は、「虚像は実像なりけり」であり、㊶は、「実像は虚像なりけり」である。見立てという技法は、実像を虚像と見誤る、または見てしまうという実感の面白さにある(16)。虚像自体も本来一瞬ながらでも実際に感知した事実と言ってもよい。そこがいわゆる比喩との違いでもある。こうした発想が様々な変形の形式を『古今集』では生み出しているのである。どちらかというと、恋など、人事の歌より、四季の歌、自然詠に多く見られる技法である。

『万葉集』では、次の㊷のような、「―と見るまで（に）」の構文による見立てがほとんどである。

㊷　梅の花枝にか散ると見るまでに風にみだれて雪そ降り来る　（万葉集・一六五一）

㊸　あさぼらけ有明の月と見るまでによしのの里に降れる白雪　（同・三三二）

㊹　吹く風の色のちぐさに見えつるは秋の木の葉の散ればなりけり　（同・二九〇）

『古今集』では、㊸のように『万葉集』を受け継ぐものもあるが、あらたに㊹のように「―と（に）見えつるは」の構文が見られる。『万葉集』では未発達であった「なりけり」構文の一層の発達が齎した構文である。しかも、実像・虚像の関係が、「（もの）は（もの）」に加え、㊹では「（こと）は（こと）」の関係にも広がっていることが分かる。さらに、

㊺　わが恋は深山がくれの草なれや　しげさまされど知る人のなき　（五六〇）

㊻　駒なめていざ見にゆかむ　古さとは雪とのみこそ花はちるらめ　（一一一）

㊺㊻のように「―なれや―」の構文、「―と（のみ）―」の表現も見立ての発想に発している。以上㊸から㊻の歌

は、見立ての発想による歌であることを示す言語形式が歌中に見られるものであったが、『古今集』ではさらに、見立ての発想の歌であることを文末（歌末）において示す表現形式が豊かに存在した。それぞれ代表的な歌を一例ずつ示しておくと、

㊼　白波に秋の木の葉のうかべるを海人のながせる舟かとぞ見る　（三〇一）

㊽　白雪のところもわかず降り敷けば巌にもさく花とこそ見れ　（三二四）

㊾　こころざし深くそめてしをりければ消えあへぬ雪の花と見ゆらむ　（七）

㊿　春たてば花とや見らむ　白雪のかかれる枝に鶯のなく　（六）

51　み吉野の山辺に咲けるさくらばな雪かとのみぞあやまたれける　（六〇）

52　はちす葉のにごりにしまぬ心もてなにかは露を珠とあざむく　（一六五）

慣用化ないしは常識化した見立てを踏まえた歌の場合であると、更に様々な表現を生み出している。見立て的な歌末に「見る」が来る歌は『万葉集』では一例（「石をも珠とそあがみる」・四一九九・家持）であるが、『古今集』では、㊼㊽など、九例ある。逆に「見ゆ」は『万葉集』で四九例あり、『古今集』では一例（㊾）である。

発想の歌となるとさらに増えるが、すべてここでは省略する。

一方、すでに『万葉集』から見られる、もう一つ見立てを示す表現があった。

53　天の海に雲の波たち月の舟星の林に漕ぎかくる見ゆ　（万葉集・一〇七二）

この歌に数々見られる、「天の海」など「実像の虚像」という構造の表現がそれである。『古今集』でも「紅葉の錦」（四二〇）、「霞の衣」（二三）などがあり、「波の花」の例を示すと、

54　波の花沖からさきてちり来めり　水の春とは風やなるらむ　（四五九）

いわゆる比喩（メタファー）の場合は、「氷の刃」「花のかんばせ（顔）」のように「虚像の実像」の語順になる。こ

こが見立ての表現と異なるところである。

『万葉集』の特色とされる枕詞や序詞ではいわゆる比喩の表現が多く見られたのに対して、『古今集』では、見立ての表現が盛んであったと言えよう。一つのものを、二重に見るという見立ての発想は、『古今集』で盛んに用いられた掛詞（縁語も合わせて）の技法に通うものであったと見ることができる。平仮名の発達に伴って編纂された『古今集』は、表記上の清濁の区別もなく、意味上いろいろな二重構造になっていることが観察される。小松英雄は、『古今集』歌の表現性を「複線構造」と呼んでいる。[17] さらには、②の歌（「去年とやいはむ今年とやいはむ」）や「君やこし我やゆきけむ」（六四五）、「木にもあらず草にもあらぬ（竹）」（九五九）、「ねてもみゆねでもみえけり」（八三三）などのように、二項対立的に、或いは二つの面を並列的に捉えた表現が多く見られるのも特徴の一つである。

(5)「なれや」の構文

「已然形＋や」の語法について、ここでは、中でも圧倒的に多く用いられている「なれや」を代表させて述べることにする。よく似た形式に「已然形＋ばや」（「なればや」など）があるが、両者は異なる語法に立ち、後者は文中で条件句を作る働きを持っている点で、前者とは異なる文法形式である。しかし佐伯梅友によると、「なれや」も文中に用いられているように見える例が多いが、歌末（文末）で反語表現をなす場合は当然のこと、文中の例と見えるものも、そこで一旦文は切れている、言い切った表現と見るべきであるという。[18]

55　雪降りて人も通はぬ道なれや　あとはかもなく思ひ消ゆらむ　（三二九）

先に見立ての構文のところで例示した㊺の歌もこの例であるが、55の歌のように、「―なれや―らむ」と歌末が「らむ」であるのが一つのパターンをなしている。しかし、これを係り結びの関係と見ないで、「や」で一旦文は切れていると見るのである。（六七一）の歌「風吹けば波打つ岸の待つなれやねにあらはれて泣きぬべらなり」のように「なれや」とあり文末が終止形になっているという例もある。佐伯はさらに、「なれや」と意味上「同じことに帰する表現」に「―かは―（らむ）」「―なくに―（らむ）」「―ねども―」があると指摘している。(19)

三　助動詞の用法

◇**「らし」**　終止形に接続し、語根に「ら」を持ち、現在の事態に関して推量する点でも共通する助動詞「らむ」との比較が話題になる。「らし」が主体の確認している事実を根拠にした推量であるのに対して、「らむ」の場合はそうした根拠を特に持つことはない。しかし、「らし」は平安時代になると激減し、しかもほとんど和歌での使用となり、古風な歌語的な存在となったと思われる。『古今集』でも、一二例のうち、詠み人知らず歌が八例。

いずれも文末「らし」による推量の文とその根拠を示す文との二文構成の歌であるが、文末「らし」文が上の句にあるか、下の句にあるか、の二種類になる。前者の方が圧倒的に多い。「らし」とは逆に、「らむ」は『古今集』になって急増し、発想上の特徴をなすことは先に述べた。

◇**「べらなり」**　平安時代の前期の一時期、主として延喜年間（九〇一―二三）前後の頃に用いられた助動詞で、現在確認できる例は、ほとんど和歌の例である。しかも、文末（歌末）に用いられているものばかりである。しかし、もとは訓点語として発生したらしく、歌語であったとは言いきれない。詠み人知らず歌が九例、詠者明示歌が一四例で、四季歌の九例は後者の歌にのみ。また、後者の例のうち五例が貫之の歌で、『土佐日記』の歌にも見られる。

56　春の着る霞の衣きぬを薄み山風にこそみだるべらなれ　（二三）

形容詞型の活用をする助動詞「べし」の形容動詞型とみられる。奈良時代から平安時代にかけて、「さやけし」「きよし」から「さやかなり」「きよらなり」が派生したように、形容詞が形容動詞化した一群の変化に同調したものかもしれない。平安時代になると、形容動詞が盛んに登場してくる（因みに、反実仮想の「まし」は推量「む」の形容詞型とみられる）。意味は、「―のようだ」「―のようすだ」に当たる。

◇終止形接続の「めり」「なり」 原理的には、「なり」が聴覚による認知の不確かさを、「めり」が視覚による認知の不確かさを示す助動詞である。これらも、現代語の「―のようだ」、「―らしい」に相当する。「めり」の方は、平安時代になって発達してきたもので、奈良時代では、「船出せりみゆ」（万葉集・一〇〇三）、「漕ぎかくるみゆ」（同・一〇七二）など、終止形に接続して用いられた「みゆ」が、平安以降の「めり」に相当する働きをしていたが、平安時代になると、新しく登場した「めり」がその機能を受け継いだものと考えられる。

しかし、散文に比べて、和歌では「めり」が用いられることは少ない。『古今集』には四例、必ずしも視覚に限った認知とは言えない。「知りにけむ聞きてもいとへ世の中は波のさわぎに風ぞしくめり」（九四六・ふるの今道）や(54)の「波の花」の歌（四五九・伊勢）などは、「―（が）―に（みゆ）」という見立ての発想に通うものである。

また、聴覚で認知したとき、いつも終止「なり」が用いられたわけではない。例えば、「こずゑはるかに今ぞなくなる」（一四二）では「なり」を用いて、「唐紅のふりいでてぞなく」（一四八）には「なり」が用いられていない。しかも、前者の歌でも詞書には、「…ほととぎすのなくを聞きてよめる」とあって、終止「なり」を用いるまでもないと思われるにもかかわらず、「なり」を付しているのは、その声のはるけさや不確かさ、または驚きの念などを込めて詠んでいるからだと見るべきなのであろう。姿を実際には見ず、声を聞いただけでそれと判断した時などに、終止「なり」が用いられたものと思われる。

(57) 春くればかりかへるなり　白雲の道行きぶりにことやつてまし　（三〇）

右の歌のように、「なり」が音声を直接示さない動詞についた場合も、その動作に音声が伴うものであることが通念となっているときはその音声によって事態を認知したことを示す。(57)の場合、雁の鳴く声が聞こえるのである。

もっともこの歌の場合は「なり」を連体「なり」とみて、現代語についていう「のだ」文とも解釈できる。むしろ詞書に「雁のこゑをききて」とあるから、連体「なり」とみるのがよいか。また、「露ぞ置くなる」（八六三）のように、聴覚によらない様態（推定）判断を示した例もある。

やがて「べらなり」が消えていったことや平安時代になって「らし」が衰退したことには、終止「なり」「めり」の発達や「らむ」の隆盛ということが関係していると思われる。

◇完了の「つ」「ぬ」　ともに後世消えていった助動詞であるため、現代からみるとその用法について明確に認識しきれないところがあるが、盛んに用いられた頃には「つ」「ぬ」の使い分けにははっきりした表現性の違いがあったようだ。両者の違いを理解する上で参考になる例に、次の、『土佐日記』の歌がある。

㊽　天雲のはるかなりつる桂川袖をひてても渡りぬるかな　（二月十六日）

一般的には、「つ」は、継続していた動作の完了とか意識的意図的であった動作の場合に用い、「ぬ」は、動作・事態の発生とか人の無意識的な動作の場合に用いると説かれる。いずれも今現在（表現する視点）において動作・事態の完了や変化を捉えた表現である。土佐国からははるか遠くであった京の都、その故郷の都に早く帰りたい、その思いは都の地に実際足を踏み入れるまで続いたはずである。そのときまで都が「はるかな」存在であったことをこの歌の「つる」は伝えているのだ。つまり、都が遥かなところという思いはついさっきまで、桂川を渡りきるまで継続していたことを「つる」が示している。桂川を渡ってやっと都に戻ったと実感できたというのである。いよいよ都という思いから、我を忘れて桂川を渡ったが、そんな無意識のうちの行為であったことを「ぬる」が語っている。気づけば知らないうちに「袖」が濡れていたというのである。

㊾　枕よりまたしる人もなきこひをなみだせきあへずもらしつるかな　（六七〇）

㊿　よるべなみ身をこそとほく隔てつれ心は君が影となりにき　（六一九）

㊾では、悲しい恋を、意識的にずっと心に秘めていたのに、とうとう耐えられなくなったという思いが「つる」に込められ、㊿では、身と心とがとうとう引き裂かれた状態になってしまったことを詠んでいる。このように「つ」はある事態の完了（消滅）に意識的であった場合に用いられている。それに対して「ぬ」は、自然現象やわが意にかかわらず新しい事態が発生した場合に用いられたようだ。

◇**過去（回想）の「き」**　「けり」とともに過去の助動詞と見られ、その用法の違いをめぐって議論の尽きない助動詞「き」である。しかし、「けり」は『古今集』など、和歌でも多く用いられるが、いわゆるテンス的な過去の用法と見られるものはないと言ってよいだろう。ほとんどの場合、表現主体が（今・ここ）において、初めて確認した事実であることを意識的に示していることを意味して用いられている。その意味では、「なりけり」の「けり」も含めて「気づき」の「けり」と見るのがもっとも納得できる。そのことは、物語などの「けり」についても言えると考えているが、ここでは触れない。

「き」はどう解すべきか。やはり、表現主体の（今・ここ）を視点時（認知時）として、対象の事態がそれ以前の事態であることを示す助動詞と見るべきか。既にあった事態というと、完了の「つ・ぬ」でも示すことができる。しかし、例えば、「ありつる文」と「ありし文」とでは用いる場合が異なるのである。前者は「さっきの手紙」と訳されるように、手紙の存在についての関心が現在なお継続しているのであり、テンス的には現在である。しかし、後者は、「かつての」「あの（時の）」「例の」という訳が相当し、現在からは切れた過去の事態として「手紙の存在」を認識している。いわば今と異なる時間の事態という認識を示す。「ほとりに松もありき」（土佐日記・二月十六日）は、今は松がもう存在しないことを言っている。それによって、松が存在した時と存在しない今とが対比的に意識されて表現されているのである。このように二つの時間の関係として捉えることが和歌における「き」の理解にも必要であると思われる。(20)「き」の用い方として構文的に注目すべき主なパターンを次に示すと、

(61)　秋風の吹きにし日より久方のあまのかはらに立たぬ日はなし　（一七三）
(62)　思ひきや鄙のわかれにおとろへてあまの縄たき漁りせむとは　（九六一）
(63)　かりそめのゆきかよひぢとぞ思ひこし　今はかぎりのかどでなりけり　（八六二）
(64)　うたたねにこひしき人をみてしより夢てふものはたのみそめてき　（五五三）

(61)は「―しより」形式の一種で、現在も続くある事態の発生の時を示している。そのとき以来事態が変わったことを意味する。連体法で用いられた「―し（+名詞）」も、ほぼこの種の、事態の変化以前の時とそれ以後の今とが対比的に認識された表現になっている。(62)(63)も、以前とは違ってしまった今が詠まれている。「き」は単に過去の経験であることを示すものではない。(64)では、一首全体が既にあったことを詠んだにすぎない歌のように見えるが、この歌の場合、夢を「たのむ」ことが今も続いているわけで、そんな「今」の状態の発生（「初む」）の時を「き」で表現している。

(65)　かくこひむものとは我も思ひにき　心のうらぞまさしかりける　（七〇〇）

(64)は「―てき」の例であったが、(65)は、「―にき」の例である。「―と思ってしまった」の意で、それ以来今も思っているのである。やはりあるとき以前と今との違いが感慨の前提になっている。(64)と(65)とは「き」の上接語が、完了の「つ」か「ぬ」かの違いであるが、その違いは先に述べたところによると考えられる。

おわりに

日本語の文法研究は、『手爾波大概抄（之抄）』など、和歌を詠むための和歌の語法―表現研究に始まったと言ってもよい。そして古典文法の規範は和歌においてよく維持されてきたのである。今でも和歌を例にして、文法が説明されることも多い。これまで、どちらかと言うと、語法的な面を中心として、『古今集』の文法についても研究や解説がされてきたが、本稿では歌一首の詠まれ方・発想といった構成の面を重視して、構文論的な観点から『古今集』の文法を述べてきた。しかし、そのすべてに渡って述べることはできていない。「み語法」や「ことならば」などの慣用句、「恋もするかな」などの慣用的表現にみる「かな」などの終助詞のこと、さらには掛詞などの修辞技法についてなど、触れられなかったことは多い。

注

(1) 以下、歌の引用は新編国歌大観により、引用の後の（　）には、『古今集』の歌については番号のみを示し、その他の歌などについては、出典名などを簡略に示す。
(2) 毛利正守「万葉集に於ける単語連続と単語結合体」（『萬葉』一〇〇）。
(3) 木下正俊「準不足音句考」（『萬葉』二六、後『万葉集語法の研究』塙書房・一九七二）。
(4) 糸井通浩「古代文学と言語学」（『古代文学講座①古代文学とは何か』勉誠社・一九九三）。
(5) 山本啓介「平安和歌における字余り歌―『古今集』時代から『千載集』時代まで―」（『青山語文』三二）では、現在言う字余りを「第二種字余り」と呼ぶ。
(6) 糸井通浩「第三句の機能」（同外編著『小倉百人一首の言語空間――和歌表現史論の構想』世界思想社・一九八九、本書後編㈣2）。
(7) 小松英雄『やまとうた――古今和歌集の言語ゲーム』（講談社・一九九四）。
(8) 小島憲之外校注『古今和歌集』（岩波新日本古典文学大系・一九八九）。
(9) 秋本守英「古今集の文法」（『国文法講座4』明治書院・一九八七）。
(10) 多田知子「『の――らむ』文型について」（『古今和歌集連環』和泉書院・一九八九）。
(11) 高山善行「ラムの特殊性をめぐって―〈コトをくくる機能〉の潜在―」（『日本語学』一九九〇・五）。

（12）渡辺実「記述の文体・操作の文体」（『文体論研究』一九七三・十二）、同著『平安朝文章史』（東京大学出版会・一九八一）。
（13）糸井通浩「『なりけり』構文——平安朝和歌文体序説」（『京教大附高研究紀要』六。本書後編〔五〕2）。
（14）秋本守英「『なりけり』構文続貂——『ものは』の提示を中心に——」（『王朝』三）。
（15）糸井通浩「助動詞の複合『ならむ』『なるらむ』—散文体と韻文体と——」（『国語語彙史の研究十一』和泉書院・一九九〇。本書中編〔二〕）。
（16）糸井通浩「見立て・比喩」（同外編著『小倉百人一首の言語空間——和歌表現史論の構想』世界思想社・一九八九、本書後編〔四〕1）。
（17）注（7）に同じ。
（18）佐伯梅友校注『古今和歌集』（岩波日本古典文学大系・一九五八）解説。
（19）注（7）に同じ。
（20）糸井通浩「古代和歌における助動詞「き」の表現性」（『愛媛大学法文学部論集』一三。本書前編〔二〕1）。

参考文献

山口明穂・秋本守英編『日本語文法辞典』（明治書院・二〇〇一）

〔二〕『新古今集』の文法——和歌の構造と構文論

はじめに　本稿の目標

『新古今集』の語法—文法は、おおよそ『古今集』以降のそれの伝統の上にあると言ってよかろう。新古今時代の歌人たちは、「ことばは古きを慕ひ、心は新しきを求め」る（近代秀歌）、「詞以レ旧可レ用」（詠歌大概）という姿勢で詠歌に臨んでいたのであり、口頭語や散文語の言語に現れはじめていた日本語の中世語化——近代語への歩み——は、ことに伝統的な言語を尊重する和歌文学の世界では極力圧えられていたと言える。例えば、「千五百番歌合」における、秀能の歌「いざいかに深山の奥にしをれても心知りたき秋の夜の月」（七七一左）に、平安末期から現れる希望の助動詞「たし」が用いられているが、判者定家は「左しりたきといへる、雖レ聞二俗人之語一未レ詠二和歌之詞一也」と批判しているのである。一方で、平安中期の藤原公任『新撰髄脳』に「かも、らしなどの古詞などは常に詠むまじ」とあるように、平安に入って使用が和歌に限られ、衰退の一途をたどった推量の助動詞「らし」は、ほそぼそながら詠みつがれ、『新古今集』では一〇首（他に「けらし」が六例、「ならし」が二例ある）に例をみる。[1]

もっとも、『新古今集』の文法を、『新古今集』所収歌全体を対象とするものならば、終助詞「かも」の方も『新古今集』に一一例をみるが、（五一八・良経）（一四七〇・西行）を除けば、他は三代集時代以前の歌人の歌においてである。[2] しかし、当代（新古今時代）歌人も用いてはいるのであり、彼らがこの「らし」「かも」を詠み込んだのには、それなりの表現論的な必然性があってのことであったと思われる。

さて、本稿では、「新古今集の文法」を、『新古今集』所収の、新古今時代の歌人たちの歌にみられる文法、という意味で用いることにしたい。もっとも先に述べたように、「新古今集の文法」には、文法史的観点からとりあげるべき事項は少なく、語法の面でわずかに用法の展相がみられるが、ここでは、修辞的文体的な側面から、ないしは表現論的な観点からながめてみることになろう。特に、和歌一首の組み立て方を、横文論的な観点から、「体言止め」歌の構造、及び「らむ」、終止「なり」「めり」などによる推量表現歌の構造などを中心に分析し類型化を試みてみることになる。

一　「体言止め」歌の構造

和歌の末尾が名詞語（体言）で終止する形式は『万葉集』からすでにあるが、『新古今集』になって、その歌集中の比率は『古今集』の約五倍と急増する。これは単に量的な問題ではなく、新古今時代においては、修辞的に自覚された方法であったとみられている。この体言止めを名詞文の一種とみるならば、名詞文の範疇に入れてよい「体言＋かな」止めの歌や「体言＋なりけり」止めなども同種の文型となり、歌末がいわゆる「名詞文」の形態をとる歌となると更に多くを数えることになるのである。

ここでは、いわゆる体言止めの歌を中心にとりあげるが、一口に体言止めといっても、その末尾に位置する「体言句」が、歌一首全体の中で他の句とどのような構文的な関係をもって位置づけられているかという観点からみると、それは様々な構造からなっているのである。そこで、体言止めの歌が、一首全体の構造――組み立て方――からみると、どういう構造をもっているかという観点から、その類型を整理し、それぞれの表現論的特徴を考えてみたい。

体言止めの歌は、第五句が「秋の夜の月」「宇治の橋姫」などのように、体言相当句をなすものを典型とする。本稿では、このように第五句全体が体言相当句とみなしうる体言止めの歌を中心にとりあげていくが、この種の第五句を「体言部」と称し、それと第一〜四句とがどのような構文的な関係になっているかによって、体言止め歌の類型を整理する。

㈠　連体修飾部——被修飾部（＝体言部）の構造

ⓐ(1)　山ふかみ春とも知らぬ松の戸にたえだえかかる雪の玉水　（三・式子内親王）

ⓑ(2)　かぢをたえ由良の湊による舟のたよりも知らぬ沖つしほ風　（一〇七三・良経）

これらは、第一〜四句が連体修飾句となって、第五句の体言部を修飾するという構文的関係（連体関係）をなすことで共通している。が注意しておきたいことは、ⓐ(1)の歌では、「雪の玉水」が連体修飾部にとっての意味上主格に立つという、いわゆる逆述語構文であるのに対して、ⓑ(2)の歌では、「沖つしほ風」は「知ら（ぬ）」という動作の成立にとっては必須の直接の要素ではなく、外的な状況的な条件であるという違いがあることである。「第一〜四句」と第五句との意味的な切れは、ⓐよりもⓑの方が深く、それだけ修飾と被修飾とが対立的である。活用語の連体形による連体修飾において、修飾と被修飾とが、前者（ⓐ(1)）は内なる関係にあるといい、後者（ⓑ(2)）は外なる関係にあると区別される。この二つの関係の違いに注目して和歌表現の分析を行うことは重要かと思われる。この違いは、以下に述べる類型においても、第四句と第五句（体言部）とが連体形による連体関係をなすものについてはすべて当てはまることである。

この㈠の類型は、一首全体が、山田孝雄の言う典型的な「喚体句」に相当し、渡辺実が『源氏物語』の文体の特徴としてとりあげた、語り手の思い入れの文構造と言う「主語なし文」に当たる。[3]つまり一首全体が構文的に一つのまとまり――一つの大きな体言相当句になっているのである（ただし、(1)の歌は、第一～三句において「文的」な内容をもっていることは注目してよい。(2)の歌も、第一～三句が本歌をふまえていて文相当の内容をもつと言える）。

第四句と第五句とが連体関係をなすもう一つの型に、

ⓒ(3)　草葉には玉と見えつつわび人の袖のなみだの秋のしらつゆ　（四六一・道真）

(4)　風かよふ寝ざめの袖の花の香にかをるまくらの春の夜の夢　（一一二・俊成女）

のような連体助詞「の」による場合がある中で、(3)(4)の場合などは、「わび人の…なみだ」の「秋のしらつゆ」、「…かをるまくら」の「春の夜の夢」という関係にあることが注目される。しかし本稿では、この類型ⓒについての詳述は割愛する。

ⓓ(5)　春風のかすみ吹きとくたえ間よりみだれてなびく青柳のいと　（七三・殷富門院大輔）

(6)　尋ね来て花に暮らせる木の間より待つとしもなき山の端の月　（九四・雅経）

第四・五句が逆述語構文をなして、一見㈠の類型に似てはいるが、「～より」は、「みだれてなびく」「待つとしもなき」にかかるのではなく、第五句体言部の後に省略されている述語（「（が）見える」など）をめざしたもので、これらは㈠の類型とは別の類型として扱うべき構造を持っているのであるが、ひとまずここで触れるにとどめておく。

㈡　主題部――説明部（体言部を含む）の構造

ⓐ(7)　つくづくと春のながめの寂しきはしのぶにつたふ軒の玉水　（六四・行慶）

(8)　みなかみの空に見ゆるは白雲のたつにまがへる布びきの滝　（一六五〇・師通）

ⓑ(9)　白露のなさけ置きけることの葉やほのぼの見えし夕顔の花　（二七六・頼実）

(10)　ふるさとを恋ふる涙やひとり行く友なき山のみちしばの露　（七九四・慈円）

これらは、(9)は多少問題が残るにしても、「A（体言相当句）は（や）B（体言相当句）」という構造——主題部は（や）説明部——を持った歌で、題述関係による一文としてのまとまりをなしている。第五句体言部は、「B」を構成する一部分ではあるが、「B」の中心となる体言であり、例えば、(10)の歌の文意味の核は「…涙や…露」であり、認識の構造として「AはB」という構造を深層に持っている表現である。一首全体が一文的なまとまりを持っているが、(一)の類型と異なり、主題部と説明部の対立、あるいは切れを「は」「や」の係助詞がもたらしている。

これらは、(7)(8)が「（AはB）なりけり」、(9)(10)が「（AやB）なるらむ」とあってもよい構文で、つまりは、詠者の主体的態度を表出する「なりけり」「なるらむ」が省略されて体言止めの歌になった底とみてよいであろう。しかし、一方で、次のような歌、

ⓒ(11)　都にて月をあはれと思ひしは数にもあらぬすさびなりけり　（九三七・西行）

(12)　風わたる山田のいほをもる月や穂波にむすぶ氷なるらむ　（四二六・頼実）

もあり、この二首については、それぞれ「なりけり」「なるらむ」が表出される必然性があったように思われる。

ところで、「（AはB）なりけり」を典型とする、いわゆる「なりけり」構文の歌は、すでに『万葉集』後期から見られはするものの、ごくわずかであったが、『古今集』になってその理知的な歌風に見合って急増する。『新古今集』までの八代集の各集において、「なりけり」構文の歌が全体の中で占める率（％）を順に示すと、五・七、六・八、六・〇、六・三、六・〇、六・三、六・七、三・〇、となる。[4] 注目すべきは『新古今集』では三・〇％になって、それまでの率の半分に激減していることである。その原因の一端として、この(二)の類型の体言止めの歌が好まれもしたことがあげられようか。しかも、(二)の類型ⓑでは、「なるらむ」を省略したかたちではあるものの、

一方で「―や―なるらむ」構文の歌が逆に好まれたらしいことも「なりけり」歌激減の一因をなしたと思われる（後述）。『新古今集』所収の「なりけり」構文の歌は、当代歌人以外の歌人の歌に多く、一方当代歌人の歌においては、「命なりけり」（九八七・西行）、「夢なりけり（と）」（一一二五・後徳大寺、一一二六・良経）、「厭ひてもなほ厭はしき世なりけり」（一六一八・家衡）という例のように、「AはBなりけり」の構文にみるような理知的―理法的用法というよりは、「詠嘆」的な用法で用いられていることが注目される。実は㈠の類型の体言止めの歌も、例えば主語なしの「なりけり」構文歌とみてもよいのである。つまり、

⒀　行きて見ぬ人も忍べと春の野のかたみにつめる若葉なりけり　（一四・貫之）

といった歌の「なりけり」が無形化された形式であるとみることもできる。言うまでもなく、第五句が体言部を構成するにあたっては、連体助詞「の」による凝縮的表現（例：「秋のゆふ露」「冬の夜の月」など）が熟成されていなければならなかったという側面があることを忘れてはならない。

ここにみる「主題部―説明部」を構成する係助詞「や」「は」は、⑺⑼のように三句末に現れるとは限らず、初句末、二句末（⑻⑽がそれ）、四句末にも現れるが、ここでは、初句末の場合のみについてみておこう。

ⓒ⒁　わが恋は｜逢ふをかぎりのたのみだに行方も知らぬ空の浮雲　（一一三五・通具）

⒂　さびしさは｜み山の秋の朝ぐもり霧にしをるるまきの下露　（四九二・後鳥羽院）

ⓓ⒃　さむしろや｜待つ夜の秋の風ふけて月をかたしく宇治の橋姫　（四二〇・定家）

⒄　志賀の浦や｜遠ざかりゆく波間より氷りて出づるありあけの月　（六三九・家隆）

ただし、⒃の歌では、「や」によっての切れが主題部―説明部という明解な対立的関係には至っていない。初句末の「や」は、石川常彦によると『新古今集』で新しい展開をみせているようであるが[5]、⒄は「地名＋や」という、初句切れの至りついた一つの典型で、この歌では初句と二句以下の体言相当句とが充分対立関係をなし、㈡の類型

にふさわしい。

ⓒ⒁にみるような「我が恋は」という主題提示にはじまる歌は一つの類型をなしている。また、他に「秋の夜は」「故郷は」「秋の色は」「さびしさは」などの主題提示もみられる。

㈢ 条件節（従属句）――主節（体言部を含む）の構造

ⓐ⒅　鵜飼舟高瀬さし越す程なれやむすぼほれゆくかがり火の影　（二五二・寂蓮）

文中にあって条件句を形成する「已然形＋や」に導かれて、しかも歌末が体言止めの歌になっているのはこの一首のみである。文中、文末いずれにしても「已然形＋や」は、『万葉集』に多くみえ、『古今集』以後は、主として和歌にのみ用いられた古い語法の残存とされる。が、新古今時代になっても当代歌人たちによって詠まれているのである。しかし多くは文末用法で、文中に用いられて前提条件を示す用法に用いられたのは当代歌人のものでは三例にすぎない。

ⓑ⒆　なごの海の霞の間よりながむれば入日を洗ふおきつしら波　（三五・実定）

⒇　岩根越すきよたき川のはやければ波をりかくるきしの山吹　（一六〇・国信）

ⓒ(21)　暮れて行く春のみなとは知らねども霞に落つる宇治のしば舟　（一六九・寂蓮）

(22)　別路はいつもなげきの絶えせぬにいとどかなしき秋の夕暮　（八七四・隆家）

ⓐの詠法は古い語法であるせいもあって該当の事例が少ないが、ⓑⓒの詠法の例は多い。

㈠㈡の類型が、一首全体が文的まとまりをなして「単文」であるのに対して、この㈢の類型になると、二つの文が連結されて、一文をなすという「複文」であり「連文」的関係を構成しているとみられる。特に接続助詞が三句末に位置すると、前件と後件が、上の句と下の句という対立を形成する。しかし、その対立的関係――前件と後件の関係——が、一方が一方の成立条件を示すことで論理的に結合しているという点で、両件の切れはかえって深くない。勿論、その場合両件が、順接関係（ⓑ）か、逆接関係（ⓒ）かによって、両件の切れ目の深さの程度に質的な違いがあることは言うまでもない。そのことは、逆接関係の場合に、その前件句に、対比・対照的な係助詞「は」の現れやすいことによってもうなずけることである。

ⓓ(23)　大空は梅のにほひにかすみつつくもりもはてぬ春の夜の月　（四〇・定家）

(24)　空はなほかすみもやらず風冴えて雪げにくもる春の夜の月　（二三・良経）

(25)　春の夜の夢のうき橋とだえして峰にわかるるよこぐもの空　（三八・定家）

(26)　大江山傾く月のかげさえて鳥羽田の面に落つるかりがね　（五〇三・慈円）

これら接続助詞「つつ」「て」は、ⓐⓑⓒにみるような論理的な関係で前件と後件とを結びつけるものではない。「つつ」「て」によって結合される場合、前件と後件とが空間的な同時的存在、時間的な継時的存在であることを基本的な認識としている。それ故、前件の事態と後件の事態とが、論理的に結びつかないような事態どうしであっても、結びつけられる可能性を持っている。その点で、特に三句末に位置した「て」によって結びつけられた前件と後件との切れには、ごく浅いものからごく深いものまでがありうるのである。そこに新古今時代の歌人がこの「て」の用い方に工夫するところがあった。切れが深い場合とは、前件と後件とで意味されている「事態（コト）」が、それぞれに自立性を持っていて、両者が対立性を深めることになるのであるが、そういう両者の結合が、和歌一首という「文的」ならぬ「文章的」まとまりの中でみごとに果たされたとき、それを背後で結びつける抒情（美的情念——主題性）の深さが表現されることにもなるのである。

(四)　三句切れ——（上の句——下の句〔体言部を含む〕）の構造

ⓐ(27)　をぐら山ふもとの野辺の花薄ほのかに見ゆる秋のゆふぐれ　（三四七・よみ人しらず）

(28)　みやこにも今や衣をうつの山ゆふ霜はらふ蔦の下みち　（九八二・定家）

(29)　すずしさは秋やかへりてはつせ川ふる川の辺の杉の下かげ　（二六一・有家）

(30)　こととへよ思ひおきつの浜千鳥なくなく出でしあとの月影　（九三四・定家）

これらは、いずれも第三句が体言で切れたもの（これを以下で「体言切れ」という）で、それが第五句体言部と対応した構造になっており、その両者の（論理的）関係を明示化する文法的形式は表現上みられないものである。しかし、または、それ故に、体言相当句によって、上の句と下の句の対立性が明確化していて、両者の関係は、接続助詞「て」の場合に似て多様なあり様を呈しているのである。(27)は、「花薄」が次の句「ほのかに見ゆる」の主格に立つもので、(一)の類型のⓑの例になる。つまり第三句が「体言切れ」とまでは言えないものであろう。(28)(29)はよく似た構造で、上の句が掛詞の技法によって「文的」内容を獲得して「うつの山」「はつせ川」で「体言切れ」をなしている。そして、この「うつの山」「はつせ川」が主題となって、下の句がその主題に関して具体的な説明的限定をなしているのである。(30)の場合は、第三句の「浜千鳥」を、下の句と意味的にどのように関係させて捉えるかによって解がわかれるところらしく、諸説があるようだ(6)。ここでは、「浜千鳥」が呼びかけの対象であるとみるとして、さらに初句切れでもあることも加わって、一首は一文的まとまりをなしているとは言えない歌になっている。その意味で(28)(29)は、掛詞の技法によって、上の句に「文的」な内容を抱えこんでいる――意味的に切れる――と言ったのだが、それが句切れのかたちで「文」として明示化されると、次のような歌になるのであろう。

(31)　かさねても涼しかりけり夏衣うすきたもとにやどる月かげ　（二六〇・良経）

第三句の「夏衣」は、意味上、上の句にも下の句にも格的関係で結びつくものであり、形式上は二句切れながら、和歌としては、(28)(29)と同様、三句目の「体言切れ」と同じとみるべきであろうか。更に又、第三句が「体言（切れ)」であり、第五句が体言止めになっている歌の中に、次のように第四句が文的区切れになっているものもある。

ⓐ′(32)　声はして雲路にむせぶほととぎす涙やそそぐ宵のむらさめ　（二一五・式子内親王）

(33)　散るはなの忘れがたみの峰の雲そをだにのこせ春のやまかぜ　（一四四・良平）

これらが第三句で切れて、上の句が下の句と対立的でありながらも、意味上、第三句は下の句につながっていくのである。(33)の歌の「そを」がその切り結びをよく示しており、(32)の歌では、「その」が省略された形であるとみてもよいのである。下の句は倒置法の形式をとることで体言止め歌になり、抒情の焦点化がそのことで果たされてもいる。

ⓑ(34)　明けばまた越ゆべき山のみねなれや空行く月のすゑの白雲　（九三九・家隆）

(35)　やはらぐる光にあまる影なれや五十鈴河原の秋の夜の月　（一八八〇・慈円）

これらは、体言切れではなく、はっきりと文の形式をとって切れている。もっとも強義の句切れをなしている。『新古今集』における「已然形＋や」は二六例あるが、多くは文末の用法である。なかで、当代歌人の手になる体言止めの歌で、三句切れに用いられた例は、この二首だけである。ともに文構造としては、倒置的で「AはBなりけり」が「Bなれ（なり）やA」のかたちで詠まれていると言える。第三句の切れは深いながらも、一首全体のまとまりというつながりの面では、㈡の類型に準ずるところがある。㈡の類型もそうであるが、この二首についても、上の句と下の句は、万葉・古今からの「見立て」の発想・方法の伝統に立ちながら、その構文上行きついた一つの姿を示している。

ⓒ(36)　吉野山はなやさかりに匂ふらむふるさとさらぬ嶺のしらくも　（九二・家衡）

(37)　さそはれぬ人のためとやのこりけむ明日よりさきの花の白雪　（一三六・良経）

(38)　心なき身にもあはれは知られけりしぎたつ沢の秋の夕暮　（三六二・西行）

(39)　秋風のいたりいたらぬ袖はあらじただわれからの露の夕暮　（三六六・長明）

これらは、体言止めの歌ながら第三句ではっきりと切れて、いずれも上の句と下の句の対立が明確である。しかし、(36)(37)は、上の句が疑問表現の文であるだけ、その推量表現による〈疑〉に対する答を求めて下の句へと気持ちがつながっていく（「らむ」「けむ」による構文については後述）。その点で(38)(39)になると、その切れは深く、上の句であるかぎり一首の歌のなお部分にすぎないということがわずかに、その全体を求めて下の句へと気持ちをつながらせるという文章論的結合性しかなく、つまり完全なる連文的関係において、上の句と下の句はつながるのであり、それだけ、両句を結束させて一首としてのまとまりを感取するための、積極的な意欲が、まして享受の側に対しては要求されるのである。いずれにしろここに至って、新古今時代が生み出した表現の典型をみることになる。

ⓓ(40)　谷河のうち出づる波も声たてつうぐひすさそへ春の山かぜ　（一七・家隆）

(41)　年たけてまた越ゆべしと思ひきやいのちなりけりさ夜の中山　（九八七・西行）

これらは三句切れでありつつ、四句切れにもなっているものである。しかし、文法的な文末形式で切れるこの二つの切れ目の間には、和歌一首における句法論的な観点からみるなら、三句目の切れの方が深く、これらにおいても基本的には上の句と下の句の対立が根底にあることには変わりがない。

㈤　三句切れ以外の句切れの体言止め歌の構造

ⓐ(42)　さむしろの夜半のころも手さえさえて初雪しろし岡のべの松　（六六二・式子内親王）

(43)　さくら花咲かばまづ見むと思ふまに日かず経にけり春の山里　（八〇・隆時）

(44)　むかし思ふ草のいほりのよるの雨に涙なそへそ山ほととぎす　（二〇一・俊成）

(42)の歌は、三句末が接続助詞「て」であることにもよって、文法論的文の切れからすればあきらかに四句切れの歌であるのだが、先の㈣の類型ⓓにつなげて考えるならば、歌の句法論からみて、三句切れの歌とみてよいほど、上——下の切れは深いのである。ちなみに、その上——下の対立が人事（情意表現）—自然（情景表現）というように主体の観照する対象が対立的でもあることが、そのことを保証してもいるのである。しかし、㈿㈸の歌をみると、これらの歌には、それほどの切れの深さを三句目に求めることはできない。むしろ、四句目で切れて、歌一首の主題が焦点的に第五句体言部によって提示され、それが第一〜四句と対立させられているとみる方が歌の構造を捉えたことになるのではなかろうか。

ⓑ㈹　忘るなよたのむの沢をたつ雁も稲葉の風のあきのゆふぐれ　（六一・良経）

㈺　忘れめやあふひを草にひき結びかりねの野辺の露のあけぼの　（一八二・式子内親王）

㈻　いかにせむ来ぬ夜あまたの郭公またじと思へばむらさめの空　（二一四・家隆）

これらは、初句切れの歌で、初句が第二句以下と対立する構造であるが、いずれも初句は、第五句体言部によって統括された、その全体を目的語とするという関係にあるものである。初句切れの歌も新古今時代には自覚的に好まれた形式であったが、そのすべてが右の構造を持つものだとは勿論言えないのだが、これらが体言止めの歌の一つの典型をなしたものであることは注目しておいてよい。

なお、二句切れの体言止めの歌については割愛するとして、一口に体言止めの歌といっても、その第五句体言部の構文論的なあり方は様々であったことを、以上あらあらみてきた。

『新古今集』の特徴の一つに、終助詞「かな」を歌末に持つ歌が多いということがある。そのうち第五句が「体言＋かな」の構造を持つものは、体言止めに準じて考えるべきところがあるが、しかし又、自ずと構文論的な制約が、いわゆる体言止めの場合に比べてきびしかったであろうことが考えられる。又、体言止め歌といっても、第五句全体が「秋の夜の月」といった体言句をなしたものばかりでなく、「〜（に）むすぶ手枕」（四七七）といった第五句自体が活用語の連体形による連体関係からなる場合もあることは注意しておく必要がある。しかし、新古今時代において、これだけの体言止め歌が多出し好んで詠まれたのには、一方で、先にも少しふれたが、連体助詞「の」による、対象素材の凝縮的表現である「―の―」「―の―の―」といった表現が多種多様に確立していたこと、また、そうした表現の創出が好んで試みられたことが大きな要因となっていよう[7]。「見立て」や喩の関係など、伝統的に蓄えられてきた対象素材の美的類型がこうした端的な凝縮表現によっても表現しうるという熟成の時期であったからだと言えようか[8]。

最後に、体言止めを論ずる上で、参考とすべき森重敏の論を紹介しておきたい。

(ア)　玉きはるうちの大野に馬なめて朝ふますらむその草深野　(万葉集・四)

(イ)　ほととぎす夢かうつつかあさ露のおきてわかれしあかつきの声　(古今集・六四一)

(ウ)　あけば又越ゆべき山の峰なれや空ゆく月のすゑのしら雲　(新古今集・九三九)

この三首をそれぞれの歌集の体言止めの典型とみて例示し、『万葉集』の第五句体言部(「その草深野」)が、主語的であり、語的なものとしてあると言い、『古今集』のそれ(イの傍線部)が述語的であり、文節的なものとして扱われているのと対比し、『新古今集』の「空ゆく月のすゑのしら雲」は、それの置かれている句の質が主述的―文的であると規定する。そして、次のように体言止め歌の展開を史的にあとづけている。

体言止めに対して三句切れとなる和歌は、拾遺集以後、金葉集に至って同じく二句切れとなる和歌を凌ぐ量となり、千載集に至ってそれまで首位に立っていた同じく四句切れの和歌を越えて絶対多数を占めるようになる。体言止めの述語化傾向は、前言の通り金葉集を頂点としたが、それが詞花和歌集以後急速に減じていったことも、このような三句切れの多数化とまさしく相応ずる現象であると思われる。すなわち、句における句が文的な質に深まることが、句を文節的な質であることから変化させたのである[9]。

以上本稿の体言止め歌の構文論的な考察と整理には、この森重の論考に示唆を受けたところが多い。類型化もその考察もなお未熟なものではあるが、ひとまず、以上でおき、次の問題に移る。

二　推量表現歌の構造

(一)「らむ」による推量構文

浅見徹の調査によると[10]、使用された推量系助動詞全体の中で、現在推量の「らむ」の占める率は次のようになると言う。『万葉集』八%、『古今集』二二%、『後撰集』二六%、『詞花集』三六%と増加をたどる。そして滝沢貞夫によると[11]『新古今集』では四八%に達している。推量の助動詞「らし」の用法の領域に浸触して、『古今集』ことに四季歌を中心に発達した「らむ」構文の歌のあり様を、基本的には継承しているのであるが、数量的にみても際だつ『新古今集』の「らむ」構文歌について、構文論的な観点から考察してみたい。

(48)　秋近きけしきの森に鳴く蟬のなみだの露や下葉染むらむ　（二七〇・良経）

(49)　われならぬ人もあはれやまさるらむ鹿鳴く山の秋のゆふぐれ　（四四三・通親）

(48)歌は、一首の抒情の焦点となるべく歌末に位置する「らむ」であるのに対して、(49)は、歌中に位置する「らむ」である。『古今集』と比較すると、『新古今集』では、歌末の例との比率において、特に(49)歌の例にみるような「――や――らむ」の構文をとって歌中に用いられる例が大幅に増加していることが注目される[12]。もっとも、ここで詳述する余裕はないが、歌中の「らむ」といっても、文法的にみて、文中用法と文末用法に区分すべきであり、それを一括して扱うと焦点がぼけてしまう。この(49)は、その文末用法の例で、『新古今集』の歌中「らむ」による構文歌の典型例である。しかし、下の句の体言部は上の句の「あはれ」の対象であることによって、「らむ」で文法的には切れながら、歌の句法としては続いているのであり、その意味で、「―や―らむ」の句は体言止め歌において挿入句的な位置にあるとも解せよう。また、上の句が、〈疑〉を直接に示した主体的心情の表出であるのに対して、下の句は、その主体的心情の中心に位置する客体的事態（抒情の焦点）を端的に表示したという関係にあると分析できる。体言止め歌の㈣の類型ⓒに相当する。

「らむ」を用いた歌に関して、『古今集』と比較して気づくことのもう一点に、すでに『古今集』にも五例ある、例えば「冬ながら空より花の散りくるは雲のあなたは春にやあるらむ」（古今集・三三〇）にみるような、文末形式が「―なるらむ」となる歌が、当代歌人のものだけではないが、二十数例も存在することである。

(50) 庭に生ふるゆふかげ草のした露や暮を待つ間の涙なるらむ　（一一九〇・道経）

(51) 枝ごとの末まで匂ふ花なれば散るもみゆきと見ゆるなるらむ　（一四五三・師通）

これらの例は、「露―涙」「花―雪」という『万葉集』以来の「見立て」の類型に立つ歌でありながら、『古今集』で完成した「（AをB）かとぞ見る」「（AはB）なりけり」などの典型的な「見立て」の構文――文法形式をとっていないところに、「見立て」の歌としては新しい展相の一つとみられる。「―なるらむ」構文の歌はおよそこれらを典型とする歌となっているが、新古今時代当代というより、中ごろ（平安中後期）の歌に多いのではないかと思われることも注目しておきたい（因みに、『後拾遺集』では、「体言＋なるらむ」が一三例、「用言＋なるらむ」が一〇例、計二三例）。

さて、「らむ」によって推量される表現において、どんな現在時の事態を前提にして、何が推量対象になっているのかを、疑問表現の構文に限って確かめてみたい。先の(51)の歌においては、「散るもみゆきと見ゆる」コトを眼前の事態として、その理由根拠を「枝ごとの末まで匂ふ花なれば」と推量している。つまり、この理由根拠が推量の対象である。

(52) ことしより花咲き初むる橘のいかでむかしの香に匂ふらむ　（二四六・家隆）
(53) いかにして袖に光のやどるらむ雲居の月はへだてこし身を　（一五〇八・俊成）
(54) 時知らぬ山は富士の嶺いつとてか鹿の子まだらに雪の降るらむ　（一六一四・業平）
(55) 白露はわきても置かじ女郎花こころからにや色の染むらむ　（一五六六・道長）
(56) 帰るさのものとや人のながむらむ待つ夜ながらの有明の月　（一二〇六・定家）
(57) 秋近きけしきの森に鳴く蟬のなみだの露や下葉染むらむ　（二七〇・良経）
(58) たぐへくる松の嵐やたゆむらむ尾上にかへるさを鹿の声　（四四四・良経）
(59) 杣山や梢におもる雪折に堪へぬなげきの身をくだくらむ　（一五八〇・俊成）
(60) いかにせむ身をうき舟の荷を重みつひの泊やいづくなるらむ　（一七〇四・増賀上人）

推量の「らむ」が統括する疑問表現は、疑問の対象を、疑問詞や疑問の係助詞「か」「や」で示す。「疑問詞―らむ」の構文の歌は(52)(53)の歌で、(52)では「ことしより花咲き初むる橘のむかしの香に匂ふ」コト、(53)では、「袖に光のやどる」コトが現に確認されている眼前の事態であり、その事態が存在することについて、それぞれ「いかで」「いかにして」という〈疑〉が推量対象になっている。これらの歌において、眼前に存在する事態を示す部分では、主格を示す助詞「の」が明示化されていることに注意したい。文中に用いられる疑問の係助詞「か」は、『古今集』以来ほとんどの場合、(54)の歌のように、「いつとて」といった疑問詞に下接する場合に限られ（「疑問詞（―）か―らむ」の構文になる）、疑問詞を伴わない「か」の例は、『新古今集』でも二例（一六三七・道命、五一三・具平親王、ともに平安中期歌人）のみである。(54)の場合も、「鹿の子まだらに雪の降る」コトが眼前の事態で、それについての〈疑〉の推量対象が「いつとて」である。

一方、疑問の係助詞「や」は、疑問詞の後に共起することがなく[13]、疑問詞を伴うときは、「や」の後に疑問詞は来る。つまり、「―や―らむ」「―や（―）疑問詞（―）らむ」のいずれかの構文をとるのである。もっとも後者は増賀上人の一例（(60)の歌）のみ。[14] (55)〜(59)は前者の例である。いうまでもなく、係助詞「や」に誘導された部分が〈疑〉の推量対象であり、(55)の歌でいうと、「（女郎花の）色の染む」コトという眼前の確認される事実について、その原因を「（女郎花の）こころからに」（ヨルカ）と推量していることになる。上の句ながら、この(55)と同じ構文の(56)についても、主格助詞「の」で表現された「人のながむ」コトを前提として、その態度を「帰るさのものと」（思ッテデハナイカ）と推量しているとみるべきであろう。ところがこの(56)の場合は、「人のながむ」コトを眼前の事実とみることはできない。そこで、「帰るさのものと人のながむ」コト全体を推量の対象とみる解釈がなされているようであるが、それでは、係助詞「や」で示される〈疑〉の対象の焦点がぼけてしまうことになろう。ここでは、「人（恋しい男）がながめているものとして、それは」「帰るさのものと」（シテデアロウカ）、という推量表現とみるべきかと思量する。

　ところで、主語（主格成分）が係助詞「や」に導かれたときは、(58)の歌だと、「たぐへくる松の嵐（の）たゆむ」コト全体が推量の対象であり、その推量に前提となる確かな事実（「尾上にかへるさを鹿の声」）がある場合には、「タグエクル松ノ嵐ガ弱ッテイルノダロウカ」の意になる。では、(57)の歌はどうか。「露」が「染む」の主語であるから、「秋近き…染む」コト全体が「らむ」の〈疑〉の推量対象となっていると考えられる。この場合、「や」を〈疑〉の軽い詠嘆的な用法とみて、「…露ガ下葉ヲ染メテイルダロウカ」と、「秋近き…染む」コト全体を現在存在する事態として推量していることになるが、ここはもう少し実感的に発想されたものと解して、「…露ガ下葉ヲ染メテイルノダロウカ」の意とみるのがよかろう。その場合、「…ノダロウカ」と判断する前提は、この歌の外（場面・文脈）に求めることができないのだから、歌の内の「下葉染む」コトを眼前の事態（判断の前提）として、その動作主体について「…露や」と推量しているとみるべきかと思われる。つまり、「木々の下葉を紅色に染めているのは、…蝉のなみだの露なのだろうか」の意の歌とみることになる。(59)の歌では、やはり係助詞「や」でとりたてられた「杣山（や）」が〈疑〉の推量の焦点であることをしめしており、そのことによって「杣山」に詠者自身が暗に比喩的にふまえられていることがわかる。(60)の歌は、「や」の後に疑問詞がくる場合である。この場合の「や」は、主題の「は」に近い用法になる。

　ところで、本稿が底本とする岩波文庫本には、その底本に存する校異及び、校合本による異同が傍書されている。絶対数は少ないが、最も多い異同が、現在推量「らむ」と過去推量「けむ」《なるらむイ》との交替現象である。

(61)　思ひあらば今宵の空は問ひてまし見えしや月のひかりなりけむ《なるらむイ》　（一四九三・和泉式部）

(62)　かくばかり寝で明しつる春の夜をいかに見えつる夢にかありけむ《るらイ》　（一三八四・能宣）

これらは、先にとりあげた「―なるらむ」にかかわる異同で、「―なるらむ」「―なりけむ」の交替例でもある。(61)は、家集に「―は―なりけり」とあったものを、「―や―なりけむ」《なるらむイ》と〈疑〉の表現にしていることも注目されるが、「なりけむ」「なるらむ」のゆれが可能であったのは、「見えし」の過去「し（き）」による時の認識のゆれが原因であったかと思われる。一方、(62)については、家集に「夢にかあるらむ」とあるのに、それが「夢にかありけむ」でもありえたわけであるが、やはり、完了の助動詞「つ」（「見えつる」）による時の認識との関係があろう。岩波日本古典文学大系本『新古今和歌集』の校異によると、（一八六五・千古）にも「なるらむ」「なりけむ」と本文に異同がある。

　古典語から現代語への変化の中で、「き・けり」「つ・ぬ・たり・り」の六つの時に関する助動詞が「タ」一つ（又は、「タ及びテイル・テアル」）になったのであるが、この変化をもたらした時の認識の一つは、動作作用・状態を全体的（点的）に捉えて、それを遠い過去（「き」―テンス過去）と近い過去（「つ・ぬ」―アスペクト完了）の区別によって言語形式上対応させていたものを、ともに動作作用・状態を、過ぎた、完了した後の時点（視点）から全体的（点的）に認識する点で共通する認識であるゆえに、それを「タ」一つの形式で示すようになったことに起因する。図式的に言うならば、遠い過去と近い過去という時の認識の形式上の区別があいまいになり、両者が重なりあってしまう方向で近代化してきたということになろう。つまり、「き—つ・ぬ」という時的対立が「き⇅つ・ぬ」という状態が生じて、互いのテリトリーをあいまいにしてきたのである。この変化が「らむ」「けむ」の異同に反映しているのではなかろうか。

(63)　荻の葉も契りありてや秋風のおとづれそむるつまとなりけむ《（なるらむイ）》　（三〇五・俊成）

(64)　あやしくぞ帰さは月の曇りにし昔がたりに夜やふけにけむ《（ぬらむイ）》　（一五四八・行遍）

(63)の「成る」という瞬間動詞の場合、瞬間の変化の時点に視点を合わせれば、「なりけむ」となり、その変化が当然もたらす結果（の状態）に視点を合わせれば、「なるらむ」ということになる。(64)の場合、「—ぬらむ」の可能性はよみとりがたいが、岩波日本古典文学大系本の校異にみえる（一三〇三・丹後）の場合は、本文に「いかになりにけむ」「いかになりぬらむ」の異同がみられて、これは右のような観点からその違いを説明することができる。一般的に「—ぬらむ」と「—にけむ」とには交替の可能性が潜んでいたとみてよいと考える。もっとも、「—ぬらむ」は、動作作用の変化・実現の結果が現在時に存続している場合に、また、これまで習慣的反復的にくりかえされてきた動作作用が現在時にも存続する場合に用いられている。

一方「らむ」の用法が変化してきているとも言われる。例えば、次の「らむ」は、「む」の領域にふみこんでいる用法であろう。

(65)　待たれつる入相の鐘の音すなり明日もやあらば聞かむとすらむ　（一八〇八・西行）

(66)　わが道を守らば君を守らな《（るらイ）》むよはひはゆづれすみよしの松　（七三九・定家）

(66)は、異本に「守るらむ」とある場合であるが、これらは、「未然形＋ば」の仮定条件に「らむ」が呼応しているのである。また、「―なるらむ」と「―ならむ」との区別があいまいになっている面があり、ここにも「む」の代行的な「らむ」をみることができる。もっとも「いかなればそのかみ山の葵草年はふれども二葉なるらむ」（一八三・小侍従）の場合は、「葵草はどうして二葉なのか」の問に答えたものではなく、「年はふれども」とあることから、現在（今）見ている葵草の状態についてその理由を問うという発想ゆえに「なるらむ」とあるものと思われる。

(67)　置き添ふる露やいかなる露ならむ今は消えねと思ふわが身を　（一一七三・円融院）

(68)　み山路やいつより秋の色ならむ見ざりし雲のゆふぐれの空　（三六〇・慈円）

これらの「ならむ」は、「なるらむ」に置き換えることが可能だと思われるが、「ならむ」は、推量対象を一般的なこととして捉えるのに対して、「なるらむ」は、推量対象を一回的事態（眼前の具体的事態）として捉えるという認識の違いが基本的にはあったと思われるのであるが、そう考えると、(67)(68)も「なるらむ」でありたいところではあったはずなのだが…。ここは、第三句が五音句という音数律上の制約によるものと考えざるをえない。『新古今集』中「―ならむ」は七例あり、そのうち四例が「これや…ならむ」の構文になっている。これは、「これが…である」という認識自体がなりたつかどうかを疑問推量にしたもので、「なるらむ」は適していないと言える。

(二)　「らむ」と「らし」

(69)　飛鳥川もみち葉ながる葛城の山の秋かぜ吹きぞしくらし《ぬらんイ》　（五四一・人麿）

「しくらし」に「しぬらむ」とする異本がある。同じ人麿の（六五七）も「寒くぞあるらし」が伝本によって「寒くぞあるらむ」とあるようだ[15]。中古になって、和歌においては「らむ」が「らし」の領域を侵していき、「らし」が古語化していったことは、(一)でもふれた。「らむ」が「らし」を侵すことによって現れた「らむ」を用いた歌は、『新古今集』にもみられ、次の(70)(71)のような歌である。

(70)　吉野川岸のやまぶき咲きにけり嶺のさくらは散りはてぬらむ　（一五八・家隆）

(71)　名取川やなせの浪ぞ騒ぐなる紅葉やいとどよりてせくらむ　（五五三・重之）

(72)　夕月夜しほ満ちくらし難波江のあしの若葉を越ゆるしらなみ　（二六・秀能）

(73)　神無月しぐれ降るらし佐保山のまさきのかづら色まさりゆく　（五七四・よみ人しらず）

「らし」は、(72)(73)にみるように、「しほ満つ」コトが「しらなみ越ゆ」る現象をひきおこすという因果律、また「降るしぐれ」が木々の葉を染める（「かづら色まさりゆく」など）という古代の観念上の因果律にしても、それを前提にして現前の「果」をひきおこす確かな「因」の存在・実現を推定する助動詞であった。一方、「らむ」の用法は拡大して、[16]『古今集』において「秋萩の花咲きにけり高砂の尾の上の鹿は今や鳴くらむ」（二一八）という歌にみるように、古代の観念上ながら、秋萩が咲くことと、鹿が鳴くこととの因果律を前提にして、不確かな現在の事態の実現していることを推量しているのである。特にはこの観念上の因果律が、その「因」と「果」の関係をゆるめていって、「らむ」の「らし」的用法として、(70)(71)のような用法もあり得たのである。(70)では、もはや「やまぶきが咲く」ことと「さくらが散る」こととの間には直接的な因果律はないのであるが、しかしなお、季節の移りかわりの自然的摂理として、時にしたがって「こと」が生起する順序という経験的判断に基づいており、単なる推量の域を脱してもいるのである。この用法は元来「らむ」が持っていなかったものである。

一方、確かな根拠に基づく確かな推定判断を示す「らし」は、元来、疑問詞や疑問の係助詞「や」「か」を伴って用いられることがなかったが、平安中期以後にはそうした例がみられるようになっており、それ故一層先にみた「らむ」構文歌とほとんど区別がつかなくなっていたのである。しかし、山口明穂が指摘するように、[17]『六百番歌合』にみられる「らし」の使用に関する判詞「此歌にあはず聞ゆべし」（恋六・一二番左歌について）、「歌がら有るさまなるべし」（花・一七番左歌について）からもわかることであるが、「らし」はむやみに詠むことがいましめられ、詠み込むには、それなりにふさわしい「歌がら」でなければならないという表現論的な制約のようなものがあったことがうかがえる。ともかく、古語化してはいたが、またはそれ故に当代歌人たちの歌にも詠まれ、やや復調の傾向もみられるのである。

(三)「なり」「めり」の推量表現歌

終止形に接続する助動詞「なり」「めり」は、体言や連体形に接続する「なり」とは異なり、終止「なり」が聴覚のみによる認知、「めり」が視覚のみによる認知によってそれぞれ事態の存在を措定するに出た助動詞であった。これらを断定と区別して推定とも言う。「めり」は中古に入って発達したが、和歌ではほとんど用いられることなく、もっぱら散文で盛んに用いられた。『新古今集』には「しぐるめり」（九八九・後鳥羽院）一例のみ。ただし、（一八〇七・和泉式部）の「暮れぬめり」は底本「めり」だが、他本に「なり」とある。

一方終止「なり」は、『万葉集』にひきつづき、中古に入って和歌にも盛んに用いられたが、感覚的美・イメージを特徴とする歌風の新古今集時代には殊に好まれた助動詞であったようである。私算の数値ながら、特に終止「なり」の七割強が巻六までの四季歌に集中していることは文体・歌風論の上で注目しておいてよい。

(74)　何とかや壁に生ふなる草の名よそれにもたぐふわが身なりけり　（一七八八・皇嘉門院）

この「生ふ」のように「なり」に上接する用言が終止形・連体形で形態上の区別がある場合には、終止「なり」と連体「なり」の識別は容易であるが、両活用形が同形である用言の場合にはその識別が困難である。久保田淳にも慎重な認定の試みがあるが[18]、ここでは便宜的に滝沢貞夫の手になる総索引を手がかりに、検討を加えてみたい。総索引が伝聞推定と認定するもの四一例[19]（終止形・連体形のみで、合わせて）は、次の一例を今保留して、ほぼこれらを終止「なり」と私見でも認められるように思う。

(75)　立田山梢まばらになるままに深くも鹿のそよぐなるかな　（四五一・俊恵）

この「なる」を仮りに終止「なり」の連体形と認めるとすると、二つの問題がある。一つは、「そよぐ」は当然終止形とみることになるが、終止文末の述語の主語（「鹿」）に主格助詞「の」が用いられていることが問題の一つである。「…雁の…したふなる」（五〇二・西行）、「秋風の吹くなるなべに…」（四九七・人麿）の二例を除くと、筆者の認める終止「なり」文で、主格助詞「の」の用いられているものはない（主語が係助詞「も・は・ぞ」に上接する場合はある）。（五〇二・西行）の例は、連体終止の詠嘆法の文であり、[20]（四九七・人麿）は、連体修飾をなす従属句（補文）中であることによって、ともに主格助詞「の」が用いられることは当時の文法に叶《かな》っている。もっとも人麿の頃、断定「なり」が活用形の連体形に接続した例は報告されていない。では、(75)の場合はどうか。これも実は終助詞「かな」のつく文では主格助詞「の」が用いられること、また、「かな」によって「なる」と連体形であることからも「―なるかな」文には主格助詞「の（が）」が現れうるのである。

次に問題となるのは、終止「なり」に、感動の助詞「かな」が下接することがあるか、という問題である。

(76)　いつとなきをぐらの山のかげを見て暮れぬと人の急ぐなるかな　（一六四三・道命）

表現形式は先の(75)と同じであるが、総索引は、(76)の「なる」を断定（連体「なり」）とする。小学館日本古典文学全集本は推定の「なり」とみるが、それはその頭注に指摘する家集で「急ぐめるかな」となっていることも根拠になっていよう。しかし、一方『新古今集』の異本には「急ぐなるらむ」とするものがあり、終止「なり」が「らむ」を下接することはないから、この場合は断定の「なり」とみるべきで、(76)の歌がそのような歌として解されることもあったことがわかる。そこで、(76)の場合を連体「なり」とみるなら、「連体形＋なり」で、いわゆる現代語法で言えば、「のだ文」ということになる。つまり、この歌は、「暮れぬと人の急ぐ」コトを眼前の事態（前提）として、その理由を「いつとなき…見て」と推量した「のだ文」だということになる。すると、(75)の歌の場合も同じように解せないか。「深くも鹿のそよぐ」コト、そんな事態を生み出している状況を「立田山…ままに」と説明した「のだ文」とみることができるように思われる。「―なりけり」とあってもよいところである。これらの「―なるかな」を除くと、『新古今集』中の終止「なり」で、助詞・助動詞を下接させた例はないことになる。[21]逆に『新古今集』には、連体「なり」が下接語なしに用いられた例はないのである。「なりけり」「なるらむ」「なるべし」などと助動詞を、又は「なりや」「なりとも」「なるかな」と助詞を下接するものばかりである。このことからも、「なり」「なる」の単独形は、終止「なり」だと判断をすることも可能なほど、少なくとも『新古今集』（古代和歌一般の傾向としても）では、そう言えるようである。

しかし、(76)は、家集で「急ぐめるかな」とあり、「めり」が「かな」を下接していることは先にみたが、また『拾遺集』に次のような歌がある。

○　池水や氷とくらむあしがもの夜深く声のさわぐなるかな　（一二三一）

この「なるかな」の構文は、(75)(76)のそれと全く同じである。そしてこの歌では、「あしがもの…さわぐ」コトを根拠にして、「池水（の）氷（の）とく」ることを推量している。「さわぐなるかな」を「のだ文」とみることはできない。「なる」は終止「なり」と判断せざるを得ない歌である。すると、終止「なり」に終助詞「かな」が接続した例とみなされ、(75)(76)の歌についてもその「なる」を終止「なり」とみるべき可能性が残ることになる。

以上の考察からは、(75)(76)の「なるかな」をいずれの「なる」とみるか、文法的形式からは決定できないのである。(75)は題しらずの歌であり、(76)は詞書に「法輪寺に住み侍りけるに、人のまうで来て、暮れぬとて急ぎ侍りければ」とある。ここにも決定的な根拠は得られない。家集の「めり」が、新古今集頃の終止「なり」の用いられ方によってそれにとって変わったと考えると、聴覚性の薄い「急ぐ」に接続していることを疑問とするまでもないことなのであろう。

総索引が連体「なり」とみて列挙する「なり」「なる」には、次のように終止「なり」がかなりまぎれこんでいるように思われる。明らかに完了「ぬ」の終止形、動詞「さゆ」「生ふ」の終止形に接しているとみられるものを連体「なり」としている例が八例みられる。更に次の例も終止「なり」とみてよいかと思量する。「雁なきて行くなるあけぼのの空」（五九・俊成）、「（秋の初風）かはるなり」（三〇八・式子内親王）、「雪おもるなり」（六七二・定家）、「そよに乱るなり」（九〇〇・人麿）、「舟急ぐなり」（九二七・経信）、「人まどふなり」（一一八二・惟成）。（九二七・経信）は家集の伝本によっては「めり」とあるという。（九〇〇・人麿）は、万葉歌で現在「サヤニサヤゲドモ」と訓読するのが一般である部分にあたる。

以上で、私見によって終止「なり」の全体を指摘したことになるが、総索引が終止「なり」としているものも含めて、以上の中で（二八二・慈円）（三〇八・式子内親王）（五四三・公経）（六五六・忠通）（六七二・定家）（一一八二・惟成）などの終止「なり」の例では、聴覚に関する判断であることが認めにくく、それから離れた推定一般—様態判断とも、詠嘆ともみなされる用法になっていることがうかがわれる。

三　その他の文法事項

最後に、『新古今集』にみられる注目すべき語法の二、三について指摘しておきたい。

(77)　なさけありし昔のみ猶忍ばれて長らへまうき世にも経るかな　（一八四二・西行）

「まうき」は、平安中期からみられる否定希望の助動詞「まうし」の連体形で、ここでは「（いきながらえ）たくない」の意に用いている。『新古今集』では西行のこの一例のみで、西行の『山家集』には四例みられる。西行と言えば、字余りの句（本来の意で、正に音余りの句）が多くみられることでも知られ、『新古今集』の歌にもみられる。(22)

(78)　春日山谷のうもれ木朽ちぬとも君に告げこせ峰のまつかぜ　（一七九三・家隆）

『万葉集』に主としてみられる希望の助動詞「こす」の命令形が「こせ」。中古には滅んだとみられているが、『伊勢物語』の「ゆく蛍雲の上までいぬべくは秋風吹くと雁に告げこせ」（四五段）と同じ用法であろう。

(79)　足曳のか《（こイ）》なたこ《（かイ）》なたに道はあれど都へいざといふ人のなき　（一六八八・道真）

岩波文庫本では、右のようにあるが、他本では「こなたかなた」とある。「これかれ」から「かれこれ」（後世、用い方に変化がある）「あれこれ」へと変わるように、「こなたかなた」は後世「かなたこなた」に変わった。ここには伝本の成立時期の問題もからんでいよう。

先に終止「なり」が圧倒的に四季歌に用いられていることを述べたが、そうした部立―題材別に文体論的な語法上の特色もみられる。例えば、恋の部の「恋一・二」など前半部では、「―や―らむ」ならぬ「―や―む」という構文が目立つのに対して、「恋四・五」など後半部になると、過去「き（し）」が、盛んに用いられていることに気づく。こういう傾向があることは十分予想されることであるが、各巻における過去「き」を用いた歌の出現率をとってみると、「恋四・五」がそれぞれ三〇％を超え、次いで二〇％以上のものが「哀傷」（二一九％）、「雑歌上」（二一・二％）である。それに対して一〇％以下は、「春上」（一〇・二％）を除いて、他の四季の各巻すべて、「賀」「恋一・二」「釈教歌」となる。もっとも低いのが、「賀」（〇％）と「恋二」（一・〇％）である。

次に係助詞「ぞ」の用いられ方をながめてみることにする。

(80)　山かげやさらでは庭に跡もなし春ぞ来にける雪のむらぎえ　（一四三六・有家）

係助詞「ぞ」には、現代語格助詞「が」の有するとりたて的な用法（総記の「が」）に通ずるものがあり、この歌の「ぞ」などはその典型的な例である。『新古今集』では「春」「秋」の到来は、ほとんどが「春は来にけり」「秋は来にけり」とある。しかし、この雑歌では、季節の到来が主題ではない。「山かげ」の家には、冬になって以来ずっと訪れて来る人とていない。庭に跡を残したように「雪のむらぎえ」があるが、それは人が訪れた跡ではなく、春がやって来た跡なのだ、の意。「人ではなく春が」を「ぞ」で示しているのである。『新古今集』では、強意の助詞全体の中での「ぞ」の使用率が八代集の中で最も高いと言われるが、その「ぞ」の用いられ方に、『古今集』と比較してみるとき、微妙な（文体論的な）違いがみられる。『古今集』では「ぞ」が「ける」と呼応する「―ぞ―ける」の構文が多い。「花ぞ散りける」「香にぞしみける」「雁にぞありける」などの歌末形式が特色をなすが、『新古今集』では「ぞ」が「ける」を要求する率は激減している。歌末形式でも「秋風ぞ吹く」「春雨ぞ降る」「露ぞこぼるる」といった表現が特色をなす。このことは、『新古今集』で「ぞ」が「ける」と呼応している歌の多くは、当代歌人以外の歌であることと関連することで、とすると、(80)の歌のように当代歌人が「ぞ」を「ける」と呼応させた表現をとっていることには、それなりに表現論的に注意をむけてみる必要があることを示唆してもいよう。『古今集』『新古今集』ともに、最も多く用いられた助動詞は「けり」であるが、(23)『古今集』では、一五・八％であるのに対して『新古今集』では八・〇％と半減していると言う。その理由の一端は、この「ぞ」と呼応する「けり」が少ないことにあると考えられる。しかし、一方で『新古今集』で目立つ表現に「―にけり」があり、また「けり」が歌末（結びの語）ではなく歌中に用いられることの多いことも考慮すべきであろう。

ところで、巻一六以下の雑歌を中心とするところで特色をなす構文と言えば、終助詞「ぞ」の使用がある（「四季」四例、「巻七―一〇」四例、「恋」七例、「雑一六―二〇」一五例）。それを平安中後期までの歌人と当代歌人に分けてみると、前者が一三首（疑問詞を伴う疑問表現一〇首、強意の指定表現三首）で、後者が一七首（疑問詞を伴う疑問表現七首、強意の指定表現一〇首）である。前者の疑問表現で、引用の「と」に上接するものは一〇首のうち三首で、七首は「疑問詞…ぞ」のままに用いられている。後者では七首のうち、次の一首を除くと六首が引用「と」を下接する。つまり、「疑問詞（…）ぞと」のかたちをとっている。

(81)　我もいつぞあらましかばと見し人を忍ぶとすればいとど添ひ行く　（八三五・慈円）

のみならず、強意の指定表現のうち「…ばかりぞ」四首を除いた六首のうち三首が引用「と」に上接しているし、二首は終助詞「かし」を下接している。『古今集』からみられる「…（連体形）ばかりぞ」が前者後者合わせて六首あるが、「と」を下接するものは一例もない。

この実態は何を意味しているのであろうか。新古今時代、疑問詞を伴う疑問表現などに終助詞「ぞ」を用いる表現が口頭語的であったためであろうか。口頭語的な口調を意図して和歌ではそれが現れやすかったかと思われる。更には、和歌文学としての対詠的会話的な歌から独詠的独白的な歌が文芸として主流を占めるようになって、聞き手を直接的に念頭においた終助詞「ぞ」が直接（引用「と」を伴わずに）現れることがなくなっていたからだとも考えられる。このことも文法論的な問題というよりは、文体論的な問題として、表現分析には重要な課題の一つになるかと思う。

おわりに

以上、「新古今集の文法」の一端に触れたにすぎない。和歌の場合、文の「文法」と、和歌一首を統一性完結性をもった単位体「文章」レベルでもみていかなければならない、いわゆる「句法」と、二重の「法」によって支配されている。その意味で、「文法」に規定されながらも「句法」が和歌表現の本質をなすのである。この二つの「法」のかねあいで捉えていかねばならない。それに、音数律という規範性が優先して、ことば（そして文法）が、その支配を最大限受けることになるから、和歌表現にみられる「文法」現象も、その点を配慮して考察しなければならないむずかしさがある。一方、『千載集』あたりから、音余りの句を持つ、いわゆる字余り歌が和歌に登場してくることによって、その規範性が多少ゆるみ、どれほどか「文法」が解放されたはずであるが、そうした現象については、今後の課題としていきたい。

注

(1) 本稿は底本に『新訂版新古今和歌集』(岩波文庫)を用い、用例数については滝沢貞夫編『新古今集総索引』(明治書院・一九七〇)を用いた。他に古典談話会編『万葉集八代集歌末語索引』(洛文社・一九七九)を参照。

(2) ただし、(一〇七一・好忠)は、「底本」は「かな」とする。家集も「かな」。

(3) 渡辺実「記述の文体・操作の文体」(『文体論研究』一九七三・十二)、同著『平安朝文章史』(東京大学出版会・一九八一)。

(4) 糸井通浩「『なりけり』構文――平安朝和歌文体序説」(『京教大附高研究紀要』六。本書後編〔五〕2)。

(5) 石川常彦「初句末『や』の場合―新古今的発句切れの論のために―」(同著『新古今的世界』和泉書院・一九八六)。

(6) 峯村文人校注・訳『新古今和歌集』(小学館日本古典文学全集)。

(7) 例えば、秋本守英「『夕暮』から『秋の夕暮』へ」(『今井文男教授古稀記念論集　表現学論考第二』表現学会・一九八六)で、『後拾遺集』初出の「秋の夕暮」が「さびしさ」を主想として、『新古今集』へむけて一般化していく過程がたどられている。

(8) 古代和歌の本質は集団性にあるが、『新古今集』の頃、それは、和歌が獲得してきた様々な美的言語を、共有する財産としてそれに基づいて和歌表現がなされるという集団性にあったと考える。

(9) 森重敏「短歌形式の文法と表現」(『文体の論理』風間書房・一九六七)。

(10) 浅見徹「けむ・らむ・めり」(『文法』一九六九・五)で「中古勅撰集の世界では、『む』の激減と『らむ』の多用化が著しい」と述べる。

(11) 滝沢貞夫「特殊語法(新古今集)」(別冊國文學『古今集新古今集必携』)。

(12) 私算によると、『古今集』―歌中二七例、歌末九一例、『新古今集』―歌中八八例、歌末一四二例。

(13)「いづくにもわが法ならぬ法やあると空吹く風に問へど答へぬ」（一九四二・慈円）の「いづくにも」は疑問詞ではなく不定の用法とみる。なお、（一四〇一・和泉式部）には「か」と「や」の異同があり、（一七八八・皇嘉門院）には「何とかや」とある。

(14) 顕昭の「ふるやたれ」（二三二一）を除くと他の四例はすべて平安中期以前の歌人の歌である。

(15)（五三二・定家）の「あらし吹くらし」には、「あらし吹くなり」とする異本がある。

(16)「らし」の用法の、「らむ」への移行については、糸井通浩「推量の助動詞」（『高校通信東書国語』二五三）で少し私見を述べた。

(17) 山口明穂「助動詞〈らし〉とその周辺の語——中世文語での用法」（『國語と國文學』一九六八・九）、同著『中世国語における文語の研究』（明治書院・一九七六）。院政期から近世初期にかけて「らし・けらし・ならし」「む・らむ」などがどのように変貌し、どのように近代語的表現にとってかわられていったかの過程が明らかにされている。

(18) 久保田淳「三代歌風と文法　新古今集」（『文法』一九六九・二）。

(19) 注(1)参照。ただし、（一九五七・素覚）の「なる」が一つ見落とされている。これを含むと四二例。

(20) 新潮日本古典集成『新古今集』では「なり」とあるが疑問。

(21) 他の文学作品で終止「なり」に、完了「つ」、過去「き」の下接した例が存在する。

(22)『新古今集』前後の字余り及びそれに対する当代の歌学・歌論の見解については、佐竹昭広『古語雑談』（岩波新書・一九八六）が参考になる。

(23) 杉谷寿郎「三大歌風と文法　古今集」（『文法』一九六九・二）。

〔三〕　和歌解釈と文法——語法と構文を中心に

◇八重葎《やへむぐら》しげれる宿《やど》のさびしきに人こそ見《み》えね秋は来《き》にけり　（小倉百人一首・四七・恵慶法師）

古来、季節の到来をめぐって詠まれた歌は多い。ここでは、その一つ（秋の到来歌）を取り上げて、その発想についいて考えてみたい。

和歌の表現を、国語学の立場から、特にその文法論の観点から解釈することは、折々に行われてきた。また、古典語の助動詞・助詞の語法を明らかにする上で、和歌はその用例として示すのに便利な資料でもあった。否むしろ、国語に関する語学的研究は、歌学——和歌の用語・表記などの研究にはじまったと言うべきであろう。しかし、まだ和歌一首を語法的に正確に解釈するという点では見直さなければならないことは多々残存しているように思われる。

近年、国語学の側からする、文法論を中心にした、古典和歌を解釈する上で注目すべき著書が出ている。一つは、小松英雄『やまとうた——古今和歌集の言語ブーム』（講談社・一九九四）であり、一つは、北原保雄『表現文法の方法』（大修館書店・一九九六）である（以下、小松、北原の引用はすべてこれらの著書による）。

さて、小松は、『古今集』巻頭歌「年のうちに春は来にけり一年を去年とや言はむ今年とや言はむ」を取り上げて、従来、本居宣長『古今集遠鏡』の現代語訳「…春ガ来タワイ」に代表されるように、本文傍線部が「（春）は」とあるにもかかわらず、それを「（春）ガ」と訳している誤りを指摘している。「は」と「が」をめぐる文法研究は今なお継続している課題ではあるが、用法そのものは、古来変わっていないと考えられる。もっとも、現代語では「は」と「が」の対立として捉えることができるけれども、中世中期までだと、主文主格を示す「が」は成立していなかったから、「は」と「φ（無表記）」の対立となる。たとえば、「春は来にけり」に対しては、「春（φ）来にけり」であった。この「春来にけり」こそ、現代語における「春ガ来タワイ」に相当する。とすれば、古典語の「は」を現代語訳で「が」と訳すのは基本的に誤りということになる。そして、その原因は、「春は来にけり」と、それがなぜ「は」なのかが正しく読み取られていないからだということになるのである。

ところで、係助詞「は」のはたらきには、大きく分けて二種類がある。一つは、絶対的とりたて（「は」によって主題・題目を示すはたらき）で、一つは相対的とりたて（対立・対照の用法とも言われるはたらき）である。では、『古今集』巻頭歌の「春は来にけり」の「は」はどちらに解すべきか。それに対する小松の結論を先に示しておこう。小松は、この「は」は、対比・対照の「は」とみて、「春」と対立的に対比されるものを前提にして、それはまだ来ていないが「春は」ととりたてて、それは「来にけり」と認めていると解する。つまり、この歌では、存在する二つの春――立春と新年と、自然（太陽）の運行上の春（立春）と、暦の上での春（新年、一月一日）――が時期的にずれている状況に立って詠まれていることが前提になっているが、小松は、「春」（立春）に対比されているものは、「新年」なのだと言う。新年はまだ来ていないが、春は来た、と解している。従来、曖昧に見過ごされていた問題を鋭くえぐり出していて、蒙を啓かれた思いがする。この対比の「は」とみる解釈は、冒頭に引用した『小倉百人一首』の「八重葎」の歌の場合にも該当する。もっとも「八重葎」の歌の場合は、「秋」に対比される対象が「人（こそ見えね）」と明示されているから、従来も、この「（秋）は」は、対比の「は」と正しく理解されてきたと言えよう。

ここで少し横道にそれることになるが、「八重葎」の歌の場合、「人こそ見えね（人の姿は見えないけれど）」を、荒れはてた屋敷に、人はやってこないけれどの意に解して、にもかかわらず「秋は来た」とみているのだが、本歌として紀貫之の歌「問ふ人もなき宿なれどくる春は八重葎にもさはらざりけり」（貫之集・二〇七）を認めるなら、当然、右のように解することになる。しかし、この歌の解釈として、「秋」と「人」とを対比的に捉えることがはたして正しいのだろうか、という疑問もないではない。つまり、「見えね」とは文字どおり「人の姿が見えない―人が住んでいない」そんなあばらやだとみているとも考えられるからである。そんな所にでも「（心尽くしの）秋」はやってくるものだ、と詠んでいると解せるのである。

この歌は、恵慶の歌で、出典の『拾遺集』では、「河原院にて、荒れたる宿に秋来たる、といふ心を人々よみ侍りけるに」と詞書する。恵慶には、他にもあばらや（河原院）を詠んだ歌があって、たとえば「すだきけむ昔の人もなき宿」と詠んで「月（の光）」の訪れを詠んだり、「かくいろひけむ人々いづちいにけむ」の詞書をもつ歌などがある。これらと同じ発想の歌として「八重葎」の歌を解するなら、人の住んでいないあばらやにも秋はやってきた、の意の歌となる。この場合の「秋は」の「は」は、「人」との対比を示す「は」ではないことになる。つまり、この歌の場合、係助詞「は」を、主題の「は」とみるか、対比の「は」とみるかで、一首の解釈が微妙に異なってくるのである。

さて、はたして、先の『古今集』巻頭歌の「春は来にけり」は、小松の言うとおり「（新年は来ていないが）春（立春――小松は当時の歌人は立春、つまり季節の実感を大切にしたとも述べている）は…」と言うように、対比の「は」とみなければならないのだろうか。

「春は来にけり」などの表現で四季の到来を詠んでいる歌が『古今集』以降絶えることなく存在する。では、この「―は来にけり」はすべて、小松が『古今集』巻頭歌について解したように「対比・対照」の「は」と解すべきものなのだろうか。つまり、「主題・題目」の「は」と解すべき場合は存在しないのだろうか。この問題につき、筆者は、文部省唱歌に一方で「春が来た」（作詞高野辰之）の歌があるのに対して、一方に「夏は来ぬ」（作詞佐佐木信綱）という名曲もあることに注目し、なぜ「（夏）は」なのか、その解釈に思い悩んだことがあり、そこで、勅撰和歌集の歌（八代集に限り）を中心に、四季の歌に限って「―は来にけり」歌を洗い直してみた。八代集においては、ざっと、次のような展開がみられたのである。

季節の到来と言っても、それ自体を表現する代表的形式に、次の三つのパターンがある。

(a)「春来ぬ（と）」（古今集・一一。春ガ来タ（ト））、「春のくるあしたの原」（千載集・一。春ガ来ル朝ノ原）

(b)「夏ぞ来にける」（家持集。夏ガ来タワイ）、「秋や来ぬらむ」（金葉集・一五五。秋ガ来テイルノダロウカ）、「春こそ空に来にけらし」（新古今集・二。外デモナイ春ガ空ニ来テイルラシイ）

(c)「春は来にけり」（古今集・一。春ハ来タワイ）

この分類では、到来を意味する動詞「来」「立つ」などの違いは問わない。また、文末の述語成分の形態の違いも問わない。もっぱら動作（到来）の主体（季節）を示す助詞に注目して分類している。(b)は、季節語を係助詞が受けている場合で、現代語訳するとすべて「が」に相当する。(a)の場合も、「が」を補って訳すことになるが、(a)の「が」は、中立叙述の「が」と言われるもので、現象描写ないし事態のみを提示する文となる。季節到来という眼前の事象を、その事実そのままに提示した表現となる。(b)の「が」は、総記の「が」と言われるもので、とりたてのはたらきをする。疑問の係助詞「や」「か」、強調の係助詞「なむ」「ぞ」「こそ」いずれの場合も、とりたて（総記）の「が」に相当するとみることができる。(a)(b)に対して、(c)の場合が現代語でも「は」に相当する。

さて、八代集でみる限り(a)の形式は、連体節や条件句など、いわゆる従属句中においてしかみられなかった。しかもたとえば、「春来にけりとおどろかれぬる」（後撰集・一）など、その多くは引用の「と」で受けられる場合である。つまり、(a)の形式は、主文には現れていないのである。

季節の到来への関心（度）の変遷を見ると、『古今集』『後撰集』では、「春」「秋」の到来のみである。ところが、

『拾遺集』になると、「夏来にけりとみゆる卯花」（八〇）、「冬は来にけり」（一一二三）と、「夏」「冬」についても初めて関心が向く。しかし、その後再び、『後拾遺集』『金葉集』『詞花集』では、もっぱら「春」「秋」に集中する（関心度の高低はあるにしても）が、『千載集』では「夏」「冬」への関心が復活し、特に「冬」の到来の歌が多い。そして『新古今集』では、季節全般（春夏秋冬）にわたっており、しかも、その到来を詠んだ歌がたくさん入集している。特に、「秋は来にけり」歌末歌が六首も入集していることは、偏執的と言ってもよいほどに特異なことである。なお、到来とは逆に去りゆく季節を詠んだ歌にも注目してみるべきであるが、一部の例外は除いて、本稿では割愛することにする。

さて、季節の到来を詠む歌を、その主格表示のパターンによって分類してみたが、「到来」と一口に言っても、それはいったいどのように詠むことなのか、が問題なのである。このことを考える上で重要な意味をもつと思われる事例・事実をまず確認しておきたい。

◇　春すぎて夏きにけらし白妙の衣《ころも》ほすてふ天《あま》の香《か》具《ぐ》山　（小倉百人一首・二・持統天皇）

傍線部は(a)の形式の例になるが、八代集の例からすると特異な例である。それは、(a)の形式（主格助詞の無表記）であるのに、この歌の場合、主文に位置しているからである。夏の到来を眼前に見てそれを現象として描写した歌であるが、八代集では、この歌以外にはみられない詠法なのである。『五代集歌枕』も、『新古今集』と同じく「夏来にけらし」であるが、『万葉集』では「夏来たるらし」。ところが、『家持集』では「夏ぞ来にける」、『古来風体抄』では「夏ぞ来ぬらし」、そして近世の『百首異見』では「（今年も）夏こそきたるらし」と解するなど、係助詞「ぞ」「こそ」を挿入した(b)の形式の表現となっている。このように、到来する季節をとりたての係助詞で示す発想の歌も多くはなくめずらしい。その点でも、先に(b)の例として示したが、「ほのぼのと春こそ空に来にけらし天の香具山かすみたなびく」（新古今集・二）の歌は、発想の上でめずらしい歌だと言える。

ところで、季節の到来歌と言うと、それぞれ、各季節の初めに発想された歌ということになるはずであり、実際それぞれの部立の初めのあたりに位置していることが確かに多いのである。しかし、例えば、「あしびきの山の山守りもる山も紅葉せさする秋は来にけり」（後撰集・秋下・三八四）のように、秋の下巻にさえ見られ、「わが宿の梢ばかりとみしほどに四方の山べに春は来にけり」（後拾遺集・春上・一〇六）は、春上ながらその巻末近くに位置する歌である。また、同じ「うちなびき春は来にけり」という上句をもつ歌であっても、『金葉集』では巻頭歌として入集し、『新古今集』では、六九番目に位置する。そして、『新古今集』では、歌末が「秋は来にけり」となっている歌が六首も並び、さらには「秋は来にけらし」（二八七）や「秋来にけりと」（三〇二）などもある。

こうした事実を踏まえて、季節の到来を詠んだ歌の発想を考えてみると、季節到来歌である八代集歌を調べてみた中で、主文においては、そのほとんどの歌が(c)の形式をとっているのである。その一つが「八重葎」の歌であり、『古今集』巻頭歌であるということになる。と言うことは、「春すぎて」の歌（小倉百人一首・二・持統天皇）や「春が来た」（文部省唱歌）のように、春の到来と言っても、春の到来に気づいてその事実（到来自体）を詠むというのではなく、春の到来、つまり季節の到来自体は当然のこととして、それはすでに確認されている事実（たとえば、暦が日常的にその事実を知らせてくれもするのである）として、詠歌のねらいは、到来した季節がどのように到来したかを詠むということにあったとみるべきなのである。それが、到来している季節の季節語を主題化して「季節語＋は」という(c)の形式の歌の発想だったとみるべきなのである。つまり、季節（春）の到来は既知のこととして、それを主題化（「春は」とする）し、それがどのように到来したかを詠みこむことを眼目（未知の情報）とするという発想の歌ということになる。主題を示す「は」は、旧情報を上接する。つまり相手にすでに知られていることを主題化して、それについての新情報を以下に提示するという構文をなすのである。

小松は、『古今集』巻頭歌について、「春は来にけり」の「は」を対比・対照の「は」と解したが、右のようにみてくると、この「は」を主題（題目）化の「は」とみることができるのである。到来した春を主題化して、その到来のありようを説明するという歌である。その説明にこそ――事態をいかに捉えるか、それをいかにことばで表現するか――歌人の詠歌の面目があったのである。いずれにしても、(c)の形式の歌の「は」は、すべてを対比・対照の「は」とみるのは困難であるが、これらをすべて主題の「は」と捉えることは可能なのではないか。唱歌の「夏は来ぬ」の「は」についても「夏の到来」を前提に「到来した夏」を主題化して、どのようにそれは到来したかを詠むことを眼目として生まれた歌詞だということになる。

◇久方《ひさかた》の光《ひかり》のどけき春の日に静心《しづごころ》なく花の散《ち》るらむ《ん》　（小倉百人一首・三三・紀友則）

現在推量の助動詞「らむ」が一首を統括する歌の構文構造についても、しばしば論じられてきた。特に、右の歌の解釈をめぐっては、いろいろな解釈が提示されてきた。ここでは、最近の、北原保雄の解釈を参考にしながら、私見をも加えて考えてみたい。

ところで、先にみた、季節到来歌であるが、まとめてみると、「到来」を詠む歌には、大きく二種があったことになる。一つは、到来そのことを詠む、つまり、新しい季節の発見であり、気づきの歌、「春が来た」型と言っておこう。もう一つは、季節の到来を前提として、それがどのようにやってきたかを詠む点に歌の眼目がある場合、これを「夏は来ぬ」型とする。そして、少なくとも、八代集を中心にみる限り、前者の発想は少なく、後者の発想の歌が圧倒的に多いということが数値の上では言えそうなのである。しかし、ここで注意すべきことの一つに、ここに取り上げる助動詞「らむ」が統括する歌の中には、前者に属する歌がいくつかみられるということがある。そこでまず、季節到来を詠む「らむ」文末歌を、その構文的違いによって、三種に分類することから始めてみたい。

○甲種

①　我が袖にまだき時雨の降りぬるは|君が心に秋や‖来ぬらむ　（古今集・恋・七六三）

②　ほどもなく夏の涼しくなりぬるは人に知られで秋や来ぬらむ　（後拾遺集・夏・二三九）

○乙種

①　雪降りて道ふみまよふ山里にいかにしてかは春の来つらむ　（後拾遺集・春・七）

②　みむろ山谷にや春の立ちぬらむ雪の下水岩たたくなり　（千載集・春・二）

○丙種

①　河風のすずしくもあるかうち寄する浪とともにや秋は立つらむ　（古今集・秋・一七〇）

②　いつしかと明けゆく空のかすめるはあまの戸よりや春は立つらむ　（金葉集・春・三）

甲種は、主語となる季節語が係助詞「や」で受けられている場合、乙種は、格助詞「の」でうけられている場合、丙種は、それが係助詞「は」で受けられている場合である。いずれの場合にも共通して、現在推量「らむ」が要求する推量の対象が、疑問の助詞（係助詞）「や」によって示されているか、疑問詞によって示されているかであることに注意したい。

さて、「らむ」文末構文歌では、詠歌の「今・ここ」において詠者に認知されている事実と、認知されていなくて、それゆえ、推量の対象となる事実と、両者を区別することが大切であることが従来から説かれてきて、その区別によって「らむ」文末構文歌もいろいろに分類されてもきたのである。その点に問題はない。右の甲、乙、丙種の違いと先の季節到来歌の区分とを対応させるなら、甲種が「春が来た」型に対応し、乙、丙種が「夏は来ぬ」型に対応すると言えるであろう。季節の到来を、「らむ」文末構文で詠んだ歌は、数の上では多くはないが、「春すぎて夏来にけらし」（小倉百人一首・二・持統天皇）のように「春が来た」型が、平安時代になってどういう展開をみせたかは興味あるところである（たとえば、右に示した「恋」の歌〔甲種①〕などにみられるということなど）。

さて、平安時代になってから、「らむ」文末歌が増加した。ことさらに好まれた構文（つまりは詠歌の発想として好まれたことを意味する）であったことは言うまでもない。もちろん、主題となったのは季節語ばかりでなく、右の「久方の」の歌も、この構文歌であり、右の分類で言えば、乙種に類する構文の歌である。主語「花」が格助詞「の」で受けられているのである。

ところで、この乙種の場合、右の乙種①のように、「いかにしてかは」といった疑問詞（句）、または、同②のように疑問の係助詞「や」を伴うのが普通である。にもかかわらず、「久方の」の歌にはいずれの疑問表現も明示されていないのである。たとえば、季節の退去歌においても、乙種に属する歌に「草の葉にはかなくきゆる露をしもかたみに置きて秋のゆくらむ」（金葉集・秋・二五五）などがあって、やはり疑問表現は見られない。

「らむ」文末構文歌においては、詠者が認知している眼前の事実と、認知していなくて、それゆえ、推量の対象となる事実との区別が大切だと述べたが、その区別にあたってあまり注意されてはこなかったように思われるが、歌中の主語が「の」で示されている構文の場合、その「主語—述語」の示す事態は必ず眼前において詠者が認知している事実に当たるのである。例えば、「いづかたへ秋のゆくらむ我が宿にこよひばかりは雨やどりせで」（詞花集・一三九）では、「秋のゆく」ことは認知されている事実（「既定の事実」）であって、ただそれが「いづかた」へなのかが未確認の事実で推量の対象となっている、ということになる。

この点で、北原が、例えば「心ざし深くそめてしをりければ消えあへぬ雪の花と見ゆらむ」（古今集・春・七）を例に、「既定の事実」と「推量の内容」という情報上の区別に関して、三通りの解釈が成立するとして、「心ざし深くそめてしをりければ」を推量内容、「消えあへぬ雪の花と見ゆ」を既定の事実とみる場合(a)、ちょうどそれぞれが逆になる場合(b)、そして、「心ざし」から「花と見ゆ」まで全体が推量内容とみる場合(c)、以上の三種を示している。もし、これが正しい考え方だとすると、この三種の情報構造上の根本的違いを読み分ける「手がかり」は、詠歌の状況、またはそれを反映させている詞書によらねばならぬことになる。日本語が、そうした場面依存性の強い言語表現をなすものであることは認めるとしても、この場合、和歌の解釈に向けて、つまり、三種の情報構造の違いが理解できる状況が常に外在的に保証されているようには思われないのである。北原は、右の歌のように、疑問詞や疑問の助詞で推量の内容が明示されていない「らむ」構文の歌については、いずれも多義的であると述べているが、しかし、たとえば「春日野の若葉つみにやしろたへの袖ふりはへて人の行くらむ」（古今集・春・二二）のように、疑問の助詞「や」を含んでいる場合には明らかなように、「人の行く」と従属句中に用いる主格「の」を含む部分は、「既定の事実」（認知されている事実）にあたると同様に、右の「心ざし」の歌の場合も、「消えあへぬ雪の花と見ゆ」の部分を「既定の事実」と捉えねばならないのは言うまでもない。つまり、先の三種の解釈のうちでは、(a)の解釈しかありえないのである。構文的には決して多義的ではない。情報上の文法形式として、この格助詞「の」がマークとなるのである。

さて、ここで問題の「久方の」歌にもどる。この歌は、北原も指摘する通り、「宣長、成章以前から」「どうして」「なぜ」という意味の語を補って解釈されてきたのであるが、一方で、「なぜ」のように重要な情報上の語が省略されているとみることへの不信から、近代において他の解釈がいろいろと試みられてきたのであった。しかし、少なくともこの歌の場合も「花の散る」ことは「既定の事実」であることをまず認めるべきで（詞書からも当然そう理解されるのであるが）、この歌の場合はさらに、北原の説くとおり、この歌全体（「らむ」を除く全体）を「既定の事実」とみるべき情報構造をなしている。そして、二つの事態（上の句の事態と下の句の事態と）が矛盾的な関係（「…春ノ日デアルノニ」）にあることから、自ずとそれが「なぜ」と問う推量へと導かれているものと考えられる。この点、北原の解釈に賛同する。つまり、「ドウシテ」の意の語を補って解する説が正しかったことになる。この種の歌をみてみると、その多くに、「既定の事実」を示すマーク主格「の」を含んでいることが確認できる。それは以下の通り。「咲ける咲かざる花の見ゆらむ」（古今集・春・九三）、「立ち帰りすぎがてにのみ人の見るらむ」

（同・同・一二〇）、「はかなく人の‖こひしかるらむ」（同・恋・五八六）、「うらみむとのみ人の‖いふらむ」（同・同・七二七）、「かげばかりのみ人の‖見ゆらむ」（同・同・七六四）、「人の心の‖そらになるらむ」（同・同・七八七）など。そして助動詞「らむ」が統括する構文であるから、当然、何か不確かな事情や事態の原因・理由が推測されていることになるのは当然である。

先にみた『金葉集』の「草の葉に」の歌も「ドウシテ」を補って解するとよい歌だと思うが、文末はやはり「秋の‖ゆくらむ」とあって、歌全体が「既定の事実」であり、もっともその事態に、北原の言う「矛盾」が含まれていることは、つまりすぐ消えてしまう「露」を「かたみ」とするというところに含まれていることはただちに理解できるであろう。いずれにしても、この「らむ」構文の歌において、「主語―述語」が格助詞「の」によって結合されている部分は、「既定の事実」として読解すべきところであった。このことが、乙種の構造の前提となっているのである。

◇ 奥《おく》山に紅葉《もみぢ》踏《ふ》み分《わ》け鳴く鹿《しか》の声《こゑ》きく時ぞ‖秋《あき》は|かなしき　（小倉百人一首・五・猿丸大夫）

◇ 山里《ざと》は|冬《ふゆ》ぞ‖さびしさまさりける人目《め》も草も枯《か》れぬと思《おも》へば　（同・二八・源宗于）

◇ 風そよぐならの小《を》川の夕暮《ぐ》れは|みそぎぞ‖夏のしるしなりける　（同・九八・家隆）

これらは、「―は―ぞ―」という構造の歌で、古代和歌表現の代表的パターンの一つである。ここでは、特に係助詞「ぞ」（併せて「こそ」も）の用法とその解釈の問題を考えてみたい。

古典語と近代語との、構文上の大きな違いの一つが、「係り結び（の法則）」の有無である。係り結びの崩壊とか消滅と言われる事実によって、この違いが生じた。端的には、かつて係り結びが果たしていた構文上の機能が、近代になるにつれ、必要がなくなったからだと言えよう。その理由をめぐって、従来からいろいろな学説が存在する。係助詞（ぞ・なむ・や・か）の連体形結びという中核的形式が中世になって、連体形終止形同一化の現象によって、形式上の効用が消滅したことによるという、従来からの説、係助詞の、上接語をとりたてるという機能が、プロミネンスの発達によって必要なくなったという説などがある（北原保雄「係り結びはなぜ消滅したか」『國文學』一九八二・十二）。中で注目すべきは、係助詞（ぞ・なむ・や・か・こそ）の機能を受けもちうる、主文主格の助詞「が」の成立によるとみる説である（柳田征司『室町時代の国語』東京堂出版・一九八五）。詳述する余裕がないから、はしょって述べるが、とりたて機能をもつ「が」（総記の「が」）が生まれたことで、それが強調的とりたての機能をもっていた「ぞ・なむ・こそ」に代わりうるし、疑問的とりたて（つまり、疑問の焦点を明示する機能）の「や・か」にも代わりうる、そんな語として、これらすべてに対応しうる、たった一語の「が」（主文主格表示の「が」）が成立したことによるとみるのである（もちろん、従属句中の主格を示す「が・の」は古来存在していたことは言うまでもない）。

たとえば、「山陰やさらでは庭にあともなし(a)春ぞ来にける雪のむら消え」（新古今集・雑・一四三七）の波線部分こそ「春ガ来タワイ」の訳に該当する。「ぞ」によって「春」がとりたてられているのである。ここで注意すべきは、(b)「春来にけり」とあっても現代語にすると、同じく「春ガ来タワイ」となることである。しかし、(a)の「ぞ」にあたる「が」はとりたての「が」（総記）であり、(b)構文の訳に出る「が」は、中立叙述の「が」（現象を描写する「が」とも）と区別される。係助詞上接語がその文の主格（主語）であるとき、これらの係助詞は、現代語のとりたての「が」に相当するのである。そこで重要なことは、係助詞がこの「とりたて」という機能をもっていたことである。だから、先の「山陰や」の歌の場合も、「春ガ来タワイ」の訳で間違いはないとしても、それは「外デモナイ春ガ来タワイ」と「春」をとりたててのことであることを読み取らなければならない。単に、春の到来自体に気づいたことを詠んでいるのではないのである。もっとも、この係助詞の「とりたて」機能が、知的論理としてとりたてられなかった他の事項をも具体的に想定しうるかどうかはまた別の問題で、「とりたてられなかった他項」が具体的にイメージできないという、ある種の修辞的な用法もありうることには注意しておく必要がある。

『小倉百人一首』中に係助詞「ぞ」は一五例を数える。そのうち主語成分に下接した例が九例で、その他の成分に下接しているものが六例ある。その成分を表現（情報）上とりたてているという点では、後者の場合も変わりない。

主題化して題目を示す「は」のはたらきは、前提となる既知の情報をとりたてることにある。そして、それについての新しい（未知の）情報が、それ以下に叙述されるわけであるが、その説明部の叙述のうちでも、焦点となる情報が「ぞ」によってとりたてられる。それこそが、新しく相手に伝えたい内容ということになる。

ところで、北原は、「―は―ぞ―形容詞または動詞」という構文、たとえば、「君しのぶ草にやつるる古里は松虫の音ぞかなしかりける」（古今集・秋上・二〇〇）の歌であれば、「松虫の音」だけが新しい情報（焦点）とも、「松虫の音、かなし（かりけり）」が新しい情報（焦点）とも解せる、つまり二通りの解釈が文法的には可能である、と言う。そして、このことは、「奥山に」の歌（小倉百人一首・五）にも該当すると言い、焦点が「奥山に…時（ぞ）」の部分とも、「奥山に…時、悲し」の部分とも解釈できることを指摘する。そして、歌に「秋はかなしき」となっていることなども考え併せて、北原は「「奥山に紅葉ふみ分け鳴く鹿の声聞く時」が、「秋はかなしい」と解釈するのが、より妥当なように思われる」と結論する。このようにいずれに解するかの決定は、文法の域を越えているものとみているが、とすれば文学として、どちらに解すべきかは何によって決定すべきなのか。北原は、それについては触れていないが、ことに和歌文学においては、「共同幻想」の問題として、あるいは、前提とする共通の観念（美的類型の集団性）を前提として解釈すべきではないかと、私考する。右の場合、同時代において「秋は悲しい（もの）」という共通観念が成立していたと認められるなら、その共通の観念が、詠歌の前提となっているのであり、とすれば、焦点（新情報）は、「奥山に…声聞く時」にあったということになる。この歌は、そう解していいと思われる。「ふるさとは花ぞ昔の香ににほひける」（古今集・春・四二）、「山里は冬ぞさびしさまさりける」（古今集・

冬・三一五）などの場合も同じことである。古代和歌文学の研究は和歌表現史研究を本質とすると筆者は考えるが（糸井通浩外編著『小倉百人一首の言語空間――和歌表現史論の構想』世界思想社・一九八九）、古代和歌の表現を右のように解することも、その根拠になる。和歌表現、それはいかに詠むかに眼目があるものだとすると、いかに詠まれてきたか、という理解――伝統の享受――の上に立つものだったと言い換えてもよい。

北原は、先のように二つの解釈が文法的に成立するときに、「いずれの解釈も、表現構造の上からは、可能であるが、（略）の方はやや平板な解釈だと評されようか。（略）の方が山里の寂しさがまさるのは、冬であったなあ、と焦点を「冬」にしぼっており、より鮮明な解釈である」という解釈の違いを認めているが、「平板か」「鮮明か」の問題と言うより、和歌の発想の問題、つまり、何が共通の観念であり、どこからが、詠者の独創的な認識だったのか、という表現史の問題ではないかと思う。

近代語化するにつれ、係り結びは崩壊ないし消滅したのだが、文末に移った「か（や）」はともかく、「ぞ・なむ・や・か」が文中から消えたのに対して、「こそ」は少なくとも文中に残って、副助詞（とりたて詞）として現在も存在する（一方、「は」「も」は、古来変わらずあり続けている、このことの意味については、ここでは触れない）。この文法史上の現象の違いに、「ぞ」と「こそ」の語法的違いが象徴されていることに注意したい。「こそ」は残るべくして残った、近代語化しても必要だったからである。その必要性は何であったか。「ぞ」（や「なむ」）との「とりたて」方の違いこそが、近代語としても残る理由となった。「とりたてられた当項」は、常に「とりたてられなかった他項」との関係においてとりたてられるものである。「ぞ」の場合は、「当項」と「他項」とが話題に該当するかしないかの関係にあるのに対して、「こそ」の場合は、いずれが話題によりふさわしいかどうか、もっともふさわしいものとそうでもないものとの関係にあると言えるだろう。このように「とりたて」方に違いがあり、「こそ」のとりたて方は、他の語、たとえば総記の「が」に置き換えうるものではなかったのである。それが現代にも残存してきた理由である。

たとえば、「世のうきめ見えぬ山路へいらむには思ふ人こそほだしなりけれ」（古今集・雑・九五五）について、北原は、「小学館日本古典文学全集本」の現代語訳「世間のつらさにあわないですむ山中にはいろうと思うにつけては、何をおいても愛する人がさし障りとなって、出家を妨げている」を取り上げて、「…こそ…なりけれ」という焦点が正確に捉えられておらず、「気づきあるいは納得の表現になっていない」と批判している。確かに「なりけれ」の部分については、しっかり読み取れていないが、「こそ」については、「何をおいても」という訳は的確な訳になっていると考える。単に「ぞ」と同じように焦点になっているだけではなかった。ましてや「は」とは本質的に異なる「とりたて」方をするのである。たとえば、「同じ枝をわきて木の葉のうつろふは西こそ秋のはじめなりけれ」（古今集・秋・二五五）、この歌においても、「秋のはじめ」は「西（の方）」だったという気づき（納得）にとどまるのでなく、「何をおいても西（の方）だった」「秋のはじめには、西（の方）がもっともふさわしかった」という認識をしていることが「こそ」のとりたて方（構文的意味）である。やがて秋は東西南北すべてに及んでいくのである。「名こそ惜しけれ」（小倉百人一首・六五、六七）などがその典型であるが、「こそ」の結びの文末（述語成分）が状態性を帯びている場合が多いのも、この「こそ」のとりたて方の性質と関わることと思われる（一方、「ぞ」の場合の文末叙述は、「秋風ぞ吹く」（小倉百人一首・七一）、「鹿ぞ鳴くなる」（同・八三）など、動作性の場合が多いようだ）。

最近の、国語学者の著書に導かれながら、和歌を読む上で、やはり文法を正確に踏まえながら読み解くことが大切であることを強調してみた。

〔底本〕『小倉百人一首』は角川文庫、勅撰和歌集についてはいずれも『八代集抄』上・下（八代集全注）、『貫之集』『家持集』については新編国歌大観によった。

〔四〕和歌の発想と修辞

1　和歌の「見立て・比喩」

一　見立てと比喩

古代和歌の修辞の一つ「見立て」について論じてみたいが、「比喩」との関係を明らかにしておくことは避けられないであろう。従来「見立て」は「比喩」の一種として論じられているが、必ずしも両者の関係ないしは違いが明確化されているとは言えない（尼ヶ崎彬『日本のレトリック』筑摩書房・一九八八）では、「見立て」のうちに「比喩」をみるという考え方を示している。その他近年の、「見立て」に深く触れた論文に次のものがある。北住敏夫「古代和歌における見立ての技法」『文化』一九六九・四、鈴木日出男「『古今集』の見立てについて」『文学』一九八六・二、片桐洋一「『見立て』とその時代—古今集表現史の一章として—」『論集　和歌とレトリック』笠間書院・一九八六、鈴木宏子「〈雪と花の見立て〉考」『國語と國文學』一九八七・九、など）。「比喩」を狭義に捉えると、「見立て」はその範疇におさまりきらないものを持っているのである。むしろ、狭義の「比喩」（ここでは、直喩・暗喩の場合とする）との相違点を明確化することが、「見立て」論にとっては必要であるように思う。

「見立て」という用語自体は、俳諧書『毛吹草』あたりからみられるに過ぎないが、今では『古今集』以後顕著になった、ある種の和歌における修辞表現を説明する用語としても用いられている。この語はまた現代日常語としても生きていることばでもある。しかし、この「見立て」ということば自体にこだわる必要はないし、こだわることでかえって、古代和歌に存在する、ある種の表現技法を的確に捉えることが妨げられかねないのである。ここでは、従来古代和歌の〝ある種の表現技法〟を「見立て」という用語で区別し説明する、その表現法自体を見据えることに重点を置きたいと思う。(補注1) ただ確かに、幾つかの歌については、例えば、

駒なめていざ見に行かむふるさとは雪とのみこそ花は散るらめ　（古今集・春下・一一一・読み人しらず）

など、「見立て」の歌か「比喩」の歌かの判定にとまどうものがあるが、大方において、「比喩」歌と「見立て」歌とは区別しえているのである。つまり、「見立て」の歌と判定しうる一群の歌が存在していることは確かで、大方が認めているところである。

さて、まず、紙面の制約もあるために、「見立て」と「比喩」について、筆者の考えるところを先に提示しておきたい。確かに両者には認識の方法上共通するところがある。Aという実態を認識するのに、非AなるBをもち出してきて、Bによって、またはBとの関係で、Aを説明するのである。そういうAとBとが存在する点で両者は共通する。しかし、そこでこの両者を「たとえるもの」と「たとえられるもの」との関係と一括して捉えてしまうと、両者の区別はつかなくなる。「現実」の事態としてのAに対して、「比喩」におけるBは「非現実」的なものであるという関係であるのに対して、「見立て」におけるBは「反現実」的なものなのである。この相違は、認識上、本質的な違いを意味する。そこで、筆者は、「比喩」の場合のAとBを、所喩（たとえられるもの）と能喩（たとえるもの）と捉え、「見立て」の場合のAとBを、実像と虚像と捉えることにしたい。

二　序詞と比喩

3　足引の山鳥の尾のしだりをの長ながし夜をひとりかもねん　（柿本人丸）（数字は『小倉百人一首』の歌番号）

上三句は「長ながし」を導き出す序詞である。この場合、「（しだりをの）長ながし」と「長ながし（夜）」というように、形容詞「長ながし」が掛詞として用いられていて、そこで上三句の自然と下二句の人事が交錯すると説明することができる。これをまた、上三句の序詞は、夜の長いことを比喩でもって説明しているとも解釈して、「…しだり尾のように」という現代語訳がつけられることが多い。

この『小倉百人一首』の歌は、『拾遺集』恋三を出典としている。同時代の随筆『枕草子』「鳥は」の段が語るように、山鳥は、昼は雌雄同居しているが、夜になると、谷を隔て別々に寝るものと考えられていたことをふまえる。少なくとも『拾遺集』の頃には、上三句は単に「長ながし」を導き出すだけの機能でなく、上三句の自然が、下二句の人事を暗示する、ないしは象徴するものとして働いていたと解される。すでに古く「（山どりの雄《を》の）しだり尾のと云べきなりと古人申しける」（和歌童蒙抄）と指摘するように、「山鳥の雄」と解する説が『奥義抄』にもあり、『茂睡雑談』によると、冷泉家にこの説が伝授されていた、という。この解釈に立つと「ひとり寝る」主体は男性となるが、従来女性とみる解もある。枕詞や序詞には、比喩的性格をもっていたものが多かったことは指摘されているが、その多くは、動・植物や天然現象などの自然物―現象を「たとえるもの（能喩）」として、人間（人事）が「たとえられるもの（所喩）」という関係にある（稲岡耕二「序詞―比喩意識の明確化とつなぎの構造―」『論集　和歌とレトリック』笠間書院・一九八六）。

三 見立ての構造

31 朝朗有明けの月と見るまでに芳野の里にふれるしら雪 （坂上是則）

32 山川に風のかけたるしがらみはながれもあへぬ紅葉なりけり （春道列樹）

「見立て」の歌の代表的なものには、31のような型と、32のような型のものとがある。31型は、実像「（芳野の里に）ふれるしら雪」とその虚像「朝朗有明けの月」とを結びつける、「（実像）を（虚像）と見る（までに）」の「見る」のようなことばが明示化されているもので、比喩に対応させていえば、直喩（明喩）に対応する、つまり「（と）見る」は「なす」「如し」などの語に対応している。それに対して、32型には、実像「ながれもあへぬ紅葉」と虚像「（山川に）風のかけたるしがらみ」とを結びつける「見る」のようなことばがなく、比喩の場合でいえば、暗喩（陰喩）に対応すると一応は言える。が、「見立て」が比喩の関係を超えるものであることは、この32型の展開（後述）をみれば了解されるところである。

さて、表現史的に見ると、31型はすでに『万葉集』に見られるのに対して、32型が現れるのは『古今集』以降であるから、31型の熟成とともに、その展相の一つとして、32型が成立してきたと見てよいだろう。

まず、31型から見てみよう。『万葉集』では、

梅の花枝にか散ると見るまでに風に乱れて雪そ降り来る （一六五一・忌部黒麻呂）

のように「（虚像）と見るまでに（実像）」という構造のものが主である。このように31型はいわば実感主義というべき、殊に視覚上の錯覚を根拠とする対象素材のあり方の発見、そしてそこに感動している底の歌である。『古今集』以降になると、

草のいとにぬく白玉と見えつるは秋のむすべる露にぞ有りける　（後撰集・秋上・二七〇・守文）

『万葉集』と同じ構造ながら「と見るまでに」から「と見えつるは」（補注2）への変化がみてとれるが、何よりも、撰者時代になって盛んになる、

木の間より風にまかせて降る雪を春来るまでは花かとぞ見る　（貫之集・一〇四）

白雪の所も分かず降りしけば巌にも咲く花とこそ見れ　（古今集・冬・三二四・紀秋岑）

のように、「（実像）を（虚像）と見る」という構造の歌が多くみられることが注目され、実像の、虚像のような見え方自体に重点が移った歌となっている。

こうした実感主義に基づく「見立て」の歌では、正に「見立て」と範疇化されたように、視覚による錯覚に基づくものが多いのだが、しかし、それは結果論にすぎなく、必ずしも視覚に限られた発想ではなかった。また、実像と虚像とを結びつける語、又はその話者（詠者）の認識における両者の関係を示す語にも、「見る、見ゆ」が多いことは言うまでもないが、他にも「紛ふ」「思ふ」「あやまつ」「驚く」などが用いられることもあった。

白雲のおりゐる山と見えつるは降りつむ雪の消えぬなりけり　（後撰集・冬・四八四・読み人しらず）

山の峡たなびきわたる白雲は遠き桜の見ゆるなりけり　（貫之集・三二一）

前者は31型（と見えつるは）であり、後者も「見ゆる（なりけり）」を含むことによって31型に属する歌であるが、これらが「虚像（と見えつる）は実像なりけり」「虚像は実像（の見ゆる）なりけり」という構造をなし、「AはBという名詞構文（「AはBなりけり」構文）であることに注目するならば、これら31型の発想を通して、32型が導き出されてくる過程が見えてくるのである。右に見た二首などになると、いずれが実像でいずれが虚像であるか、という区別を明示化する「見る、見ゆ」の類の語のとりはずしが簡単で、それを省いてしまうと、そのまま32型の「虚像は実像なりけり」という構造が生まれてくることになるのである。そしてこの種の32型の歌が、実感主義の

「見立て」の系に立ち、錯覚して見てとった像（虚像）が、実はよくよく見ればこうこうだった、という実態発見（気づき）の構文（なりけり構文）の論理に沿ったものであることは言うまでもない。もっともこうした、明喩（直喩）的な表現から暗喩的な表現が生まれてくるには、それなりに同種の錯覚の仕方――ある実像の、ある種の見え方（虚像）というものが共通の観念となっているか、または経験的に常識化している事象であるか、でないと登場しにくいものであったことは十分考慮しておく必要があろう。

　春道列樹の歌では、「風のかけたるしがらみ」が虚像であり、「ながれもあへぬ紅葉」が実像であるという判断は、経験的な知識によるとも言えようが、紅葉を織り物（錦など）に見立てるという発想が既に万葉時代から培われてきているという表現史的事実が背景にあったことによると考えられる。

「見ゆ、見る」の類の語が背後に退くことによって、つまり、隠喩的な表現になることによって実像と虚像とがそれぞれ像としての自立性を獲得するに至る。そして、「見立て」が、隠喩を超えるものであったことは、次のような展開が可能であったことによって明らかである。列樹の歌が「虚像は実像（なりけり）」であったのに対して、

　つれもなくなりゆく人の言の葉ぞ秋よりさきの紅葉なりける　（古今集・恋五・七八八・源宗于）

この歌では、「実像ぞ虚像（なりける）」という構造をなしている。先の列樹の歌が、係助詞「は」の用法、「は」構文の情報構造にあてはめていうなら、「旧情報は新情報（なりけり）」の構造と言い換えられるのに対して、この歌では「新情報ぞ旧情報（なりける）」と考えられる。係助詞「ぞ」（「こそ」「なむ」そして「や」「か」も）は、新情報（または焦点項目）をとりたてる助詞であった（北原保雄『日本語の世界6日本語の文法』中央公論新社・一九八一）。この二つの情報の構造は、前者が「糸井は私です」に、後者は「私が糸井です」に対応すると考えればよいのである。

　見渡せば柳桜をこきまぜて都ぞ春の錦なりける　（古今集・春上・五六・素性）

も、「都」が実像で「春の錦」が虚像であることから、後者の例になる。ところが、次の歌、

69　あらし吹く三室の山のもみぢばは龍田の川のにしきなりけり　（能因法師）

この歌では、「実像は虚像（なりけり）」という構造になっていて、列樹の歌などの「虚像は実像（なりけり）」とは、実像、虚像の判断関係が全く逆になっているのである。このことは注目すべきことである。しかし、この能因歌の面目が、この発想の逆転にあったかというとそうも言えない。なぜならこの「紅葉」を「錦」に見立てるという発想――古代では「錦」を「紅葉」に見立てる歌はなかったのだが――は『万葉集』からあったことはすでに触れたが、そのようにこの見立ての類型ははやく固定化し共通観念化していたから、「実像は虚像（なりけり）」という構造歌は、すでに『古今集』において生み出されていたのである。次がそれである。

見る人もなくて散りぬる奥山の紅葉は夜の錦なりけり　（古今集・秋下・二九九・貫之）

山田もる秋の仮庵に置く露はいなおほせ鳥の涙なりけり　（同・同・三〇六・忠岑）

「露」を「涙」に、「涙」を「露」に見立てる類型もはやくから発生し共通観念化（共同幻想の確立）していたという背景をもっているのであった。

では、能因歌の独創性はどこに見い出せるのか。「紅葉（実像）は錦（虚像）なりけり」という認識を持つ歌はすでに『古今集』から見られることは先に例を見た。そして、それらの歌の工夫は、実像の「紅葉」や虚像の「錦」を様々に修飾するところに（どういう紅葉がどういう錦か、に）新しさを打ち出そうとしていたと見ることができる。そのことを能因の歌に当てはめて言えば、紅葉が「あらし吹く三室の山の」であり、錦が「龍田の川の」であるところに、能因の工夫はあったことになる。ところが、三室の山（龍田山）、龍田川が紅葉の名所であることは、こと新しいことではなかったはずで、そうみると、いったい、この歌はどこが新しいのか、という疑問を生むことになり、近代、『小倉百人一首』の歌の中で、この歌の評判があまり良くないのも、こんな所に起因していよう。

しかし、時代の好みの流れを追って、紅葉の名所観をたどってみると、藤原公任あたりから、つまり『拾遺集』

―『後拾遺集』の時代の頃、紅葉の名所が、もっぱら大井川―小倉山（嵐山）であったことがわかる。そうした時代の好みを背景においてみると、能因は殊更に「龍田」を持ち出したとおぼしいのである。つまり、古今時代の伝統的な歌枕を復活させ、そうした時を貫く伝統美の重みを詠んでいるのである。観念的美を創造しているのである。そしてそのことはさらに、初句の「嵐吹く」についての森重敏の指摘するところにも窺える。初句の「嵐吹く」が上句の乱舞する（動的な）紅葉の映像を喚起し、それが一転して、下句の整然たる（静的な）錦織物と重ねられる―「は」の働き―、このみごとな対照性こそこの歌の神髄である、と森重敏は解する（直談による。また、同著『発句と和歌―句法論の試み』笠間書院・一九七五）。このように解することで、能因の歌も生きかえってくると言えよう。いずれにしろ、「実像は虚像」といった認識は、いわゆる狭義の比喩の発想ではたどりえない境位だと言えよう。

四　見立てと漢詩

24　此たびはぬさもとりあへず手向山紅葉のにしきかみのまにまに　（菅家）

この菅原道真の歌が、「紅葉のにしき」という慣用句の初出である。これは「見立て」のもう一つの代表的な表現形式であった。つまり、「実像の虚像」という構造をなしており、この形式において、見立てと比喩とははっきり区別されるのである。比喩では例えば「氷の刃」「花の都」「露の身」のように、「虚像の実像」ならぬ「能喩の所喩」という構造をなして、見立てとは「の」による結合のあり方（修飾―被修飾）が逆関係になっている。（補注3）この種の「見立て」は『万葉集』にすでにみられ、

天の海に雲の波立ち月の船星の林に漕ぎ隠る見ゆ　（一〇七二・人麻呂）

この歌などはその典型例である。この種の「見立て」の成立には二種の過程が考えられる。一つは、漢詩の影響で、漢詩に見られる修辞的表現をそのまま直訳的に「AのB」という形で持ち込んだものとみられる場合であり、一つは、実感主義的な発想による見立てが熟成することによって、その見立ての観念を凝縮することで成立したと見られる場合である。道真の歌（24）の場合、どちらの発想からきたものか、今にわかには判断できないのであるが、当時、この種の形式はどちらかというと漢詩的発想という捉え方が優位にあったのではないかと思われる。やはり、公任の頃からしばらく「紅葉のにしき」が流行したと思われるのだが、当の公任には次のようなエピソードがあった。『大鏡』の〝三船の才〟で、和歌の船に乗った公任は、〈小倉山嵐の風の寒ければ紅葉の錦着ぬ人ぞなき〉と歌ったという。この歌には別伝歌があって、『拾遺抄』（公任撰）、『拾遺集』（花山院撰）のものがそれで、それとは歌が異なるのである。公任の「散る紅葉葉を（着ぬ人ぞなき）」の句を、花山院は「紅葉の錦」と改めて入集させたいと、公任の弟子長能を使わして申し入れたところ、公任はそれを拒否した、という（このことは、清輔袋草紙、十訓抄、拾遺抄注、古今著聞集などに見られる）。小倉山―大井川が紅葉の名所として好まれたとともに、この「紅葉の錦」も一時もてはやされたようである。この拒否の一因に公任にはこの慣用句が漢風のものだ、という意識が働いたためかとも思われる。しかし、公任は、道長の〝三船の遊び〟の折には、「紅葉の錦」と詠んだのである。そして、それをほめられて、「唐の船にぞ乗るべかりける」と言ったと、『大鏡』は伝える。

ともかく一旦「実像の虚像」という「見立て」の表現形式が確立してくると、様々な見立ての表現が生み出されてくることになった。「涙川」→「涙の川」、「藤波」→「藤（の）波」など。そして、次の歌が生まれる。

わが宿のかげともたのむ藤の花立ちより来とも波に折らるな　（後撰集・春下・一二〇・読み人しらず）

「ことば」に対する「言の葉」、これに対して、「心の花」（古今集・恋五・七九七）などもこうした発想から生まれた文学的修辞語――歌語的なことばであったと考えられる。これらになると、もう実感主義的な見立ての発想から生まれてくるといった底のものではなく、かなり観念的で、「見立て」とも、「比喩（隠喩）」とも区別のつきにくいものになっている。

さて、先に見た「見る、見ゆ」などの感覚動詞などで二つの事項が結合されるという「見立て」表現についても、小西甚一らによって漢詩的発想であったという指摘がある（小西甚一「古今集的表現の成立」『日本学士院紀要』一九四九・十一、小島憲之『上代日本文学と中国文学下』塙書房・一九六五など参照）。つまり、

高閣藤花次第開　疑看紫綬向風廻　（道真「紫藤」菅家文草・巻五・三九五）

白雲似帯囲山腰　青苔如衣負巌背　（都在中「失題」江談抄・第四）

などの詩句にみる「似」「疑」の訳語が「見る」「見ゆ」などの感覚動詞に当たるものとみている。漢詩の影響は否定できないが、一度和歌に持ち込まれると、和歌の世界独自の発想法、表現法に基づいて発達したことは言うまでもなく、影響関係だけの指摘にとどまらず、どのように和歌の表現に生かされていったかを、それぞれの歌にあたって検討していかなければならない。

最後に、「見立て」と「比喩」の違いを列挙してみると、

(1)「見立て」には疑問表現があるが、「比喩」にはないこと。

(2)「見立て」は、実像と虚像の関係自体が表現意図となるが、「比喩」はあくまで所喩（実像）の映像化が表現意図であること。

(3)「見立て」では、虚像自体が自立する——映像のねらいとなるが、「比喩」では、能喩（虚像）は常に所喩（実像）に従属的であること。

(4)「見立て」の虚像が反現実（疑似現実）であるのに対して、「比喩」の能喩は非現実であること。

(5)古代和歌では、「比喩」における能喩が自然であるのに対して所喩が人事であることが一般であるのに対し

て、「見立て」では、実像、虚像が共に自然であることが多く、また実像が自然で虚像が人事であることもあること。

(6)「AのB」の構造では、この修飾─被修飾の関係が、「見立て」「比喩」では逆になること。

以上のことが指摘できるが、右の「見立て」の特質をはずれたものが出てくると、「比喩」との区別がつけにくくなり、両者の中間的なものも現れてくることになったようだ。

〔底本〕『小倉百人一首』は角川文庫、『万葉集』『古今集』は岩波日本古典文学大系、『後撰集』は『八代集抄』上・下（八代集全注）、『貫之集』は新編国歌大観によった。

（補注1）ここでとりあげる古代和歌の〃ある種の表現技法〃を、後世の「見立て」という用語で従来説明されてきているが、「見立て」という用語自体が適切な用語であったかどうかには多少疑問があるが、今はしばらく「見立て」という用語で捉えておくことにする。古くは「似せもの」とも言ったようだ。

（補注2）完了の助動詞「つ」は、認知時の「今」において事態は完了していて、今はもうその事態は存在しないことを意味する用法の助動詞である。「と見えつるは」は、さっき（まで）はそう見えたのだが、今は…実は…、という気持ちのこもった表現である。

（補注3）「見立て」も「比喩」もともに「AのB」の構造をとるが、「見立て」の「の」は「ⒶトイウⒷ」と置換でき、同格的な「の」であるが、比喩の「の」は「ⒶノヨウナⒷ」と置換でき、ⒶがⒷに限定的に働く。例えば「氷の刃」というだけでは、「比喩」か「見立て」かの区別はつかない。「氷のような刃」（能喩─所喩）と解せるときは「比喩」と認められ、「氷という刃」（実像─虚像、つまり氷が刃となる）と解せるときは「見立て」の表現と認めることになるのである。

2　短歌第三句の機能

一　短歌形式と表現的価値

和歌の各句が五音句・七音句という定数句化した後、長（歌）形式は、五七調にしても平安朝以降にみられる七五調にしても、五七ないし七五を単位として、それを繰りかえすという「制約」を持っていたが、その単位を幾つ連ねるかは「自由」であった。しかし、長（歌）形式では、全体量が変数であったのに対して、後に成立した短（歌）形式においては、全体量が固定した。そして、その「制約」と「自由」が逆転した、と言えよう。つまり一首全体が、五、七、五、七、七というリズム単位の構成でなされねばならないことが「制約」となり、そういう全体の中にあって部分的まとまりがどのようであるか、については、「自由」となった、と見てよいであろう。

しかし、当初は、長歌形式において培われてきた「五七」を意味的ひとまとまりとするリズムが支配的で、いわゆる二句切れ、そして四句切れになる短歌が多かった。「自由」は徐々に浸透して、三句切れ、さらには初句切れの歌が成立してくることになる。このことが五七調から七五調への変化と捉えられているわけであるが、『古今集』では二句切れと三句切れとはほぼ同数存在するし、『新古今集』でも二句切れの歌をかなり有していることは無視できない。しかし、そうは言っても、史的にながめてみると、『万葉集』『古今集』『新古今集』と時代が下るに従って、二句切れ、四句切れが減少し、三句切れ（そして初句切れ）が増加してくるという傾向の認められることは否めないし、その背景にあるものを考えるとき、この事実は重大な表現史的な意味を持っているのである。

ともかく短歌形式の自立と隆盛は、こうした句切れの「自由」をもたらしたのであり、詠者が一首全体をどのような結構に仕上げるかという発想に対して、句切れの問題が「制約」とならなかったのである。とすれば、かなりの部分、いかなる句切れとなるかということと、一首全体がどのような表現構造をなすものであるかということとは深くかかわっていたと考えるべきで、単なるリズム上の問題だけで片づけられない問題なのである。

こうした一首全体の表現構造と句切れとのかかわりの史的展開の問題を、その眼目となる第三句（五音句）に注目して考えてみようとするのが、本稿の目的である。

二　五七調から七五調へ

2　春すぎて夏来にけらし白妙のころもほすてふあまのかぐ山　（持統天皇）（数字は『小倉百人一首』の歌番号）

『小倉百人一首』の持統天皇のこの歌、出典は『新古今集』である。しかし、『万葉集』にも載る歌で、第四句が「衣ほしたり」と訓まれ、二句切れ、四句切れの、典型的な長歌形式からの伝統的なリズムに立つ歌であった。それが『新古今集』で四句切れでなくなっているところに後世的な趣向の影響を見ることができる。偶数で切れるリズムである限り、第三句は、(a)つづく第四句を導くことば、か、(b)第四―五句とまとまりをなす部分の冒頭部、か、でしかなくて、実際この歌の「白妙の」のように、第三句には枕詞がくることが多かった。後続の句に対して従属的な位置しか与えられていなかったのである。そして、歌の実質的な意味構造をなす語句は、(a)の場合には第二句と第四句、そして第五句とに、(b)の場合には第二句と第五句とに置かれたのである。

短歌における、偶数で切れる五七のリズムから七五のリズムへの変化は、この歌のように、五七、五七七と言った内容上のまとまりが生ずることによって興ってきたものと考えられる。そしてそこに短歌形式においては、長歌形式にみるような、序詞から本旨へ、または自然から人事へと展開する流動的な構造ではなく、全体量（三十一文字）が固定化したことによって、その内部構造において、新たな意味的な対立構造を工夫するようになり、そこに一首の表現の深さを追求しようとするようになったものと考えられる。そうした内的要求が形式上に反映したものが、五七、五七七であり、五七五、七七といった句切れであったと考えてよかろう。

持統天皇の、先の歌は『新古今集』にあって典型的な体言止めの歌の一首になっている。二句切れであることとともに、「けらし」の使用も重なって、その古風さが重んぜられたのかも知れないが、ともかく、四句で切れる万葉歌と、四句で切れずに連体関係で続く新古今歌とでは微妙ながら、次のような構造的な違いを読みとることができる。万葉歌では、独立した末句の「天の香具山」が全体の舞台になって、そこに自然（春過ぎて夏来たるらし）と人事（白妙の衣ほしたり）とが融合していると読みとれるが、新古今歌になると、人事の面は「白妙の衣ほすてふ」と天の香具山にまつわる伝承として天の香具山に冠するかたちで残るだけで、一首全体は季節の推移と天の香具山そのものという、自然と自然とから構成された構造が表立った歌になっている。

三　第三句の体言

17　ちはやぶる神代もきかず龍田川からくれなゐに水くくるとは　（在原業平）

同じ二句切れの歌でも、この業平の歌では、第三句が従属的な句ではなく、主題的にも重要な語、しかも、持統天皇歌での「あまのかぐ山」に匹敵する「龍田川」という歌枕が置かれていて、第三句が一首の構造の眼目となっている。五七、五七七という二部構成であることは明白で、本—末ないしは上《かみ》—下《しも》の二部対立構造意識の新たな芽ばいる。

えをも感じさせる（小倉百人一首の道真の歌も同じ構造の歌である）。

第三句に体言句――「ほととぎす」「女郎花」のような一語の場合は勿論、「桜花」のような複合名詞や「梅の花」のような連体助詞「の」による連語をも含んでいう――が置かれることが目立ってくると、この五音句における体言句が助詞を伴わないことから、その独立性が高く、その性格を生かして、本―末ないし上―下が、切れながら続く、続きながら切れるといった鎖型構文の一種とも呼ぶべき構成の歌が登場してくることになる。例えば、

春霞なに隠すらむ桜花散る間をだにも見るべきものを　（古今集・春下・七九・紀貫之）

この第三句「桜花」は、上句「春霞なに隠すらむ」にとっては目的語として働き、下句「散る間をだにも見るべきものを」に対しては、主題（格関係としては、主格あるいは目的格）として働くという、構文的に二重の働きを負っていると言える。こうした第三句の成立と存在については、つとに松田武夫（「和歌の三句めに位置する体言」『文法』一九七〇・五）が、『古今集』において初めて見い出される新しい語法として指摘している。その中で、松田は、

よそにのみあはれとぞ見し梅の花あかぬ色香は折りてなりけり　（古今集・春上・三七・素性）

この歌については、二句切れとは見ないで、連体関係で二句目と三句目とは連続しているとみるべきと考察しているが、私はやはり二句切れで、第三句「梅の花」で鎖型構文になっていると見るのが良いと考える。この時代は係り結びによる断続関係の優位な時代であり、しかもすでに先に見たような第三句の体言のあり方が熟成しつつあった時代であることを考慮すると、この一首の構造の理解としては、二句切れと見る方が良いように思う。この種の構造の歌は、『新古今集』にも見られ、

かさねてもすずしかりけり夏衣薄き袂に宿る月影　（夏・二六〇・摂政太政大臣）

この歌は、正しく二句切れで、「夏衣」は論理的関係で、上句には目的格として、下句には所有格の関係で結びついている。しかし、下句へのつながりの弱さもさることながら、こうした体言止めの歌が三句で切れて上―下の対

立を構成する、という型の熟成期にあることを考えると、五七五の上句は、倒置法になってはいるが、その意味的まとまりは強く、それが七七の下句と対立をなしている。そういう構造と見るべきものと考える。定家には、

言問へよ思ひおきつの浜千鳥なくなく出でしあとの月影　（新古今集・羇旅・九三四）

という歌がある。初句切れではあるが、一首の結構としては、やはり三句切れで、上―下の対立構造にあると考えるべきであろう。

このように形式上の句切れの問題と、一首の意味上の対立構造とは、一致することもあるが一致しないこともあることを考えておかねばならない。そして、意味上の対立構造こそが和歌文学にとっては重要であり、それを生み出すものが形式上の切れ続き（そこに様々なリズムの変化が生み出されることになる）であったと考える。

第三句に歌枕（体言・地名）が置かれて体言切れとなる歌に、次のようなものもあった。

13　つくばねの峰より落つるみなの川こひぞつもりて淵となりぬる　（陽成院）

これは『小倉百人一首』13の陽成院の歌であるが、同型のものに、27の「泉河」の歌があり、歌枕以外の体言が位置するものには、25の「さねかづら」の歌、51の「さしも草」の歌などがある。いずれも第一～三句が体言相当句をなし、下句七七に対して序詞として働いている。つまり、第三句は序詞部をまとめる体言として働いていて、一首は序詞―本旨という関係で結合している点で、上句は下句に対して従属的であり、第三句の独立性（切れ）は弱い。しかし、二句切れからは離脱しており、対立的ならずとも五七五、七七という意味上の区切れを持ち込んでいる点には注目してよい。

四　上—下の対立的関係

さらに『古今集』の第三句のあり方を見てみると、次の二つの形式が注目される。一つは、形式上三句切れになっているもの（次の(a)）であり、一つは、第三句において係助詞「は」によって主題が提示されるもの（次の(b)）である。

(a)　いざ今日は春の山辺にまじりなむ暮れなばなげの花のかげかは　（古今集・春下・九五・素性）

(b)　白露も時雨もいたくもる山は下葉のこらず色づきにけり　（古今集・秋下・二六〇・貫之）

『古今集』の歌を撰者時代以前と撰者時代とに区分すると、(a)のような三句切れは、撰者時代以前により多くみられ、すでに古今時代に入って三句切れの歌は充分定着していたとみられる。そして(b)のような結構は、撰者時代により多くみられる。この事実は、三句切れの定着——五七五、七七という構造化——を経て、古今歌風を代表する(b)のような歌が生まれてきたことを意味し、それはまた、「なりけり」構文歌が撰者時代に盛んに現れたことと呼応するのである。そして、ここに和歌の結構としての、二項対立的構造において、主題部—説明部という（ないしは問—答といった）構造が定着したことを意味した。つまり、五七五、七七という構造——第三句で切れるという構造的対立を、知巧的な古今歌風を創造する上で生かしたものであったのである。その代表的な歌が『小倉百人一首』中では次の歌である。

32　山川に風のかけたるしがらみはながれもあへぬ紅葉なりけり　（春道列樹）

この歌では、第三句が主題提示部として働いている。五七五、七七という三句切れ的切れ——意味上の、上句（五七五）と下句（七七）の対立的構造をもたらす切れ——を持ち込みながら、それを結んで一首全体をまとめるためにどのような方法がとられたか、その一種の方法が、右に見た主題部―説明部（ないしは問―答）という結び方であった。その他代表的な方法を見てみると、

31　朝朗《あさぼらけ》有明けの月と見るまでに芳野の里にふれるしら雪　（坂上是則）

これもまた「見立て」の歌であるが、構文的に見ると、第三句において、下句に対する条件が提示されているのである。これも32歌同様形式上狭義の三句切れとは言えないが、意味構造上三句切れであることは明らかで、上―下の各部分は別個のことがらとして存在し、それらに関係をつける（結ぶ）のが条件提示の形式である。ところで接続条件で関係づけられる上―下の各部分の、その関係にも深浅があった。例えば、

71　夕されば門田の稲葉おとづれてあしのまろやに秋風ぞ吹く　（源経信）

第三句の「おとづれて」までにおいて主語（動作主体）は「人」かと思わせはするが、一首全体においては、それが「秋風」であることは、一貫しているのであり、その点で第三句での切れは浅いというべきであろう。ただ「おとづれて」にみられる擬人法的表現が、別種の切れを感じとらせるという表現価値を持っていた、とみるべきか。しかし、次の歌になると、

94　みよしのの山の秋風さよふけて故郷《ふるさと》さむくころもうつなり　（藤原雅経）

上―下に提示された「ことがら」自体には直接的な因果関係はなく、やや異質な「ことがら」の結合が第三句においてなされているとみるべきであろう。その異質性は、上句の「自然」に対する、下句の「人事」という対立性にも認められ、切れは深いと解することが可能である。こうした切れの深い場合をも単に接続助詞「て」で結合して一首全体をまとめていくという条件句の典型（技法）が『新古今集』時代にみがかれていったことは注目すべきことであった。

五　下句の「独立性」

「8　我庵は都のたつみしかぞすむ世をうぢ山と人はいふなり（喜撰）」など、『古今集』において三句切れの歌が完成していたことは先にも触れた。この技法は、新古今時代にもさらに多くを見るが、その一つの典型は、三句切れでしかも体言止めでもある歌にみられる。『小倉百人一首』では、

95　おほけなく浮世の民におほふ哉《かな》わがたつ杣《そま》にすみぞめの袖　（前大僧正慈円）

また、「三夕の歌」などもそれで、

見渡せば花も紅葉もなかりけり浦の苫屋の秋の夕暮れ　（新古今集・秋上・三六三・定家）

慈円の歌では、上―下の切れは形式上はっきりしているが、意味上は、下句が上句の目的語に当たるという論理的なつながりを持っている。しかし、定家の歌では、上―下は直接的な論理関係にはなく、形式上も意味上も切れていて、それでいて一首全体はひとまとまりをなしているという底――結びがもたらす奥深さを実現している――の歌なのである。

第三句で句切れをなし、上（五七五）―下（七七）が対立構造をなすという結構が確固たる形式として完成ないしは極点に至りつくには、下句（七七）の部分の独立性が確立されていることが要請されたものと思われる。殊に体言止めの歌にその姿を見ることができる。第三句で切れて、上―下の対立的構造の歌であることを確固たるものとする、その安定性を何が保証していたのか。それにつき、二つの構造的事実を指摘すると、一つは、第四、五句（七七）全体が一つの体言相当句をなしているという、意味上形式上の「まとまり」性である。それには「浦の苫屋の秋の夕暮れ」のように連体助詞「の」の連結による連続でもたらされるものと、「ほのかに見ゆる秋の夕暮れ」

のように連体法によるものとがあり、時には、「またじと思へばむらさめの空」のように第四句の条件句が省略表現によって意味上第五句の体言部に吸収される形のものもある。これも含めて、下句の意味上形式上の「まとまり」性が、上句との対立性を強化したのである。もう一つは、そうした下句の「まとまり」性を、リズム形式上の面から支えていた事実として、下句の内在律が「四三、三四」（「ほのかに・みゆる、あきの・ゆふぐれ」）という音数律を典型とするに至った、ということがある。第四、五句の内在律が「四三、三四」になっているものはすでに『古今集』にもかなりあるが、『新古今集』頃に至って、一つの標準的な音数律《リズム》となったと考えられる。それは三句切れと下句の独立性の完成ということと即応していることであった。と言っても勿論『新古今集』においても、「三四、三四（例、「浦の・苫屋の、秋の・夕暮れ」）」や「五・二（例、「すみぞめの・袖」）」、「二・五（「ただ・われからの」）」などもバリエーションとして、一つのリズム形式の位置を占めてもいたのである。以上二つの点は絶対的な制約となっていたわけではなく、――「どどいつ」調に見られる内在律「三四・四三・三四五」ほどには徹底していたわけではないが――第四、五句の内在律の典型、標準化したものとなることで、統辞的に、第四、五句が「ひとまとまり」であるという音数律《リズム》感覚を熟成させていたものと判断する。

以上、和歌の表現論的課題の一つとして、本―末ないしは上―下の対立的構造の中で、第三句に、下句の従属的な冒頭位置から、上句の統括的な文末的位置へという変化がみられることを見てきた。要は、対立的構造について、そこにどういう形式上意味上の対立が持ち込まれているか、または、部分のまとまりと部分のまとまりとが「切れ」「結び」をなしながら、いかに一首全体の「まとまり」を構成しているか、という観点から考察することであった。

〔底本〕『小倉百人一首』は角川文庫、『古今集』『新古今集』は岩波日本古典文学大系によった。

3　和歌表現の史的展開——引用と集団性

一　和歌と引用

清少納言『枕草子』の「清涼殿の丑寅のすみ」の段に有名なエピソードがある。清少納言が、

年経ればよはひは老いぬしかはあれど君をし見れば物思ひもなし

と詠んだ歌は、『古今集』（春上・五二・藤原良房）の歌の第四句「花をし見れば」の「花」を「君」に詠み替えたに過ぎない歌であった。当時の人々によく知られていた良房の歌を利用して、そのわずか一語を詠み替えるだけで、その場に即応した歌をなしたところに、清女の手柄があった。後世、『新古今集』を中心とする、意識的な修辞技巧である本歌取りも、それぞれの文学的価値の達成度ないしは独創性はともかく、この清女の歌の場合と詠歌の方法としては、基本的に変わりがない。

旅寝して今日はかへらじ小倉山紅葉の錦あけてみるべく

これは藤原長能の歌（異本　長能集）であるが、明らかに師藤原公任の「小倉山嵐の風の寒ければ紅葉の錦着ぬ人ぞなき」（大鏡・頼忠伝）を念頭に置いて詠まれたもので、それによって『大鏡』の公任歌は『大鏡』作者の改変とは考えられないという指摘がある（妹尾好信「藤原公任三船の誉れ譚をめぐって」『國語國文』一九八五・十）。また、川村晃生によると、

しのぶれど思ふ思ひのあまりには色に出でけるものにぞ有りける　（嘉言集・三一）

という歌が「しのぶれど色に出にけりわが恋はものや思ふと人のとふまで」（拾遺集・百人一首）という平兼盛の歌を踏まえたものであると考えられること（「大江嘉言の和歌」『國語と國文學』一九八二・七）や、『金葉集』恋下・詠み人しらず歌には、例えば、

あふごなきものと知る知る何にかはなげきを山とこりはつむらむ　（四九八）

という歌が、『後撰集』の「あふごなき身とは知る知る恋すとてなげきこりつむ人はよきかな」という歌を踏まえたものであるといった事実があること（「『金葉集』の一方法」『國語と國文學』一九八九・二）など、既存の和歌の表現を用いながら、さらに自詠の歌でそれを展開させるという方法は、特に古代和歌の世界では特殊なことではなかったのである。ここに「引用」の問題がある。古代和歌の表現論的分析にあたっては「何を」よりも「如何に」が重視されるが、それはとりも直さず、その重要な要因の一つに、こうした「引用」の問題がかなり本質的な問題であったことを物語っている。もちろん、「引用」の方法ないしその論は、多岐にわたる、または様々なレベルにわたるものとみなければならないが、そして厳密に言えば、「ことば」を用いる表現行為自体が既に「引用」であるということにもなってしまうが、ここでは、既存の和歌の特定のことば、ないし特定の和歌ことば（歌語）を用いたものを対象にしての「引用」ということにしておきたい。そのように限定しても様々なレベルで「引用」の方法は、古代和歌に見られるのである。そして、それは、先の例のように師弟関係や歌壇グループ内といった比較的近接した時の間で引用被引用の関係が見られるだけでなく、例えば、

なかなかに見ざりしよりはあひみては恋しき心まして思ほゆ　（万葉集・二三九六）

あひ見ての後の心にくらぶればむかしはものを思はざりけり　（小倉百人一首・四三・藤原敦忠）

この両者には、同じような素材（恋の状況）を詠んでいるという共通点がありながら、昔と今の持ち出し方が逆に

なっている。つまり、後者には、前者の歌を念頭におきながら、その歌の表現（発想）をもうひとひねりしてみせた、という新しさがある。しかし、この例の場合は、引用関係がことばのレベルで直接指摘できるものではないが、発想の面で類想関係にあるのである。既存の和歌表現にみる認識のあり方を前提にして、それをさらに展開させることによって、新しい認識を切り開いて見せる、これをも広義に引用関係にあるとみることができるのではないだろうか。

このように見てくると、一首の和歌の表現の価値を究めるためには、影響関係、受容関係、つまりは引用関係を明らかにすることが重要な方法の一つであることが分かる。このことはとりも直さず、古代和歌の表現論的研究にとって、和歌史的・表現史的観点が重要であることを意味している。和歌表現史が古代和歌の文学的研究にとって避けられない視座であることは、単に特定のことばの引用関係が指摘できる特定の歌の間にのみ成り立つことではなく、古代和歌の表現一般に敷衍して考えねばならない問題であると考える。しかし、必ずしも、こうした観点からの研究は従来十分ではなかった、と思われる。

二　和歌表現の「集団性」

かつて、「場面」を重視する言語理論に立つ時枝誠記が「和歌史研究の一観点」（『國語學』四七）で、古代和歌を、「呼びかける歌」――対詠歌と、「眺める歌」――独詠歌とに区分したが、これは和歌表現史を構想する上でも重要な指摘であった。この二分類も「場面」と「和歌（表現）」との関係に基づく区分であると言ってよい。前者は、例えば贈答歌などを典型とするものであるが、多分に場面（文脈）に依存して和歌表現は成立する。その必要な場面は、言語化されると詞書《ことばがき》となる。話し手と聞き手とで成立する会話に似た性質を持っていて、日常的な、いわゆる「褻《け》」のうたと呼ばれているものがこれに当たる。後者は、題詠歌などを典型とするものである。和歌表現は具体的特定的な場面（文脈）に依存することがなく、和歌表現のことばが自立していると言えるもので、「晴《はれ》」のうたと呼ばれているものがこれにあたる。つまり、前者は、特定の場面（文脈）の制約（または依存）のもとに成立する和歌表現であるのに対して、後者は、和歌表現を手がかりにして、そうした表現が成立する具体的な場面は、享受者個々において具体化されることが要請されるものと言えよう。

古代和歌の本質を、その「集団性」（「共同幻想」とも）にみることは、これまでにも何人かによって指摘されてきたが、和歌表現を解釈し鑑賞する上で、このことは重要な、古代和歌の本質である。ここまで見てきた、方法としての「引用」にしても、時枝の言う「呼びかける歌」――対詠歌のあり方にしても、この「集団性」という本質と深くかかわっている。そして、独詠歌についても、対詠歌とはまた違った方法で、つまり、その表現方法において、「引用」がその「集団性」を保持する方法になっていたことは言うまでもない。もっとも、この古代和歌の本質である「集団性」にしても、時代とともに、その内質が変化してきたことには注意しておきたい。大雑把ながら、仮説的に、その史的変遷を見通すならば、万葉時代においては、言語場外面の共同性、いわば和歌表現成立の背後にある事態・情況の共有（「コト」の共有と言ってもよい）が和歌の本質である「集団性」を保持していた。古今時代になると、言語場内面の共同性、自立することばの世界――ことばによる知的な論理の共有（「物」ならぬ「モノ」の共有と言ってもよい）が、それにとってかわる。さらに古今時代から新古今時代になるにつれて、同じ言語場内面の共同性とは言っても、歌枕の成立と熟成をその典型として、様々に豊富な「歌語」が生み出す情調《イメージ》の世界の共有（「サマ」の共有と言ってもよい）を「集団性」の内質とするようになっていった、と考えられる。

三　「何を」と「如何に」

和歌文学においては、「何を」よりも「如何に」が重視されるべきであると言われる。「何を」とは、和歌（文学）の素材・題材・主題となっているもの（これを「題材の側面」と言おう）のことであり、「如何に」とは、それらがどのように表現されているか、の意（これを「表現の側面」と言おう）である。ところで、言語表現である限り、すべてに「何を」「如何に」の両面が備わっていることは言うまでもない。さらには、「如何に」が重視されるべきだと言っても、何も和歌文学に限られることではなく、あらゆる文学の文学性を支えているのが、この「如何に」の面であることも言うまでもないのであるが、殊に和歌文学の探究において、「何を」よりも「如何に」を重視しようとする背景には、以上見てきた「引用」「集団性」といった和歌表現の本質とやはり深く関わった事情があるからであった。従来もしばしば指摘されてきたように、和歌の題材の世界は狭く限られている――換言すれば、「何を」詠むか、という題材の側面は、あらかじめ歌人たちそして享受者に了解されている、という事情を意味する。これが古代和歌の伝統を築きあげてきた。そして、この題材の側面における伝統性が、また、表現の側面においても、その類型性として、いわゆる「歌語（広義歌枕）」を形成してきたと言える。この二つの側面――伝統と類型――が、和歌の「集団性」を支えていたのである。

この「何を」を前提にして、個々の歌の独自性は、「如何に（表現の側面）」において発揮される、ということになる。「如何に」の表現の側面において、創造性――特殊性が歌人の面目をほどこしたのである。そこに工夫があった――類型に対する革新があった。しかし、歌の革新が、「何を」――題材の側面において全く存在しなかったわけではない。時代の変化とともに、また活躍する歌人の層――生活の基盤の異なりに対応して、徐々に、「何を」の面でも、新しい題材・発想の発見がなされてきたことも無視できないのである。まとめて言えば、和歌を表現史の観点から捉えていく場合に、二つの発見があったことに注意しておきたい。一つは、和歌の題材の発掘――美の対象の発見、という「何を」の側面であり、一つは、題材に関する新しい見方の提示――対象の見方の発見、という「如何に」の側面である。個々の歌が切り開いた側面――その独自性をとり出すためには、この二つの発見に注意を払っていかねばならないのである。

ここでは、歌語に注目して、二、三の事象を考察しておきたい。例えば、「けしき」の語が歌語となったのは、『後拾遺集』―平安中期以降という指摘がある。そのことと関係づけて考えねばならない表現史的事実として、次のようなことがある。「ながむ」の語が「空」などを対象とするようになり、なかでも殊に「月」を「ながむ」の対象とするようになるのが、やはり平安中期である。また「見渡せば」という慣用句が復活してくるのが『後拾遺集』からであるという事実も考え合わせられる。叙景歌を新風とする『後拾遺集』であることと深い関係があろう。『新古今集』でおなじみの「秋の夕暮」の慣用句が勅撰集で初めて登場するのは『後拾遺集』からであると言う。この種の「AのB」という語句の豊富な産出が、『新古今集』の体言止め歌を支える表現的側面の事実であったことは注目しなければならない。この表現形式自体は『万葉集』から存在するものであるが、その「A」と「B」との取り合わせ自体は徐々に拡大し、豊富になってきたのであり、その粗々の展相については、柏木由夫「八代集の体言止」（『論集　和歌とレトリック』笠間書院・一九八六）に指摘がある。一方で、この表現形式（「AのB」）が、「比喩」や「見立て」歌の展相にもかかわっていたことは、〔四〕の1　和歌の「見立て・比喩」（442頁参照）に述べた。

また、素材「風」の詠まれ方一つをとりあげてみても、『新古今集』で圧倒的な数の「風」が詠まれるに至るまでには、様々な展相が史的に捉えられねばならないという問題を含んでいるし、一般に和歌文学における素材研究のあり方も、こうした表現史的観点から、つまり、「何を」のレベルにとどまるのでなく――単に数量化して、対象（題材）への関心度を測るにとどまらず、「如何に」のレベルで考察しなければ意味がない、というべきだろう。素材「風」についても、このように跡づけることによって、『千載集』から、歌末の体言止め（句）に「風」が対象となってくる事実と、その文学史的意味が問われねばならなくなると愚考する。

四　表現の展開

藤原俊成に、

月清み都の秋を見渡せば千里にしける氷なりけり（長秋詠藻・中巻・二四五）

という歌があるが、これは明らかに『後拾遺集』の大江正言の歌「山高み都の春を見渡せばただ一むらの霞なりけり」（春上・三八）の存在を無視しては考えられない。もっとも、正言の歌も、『古今集』の素性の歌「見渡せば柳桜をこきまぜて都ぞ春の錦なりける」（春上・五六）を念頭においたものであったかと想像される。三首に共通する表現は、「見渡せば…なりけり」という、「見立て」の発想に立つ構文であって、それ以外に同一性をとり立てて言わねばならない語句（表現）はない。この「見渡せば…なりけり」だけでは、これらが本歌取りの関係にあるとも考えられず、その点でまた、本歌取りとは別種に存在する、既存の特定の歌を前提にして、引用関係に立つ発想の歌が存在することを証明している。しかし、正言の歌の「都の春」を、俊成は「都の秋」と展開させていることなどは、『新古今集』などの本歌取りの方法に通じるものであった。本歌取りが「引用」の典型であることは言うまでもない。

都に対する意識にしてもそうであるが、『後拾遺集』は、王朝和歌の屈折点となったと指摘される。歌枕については、渡辺輝道「名所歌枕からみた後拾遺集」（『高知大国文』一二）が、『後拾遺集』において新歌枕が多数登場するのは言うまでもなく、類型的な歌枕の用例が減少している一方、歌枕の詠まれ方において、「脱古今＝脱三代集への志向」が認められることを指摘している。そうした新しい発想で歌枕をも捉える人々が能因、相模や和歌六人党など、受領階級に属する人々であったのであり、その人々によって都がふるさととして外から眺められ、「花の都」などの歌語を生み出したことなど（小町谷照彦「和歌的幻像の追求」『日本文学』一九七〇・七）、都観の変貌が、歌枕の世界の変貌とも関係させて考察されなければならないであろう。

歌枕の「大江山」にしても、小式部内侍の歌「大江山いくのの道の遠ければまだふみも見ず天の橋立」が一つの転期をなした。それまでの「大江山」は、都との地理的関係においてのみ捉えられ、掛詞にしても、「なげきのみ大江の山」のように、「（大江山に産出する）樹—多」とを掛けるというもので、藤原隆家の歌（栄華物語・五）、

憂きことを大江の山と知りながらいとど深くも入る我が身かな

もその例であるが、小式部内侍以降は、「生野」という非都なる地方（の歌枕）との関係で詠まれ、掛詞は「生く—行く」の方に移ってしまっている。

先の「一　和歌と引用」の項でも少し触れたが、川村晃生の一連の仕事（前掲二論文以外に「大江嘉言の和歌追考」『和歌文学研究』四七、「能因法師考」『國語と國文學』一九七六・一、等がある）は、能因や和歌六人党歌人たちを中心として、それらの和歌表現における影響関係を明らかにするもので、受容史として捉えられているが、そうした事実が、表現論的観点から、ひいては和歌引用論として、どういう文学的意味を持っていたものか、を見直していく作業が次に期待される。そして、それはただ、右に見た一群の歌人たちにとどまらず、古代和歌一般にも広げられねばならない課題であろうし、また、一つの集約の方法としては、いわゆる「本歌取り」成立への過程を明らかにするという問題も設定されることになろう。

伝統と革新、類型と創造という両面に立ちながら、個々の歌が、どういう座標にあって詠まれたものであるかを

明らかにすることが和歌の表現史的考察ということになる。和歌表現が、この両面を抱えこんでいることは、一語で言えば、古代和歌は「連続非連続」（伝統を受け継ぎながらも新しい発想・表現を生み出す）の方法で美の世界を描く——切り拓くものであったことを物語っていようか。

〔底本〕『小倉百人一首』は角川文庫、『万葉集』『古今集』は岩波日本古典文学大系、『金葉集』は『八代集抄』上・下（八代集全注）、私家集類は新編国歌大観によった。『枕草子』『栄華物語』『大鏡』は岩波日本古典文学大系によった。

〔五〕〈うた〉の言説と解釈

1　『万葉集』巻八山部赤人春雑歌の性格

一　赤人歌と巻八

『万葉集』に赤人の歌は、巻三、巻六、巻八、巻一七にわたって収められている。うち前二者は、長歌反歌を主とする歌々であり、宮廷歌人として、公的な「晴」の歌を詠んだ世界であった。巻一七には「春鶯を詠む歌」とする一首があるが、歌の詠作年月や場所は不明である。

巻八の歌は、短歌形式のものばかりで、これまた、制作年月や場所が不明である。この点、巻三と巻六の歌の世界と、巻八、巻一七の歌の世界とでは、歌の場や発想を異にしていたことを思わせる。前者が、柿本人麻呂、高市黒人や笠金村などの宮廷和歌の伝統を継承する世界であったのに対して、後者は、公的な宮廷歌人としての制約を離れて、より自由に私的に歌の世界を形象しうる立場にあって詠まれものと思われる。いずれは、こうした私的な主体的な歌詠においても年月を記録するようになっていったのではあるが、赤人の頃には、まだ、前者の系列に入らないものは、そうした公式な記録といったことは考えられなくて、そのために年代なども不明となり、伝承歌的に後世に伝えられるといった事情にあったものかと思われる。

さて、巻八の赤人歌は、春雑歌五首と夏雑歌一首の、六首であった（引用は岩波日本古典文学大系によった）。

山部宿禰赤人の歌四首

春の野にすみれ摘みにと来し我そ野をなつかしみ一夜寝にける　（一四二四）

あしひきの山桜花日並べてかく咲きたらばいた恋ひめやも　（一四二五）

我が背子に見せむと思ひし梅の花それとも見えず雪の降れれば　（一四二六）

明日よりは春菜摘まむと標《し》めし野に昨日も今日も雪は降りつつ　（一四二七）

山部宿禰赤人の歌一首

百済野の萩の古枝《ふるえ》に春待つと居りしうぐひす鳴きにけむかも　（一四三一）

山部宿禰赤人の歌一首

恋しけば形見にせむと我がやどに植ゑし藤波今咲きにけり　（一四七一）

二　巻八の歌の場

巻八の性格については、他の論稿にゆずるとしても、相聞、雑歌という、『万葉集』の分類の基本原則を、むしろこの巻では下位分類とし、四季による分類を基本原則としていることには注目しておきたい。それは、巻一〇の分類と併せて、平安和歌集の分類原理（部立）に連続する面をみせているのである。巻の編纂意識と、その巻中の各歌の詠作意識とは必ずしも一致するものではなかったにしても、こうした巻の編纂が可能であったことは、各歌がそれを可能とする性格を持っていたからだと考えられる。

ところで、巻八の歌々の成立した場について、題詞等から窺えるところを摘出してみると、雑歌では、季節の風物を詠題とした題詠歌（また、その風物を惜しむとか恨むとかいった題詞をもつもの）、そして、私的な宴での歌などが主であり、相聞では、贈歌与歌、またそれらの歌に和報《こた》えた歌を主として、宴での歌もわずかながらみえる。雑歌と相聞とでは、はっきりした相違がみえるが、徹底したものではなかった。しかし、両者に共通して言えることは、私的な歌の場での詠歌だったと思われることである。

ところが実は、多くの歌は、作者名だけを題詞とするものである。が、それらの歌の場が、題詞には明記されていなくても、右にみたような歌の場と類似する場において詠まれた歌が多かったものと想像される。巻八の赤人の歌もすべてそうした例であったことと思う。そして、それらは、巻三や巻六の歌とは、異質な文芸意識のもとに詠作されたという新しさが、表現の面からもいくつか指摘できるように思われる。

三　春菜摘み

一連の四首のうちの四首目（一四二七）に「春菜摘まむと」とある。古くはワカナと訓まれた。すでに『赤人集』『古今六帖』『和漢朗詠集』などで「若菜」となっている。多くの諸注もこの訓みに従ってきたのであるが、『万葉集古義』が「ハルナとよむべし」とし、澤瀉（『万葉集注釈巻八』）が「ハルナ」の訓みを強調して、現在では、この訓みに従うものが多い。

「若菜」の用字が集中に一例（一一・二八三八）しか見えないのに対して、「春菜」の用字例は、集中五例と多く、巻八の三例（尾張連・赤人・丹比屋主真人）、巻一〇の一例（作者不明）、巻一七の一例（家持、後述）となっていることから、赤人にはじまるとみる説があり、おそらく正しいであろう。

春を待ちかねたように、春まだ浅き頃、野に出て菜を摘むという風習は、「山がたに蒔ける菘菜《あをな》も吉備人と共にし採《つ》めば楽しくもあるか」（「仁徳記」）や「此の岳に菜摘ます児」（一・一）などをはじめとして、古来日本に定着していた風俗で、「朝菜」「蔓菁《あおな》」——「朝菜」「浜菜」の語が、海草を意味する場合もあり、春のはじめに摘むものは、野の菜ばかりではなかった——の語もみえる。持統紀七年（六九三）には諸国に「あおな」の栽培を奨励している。しかし、それらの菜を「春菜」と春のものとして意識化したところに、赤人の時代の歌の新しい境地のめばえをみることができる。四時の循環という季節の分化意識の発達とともに、それらが歌心《うたごころ》の契機をなすものとして自覚されてもきたと言えよう。伊藤博（『萬葉集の表現と方法下』塙書房・一九七六）は、こうした「春―」といった季節語を伴った熟語は「第三者的な立場の人の眼を意識した表現、つまり、客観的かつ文語的表現であることが明らかである。それは『場』が消滅しても、歌の力だけによって、ある季節における叙景であり抒情であることを永遠に認識せしめる特殊なことばづかい」であったと、歌の自立性を説き、いわゆる「歌語」であったと推定している。

能因法師（『能因歌枕』）は、「若菜とは、ゑぐ、すみれ、なづななどをいふ、さわらびをもいふ、あらばたけにあり」とする。また、「すみれとは、すがのといふ草のなり、つぼすみれともいふ」とし、「春の野」の歌（八・一四二四）を引く（四句目は「野をむつまじみ」）。赤人は、季節の風物を具体的に歌語として選び採るという姿勢を持っていたのである。巻八春雑歌の冒頭歌、志貴皇子の「さわらび」の歌も、春菜摘みの「よろこび」を詠んだものと理解することができようか。

四　歌語の創造

結句に「雪は降りつつ」（八・一四二七など）を持つ歌が平安歌に多くみえることはよく知られているが、やはり万葉歌を継承発展させたものであることは言うまでもない。第二句が「雪は降りつつ」であるものも含めて、集中八例をみる。巻一〇の三例、大伴家持の三例、そして、この赤人の歌一首とみえ、さらに天平二年の梅花宴の歌に一首（五・八二三）ある。赤人の歌の年代が不明であるため、天平二年歌を赤人が継承したのか、その逆なのか、不明とせざるをえないが、少なくとも、家持の「三島野にかすみたなびきしかすがに昨日も今日も雪は降りつつ」（一八・四〇七九）は、両方を継承していると思われる。「山桜花」（八・一四二五）の語は集中二例しかなく、もう一首は家持の歌（一七・三九七〇、後述）である。

「藤波」（八・一四七一）は、例の「夕波千鳥」にも匹敵する歌語と言えよう。集中一九例をみるが、第四期の歌を除くと、巻一〇の三例、巻一二の一例（枕詞）、巻一三の一例（枕詞）、そして赤人の歌と、巻三大伴四縄の「藤波の花は盛りになりにけりならの都を思ほすや君」（三三〇）の一例である。これまた赤人歌との先後は不明ながら、赤人歌あたりが契機となって歌語として定着していったことばと考えたい。これらの語句や、先の「春菜」などに、赤人によって新しい優美な抒情の世界が形成されていったことが想像できる。

五　語り歌

先の一連の四首は、「すみれ摘み」にはじまり、「春菜摘まむ」におわる。間に「山桜花」「梅の花」の歌がある。「赤人歌四首」としてまとめてあるが、ここに春雑歌の赤人の歌がすべてまとめられているというのではなく、この四首から三首後に、もう一首赤人の歌が載せてある。巻八は、ほぼ古い歌から新しい歌へと年代順になっていると言われ、しかも作者別を重視してはいるが、一人の作者の歌がすべて一箇所にまとめられているわけでもない。とすれば、巻八中での小さなまとまりは、未整理を云々する前に別の基準によってなされたと考えてみる必要がある（ただし、何年のことにもわたる憶良の七夕の歌がひとまとまりになっているということもある）。ひとまず言えることは、詠歌の場を単位としていると考えられることである。とすれば、一連の四首は同じ歌の場のものであり、一四三一は、また別の場での歌として伝承されていたと考えられる。家持の歌では「秋の歌四首」とか、「秋の歌三首」とするものが別になっているが、左注によって場を異にしていたことが分かる。さしずめ、先の一連の四首は、赤人の「春の歌四首」といった底のもので、同じ場で詠まれた歌群であったとみてよい。しかし、ずいぶん時期のずれる素材（風物）が一時《いちどき》に詠まれていることになるのであるが、それは次のように理解すべきものかと思われる。

近年、この四首を一体をなす構造を有するものと解釈する研究が深められている。つとに、歌による宮廷ロマンの存在を説いた伊藤博（『萬葉集の歌人と作品上』塙書房・一九七五）は、「野遊のさる日のサロン」において、後宮女性たちへ提供された歌群であったと想像した。そして清水克彦（「赤人の春雑四首について」『萬葉』九四）は、積極的に、この四首に明確な構造を読みとろうとしている。

清水の指摘する構造をまとめてみると、素材の面から第一首と第四首とが対応し、第二首と第三首とが対応する。そして、第一、二首は、男性の立場で、春の野や花など、「春」に対する賞讃の心を詠んだ歌であり、第三、四首は、女性の立場で「春」に対する嘆息の心を詠んだ歌ということになる。この四首の対応構造は、渡瀬昌忠のいう「波紋型の対応」（「柿本人麻呂における贈答歌―波紋型対応の成立―」『美夫君志』一四）に当たる。つまり、前者の贈歌に対して、後者の和歌《こたうる》歌という関係、「男女唱和の趣向」をなしていることになる。

雑歌ながら、これらの歌に「恋」の情感がにじみ出ているのは、巻八相聞の主たる場である贈歌和歌という場の様式をふまえていることからもうなずけるのである。

六　春日野の野遊び

右にみたように、この四首は、春の「標めし野」での野遊びの場において披露された宴席歌ではなかったかと思われる。そして、その場所は、春日野ではなかっただろうか。先の一四三一の歌が「百済野」を志向していた点からみても、両歌群が別の場で成りたったものであったことを思わせる。

『古今集』以後の観念では、若菜の名所と言えば、春日野となっている。そうした観念の淵源がこれらの赤人の歌にあったことをも考え合わせる時、巻三にある長歌「春日野に登りて作れる歌」の成立とのなんらかのつながりを考えたくなる。

宮廷歌人の伝統をまもり、白鳳回帰の精神を歌った赤人が、平城京時代聖武朝の精神の拠り所として春日野を志向していたということが考えられないか。中西進（「万葉集―山部赤人―」『むらさき』一一輯）は、春日野の長歌を、春日野の何らかの旧蹟への恋を詠むものではなかったかと想像しているが、むしろ、平城京の都人にとって、まして
や赤人にとっては、現実的な「心伸ぶる」場として認識されていたものではないか、と考える。それは、自然の新しい発見でもあった。土屋文明（斎藤茂吉編『萬葉集研究下』岩波書店・一九四〇）は、この長歌反歌について、「春日野の野遊びに際して、所の景色を歌ひつつそれを恋に関連させたまでで、謂はば今日の流行歌謡の如く野遊びの子女が口にのせて喜んだ程度のものではないか」と述べている。

春日野は、公私にわたっての集会、宴の催される遊びの場、もとは、春秋二回であったものも、時にあたり折にふれて催される、大宮人の野遊びの場所となっていたことと思う。巻八との関係が問題にされる巻一〇の春雑歌には、「野遊」という題詞の歌群があり、「春日野」の名が二箇所詠まれている。その巻一〇にはまた、「春日野の藤は散りにて何をかもみ狩の人の折りてかざさむ」（一九七四・夏雑）の歌がある。赤人の「恋しけば」の歌（八・一四七一）も、その春日野の藤を植えた歌であったとも考えられ、その「恋」の対象を、ほととぎすとみる『代匠記』や中西説（前掲書）などもあるが、春日野そのものに対する「恋」ではなかったか。

七　「き」（過去の助動詞）と巻八

巻八の赤人歌六首のうち五首に過去の助動詞「き」が用いられている。ちなみに、『万葉集』の赤人の短歌形式をみてみると、時間認識の上で同じ構造に立つ「けむ」の使用二例を除いて、「き」を用いた歌は、右の五首以外にない（長歌形式には二首ある）。このことは、赤人における巻八の雑歌の発想と表現とを特色づける語法とみることができる。「き」の使用率からみると、巻二が圧倒的に高く、次いで巻三、巻五、巻八、巻一六の順となり、もっとも低いのが巻一〇、そして巻一一、九、一二の順となっている。

「き」は、過去とか回想の意味を示すと言われる。しかし、いわゆる時制の助動詞ではない。歌の場合で説明すると、「き」に上接する用言（または用言相当部分）の意味する事態が、詠者（表現主体）の現在から見てかつてのことと認識されていることが示される。つまり、歌は常に「現在」を詠む、詠者の現在の心情を詠むのであるが、そういう「現在」の状況には連続しない、異なる状況にあったと認識される過ぎ去った事態が主観的に「き」によって浮き彫りにされるのである。過ぎ去った物理的時間のうちでも、なお「現在」の状況に連続していると認識される時間は、「き」によっては表出されず、「り」「たり」「つ」「ぬ」などによって表出されると言えよう。この「現在」は、和歌の場合おおむね、詠者の歌を詠む「現在」だと言えるが、物語などの散文になると、その語られている場面の今が「現在」となることもあり、語っている今が、必ずしも「現在」とはならないのである。

「き」によって事象が表現されたとき、そこには、時間の二重構造が表出されたことになる。「現在」につながる時間と「現在」とは切れている、つながっていない過ぎ去った時間と、この二つの時間が認識されているのである。「き」の用法を右のように理解して、以下、歌の解釈を試みてみたい。

八　「き」と歌の解釈

一四二四は、一夜があけた後を現在として、その時点に立っての感慨を詠んでいる。野にやって来て今なおいる現在において、すみれを摘む行為が実現するそれ以前と「現在」とは連続していながら事態が変化していて、連続していないという認識がある。ひたすらすみれを摘み帰ることを目的としていた時とは連続しない我が心況の変化している現在――「すみれを摘む」ことが目的だったはずなのに、今や野そのもの、または野遊びそのこと自体がやって来た目的だったかのようになっている現在、――そういう「現在」を認識することが感動の核になっている。

一四二六は、「…思ひし梅の花…」とある。「思へる」でないことに注目したい。「…見せむと思」っていた時とは現在が異質の時であることを詠んでいる。梅の花を見せむと思ふことが可能だった時から、そうした思ひが実現できない、むなしい状況の現在へと変貌している。このことは「見せむと思ふ」ことの放棄を意味するのではない。その願望は失せていない。願望はあるが、しかし、現実において実現を断念している今の思いを詠んでいる。眼前の雪の積もった梅の花に対する思いを、このような時の重層性を背景にして詠んでいる。これはもう純粋な意味での叙景歌ではない。

さて、すべての叙述を統括して、歌の末尾に用いられた用言につく「き」も、右のように理解できるか、という疑問が起こる。連体句に「き」、文末に「けむ」を用いている一四三一がその例である。たとえば、この種の例になる「帰り来《け》る人来《きた》れりと言ひしかばほとほと死にき君かと思ひて」（一五・三七七二・狭野弟上娘子）も、やはり歌である限り「あの時…だった」と詠むことによって、現在の思いを詠んでいるとみるべきで、今では夫の帰郷という嘘の噂に胸がドキドキすることさえもない、せめてそんなことでもあればよいのに、とあくまで、ある過去の時からは異質な現在の心況を詠んでいると捉えるべきであろう。一四三一も、あのときの「うぐひす」は春となった今、もう鳴いたことだろうと回想しながら、今の自分を「うぐひす」になぞらえている歌と読める。

一四二七の「標めし野」と一四七一の「植ゑし藤波」の「し」の用法は類似しており、いずれも歌の現在において「今はもう標めてない」「もう植えてない」の意味ではなく、「今標めてある」「今植えてある」ことを意味する。この今の状態になった時を過ぎた時と認識していることを「し」が意味する用法である。この歌でも今の状態以前と今の状態という変化が時の変化に重ねられている。言い換えれば、「現在」を、過ぎた過去からの時の変化の結果として、あるいは過ぎた過去との関係において捉えていることになる。

巻三、巻六の長歌詩人としての赤人は、宮廷歌人として、王朝の系譜という公的な時間の流れにおける「昔」と「今」という時の重層構造を詠むことによって伝統継承の精神を歌いあげた。しかし、巻八には、これらの時間認識とは明らかに異質な、時の重層構造を描いている。日常性の中で刻々状況の変化する現在への自覚化が進んでいたのである。自然を素材にはしているけれども、叙景歌といったものではない、自然を契機としての我が移りゆく心そのものを対象化して描こうとしている。それによって、「現在」を描きながら、厚みのある現在、立体的な現在、過去に裏打ちされた現在、過去から移り変わる現在といった構造を描き得ていると言えよう。「現在」をすぎ去った時との関係において認識するという姿勢がみられるのである。それはとりもなおさず、心の立体化であった。仮定表現や反実仮想、未来への願望といった場合にも同じ問題があろう。

九　赤人から家持へ

巻八の赤人歌は、巻三や巻六の赤人歌以上に大伴家持に受け継がれている。「き」にみた表現構造に関しても受け継がれていると言えるかと思う。

ところで、「山柿の門」の「山」をめぐっては、山部か山上かを中心に古来諸説があった。現在「山」が山部赤人を意味したと理解するのが有力である。しかし、赤人の家持への影響の具体的な検証ということになると必ずしも明らかにされていなかった嫌いがある。最近橋本達雄（「〝山柿〟拾穂の論」『専修国文』二一）は、具体的な分析によって、巻八などの赤人歌が、家持の「山柿」の語の使用に際して自覚されていたことを論じた。

大伴池主との贈答において「山柿」の共通理解が成立していた、否「当時一般化していた呼称」とまで推定される。答歌の池主の長歌の「春の野にすみれを摘むと」が従来指摘もされていたように、一四二四の「春の野にすみれ摘みに」を継承した語句であることは明らかであり、答歌で、そのように赤人歌を引いたのは、家持の贈歌の「少女らが春菜摘ますと」が、一四二七の「春菜摘まむと」を自覚的に引いていること——従来こういった歌語等の継承を模倣と捉える向きがあるが一考を要す。歌のあり方としてもっと積極的な意味があったと考えるべきであろう——を理解した上でのことであったと説く。そればかりか、家持の贈歌（長歌）に付された反歌の第一首目「あしひきの山桜花一目だに君として見てばあれ恋ひめやも」（一七・三九七〇）は、「山桜花」の語が集中二例であることからみても一四二五を踏まえた歌であったことは明らかであると指摘している。

また、尾崎暢殃（『山部赤人の研究』明治書院・一九六九）は、天平勝宝四年（七五二）四月十二日の越中守大伴一行の遊覧に藤花を望みて作った歌々に、一四二四や夏雑歌一四七一などの影響を見ている。家持の時代に、長歌作家としての赤人は、宮廷歌人の伝統の正統に立つ「晴」の歌人として敬仰されたであろうが、実際の詠歌にあたっては、（当時の和歌の精神としては）むしろ、巻八などを中心とする短歌作家としての赤人の世界が身近な手本として敬仰されていたものと考えられる。いうまでもなく、このことは、『古今集』仮名序の赤人評価へとつながっていく和歌史的事実でもあった。

2　「なりけり」構文――平安朝和歌文体序説

序　問題の所在

永承四年（一〇四九）「この道のすきもの、時にあひて」（今鏡）晴の舞台内裏の撰歌合に、六十二歳の能因法師は詠者として参加した。時は霜月九日、彼は自信の作を出品した。

あらしふくみむろの山のもみぢばはたつたの川のにしきなりけり　（後拾遺集・賀・三六六）

『今鏡』は、この時の歌合一番目の歌、能因「春日山岩根の松は君がためちとせのみかは万代を経む」（後拾遺集・賀・四五二）とともに、「竜田の川の錦なりけりといふ歌もこの度詠みて侍るぞかし」と「嵐吹く」の歌を特記する。それは、応徳三年（一〇八六）通俊によって『後拾遺集』に撰入されるという歴史的価値の重みとともに、清輔の『袋草紙』の頃に生存した『今鏡』の作者の、『袋草紙』の語る能因の和歌をめぐる様々な逸話から、〝歌道執心の風狂の士〟能因の人柄の楽天的な軽みに心ひかれての特記であったろう。時は下って所謂『小倉百人一首』に定家はこの歌を選んだ。

概して、現代の注釈者の、この歌の評価はあまり高くない。「能因のようなすぐれた歌人の歌から、どうしてこのような歌を選んだかと思われるほど、見ばえのしない歌である[1]」に代表されるごとく、特にその実感の乏しさ、発想の類型化に陥っていることが指摘される。それは勿論、実景を離れた歌合の題詠の歌であること、実体のない歌枕と化した観念(2)によって詠まれた歌であることに原因があると考えられる。

しかし、一方、「惣じて名所を好み嫌ふ事、才覚なき人の、我が知らぬままに人のしたるを嫌ふは、言はれぬ事なるべし。又よく見覚えたる人の、立てて是を仕るも口惜しく候ふ。只時に随ふべきなり。」（吾妻問答）と書く宗祇は「時節の景気と所のさまを思ひあはせてみるべきなり。ありありとよみ出て其身粉骨也。これまことに上古の正風体なるべし(3)」と評価し、『八代集抄』（北村季吟）は「師説此歌は嵐ふく三室の山といひて、紅葉の散て流くる風情を持たせる、能因の粉骨なるべし。尤玄旨御説のごとく、人丸の『立田河紅葉葉流る神なびの』の歌の類也。」と注する。石田吉貞によると、幽斎（玄旨）は「古歌の正風体」とみ、契沖は「やすらかな歌」と評していると言う。概して、江戸前期までの国学者には賞讃の対象になりうる歌であったと言えようか。ただ、宗祇—幽斎—貞徳—季吟と流れる〃古今伝授〃の伝統性を、各々が主体的に受けとめての評価だったかについては疑問が残る。この歌が、三代集に対するアンチを唱えたとまでは言えなくとも、新風を模索する意気が、撰者に若輩の通俊が抜擢されたことに如実にみられるという『後拾遺集』に入集したということは、当時において、ある程度の評価を得た故と思われる。

古典たりうる文学としての価値はひとまず置くとして、では一体この歌はどういう言語表現の背景の中で生まれたものなのか、所詮文学は時世の落とし子であるとするならば、そういう時間（伝統性）と空間（詠歌の場）の制約の中で生まれてくるものである。

本稿においては、この歌が「—は—なりけり」という典型的な構文を持つことに注目し、「見立て」の構造、「歌枕」の問題、歌合の歌であることなども考え合わせながら、文体論的にこの歌の座標を究めてみたいと思う。「なりけり」の通時論的な、また共時論的な問題を指摘することが多くなることになろう。

一　「なりけり」――語法から構文論へ

指定の助動詞「なり」に、過去的詠嘆または詠嘆の助動詞「けり」が接続したものと分析しても「なりけり」の表現価は言い尽くせない。「にぞありける」「にこそありけれ」とともに「なりけり」が、むしろ、一語の助動詞と意識され広義の歌語と意識されていたのではないかと思うほど、特には「―は―なりけり」という構文によって類型化している。この連語「なりけり」等について、『手爾葉大概抄之抄』が、「…如此類なりとは、なりけり、かりけり、つるかな、ぬるかな、けらしもの類なるべし。こころをつよくもたせでは置間敷手爾波なり」と指摘するのを引いて山口明穂は(4)「なりけり」などに「強い感動の意があるということであろう」と読みとっている。さらに「『なり』と『けり』との合して出来た『なりけり』は、しばしば詠嘆の意を含めた判断の表現に用いられるのであるが、それは『けり』の意味によるのである」（時枝・増淵『古典の解釈文法』至文堂・一九五三）とも指摘されるが、「けり」のみに負うのではなく、「なり」も「上接の叙述について単に肯定するだけでなく、さらに言い定めるような、いわば多少強調的印象を伴う(5)」と解されるように、発想において情意的でありえた。

昨日といひけふとくらしてあすか河流れてはやき月日なりけり　（古今集・冬・三四一・列樹）

リズムを無視すれば、右の歌は「なりけり」を「かな」に置き換えても詠嘆的叙述がなりたち、構文はくずれないが、表現意識の違いは大きく現れてくる。つまり「なり」の重みがない。その重みとはなにか。「なり」の示す肯定判断は、判断する言語主体の、充分客観性があるという確信に支えられているもので、その点で「かな」「らし」「らむ」などと価値を異にしている。森重敏が『日本文法―主語と述語―』（武蔵野書院・一九六五）で指摘する「なり」の「という」との相当性は、さらに言語主体が、世間一般において許容される判断であるという意識を持って「ある事態」を判断することを裏づけてくれるし、それ故「理法」[6]への志向を示していると言えるのである。それが「―は―なり（けり）」の構造に典型的に現れる。森重は、『古今集』の理法を求める姿を「なり」をめぐって詳説した注(6)の論文で「＋なりけり」型を「普遍的な理法へも直入的に求心する」型であり、『古今集』において「情緒的詠嘆の類型」をなしたと解いている。

「昨日といひ」の歌は、「月日」が「昨日…はやき」という性格を持つという、そういう「もの」であるという事実を、一般的に許容される事実（理法）と判断している。そしてそう自覚しなければならなかったこと自体が問題なのであり、「月日…はやき」を「理法」と自覚することによってかえって無常感からのがれられない自分を強く意識し、つまりは無常を諦念し詠嘆することになるのである。「かな」に置換しては、単に主観的詠嘆にとどまり、客観性を設定し、その客観という壁をクッションにして主観を訴える強い抒情性は失われる。

「かな」が、眼前の事態への一回的な心のあり方を示す詠嘆という機能を持つのに対して、「なり」は、普遍的理法へと向かい、個別的な体験・感動をもとにしているはずの文学――しいては和歌において使われる時、そのもとの個別性から出発しながら、その個別の場合をも包摂した判断（理法）を示すことになり、それ故、個別的な場合を通して発見された理法は、過去にさかのぼり、かつても類似した場合においてその「理法」はあてはまったはずであり、そう回想し気づくことは必然となる。だから、ある事態が過去から現在にいたっていることを回想的に確認する助動詞「けり」を伴う「なりけり」は、理法の発見という驚きを表出することになる。峯村は「『なりけり』で初めて気のついた驚きの気持を表わす」と解く。「古今集に『けり』が多いという事実は、それだけ詠者の対象に対する知的な見方の数が多いということになろうか」という指摘[7]は、結び語「けり」のみに注目し、「なり」を無視している点で不充分に思われる。注(4)の論文で山口は「名詞」＋「なり」で言い切る形が、和歌の世界では、その数が少ない事実を、『前摂政家歌合』（一四四三年）の判詞に「聞にくく」とあるのを紹介し、「…あるいは、その言い方が散文的であるなどの理由で和歌の風情にそぐわないとして嫌われたのか、それに関しては現在の段階では判断することはできない」と述べる。しかし、古今歌人の発想をみる時、次のように考えられよう。

彼等のねらいは、「―は―なり」という理法そのものを示す、あるいは求めることにあったのではなく、抒情性を、擬人や比喩による「見立て」という修辞で飾ろうとしたのであり、その見立てという発想こそ観照的態度に支えられたある事態の新しい事情の発見または、解釈を必然のものとして要求したのである。そしてそれは詩歌の文学として、その「ある事態」を「ことば」の世界――観念的世界に結びつけることによっても、発見はあり解釈は生みだされていったのである。そこに「古今風」の知巧的抒情性があり、そういう発見をし、解釈を生み出した心のときめきこそ「けり」によって表現されるものであった。「けり」こそ文学性（本質）を支え、「なり」はその感動の裏づけをする手段であったとみるべきで、把えた事態の構造を指定するものであったのだ。それが「なりけり」となり、または「なりけり」を省略した「体言止め」になって、和歌の結びとして「なり」のみで終止することの少なかった理由であろう。

二　「なりけり」構文――その発生と展開

「〇〇〇なりけり」をA型、「〇〇にぞありける」をB型、「〇にこそありけれ」をC型とする（末尾表Ⅰ参照）。B型とC型の違いは、それぞれに上接する体言の音節数によって使い分けられたというにすぎないようであるが、それでもB型の典型、つまりかなりの程度の類型化をなしている「ものにぞありける」とC型の典型「名にこそありけれ」とには、表出の意識に違いがみられるようだ。A型とB・C型との違いは、上接の体言の音節数の違いを超えるものである。勿論、三音節以下の体言――実際にはほとんどが三音節の体言であるが――でなければ「なりけり」句を構成することはできない。それよりも、Ｂ・Ｃ型では「ぞ」「こそ」（時には「は」、万葉集においては「し」）が付加されることによって判断は強調され、その限りにおいて、詠嘆性は強化されたと言える。それは、例えば、

秋風に散る紅葉葉は女郎花やどにおりしく錦なりけり　（後撰集・秋・四一〇・よみ人しらず）

の歌で典型的である「ＡはＢなりけり」という構造、つまり「所喩（上句）は能喩（下句）なりけり」[補注1]と明確な対比をなす例が、より詠嘆的なＢ・Ｃ型において少なく、より理法性の高いＡ型には比較的多いという現象に結果しているとみられる。

また、Ａ型の特徴は、それに上接する語が、体言にとどまらず、体言の場合をａ型として、動詞等用言の連体形の上接するもの（a′型）、また「…なればなりけり」のように接続助詞その他の上接するもの（a″型）が存在することである。しかし、構文的にはＢ・Ｃ型もＡ型に置換しうるものとしては同型なので、特にことわらない場合は「なりけり」（構文）という時、それは三型すべてを対象にしているものとする。

表Ⅰに示した通り、八代集を通して、ほぼ平均六％ほどの「なりけり」構文の歌が含まれており、しかもその使用率においてさしたる変化のないことに気づく。しかし、『古今集』においてやや少なく、『新古今集』になると、他の勅撰集のあり方からすれば、半減していることが注目される。杉谷の調査[8]によると、結び語として「けり」が古今集では一七四（一五・八％）にもなるが、新古今集では一五八（八・〇％）と半減しているという。その一半の因を「なりけり」構文の使用率が荷っていることは否めない。さらに杉谷は結び語としての助詞も調査し、「かな」が『古今集』では五六（五・一％）であるのに、『新古今集』では「かな」一九〇（九・六％）と「『けり』とは逆に倍に増加している。平板な感動の『かな』が対象を直線的に把えて、感情の捻転がみられない」と説くように、これまた「なりけり」構文との相関関係を考慮すべきことと思われるが、別稿にゆずる。

「なりけり」構文の統計にみられる特色について、二、三の問題点を指摘すると、

一、『古今集』では、よみ人しらず歌より作者歌の方が「なりけり」の使用率は高いが、『後撰集』『拾遺集』では逆に一・四％も低くなっている。

二、a型の割合が詞花集以後高くなる。それに反してa′型a″型が特に『後撰集』『金葉集』に多い。

三、B、C型の使用率が『金葉集』から減少。その傾向の中で『千載集』の二一首は注目すべき現象である。また、『新古今集』の四例のうち慈円の歌を除くと、後の三首は、紀有常、中務、花山院という三代集歌人のものである。

『古今集』の「なり」については、それの表現類型を整理し、それぞれの類型の表現価値と類型間の表現構造の関係をするどく解明した森重の注(6)の論文に詳しい。本稿では、「なりけり」構文のみを扱い、森重のふれていない点を、『後拾遺集』までの「なりけり」歌を対象に構文の問題に関して二、三指摘するにとどめたい。

こふといふはえも名づけたり言ふすべのたづきも無きは吾が身奈里家利《ナリケリ》　（万葉集・四〇七八・家持）

万葉の「―は―なりけり」歌は右の一首のみ、しかも古今的抒情性がしのびよってきつつあった頃の家持において初めて生まれた。岩波日本古典文学大系の〔大意〕に「…持たないのは、私の身だと今になって分りました」とある。個人的な体験を通して、運命への諦念が、個人的な「生」に備わる運命の理法として自覚されており、「ことば」に頼らない抒情性の歌となっている。早く人麻呂の歌などに、「…にしありけり」型がいくつかみられるし、「ことば」の名と実とのそぐわないことを歎く「言にしありけり」が慣用句として類型化をみせて家持（七二七）にいたるまで詠まれている――これは『古今集』の「名にこそありけれ」に継承される――が、「（もの）にぞ（こそ）ありける（れ）」が登場するのは、天平歌人になってであり、四首みられる。しかし、これもやはり「ものなり（にあり）」と異なり、あくまでもそうした判断に至ったのは、自分ひとりの具体的経験という個別性の上に

立っての抽象化であり、観念化であることを、「けり」という助動詞が示している。そして個人の事情に立つことから詠嘆性は存在し、しかもその詠嘆性のみに終始していて、古今以後にみられる「ある事態」を「ことば」によって新しい解釈を発見していく知巧性はまだみられない。また「かくのみにありけるものを」という慣用句が示しているように、古今以後ほどに「なり（にあり）けり」が末句に限定されることがなく、途中句に多く存在したことが、「──は──なりけり」という論理性観念性を持つに至っていない事情を語っている。

妹が家に雪かも降ると見るまでにここだも乱ふ梅の花かも　（万葉集・八四四）

『古今集』以後の「なりけり」構文の典型の一つが、「A（と見ゆる（など））はBなりけり」という見立ての歌であるが、万葉にもその原型と思われるものがすでに右の歌など七例ほどみえるが、巻一〇の作者未詳の一八四七番歌をのぞくといずれも天平に入ってからの、また天平に活躍した歌人の歌である。しかしまだ「なりけり」構文をなしていない。『古今集』になっても「梅」を「桜」にと展開したり、

衣手は寒くもあらねど月影をたまらぬ秋の雪とこそみれ　（後撰集・秋・三二八・貫之）

と転じた工夫はみえるが、万葉を遠く離れていない歌も勿論多くある。しかし一方、『古今集』になると、

ⓐ　吹く風の色のちぐさに見えつるは秋の木の葉の散ればなりけり　（古今集・秋・二九〇・よみ人しらず）

ⓑ　白玉の秋の木の葉にやどれると見ゆるは露のはかるなりけり　（後撰集・秋・三一一・よみ人しらず）

ⓒ　むばたまのよるのみ降れる白雪は照る月影のつもるなりけり　（同・冬・五〇三・よみ人しらず）

ⓐ「に見えつるは」は、見立てというより錯覚であり、錯覚である以上、その本体は解明されなければならない。しかし、ⓑ「と見ゆるは」になると同じ錯覚だといっても、錯覚している虚像の美を積極的に肯定しようとしている。さらにⓒ歌になると、錯覚という生理現象に基づくことを表現のおもてに出していない。「見立て」のおもしろさを求めている。さらに進むと、生理に基づかないで、観念的に錯覚を生みだし、「ことば」による見立ての歌

を生みだすようになる。つまり隠喩的方法による見立ての歌が完成している。総じて「よみ人しらず」歌より撰者時代の歌に多く見られるようだ。『後拾遺集』になると、右のⓑよりもⓐに近い「なりけり」構文が比較的多い。同集において「…とぞ見る」「…に見えける」等の末句の目立つことと合わせて、古今風の知的観念的な「ことば」による見立ての世界は目指さず、特に四季歌においては実感主義的なあり方をしている一面が『後拾遺集』には見られる。三代集の間には歌人の構成メンバーからいって「なりけり」構文に関しては、文章史的にみて特色と思われる差があまり見られない。

「—は—なりけり」構文は「—は」という主題に関してのみの理法の発見であるのに対して、「—ぞ（こそ）—なりける（れ）」構文は、例えば、

あはれてふことこそうたて世の中をおもひはなれぬほだしなりけれ　（古今集・雑・九三九・小町）

のように「…ほだし」として、外にも色々予想されようが、「あはれてふこと」が他の何よりもまして作者には強く自覚されたことを指摘する。つまり、「あはれてふこと」以外の「ことがら」にも思いをはせていることになる。しかし、人生経験を通して、その「人生」をみつめることによって奥深い真理をつきつめたという、やはり「発見」の詠嘆によっており、「真理—理法」と自覚することによって、あるものは強い願望の、あるものは絶望の諦念の表出となる、という点では「—は—なりけり」構文とも共通するが、「—ぞ（こそ）—なりける（れ）」が、いわゆる見立ての構造をとる時、「能喩は所喩なりけり」（α構造）ではなく、例えば、次の歌のように、

つれもなくなり行く人のことのはぞ秋よりさきの紅葉なりける　（古今集・恋・七八八・宇于）

「所喩（は—ぞ）能喩なりけり（る）」（β構造）となっていることが比較的多い(補注2)。しかし、

山田もる秋の刈穂に置く露はいなおほせ鳥の涙なりけり　（古今集・秋・三〇六・忠岑）

秋風に散る紅葉葉は女郎花宿におりしく錦なりけり　（後撰集・秋・四一〇・よみ人しらず）

これらはβ構造であるが、「は」によった叙述になっているものもある。実は能因の「嵐吹く」の歌もβ構造であるが、「ぞ」でなく「は」による表現なのである。「露―涙」「紅葉―錦」という見立ては、かなり早い時期から美的類型をなし定着している。つまり、見立ての生まれたもとの発想「涙（かと思ったら）露（だった）」という錯覚を根拠にする必要のない歌語世界の通念が成り立っていた。だから歌の工夫は、「露は涙」という固定概念の上に立って「…露は…涙」の「…」の部分に、新しい発見による限定を加えるというところになされた。そこでここに問題にしている「嵐吹く」の歌をもそのように解釈するとすれば、「紅葉」を「錦」に見立てることに歌人の工夫（趣向）があったのではなく、「錦―紅葉」という通念の上に立って、それぞれを二つの歌枕で限定しているところにこそ工夫があったということに一応はなる。

三　「なりけり」の文体素としての可能性

数値で抽象すれば、末尾表Ⅰから、平安朝において一〇〇首の歌が生まれると、その中に六首の「なりけり」構文の歌が詠まれたということになる。ひとまず六％という数値を判断のメドにして、この章では各歌人における「なりけり」歌の存在状態を調べてみよう。末尾表Ⅱは、八代集に三首以上の「なりけり」歌を持つ歌人別の統計表である。

A群は「なりけり」歌勅撰入集歌数の全入集歌数における割合が一〇％を上まわっている歌人群、B群は、その割合の一〇％未満六％以上のもの、C群は六％未満のもの、D群は二首以下の歌人群。備考欄には主に国歌大観に載る私家集を調査して、「なりけり」歌の存在する状況を示そうとした。単なる数字的処理にすぎないが、この表は色々問題を提起してくれそうである。

さて、勅撰集間には見られなかった「なりけり」使用率の差が個々の歌人にあたってみると、かなりの差を生じていることがわかる。しかし、多数入集している歌人で「なりけり」歌を詠んでいない歌人はみあたらないから、「なりけり」歌を詠じやすい歌人と、そうでない歌人という程度の差であるが、「なりけり」の通時的な把握が確立した後では、それぞれの歌人の作歌態度、発想を「表現」から究められる可能性があり、文体論的研究も可能であるとみてよかろう。

②④⑬⑭⑳㉑の古今後撰集歌人が、勅撰入集歌の事情ほどに、私家集においては「なりけり」歌を多く持っていない。それは、古今風の確立を目指す中で比喩を駆使して、鋭く理法を求めることによって人生の詠嘆を歌おうとした努力のうち、その目標により近く迫った歌が多く勅撰集にとり入れられたという事情を物語ってはいないか、その限りにおいて貫之は、真の実力者として知巧性に秀れた歌人であったことを数値は物語っている。あわせて注目しておきたいことは、D群の漢学者大江千里が、勅撰集においては二首しか「なりけり」歌を持たないが、勅撰入集全歌数が一八首にすぎないことからすれば、A群に属することになるとともに、家集においては、一二三首中一四首の「なりけり」歌を持つという使用率の高さを持つ歌人であることである。

同じくD群に属する歌人に、俊成、定家等注目すべき歌人が多い。定家の少ないことは、『新古今集』の「なりけり」使用率の低さと結びつくものがあろうが、その『新古今集』において、「後鳥羽院御口伝」が象徴的に語るように、定家と対照的な歌人であり、『新古今集』入集歌数ベスト一位の西行に注目してみよう。C群までに入る『新古今集』歌人は⑫を除けば⑲㉖㉗と「法師」であるのは偶然であろうか。しかし、西行もC群に属するにすぎなく、勅撰における「なりけり」使用率は、『新古今集』のそれを大きく上まわってはいない。

さて、小林秀雄に西行の歌道を評した文章「西行」があるが、そこで小林が引いている例歌をみると、五五首のうち一〇首が「なりけり」歌である事実に気づく。少なくとも歌を通して西行の内面、西行の生命を感じとろうとする時、西行の面目は「なりけり」歌にこそあったと言って過言ではあるまい。ちなみに、『山家集』最初三〇〇首をみただけでも、備考に示した通り、一〇%を優に越えるA群歌人である。文学史的に注目されているように、定家等の芸術派に抗する歌境にあった西行を、まさにその芸術派が西行の歌を最も多く『新古今集』に入集させたのであるが、西行の面目をかなりセーブしたところで西行は選ばれていることになる。㉗の慈円の大家集『拾玉集』のうち巻二をみると、やはり、かなりの「なりけり」歌を含んでいる（末尾表Ⅱ備考欄参照）。その巻二の中には、定家の勧めで、寂蓮とともに詠じた百首歌があるが、その一〇〇首の中には「なりけり」歌は二首しかない。その定家のかかわる一〇〇首を除くと、慈円の「なりけり」歌の割合は九%近くになる。

定家の家集『拾遺愚草』は、ほぼ年齢を追って歌が整理されているというが、定家に「なりけり」歌が少なかったということはない。しかし、年を追って「なりけり」歌が、減少する傾向にあったとみてよいようだ。

俊成卿はどうか、勅撰歌一〇九首のうち「なりけり」歌は二首、しかし彼の家集『長秋詠草』には七四七首のうち五〇首も「なりけり」歌がある。しかしその多くは「釈教歌」に属する歌である。『公任集』にも一〇%ほど「なりけり」歌があるが、「釈教歌」といってよいような仏教に関した歌にかなりみられることが、注目される。あわせて先の⑲㉖㉗の法師とともに、より率の高いA群に道因法師、能因法師の位置することを思うと、『後拾遺集』以後の「なりけり」の表現価値がどういうものであったかが暗示されているように思える。

さて能因法師である。『家集』（桂宮本）は、上、中、下の三巻からなる。各巻中の歌の排列は、必ずしも年代順とは言えないが、上、中、下巻は青年期、壮年期、老年期の三別となるという(9)。各巻の「なりけり」使用率は、それぞれ、10／66、6／91、17／99（この計は表Ⅱ備考欄）。老年期（五十八歳まで）になってその率は急増している。例の「嵐吹く」の歌は、六十二歳の時の歌であった。まさに「嵐吹く」の歌は、能因の自信満々、得意な詠法で詠んだものであったのだ。歌三昧にひたりえていたであろう。なかでも、『能因法師集』下巻に、

もみちははさかりなりけりまきの葉をいろつくはかりしくれふりつつ（二一七）

といった末句ならぬ途中句に「なりけり」を持つ歌が四首もあることは、万葉集以来他にあまり例のないことからしても注目したいことだ。これはまた、西行の、

年たけて又越ゆべしと思ひきやいのちなりけり小夜の中山（新古今集・羇旅・九八七）

の名歌も思いおこさせ、この歌を羇旅の部に入集させた選者のセンスの問題はともかくとして、この種の歌が新古今集には五首にすぎないことは能因の四首との対比から、おもしろい数値である。

最後に、俊頼、清輔が「なりけり」歌の多作歌人であり、好忠（曽丹集14／483）、基俊（藤原基俊家集3／203）式子内親王（式子内親王集7／373）、良経等が「なりけり」歌の少ない歌人であることを指摘し、「なりけり」を文体素として文体論の可能性のあることを結論して、この節を終わる。

四　紅葉は立田川——歌枕と能因法師

幽斎は「嵐吹く」の歌を、人麻呂の「立田川紅葉葉流る神なびの三室の山にしぐれ降るらし」の「類也」とした。この歌は『拾遺集』には人麻呂とするが、『古今集』では、よみ人しらず歌（二八四）である。多くの注釈者が同じく、類歌、または能因が依拠した歌として『古今集』（二八四）を指摘する。一首に歌枕「立田川」と「三室の山」とを同時に詠みこんだ歌が、少なくとも三代集にはないことからすれば、二つの歌枕の関係を、『拾遺集』にも載る『古今集』（二八四）の歌によって能因は知っていたとすることは正しい。

しかし、三室の山である神南備山を立田河と結びつけている深養父の『古今集』（三〇〇）の歌からも想像しえたことはさておいても、能因が『古今集』（二八四）の歌を念頭において詠じた、少なくとも本歌取的発想でもっ

て詠んだとみるのはあたっていないと思う。また、『古今集』序に「秋のゆふべ立田川に流るる紅葉をばみかどの御目には錦と見給ひ」ともあり、すでに古今時代に紅葉を錦と見立てることは固定した美的観念であったから、「嵐吹く」の歌を、紅葉を錦と見立てた趣向にポイントを置いたり、見立ての歌とみることによって、この見立てを陳腐だとして、能因の作にしては工夫がなさすぎるとみるのは、能因の意図をはずれていよう。紅葉葉を錦とみることは、

霜のたて露のぬきこそよわからし山の錦のおればかつちる　（古今集・秋・二九一・せきを）

等の歌にみるように、勿論この歌の場合なら、「霜」「露」「散る」などが言外に紅葉を語っているとは言っても、所喩の「もみぢ葉」を表出することなしに充分能喩「錦」はその機能をはたしえた。そして「紅葉葉─錦」という常識化した見立ての観念を前提にして、初めて行きつき得た歌境でもあった。

末句が「紅葉なりけり」「錦なりけり」となる類型歌は、勅撰集においては、ほとんどが三代集に属し、しかも「よみ人しらず」か、『古今集』歌人の歌に限っている。その例外が、当の「嵐吹く」の歌と、『千載集』三七四の朝仲の歌──この類型のすべての歌が「所喩（または能喩）は能喩（または所喩）なりけり」の構造を持っている中で、この朝仲の歌のみ例外で、見立てをねらいとせず、錯覚に詠嘆した歌──、それに『新古今集』一二四七の歌。ただし、この『新古今集』の歌は「天暦御歌」であり、三代集に属する。勅撰集以外では、たとえば、

散りちらずみる人もなき山里の紅葉はやみの錦なりけり　（和泉式部集・一九四）

のような例があるとしても、勅撰歌においては「紅葉─錦」という見立てを展開した歌はほぼ古今歌風期に限っているのである。ちなみに「なりけり」歌が四季歌にはどう現れているかを調べてみると、『拾遺集』まではその該当の四季歌の半数以上が、「秋」の歌であるのに対して、『後拾遺集』以後は「秋」の歌が大きく後退し、「春」の歌の率が多くなっている。その中で、『千載集』では再び「秋」の歌が約六割をしめるという復活をしているのは

特記にあたいしよう（末尾表Ⅲ参照）。

「嵐吹く」の歌は「紅葉—錦」という見立てにねらいは持たなかった。とすれば、ねらいは歌枕との関係でとらえるべきであろうか。歌枕から抽象化し「山—紅葉＝河—錦」と解しても、対句的構造美の成立はあっても、新しい詩情とは言えないから、やはり歌枕の地名そのものに、能因の発想（この歌の「面目」）はあったとみるべきであろう。すでに同時代の先輩公任に『諸国歌枕』の著書があり、そして旅に生きた能因も『能因歌枕』を書き「国々の所々の名」と標して一〇〇〇に近い地名を列挙しており、当時の「歌枕」の概念が平安末期以後のように「名所地」のみに限定するものではなかったとしても、[10]名所地としての「歌枕」もかなり分類整理されていたとみられる。この事業こそ、旅にてその地にふれることを人生の喜びとした能因を象徴するものであり、それはまた、『袋草紙』にいう、『古今集』以来歌われた「長柄の橋造の時の鉋くづ」を袋に入れてもち歩いた能因ならではこそであったわけである。

うもれ木のわれかくちははなにはなるなからのはしのはしはしらかな（能因法師集・下・一九九）

はなかつみおひたるみれはみちのくにあすかのぬまのここちこそすれ　詞書「こもの花のさきたるをみて」（同・同・二〇九）

実体験か、「ことば」または「ことのは」を通しての追体験に基づくものかその区別は困難であるが、「はなかつみ」の歌の「ここちこそすれ」こそ「歌枕」を愛する能因の生きがいであり、歌道執心だった。

家隆が「立田川」（二八四）の歌の「しぐれ降るらし」は「嵐ふくらし」とすべきと言ったという。[11]「紅葉—時雨」が万葉的発想の伝統であった。しかし、「紅葉—山おろしの風」の結びつきは早く古今の「よみ人しらず」の歌（二八五）などにも見えるが、三代集では「紅葉—錦—裁つ（立田）」という「ことのは」の観念世界での詩想が主たるものであった。「嵐」の入る余地はなかった。

あさまだきあらしの山の寒ければもみぢの錦きぬ人ぞなき　（拾遺集・二一六・公任）

これは大井河遊覧の時の歌。あらしの山は「嵐山」である。同じ公任の歌で『後拾遺集』には、次の歌もある。

おちつもる紅葉をみれば大井河ゐぜきに秋もとまるなりけり　（後拾遺集・三七七）

能因法師より少し時代が下るが、白河院の歌に、

大井河ふるき流れを尋ねきてあらしの山の紅葉をぞ見る　（同・三七九）

がある。『栄華物語』「根合」に「嵐吹く」の歌が生まれた歌合の場の様子が事こまかに記録されている。「…唐衣にも紅葉を分けて出づる月おどろおどろしくおかし。大井河・戸無瀬の滝などしたる人もあり」とある。「嵐吹く」にこそ、能因の粉骨があったと指摘する貞徳の考えは正しかった、そして当時、紅葉への興味が、その名所地としてはもっぱら大井河、嵐山に集中してきている（ましてや紅葉というと大井河の様子を衣に描く。この歌合の方人の女房の衣がそうだったのだが）当時の風習・趣向に対して、能因は「紅葉の錦」は南京（大和）の趣きこそ日本の美意識ですぞと言い出さずにはいられなかったにちがいない。それが歌枕を愛する老能因の面目であった。「錦立つ竜田…」という掛詞の伝統を放棄して、嵯峨の山にかこつけて歌われている「嵐」を、そのかわりに取り入れて、一首をなしたところに工夫があったとみられないだろうか。

立田河しがらみかけて神なびの三室の山の紅葉をぞ見る　（金葉集・俊頼・二八四）

立田川あらしの峯によわるらんわたらぬ水も錦たえたり　（新古今集・五三〇・宮内卿）

神無月三室の山の山颪に紅くくる竜田川かな　（式子内親王集・二五七）

など、点線の部分にそれぞれ『古今集』の本歌を想像することができる。三代集にはみられない、「三室の山」と「立田川」、「立田川」と「嵐吹く」とを結びつけた発想には能因法師の歌が影響しているとみるべきであろう。先に述べた家隆の「嵐ふくらし」とあるべきだという「評語」も、美意識、美的素材の観念の類型がこうした時代と

ともに移り変わっていった結果、万葉の伝統が『古今集』においてぬりかえられたように、『後拾遺集』が特に能因の歌枕意識を契機に平安前期のものから平安後期のものへと転換した結果生まれた、平安後期の観念の中で生まれた「評語」であったのだ。金子の言を借りれば、「僻説」であった。

表現の問題として残るのは、二節でふれたが、この歌は「所喩は能喩なりけり」という見立ての典型をなしてはいるが、見立てに眼目のある歌ではなかったが、では、この「は」はどうみるか。「『…Ⓐもみぢばは…Ⓑ錦』なりけり」という構造、ⒶⒷに示された歌枕（地名）による、「もみちば」「錦」それぞれの限定にこそ能因の「ねらい」があったとみるべきではないだろうか。つまり、伝統的な美意識の理法を、まさに理法中の「理法」と確認し、詠嘆している歌、その理法なることをさとそうとする老歌人の気魄がこもっている。

おわりに

多くの現代の注釈書が「嵐吹く」の歌が、単純平明、ひねりのない歌であるとし、その味気なさを「歌合」の歌であったことに原因があるとしているが、すでに『拾遺集』に、忠見と兼盛の勝負の話もあるように「晴」の歌であるからこそ、歌作にも芸術的センスを発揮して臨む姿勢は要求されたと思う。天徳内裏歌合等によって「歌合」の芸術的価値は高まり、勅撰集撰集の重要な資料にもなったというから、歌会歌、屏風歌などにおける以上に歌人は力のほどを競ったと言ってよいであろう。(12)

〔底本〕『万葉集』『古今集』『新古今集』は岩波日本古典文学大系、『後撰集』『後拾遺集』は『八代集抄』上・下（八代集全注）、『能因法師集』は桂宮本叢書㈢、『和泉式部集』『式子内親王集』は私家集大成によった。

注

（1）石田吉貞『小倉百人一首評解』（有精堂・一九五六）。
（2）久保田正文『百人一首の世界』（文藝春秋新社・一九六五）。
（3）注（1）に同じ。
（4）山口明穂「助動詞『らし』とその周辺の語—中世文語の用法—」（『國語と國文學』四五—九）。
（5）山崎良幸『日本語の文法機能に関する体系的研究』（風間書房・一九六五）。
（6）森重敏「『なり』の表現価値—古今和歌集における理法と比喩—」（『國語國文』三八—八）。
（7）杉谷寿郎「古今集—三大歌風と文法—」（『文法』一—四）。
（8）（7）に同じ。
（9）桂宮本叢書私家集三『能因法師集』（解題　橋本不美男）。
（10）小町谷照彦「歌枕」（『文法』一—四）。
（11）金子元臣『古今和歌集評釈』（明治書院・一九四一）。
（12）高崎正秀、尾崎暢殃『百人一首の解釈と文法』（明治書院・一九五八）。

（補注1）本稿では、比喩になぞらえて、所喩（たとえられる語）、能喩（たとえる語）の用語を用いているが、「見立て」の歌を比喩（暗喩）の歌と区別した別稿（本書後編〔四〕1参照）などでは、「所喩」を「実像」、「能喩」を「虚像」という用語で捉えている。この場合については「実像（上句）は虚像（下句）なりけり」ということになる。

（補注2）（β構造）は、「つれもなく」の歌のように「所喩ぞ（こそ）能喩なりける（れ）」という係り結びになる場合が一般であるが、そうした「とりたて」の認識による「見立て」が一般化する（珍しくなくなる）と、「所喩は能喩なりけり」という認識に至ると考えられる。

表Ⅰ

和歌集名＼型		A型 a型	A型 a′型	A型 a″型	B・C型	A・B・C型総計	備考
万葉集（約4500）		9	0	0	14	23	B・C型一四首のうち一〇首は「にしありけり型」である。a型には「にありけり」方も含む。
古今集（1111）	よみ人しらず	9	2	3	11	25	「よみ人しらず」歌数四五六首
	その他	21	4	1	14	40	
	計	30（47）	6（9）	4（6）	25（39）	65（5.7）	
後撰集（1426）	よみ人しらず	18	12	4	20	54	「よみ人しらず」歌数七一八首
	その他	21	9	2	11	43	
	計	39（40）	21（22）	6（6）	31（32）	97（6.8）	（a′型）多し
拾遺集（1351）		36（44）	11（14）	3（4）	31（38）	81（6.0）	「よみ人しらず」歌数四二七首のうち二九首
後拾遺集（1300）		41（51）	11（14）	3（4）	25（31）	80（6.2）	
金葉集（716）		25（54）	11（24）	2（4）	8（17）	46（6.0）	（B・C型減少）（a′型）多し
詞花集（411）		19（73）	3（12）	0（0）	4（15）	26（6.3）	（A型ふえる）特にa型
千載集（1285）		57（66）	8（9）	1（0）	21（24）	87（6.7）	（B・C型）多し
新古今集（1979）		47（80）	7（12）	0（0）	4（8）	58（3.0）	90％以上が「なりけり（A型）」

（表注）和歌集名の下の（　）はその歌集の全歌数（『八代集抄』）。「A・B・C型総計」の（）は全歌数に対するパーセンテージ。

「A型」「B・C型」の（）は「A・B・C型総計」に示した歌数に対するパーセンテージ・小数点1位で四捨五入。

表Ⅱ

群	歌人名	初出歌集	なりけり歌数	撰入歌数	備考
A群「なりけり」10%以上	①紀 貫之	古今	31	321	貫之全歌集（「古典全書」） ※121／1056
	②素性法師	古今	5	47	素性集 5／95
	③清原深養父	古今	3	28	
	④中務	後撰	4	31	中務集 14／240
	⑤能因法師	後拾遺	5	49	能因法師集 ※33／256
	⑥堀河右大臣	後拾遺	5	29	
	⑦源 俊頼	金葉	12	116	散木奇歌集（悲歎部） ※7／67
	⑧源 師時	金葉	3	8	
	⑨藤原清輔	千載	5	32	清輔集 ※36／440
	⑩道因法師	千載	4	24	
	⑪殷富門院大輔	千載	3	15	
	⑫藤原秀能	新古今	3	18	
B群　10〜6％	⑬伊勢	古今	9	136	伊勢集 24／510
	⑭躬恒	古今	9	124	躬恒集 14／330
	⑮清原元輔	拾遺	6	87	元輔集 7／200
	⑯輔相（すけみ）	拾遺	3	37	
	⑰藤原公任	拾遺	4	59	公任集 ※51／564
	⑱藤原長能	拾遺	4	46	長能集 ※9／147
	⑲寂蓮法師	千載	3	42	
C群　6％以下	⑳壬生忠岑	古今	3	62	忠岑集 3／58
	㉑平 兼盛	後撰	3	69	兼盛集 7／210
	㉒和泉式部	拾遺	6	137	和泉式部正続集 87／1550
	㉓大中臣能宣	拾遺	4	106	能宣集 ※7／80
	㉔相模	後拾遺	3	64	
	㉕源 経信	後拾遺	3	54	大納言経信集 13／277
	㉖西行法師	千載	6	112	山家集（初めの三〇〇首） ※38／300
	㉗慈円法師	千載	3	101	拾玉集巻二 ※37／500

D群「なりけり」歌２首以下
大江千里（18　千里集14／123）業平（56）小町（29）友則（57）遍昭（29）兼輔（35）伊勢大輔（37）好忠（57　曽丹集14／583）重之（45）匡房（56）基俊（37　基俊集3／203）赤染衛門（59）俊成（109　長秋詠草50／747）家隆（47）良経（86）定家（54）俊恵（35）式子内親王（58　式子内親王集7／373）俊成女（29） （　）中の数字は、八代集入集の全歌数である。

（表注）備考の※は、私家集における「なりけり」歌の率の高いもの。

表Ⅲ

		四季歌（秋）	恋	なりけり歌全総数	備考
古今集	よみ人しらず	5（4）	12	25	17／25 恋が半数
	その他	9（5）	12	40	
	計	14（9）	24	65	
後撰集	よみ人しらず	15（10）	31	54	46／54 恋に多し
	その他	13（4）	15	43	
	計	28（14）	46	97	74／97
拾遺集		23（12）	20	81	恋のほとんどが「よみ人しらず」の歌
後拾遺集		32（13）	18	80	50／80 雑歌に多くなる、「春」の歌一三首
金葉集		25（5）	9	46	「春」が一〇首夏六首
詞花集		10（1）	4	26	「春」が四首
千載集		38（22）	23	87	四季歌特に「秋」の歌多し、「春」は五首
新古今集		5（1）	28	58	恋・雑歌多し

3「難波江の芦間に宿る月」の歌――勅撰和歌集名歌評釈

神祇伯顕仲ひろたにて歌合し侍とて、寄月述懐といふことをよみてとこひ侍けれはつかはしける　左京大夫顕輔

なにはえのあしまにやとる月みれはわかみひとつもしつまさりけり

（詞花和歌集・雑上・三四六）

一　本文校異と典拠

右は、三春秋田家本を底本として翻刻した『詞花和歌集』（井上宗雄・片野達郎校注、笠間書院）によった（以下、詞花集の歌及び校異は、この翻刻本による）。

校　異　詞書「こひ侍けれは」――『八代集抄』本と国歌大観本では、「いひ侍けれは」とある。和歌「わかみひとつも」――高松宮本では、「わか身ひとつは」とある。

当歌は、詞書にみる通り「ひろた（広田）」神社頭における歌合の歌である。群書類従には、次のように収められている。

西宮歌合（大治三年八月廿九日於₌広田社頭₋講ㇾ之　神祇伯顕仲卿一家人々相共所ㇾ会也）

判者　前左衛門佐基俊

一番　月寄述懐

　　左　　　　前美作守顕輔朝臣

難波江のあしまにやとる月みれは我身ひとつも沈まさり梟

　　右　　　　神祇伯顕仲卿

かゝみ川影見る月にそこ澄て沈むみくすのはつかしき哉

　左右いつれもなたらかに侍。中にも芦間にやとる月見て我身ひとつもしつまさりけりとおもひしられける。姨捨山の月みけん人の心よりもなくさめかたく思たまへらるれは今少し心ありとや申へからん

また、国歌大観本『左京大夫顕輔卿集』では、「源伯西宮にて歌合し侍りしに、寄レ月述レ懐」（詞書）とあり、歌本文には異同がない。

また、『詞花集』を不満とすることから撰集されたという『後葉集』（群書類従本による）では、「神祇伯顕仲広田にて歌合し侍りけるに寄月述懐のこころを」（詞書）とあり、歌本文には異同がない（巻一六雑一）。

「西宮歌合」は、大治三年（一一二八）、顕輔三十八歳の時のもの。『詞花集』は、仁平元年（一一五一）撰進。顕輔は、六十二歳であった。

二　詞書表現の類型

かつて『古今集』の詞書をとりあげて、その文章表現の規範性にふれたことがあるが[1]、勅撰集によって、その規範性には多少の異同があることは認めねばならない。『詞花集』は『詞花集』独自のゆがみを持っているであろう。まず、詞書の文章表現の問題をとりあげたい。というのも、当歌の詞書の文章が『詞花集』詞書の規範（と思われるもの）から逸脱した表現になっており、そのことが、『詞花集』中の和歌として当歌を解釈するうえで一つの手がかりを与えてくれると考えるからである。

問題は、詞書文章末の表現、つまり、和歌をひき出す直前の文節にある。この末尾の文節は、助動詞「けり」を含む文節（これを「けり文節」とする）と含まない文節に大別でき、後者はさらに、末尾の文節が「よめる」とある文節（これを「よめる文節」とする）と、「題知らず」「かへし」などの、その他の文節とに分けられる。以上の三種を部立群（一〇巻を三群に分けた。第一群は、巻一―四の「四季」群、第二群は、巻五―八の賀、別、恋の「恋など」群、第三群は、巻九、一〇の「雑」群）別に整理したのが、表Ⅰである。

表Ⅰ

部立群	歌数	よめる文節	けり文節	その他	詞書数
四季	161	92 (66.2%)	12 (8.6%)	35 ((32)) (25.2%)	139
恋など	114	42 (40.0%)	40 (38.1%)	23 ((17)) (21.9%)	105
雑	145	78 (54.5%)	39 (27.3%)	26 ((14)) (18.2%)	143

（表注）歌数の総計は国歌大観番号を上回るが、よった翻刻本が被除歌等を諸本によって補っているからである。歌数と詞書数とは異なる。末尾の文節数は詞書数である。（%は各群の全詞書数に対するもの。）「その他」の(( ))項は「題知らず」の数を示す。

「よめる文節」と「けり文節」とが、詞書総数中にしめる、それぞれの割り合いが、「四季」「雑」「恋など」の順にほぼ反比例をなしている。特に両文節の、「四季」における比率の差は大きい。

「よめる文節」に属する詞書は、「よめる」に上接する語句の表現内容[2]から、三類に分けることができる。

第一類は、「…春たつ心をよめる」（一、以下、（　）の数字は歌番号を示す）、「梅花遠薫といふことをよめる」（九）、「…かすみをよめる」（二）など、詠歌対象（歌の素材・題材[3]）を示すもの。第二類は、A項「…歌合によめる」（三）、「…百首歌たてまつりけるによめる」（六）など詠歌の機会を示すものと、B項「はじめて鶯《うぐひす》のこゑをきゝてよめる」（四）、「…もみちをみてよめる」（一二九）など詠歌の契機を示すものと、この二種からなり、詠歌の動機を示すもの。第三類は、その他のもの——「…かたかきたる所によめる」（七）などの屛風歌であることを示すもの一五例、「…家にてよめる」（九七）など詠歌の場所を示すもの四例、「恋歌とてよめる」（二〇八）という詠歌の発想を示すもの一例、——以上二〇例。

以上の三類の詞書数を部立群別に整理したのが、表Ⅱである。

表Ⅱ

部立群	一類	二類 A項	二類 B項	三類	計
四季	35	31	17	9	92
恋など	4	16	16	6	42
雑	11	14	48	5	78
計	50	61	81	20	212

第一類は、ほとんどが題詠である。「恋など」「雑」では「四季」に比べて、題詠が非常に少ない。日常の生活にかかわって詠まれた歌が多いということになる。このことは、第二類における、A項——詞書の内容と歌の表現内容との間に直接の関係がない場合——と、B項——詞書の内容が歌の表現内容と直接的に関係している場合——との割り合いにおいて、「四季」「恋など」「雑」の順に反比例をなしている。つまり、「雑」歌では、歌合などの「晴」の歌より、現実生活において遭遇した人事を詠んだ歌が多いことを示す。そして、「四季」歌では、歌合などの「晴」の歌が圧倒的なのであり、第一類の数の多さと合わせて、このことは『詞花集』中の「四季」歌の性格を物語っている。

統計結果を分析的に解釈する余裕はないが、表Ⅱから読みとれる

『詞花集』の傾向は、「四季」群が歌合などにおける題詠歌、「晴」の歌を主としているのに対して、「恋など」「雑」群は、私的な日常生活の中で詠まれた「褻」の歌が主となっていることである。「よめる文節」にみられるこの傾向が、「よめる文節」と反比例をなす「けり文節」の、部立群の間にみられる数値の差に対応していることは言うまでもないことである。

三　「つかはしける」（詞書）

「けり文節」の異なる表現類型は、『詞花集』では、次のA―Jですべてである。

A　よませ給ひける
B　よみ給ひける
C　よみ（て）侍りける
D　（いひ）つかはしける
E　たてまつらせ侍りける
F　いひいれ侍りける
G　いひ侍りける
H　かきつけ（侍り・たり）ける
I　おくり侍りける
J　よみける

（（　）は、（　）中の語が表現されているものといないものの両方があることを示す）

右のうちJ「よみける」の二例（三四三・三六二）はともに異本に「よめる」とあるもので、表Ⅰ・Ⅱでは「よめる文節」二類B項の例として処理している。A・Bは、上皇・天皇、または中宮・皇后の歌の場合に限られており（勅撰の性格から当然のことであるが）、A・Bには敬意の程度に差がある。Aの一六例はすべて上皇・天皇の歌の場合で、Bの三例はすべて中宮・皇后の歌の場合である。但し、集中三例はこの規範に合わない。そのうち一つは天皇の詠でありながら「…よみてつかはしける」（三七七）とあり、もう一つは、上東門院の歌が「…よませ給ひける」（三八二）となっている。しかし、この二例とも国歌大観本、精撰本にはない歌で、「被除歌」とみられている歌である。残る一例（一九二）については存疑。[4]

「けり文節」の表現性は、この敬語を含むA・Bの場合が端的に物語っている。この「けり」表現は歌の成立において、詠者の詠歌行為自体が注目すべき行為であったことを示すのである。この点で『古今集』の場合と同じ規範性を示す。A・Bの場合は、詠歌の行為者が皇族であることによって詠歌行為が特筆すべき価値を持っていたことを「けり文節」は物語っていると考えられる。

以上A・BとJを除き、さらにC「よみ（て）侍りける」を除いた、[5] DからIまでの「けり文節」は、詠歌の処理行為を示す表現である。この詠歌行為、あるいは処理行為自体が歌の表現内容そのものであるか、または歌の表現内容と直接的に関わっているか、のどちらかである。それ故歌を読みとく場合に、この詞書の内容自体が大いに関与してくることになる。歌は詞書なくしても独立しうる条件を備えているものではあろうが、これらの場合は、ことに詞書の存在によって歌の表現は具体的でリアルな個別的な心情伝達の機能を果たしえたのである。

このD—I群の詞書と歌の内容との関係は、歌の詠み手と受け手との関係で三類に分けられる。詞書に示された「受け手」の状況自体、またはそれをふまえて詠まれた歌である場合と、詞書に示された「受け手」と「詠み手」との関係状況自体、またはそれをふまえて詠まれた歌である場合と、詞書に示された「詠み手」の状況自体、またはそれをふまえて詠まれた歌である場合の三類である。いずれにしても、歌の詠み手か受け手の状況を詞書が示しており、それを素材（歌材）にして歌が詠まれたこと、またはある処理がなされたことを「けり文節」は表現しているのである。

E―Iまでの例は各部立群数例ずつであり、圧倒的にD項が多いのである。

「けり文節」に属する全詞書九一例中（D―Iの詞書数は七二例）、五四例がD項に属する。このD項の詞書数を部立群別に示したのが表Ⅲである。

「四季」の「けり文節」一二例中七例がA・B「よま（せ）給ひける」である。D項が二例しかないことにも「四季」歌の性格がみえている。以上みてきた「けり文節」の表現性からみて、歌の処理行為のうち贈歌行為を示すD項が「恋など」に圧倒的に多いことは当然であろう。

「（いひ）つかはしける」で引導される歌の表現内容は、その詞書で示されている人事（受け手の状況、または受け手と詠み手の間の状況）をふまえたものとなっているのであり、そうした詞書に示された人事をふまえて詠歌された、その行為自体を注視しようとする表現意識が「けり文節」D項にはあった、と考えられる。

以上のような詞書の内容と歌の表現内容との関係を示す性格をD項「（いひ）つかはしける」の表現性として規定するとき、当歌「難波江の」の詞書の「つかはしける」のみが例外的なものとなってくるのである。この例を単に例外として[6]処理してしまうこともできるが…。

表Ⅲ

部立群	D項	E―I項	けり文節
四季	2	1	12
恋など	33	2	40
雑	19	6	39

ところで、当歌は『詞花集』撰者顕輔の自撰の歌である。全般的には表現の規範性が厳密にまもられている詞書だと言えるし、ましてや『玄々集』や『金葉集』三奏本との関係からみても、詞書を『詞花集』の構造の論理で操作しているとみられる事実のあることからも、撰者顕輔は、詞書の表現においてかなり自覚的であったと思われる。それ故当歌の詞書を「つかはしける」と「けり文節」に

したのには、それなりの表現意図が顕輔にはあってのことと考えるのが妥当であろう。

当歌は歌合における題詠歌である。つまりその詞書は「よめる文節」、第一類または、第二類A項に属する表現をとって示されるはずだった。「…歌合によめる」とか「…歌合に…といふことをよめる」とか示すのが『詞花集』における規範意識にかなうことであった。

「つかはしける」である以上、当然詞書には歌の受け手（神祇伯顕仲）が示されており、その受け手と詠み手との関係を示す「よみてとこひ侍ければ」（異本「いひ侍ければ」）ということばもある。ところが、この詠み手と受け手との人事（関係）が、またそれによっての詠歌行為―処理行為自体が「難波江の」の歌の表現内容とかかわりをもっていない、というところに例外とみるべき理由があり、詞書規範から逸脱していると考えられるのである。

四　歌合の場「広田社」

では、当歌において「けり文節」を用いた表現意図は何であったのか。結論を先に述べる。「けり文節」は、詞書の内容と歌の表現内容との関係が詠歌という行為自体にかかわって結びついていることを示す表現であった。そこで、当歌の歌の表現内容と結びつく詞書中の表現は、直接的には「ひろたにて」であると考える。つまり、この歌が「ひろたにて」催された歌合のために詠んだ歌であったがゆえに、「難波江の」という歌になったのだということを、顕輔は意図したのではないかと考える。

「ひろた」とは、摂津国武庫郡（今は西宮市）の広田神社のことであり、多くの摂社をもっていたが、本社は西宮ともいわれ、このときの歌合を「西宮歌合」と呼ぶ。顕仲一家は大治三年（一一二八）八月二十九日に広田社で歌合を催し、つづいて九月二十一日には、広田摂社南宮で「南宮歌合」を催し、さらに九月二十八日には、住吉神社に参詣して「住吉歌合」を講した。承安二年（一一七二）にも有名な「広田社歌合」が催されたが、この一連の歌合が平安末期から盛んになっていく社頭歌合の先駆的な役目をになうことになったことは歌合史の明らかにするところである。

「広田」「難波」「住吉」は、同じ摂津国に属した。平安朝になると、京から西国に下るには、河陽の山崎あたりで舟をあがり山裾伝いに陸を芦屋にぬける大路（西国街道）と、山崎をすぎてさらに淀川を舟でまたは淀川ぞいに下り難波を経て西国へと行く大路（京街道）と、二通りがあった。『山槐記』は、「出二河陽宿一、於二神崎渡一、乗レ輿、出二松原如来東一、其間道甚狭」（治承四年十一月十六日の条）と記す。これは後者の場合であり、「松原如来」とは広田摂社の一つの松原社で大日如来を本地としていた。

顕仲一行は、広田社からさらに住吉社に参詣しているが、その折は当然のこと、京から広田社への往路も後者の難波経由でなかったかと思う。顕仲一行の旅にとって、難波は縁の深い土地であり、旅宿の地でもあったであろう。とすれば、このことは顕輔にも当然わかっていたと考えたい。

しかし、顕仲一行が広田社を参詣した目的が奈辺にあったかはわからない。「広田神社」は「醍醐天皇延喜の制、名神大社に列し、祈年月次相嘗新嘗及び祈雨の幣に預り、白河天皇永保元年、二十二社制定に際し、其の一社に加へられ」た「阪神間唯一の官幣大社にして然も兵庫県下第一の古大社」なりと「広田神社略記」が記すところからみると、神祇伯の顕仲一家にとっては、少なくとも半ば公的な任務をもっていたと考えた方がよいであろうか。

村井康彦は、平安貴族たちが「東は住吉社、西は摂津の広田社に参詣するという口実で、『天下第一の楽土也』の楽しみをもとめてやってきた」[7]と指摘する。「天下第一の楽土也」とは、大江匡房『遊女記』中のことばで、難波なる神崎、蟹島、江口の里などを指した。源師時『長秋記』には、広田社参詣と江口・神崎の遊女とのことにふれているし、『台記』（藤原頼長）久安四年（一一四八）には住吉社詣と江口の遊女のことを記している。

「難波江の」歌のイメージから神崎、江口などの遊女たちのことが連想される。

五　広田社と遊女

当歌に関して遊女を思い浮かべることには、もう一つ所以があるからである。それは、「広田社」自体にある。大江匡房『遊女記』に、「南則住吉、西則広田。以レ之為下祈二徴嬖一之処上。殊事二百大夫一。道〔祖〕神之一名也」（『群書類従』）とある。滝川政次郎によると、[8]「祈徴嬖」とは、今の「御座敷がかかる」と同想のことばで、『梁塵秘抄』の今様にある「遊女の好むもの…男の愛祈る百大夫」の「男の愛祈る」と同義であると言う。広田社は、遊女たちの信仰の篤い社であった。今の広田神社には百大夫を祀っている形跡はないが、『伊呂波字類抄』巻十「諸社広田」のうちに「百大夫（文殊）」とあり、先の「南宮歌合」の催された「南宮」は、現在の西宮神社であるが、この現在の西宮神社には百大夫社がある。『梁塵秘抄』をみると、「南宮」を詠んだ歌謡がいくつか見られ、[9]「神社歌」には「広田一首」もある。石清水八幡宮にも百大夫社があったことは文献からわかるそうであるが、そこが淀・山崎あたりの河陽の遊女の信仰を集めていたとすれば、広田社は、殊に江口、神崎あたりの、難波の遊女の信仰を集める神社であったと想像される（広田社は「五所大明神」[10]として、住吉、八幡の大神なども祭っていた）。

当歌は、この歌合が「ひろたにて」催されたことを契機にして、詠歌の発想・構想の源をそこにおいて成立した和歌と考えられる。

六　難波江と鏡川

では、「難波江の」の歌は、遊女のことを詠んでいるのであろうか。

当歌は、「西宮歌合」「一番左」に位置し、当然「勝」となった歌であった。この歌に番えられたのは催主顕仲の歌であった。「月寄述懐」の題詠で、やはり沈淪の身をなげく歌である。「鏡川影見る月にそこ澄みて沈むみくづ」と詠み顕輔の歌の情景と類似的である。左歌が「難波江」を詠み、右歌は「鏡川」を詠む。

しかし、この「鏡川」についてはよくわからない。『国歌大観』索引では、「鏡川」の句はみあたらない。広田社には御手洗川（現存）はあるが、「鏡川」のことは、当社の方に聞いてみたが縁がないようだ。『日本国語大辞典』にも「鏡川」とは、高知市付近を流れる川のこととしかふれていないし、それは特に歌枕というものでもない。とすると、想像された虚構の川であったのか。不用意に誤写説をもち出すのは不謹慎だが、筆者には、この「鏡川」は「鏡山」のあやまりではないかと思われてしかたがない。「西宮歌合」は『群書類従』本が孤本で、「鏡川」の歌を撰入する唯一の歌集『夫木抄』にも、「鏡川」とある。(11)

「鏡」の語があれば、「影」の語が出てくるのは、当時の一般的な言語感、あるいは表現意識であった。しかし、歌で多くみられるのは、「鏡山…影…」といった表現類型であったと思われる。次のような歌がある。

(1)　鏡山君に心や見つるらむ急ぎたたれぬ旅ごろもかな　　経家

(2)　さまざまに移る心も鏡山影みぬ人を恋ふるものかは　　隆信

この二首は「六百番歌合」（建久四年・一一九三）での、「傀儡に寄せる恋」の題詠歌である。近江国の鏡山（蒲生郡）は、青墓や野上などとともに傀儡子の遊女で知られる地で、「鏡山」は歌枕であった。もし、右歌の「かゝみ川」が「かゝみ山」の誤写だとすれば、この一番の左右歌は、水辺の遊女と陸上の遊女とをそれぞれふまえて詠まれた対照的な歌だということになる（ただ、「鏡川」の方が「そこ澄みて沈むみくづ」とのつながりがよいということもある。ここに歌語のあり方の一つの問題がある）。

ともかく「鏡山」誤写説はまだ早計であろう。

七　歌枕「難波江」

歌の成立の外的な条件から、難波の遊女を想起しうることを述べてきたが、何よりも「難波江の」の歌の表現自体を検討することによって考えてみなければならない。つまり、例えば、「難波といふ歌枕が内包するイメージの歴史的なあつみ」(12)を確かめてみなければならない。難波は歴史上重要な地理的条件をそなえていたことから、『万葉集』以来多く詠まれてきた。天野才八の調査(13)によると、大和地方の地名を除けば、『万葉集』から八代集にわたって、住吉、吉野、逢坂、難波が、頻出度において飛びぬけて高い四大地名（歌枕）だと言える。

『万葉集』時代、三度の「難波宮」の置かれた政治的な土地であり、また、海上交通の要地としての「難波津」「難波潟」「難波の海」であった。そして、枕詞「押し照る（や）」を冠して用いられることが多かった。この「津」からこぎ出る舟を詠み、その「海」を詠む。それは、また筑紫へと旅立つ防人たちの歌が多かったことを想像させるに充分である。また、

(3)　海娘子棚なし小舟こぎいづらし旅のやどりに梶の音聞こゆ　（九三〇）

この歌は、難波宮を詠んだ長歌（笠金村）の反歌で、やはり難波宮を詠み、漁する海人を詠んだ歌が「田辺福麻呂集」にある。

「難波」に「芦」を合わせ詠んだ歌はまだ少なく、枕詞「あしがちる（難波）」が二例、「芦がき」が一例と、それに次の二首だけであった。

(4)　押し照る難波堀江の芦辺には雁ねたるかも霜のふらくに　（二一三五）

(5)　（長歌）押し照るや難波の小江に廬つくりなまりておる芦がにを…
（三八八六・「乞食者詠」の一首・為レ蟹述レ痛作レ之也）

「堀江」は四三六〇の長歌にも詠みこまれているが、『万葉集』で「江」の語をもつのは、以上の三首である。

『古今集』以後は、勅撰集歌に限って確かめてみる。枕詞「押し照る（や）」は『古今集』の一例を除いて、ほとんど姿を消し[14]、「難波津」も相対的に極少となり、「難波潟」「難波の浦」が主となる。「難波江」の初出は、『拾遺集』である。[15]「潟湖や入江をカタということがあり、ナニハガタは干潟をさすか不明なものが多い」[16]とされるが、「難波潟」「難波の浦」が海辺または、より海に近いところを、「難波江」は、より入江、淀川などの下流あたりを指しているように思われる。[17]『拾遺集』から「難波わたり」、『後拾遺集』から「難波のこと」など、漠然と難波の地を指す語がみられるようになるが、平安京に都が敷かれて以後、淀川の治水工事が進み、難波の中心地が難波宮――難波津あたりから北上して、淀川を少し入りこんだ神崎、蟹島、江口あたりが栄えたようで[18]、「難波わたり」「難波のこと」とは、そうしたあたりを中心にして指したことばではなかったかと思われる。「難波江」はやはり、入江を意味し、神崎、蟹島あたりが、その代表的な場所であったであろう。

(6)　津の国の難波のことか法《のり》ならぬ遊びたはぶれまでとこそきけ　遊女宮木
（後拾遺集・釈教・一一九九）

『遊女記』によると、宮木は蟹島の遊女であった。この歌の「難波のことか」は掛詞であり、「なんのことが…か」という意で、「難波のこと」は、ほとんど「なにのこと（も）」「いずれのこと（も）」の意を掛けて用いられた。しかし、宮木は自分を「難波に住む遊女」であると自覚し、それを「難波のこと」としても詠んでいるところに意味があるので、「津の国の難波」を「なに（何）」をひき出す、単なる修辞語とみなしてすますことはできない。

『古今集』以後「難波」に「名には」を掛けることや、「（難波なる）御津」に「見つ」を掛けること、さらに「芦・芦刈り」に「悪し・悪しかり」を、「刈り根」「浮根」に「仮寝」「浮寝」を、「節」に「夜」を掛けること、

「(芦の裏葉の)うらみ」「(長柄の橋の)ふる年」とつづけたりすることなど語義の連想によって歌語の世界が形成された。また、清和天皇の御代から立て始められたと伝えられる「みをつくし（澪標）」（『日本三代実録』）に「身を尽し」を掛けて用いる例も『後撰集』からみられる。

三代集を通して、歌枕「難波」を詠んだ歌は、『拾遺集』の物名歌の二首を除いては、すべて「恋」歌か「雑」歌であった。それらの歌の表現が以上見てきた掛詞を用いるものであることからみて、「恋」「雑」に集中したことは充分納得できることである。

歌枕「難波」を詠んだ「四季」歌が登場するのは、

(7)　こころあらん人に見せばや津の国の難波わたりの春のけしきを　能因法師　（後拾遺集・春・四三）

をはじめとする『後拾遺集』の四首からである。うち二首は歌合の題詠歌であった。

地名「難波」とともに「芦」が詠まれた歌は、『古今集』では、

(8)　津の国の難波の芦のめもはるにしげき我が恋人知るらめや　貫之　（古今集・恋・六〇四）

の一首であるが、『後撰集』からは数首ずつみられるようになり、「芦」の名所の観念が固定する。[19]

『後撰集』には、『大和物語』で津の国鳥飼の遊女とする「大江玉淵のむすめ」の歌を収めている。

(9)　難波潟なににもあらずみをつくしふかき心のしるしばかりぞ　（後撰集・雑・一一〇四）

入江の芦が風物としてもてはやされた。それは遊女たちの住む所の風景でもあった。

「ことば」の必要性から掛詞などによって難波や難波の地に縁のあるものが詠みこまれたようにみえるが、畿外の歌枕とは異なり、ことに「難波の地」は、案外体験された地であり、「ことば」の背後には、それなりの実感がこもっていたのではないかと思われる。遊女たちの生態にふれた実体験が、たとえ、ことばを契機にして成った歌であっても、それらの歌を「恋」や「雑」の歌として成立させる契機になっていたのだと考えられないか。

八　難波江遊女の生態

『更級日記』には、「舟の梶の音聞こゆ。問ふなれば、遊女《あそび》の来たるなりけり」とある。『遊女記』にも「倡《ママ》女成㆑群。棹㆓扁舟㆒看㆓検舶㆒。以薦㆓枕席㆒」とあるように、遊女たちは小舟に乗っていた。

先に「傀儡に寄する恋」の歌を引いた「六百番歌合」には、また「遊女に寄する恋」の題詠もあった。

(10)　芦間わけ月に歌ひてこぐ舟に心ぞまづは乗り移りぬる　顕昭

(11)　浪の上に下《くだ》す小舟のむやひして月に歌ひし妹ぞ恋しき　中宮権大夫

(12)　誰となき浮ねを忍ぶあまの子も思へば浅きうらみなりけり　家隆

(13)　いづ方を見てかしのばむ難波女の浮寝の跡に消ゆる白波　寂蓮

これらはすべて水辺の遊女であることが分かる。おそらく江口、神崎、蟹島あたりの遊女を念頭において詠んだものであろう。(10)の「芦間わけ」などからみると、『詞花集』の、

(14)　難波江のしげき芦間をこぐ舟は棹の音にぞゆくかたをしる　行宗　（雑・二八五）

の「舟」が遊女の舟でないとは言えない。「水草隔舟」の題詠である。旅人の舟や遊女の舟が芦間を往反する、それは「難波江」らしい風景として都人には観念されていたことであろう。また、寂蓮には、「遊女」の歌、

(15)　いかでかく宿も定めぬ波の上にうきて物思ふ身とはなりけむ　（玉葉集・雑・二四三四）

も、あり、また『頼政卿集』には、

(16)　ともとりも小舟もみえでたはれめ（遊女）が声ばかりこそ霧にかくれね　（秋・霧隔行船）

という歌がある、以上の歌(10)～(13)(15)(16)はみな、当歌「難波江の」の歌より後世の歌である。しかし、右の歌中に傍

線をほどこした語句は、『和漢朗詠集』の詩句をふまえているのではないかと思われる。『和漢朗詠集』には、「遊女」の題で収める詩歌が四首あり、みな水辺の遊女を詠んだものである。

⑽⑾の「月に歌ひ（て・し）」は、

⒄　倭琴緩く調べて潭月に臨み　唐櫓高く推して水煙に入る　（七二一・順）

の前半部に基づき、頼政の歌もこの後半句を翻案した歌にみえる。さらに⑿「あまの子」⒂「宿も定めぬ」は、

⒅　白浪のよする渚によをすぐす海人の子なれば宿も定めず　（七二二）

によっているのではないか。⒅は、『新古今集』雑下にも入集している。また『本朝文粋』巻九「遊女を見る」詩序中の詩句も『和漢朗詠集』に収められている。

勅撰集の「難波」詠には、遊女が詠んだ歌はあっても、遊女のことを直接詠んだとわかる歌はない。しかし、歌枕「難波」に内包するイメージとして、難波の芦とともに、遊女の存在をぬきにしては考えられなかったのではないだろうか。『遊女記』には、「上自二卿相一、下及二黎庶一。莫レ不下接二牀第一施中慈愛上。」とし、殊に神崎については、「刺吏以下自二西国一入レ江之輩。愛二神崎人一。」と記するように、受領にとっては、忘れられぬ土地であったことが分かる。顕輔も受領を歴任し、美作守であった経験がすでにあった。

『後拾遺集』以降、公的な歌の話題となる歌人層が、曽禰好忠、女房歌人、能因法師を師とし先輩とする和歌六人党などと地下の人々にも拡大し、歌語が、そして歌が創造――享受される集団的共通基盤は裾野を広げていたのである。

『古今集』以来、先に指摘したような、難波の地名や風物が掛詞として、もう一つの語義を提示する機能を持ち、それらのもう一つの語義によって、歌枕「難波」のイメージは形成され豊かなものになっていったのである。それは、もう一つの語義の必然から、詠嘆述懐的な歌が多いとされる雑や恋、哀傷、別の歌が主として形成された。

この、ことばによって形成された歌枕「難波」の「晴」的なイメージの世界に対して、その裏側に、難波江の芦間を分くる人生の「罪に沈み」[20]、一夜の恋をうらみ、逢不逢恋を忍ぶ遊女たちの現実があって、それは都の貴族たちにとって、歌枕「難波」の「褻」的なイメージの世界を形成していたのである。つまり、「難波」歌の底流を形成していた。

鎌倉以後の遊女たちの受けるようになった社会的束縛や閉鎖性、例えば後世の「くるわ」の遊女の実態に比すれば、平安朝の遊女にはまだ自由があり、芸能の伝承者としての誇りがあり、華麗・風流の世界にあけくれできた、とは言っても「天下第一の楽土也」とはやはり男性からみた理屈にすぎなかったであろう。遊女は「定めなき」[21]人生に身の沈淪をなげく「法外の民」であった。「遊女を見る」詩序の作者大江以言は「余毎歴此路見此事、莫未嘗為之長大息矣」とも記している。

『能因法師集』には、「傀儡子にかはりて」として、次の歌がある。

(19)　いづくともさだめぬものは身なりけり人の心を宿らするまに

『詞花集』には「くぐつなひき」の詠んだ歌もある。

平安後期の貴族たちは、芸能人として歌謡を上手にする遊女たちの謡《うた》に対して大いなる興味を持っていた。それは『梁塵秘抄』口伝集巻十の詳しく伝えるところであり、その中には、顕輔の父顕季（保安四年・一一二三没）が、「日詰めにて、墨俣・青墓の君ども数多喚び集めて、様々の歌を尽し」たともいう。「君」とは「遊君」のことである。

九　芦間に宿る月

この月を、瀬戸内海のかなたに沈もうとしている月、とみる解釈があるが、誤りであろう。確かに西傾の月、西に沈む月とみれば、下句の「沈む」ともよく呼応するし、また、陸地から水辺、海辺の芦叢を見るとすれば、難波においてはおおよそ西方、つまり瀬戸内海の方をみることにはなるであろう。しかし、「芦間をこぐ舟」「芦間わけ月に歌ひてこぐ舟」とあったように、ここは、芦叢と芦叢の間、つまり、芦の生えていない水面にうつる月とみるべきである。それは、次のような発想の歌の伝統化の中で詠まれたとみるべきだからである。

⒇　水清み宿れる秋の月さゑ《ママ》や千世まで君とすまんとすらん　源順　（詞花集・秋・九二）

この歌は「水上月」の題詠である。歌合などの題詠に「水上」「池上」「江上」の月を詠題とするものが『拾遺集』あたりから多くみられる。

㉑　水底に宿る月さへ浮かべるを深きや何のみくづなるらむ　左大将済時　（拾遺集・雑・四四一）

㉒　水の面に月の沈むをみざりせばわれ独りとや思ひはてまし　菅原文時　（同・同・四四二）

右の二首はともに「水上秋月」の題詠である。水面にうつる月を「宿る」とも「沈む」とも捉えている。顕輔の子顕昭は、後者の歌を引いて、『詞花集注』で、「拾遺ニ文時卿詠云（㉒の歌略）此哥ニヨク相似歟、然而ナニハエノアシマニヤドルノ詞宜歟、世以称透逸」と言っている。

月を見ることが契機となって自分の内面の感情を自覚した歌や、月が契機（媒介）となって空間的には隔たる土地のことを思い、時間的には過去へと思いを馳せる歌などがあった。それに加えて、自分を月と同類とみる発想の歌が、やはり『拾遺集』あたりから多く見られるようになる。

㉓　とふ人もくるればかへる山里にもろともにすむ秋の夜の月　素意法師　（後拾遺集・秋・二五九）

「（山の端を）出づ（＝出家・脱都）」「澄む（＝住む）」など、まずはことばの発見から月との同類意識は歌に定着したようだが、こうした発想の歌は内容からいって法師などの歌に多くみられたようだ。さらに、仏教の教えの浸透にともなって、歌の世界では釈教歌が登場してくる。「維摩経」十喩の一つ「此身如㆓水中月㆒」を詠題とする、次のような歌がある。

(24)　つねならぬ我身は水の月なれば世にすみとげんこともおぼえず　小弁（後拾遺集・雑・一一九二）

(25)　すめば見ゆにごれば隠る定めなき此身や水に宿る月影　宮内卿永範（千載集・釈教・一二二一）

八代集において、月を詠みこんだ歌は『古今集』から『新古今集』へと漸層的に増加するが、殊に『後拾遺集』から飛躍的に増えていることが谷山茂の統計からうかがえる。[22] 歌材「月」が生み出す歌の世界が、右にみたような事実を含んで拡大していったものと思われ、『金葉集』では「秋」の月の歌、つまり、叙景歌としての月の歌がかなり多いようだが、『後拾遺集』『詞花集』では「雑」の月の歌がむしろ多かった。「月」の「述懐」という詠題が、当歌の「西宮歌合」にはじまると言われることからして、[23]「述懐」歌としての「月」の歌の世界が観念化されることにもなってきたのである。しかし、詠題としての述懐の月歌は、この歌に始まるとしても、すでにあった述懐的な月の歌の伝統の上に詠まれているとみるべきであろう。それが顕輔の歌の態度でもあった。

小舟に乗って芦間を分け行く遊女は、「潭月に臨みて」ふと我が身の定めなきことを述懐する、そんなことがしばしばではなかったか。

難波江の芦間に宿る月見れば我が身ひとつも沈まざりけり

ここに「遊女にかはりて寄月述懐といふことをよめる」と詞書があっても充分通る。

しかし、当歌は、題詠ながら「我が身」とあるのは、顕輔自身のこととみなければならない。それは『袋草紙』が語るように、当時の顕輔自身に沈淪をなげく事情があったからである。歌合では作者名が「前美作守」とあり、ここにもその間の事情が読みとれる。何者かの讒言により、白河院の怒りをかって昇殿をさしとめられていた時の歌である。

題詠であることは、必ずしも現実の個人的な事情を詠まなくてもよいことを意味したであろうが、しかし、少なくとも歌にこめられる心情は詠み手が主体的に表出しようとするものでなければならなかった。

そこで、当歌は、その表現性を次のように理解すべきであろう。これまで難波の遊女のイメージを追ってきたが、当歌において「遊女」は歌の素材ではなかった。「我が身」の語で示される素材は詠み手自身であり、それが述懐の主体でなければならない。その点で⒂「遊女を（よめる）」の寂蓮の場合と異なる。⒂の場合「身」とは「遊女の身」であった。当歌では詠み手顕輔は自分を「我が身」と客体化して、その沈淪の心を表出している。しかし、歌枕難波の内包するイメージとしての遊女の生態を全体の比喩とすることによって我が身の沈淪のさまとこころとを、彷彿とさせているとみるべきではないか、と思う。

歌全体に沈淪する遊女のさまとこころとを想像させながら、それからの類推によって「我が身（詠み手）」の沈淪のさまとこころとを表現しようとした。または、そう読みとることのできる表現を意図した歌であった。遊女を描きながら、結局はそれを比喩にして「我が身」を詠んだとみるのである。

顕昭『詞花集注』や『古来風体抄』が指摘するように、当歌の優は、上句の難波のイメージが沈淪の心情に結びつけられたところにあった。

十　我が身ひとつも沈まざりけり

「我が身ひとつ」は、『万葉集』以来用いられ、歌語的な慣用句、特に『古今集』の歌によって歌語として定着したとみてよかろう。

㉖　月見ればちぢにものこそかなしけれ我が身ひとつの秋にはあらねど　大江千里　（古今集・秋・一九三）

当歌は、右の「秋」の歌を想起させる表現性を持つことによって述懐歌として「ちぢにものこそかなしけれ」という情意性をも直接的に受け継いでいると言えよう。

先の文時の歌では、「われ独り（『拾遺抄』では「我が身のみ」）」とあったが、客観的事実の伝達量には変わりはないが、「我が身ひとつ」であることによってはじめて、『古今集』以来歌語として内包するイメージ「ちぢにものこそかなしけれ」という情意性をも伝達しえたのである。この伝統的な歌語を継承しながら、さらに「我が身ひとつも」と類型から脱出しえてもいるのである。ここに顕輔の面目があった。

「我が身ひとつ」には二つの意味構造が考えられる。

一つは、次の歌にみる場合。

㉗　ともかくも我が身ひとつはなしつべし残らむ名こそ後めたけれ　道命法師　（新千載集・雑・一八八九）

これは「我が身」と言っただけでもよいのだが、その我が身を全的に、部分を残すことなく認識しているということを示す場合である。「世界はひとつ」の「ひとつ」と同じである。「我が身のみ」とは置換しえない。

もう一つは、先の㉖の「我が身ひとつ」の場合で、全他者の身と我が身と「身」ということでは対等であるのに、全他者の身からは区別する認識、つまり自分の身は孤立する身であることを示す場合で、「我が身のみ」と置換しうる。

「月見れば」に誘引される当歌の「我が身ひとつ」が後者の場合であることは読者にすぐ予想されたことで、とすると、「我が身のみも」という表現が成立しないと同様に、「我が身ひとつも」という表現は読者の予想を一瞬混乱させるものであったと思われる。『国歌大観』索引で検するところ、他に「我が身ひとつも」という句を持つ歌はみられない。

「我が身ひとつも沈まざりけり」という表現は論理的にはなかなかわりきれない。

「我が身」についてこの発見がなされる前提には、「我が身ひとつ（が）沈む」という認識があった。そこへ、

「沈む」のは「我が身ひとつ」でなかったという発見がなされたのである。「我が身ひとつ沈む」は「我が身のみ沈む」と同価値の認識であるから、副助詞「のみ」「も」の機能からみて「我が身のみも沈む」という表現は成立しない。同じく「我が身ひとつも沈む」も成立しなかった。

発見は、「わが身ひとつ沈む」を否定することにあった。それは、「我が身が沈む」という前提の上に、もう一つ沈むもの（月）が累加されなければならなくなった、という意味での「わが身ひとつ沈む」の否定である（つまり、他はすべて沈むが、我が身だけは沈まない、という否定ではないのである）。「我が身ひとつ沈む」の、いわゆる部分否定であった。

「我が身ひとつも沈まざりけり」とは、「我が身ひとつ沈む」に、その「否定」と「累加」と「発見」とを合わせて表現した句であったと考えられる。

「我が身ひとつ」を前者の意味構造の場合だとすると、「我が身ひとつも沈みてありけり」とでも表現できたところであるが、しかし、これでは、「我が身ひとつ沈む」という認識を前提にして「月の沈むこと」を累加するという、この歌の発想と矛盾することになるから、ここでは前者の意味構造ではありえなかったのである。

歌合で判者基俊が「姨捨山の月みけん人の心よりもなぐさめがたく思たまへらるれば」と言っているのは、「月」をも我が身の側にひきつけてしまった今、なぐさめてくれる対象を失ったと捉えているからだろうか。『八代集抄』注では「畢竟其たぐひとするは月影也。人に我沈るたぐひなるは、なきとの述懐なるべし」と言っている。「我が身ひとつも」と読者の予想を裏切りながら、結局は、「我が身ひとつは」の『古今集』以来の孤独な沈淪の思いを一層深刻化する心情を表出していたのだ、という点で、もう一度の裏切りを読者は感じたのではなかったろうか。ここに、この歌の表現の深さがあった。

十一　歌集の構造

「我が身ひとつも」という表現は、伝統的な歌語を用いながら、それを発展的に表現化しえたものであったが、さらに「我が身」という自分を客体化して捉えた語を用いたことによって、例えば、

(28)　池水に宿れる月はそれながらながむる人の影ぞかはれる　　小一条院　（詞花集・雑・二八九）

といった発想（「人の影」とは詠み手の影）もあるように、例えば、舟から身をのり出して水面にやどる月を見る遊女は、水面にうつる我が身の姿をもそこにみたであろうから、「我が身」という語から、水面にゆれる自分の姿をつくづくとみつめる舟上の人、という情景をもよみとることができるのである。

難詞花集的性格をもつ『後葉集』では、(28)の「池水に」の歌の次に並べて、当歌「難波江の」の歌を配列している。それだと、右のように、水底に沈む自分の姿を、内面的に沈淪する己自身の比喩として表現した、ということになる。沈淪する自分を視覚的にイメージ化した歌と解して読むことができるのである。

しかし、『詞花集』においては、「雑上」の末尾に位置する。「雑上」は「三島江」の歌にはじまり「難波江」の歌に終わっている。「雑」の歌には歌枕を詠みこんだものが多いことも特色と言えよう。

部立「秋」中の月の歌は、「秋の夜の月」など歌中にすべて「秋」の語を伴うものであり、「雑上」中の「月」の歌群の歌は「秋」の語をすべて伴っていない。[25] そこには秋の風物としての月というこだわりがなく、月のさまざまな姿や、月の見方、捉え方を一般的に詠んだ歌が多い。詠題「田家月」などあくまでも月そのものを詠むことが狙いであったことがわかる。ところが、先の(28)「池水に」の歌もこの「雑上」の月の歌群に属している。詞書では、確かに月そのものを詠むことが目的であったように見えるが、歌の内容自体は、他の、「月」の歌群の歌と比較し

てみれば明らかなように、どちらかというと自分のことを詠んだ「述懐」歌とみられるのであって、その点、『後葉集』が「難波江の」の歌と並べて処理配列していることはうなずける。

さて、当歌は勿論、この「雑上」の月の歌群にも属していない。「月寄述懐」という題詠であり、月は述懐の契機をなし、「月」よりも「述懐」の方にウエイトをかけて捉えていることになる。

松田武夫は、（三三二）―（三四六）の一五首を「述懐」の歌群とし、それぞれの歌の述懐歌性を詳述する。[26]が、「述懐」の歌群の内部構造、配列秩序については、「四季」部などにみられるほど深くは分析がなされていない。

まず、最初の三首、（三三二）（三三三）（三三四）、は「忘れられている身」をなげく歌を並べ、次の（三三五）は（三三四）と対比的な内容を持ち、「忘れられていなかった身」をよろこぶ歌となっている。以上四首はいずれも特定の人物との人間関係をふまえている歌である。前二者は「恋」と「雑」（出家の身で都の人をうらむ）で対となり、後二首は、「後二条関白…むつかり侍」「おほやけの御かしこまりにて侍」になげきの共通性をもちながら、しかし、歌の内容は右のように対照的である。

次の四首、（三三六）（三三七）（三三八）（三三九）は、「すぎさった過去、よきむかしを偲ぶ」歌であり、いずれもゆかりの特定の地がふまえられている。前二者は、それが別れの地であり、「死別」と「生別」という対比性をもつ。後二者は、北家の藤原ながら沈みてあるかなしみを踏まえた歌である。「春日」と「明石」の地名の語義が歌の表現・発想に関係しているのである。

次の五首、（三四〇）（三四一）（三四二）（三四三）（三四四）は、「すぎさった過去をしのびながら、『ゆくすゑ』に希望の感じられない」歌々で、いずれの歌も「すぎぬる方」「いにしへ」「むかし」など、過去を示す語を必ず含みもっている。

最後の二首、（三四五）（三四六当歌）は、「今の身の沈淪をなげく」歌で、「ふたたび」「ひとつ」という数字を持ち、それを否定表現がうけることで絶唱となっているという表現の共通性とともに、「我が身」という語をともに持ち、自分を客体化して捉えているという同想性を持つ。そして、後者の当歌は、内面の直接的な吐露ではなく自分の姿を客観化してとらえた歌になっている。

この「述懐」の歌群中の（三三八）は顕輔の歌で、詞書に「よにしつみて侍けるころ」とある（『顕輔卿集』では、「難波江の」の歌より後に位置する）。こうして、この「述懐」の歌群すべてが、群末に位置する「難波江の」の歌の述懐の内面的内容を補足する機能をも果たしうるという構造を持っているのである。

〔底本〕『万葉集』『古今集』『和漢朗詠集』は岩波日本古典文学大系、『後撰集』『拾遺集』『千載集』は『八代集抄』上・下（八代集全注）、『玉葉集』『新千載集』は国歌大観、『頼政卿集』『能因法師集』は私家集大成、歌合類は平安朝歌合大成によった。

注

（1）糸井通浩「「けり」の文体論的試論—古今集詞書と伊勢物語の文章—」（『王朝』四、本書前編〔二〕4）。

（2）「よめる文節」に直接上接する語句の表現内容による分類であるから、例えば、「天徳四年内裏歌合によめる」は、第二類A項と処理し、「寛和二年内裏歌合にかすみをよめる」は、第一類と処理する。

（3）詠歌対象については、「かすみをよめる」のような素材（もの）を示すものと、「春たつ心をよめる」「梅花遠薫といふことをよめる」のような題材（こと・ことがら）を示すものに分類できるが、いずれの部立群においても、後者の場合が圧倒的に多い。後者は勿論、前者の場合も詠題とみてよいであろう。

（4）「春立ける日承香殿女御許へつかはしける」（恋上・一条院御製）。（三七七）の例も「つかはしける」であったが、「つかはしける」のパターンが「よませ給ひける」に優先したのだろうか。

（5）C「よみ（て）侍りける」は九例。うち五例は「新院位におはしましし時…（よませ給ひける）によみ侍りける」

という表現を同じくするものである（ただし、〔一五五〕は、同じパターンに属しながら末尾が「よめる」とある。しかし、これも高松宮本・流布本ではともに「よみ侍りける」とあることが注目される）。この五例が「よみ侍りける」となっているのはA・B項の場合が、詠み手が皇族であったことに関係していたのと発想は同じで、いはば、この五例は皇族の直接の命令で詠ませられた歌であったことによると考えられる。と考えると、実は、「よめる文節」のうちで「よみ侍りける」となっていなければならないものが四例出てくることになる。ところが、その四例がまた、さきの五例とは異なる、他の共通要素を持っていることが注目される。それは四例とも、「うへのをのこどもを（御前に）めして」という語句をもっていることである。このようにパターン化して処理できるということは、それぞれにある基準による表現意識が確固として存在していたことを想像させるのである。ここではそこまでの表現意識を探っていく余裕がないので他日を期したい。さてC項の残る四例については存疑。（八二）（一五九、「高松宮本」のみ「よめる」）（一八七）（三八八、「八代集抄」本のみ「よめる」）。

（6）諸本に異同がみられないが、顕輔の未整理によるものか。誤写によるか、またはC項やこの例をも包みこむ、もう一だん巾広い基準で理解すべきか。

（7）『日本文化小史』（学芸書林・一九六九）。

（8）（9）『遊女の歴史』（日本歴史新書・至文堂・一九六五）。

（10）『伊呂波字類抄』『官幣大社広田神社誌』。

（11）萩谷朴『平安朝歌合大成六』「解説」。

（12）谷山茂『千載和歌集の研究』（私家版）。

（13）『歌枕序説』（穂波出版社・一九六八）。

（14）「直越えのこの径にしておし照るや難波の海と名づけけらしも」（万葉集・九七七）からみて、大和から難波へ越える山の上からみおろす難波の海の、あたり一面に光の照りみちる印象、実感をもって使われたのが「押し照る（や）」の枕詞であった。平安京遷都はその山越えの必要性をなくした、そして「押し照る（や）」が難波の印象・実感を伴わなくなったことが、その原因か。

(15)『古今和歌六帖』には数例みえる。「芦鴨」「芦鶴」と一緒に詠まれている。

(16)『万葉集(2)』(小学館日本古典文学全集)「付録」。

(17) 藤本篤『大阪府の歴史』(山川出版社・一九六九)には、「中世以前に上町台地東がわの旧東成郡域が、難波の入江といわれていたとき……」とある。「上町台地」とは、今の大阪城あたりのことで、その先端は〝難波の碕《みさき》〟と呼ばれていたという。

(18) 大和から山越えで難波に至るときにみる難波の印象は、まずはその海のさまであった(「押し照る」難波の海)。しかし、平安遷都後は、淀川の河口の地として芦辺の地としての印象が難波を代表した。特に神崎川と淀川とが結ばれた後は、神崎川の方が本流となり、淀川とも呼ばれたという。こうして淀川尻は栄えることになった(『大阪府の歴史』)。

(19)「いつしかといぶせかりつる難波潟芦こぎそけて御船来にけり」(『土佐日記』)などがあり、「平安朝以後、芦の名所」となった(榎克朗「恋のイメジャリ―序と掛詞の美学―」『國語國文』三八―一〇)。

(20)『梁塵秘抄』(岩波日本古典文学大系)「口伝集巻十」。

(21)「歴此路見此」とは、ここでは河陽の遊女のことである。

(22) 注(12)に同じ。

(23) 注(11)に同じ。

(24) 塚原鉄雄「定家と拾遺集」(『谷山茂教授退職記念 国語国文学論集』塙書房・一九七二)。

(25)(26) 松田武夫『詞花集の研究』(至文堂・一九六〇)。

付記　遊女の文学については、西尾邦夫『日本の文学と遊女』(愛育出版・一九七二)から多くの示唆教示を受けたことを謝し、また、貴重本『官幣大社広田神社誌』(一九二三)をお借し下さった広田神社宮司様に紙面を借りて謝意を表したい。

4　『梁塵秘抄』三九八番歌──「男をしせぬ人」「むろまちわたり」など

序

以下の考察において参照した諸説は主として次の注釈書・研究書のものによる。以下、それぞれに付した番号（①〜⑩）によって示すことにする。

①天理図書館善本叢書『古楽書遺珠』所収影印本「梁塵秘抄」巻二　②佐佐木信綱校注『梁塵秘抄』（岩波文庫）　③小西甚一『梁塵秘抄考』　④荒井源司『梁塵秘抄評釈』　⑤志田延義校注『梁塵秘抄外』（岩波日本古典文学大系）　⑥小林芳規外編『梁塵秘抄総索引』　⑦新間進一校注『梁塵秘抄外』（小学館日本古典文学全集）　⑧榎克朗校注『梁塵秘抄』（新潮日本古典集成）　⑨渡辺昭五『梁塵秘抄の風俗と文芸』　⑩高取正男編『京女』（中公新書）

なお、朝日新聞社日本古典全書『梁塵秘抄』は小西甚一の校注であり、『梁塵秘抄評解』は志田延義の注釈書であるので、それぞれの説は先の③⑤によるものとする。その他の参考文献については、記述中にその都度ふれる。

一　本文

『梁塵秘抄』三九八番歌は、巻二の四句神歌雑歌八六首中に位置する。①によって、まず本文をかかげて置く（一字アキは朱点の付されているところを示す）。

をとこをしせぬ人　かもひめいよひめかつさひめ　はししあかてるゆめなミのすしの人　むろまちわたりのあこほと

「いよ」は「いは」にも見えるが、他の箇所の「よ」にあたる書体との類似性及び諸説に「いよ」とみることを積極的に否定する考えがないことを参照して「いよ」と読んでおく。「なミ」の「み」は、「衣」の草体とも「ミ」とも見え、「なえ」と読む説と「なみ」と読む説が対立している。しかし、「はしし云々」の句自体が意味不明であるため、この両説の可否はなお決定しがたい。

二　男をしせぬ人

冒頭の句の読み方には次の三説がみられる。

A説「男怖ぢせぬ人」と読む説。②③④⑥⑦⑩

B説「男を辞せぬ人」と読む説。⑤⑨

C説「男をしせぬ人」（「し」は強意の助詞）と読む説。⑧

A説をとるものが多い。これは早くに高野辰之（『日本歌謡集成巻2中古編』）が「男をしせぬ」を「男怖ぢせぬ」の誤りかとした考えを受け継ぐ説である。これには仮名遣いの問題がある。「怖づ」ならア行の「お」であるから「おづ」でなければならない（新撰字鏡に「於豆《おづ》」「於比由《おびゆ》」「於止呂久《おどろく》」の訓あり）。『梁塵秘抄』は「を」としていることになるが、「お」「を」の仮名遣いの混乱は現在『梁塵秘抄』写本の全体に及んでいるものである（ただし、⑥

は「をとこをぢ（怖）」という名詞形で立項し、⑦は「男《をとこ》怖《を》ぢせぬ」と本文を表記している）。

ここで問題は、「じ」「ぢ」のいわゆる四つ仮名の乱れの例と認めるかどうかにある。巻二は、①の底本（竹柏園文庫本）が唯一の伝本であり、それは江戸末期の写本とみられているから、四つ仮名の乱れがあっても不思議ではない。しかも、⑥で「男怖《を》ぢせぬ人」と読む説の小林芳規（『国語史資料集―図録と解説―』中の「梁塵秘抄」解説）は「四つ仮名の誤用『わうぢ』（王子）三六五、『ぢう』（十）三六七、『をぢ』（怖）三九八は時代が降る事象であるが、三百番台の増補部分とされる所にあり、『ゑり・ゑせかつら』の仮名遣が古用に合わない例も同じ部分に集っている」と指摘している。

A説「男怖ぢせぬ人」とは、男を恐れない女の意であり、B説「男を辞せぬ人」とは、言い寄る男をさけないで受け入れる女の意であるが、いずれにしても、この第一句は、この歌の主題提示の部分にあたり、二句目以下「…ひめ（姫）」「…人」「…あこほと」と該当する人物を列挙しているのである。A説もB説も、例えば「遊女評判記風の歌謡」⑦とか「何れも遊女を挙げての評判記」⑨とか総括されるように、遊女・傀儡女などを念頭において「男をしせぬ人」を解釈していると判断される。その場合、当然、第二句「賀茂姫伊予姫上総姫」をもその対象として規定していることになる。つまり、この「賀茂姫云々」は従来未詳とされながらも、A説B説のように「男怖ぢせぬ人」「男を辞せぬ人」とみる限りは、⑦の頭注にみるように、それぞれの「姫」を「遊女か」と考えざるをえないのである。なお「上総姫」については、②が「桂《かつら》姫」の誤写の可能性を考え、『貞丈雑記』が「かつらと云ふは遊女なり。山城の桂の遊女なるべし」とするのを傍証としてあげているのも、A説を肯定する故に、第二句の「…姫」をも遊女とみようとする考えにあることがうかがえる。第三句は難解で、筆者も今のところ解をもたないが、第四句の「あこほと」は確かに傀儡女ないし遊女の類の女性をさすと考えてよい（後述）と思われるので、少なくともそうした「あこほと」をも一事例として列挙された女性を規定するのに、遊女の意味をこめた「男をしせぬ人」をもって規定していると解することはうなずけないことではない。しかし、「賀茂姫云々」の「―姫」と呼ばれる女性を遊女とみるのは妥当であろうか。

筆者は結論的には、先の三説の中では、C説を最もよしとしたい。校注者榎の、その説の根拠を詳しくうかがうことは、その書の性格上できない。榎は頭注で「自由恋愛の習俗があって、定まった夫をもたぬ女、の意か」とする。ただし、「賀茂姫云々」については「実体未詳」とする。ただ、この「自由恋愛の習俗があって」という条件づけには、榎もやはり、具体的なイメージとしては遊女的な女性を考えているようにも思われる。

「をとこをしせぬ人」が平安末期のことばをそのまま伝えているものならば、それは平安語によってまず受けとれるものなら受けとるべきであろう。誤写説、この場合仮名遣い誤用説に立つことは最後にとるべき手段かと思う。

私見では「男をしせぬ人」は、平安語の「男す」を基にする表現だと考える。池田亀鑑（『平安朝の生活と文学』河出書房・一九五二）が「そのほか「男す」とか「女を迎ふ」とか「婿にとる」とかの語が、多く見えますが、すべて結婚の意と解してよいでしょう」と指摘するそれである。用列の一部を列挙して置く。

○この筑紫の妻、しのびて男したりける（大和物語・一四一段・小学館日本古典文学全集本による）

○ゆめ、こと男したまふな（同・一六九段・同）（同話を載す月苅藻・下では「別ノ男シタマフナ」とする）

○一生に男せでやみなむ（略）男もせで廿九にてなむうせたまひにける（同・一四二段・同）

○いといたう人々懸想しけれど、思ひあがりて男などもせでなむありける（同・一〇三段・同。御巫本では「おとこなんどもせでおもひあがりたる人にてなむありけるを」とあり）（同話を平中日記・三八では「まだ男などもせざりけり」とする。また今昔物語集・巻三〇・二では「思ひ上りて男せでぞありける」とする）

○娘、男して、夫の家に住む（三宝絵・中・一五・山田孝雄『三宝絵略注』による）

○道心ふかくしてはじめより男せず　（同・同・一三・同）（三宝絵には、他にもう一例あり）
○男したるけしきは見れど　（落窪物語・岩波日本古典文学大系本による）
○よき男して、事かなひてありと　（同・二九・同）
○我妻のみそか男するとききて　（宇治拾遺物語・一〇八・岩波日本古典文学大系本による）
○釆女とは未男せぬ程の女の十四五なるを云也　（古今集灌頂・古典文庫『中世神仏説話続』による）

「男をしせぬ人」は、右にみるような「男せぬ人」を強調した表現だと考える。「男す」の意味は「特定の男性を通わせる―結婚生活をおくる―夫婦となる」であろう。「男をしせぬ人」とは「特定の男性を通わせることのない人」の意で、「あこほと」など遊女的な女性を対象として規定する語句としても矛盾はしない。そして「特定の男性を通わせない人」とは遊女的な女性だけを意味するとは限らなかった。結局、それは「賀茂姫云々」の「姫」たちをどう捉えるかにかかっているのだが、もし「賀茂姫云々」を遊女の名としても、それが固有名か普通名かはともかくとして、平安末期までに「地名＋姫」で遊女名（いわゆる源氏名）とする例、または名づけの型は全くみられないのである（角田文衛『日本の女性名（上）』教育社歴史新書・一九八〇参照）。もっとも江戸期に上方で遊女のことを「姫」と呼ぶことが行われたが、その姫に結びつけて考えるのは無理であろう。

ただし、万葉集時代に「地名＋娘子（「娘子」は「をとめ」と訓読するのが通説。例：「常陸娘子」「出雲娘子」など）」の語構成の呼称が、多く「遊行女婦（うかれめ）」を指していることは注目してよい。例えば、私見では「上総末珠名娘子」もその例に入れてよいと考える。また、その出身の地名を冠して呼ばれた女性に「釆女」があった。先にあげた用例には、釆女を「未男せぬ程の女」のこととするものがある。

詳述の余裕がないので、私見の結論だけを述べると、「賀茂姫云々」の三箇の「姫」は、神話にみる「玉依姫」などの「姫」に通うもので、いわゆる「水の女」（神妻・ひるめ）の伝承化されていた呼称ではなかったかと思量する。「伊予姫」は古事記に「愛媛（えひめ）」と呼称された姫の異称であろうし、その神名としての「愛媛」とは、伊予国が「水の女」（神妻・ひるめ）の活躍する国という印象を物語るものだったと考える。また、先に述べた「上総末珠名娘子」などは「上総姫」の系譜につらなる伝承であったと実は考えるのである。つまり、「―姫」とは、各地・各氏族においての神妻（ひるめ）＝巫女の存在を象徴する名であり、そうした信仰的背景をもった伝承が「―姫」の名で記憶されていたのではないかと考える。

この「神妻（ひるめ）＝巫女」こそは「男をしせぬ人」であった。つまり、人間の（特定の）男性とは結婚がゆるされていない女性たちであった。そして、神妻の芸能（遊び）を身につけていた巫女たちが、遊女《あそびめ》として後世遊女化したとみるのが通説であるように、特定の男とは結婚することなく春をひさぐ人としての「男をしせぬ人」になっていったのである。先の「珠名娘子」の伝承などは、万葉集時代に早くもその過渡的な様相を示していた例とみることができるのである（桜井満『万葉集の風土』講談社現代新書・一九七七参照）。なお、珠名塚と呼ばれる古墳があり、その墳上には珠名姫神社が存在したという。

三　あこほと

「むろまちわたり」の「あこほと」が「あこ・ほと」と二つの名なのか、「あこほと」で一つの名なのか、不明であるが、「あこ」は、女性名としては「あこ女《め》」などの形で奈良中期以後みられ、「阿古久曾（紀貫之の童名）」「阿古丸」のように男性名にも用いられた（角田前掲書）。遊女名としても『二中暦』第十三に「乙阿古」「阿古」がみえ、また白拍子の名に「阿古女」の呼称があった。なによりも『梁塵秘抄』口伝集巻第十に、傀儡女と思われる、「鏡の山のあこ丸」「さはのあこ丸とて青墓の者」と「あこ」名をもった人物が登場することは注目してよく、「あこ」は遊女的な女性の名としてありふれた名の一つであった。「ほと」については、「陰《ほと》」ではないかとする説がある（⑦⑨⑩）。『千載和歌集』巻一三・八一八番歌「数ならぬ」の歌の作者「遊女戸々」を滝川政次郎（『江口・神崎の遊里』日本歴史新書・至文堂・一九六五）は「べべ」と読むことを説いたが、「べべ」とは「女陰」を指す語であった（『千載集総索引』では「ここ」と読んでいる）。こうした呼称があったとすれば、「ほと」を「陰」とみるのも充分可能である。「阿古陰」か「吾子陰」（⑨）であったか。

四　むろまちわたり

これは「室町辺（渡）り」の意であろうが、「室町」は南北に走る小路の名である。この「室町辺り」とは一体どのあたりを指していたのであろうか。

口伝集巻第十に「乙前が許に室町とてありし者に習ひき」とある。この「室町」は女芸人（白拍子?）の呼称であるから、「室町辺り」はそうした女芸人――遊女・傀儡女といった女性たちの居住したところを意味していたと考えてよいだろう。

京中のある地点・地所を規定するのに二通りの表示方法があった。一つは絶対的な方法であり一つは相対的な方法である。前者には、南北を走る道路名と東西に走る道路名との交点をもって示すものがあり、その方法は昔から今に受け継がれているものである。

○五条西洞院の辺に候ふ翁に候ふ　（宇治拾遺物語・一話・角川文庫本による）

○五てうのハうもんむろまちはうもんおもてきたのつら　（平安遺文・巻十一・補三一六）

○陽明門大路西行、到室町小路之間　（権記・長保二年十一月三十日条）

右の三例は、絶対的な方法による地所の規定である。地所表示法のもう一つは、ある地点・地所を含有する一定の地区・地帯名をもって、その地所を規定する方法である。現在も、通り名とは別に町名でもって規定する方法がある。例えば塚原鉄雄（『堤中納言物語』新潮日本古典集成の解説）が慶滋保胤『池亭記』の記述を基礎に「四条以南の東京を、平安王朝の下京と措定」されたが、これは「京師としての絶対的地区」である「東京北部」を基準として規定されるものと考えている。この「下京」といった規定は、ある一定の地帯をさすものである（ただし、「下京」は時代とともに変動する流動的な地帯規定であった）。

ここに問題の「室町辺り」という規定は相対的な方法によるものである。（補説）「室町」は小路名として、北は一条から南は九条までを貫通する。その小路全体を「室町（通り・小路）」として規定する場合であれば、それは絶対的な規定といえるが、ここに問題の「室町辺り」がそれに当たるとは常識的に考えられない。つまり、単に「室町（辺り）」といって、その南北のうちのある一地域（東西の通りを中心とする）を限定して指すのであれば、それは相対的な規定によると考えなければならない。では、ここで「室町辺り」と相対的に規定する、つまり、その部分を東西で規定する基準はどこにあったのか。それは、言語主体の問題意識ないしは社会的共通観念にあったことは言うまでもなかろう。今様の創作主体・表現主体である、この『梁塵秘抄』という言語世界の言語主体にとって、「室町辺り」といえば、東西については――つまり何条あたりを前提とするものであったのか。私見の結論では、それは五条通りを中心とするものであったと思量する。

『梁塵秘抄』歌の言語主体を形成した白拍子（女芸人）――遊女・傀儡女たちは、先にみた四条以南の東京、つまり下京に居住した階層に属する人々であったと思われる。そして、その下京のうちでも五条を中心とするものであったと考えるのは次のような情況を前提とするからである。

『梁塵秘抄』成立に大きな影響をもった傀儡女乙前《おとまえ》自身が「五条」とも呼称される五条の住人であったと考えら

れることが一つである。「五条（が弟子）」「かの五条に言ひやる」「五条殿」「五条尼」（いずれも口伝集巻第十）、いずれも「乙前」を指している。

五条大路の一部の様相は、『源氏物語』夕顔巻冒頭に詳写されている。そこに住む「夕顔」という女性に遊女のおもかげをみるのは円地文子（『源氏物語私見』新潮社・一九七四）で、筆者も関連したことを述べたことがある（「夕顔の巻はいかに読まれているか」『解釈と鑑賞』一九八〇・五。後に拙著『「語り」言説の研究』和泉書院・二〇一七・前編四に収録）。そこで光源氏は垣根の白い花を見て「をちかた人に物申す」とつぶやくが、その句の本歌（『古今和歌集』旋頭歌）について竹岡正夫（『古今和歌集全評釈下』右文書院・一九七六）が遊女を想定しているのに対して、秋山虔（対談「源氏物語作者の表現意識」『國文學』一九八二・十）は賛成の意を表している。

やや強引な推論と思えるのだが、近藤喜博（『日本の鬼増補改訂』桜楓社・一九七五）は、『伊勢物語』二六段（「五条わたりなりける女」）、『大和物語』一七三段（良岑の少将が「五条わたりに」住む女の宿にとまる話）などにふれた後で、次のように結ぶ文章を書いているのが注目される。「後々になっても五条には遊女があり、幸若舞曲にもそうした女のことが知られ、『物臭太郎』にも「色好み尋ねてよかし」と、ここの遊女のことを忘れないでいるのは、以上の話とも何か連絡していると考えてよいが、それらを象徴するかの如く、五条東洞院には蛍火という遊女が知られている（猿源氏草子）」と。

遊女「蛍火」のいた所は、「五条東洞院の一郭に出現した高級遊女屋街」⑩とみられる所であった。なお、これも後世の資料ながら『七十一番職人歌合』には、「宵のまはえりあまさるる立君の五条わたりの月ひとりみる」（三十番左）という歌がある。「立君」とは遊女屋街の女性のことである。

以上、「室町辺り」とは「室町五条」界隈を意味したのではないかと考えてきたが、さらに、「五条の天神」（宇治拾遺物語）、「五条の道祖神」（今昔物語集）及び観音信仰の清水寺と遊女との関係、つまり、遊女の信仰や遊女屋街の発生・立地条件の問題にもふれねばならないであろうが、今はその問題の指摘だけにとどめる。また、「男をしせぬ人」の映像につらなる説話（宇治拾遺物語・巻三・一五）の存在、その説話の場所（高辻室町わたり）に現在祭祀されている繁昌社（また半女社）の存在とそれにまつわる伝承（現在宗像三女神を祭祀し、矢野貫一〈『京都歴史案内』〉は、「昔は全裸の男がみこしをかつぎ女の霊をなだめたとか」とする）も、「室町五条」界隈の女芸人――遊女の存在を考える上で重要な伝承かと思われるが本稿では省略に従う。

（補説）「室町辺（わた）り」という規定によって、室町小路のうちの一部のみを意味したのなら、この規定は、京中の地所の相対的な規定をしていることになると、先に述べた。こうした相対的な規定は、南北大・小路名によるものより、東西大・小路（坊門）名によってなされる場合の方が多かった。それは、早くに右京が荒廃したことによって、貴族の日常において、京中の地所への関心は左京が中心であったことがそれを可能にした一因と考えられる（塚原前掲『提中納言物語』解説）。しかし、東西大・小路（坊門）名のみによる規定も相対的な規定であったことに変わりがない。では、その相対的な規定は何を基準としたものであったのか。それは言語主体であることは先に述べた。王朝作品などをみるとき、「二条院」「六条わたり」などが散見するのだが、それらの「二条」「六条」が、東京極大路から朱雀大路まで全体（左京に限られていたものとして）を指したわけではなかった。その東西のうちのどのあたり（部分）であるのかを規定する基準は何であったか。それは言語主体、または言語主体が話題としている素材（貴族、家門等）であり、それによって自ずと限定されたものであったのだ。「誰々の三条殿」という規定で充分、それが南北、東西の座標上のどこに位置する建物であったかは自ずと理解できた、のである。そういう理解が同時代性を超えても可能であったのは、例えば「（誰々の）三条殿」が固有名詞化して用いられると、それは絶対的規定に準ずるものであったからである。いずれにしても、王朝の貴族にとって、単に「六条わたり」「町の小路の女」とあっても、自ずとそれがどの南北（または東西）あたりを指してのものであったかは理解しうる社会的共通観念が存在したと思われる。

5 「ながむ・ながめ」考――「もの思ひ」の歌

一

物思いにふける行為、又はその状態を指す「ながむ・ながめ」の語は、『万葉集』にはまだ見られない。しかし、ひとり物思いに沈む歌人の姿は、すでに『万葉集』に詠まれているのである。

うらうらに照れる春日に雲雀あがり情《こころ》悲しもひとりし思へば　（四二九二・大伴家持）

これは天平勝宝五年（七五三）春の歌である。『万葉集』には、「ひとり」の語の例が七〇例余り存在すると言われるが、その多くは、「ひとりかも寝む」のように、夫又は妻など恋しい人と一緒でない、共寝できない故の「ひとり」を言うことが多く、言わば「二人」でないことを意味した。この家持の歌に見るような、いわゆる孤独な人間の姿を詠んだものは、山上憶良の次の歌、

春さればまづ咲くやどの梅の花ひとり見つつや春日暮らさむ　（八一八）

などを含めて数少なく、まして、ひとり物思いにふけることを詠んだのは、先の家持の歌のみで、万葉末期になって自覚された心情であった。この歌には、左注があって、「（略）悽惆の意、歌に非ずは撥《はら》ひ難きのみ、よりてこの歌を作り、もちて締緒を展《の》ぶ。（略）」と言う。歌を詠むことが、鬱積した心を慰めるものであったということについては、外にも「三首の短歌を作り、以て鬱結の緒を散らさまくのみ」（三九一一）と、家持は述べている。

時枝誠記が、和歌を、対詠歌（呼びかける歌）と独詠歌（ながめる歌）に分けて、和歌史を構想したが[1]、家持は、独詠歌を切り開いた代表的歌人の一人であった。時枝も言うように、そこには大陸文学の漢詩の発想や表現に影響を受けたところもあったであろうが、家持は、「ひとり」になって静かに孤独なる我が身に思いをいたす状況にもあったようだ。そこから自ずと、右のような叙情歌（情を展《の》ぶる歌）が生まれたのである。

律令制のもとに平城京が造都されると、貴族・官人たちは、それまでの血縁・地縁の人間関係から切り離されて、都人としての人間関係に生きねばならなかった。いわば、都市型の社会の中で、自己の存在を「個」なるものとして自覚せざるを得ない状況におかれていたのである。この「ひとりし思へば」にみる「孤独」の自覚は、単純に、「二人」ならぬ「ひとり」の嘆きから発展したものとみることはできない。

二

平安時代になると、「ながむ・ながめ」が盛んに歌に詠まれるようになる。初期の代表的な歌に、

花の色はうつりにけりないたづらに我が身世にふるながめせしまに　（古今集・春・一一三・小町）

がある。「ながむ」「ながめ（する）」は、この歌のように、長雨と懸けて用いることが多かったが、物思いにふけってぼんやりしている姿を意味した。長雨の季節は、恋の禁忌のときであったらしく、二人の逢瀬が叶《かな》わず、それ故「ひとり」物思いにふけることがあった。「ひとりのみながむるより」（古今集・秋）、「ひとりのみながめふるやの」（同・恋）、「一人のみながめて年を」（後撰集・雑）と、家持の「ひとりし思へば」もそうであったが、「ひとり」が殊更とりたてられることもあり、元来物思いにうち沈むのは、ひとりでする孤独な行為であった。それは又、「つれづれのながめにまさる」（古今集・恋）など、「つれづれ」の語と共によく詠まれたが、殊に男を「待つ女」が

所在なさにとる姿であったようだ。女流日記文学のなかでも『蜻蛉日記』や『和泉式部日記』などを論じるとき、「ながむ・ながめ」の語が注目されるのもそうした背景があったのである。

ぼんやりと物思いにふけると、自然に眼がすわり、あたかも遠くをぼんやりと眺めているかのような姿勢になる。そこから自然と遠くの何かを、いつの間にかみつめているということになって、物思いにふけるという感情思考動詞である「ながむ」が、その行為の対象を獲得するようになって、視覚動詞として成立してくる。その対象はまず、既に『古今集』の、

大空は恋しき人の形見かは物思ふごとにながめらるらむ　（恋・七四三・ひとざね）

のように「(大) 空」であった（後撰集・一八五・女、後撰集・二四九・貫之、拾遺集・二一七・貫之、などに見られる）。そして、「西の山辺」（後撰集・八八〇・道風）であったりした。しかし、諸家も説くように、完全に視覚行為のみを表す語になったわけではなく、なお、物思いをする心的状況のもとでの視覚行為なのであって、もとの意味は失われていない。恋の歌や述懐の歌に多かった。

やがて、「ながむ」行為の対象に、「空」の一点を占める「月」が捉えられるようになって、歌境が大きく開けてくる。

『後撰集』の、

五月雨にながめ暮らせる月なればさやにも見えず雲隠れつつ　（一八二・主の女）

ではまだ「月」が「ながむ」の対象となっているとは言えない。とすると、「月」が「ながむ」の対象となった歌は、勅撰集では『拾遺集』からということになるようだ。

世にふるに物思ふとしもなけれども月に幾度ながめしつらむ　（雑・四三二・具平親王）

ながむるに物思ふことの慰むは月は憂き世の外よりやゆく　（雑・四三四・為基）

共に詞書に「月を見侍りて」とある。前者は、「月」のせいで、月に何度か物思いにふける、の意であるが、後者の歌では、「月」が「ながむ」の対象としてはっきり意識されていることがわかる。そして、「物思ふ」の語と一緒に詠まれていることで、「ながむ」の方がそれだけより視覚行為の語として意識されはじめていると言えよう。はっきりと目的格の「を」をとって、「月」を対象にした歌は『後拾遺集』になってはじめて見られる。

夜もすがら空すむ月を眺むれば秋はあくるも知られざりけり　（秋・二六二・堀川右大臣）

ぼんやりと遠くを見つめる眼が遠くに存在するものをながめるようになって、やがて「ながむ」る対象に「月」を捉えるようになったのだが、それと同時に、「ながむ」の視覚行為化が一層進んだためであろうか、眼前の景「起き明かしみつつ眺むる萩（の上の露）」（後拾遺集・秋・二九五）や、まわりの風景全体をも対象とするようになる。

寂しさに宿を立ち出でてながむればいづくも同じ秋の夕暮れ　（秋・三三三・良暹法師）

特定のことがらが原因で嘆きかなしむというのではなくて、生きていること、人間として存在していること自体にそくそくとした悲しみを感ずるという孤独感が既に家持の歌に見られることを先に述べたが、そういう愁いは、古今集時代でも「春のものとてながめ暮らしつ」（恋・六一六・業平）とあるように、「春愁」の語で捉えてよいものであった。しかし、同じ『古今集』で、「月見れば千々にものこそかなしけれ我が身ひとつの秋にはあらねど」（秋・一九三・千里）などが、先蹤となり、「ながむ」が「月」を捉えて、述懐歌が盛んに詠まれるようになると、いよいよ愁いは、「秋のもの」（秋愁・悲秋）として定着していったのである。

勅撰集だけで見ると、『後拾遺集』が初出という「ながむ」の詠まれ方が見られる。それは、先に引用した「夜もすがら」の歌もその例だが、「眺むれば」という条件句の成立である。この歌のように、第三句に位置することが、その後の歌集においても多いが、なかには「眺むれば月傾きぬ…」（後拾遺集・八六七）、「眺むれば更けゆくままに雲晴れて空ものどかにすめる月かな」（金葉集・秋・二一三・忠隆）のように初句に置かれることもあった。

『万葉集』で既に多く見られる「見渡せば」という条件句が、『古今集』以降一時低調だったが、再び復調してくるのがやはり『後拾遺集』であった。「眺むれば」の条件句も視覚行為として「見渡せば」と同じように、積極的に「見る」ことによって、新たな風景（自然の姿）を発見するという歌を構築している。このことは、やはり『後拾遺集』からはじめて登場する「けしき」という語[2]の歌語化と同じ発想基盤に立っていると考えてよい。『万葉集』でも、「ひとり」であることで、新しい自然を詠んでいたが、「物思い」する孤独感が『古今集』以降でも同じように、孤独な物思いを慰めるものとして、「自然」に心を向けている。自然の中に我が心を慰める美を見い出そうとするのは、日本人の伝統的な発想であったのだ。こうして、「ながむ」の名詞形「ながめ」が、眺望（視覚行為）を意味するのでなく、眺望によって捉えられた対象を指す語、つまり「けしき」の類義語となったのである。もっとも、『後拾遺集』の「けしき」はまだすべて（一例を除く）連体修飾を伴って用いられていて、「あり様・様子」の意であり、「風景」の意にはまだなっていなかった。なお、現代語の「けしき」と「ながめ」にも今なお微妙な使い分けのあることには注意しておきたい。[補注]

三

『竹取物語』に「月の顔見るは忌むこと」とあるなど、月が物思いの原因になることもあったが、一方又、月によって随分孤独な心が慰められてもきたのである。

我ひとり眺むと思ひし山里に思ふことなき月もすみけり　（後拾遺集・八三五）

過去の「き」に注意すると、かつては「我ひとり」と思っていたが、今は「我ひとり」とは思っていない、月も一緒だと知った、という意味である。月を、我が心を慰める友と見ているのである。

須磨へ流謫の直前に光源氏は、父桐壺院の山陵に詣でた。そのとき、雲隠れする月を見て、

なきかげやいかが見るらむよそへつつながむる月も雲がくれぬる

と詠じている。「よそへつつながむる」とは、月を父故院に見立てているのだ。それ故に、明石の巻で、光源氏の夢に、故院の霊が現れた後、光源氏の眼には「月の顔のみきらきらとして、夢の心地もせず」と感じられたのである。月に父故院を感じているのであった。

水の面に月の沈むを見ざりせば我ひとりとや思ひはてまし　（拾遺集・四四二・文時）

とふ人も暮るれば帰る山里にもろともにすむ秋の夜の月　（後拾遺集・二五九・素意法師）

西へ行く心はたれもあるものをひとりな入りそ山の端の月　（金葉集・六一六・師賢）

難波江の芦間に宿る月見れば我が身ひとつも沈まざりけり　（詞花集・三四六・顕輔）

最後の歌は「寄月述懐」歌である。先の「水の面に」の歌を踏まえているのであろう。つまり、この歌の下句は、「沈む」のは我ひとりではない、月も同じだった、と詠んでいて、それによって孤独感を慰めようとしているのである。この歌について、かつて「難波江の芦間」の月を詠んでいることに注目して、詠者は「遊女」の身を思い浮かべながら詠んだもの、当時の読者にはそう読める歌であったと分析したことがある。(3)「我が身ひとつ」は、『万葉集』から詠まれていて、「(我)ひとり」とも置き換えうることばだが、単に一人という孤独を言うにとどまらず、「我のみ(私だけ)」と、我の置かれた状況の、他者との違いが一層きわだつ表現であったのではないだろうか。多くの男性を相手に、にぎやかに歌舞管絃に明け暮れていても、その生のかなしみは、いかほど深く重いものであったことか、想像するにあまりある遊女たちの歌々が存在する。

〔底本〕『万葉集』『古今集』は岩波日本古典文学大系、その他の八代集中の勅撰和歌は『八代集抄』上・下（八代集全注）によった。

注

（1）時枝誠記「和歌史研究の一観点」（『國語學』四七）

（2）根来司「八代集と『けしき』」（『中世文語の研究』笠間書院・一九七五）

（3）糸井通浩「勅撰名歌評釈㈣―難波江の芦間に宿る月―」（『王朝』七、本書後編〔五〕3）

（補注）現代語における類義語「景色」と「眺め」には、まず用い方において「いい景色」「いい眺め」とはともに言える共通性がありながら、「景色を見る・眺める」とは言えるが「眺めを見る・眺める」とは言わないことや「景色を写真に撮る」とは言うが「眺めを写真に撮る」とは言えないし、また「屋上からの景色」はやや不自然だが「屋上からの眺め」は自然な用い方などと違いがあることが分かる。ここから、「景色」は主体と対峙する客体的存在体を指すのに対して、「眺め」は主体を基点する対象の見え方、あるいは主体と対象との心理的関係そのものと言ってもいい。「景観」は「景色」と「眺め」を合わせたものと考えられるが、「景観論争」を考えると、どちらかというと「眺め」よりの語かと思われる。「眺め」は、古語の「ながむ」に由来しているのである。

キーワード索引

凡例

一、当索引は、本書利用の便宜を考慮して編んだものである。

一、当索引は、用語・事項索引と作品・文献索引とからなる。

一、索引項目は、各章・節を単位に、そこで用いた用語や事項名及び引用した作品・文献名を示している。

例：自然詠　中㈠　後㈡

類聚章段　前㈣１２４

伊勢物語　前㈠㈡３４㈤１２㈥

※項目の後の記号は、所属の「章・節」を示している。

例：前㈠１…前編第一章第一節

一、項目の中には、本文における表記・表現のままでないものがある。凝縮した表現などになっている場合がある。

例：「諸本の間に「あり・なし」の異同」「写本間の異同」など

→「伝本間の本文異同」

「副詞「え」を含む慣用句」→「副詞「え」の慣用句」

「過去を意味する時間語彙」→「過去を示す時間語彙」

一、「述体句・喚体句」のような用語の併記の場合、逆の「喚体句・述体句」は立項していない。「接続語「かくて」「さて」」や「自然と人事」などの場合も同様。

一、「不可能（表現・構文）」の場合、本文には「不可能」の外、「不可能表現」「不可能構文」もあることも意味している。

（　）を意味の補足に用いた場合もある。

用語・事項索引

あ行

さ 行

た行

な行

は行

作品・文献索引

初出一覧

前編　語法・文法研究

〔一〕不可能の自覚――語りと副詞「え」の用法（糸井通浩外編『王朝物語のしぐさとことば』清文堂・二〇〇八年四月）

〔二〕「き・けり」論

1　古代和歌における助動詞「き」の表現性（『愛媛大学法文学部論集』一三号・一九八〇年一二月）

2　『源氏物語』と助動詞「き」――事態の時間的順序との関係

（原題「源氏物語と助動詞「き」」『源氏物語の探究第六輯』風間書房・一九八一年）

3　中古の助動詞「き」「けり」と視点

（原題「中古の助動詞「き」と視点」『京都教育大学国文学会誌』二四・二五合併号・一九九五年二月）

4　『古今集』詞書の「けり」――文体論的研究

（原題「『けり』の文体論的試論――古今集詞書と伊勢物語の文章」『王朝』第四冊・中央図書出版・一九七一年八月）

〔三〕王朝女流日記の表現機構――その視点と過去・完了の助動詞（『國語と國文學』一九八七年一一月号）

〔四〕『枕草子』の語法

1　類聚章段と「時」の助動詞

（原題「『枕草子』の語法――「時」の助動詞を中心に（一）」『日本古典随筆の研究と資料』龍谷大学仏教文化研究所・二〇〇七年三月）

2　日記章段と「時」の助動詞

（原題「古典にみる「時」の助動詞と相互承接――『枕草子』日記章段における」『國語と國文學』八六巻一一号・二〇〇九年一一月）

3　随想章段にみる「時」の認識と叙述法

（原題「『枕草子』の語法（二）――随想章段にみる「時」の認識と叙述法」『日本言語文化研究』一五号・二〇一一年四月）

4　『枕草子』の語法二つ――連体接「なり」の場合

（原題「枕草子の語法二つ――連体接「なり」の場合」『國語と國文學』六九巻一一号・一九九二年一一月）

〔五〕文脈を形成する語法

1　中古文学と接続語――「かくて」「さて」を中心に

（『日本語学』六巻九号・一九八七年九月）

2　文と文の連接――文章論的考察

（原題「文と文の連接」『解釋と鑑賞』六〇巻七号・至文堂・一九九五年六月）

〔六〕人物提示の存在文と同格準体句――『宇治拾遺物語』を中心に

（原題「人物提示の存在文と同格準体句――宇治拾遺物語を中心に」『藤森ことば論集』清文堂・一九九二年一〇月）

中編　散文体と韻文体と

〔一〕勅撰和歌集の詞書――「よめる」「よみ侍りける」の表現価値

（『國語國文』五六巻一〇号・一九八七年一〇月）

〔二〕助動詞の複合「ならむ」「なるらむ」――散文体と韻文体と

（『国語語彙史の研究十一』和泉書院・一九九〇年一二月）

〔三〕かな散文と和歌表現――発想・表現の位相

（『和歌と物語（和歌文学論集三）』風間書房・一九九三年九月）

後編　和歌言語の研究

〔一〕『古今集』の文法――和歌の表現機構と構文論的考察

（原題「古今集の文法」『古今和歌集研究集成第二巻』風間書房・二〇〇四年二月）

〔二〕『新古今集』の文法――和歌の構造と構文論

（原題「新古今集の文法」『国文法講座第五巻』明治書院・一九八七年六月）

〔三〕和歌解釈と文法——語法と構文を中心に
（原題「和歌解釈と文法」『小倉百人一首を学ぶ人のために』世界思想社・一九九八年一〇月）

〔四〕和歌の発想と修辞
1 和歌の「見立て・比喩」
（原題「見立て・比喩」）
2 短歌第三句の機能
（原題「第三句の機能」）
3 和歌表現の史的展開——引用と集団性
（原題「和歌表現の史的展開」）
（以上『小倉百人一首の言語空間——和歌表現史論の構想』世界思想社・一九八九年一一月）

〔五〕〈うた〉の言説と解釈
1 『万葉集』巻八山部赤人春雑歌の性格
（原題「巻八山部赤人春雑歌の性格」『万葉集を学ぶ第五集』有斐閣・一九七八年六月）
2 「なりけり」構文——平安朝和歌文体序説
（『京教大附高研究紀要』六号・一九六九年三月）
3 「難波江の芦間に宿る月」の歌—勅撰和歌名歌評釈
（原題「勅撰名歌評釈㈣——難波江の芦間に宿る月」『王朝』第七冊・中央図書出版・一九七四年九月）
4 『梁塵秘抄』三九八歌——「男をしせぬ人」「むろまちわたり」など
（原題「染塵秘抄三九八番研究ノート——「男をしせぬ人」「むろまちわたり」など」『京都教育大学国文学会誌』一八号・一九八三年六月）
5 「ながむ・ながめ」考——「もの思ひ」の歌
（原題「「ながむ・ながめ」考」『世界思想』一八号・世界思想社・一九九一年春号）

あとがき

一九五〇（昭和二五）年代から七〇年代にかけて「解釈文法」という用語が流布していた。時枝誠記『古典解釈のための日本文法』（一九五〇年）がその走りの一つであったであろう。「解釈」とは、特に古典作品の表現を読み解くの意であった。一九六一年に私は大学を出て高校の「国語」の教員になったが、もろに「解釈文法」に魅せられた。しかも時枝の言語理論は、「国語」教育の目標にとって最も適した言語観であると納得して、読解指導においては、主題を目指す「何が・何を」の追究はさることながら、「いかに・どう（書かれているか）」、ひいては「いかに・どう読めるか」を重視することを心がけた。そして古典文学の語法・文法の研究は、究極的に古典作品を的確に読むことに資するものでなければならないという思いを抱いていた。

考えてみると、日本における国語（日本語）―「ことば」の研究は、歌学―歌論書における広い意味での〈うたことば〉の探究に始まり、江戸国学においても古典語の研究は、古典作品を読む―理解するために発展してきたと言ってもいいであろう。「解釈文法」はそういう伝統を受け継ぐものであったのである。

研究は、ささいな疑問が動機づけになることがあるものである。物語の「けり」と和歌の「けり」、なぜ同じ「けり」を用いるのか、両者に一貫するのはどういう文法機能なのか、という問題意識から「けり」に関心を持ち、明らかに表現主体の体験の過去とは考えられない事態に助動詞「き」が使われている例の存在に気づいて、通説になっている細江逸記説――「き」は体験の回想、「けり」は伝聞の回想――に根本的な疑問を抱いたのが、「き・けり」について考えはじめるきっかけであった。

『枕草子』「木の花は」の段に、「濃きも薄きも紅梅」とある。ならば単に「紅梅」だけで良さそうなのに、なぜ

「濃きも薄きも」が必要なのか、という疑問から『枕草子』の表現に注意深くなり、さらに「春は曙」の構文について、「（いと）をかし」の省略でなく断定「なり」の省略とする説に出合って我が意を得たりとばかり、一気に『枕草子』の文章を、「時」の助動詞の用い方を中心に考察してみることにもなった。

著者名として表紙に名の載った最初の本が『古典への出発　小倉百人一首』（共著・中央図書・一九六九年）という注釈書である。各歌を「ことば」（歌語、語彙・語法）、「すがた」（風体）、「こころ」（歌意）の三項目（三位一体）で注釈を試みた。それは「解釈文法」の発想を応用してのものだったと思う。著者なりに各歌につき従来の解釈を確かめながらもそれにこだわらず、考察した結果をまとめたものであった。なかで能因法師の「嵐吹く」の歌の評判がよくないのを知って、なぜ「なりけり」構文の歌になっているのか、を追究することになったが、さらに散文作品の「なりけり」表現にも注目することになったのであった。例えば源氏物語・桐壺巻に「御局は桐壺なり」という、珍しく短い印象的な一文がある。なぜ「御局は桐壺なりけり」ではないのか、「なり」と「なりけり」とでは何が違うのかが疑問になったのである。そこから、「なるらむ」と「ならむ」の問題へも展開した。

本書『古代文学言語の研究』の名のもとに、論考を集めてみると、それぞれに動機づけのあったことが思い起こされる。こうして改めて世に問うことにしたのであるが、今更と思う論考もないではないが、それぞれ改めて世の叱正を乞うてみたいものを感じるのである。

本書及び姉妹編（『「語り」言説の研究』）を和泉書院から出して頂くことになったが、早くから社主の廣橋研三氏からはお誘いを受けていた。やっと重い腰を起こし、この度お世話になることになった。ここに、和泉書院の方々に謝意を表したい。

平成二十九（二〇一七）年七月七日

糸井通浩

著者紹介

糸井通浩（いとい　みちひろ）

一九三八年生、京都府出身。京都大学文学部卒。日本語学・古典文学専攻。国公立の高校教員（国語）を経て、京都教育大学・龍谷大学名誉教授。

主な共編著：『後拾遺和歌集総索引』、『小倉百人一首の言語空間―和歌表現史論の構想―』、『物語の方法―語りの意味論―』、『王朝物語のしぐさとことば』、『日本語表現学を学ぶ人のために』、『国語教育を学ぶ人のために』、『京都学の企て』、『京都学を楽しむ』、『京都地名語源辞典』、『地名が語る京都の歴史』など、及び専著：『日本語論の構築』ほか。

研究叢書491

古代文学言語の研究

二〇一八年一月二五日初版第一刷発行

（検印省略）

著者　糸井通浩

発行者　廣橋研三

印刷所　亜細亜印刷

製本所　渋谷文泉閣

発行所　有限会社　和泉書院

大阪市天王寺区上之宮町七-六

〒五四三-〇〇三七

電話　〇六-六七七一-一四六七

振替　〇〇九七〇-八-一五〇四三

ISBN978-4-7576-0859-7　C3381

研究叢書

481	堀景山伝考	高橋俊和著	一八〇〇〇円
482	中世楽書の基礎的研究	神田邦彦著	一〇〇〇〇円
483	テキストにおける語彙的結束性の計量的研究	山崎誠著	八五〇〇円
484	節用集と近世出版	佐藤貴裕著	八〇〇〇円
485	近世初期『万葉集』の研究 北村季吟と藤原惺窩の受容と継承	大石真由香著	一一〇〇〇円
486	小沢蘆庵自筆 六帖詠藻 本文と研究	蘆庵文庫研究会編	二六〇〇〇円
487	古代地名の国語学的研究	蜂矢真郷著	一〇五〇〇円
488	歌のおこない 萬葉集と古代の韻文	影山尚之著	九〇〇〇円
489	軍記物語の窓 第五集	関西軍記物語研究会編	一三〇〇〇円
490	平安朝漢文学鉤沈	三木雅博著	一一五〇〇円

（価格は税別）